Dawnik Martina

Die Bücher

Ist Vianne Rocher eine Magierin? In *Chocolat* verzaubert sie die Menschen mit ihren selbstgemachten Pralinés und Schokoladenkreationen. In dem französischen Städtchen, in dem sie sich niederlässt, gewinnt sie rasch Zugang zu allen Herzen. Mit einer Ausnahme: Pater Reynaud erklärt ihr, besorgt um das Seelenheil seiner Gemeinde, den Krieg ...

In *Fünf Viertel einer Orange* betören der Duft der Orangen und das Geheimnis französischer Kochkunst: Framboise, die in ihrem französischen Heimatdorf eine Crêperie betreibt, war von jeher eine Außenseiterin. Als ihr Neffe sie um ihre geheimen Rezepte bringen will, beschließt sie, die wahre Geschichte ihrer Kindheit zu erzählen – in der Orangen eine nicht ganz harmlose Rolle spielen. Dabei taucht sie ein in eine Welt, in der sich die ländliche Idylle an der Loire rasch als trügerisch erweist ...

»Joanne Harris ist so unglaublich gut, dass sie einfach über alles schreiben kann.« *Daily Telegraph*

Die Autorin

Joanne Harris, geboren 1964, wuchs in England auf, wo sie auch heute als Schriftstellerin lebt. Mit *Chocolat* (verfilmt mit Juliette Binoche und Johnny Depp) gelang ihr ein Weltbestseller.

Von Joanne Harris sind in unserem Hause bereits erschienen:

Die blaue Muschel
Das Lächeln des Harlekins
Samt und Bittermandel
Wie wilder Wein

Joanne Harris

Chocolat
Fünf Viertel einer Orange

Zwei Romane in einem Band

Aus dem Englischen
von Charlotte Breuer

Ullstein

Besuchen Sie uns im Internet:
www.ullstein-taschenbuch.de

Umwelthinweis:
Dieses Buch wurde auf chlor- und säurefreiem Papier gedruckt.

Ungekürzte Ausgabe im Ullstein Taschenbuch
1. Auflage September 2006
© für die deutsche Ausgabe Ullstein Buchverlage GmbH,
Berlin 2006
Chocolat
© 2003 für die deutsche Ausgabe by
Ullstein Heyne List GmbH & Co. KG
© 2001 für die deutsche Ausgabe by Econ Ullstein List
Verlag GmbH & Co. KG, München
© 1999 für die deutsche Ausgabe by
Paul List Verlag im Verlagshaus Goethestraße, München
© 1997 by Joanne Harris
Titel der englischen Originalausgabe:
Chocolat (Doubleday, London)
Fünf Viertel einer Orange
© 2002 für die deutsche Ausgabe
by Ullstein Heyne List GmbH & Co. KG
© 2001 für die deutsche Ausgabe by
Econ Ullstein List Verlag GmbH & Co. KG, München / List Verlag
© 2001 by Joanne Harris
Titel der englischen Originalausgabe:
Five Quarters of the Orange (Doubleday, London)
Umschlaggestaltung: Büro Hamburg nach einer Vorlage
von Michael Löbel / Bezaubernde Gini, München
Titelabbildung: Jacket Art © 2001 Miramax Films
Mit freundlicher Genehmigung von Hyperion / Talk Miramax Books
Gesetzt aus der Stempel Garamond
Satz: Pinkuin Satz und Datentechnik, Berlin
Druck und Bindearbeiten: Ebner & Spiegel, Ulm
Printed in Germany
ISBN-13: 978-3-548-26472-1
ISBN-10: 3-548-26472-7

Die Titelabbildung entstammt der Romanverfilmung *Chocolat*.
Nähere Informationen unter: www.senator.de

Chocolat

In Erinnerung an meine Urgroßmutter
MARIE ANDRÉ SORIN (1892–1962)

11. Februar
Fastnacht

Wir kamen zu Karneval an, mit dem warmen Februarwind, der den Duft von am Straßenrand gebratenen Pfannkuchen, Würstchen und süßen Waffeln mit sich trug, während Konfetti von Mantelkragen und Ärmelaufschlägen rieselte und im Rinnstein herumgewirbelt wurde wie ein lächerliches Gegenmittel, mit dem der Winter vertrieben werden sollte. Es herrscht eine fieberhafte Aufregung unter den Menschen, die die enge Hauptstraße säumen und die Hälse recken, um einen Blick auf den mit bunten Girlanden und Papierrosetten geschmückten Wagen zu erhaschen. Einen gelben Luftballon in der einen und eine Spielzeugtrompete in der anderen Hand, steht Anouk neben einem traurig dreinblickenden braunen Hund und schaut mit großen Augen zu. Anouk und ich haben schon viele Karnevalsumzüge gesehen; einen Zug von zweihundertfünfzig geschmückten Wagen letztes Jahr beim Mardi Gras in Paris, einhundertachtzig in New York, zwei Dutzend Blaskapellen in Wien, Clowns auf Stelzen, große Pappmaché-Figuren mit wackelnden Köpfen, Majoretten, die ihre glitzernden Stäbe durch die Luft wirbeln ließen. Aber im Alter von sechs Jahren erscheint einem die Welt noch voller Wunder. Ein hölzerner Wagen, hastig geschmückt mit Goldfolie und buntem Krepp-Papier, Szenen aus einem Märchen ... Ein Drachenkopf auf einem Schild,

Rapunzel mit einer wollenen Perücke, eine Meerjungfrau mit einem Schwanz aus Cellophan, ein Lebkuchenhaus aus mit Goldfolie überzogener Pappe, über und über mit Zuckerguss bedeckt, eine Hexe in der Tür, die ihre langen grünen Fingernägel nach ein paar stummen Kindern ausstreckt ... Mit sechs nimmt man noch Feinheiten wahr, die einem vielleicht schon ein Jahr später nicht mehr zugänglich sind. Hinter dem Pappmaché, dem Zuckerguss, dem Plastik sieht sie immer noch die echte Hexe, den wahren Zauber. Sie schaut zu mir auf mit leuchtenden Augen, die so blaugrün schimmern wie die Erde aus großer Höhe.

»Bleiben wir hier? Bleiben wir hier?« Ich muss sie daran erinnern, Französisch zu sprechen. »Bleiben wir denn? Ja?« Sie klammert sich an meinen Ärmel. Ihr Haar ist vom Wind zerzauste Zuckerwatte.

Ich überlege. Dieses Dorf ist so gut wie jedes andere. Lansquenet-sous-Tannes mit seinen höchstens zweihundert Seelen ist kaum mehr als ein Klecks an der Autobahn zwischen Toulouse und Bordeaux. Einmal geblinzelt, und schon ist man vorbei. Eine Hauptstraße mit graubraunen, dicht zusammengedrängt stehenden Fachwerkhäusern, ein paar Seitenstraßen, die nebeneinander verlaufen wie die Zinken einer verbogenen Gabel. Eine Kirche, strahlend weiß getüncht, am Dorfplatz einige Läden. Ringsum vereinzelte Bauernhöfe. Obstwiesen, Weinberge, Felder, alle nach den strengen Regeln der Landwirtschaft säuberlich voneinander abgegrenzt: hier Äpfel, dort Kiwis, Melonen, Endivien unter schwarzen Plastikplanen, kahle Weinstöcke, die in der bleichen Februarsonne wie tot wirken, aber in Wirklichkeit nur darauf warten, im März zu neuem Leben zu erwachen ... Jenseits der Felder der Tannes, ein kleiner Nebenfluss der Garonne, der sich durch das sumpfige Weideland schlängelt. Und die Menschen? Wie sie da am Straßenrand stehen, scheinen sie sich nicht von all den anderen Menschen zu unterscheiden, denen wir bisher begegnet sind; vielleicht ein wenig bleich im ungewohnten Sonnenlicht, ein wenig verhärmt. Sie tragen

Kopftücher und Baskenmützen passend zur Farbe ihrer Haare, braun, schwarz oder grau. Die Gesichter sind zerfurcht wie Äpfel vom Vorjahr, die tief in ihren Höhlen liegenden Augen erinnern an Glasmurmeln, in alten Teig gedrückt. Ein paar Kinder, die leuchtend bunte Luftschlangen fliegen lassen, wirken wie Angehörige einer anderen Rasse. Eine dicke Frau mit einem breiten, unglücklichen Gesicht zieht ihren karierten Mantel fest um sich und ruft etwas in ihrem kaum verständlichen örtlichen Dialekt. Auf dem von einem Traktor gezogenen, schwerfällig vorbeirumpelnden Wagen steht ein vierschrötiger Weihnachtsmann, der zwischen den Feen und Kobolden und Fabeltieren seltsam fehl am Platze wirkt, und wirft mit kaum verhohlener Aggressivität Süßigkeiten in die Menge. Mit einem entschuldigenden Blick hebt ein kleiner älterer Mann mit einem Filzhut anstelle der in der Region üblichen Baskenmütze auf dem Kopf den traurigen braunen Hund auf, der zwischen Anouk und mir hockt. Ich sehe, wie seine dünnen, eleganten Finger das Fell des Hundes kraulen; der Hund beginnt zu winseln; im Gesicht seines Herrchens spiegeln sich Liebe, Besorgnis, Schuldgefühle. Niemand beachtet uns. Es ist, als wären wir unsichtbar; an unserer Kleidung kann man uns als Fremde, als Durchreisende erkennen. Die Leute sind höflich, ausnehmend höflich; niemand starrt uns an. Die Frau mit den langen Haaren, die sie unter ihre orangefarbene Jacke gesteckt hat, einen langen, bunten Seidenschal um den Hals; das Kind in den gelben Gummistiefeln und dem himmelblauen Regenmantel. Durch ihre Farben fallen sie auf. Ihre Kleider sind exotisch, ihre Gesichter – sind sie zu blass oder zu dunkel? –, ihre Haare verraten sie als Fremde, als auf undefinierbare Weise anders. Die Menschen von Lansquenet beherrschen die Kunst der verstohlenen Beobachtung. Ich spüre ihre Blicke wie Atem in meinem Nacken, nicht feindselig, aber dennoch kalt. Für sie sind wir eine Attraktion, ein Teil des Karnevals, befremdlich. Ich spüre, wie ihre Blicke uns folgen, als ich an einen der Stände trete, um eine *galette* zu kaufen. Das Papier ist heiß und fettig, die dunkelbraune Waffel außen knusprig und innen weich und köstlich. Ich breche ein Stück ab und reiche es Anouk, wische ihr die geschmolzene Butter vom Kinn. Der Waffelverkäufer ist ein korpulenter Mann mit Halbglatze und dicken Brillengläsern, sein Gesicht vom Dampf der Waffeleisen feucht und gerötet. Er zwinkert Anouk freundlich zu. Mit dem anderen Auge registriert er jede Einzelheit, wohl wissend, dass man ihn später nach uns ausfragen wird.

»Machen Sie Urlaub, Madame?« Die Dorfetikette gestattet ihm, das zu fragen; hinter der neutralen Maske des Geschäftsmannes spüre ich seinen großen Wissensdurst. Wissen ist Gold wert, hier im Dorf; Touristen fahren gewöhnlich in die nahe gelegenen Orte Agen und Montauban und verirren sich nur selten hierher.

»Ja.«

»Sie kommen aus Paris?« Es muss an unserer Kleidung liegen. In diesem farbenfrohen Landstrich tragen die Menschen düstere Farben. Farbe ist Luxus; Buntes ist nicht kleidsam. Die bunten Blumen am Straßenrand sind Unkraut, lästig, unnütz.

»Nein, nein, nicht aus Paris.«

Der Wagen ist fast am Ende der Straße angekommen. Hinter ihm marschiert eine kleine Kapelle – zwei Querpfeifer, zwei Trompeter, ein Posaunist und ein Trommler, die einen undefinierbaren Marsch spielen. Ein Dutzend Kinder folgen ihnen und sammeln die liegen gebliebenen Süßigkeiten auf. Einige von ihnen sind verkleidet; ich entdecke ein Rotkäppchen und ein Kind in einem zotteligen Kostüm, das vielleicht einen Wolf darstellen soll, die sich übermütig um eine Hand voll Luftschlangen streiten.

Eine in Schwarz gekleidete Gestalt bildet das Schlusslicht. Zunächst halte ich ihn für einen Teil des Umzugs – den Pestarzt vielleicht –, doch als er näher kommt, erkenne ich die altmodische Soutane des Landpriesters. Er ist etwa Mitte dreißig, wirkt allerdings von weitem durch seinen steifen Gang älter. Er schaut mich an, und ich sehe, dass auch er ein

Fremder ist, ein Mann aus dem Norden mit hohen Wangenknochen und blassen Augen. Seine schmale Pianistenhand liegt auf dem silbernen Kreuz, das an einer Kette um seinen Hals hängt. Vielleicht gibt sein Status als Fremder ihm das Recht, mich anzustarren; doch ich sehe kein Wohlwollen in seinen kalten Augen. Nur den verstohlen abschätzenden Blick eines Menschen, der sich seines Territoriums nicht sicher ist. Ich lächle ihm zu; er wendet sich erschrocken ab, winkt zwei Kinder zu sich. Mit einer beredten Geste verweist er auf den Abfall, der sich mittlerweile am Straßenrand gesammelt hat; widerwillig beginnen die beiden Kinder, die Luftschlangen und Bonbonpapiere einzusammeln und in einen in der Nähe stehenden Mülleimer zu stopfen. Im Weggehen bemerke ich, wie der Priester mich erneut anstarrt, mit einem Blick, den man bei einem anderen Mann als Zeichen von Bewunderung hätte auslegen können.

In Lansquenet-sous-Tannes gibt es keine Polizeistation, und daher auch keine Kriminalität. Ich versuche, es Anouk gleichzutun und die Wahrheit unter der Verkleidung zu erkennen, doch vorerst bleibt alles verschwommen.

»Bleiben wir hier? Bleiben wir, Maman?« Sie zupft ungeduldig an meinem Ärmel. »Mir gefällt es hier. Bleiben wir?« Ich nehme sie auf den Arm und küsse sie auf die Stirn. Sie riecht nach Rauch und gebackenen Pfannkuchen und warmer Bettwäsche an einem Wintermorgen.

Warum nicht? Dieses Dorf ist so gut wie jedes andere. »Ja, natürlich«, sage ich, meinen Mund in ihren Haaren. »Natürlich bleiben wir.«

Keine richtige Lüge. Diesmal könnte es tatsächlich wahr werden.

Der Karnevalsumzug ist vorbei. Einmal im Jahr flackert im Dorf eine flüchtige Heiterkeit auf, doch schon ist die Wärme wieder verschwunden, schon hat die Menge sich aufgelöst. Die Straßenhändler packen ihre Stände zusammen, die Kinder ziehen ihre Kostüme aus und geben ihre Süßigkeiten ab.

Es wird ein leichtes Gefühl von Verlegenheit spürbar, von Scham über dieses Übermaß an Lärm und Farbenpracht. Es verflüchtigt sich wie Sommerregen, der auf der aufgesprungenen Erde verdampft, in den Ritzen des Kopfsteinpflasters versickert und kaum eine Spur hinterlässt. Zwei Stunden später ist Lansquenet-sous-Tannes wieder unsichtbar wie ein verwunschenes Dorf, das nur einmal im Jahr aus dem Nebel auftaucht. Hätte es den Karnevalsumzug nicht gegeben, hätten wir das Dorf nie entdeckt.

Wir haben Gas, aber bisher noch keinen Strom. An unserem ersten Abend habe ich bei Kerzenlicht für Anouk Pfannkuchen gebacken, und wir haben sie vor dem offenen Kamin von alten Zeitschriften gegessen, die als Teller dienten, da unsere Sachen erst am nächsten Tag kommen. Der Laden war früher einmal eine Bäckerei gewesen, und über der schmalen Eingangstür ist immer noch das Zunftwappen des Bäckers, eine in das Holz des Türrahmens geschnitzte Weizengarbe zu sehen. Der Boden ist dick mit Mehlstaub bedeckt, und als wir den Laden betraten, mussten wir über Berge von Reklame- und Wurfsendungen steigen. Die Miete kommt mir lächerlich niedrig vor, im Vergleich zu dem, was wir an Mietpreisen in der Großstadt gewöhnt sind; trotzdem ist mir das Misstrauen im Blick der Hausverwalterin nicht entgangen, als ich ihr die Geldscheine vorzählte. Laut Mietvertrag heiße ich Vianne Rocher, und meine Unterschrift ist so unleserlich, dass man jeden Namen daraus lesen könnte. Bei Kerzenlicht erkundeten wir unser neues Zuhause; die alten Öfen, die unter all dem Ruß und Fett noch erstaunlich gut in Schuss sind, die mit Kiefernholz getäfelten Wände, die rußgeschwärzten Tonfliesen. Als wir die alte, zusammengelegte Markise aus einem Hinterzimmer hervorholten, wo Anouk sie entdeckt hatte, flitzten lauter Spinnen aus den Falten des ausgebleichten Segeltuchs hervor. Unsere Wohnung liegt im ersten Stock über dem Laden; zwei Zimmer, ein Bad, ein lächerlich winziger Balkon, ein Terracottakübel mit toten Geranien ... Anouk verzieht das Gesicht.

»Es ist so düster, Maman.« Sie klingt eingeschüchtert, verunsichert angesichts des verwahrlosten Hauses. »Und es riecht so traurig.«

Sie hat Recht. Es ist ein Geruch wie von Tageslicht, das jahrelang eingesperrt war, bis es sauer und ranzig wurde, von Mäusedreck und dem Geist vergessener und lieblos weggeworfener Dinge. Es hallt wie in einer Höhle, und die geringe Wärme, die unsere Körper ausstrahlen, lässt jeden Schatten nur noch unheimlicher wirken. Farbe und Sonnenlicht und Seifenwasser werden uns helfen, den Schmutz zu entfernen, aber die traurige Atmosphäre ist etwas anderes, die Freudlosigkeit eines Hauses, in dem seit Jahren niemand gelacht hat ... Anouks Gesicht wirkte blass im Kerzenlicht, als sie mich mit großen Augen anschaute und meine Hand ganz fest hielt.

»Müssen wir hier schlafen?«, fragte sie. »Pantoufle gefällt es hier nicht. Er hat Angst.«

Ich lächelte und küsste ihre ernste, goldene Wange. »Pantoufle wird uns helfen.«

Wir zündeten für jedes Zimmer Kerzen an, goldene, rote, weiße und orangefarbene Kerzen. Gewöhnlich stelle ich Räucherstäbchen selbst her, aber in Krisensituationen reichen auch gekaufte: Lavendel, Zedernholz und Zitronengras. Wir nahmen jede eine Kerze in die Hand, Anouk blies auf ihrer Spielzeugtrompete, während ich mit einem alten Löffel auf eine Kasserolle schlug, und dann stampften wir zehn Minuten lang durch das ganze Haus, durch jeden Raum, schrien und sangen aus voller Kehle – *Raus! Raus! Raus!* –, bis die Wände wackelten und die entsetzten Geister die Flucht ergriffen. Zurück blieben ein schwacher Geruch nach Verbranntem und jede Menge abgefallener Putz. Wenn man hinter die brüchigen, geschwärzten Tapeten schaut, hinter die Traurigkeit der zurückgelassenen Gegenstände, beginnt man, schwache Umrisse zu erkennen, wie das Nachbild einer Wunderkerze – hier eine in glänzendem Gold bemalte Wand, dort ein Ohrensessel, ein bisschen abgewetzt, aber strahlend orangefarben, die alte Markise, die mit einem Mal bunt aufleuchtet, wenn man die verschossenen Farben unter der dicken Schmutzschicht entdeckt. *Raus! Raus! Raus!* Anouk und Pantoufle stampften und sangen, und die blassen Bilder schienen deutlicher zu werden – ein roter Hocker neben der Theke, ein paar Glöckchen über der Eingangstür. Natürlich weiß ich, dass es nur ein Spiel ist. Es liegt Arbeit vor uns, harte Arbeit, bis all das Wirklichkeit wird. Doch einen Moment lang genügt es zu wissen, dass das Haus uns willkommen heißt, so wie wir es auch willkommen heißen. Steinsalz und Brot auf der Türschwelle, um die Hausgötter zu besänftigen. Sandelholz auf dem Kopfkissen, um unsere Träume zu versüßen.

Später erklärte Anouk, Pantoufle habe jetzt keine Angst mehr, und dann war es gut.

Wir schliefen gemeinsam in unseren Kleidern auf der mit Mehlstaub bedeckten Matratze, und als wir aufwachten, war es Morgen.

12. Februar
Aschermittwoch

Wir wurden tatsächlich von den Glocken geweckt. Mir war nicht bewusst gewesen, wie nah bei der Kirche wir wohnten, bis ich die Glocken hörte, ein tiefer, schwingender Ton, der sich im Takt mit einem hellen Läuten – *dong da-di-dadi dong* – abwechselte. Ich schaute auf meine Armbanduhr. Es war sechs Uhr früh. Graugoldenes Licht fiel durch die Ritzen in den windschiefen Fensterläden auf das Bett. Ich stand auf und sah hinaus auf den Dorfplatz und das regennasse, glänzende Kopfsteinpflaster. Der eckige, weiße Kirchturm leuchtete im Licht der Morgensonne, während die Schaufenster der Läden rings um den Platz noch dunkel waren. Es gab eine Bäckerei, einen Blumenladen, ein Geschäft für Friedhofsbedarf: Gedenktafeln, steinerne Engel, unvergängliche Rosen aus Emaille ... Zwischen den Häuserfassaden mit den diskret verschlossenen Fensterläden ragt der Kirchturm wie ein Leuchtturm in den Himmel, die römischen Ziffern der Turmuhr leuchten um sechs Uhr zwanzig rotgolden, als wollten sie den Teufel abschrecken, während die Jungfrau Maria von ihrer schwindelerregend hoch gelegenen Nische aus mit einer leicht überdrüssigen Miene auf den Platz herunterschaut. Auf der Spitze des gedrungenen Turms zeigt eine Wetterfahne in Gestalt eines Mannes in Mönchsrobe mit einer Sichel in der Hand die Windrichtung an – West bis Westnordwest. Von meinem Balkon mit den toten Geranien aus konnte ich die ersten Kirchgänger sehen. Ich erkannte die Frau mit dem karierten Mantel, die mir beim Karnevalsumzug aufgefallen war; ich winkte ihr zu, doch sie eilte weiter, ohne meinen Gruß zu erwidern, und zog ihren Mantel fest um sich. Der Mann mit dem Filzhut und dem traurigen braunen Hund, der kurz danach den Platz überquerte, schenkte mir ein zaghaftes Lächeln. Ich wünschte ihm freundlich einen guten Morgen, doch ein solch ungezwungenes Verhalten verstieß offenbar gegen die Dorfetikette, denn er reagierte nicht darauf, sondern ging hastig in die Kirche und nahm den Hund gleich mit. Danach schaute niemand mehr zu meinem Balkon herauf, obwohl ich über sechzig Köpfe zählte – Kopftücher, Baskenmützen, zum Schutz gegen den unsichtbaren Wind tief in die Stirn gezogene Hüte –, doch ich spürte ihre Neugier, die sich unter der einstudierten Gleichgültigkeit verbarg. Wir sind mit wichtigen Dingen beschäftigt, sagten ihre eingezogenen Schultern und gesenkten Köpfe. Wie verdrossene Schulkinder schlurften sie über das Kopfsteinpflaster. Der Mann da hat heute mit dem Rauchen aufgehört, dachte ich; dieser dort hat sich vorgenommen, nicht mehr regelmäßig ins Café zu gehen, jene Frau wird auf ihre Lieblingsspeisen verzichten. Natürlich geht mich das alles nichts an. Aber in diesem Augenblick sagte ich mir, wenn es je ein Dorf gegeben hat, das dringend ein bisschen Verzauberung nötig hatte ... Alte Angewohnheiten brechen immer wieder durch. Und wenn man einmal gemerkt hat, dass man in der Lage ist, Wünsche zu erfüllen, wird man den Impuls nie wieder los. Und außerdem hatte sich der Karnevalswind immer noch nicht gelegt, der schwache Duft von Bratfett und Zuckerwatte und Schießpulver, der scharfe Geruch, der den Jahreszeitenwechsel ankündigt, lag immer noch in der Luft, ließ es einem in den Fingern jucken und das Herz höher schlagen ... Eine Zeit lang werden wir also bleiben. Eine Zeit lang. Bis der Wind sich dreht.

Im Kramladen kauften wir Farbe, Pinsel, Rollen, Seife und Eimer. Wir begannen im ersten Stock und arbeiteten uns nach unten vor, warfen alte Vorhänge und kaputte Möbel auf den wachsenden Haufen in dem kleinen Garten hinter dem Haus, schrubbten Fußböden und ließen ganze Flutwellen über die schmale, schmutzverkrustete Treppe stürzen, bis wir beide vollständig durchnässt waren. Anouks Wurzelbürste wurde zu einem U-Boot und meine zu einem Panzerkreuzer, der laut polternde Seifentorpedos über die Treppenstufen in den Flur hinunter abfeuerte. Mitten in diesem Spaß hörte ich die Türglocke läuten, und als ich, die Seife in der einen und die Bürste in der anderen Hand, aufblickte, sah ich den Priester in der Tür stehen.

Ich hatte mich schon gefragt, wie lange es dauern würde, bis er uns seine Aufwartung machte.

Er betrachtete uns lächelnd. Ein zurückhaltendes, gnädiges Lächeln; der Gutsherr begrüßt ungelegene Gäste. Ich spürte, wie er mich in meinem schmutzigen Overall musterte, mein mit einem roten Tuch lose zusammengebundenes Haar, meine nackten Füße in den von Putzwasser triefenden Sandalen.

»Guten Morgen.« Ein kleines Rinnsal schmutzigen Wassers lief langsam auf seine blank polierten Schuhe zu. Ich sah seinen Blick kurz zu dem Rinnsal und dann wieder zu mir schnellen.

»Francis Reynaud«, sagte er, während er diskret zur Seite trat. »Der *Curé* der Gemeinde.«

Ich musste lachen.

»Ach so«, sagte ich ironisch. »Und ich dachte schon, Sie gehörten zum Karnevalsumzug.«

Höfliches Lachen; *hi hi hi.*

Ich streckte ihm einen gelben Plastikhandschuh entgegen. »Vianne Rocher. Und der Kanonier da oben ist meine Tochter Anouk.« Geräusche von Seifenexplosionen und ausgelassenem Gerangel zwischen Anouk und Pantoufle. Ich konnte förmlich hören, wie der Priester darauf wartete, von Monsieur Rocher zu hören. Wie viel angenehmer wäre es doch, alles schwarz auf weiß zu haben, auf einem offiziellen Formular, dann könnte man sich dieses lästige *Gespräch* ersparen ...

»Ich nehme an, Sie hatten heute Morgen viel zu tun.« Er tat mir plötzlich Leid, wie er dastand und krampfhaft versuchte, ins Gespräch zu kommen. Wieder das gezwungene Lächeln.

»Ja, wir müssen dieses Haus so schnell wie möglich in Ordnung bringen. Es gibt noch sehr viel zu tun! Aber wir wären sowieso nicht in die Kirche gekommen, *Monsieur le Curé.* Wir sind keine Kirchgängerinnen, wissen Sie.« Es war nett gemeint, sollte ihm zeigen, wo er uns einzuordnen hatte, ihn beruhigen; doch er wirkte verblüfft, beinahe beleidigt.

»Ach so.«

Es war zu direkt gewesen. Er hätte es vorgezogen, noch ein bisschen mit mir um den heißen Brei herumzustreichen wie zwei misstrauische Katzen.

»Aber es ist sehr freundlich von Ihnen, uns willkommen zu heißen«, fuhr ich heiter fort. »Vielleicht können Sie uns sogar dabei behilflich sein, hier ein paar neue Freunde zu finden.«

Er hat tatsächlich etwas von einer Katze; die kalten, blassen Augen, die dem Blick nicht standhalten, die nervöse Wachsamkeit, die beherrschte Distanziertheit.

»Ich werde tun, was ich kann.« Das Wissen darum, dass wir keine neuen Schäfchen in seiner Herde sein werden, macht ihn gleichgültig. Doch sein Gewissen treibt ihn dazu, mehr anzubieten, als er zu geben bereit ist. »Brauchen Sie sonst noch etwas?«

»Nun, wir könnten ein bisschen tatkräftige Hilfe gebrauchen«, sage ich. »Ich meine, natürlich nicht von Ihnen«, fahre ich schnell fort, um ihm zuvorzukommen. »Aber vielleicht kennen Sie jemanden, der sich ein bisschen Geld verdienen möchte? Einen Putzer zum Beispiel, jemand, der uns beim Renovieren helfen könnte?«

Das war sicherlich kein heikles Thema.

»Mir fällt niemand ein.« Er ist der vorsichtigste Mensch, dem ich je begegnet bin. »Aber ich werde mich umhören.« Vielleicht wird er es tatsächlich tun. Er kennt seine Pflichten gegenüber Neuankömmlingen. Aber ich weiß, er wird niemanden finden. Wohlwollend Gefälligkeiten zu erweisen liegt nicht in seiner Natur. Sein Blick glitt misstrauisch zu dem Salz und Brot an der Tür.

»Das bringt Glück.« Ich lächelte, doch sein Gesicht war wie versteinert. Er machte einen Bogen um die kleine Opfergabe, als sei sie eine Beleidigung für ihn.

»Maman?« In der Tür erschien Anouks Kopf, die Haare wild in alle Richtungen abstehend. »Pantoufle will draußen spielen. Dürfen wir?«

Ich nickte.

»Bleibt im Garten.« Ich wischte ihr einen Schmutzfleck von der Nase. »Du siehst aus wie ein richtiger Kobold.« Gerade rechtzeitig bemerkte ich den seltsamen Blick, mit dem sie den Priester musterte. »Das ist Monsieur Reynaud, Anouk. Willst du ihm nicht guten Tag sagen?«

»Hallo!«, rief Anouk auf dem Weg zur Tür. »Tschüs!« Ein verschwommenes Aufblitzen ihres gelben Sweatshirts und ihrer roten Latzhose, als ihre Füße wie wild über die nassen Fliesen schlitterten, und schon war sie verschwunden. Nicht zum ersten Mal war ich mir fast sicher, Pantoufle zu sehen, der ihr auf den Fersen folgte, ein dunklerer Fleck auf dem dunklen Boden.

»Sie ist erst sechs«, erklärte ich.

Reynaud lächelte, die Lippen schmal zusammengepresst, als hätte der Anblick meiner Tochter jeden Verdacht bestätigt, den er gegen mich hegte.

Donnerstag, 13. Februar

Gott sei Dank, es ist vorbei. Nach Besuchen bin ich jedes Mal völlig erschöpft. Das gilt natürlich nicht für Sie, *mon père*; meine wöchentlichen Besuche bei Ihnen sind ein Luxus, ja, man könnte fast sagen, der einzige Luxus, den ich mir gönne. Ich hoffe, dass Ihnen die Blumen gefallen. Sie sind nichts Besonderes, aber sie duften herrlich. Ich stelle sie hierhin, neben Ihren Stuhl, wo Sie sie sehen können. Von hier aus haben Sie einen schönen Ausblick über die Felder mit dem Tannes, der sich durch das Land schlängelt, und in der Ferne können Sie sogar die Garonne glitzern sehen. Fast könnte man meinen, wir wären ganz allein. Oh, ich will mich nicht beschweren. Wirklich nicht. Aber Sie müssen wissen, wie schwer es für einen Mann ist, die ganze Last allein zu tragen. Ihre nichtigen Sorgen, ihre Klagen, ihre Dummheiten, all ihre trivialen Probleme ... Am Dienstag haben sie einen Karnevalsumzug veranstaltet. Man hätte meinen können, dass es sich um Wilde handelte, so wie sie herumgetollt sind. Louis Perrins jüngster, Claude, hat mit einer Wasserpistole auf mich geschossen, und sein Vater hatte nicht mehr dazu zu sagen, als dass er doch noch klein sei und nur spielen wolle. Ich will sie doch bloß im rechten Glauben leiten, *mon père*, und sie von ihren Sünden befreien. Aber sie sind so trotzig wie kleine Kinder, die gesunde Kost verweigern und sich stattdessen weiterhin mit Süßigkeiten voll stopfen. Ich weiß, dass Sie mich verstehen. Fünfzig Jahre lang haben Sie all das mit Geduld und Strenge auf Ihren Schultern getragen. Sie haben ihre Liebe gewonnen. Haben die Zeiten sich denn so geändert? Ich werde geachtet und gefürchtet ... aber nicht geliebt. Ihre Gesichter sind mürrisch, voller Groll. Als sie gestern mit Aschenkreuzen auf der Stirn die Kirche verließen, wirkten sie zugleich schuldbewusst und erleichtert. Jetzt können sie sich wieder ihren heimlichen Genüssen, ihren geheimen Lastern hingeben. Begreifen sie denn nichts? Der Herr sieht alles. Ich sehe alles. Paul-Marie Muscat prügelt seine Frau. Er kommt jede Woche zur Beichte, betet zehn Ave-Maria und geht dann nach Hause, um so weiterzumachen wie eh und je. Seine Frau stiehlt. Letzte Woche ist sie auf den Markt gegangen und hat an einem Stand Modeschmuck gestohlen. Guillaume Duplessis will wissen, ob Tiere eine Seele haben, und weint, wenn ich ihm erkläre, dass sie keine haben. Charlotte Edouard glaubt, ihr Mann hätte eine Geliebte – ich weiß, dass er drei hat, aber das Beichtgeheimnis zwingt mich zu schweigen. Was sind sie doch für Kinder! Ihre Erwartungen bringen mich zur Verzweiflung. Aber ich kann es mir nicht leisten, Schwäche zu zeigen. Schafe sind gar nicht so fromm und gutmütig wie auf den Hirtenbildern. Das kann einem jeder Bauer bestätigen. Sie sind durchtrieben, manchmal bösartig und absolut einfältig. Ein nachsichtiger Hirte riskiert, dass seine Herde aufsässig und widerspenstig wird. Ich kann es mir nicht leisten, nachsichtig zu sein.

Deswegen gestatte ich mir einmal pro Woche diesen Luxus. Ihre Lippen, *mon père,* sind so fest versiegelt wie die eines Beichtvaters. Sie haben stets ein offenes Ohr; sind stets voller Milde. Für eine Stunde kann ich meine Last ablegen. Eine Stunde lang kann ich zugeben, dass ich fehlbar bin.

Wir haben ein neues Mitglied in unserer Gemeinde. Eine gewisse Vianne Rocher, eine Witwe, nehme ich an, mit einer kleinen Tochter. Erinnern Sie sich noch an die Bäckerei des alten Blaireau? Er ist vor vier Jahren gestorben, und seitdem verfällt das Haus immer mehr. Nun, sie hat das Haus gemietet und will am Wochenende einen Laden eröffnen. Ich glaube nicht, dass das Geschäft lange bestehen wird. Wir haben ja schon Poitous Bäckerei auf der gegenüberliegenden Seite des Platzes, und außerdem passt sie einfach nicht zu uns. Sie ist ja ganz nett, aber sie hat nichts mit uns gemein. Ich gebe ihr zwei Monate, dann kehrt sie wieder in die Stadt zurück, wo sie hingehört. Komisch, sie hat mir gar nicht gesagt, woher sie kommt. Wahrscheinlich aus Paris, oder vielleicht sogar aus dem Ausland. Sie spricht völlig akzentfrei, mit harten Vokalen wie im Norden, eigentlich fast zu akzentfrei für eine Französin, und ihre Augen könnten darauf schließen lassen, dass sie italienischer oder portugiesischer Abstammung ist, und ihre Haut ... Aber ich habe sie nicht so genau gesehen. Sie hat gestern und heute den ganzen Tag in der Bäckerei gearbeitet. Sie haben eine riesige orangefarbene Plastikplane vor das Schaufenster gehängt, so dass der ganze Laden aussieht wie ein riesiges Geschenkpaket, und ab und zu sieht man sie oder ihre unbändige kleine Tochter vor die Tür treten, um einen Eimer Putzwasser in den Gully zu schütten oder sich schüchtern mit einem Handwerker zu unterhalten ... Sie besitzt ein merkwürdiges Talent, Leute dazu zu überreden, dass sie für sie arbeiten. Ich hatte ihr zwar angeboten, sie bei der Suche nach Helfern zu unterstützen, war jedoch davon ausgegangen, dass sich kaum jemand aus dem Dorf finden würde. Aber heute Morgen habe ich gesehen, wie Clairmont ihr in aller Frühe Bauholz brachte, und später kam Pourceau mit seiner Leiter. Poitou hat Möbel geliefert; ich habe ihn einen Sessel über den Dorfplatz tragen sehen, im Gesicht den gehetzten Blick eines Mannes, der nicht bemerkt werden will. Selbst dieses nichtsnutzige Lästermaul Narcisse, der sich im vergangenen November glatt geweigert hat, den Kirchhof umzugraben, ist mit seinem

Werkzeug zu ihr gegangen, um ihren Garten in Ordnung zu bringen. Heute Morgen gegen zwanzig vor neun hielt ein Lieferwagen vor dem Laden. Duplessis, der wie immer um diese Zeit seinen Hund ausführte, kam gerade vorbei, und sie sprach ihn einfach an und bat ihn, beim Abladen zu helfen. Ich konnte sehen, dass er über ihr Ansinnen ziemlich verblüfft war, die Hand, mit der er gerade seinen Hut ziehen wollte, verharrte in der Luft – einen Moment lang war ich mir fast sicher, dass er ihr die Bitte abschlagen würde. Doch dann sagte sie etwas – ich konnte nicht verstehen, was es war –, und ich hörte ihr Lachen quer über den Platz. Sie lacht überhaupt viel und gestikuliert ausgiebig mit den Händen. Das ist wohl auch typisch für eine Städterin. Hier auf dem Land sind wir es gewohnt, dass die Leute reservierter sind, aber ich nehme an, sie meint es gut. Sie hatte sich ein lilafarbenes Tuch nach Zigeunerart um den Kopf gebunden, aber ihr Haar war zum größten Teil darunter hervorgerutscht und voller weißer Farbe. Das schien sie gar nicht zu stören. Duplessis konnte sich später nicht mehr erinnern, was sie zu ihm gesagt hatte, aber er erzählte auf seine übliche zaghafte Art, der Lieferwagen hätte nichts Besonderes gebracht, nur ein paar Kartons, klein, aber schwer, und einige offene Kisten mit Küchenutensilien. Er hat sich nicht danach erkundigt, was sich in den Kartons befand, aber er meinte, was es auch gewesen sein mochte, mit so geringen Mengen könne man in einer Bäckerei nicht viel anfangen.

Glauben Sie nicht, *mon père*, ich würde den ganzen Tag nichts anderes tun als beobachten, was in der Bäckerei vor sich geht. Es ist nur so, dass sie sich genau meinem Haus gegenüber befindet, gegenüber dem Haus, in dem Sie früher gewohnt haben, *mon père*, vor Ihrer Erkrankung. Seit anderthalb Tagen wird dort unaufhörlich gehämmert und gestrichen und geweißt und geschrubbt, bis die Neugier mich überkam und ich das Ergebnis all der Plackerei sehen wollte. Und ich bin nicht der Einzige, der neugierig geworden ist; ich habe gehört, wie Madame Clairmont vor Poitous Bäckerei ein paar Freundinnen wichtigtuerisch von der Arbeit ihres Mannes berichtete; ich hörte sie von *roten Fensterläden* erzählen, bis sie mich bemerkte und in einem verschwörerischen Flüsterton weiterredete. Als ob mich das alles interessierte. Die Neue sorgt auf jeden Fall für Klatsch. Ich bemerke immer wieder, wie die orangefarbene Plastikplane einem in unerwarteten Augenblicken aufs Neue ins Auge sticht. Das verhängte Fenster erinnert an ein riesiges Bonbon, das darauf wartet, ausgewickelt zu werden, wie ein Überbleibsel des Karnevalsumzugs. Die leuchtende Farbe und die Art und Weise, wie die Falten der Plane das Sonnenlicht reflektieren, haben etwas Beunruhigendes; ich bin froh, wenn die Arbeiten beendet sind und der Laden wieder wie eine normale Bäckerei aussieht.

Die Schwester schaut zu mir herüber. Sie glaubt, ich würde Sie ermüden, Vater. Wie können Sie sie nur alle ertragen, mit ihren lauten Stimmen und ihrem Gouvernantenton. *Ich glaube, es ist jetzt Zeit für unser Nickerchen.* Ihre übertrieben neckische Art ist beleidigend, unerträglich. Und doch meint sie es gut, ich kann es an Ihren Augen ablesen, Vater. *Vergib ihnen, denn sie wissen nicht, was sie tun.* Ich bin ein Egoist. Ich komme hierher, um Erleichterung zu finden, nicht, um sie Ihnen zu verschaffen. Und doch habe ich immer den Eindruck, dass meine Besuche Ihnen Freude bereiten, dass Sie froh sind, auf diese Weise den Kontakt zur Wirklichkeit nicht zu verlieren, die für Sie verschwommen und konturlos geworden ist. Eine Stunde pro Abend fernsehen, fünfmal täglich umbetten, künstliche Ernährung ... erdulden müssen, dass man über Sie redet, als seien Sie ein Gegenstand – *Ob er uns hören kann? Glaubst du, er versteht, was wir sagen?* –, niemand, der Sie nach Ihrer Meinung fragt ... Von allem ausgeschlossen zu sein und doch fühlen und denken zu können ... Das ist die wahre Hölle, ohne das mittelalterlich bunte Beiwerk, mit dem man sie gewöhnlich ausschmückt. Es ist der Verlust von menschlichem Kontakt. Und doch wende ich mich an Sie, um von Ihnen zu lernen, wie man mit den Menschen umgeht. Lehren Sie mich zu hoffen.

Freitag, 14. Februar
Valentinstag

Der Mann mit dem Hund heißt Guillaume. Er hat mir gestern geholfen, die Kisten vom Lieferwagen zu laden, und heute Morgen war er mein erster Kunde. Er hatte seinen Hund Charly dabei, und er grüßte mich mit einer fast ritterlichen Höflichkeit.

»Es ist wunderschön geworden!«, sagte er, als er sich umsah. »Sie müssen die ganze Nacht gearbeitet haben.« Ich lachte.

»Welch eine Verwandlung«, sagte Guillaume. »Wissen Sie, ich kann nicht sagen, warum, aber ich hatte angenommen, es würde wieder eine Bäckerei werden.«

»Sollte ich etwa dem armen Monsieur Poitou das Geschäft verderben? Da hätte er sich aber bei mir bedankt, wo er doch so sehr mit seinem Hexenschuss zu tun hat und seine Frau so krank ist und so schlecht schläft.«

Guillaume bückte sich, um Charlys Halsband zurechtzurücken, aber ich sah das Funkeln in seinen Augen.

»Sie haben ihn also bereits kennen gelernt«, sagte er.

»Ja. Ich habe ihm mein Rezept für einen Schlaftee gegeben.«

»Wenn es wirkt, haben Sie einen Freund fürs Leben gewonnen.«

»Es wirkt«, versicherte ich ihm. Dann holte ich eine kleine rosafarbene Schachtel mit einer silbernen Schleife unter der Theke hervor. »Für Sie. Für meinen ersten Kunden.« Guillaume schaute mich verblüfft an.

»Wirklich, Madame, ich …«

»Nennen Sie mich Vianne.« Ich drückte ihm die Schachtel in die Hand. »Ich bestehe darauf. Sie werden Ihnen schmecken. Es ist Ihre Lieblingssorte.«

Darüber musste er lächeln.

»Woher wollen Sie das wissen?«, erkundigte er sich, während er die Schachtel in seine Manteltasche steckte.

»Oh, ich weiß es einfach«, erwiderte ich lächelnd. »Ich sehe es den Leuten an. Vertrauen Sie mir.«

Das Schild wurde erst mittags fertig. Georges Clairmont kam höchstpersönlich, um es aufzuhängen, während er sich wortreich wegen der Verspätung entschuldigte. Die roten Fensterläden sehen auf den frisch geweißten Wänden wunderschön aus, und Narcisse hat mir unter halbherzigem Protest wegen der Frostgefahr selbstgezogene Geranien für meine Blumenkästen mitgebracht. Ich habe beiden zum Valentinstag eine Schachtel Pralinen geschenkt, und sie zogen mit freudig verwirrten Gesichtern ab. Danach kamen bis auf einige Schulkinder kaum noch Kunden. So ist es immer, wenn in einem kleinen Dorf ein neuer Laden eröffnet; für solche Situationen gibt es einen strengen Verhaltenskodex, und die Leute sind reserviert, geben sich uninteressiert, obwohl sie innerlich vor Neugier platzen. Eine alte Dame in der traditionellen schwarzen Witwenkleidung traute sich herein. Ein Mann mit dunklen, stark ausgeprägten Zügen, der drei gleiche Schachteln Pralinen kaufte, ohne sich nach dem Inhalt zu erkundigen. Dann kam vier Stunden lang niemand. Ich hatte es nicht anders erwartet; die Menschen brauchen Zeit, um sich an Veränderungen zu gewöhnen, und obwohl mehrere Leute stehen blieben, um sich die Auslagen in meinem Schaufenster anzusehen, schien niemand geneigt hereinzukommen. Hinter der gezwungenen Gleichgültigkeit jedoch spürte ich eine Art Schmoren, ein argwöhnisches Flüstern, ein Rascheln von Vorhängen, das Bemühen, sich ein Herz zu fassen. Als sie schließlich erschienen, kamen sie alle zusammen; acht Frauen, unter ihnen Caroline Clairmont, die Frau des Schildermalers. Eine neunte Frau, die etwas später eintraf, blieb draußen vor dem Laden stehen und berührte die Schaufensterscheibe fast mit der Nase, und ich erkannte die Frau mit dem karierten Mantel. Die Damen kicherten wie kleine Schulmädchen und freuten sich über ihre Ungezogenheit.

»Und Sie machen die wirklich alle selbst?«, fragte Cécile, der die Apotheke auf der Hauptstraße gehört.

»Während der Fastenzeit dürfte ich eigentlich gar nicht naschen«, sagte Caroline, eine dicke Blonde mit einem Pelzkragen.

»Ich werde es keiner Menschenseele verraten«, versprach ich. Dann, als ich sah, dass die Frau in dem karierten Mantel immer noch draußen vor dem Fenster stand, fragte ich: »Möchte Ihre Freundin nicht auch hereinkommen?«

»Oh, sie gehört nicht zu uns«, erwiderte Joline Drou, eine Frau mit strengen Zügen, die in der Dorfschule unterrichtet. Sie warf einen kurzen Blick auf die Frau vor dem Fenster. »Das ist Joséphine Muscat.« Es lag eine Art mitleidige Verachtung in ihrer Stimme, als sie den Namen aussprach. »Ich glaube kaum, dass sie hereinkommen wird.«

Als hätte sie es gehört, sah ich, wie Joséphine leicht errötete und den Kopf senkte. Sie hielt sich eine Hand vor den Bauch, was wie eine seltsame Schutzgebärde wirkte. Ich konnte erkennen, wie ihre Lippen sich bewegten, so als würde sie ein Gebet sprechen oder einen Fluch ausstoßen.

Nacheinander bediente ich die Damen – eine weiße Schachtel mit goldener Schleife, zwei Spitztüten, eine Rose, eine rosafarbene Valentinsschleife –, die ihre Bestellungen mit kleinen Schreien des Entzückens und freudigem Lachen begleiteten. Draußen murmelte Joséphine Muscat vor sich hin, während sie rhythmisch vor- und zurückschaukelte und sich die Fäuste unbeholfen in die Magengrube presste. Schließlich, als ich gerade dabei war, die letzte Kundin zu bedienen, hob sie beinahe trotzig den Kopf und kam herein.

Diese letzte Kundin hatte spezielle Wünsche. Madame ließ sich eine erlesene Auswahl an Trüffeln zusammenstellen, in einer runden Schachtel mit weißen Schleifen und Blumen und goldenen Herzchen und dazu eine blanko Grußkarte – worüber die Damen entzückt die Augen verdrehten und zu kichern begannen –, so dass ich es beinahe nicht mitbekommen hätte. Die großen, von Hausarbeit geröteten Hände sind überraschend flink und geschickt. Die eine Hand bleibt in ihre Magengrube gedrückt, die andere macht eine kurze Bewegung wie die eines Revolverhelden, der in Sekundenschnelle seine Waffe zieht, und im nächsten Augenblick verschwindet das kleine, silberne, mit einer Rose verzierte Päckchen zu zehn Francs vom Regal in ihrer Manteltasche. Gute Arbeit.

Bis die Damen den Laden mitsamt ihren Päckchen verlassen hatten, ließ ich mir nichts anmerken. Joséphine, allein an der Theke, tat so, als würde sie sich in Ruhe etwas aussuchen, hob hier und da mit nervösen Händen eine Schachtel hoch, um sie näher zu betrachten. Ich schloss die Augen.

»Kann ich Ihnen helfen, Madame Muscat?«, fragte ich freundlich. »Oder möchten Sie sich erst noch ein wenig umsehen?«

Die Gedanken, die sie aussendete, waren verworren und beunruhigend. Lauter Bilder gingen mir durch den Kopf; Rauch, eine Hand voll glitzernder Tand, ein blutiger Knöchel. Und hinter all dem spürte ich tiefen Kummer.

Sie murmelte etwas Unverständliches vor sich hin und wandte sich zum Gehen.

»Ich glaube, ich habe etwas, das Ihnen gefallen wird.« Ich langte unter die Theke und holte ein silbernes Päckchen hervor, das etwas größer war als das, was ich sie hatte stibitzen sehen. Das Päckchen war mit einem weißen, mit gelben Blümchen bestickten Band verschnürt. Sie starrte mich mit offenem Mund an; Panik lag in ihren Augen.

Ich schob das Päckchen über die Theke.

»Ein Geschenk des Hauses, Joséphine«, sagte ich sanft. »Ist schon in Ordnung. Es ist Ihre Lieblingssorte.«

Joséphine Muscat drehte sich um und ergriff die Flucht.

Samstag, 15. Februar

Ich weiß, heute ist nicht mein üblicher Besuchstag, *mon père*. Aber ich muss unbedingt mit jemandem reden. Die Bäckerei hat gestern eröffnet. Aber es ist keine Bäckerei. Als ich morgens um sechs Uhr aufwachte, war die orangefarbene Plastikplane nicht mehr da, die Markise und die Fensterläden waren angebracht, und die Jalousie im Schaufenster war hochgezogen. Was einst ein gewöhnliches, ziemlich farbloses Haus gewesen ist, das genauso aussah wie all die anderen Häuser rings um den Dorfplatz, hat sich in ein rotgoldenes Stück Konfekt vor blütenweißem Hintergrund verwandelt. Rote Geranien in den Blumenkästen. Das Balkongeländer mit Girlanden aus rotem Krepp umwickelt. Und über der Tür ein handgemaltes Schild aus schwarzer Eiche:

La Céleste Praline
Chocolaterie Artisanale

Die himmlische Praline. Das ist natürlich lächerlich. Ein solcher Laden mag vielleicht in Marseille oder Bordeaux auf Begeisterung stoßen – oder auch in Agen, wo es von Jahr zu Jahr mehr Touristen gibt. Aber in Lansquenet-sous-Tannes? Noch dazu zu Beginn der Fastenzeit, in der die Menschen Verzicht üben sollen? Das scheint mir doch pervers zu sein, möglicherweise sogar mit Absicht. Ich habe mir heute Morgen die Auslagen im Schaufenster angesehen. Auf einer weißen Marmorplatte sind zahllose Schachteln und Tüten aus Silber- und Goldpapier ausgestellt, mit Rosetten, Glöckchen, Blumen, Herzchen und bunten, gekringelten Schleifen verziert. Unter Glasglocken liegen Pralinen, Trüffel, Venusbrüstchen, *mendiants,* kandierte Früchte, Haselnusssplitter, Meeresfrüchte aus Schokolade, kandierte Rosenblätter, Veilchenpastillen ... Durch die Markise vor der Sonne geschützt, glänzen sie im Halbschatten wie die versunkenen Schätze in Aladins Höhle. Und in der Mitte hat sie die Hauptattraktion aufgebaut. Ein Lebkuchenhaus, dessen Wände mit Schokolade überzogen sind; Türen und Fenster sind mit silbernem und goldenem Zuckerguss aufgemalt, das Dach ist mit Dachpfannen aus Florentinern gedeckt, an den Giebeln ranken seltsame Kletterpflanzen aus Zuckerguss und Schokolade empor, an denen kandierte Früchte wachsen, neben dem Haus stehen Bäume aus Schokolade, in denen Marzipanvögel zwitschern ... Und dann die Hexe, von ihrem hohen, spitzen Hut bis zum Saum ihres langen Umhangs aus dunkler Schokolade. Sie reitet auf einem Besenstil, der dem Kitsch die Krone aufsetzt, einer von diesen langen, bunten, gezwirbelten Zuckerstangen, wie man sie zu Karneval überall an der Straße kaufen kann ... Von meinem Fenster aus kann ich das Schaufenster sehen, das wie ein halb geschlossenes Auge zu mir herüberstarrt und mir verschwörerisch zuzuzwinkern scheint.

Caroline Clairmont hat wegen der Waren, die in diesem Laden feilgeboten werden, ihr Fastengelübde gebrochen. Gestern im Beichtstuhl hat sie es mir gestanden, in diesem atemlosen, mädchenhaften Ton, der ihre Beteuerungen der Reue so unglaubhaft macht.

»*O mon père,* ich mache mir solche Vorwürfe! Aber was sollte ich tun, wo diese *charmante* Frau so reizend zu mir war? Ich meine, ich habe nicht mal im *Traum* daran gedacht, bis es zu spät war, obwohl ich all das süße Zeug überhaupt nicht anrühren dürfte ... Ich meine, in den letzten zwei Jahren bin ich aufgegangen wie ein *Hefekuchen,* und wenn ich daran denke, möchte ich am liebsten *sterben* ...«

»Zwei Ave-Maria.« Gott, diese Frau. Selbst durch die Gitterstäbe spüre ich ihre lüsternen Augen. Sie gibt sich zerknirscht über meine Schroffheit.

»Selbstverständlich, Vater.«

»Und denken Sie daran, warum wir in der Fastenzeit enthaltsam sind. Nicht aus Eitelkeit. Nicht, um unsere Freunde zu beeindrucken. Nicht, damit wir in die teuren Kleider passen, die im nächsten Sommer in Mode kommen.« Ich bin absichtlich schonungslos. Es ist genau das, was sie braucht.

»Ja, ich *bin* eitel, nicht wahr?« Ein kurzes Schluchzen, eine Träne, die sie vorsichtig mit dem Zipfel eines Batisttaschentuchs abtupft. »Eine dumme, eitle Frau.«

»Denken Sie an unseren Herrn Jesus. An das Opfer, das er für uns gebracht hat. An seine Demut.« Ich rieche ihr Parfüm, irgendetwas Blumiges, zu intensiv in dieser dunklen Enge. Ich frage mich, ob es verführerisch wirken soll. Falls ja, bin ich aus Stein.

»Vier Ave-Maria.«

Es ist eine Art Verzweiflung. Es zerfrisst die Seele, zersetzt sie Stück für Stück, so wie eine Kathedrale über die Jahre von in der Luft fliegenden Staub- und Sandkörnchen allmählich abgetragen wird. Ich spüre, wie es an meiner Entschlossenheit nagt, an meiner Freude, meinem Glauben. Ich möchte ihnen in Leid und Kümmernis beistehen, sie durch die Wildnis geleiten. Und nun das. Diese schleppende Prozession von Lügnern, Schwindlern, Vielfraßen und erbärmlichen Selbstbetrügern. Der Kampf zwischen Gut und Böse personifiziert in einer dicken Frau, die in jämmerlicher Unentschlossenheit vor dem Süßwarenladen steht und sich fragt: *Soll ich? Oder soll ich nicht?* Der Teufel ist ein Feigling; er wagt es nicht, sein Gesicht zu zeigen. Er ist substanzlos, zerfällt in Millionen winziger Teilchen, die das Blut und die Seele mit dem Bösen infiltrieren. Wir beide, Sie und ich, *mon père*, wurden zu spät geboren. Ich sehne mich nach der rauen, klaren Welt des Alten Testaments. Damals wussten wir noch, wo wir standen. Damals war Satan in Fleisch und

Blut unter uns. Wir trafen schwierige Entscheidungen; wir opferten unsere Kinder in Gottes Namen. Wir liebten Gott, aber noch mehr fürchteten wir ihn.

Nicht dass Sie denken, ich würde Vianne Rocher die Schuld geben. Eigentlich denke ich kaum an sie. Sie ist nur einer der schlechten Einflüsse, gegen die ich Tag für Tag kämpfen muss. Aber dieser Laden mit seiner bunten Markise, dieses halb geschlossene Schaufenster, dieses verführerische Zwinkern, das der Enthaltsamkeit spottet, den Glauben unterhöhlt ... Wenn ich aus der Tür trete, um mich der Gemeinde zu widmen, bemerke ich, wie sich im Inneren des Ladens etwas bewegt. *Probier mich. Koste mich. Nasch mich.* In der Stille zwischen zwei Strophen eines Kirchenliedes höre ich das Hupen des Lieferwagens, der vor dem Laden hält. Während der Predigt – während der heiligen Messe, Vater! – fahre ich mitten im Satz zusammen, weil ich sicher bin, das Rascheln von Bonbonpapier zu hören ...

Obwohl heute Morgen nur wenige Leute an der Messe teilnahmen, habe ich eine besonders strenge Predigt gehalten. Morgen werde ich sie büßen lassen. Morgen, am Sonntag, wenn alle Läden geschlossen sind.

Samstag, 15. Februar

Heute ist die Schule früher aus. Um zwölf Uhr wimmelt es in der Straße von Cowboys und Indianern in bunten Anoraks und Jeans, mit schweren Schulranzen auf dem Rücken oder in der Hand – die Größeren, mit verbotenen Zigaretten zwischen den Lippen, die Kragen hochgeschlagen, werfen im Vorbeischlendern lässig einen kurzen Blick auf die Auslagen in meinem Fenster. Mir fiel ein Junge in einem tadellos sitzenden grauen Mantel und mit Baskenmütze auf, der allein ging, den Schulranzen korrekt auf den schmalen Rücken geschnallt. Eine ganze Weile blieb er vor dem Schaufenster von *La Céleste Praline* stehen, doch die Sonne spiegelte sich so ungünstig in der Fensterscheibe, dass ich sein Gesicht nicht erkennen konnte. Als ein paar Kinder in Anouks Alter vor dem Laden stehen blieben, ging er weiter. Zwei Nasen wurden kurz an der Fensterscheibe plattgedrückt, dann steckten die vier die Köpfe zusammen und leerten ihre Hosentaschen, um ihr Taschengeld zu zählen. Nach kurzem Zögern bestimmten sie einen, der hineingehen sollte. Ich tat so, als sei ich hinter der Theke mit etwas beschäftigt.

»Madame?« Ein kleines, schmuddeliges Gesicht schaute misstrauisch zu mir auf. Ich erkannte den Wolf aus dem Karnevalsumzug.

»Du willst bestimmt Makrönchen kaufen, junger Mann.« Ich machte ein ernstes Gesicht, denn der Kauf von Süßigkeiten ist eine ernste Angelegenheit. »Sie sind gesund, leicht zu teilen, schmelzen nicht in der Hosentasche, und du bekommst« – ich hob beide Hände, um ihm die Menge anzudeuten – »mindestens so viel für fünf Francs. Stimmt's?«

Kein Lächeln, nur ein Nicken wie zwischen zwei Geschäftsleuten. Die Münze war warm und ein bisschen klebrig. Vorsichtig nahm er die Tüte entgegen.

»Das Lebkuchenhaus gefällt mir«, sagte er feierlich. »Das im Fenster.« Die drei anderen standen in der Tür und nickten scheu, dicht aneinander gedrückt, wie um sich gegenseitig Mut zu machen. »Es ist cool.« Der amerikanische Ausdruck kam fast trotzig über die kleinen Lippen, wie der Rauch einer heimlich gerauchten Zigarette. Ich lächelte.

»Sehr cool«, stimmte ich zu. »Wenn ihr wollt, könnt ihr mir helfen, es aufzuessen, wenn ich es aus dem Fenster nehme.«

Große Augen.
»*Cool!*«
»*Megacool!*«
»Wann?«

Ich zuckte die Achseln.

»Ich werde Anouk bitten, euch Bescheid zu sagen«, versprach ich. »Das ist meine Tochter.«

»Das wissen wir. Wir haben sie gesehen. Sie geht nicht zur Schule.« Die letzte Bemerkung klang fast neidisch.

»Ab Montag wird sie in die Schule gehen. Es ist schade, dass sie noch keine Freunde hat, denn ich habe ihr erlaubt, sie mit nach Hause zu bringen. Sie könnten mir nämlich helfen, das Schaufenster zu dekorieren, wisst ihr.«

Füße scharrten, klebrige Hände wurden ausgestreckt, jeder wollte der Erste sein, der den Laden betrat.

»Wir können –«

»*Ich* kann –«

»Ich heiße Jeannot –«

»Claudine –«

»Lucie –«

Ich schenkte jedem Kind eine Speckmaus, und im nächsten Augenblick sah ich sie auf dem Dorfplatz ausschwärmen wie Löwenzahnsamen im Wind. Ihre Anoraks blitzten kurz in der Sonne auf – rot-orange-grün-blau –, dann waren sie verschwunden. Im Schatten des Portals von Saint Jérôme sah ich den Priester stehen, der sie neugierig und, wie mir schien, missbilligend beobachtete. Ich war überrascht. Warum sollte er ihr Verhalten missbilligen? Seit seinem Pflichtbesuch am ersten Tag ist er nicht mehr bei uns gewesen, aber ich habe viel von ihm gehört. Guillaume spricht respektvoll über ihn, Narcisse entnervt, Caroline in dem koketten Ton, den sie stets anzuschlagen scheint, wenn sie über einen Mann unter fünfzig spricht ... Es liegt wenig echte Sympathie in der Art, wie sie über ihn reden. Er ist kein Einheimischer, wie ich gehört habe. Ein Seminarist aus Paris, der sein Wissen aus Büchern bezogen hat – er stammt nicht vom Land, kennt nicht dessen Bedürfnisse und Zwänge. Das weiß ich von Narcisse, der mit ihm in Fehde lebt, seit er sich weigerte, während der Erntesaison die Messe zu besuchen. Ein Mann, der Dummköpfe verachtet, sagt Guillaume mit einem traurigen Halblächeln hinter seiner runden Brille, das heißt also, die meisten von uns mit unseren törichten Sitten und eingefahrenen Gewohnheiten. Dabei tätschelt er liebevoll Charlys Kopf, woraufhin der Hund kurz aufbellt, wie um ihn zu bestätigen.

»Er findet es lächerlich, einen Hund zu lieben«, sagt Guillaume wehmütig. »Er ist viel zu höflich, um es auszusprechen, aber er hält es für – *unschicklich*. Ein Mann in meinem Alter ...« Bevor er pensioniert wurde, war Guillaume Lehrer an der hiesigen Grundschule. Heute gibt es für die immer geringer werdenden Schülerzahlen nur noch zwei Lehrer, aber viele der älteren Leute sprechen immer noch von Guillaume als dem *maître d'école*. Ich sehe ihm zu, wie er Charly die Ohren krault, und ich bin mir sicher, hinter der sichtbaren Zuneigung noch etwas anderes zu spüren, eine Art Traurigkeit, etwas in seinem Blick, das beinahe schuldbewusst wirkt.

»Jeder hat das Recht, sich seine Freunde auszusuchen, egal, wie alt er ist«, unterbrach ich ihn leicht aufgebracht. »Vielleicht könnte *Monsieur le Curé* selbst etwas von Charly lernen.« Wieder das freundliche, traurige Halblächeln.

»*Monsieur le Curé* tut sein Bestes«, erklärte er mir sanft. »Mehr können wir nicht von ihm erwarten.«

Ich sagte nichts darauf. In meinem Beruf lernt man schnell, dass das Geben keine Grenzen kennt. Guillaume verließ *La Praline* mit einer kleinen Tüte Florentiner in der Tasche; bevor er um die Ecke der *Avenue des Francs Bourgeois* bog, sah ich, wie er einen davon seinem Hund gab. Ein Tätscheln, ein Bellen, ein kurzes Wedeln mit dem Stummelschwanz. Wie ich schon sagte, manche Menschen geben, ohne lange zu überlegen.

Das Dorf wird mir immer vertrauter. Auch seine Einwohner. Ich kenne inzwischen immer mehr Gesichter und Namen; die ersten Stränge von kleinen Geschichten, die sich mit der Zeit zu einer uns alle verbindenden Nabelschnur verflechten werden. Das Dorf ist vielschichtiger, als sein einfacher Grundriss zunächst vermuten lässt. Die *Rue Principale,* von der mehrere Seitenstraßen wie die Finger einer Hand abzweigen: die *Avenue des Poètes,* die *Rue des Francs Bourgeois,* die *Ruelle des Frères de la Revolution* – irgendein Bürgermeister muss eine ausgeprägt republikanische Ader gehabt haben. Der Dorfplatz, die *Place Saint-Jérôme,* ist der Mittelpunkt, auf dem diese Straßen zusammenlaufen und wo die Kirche weiß und stolz in den Himmel aufragt. Um den Platz herum stehen Lindenbäume, in der Mitte eine mit rotem Kies bedeckte Fläche, auf der die alten Männer an lauen Abenden *pétanque* spielen. Hinter der Kirche geht es steil den Hügel hinunter in das Gewirr von engen Gassen, das die Einheimischen nur *Les Marauds,* das Lumpenviertel, nennen. Das ist das Armenviertel von Lansquenet, mit windschiefen Fachwerkhäusern und holprigem Kopfsteinpflaster bis hinunter zum Ufer des Tannes. Die Dorfgrenze jedoch liegt weiter draußen, wo das Sumpfgebiet beginnt. Einige Häuser stehen auf morschen Pfählen über dem Wasser des Flusses, andere schmiegen sich an die steinerne Kaimauer, wo die Feuchtigkeit des brackigen Wassers wie lange, kalte Finger bis zu ihren kleinen, schmalen Fenstern hinaufkriecht. In einer Stadt wie Agen würde ein malerisch verfallenes Viertel wie *Les Marauds* die Touristen anlocken. Aber hier gibt es keine Touristen. Die Einwohner von *Les Marauds* sind Lumpensammler, die von dem leben, was sie aus dem Fluss fischen. Viele Häuser sind baufällig; hier und da sieht man Holundersträucher aus Mauerritzen wachsen. Ich hatte den Laden über die Mittagszeit für zwei Stunden zugemacht und war mit Anouk zum Fluss hinuntergespaziert. Ein paar magere Kinder spielen in dem grünlichen Schlamm am Flussufer; selbst im Februar liegt ein leichter Gestank nach Abwasser und Fäulnis in der Luft. Es war kalt und sonnig, und Anouk in ihrem roten Anorak und der roten Mütze rannte über das Kopfsteinpflaster mit Pantoufle auf den Fersen, dem sie immer wieder aufgeregt etwas zurief.

Ich habe mich mittlerweile so sehr an Pantoufle gewöhnt – und an den Rest der seltsamen Menagerie, die sie stets in ihrem Gefolge führt –, dass ich bei solchen Gelegenheiten beinahe meine, ihn zu sehen, Pantoufle, mit seinen Schnurrhaaren und den klugen Augen. In diesen Augenblicken wird die Welt um mich herum plötzlich bunter, und es ist, als sei ich auf wundersame Weise zu Anouk *geworden* und sähe mit ihren Augen, liefe in ihren Fußstapfen. Dann könnte ich vergehen vor Liebe für sie, für meine kleine Fremde; dann schwillt mein Herz gefährlich an, und ich kann mich nur retten, indem ich zu rennen beginne, so dass mein roter Anorak im Wind flattert, als hätte ich Flügel bekommen, und mein Haar wie der Schweif eines Kometen hinter mir herweht.

Eine schwarze Katze lief vor mir über den Weg, und ich begann, um sie herumzutanzen und ein Kinderlied zu singen:

> *Où va-t-i, mistigri?*
> *Passe sans faire de mal ici.*

Anouk stimmte mit ein, und die Katze begann zu schnurren und warf sich auf den Rücken, damit wir sie kraulen konnten. Als ich mich hinunterbeugte, sah ich eine kleine alte Frau an der Ecke eines Hauses stehen, die mich neugierig beobachtete. Schwarzer Rock, schwarze Jacke, graues Haar, zu einem strengen Nackenknoten geflochten. Ihre Augen glänzten so schwarz wie die eines Vogels. Ich nickte ihr zu.

»Sie sind die Frau aus der *chocolaterie*«, sagte sie. Trotz ihres Alters – ich schätzte sie auf mindestens achtzig – hatte sie eine klare, feste Stimme und sprach mit dem rauen Akzent des Midi.

»Ja, das stimmt«, erwiderte ich und nannte ihr meinen Namen.

»Armande Voizin«, sagte sie. »Ich wohne in dem Haus da drüben.« Mit einem Kopfnicken deutete sie auf eines der Häuser am Flussufer, das in einem etwas besseren Zustand zu sein schien als der Rest. Es war frisch geweißt, und in den Blumenkästen blühten rote Geranien. Und dann lächelte sie, und ihr Gesicht legte sich in tausend Falten. »Ich habe Ihren Laden gesehen. Er ist sehr hübsch, das muss ich zugeben, aber er taugt nicht für einfache Leute wie uns. Viel zu extravagant.« Es lag kein Missfallen in ihrem Ton, eher ein amüsierter Fatalismus. »Wie ich höre, hat unser *M'sieur le Curé* Sie bereits aufs Korn genommen«, fügte sie mit einem spitzbübischen Lächeln hinzu. »Ich nehme an, er findet es *unschicklich*, dass sich an seinem Kirchplatz ein Süßwarenladen befindet.« Und wieder schaute sie mich spöttisch herausfordernd an. »Weiß er, dass Sie eine Hexe sind?«, fragte sie.

Hexe, Hexe. Es ist nicht das richtige Wort, aber ich wusste, was sie meinte.

»Wie kommen Sie darauf?«

»Oh, es ist nicht zu übersehen. Ich nehme an, man muss selbst eine sein, um eine andere zu erkennen«, sagte sie und stieß ein Lachen aus wie wildes Geigenquietschen. »*M'sieur le Curé* glaubt nicht an Zauberei«, sagte sie. »Ehrlich gesagt, bin ich mir nicht einmal so sicher, dass er an Gott glaubt.« In ihrem Ton schwang nachsichtige Verachtung mit. »Er muss noch viel lernen, dieser Mann, auch wenn er einen Doktortitel in Theologie hat. Und meine dumme Tochter auch. Im Fach *Leben* kann man keinen Doktortitel erwerben, nicht wahr?«

Ich stimmte ihr zu und fragte sie, ob ich ihre Tochter kennen würde.

»Ich nehme es an. Caro Clairmont. Die hirnloseste eitle Gans in ganz Lansquenet. Quatscht den ganzen Tag lang und besitzt nicht den geringsten Funken Verstand.«

Als ich lächelte, nickte sie fröhlich. »Keine Sorge, meine Liebe, in meinem Alter nimmt man sich kaum noch etwas zu Herzen. Sie kommt nach ihrem Vater, wissen Sie. Das ist ein großer Trost.« Sie sah mich seltsam an. »Hier gibt es nicht viel Abwechslung«, meinte sie. »Vor allem für alte

Leute.« Sie hielt einen Moment lang inne und schaute mich wieder eindringlich an. »Aber diesmal habe ich das Gefühl, dass wir reichlich Unterhaltung bekommen werden.« Ihre Hand berührte meine wie kühler Atem. Ich versuchte, ihre Gedanken zu lesen, wollte wissen, ob sie sich über mich lustig machte, doch ich spürte nichts als Humor und Freundlichkeit.

»Es ist doch nur eine *chocolaterie*«, sagte ich lächelnd.

Armande Voizin kicherte in sich hinein.

»Sie glauben wohl, ich sei von vorgestern«, sagte sie.

»Wirklich, Madame Voizin –«

»Nennen Sie mich Armande.« Die schwarzen Augen funkelten vor Vergnügen. »Dann fühle ich mich jung.«

»In Ordnung. Aber ich weiß wirklich nicht, warum –«

»Ich weiß, welcher Wind Sie hergetragen hat«, sagte sie eifrig. »Ich habe es genau gespürt. Der Mardi Gras. Der Karneval. In *Les Marauds* gibt es viele Karnevalsnarren; Zigeuner, Spanier, Kesselflicker, *pieds-noirs* und Ausgestoßene. Ich habe Sie sofort erkannt, Sie und Ihre kleine Tochter. – Wie nennen Sie sich diesmal?«

»Vianne Rocher.« Ich lächelte. »Und das ist Anouk.«

»Anouk«, wiederholte Armande leise. »Und der kleine graue Freund – meine Augen sind nicht mehr so gut wie früher –, was ist es? Eine Katze? Ein Eichhörnchen?«

Anouk schüttelte ihren Lockenkopf. »Er ist ein *Kaninchen*«, erklärte sie heiter. »Er heißt Pantoufle.«

»Oh, ein Kaninchen. Natürlich.« Armande zwinkerte mir verschwörerisch zu. »Sehen Sie, ich weiß, was Sie beide hierher gebracht hat. Ich habe es selbst ein- oder zweimal erlebt. Ich mag vielleicht alt sein, aber niemand kann mir etwas vormachen. Niemand.«

Ich nickte.

»Vielleicht haben Sie Recht«, sagte ich. »Kommen Sie doch mal zu uns in den Laden; ich kenne die Lieblingssorte jedes Kunden, der den Laden betritt. Ich werde Ihnen hundert Gramm Ihrer Sorte spendieren.«

Armande lachte.

»Oh, ich darf keine Schokolade essen«, sagte sie. »Caro und dieser idiotische Arzt erlauben es mir nicht. Sie verbieten mir alles, was mir Spaß macht«, fügte sie ironisch hinzu. »Zuerst das Rauchen, dann den Alkohol, und jetzt das ...« Sie schnaubte verächtlich. »Weiß Gott, wenn ich aufhörte zu atmen, würde ich wahrscheinlich ewig leben.« In ihrem Lachen klang eine tiefe Müdigkeit mit, und ich sah, wie sie sich die Hand vor die Brust schlug, eine Geste, die mich an Joséphine Muscat erinnerte. »Ich mache ihnen keine Vorwürfe«, fuhr sie fort. »Es ist einfach ihre Art. Sie wollen einen vor allem beschützen. Vor dem Leben. Vor dem Tod.« Sie setzte ein Grinsen auf, das trotz all ihrer Runzeln mädchenhaft wirkte.

»Vielleicht komme ich Sie trotzdem einmal besuchen«, sagte sie nachdenklich. »Und wenn ich es nur mache, um *Monsieur le Curé* zu ärgern.«

Ihre letzte Bemerkung ging mir noch immer durch den Kopf, als sie schon längst hinter ihrem weißgetünchten Haus verschwunden war. Ein Stück entfernt ließ Anouk Steinchen über das seichte, brackige Wasser am Flussufer springen.

Monsieur le Curé. Immer wieder tauchte sein Name auf. Eine Weile dachte ich über Francis Reynaud nach.

In einem Ort wie Lansquenet kann es passieren, dass eine Person – der Schullehrer, der Kneipenwirt oder der Priester – zum Dreh- und Angelpunkt der Gemeinde wird. Dass dieser eine Mensch zur Achse des Räderwerks wird, das das Leben des gesamten Dorfes bestimmt, wie die Unruh eines Uhrwerks, die alle Zahnräder und -rädchen antreibt, Pendel schlagen lässt und die Zeiger dazu bringt, die Uhrzeit anzuzeigen. Wenn die Unruh beschädigt wird oder aus dem Takt gerät, bleibt die Uhr stehen. Lansquenet ist wie diese Uhr. Seine Zeiger sind bei einer Minute vor Mitternacht stehen geblieben, während das Räderwerk sinnlos hinter dem blanken Zifferblatt weitertickt. Wenn man den Teufel hereinlegen will, muss man die Kirchturmuhr verstellen, hat meine Mutter immer gesagt. Aber in diesem Fall lässt der Teufel sich nicht täuschen.

Nicht für einen Augenblick.

Sonntag, 16. Februar

Meine Mutter war eine Hexe. So bezeichnete sie sich jedenfalls, und zwar so oft und so lange, bis sie es selbst glaubte und das Spiel nicht mehr von der Wirklichkeit zu unterscheiden war. In gewisser Weise erinnert Armande Voizin mich an sie; die leuchtenden, spitzbübisch funkelnden Augen, das lange Haar, das in ihrer Jugend sicherlich glänzend schwarz gewesen ist, die Mischung aus Wehmut und Zynismus. Was ich von ihr gelernt habe, hat meinen Charakter geformt. Die Kunst, Pech in Glück zu verwandeln. Das Fingerkreuzen, um Unheil abzuwehren. Das Nähen von Duftkissen, das Brauen von Heilsäften, die Überzeugung, dass eine Spinne vor Mitternacht Glück und nach Mitternacht Unglück bringt ... Vor allem hat sie mir die Lust am Zigeunern vererbt, die Wanderlust, die uns durch ganz Europa und darüber hinaus geführt hat; ein Jahr in Budapest, eins in Prag, sechs Monate in Rom, vier in Athen, dann über die Alpen nach Monaco, dann die Küste entlang; Cannes, Marseille, Barcelona ... Bis ich achtzehn war, konnte ich die Orte nicht mehr zählen, in denen wir gelebt, die Sprachen, die wir gesprochen hatten. Ebenso vielfältig waren ihre Jobs; sie arbeitete als Kellnerin, als Dolmetscherin, als Automechanikerin. Manchmal kletterten wir aus den Fenstern von billigen Hotels und zogen weiter, ohne die Rechnung zu bezahlen. Wir fuhren ohne Fahrkarte mit Zügen, fälschten Arbeitspapiere, überquerten illegal Grenzen. Unzählige Male wurden wir ausgewiesen. Zweimal wurde meine Mutter verhaftet und wieder freigelassen, ohne dass Anklage gegen sie erhoben worden war. Unsere Namen änderten sich in jedem Ort, variierten je nach Sprache; Yanne, Jeanne, Johanna, Giovanna, Anne, Anuschka ... Wie Diebe waren wir ständig auf der Flucht, tauschten den sperrigen Ballast des Lebens in Francs, Pfund, Kronen, Dollar, während wir uns vom Wind treiben ließen. Ich glaube nicht, dass ich gelitten habe; in jenen Jahren war das Leben ein buntes Abenteuer. Wir hatten einander, meine Mutter und ich. Einen Vater habe ich nie vermisst. Ich hatte zahllose Freunde. Und dennoch muss es manchmal an ihr genagt haben, dieser Mangel an Beständigkeit, die Notwendigkeit, sich ständig zu verstellen. Doch über die Jahre zogen wir immer schneller weiter, blieben einen Monat, höchstens zwei, um dann wieder wie Flüchtlinge in den Sonnenuntergang aufzubrechen. Es dauerte Jahre, bis ich begriff, dass wir vor dem Tod davonliefen.

Sie war vierzig. Es war Krebs. Sie hatte es schon eine ganze Weile lang gewusst, aber jetzt ... Nein, kein Krankenhaus. Kein Krankenhaus, hatte ich das verstanden? Sie hatte noch Monate, vielleicht Jahre zu leben, und sie wollte Amerika sehen, New York, Florida, die Everglades ... Wir zogen jetzt fast jeden Tag weiter, und meine Mutter legte sich nachts die Karten, wenn sie glaubte, ich schliefe. In Lissabon gingen wir an Bord eines Kreuzfahrtschiffes, auf dem wir uns als Küchenhilfen verdingt hatten. Wir arbeiteten bis zwei oder drei Uhr früh und standen im Morgengrauen wieder auf. Jede Nacht wurden neben ihr auf der Koje die Karten gelegt, die inzwischen vom vielen Gebrauch klebrig waren. Sie flüsterte ihre Namen vor sich hin, während sie immer tiefer in der Verwirrung versank, die sie schließlich ganz erfassen sollte.

– Zehn Schwerter, der Tod. Drei Schwerter, der Tod. Zwei Schwerter, der Tod. Der Wagen. Der Tod.

Der Wagen entpuppte sich als ein New Yorker Taxi, als wir eines Abends mitten in der Hauptverkehrszeit in Chinatown einkaufen gingen. Es war jedenfalls besser als Krebs.

Als meine Tocher neun Monate später geboren wurde, nannte ich sie nach uns beiden. Es schien mir angemessen. Ihr Vater hat sie nie kennen gelernt – ja, ich bin mir nicht einmal sicher, welcher von meinen flüchtigen Geliebten es war. Es spielt auch keine Rolle. Ich hätte um Mitternacht einen Apfel schälen und die Schale über meine Schulter werfen können, um seine Initiale zu erfahren, aber es hat mich nie interessiert. Zu viel Ballast, der uns nur behindern würde.

Und doch ... Wehen die Winde nicht sanfter und weniger häufig, seit ich New York verlassen habe? Schnürt es mir nicht jedes Mal ein wenig die Kehle zu, wenn wir einen Ort verlassen? Ich glaube schon. Fünfundzwanzig Jahre, und die Antriebsfeder beginnt langsam zu ermüden, so wie meine Mutter immer mehr ermüdete in ihren letzten Jahren. Ich ertappe mich dabei, wie ich in die Sonne schaue und mich frage, wie es wäre, wenn ich sie fünf – oder zehn oder vielleicht sogar zwanzig – Jahre lang über demselben Horizont aufgehen sähe. Der Gedanke verursacht mir einen seltsamen Schwindel, ein Gefühl der Angst und der Sehnsucht. Und Anouk, meine kleine Fremde? Seit ich selbst Mutter bin, sehe ich das verwegene Abenteuer, das wir so viele Jahre lang gelebt haben, mit anderen Augen. Ich sehe mich selbst als kleines braunes Mädchen mit ungekämmtem langem Haar; in abgetragenen Kleidern vom Wohltätigkeitsbasar. Ich musste Mathematik auf die harte Art lernen, Erdkunde auf die harte Art – *Wie viel Brot für fünf Francs? Wie weit kommen wir mit einer Fahrkarte für fünfzig Mark?* –, und das wünsche ich ihr nicht. Vielleicht sind wir deswegen schon seit fünf Jahren in Frankreich. Zum ersten Mal im meinem Leben besitze ich ein Bankkonto. Ich habe einen Beruf.

Meine Mutter hätte all das verachtet. Und doch hätte sie mich vielleicht auch beneidet. *Vergiss dich selbst, wenn du kannst,* sagte sie immer. *Vergiss, wer du bist. Solange du es ertragen kannst. Aber eines Tages, mein Mädchen, eines Tages wird es dich einholen. Ich weiß es.*

Heute habe ich den Laden zur üblichen Zeit geöffnet. Ausnahmsweise nur für den Vormittag – ich gönne mir heute zusammen mit Anouk einen freien Nachmittag –, aber heute ist Messe, und es werden eine Menge Leute auf dem Dorfplatz sein. Der Februar zeigt sich von seiner trübsten Seite, und es regnet. Es ist ein kalter Schneeregen, der eine glitschige Schicht auf dem Kopfsteinpflaster bildet und den Himmel grauschwarz färbt wie angelaufenes Zinn. Anouk sitzt hinter der Theke und liest in einem Buch mit Kinderreimen; sie passt für mich auf den Laden auf, während ich in der Küche einen neuen Vorrat an *mendiants* herstelle. Das ist mein Lieblingskonfekt: süße Taler aus Vollmilch-, Zartbitter- oder weißer Schokolade bestreut mit Zitronat, Mandeln und Malaga-Rosinen. Anouk mag am liebsten die weißen, während ich die dunklen bevorzuge, hergestellt aus der besten, siebzigprozentigen Kuvertüre … Bittersüß auf der Zunge mit einem exotisch-geheimnisvollen Beigeschmack. Meine Mutter hätte all das verachtet, und doch liegt auch darin eine Art Zauber.

Am Freitag habe ich vor der Theke von *La Praline* ein paar Barhocker aufgestellt, wunderbar kitschige aus Chrom mit roten Kunstledersitzen. Der Laden erinnert jetzt ein bisschen an die Diners, die wir in New York kennen gelernt haben. Die Wände sind narzissengelb. Poitous alter orangefarbener Sessel steht wie ein bunter Farbklecks in der Ecke. Links vorn auf der Theke steht eine Speisekarte, in Rot- und Orangetönen von Anouk handgemalt:

Chocolat chaud 10 F
Gâteau au chocolat 10 F (la tranche)

Den Kuchen habe ich gestern Abend gebacken, und die Schokolade steht in einer Kanne auf einer heißen Platte bereit. Ich stelle eine zweite Speisekarte ins Fenster und warte auf meine ersten Kunden.

Die Messe ist aus. Ich beobachte die Passanten, die mit

missmutigen Gesichtern durch den eiskalten Nieselregen eilen. Aus meiner Tür, die einen Spaltbreit offen steht, duftet es süß und verlockend. Ich bemerke hin und wieder sehnsüchtige Blicke, doch dann ein kurzer Blick über die Schulter, ein Achselzucken, ein Verziehen der Mundwinkel, das Entschlossenheit oder auch Unmut bedeuten mag, und dann sind sie auch schon verschwunden, kämpfen mit kläglich eingezogenen Schultern gegen den Wind an, als stünde ein Engel mit flammendem Schwert vor der Tür, der ihnen den Zugang verwehrt.

Zeit, sage ich mir. Solche Dinge brauchen Zeit.

Und dennoch befällt mich Ungeduld, ja, beinahe Ärger. Was ist los mit diesen Leuten? Warum kommen sie nicht? Die Kirchturmuhr schlägt zehn, dann elf. Ich sehe Leute in die Bäckerei gegenüber gehen und kurz darauf wieder herauskommen, einen Laib Brot unter dem Arm. Es hört auf zu regnen, doch der Himmel bleibt grau. Halb zwölf. Die wenigen Leute, die bis jetzt auf dem Dorfplatz herumgetrödelt haben, machen sich auf den Heimweg, zum Mittagessen. Ein Junge mit einem Hund kommt um die Ecke der Kirche, weicht dem Regenwasser aus, das von der Dachrinne tropft. Im Vorbeigehen würdigt er mein Schaufenster kaum eines Blickes.

Verdammt. Und das, wo ich gerade das Gefühl hatte, das Eis sei gebrochen. Warum kommen sie nicht? Können sie nicht sehen, nicht *riechen*? Was muss ich denn noch alles tun?

Anouk, die ein feines Gespür für meine Stimmungen hat, kommt und umarmt mich.

»Nicht weinen, Maman.«

Ich weine nicht. Ich weine nie. Ihre Haare kitzeln mich im Gesicht, und plötzlich überkommt mich eine schreckliche Angst, sie zu verlieren.

»Es ist nicht deine Schuld. Wir haben uns solche Mühe gegeben. Wir haben alles richtig gemacht.«

Das stimmt. Wir haben sogar daran gedacht, die Tür mit roten Schleifen zu schmücken und Duftkissen mit Zedernholz und Lavendel auszulegen, um schlechte Einflüsse abzuwehren. Ich küsse sie auf den Kopf. Mein Gesicht ist feucht. Irgendetwas, vielleicht das bittersüße Aroma der heißen Schokolade, brennt mir in den Augen.

»Ist schon gut, *chérie*. Wir dürfen uns das alles nicht zu Herzen nehmen. Lass uns eine Tasse Schokolade trinken, das wird uns aufmuntern.«

Wie zwei New Yorkerinnen sitzen wir auf unseren Barhockern, jede mit einer Tasse Schokolade vor sich. Anouk trinkt ihre mit Sahne und Schokostreuseln; meine ist heiß und dunkel, stärker als Espresso. Wir schließen genüsslich die Augen über dem köstlichen Duft und sehen sie kommen – zwei, drei, in Gruppen von einem Dutzend, ihre Gesichter beginnen zu leuchten, als sie sich zu uns setzen, ihre harten, gleichgültigen Gesichter werden weich und drücken Wohlwollen und Zufriedenheit aus. Ich reiße die Augen auf, und Anouk steht bei der Tür. Einen Augenblick lang sehe ich Pantoufle mit aufgeregt zitternden Barthaaren auf ihrer Schulter hocken. Das Licht hinter ihr wirkt irgendwie wärmer; verändert. Verführerisch.

Ich springe auf.

»Bitte, tu das nicht.«

Sie wirft mir einen ihrer finsteren Blicke zu.

»Ich wollte doch nur *helfen* –«

»Bitte.« Einen Moment lang schaut sie mich trotzig an. Der Zauber glitzert zwischen uns wie goldener Rauch. Es könnte so leicht sein, sagt sie mir mit ihren Augen, so leicht wie das Streicheln unsichtbarer Finger, wie lautlose Stimmen, die die Leute anlocken ...

»Das geht nicht. Das dürfen wir nicht.« Ich versuche, es ihr zu erklären. Es würde uns zu Außenseitern machen. Wir würden nie dazugehören. Wenn wir hier bleiben wollen, müssen wir uns so weit wie möglich anpassen. Pantoufle sieht mich bittend an, ein pelziges Etwas in dem goldenen Rauch. Ich schließe die Augen, um ihn nicht zu sehen, und als ich sie wieder öffne, ist er verschwunden.

»Es ist in Ordnung«, sage ich in entschiedenem Ton. »Es wird alles gut. Wir können warten.«

Und schließlich, um halb eins, kommt jemand in den Laden.

Anouk sah ihn zuerst – »Maman!« –, aber ich war sofort auf den Beinen. Es war Reynaud, eine Hand erhoben, um sich gegen das Regenwasser zu schützen, das von der Markise tropfte, die andere zögernd am Türknauf. Sein blasses Gesicht wirkte gelassen, aber in seinen Augen lag eine Art heimliche Befriedigung. Irgendwie spürte ich, dass er nicht als Kunde kam.

Die Glocke bimmelte, als er eintrat, doch er kam nicht an die Theke. Stattdessen blieb er in der Tür stehen, sodass der Wind die Falten seiner Soutane wie Rabenflügel in den Raum blies.

»Monsieur.« Ich sah, wie er die roten Schleifen misstrauisch beäugte. »Kann ich Ihnen helfen? Ich bin sicher, dass ich Ihre Lieblingssorte kenne.« Automatisch sagte ich meinen Spruch auf, aber es stimmte nicht. Ich habe keine Ahnung, welche Art Vorlieben dieser Mann hat. Er ist für mich wie ein völlig unbeschriebenes Blatt, wie ein dunkler Fleck in Menschengestalt. Es gelingt mir nicht, irgendeine Verbindung zu ihm herzustellen, und mein Lächeln brach sich an ihm wie eine Welle an einer Klippe. Er sah mich beinahe verächtlich an.

»Wohl kaum.« Seine Stimme klang leise und angenehm, aber unter dem professionellen Ton spürte ich tiefe Abneigung. Ich erinnerte mich an Armande Voizins Worte – *Wie ich höre, hat unser M'sieur le Curé Sie bereits aufs Korn genommen.* Wieso? Eine instinktive Abneigung gegen Ungläubige? Oder sollte noch mehr dahinter stecken? Hinter der Theke richtete ich heimlich Zeige- und Mittelfinger auf ihn.

»Ich hatte nicht damit gerechnet, dass Sie heute geöffnet haben würden.«

Jetzt, wo er uns zu kennen glaubt, ist er selbstsicherer. Sein schmallippig lächelnder Mund erinnert mich an eine Auster – milchig weiß am Rand und dennoch scharf wie eine Rasierklinge.

»Sie meinen, am Sonntag?« Ich gab mich so arglos wie möglich. »Ich hatte auf einen Ansturm am Ende der Messe gezählt.«

Die kleine Spitze traf ihn nicht.

»Am ersten Sonntag in der Fastenzeit?« Er versuchte, amüsiert zu klingen, doch er konnte seinen Abscheu nicht verhehlen. »Damit dürften Sie schwerlich rechnen. Die Menschen in Lansquenet sind einfache Leute, Madame Rocher«, erklärte er. »*Fromme* Leute.« Er betonte das Wort mit ausgesuchter Höflichkeit.

»*Mademoiselle* Rocher.« Ein kleiner Sieg, aber genug, um ihn aus dem Konzept zu bringen. »Ich bin nicht verheiratet.«

Er warf einen kurzen Blick zu Anouk hinüber, die immer noch mit ihrer großen Tasse an der Theke saß. Ihr Mund war rundherum mit Schokolade beschmiert, und plötzlich spürte ich es wieder wie das Brennen einer verborgenen Nessel – die Panik, die irrationale Angst, sie zu verlieren. Aber an wen? Mit wachsendem Unmut schüttelte ich den Gedanken ab. An *ihn?* Sollte er es ruhig versuchen.

»Selbstverständlich«, erwiderte er ruhig. »Mademoiselle Rocher. Ich bitte um Verzeihung.«

Ich lächelte über sein Missfallen. Irgendein perverses Bedürfnis in mir brachte mich dazu, darauf herumzureiten; meine Stimme wurde um eine Nuance zu laut, nahm einen vulgär-selbstbewussten Ton an, um meine Angst zu verbergen.

»Es tut gut, hier auf dem Land jemandem zu begegnen, der Verständnis zeigt.« Ich schenkte ihm mein strahlendstes, unerbittlichstes Lächeln. »Ich meine, solange wir in der Großstadt lebten, hat sich niemand darum geschert. Aber hier ...« Es gelang mir, zugleich zerknirscht und reuelos zu wirken. »Ich meine, es ist wirklich schön hier, und die Leute haben mir so geholfen ... auf ihre eigenwillige Art. Aber wir sind hier schließlich nicht in Paris, nicht wahr?«

Mit dem Anflug eines sarkastischen Lächelns pflichtete Reynaud mir bei.

»Es stimmt schon, was man sich über das Leben auf dem Dorf erzählt«, fuhr ich fort. »Jeder ist neugierig und will alles von einem wissen. Ich nehme an, das liegt daran, dass es hier auf dem Land so wenig Zerstreuung gibt. Drei Läden und eine Kirche. Ich meine ...« Ich kicherte. »Aber das wissen Sie ja alles.«

Reynaud nickte ernst.

»Vielleicht könnten Sie mir erklären, Mademoiselle ...«

»Nennen Sie mich doch Vianne«, unterbrach ich ihn.

»... warum Sie sich entschlossen haben, sich in Lansquenet niederzulassen.« Sein öliger Ton triefte vor Abscheu, seine schmalen Lippen wirkten austernhafter denn je. »Wie Sie schon sagten, es ist hier nicht ganz so wie in Paris.« Sein Blick ließ keinen Zweifel daran, dass der Vergleich zum Vorteil von Lansquenet ausfiel. »Ein Laden wie dieser ...« Mit einer gelangweilten Geste seiner feingliedrigen Hand deutete er auf die ausgestellten Waren. »Solch ein Spezialitätengeschäft wäre doch in einer Stadt viel erfolgreicher – und *schicklicher*. In Toulouse, zum Beispiel, oder selbst in Agen ...« Jetzt begriff ich, warum am Morgen niemand gewagt hatte, den Laden zu betreten. *Schicklich* – in dem Wort klang die ganze eisige Verdammung des Fluchs des Propheten mit.

Erneut streckte ich grimmig hinter der Theke meine beiden Finger gegen ihn aus. Reynaud schlug sich mit der flachen Hand in den Nacken, als hätte ihn ein Insekt gestochen.

»Ich glaube nicht, dass die großen Städte das Vergnügen gepachtet haben«, sagte ich spitz. »Jeder braucht hin und wieder ein wenig Luxus, ein bisschen Genuss.«

Reynaud erwiderte nichts. Wahrscheinlich teilte er meine Meinung nicht. Ich sprach es für ihn aus.

»Ich nehme an, in Ihrer Predigt heute Morgen haben Sie das Gegenteil erklärt«, sagte ich verwegen. Dann, als er immer noch nicht antwortete: »Aber ich denke, in diesem Dorf ist Platz genug für uns beide. Wir haben doch freies Unternehmertum, nicht wahr?«

An seinem Gesichtsausdruck erkannte ich, dass er die Herausforderung verstand. Einen Moment lang starrte ich ihn feindselig lächelnd an. Reynaud zuckte zusammen, als hätte ich ihm ins Gesicht gespuckt.

Leise: »Selbstverständlich.«

Oh, ich kenne seine Sorte. Wir sind genug von ihnen begegnet, meine Mutter und ich, auf unserer Flucht durch Europa. Das immer gleiche höfliche Lächeln, die Verachtung, die Gleichgültigkeit. Eine kleine Münze, die einer Frau in der überfüllten Kathedrale von Reims aus der Hand fällt; strafende Blicke von einer Gruppe Nonnen, als die kleine Vianne herbeispringt, um sie aufzuheben, zu Boden stürzt und sich die nackten Knie aufschürft. Ein Mann im schwarzen Habit, der meine Mutter verärgert zur Rede stellt – während sie mit bleichem Gesicht aus der dunklen Kirche flieht und meine Hand so fest hält, dass es wehtut ... Später erfuhr ich, dass sie versucht hatte, bei ihm zu beichten. Was hatte sie dazu veranlasst? Einsamkeit vielleicht; das Bedürfnis, mit jemandem zu reden, sich jemandem anzuvertrauen, der nicht ihr Liebhaber war ... jemandem mit einem verständnisvollen Gesichtsausdruck. Aber konnte sie denn nicht *sehen*? Sein Gesichtsausdruck, jetzt nicht mehr verständnisvoll, sondern vor Wut verzerrt. Es sei Sünde, *Todsünde* ... Sie solle das kleine Mädchen zu anständigen Leuten in Obhut geben. Wenn sie die kleine – wie hieß sie noch? Anne? – liebte, falls sie sie liebte, müsse sie dieses Opfer unbedingt bringen. Er kenne ein Kloster, in dem sie gut aufgehoben wäre. Er wisse, was gut für das Kind sei ... Er nahm ihre Hand, zerquetschte ihr fast die Finger. Liebte sie ihr Kind denn nicht? Wollte sie denn nicht erlöst werden? Wollte sie das nicht? Nein?

In jener Nacht wiegte meine Mutter mich weinend in den Schlaf.

Am nächsten Morgen verließen wir Reims wie die Diebe. Sie trug mich auf dem Arm, hielt mich fest wie einen gestohlenen Schatz, die Augen voller Angst.

Ich begriff, dass er sie um ein Haar dazu gebracht hätte, mich zurückzulassen. Später fragte sie mich häufig, ob ich glücklich mit ihr sei, ob ich feste Freunde vermisste, ein Zuhause … Aber sooft ich ihr auch antworten mochte, ja, nein, nein, sooft ich sie auch küsste und ihr beteuerte, dass ich nichts, *überhaupt nichts* vermisste, ein wenig von dem Gift blieb immer zurück. Jahrelang liefen wir vor dem Priester, dem schwarzen Mann, davon, und jedes Mal, wenn sein Gesicht in den Karten auftauchte, war es wieder Zeit zu fliehen, dem dunklen Abgrund aus dem Weg zu gehen, den er in ihrem Herzen aufgerissen hatte.

Und jetzt ist er wieder da, gerade als ich geglaubt hatte, Anouk und ich hätten endlich eine Heimat gefunden. Da steht er in der Tür wie der Engel vor dem Tor.

Nun, diesmal werden wir nicht davonlaufen, das schwöre ich. Was immer er tun mag. Und wenn er alle Leute im Dorf gegen uns aufhetzt. Sein Gesicht ist so glatt und zweifelsfrei wie eine böse Karte. Und er hat mir seine Feindschaft so deutlich erklärt – und ich ihm meine –, als hätten wir die Worte laut ausgesprochen.

»Ich bin so froh, dass wir uns verstehen.« Meine Stimme hell und kalt.

»Ich auch.«

Etwas in seinen Augen, ein Funkeln, das vorher noch nicht da war, beunruhigt mich. Erstaunlicherweise *genießt* er es, zwei Feinde, die zum Kampf bereit in die Arena treten; in seiner absoluten Gewissheit ist nicht der geringste Raum für den Gedanken, dass er verlieren könnte.

Er wendet sich zum Gehen, formvollendet korrekt, verabschiedet sich mit der Andeutung eines Nickens. Einfach so. Höfliche Verachtung. Die giftige Waffe der Rechtschaffenen.

»*M'sieur le Curé!*« Als er sich umdreht, drücke ich ihm die kleine, mit einem Schleifchen versehene Tüte in die Hand. »Für Sie. Ein Geschenk des Hauses.« Mein Lächeln duldet keinen Widerspruch, und er starrt peinlich berührt auf das Tütchen. »Machen Sie mir die Freude?«

Er runzelt die Stirn, als ob ihn der Gedanke, dass mir etwas Freude bereitet, ärgert.

»Aber eigentlich mag ich keine –«

»Unsinn.« Mein Ton ist streng, bestimmt. »Ich bin sicher, Sie werden sie mögen. Sie erinnern mich so sehr an Sie.«

Ich habe den Eindruck, dass er trotz seines ruhigen Äußeren verblüfft ist. Und dann, nach einem weiteren höflichen Nicken, entschwindet er, das weiße Tütchen in der Hand, in den grauen Regen. Mir fällt auf, dass er gemessenen Schrittes über den Platz geht, anstatt so schnell wie möglich Schutz vor dem Regen zu suchen, nicht gleichgültig, sondern mit dem Gesichtsausdruck eines Menschen, dem selbst diese kleine Unannehmlichkeit willkommen ist …

Ich stelle mir vor, wie er das Konfekt isst. Wahrscheinlich wird er es verschenken, aber ich hoffe, dass er das Tütchen wenigstens öffnen wird … Einen neugierigen Blick wird er sich sicherlich erlauben dürfen.

Sie erinnern mich so sehr an Sie.

Ein Dutzend meiner besten *huîtres de Saint-Mâlo*, kleine flache Pralinen in der Form von verschlossenen Austern.

Dienstag, 18. Februar

Fünfzehn Kunden gestern. Heute vierunddreißig. Darunter Guillaume; er kaufte eine Hundert-Gramm-Tüte Florentiner und trank eine Tasse Schokolade. Charly war auch dabei; er hatte sich brav unter einem der Hocker zusammengerollt und starrte mit traurigen Augen zu Guillaume hinauf, der ihm hin und wieder ein Stück braunen Zucker in sein unersättliches Maul stopfte.

Es brauche Zeit, erklärt mir Guillaume, bis jemand, der neu zugezogen sei, von den Leuten in Lansquenet akzeptiert werde. Am vergangenen Sonntag habe Reynaud eine so leidenschaftliche Predigt zum Thema Abstinenz gehalten, dass die Neueröffnung von *La Céleste Praline* wie ein offener Affront gegen die Kirche gewirkt habe. Caroline Clairmont – die gerade wieder eine neue Diät angefangen hat – fand besonders schneidende Worte, als sie ihren Freundinnen in der Gemeinde laut erklärte, es sei *absolut schockierend, wie bei den lasterhaften Römern, meine Lieben, und wenn dieses Weibsbild glaubt, sie könnte sich hier aufführen wie die Königin von Saba – widerlich, wie stolz sie dieses uneheliche Kind vorführt – und die Pralinen und Trüffel? Nichts Besonderes, meine Lieben, und viel zu teuer ...* Die Damen kamen zu dem Schluss, dass »es« – was immer es sein mochte – nicht von Dauer sein könne. In spätestens vierzehn Tagen würde ich aus dem Dorf verschwunden sein. Und dennoch hat sich die Zahl meiner Kunden seit gestern verdoppelt, darunter einige von Madame Clairmonts Busenfreundinnen, die sich gegenseitig mit leuchtenden Augen, wenn auch ein wenig verlegen, erklärten, sie seien aus reiner Neugier gekommen, nur um alles mit eigenen Augen zu sehen.

Ich kenne alle ihre Lieblingssorten. Es ist ein Talent, das zu meinem Beruf gehört wie die Fähigkeit der Wahrsagerin, aus Händen zu lesen. Meine Mutter hätte darüber gelacht, wie ich mein Talent vergeude, aber ich habe kein Verlangen, weiter in das Leben der Menschen einzudringen. Ich interessiere mich nicht für ihre Geheimnisse und ihre innersten Gedanken. Ich möchte weder Angst erwecken noch Dankbarkeit erfahren. Eine zaghafte Alchimistin hätte sie mich in ihrer liebevoll-spöttischen Art genannt, die sich auf zahme Zauberei beschränkt, wo sie Wunder hätte wirken können. Aber ich mag diese Menschen. Ich mag ihre kleinen, heimlichen Sorgen. Ich lese es aus ihren Augen, sehe es an ihren Lippen – diese Frau mit dem leicht verbitterten Zug um die Augen wird meine würzigen Orangentrüffel mögen; diese süß lächelnde Person die Aprikosenherzen mit dem weichen Inneren; dieses Mädchen mit dem vom Wind zerzausten Haar liebt meine *mendiants*; die lebhafte, gut gelaunte Frau die Mandelsplitter. Für Guillaume die Florentiner, die er in seiner ordentlichen Junggesellenwohnung mit Bedacht über einem Teller verspeisen wird. Narcisse' Vorliebe für Mokkatrüffel verrät das weiche Herz unter der rauen Schale. Caroline Clairmont wird heute Nacht von Champagnertrüffeln träumen und hungrig und schlecht gelaunt aufwachen. Und die Kinder ... Schokoladenkringel, weiße, runde Plätzchen mit bunten Zuckerstreuseln, Pfefferkuchen mit süßem Rand, Marzipanfrüchte in Nestern aus bunter Holzwolle, Makronen, kandierte Früchte, Knusperkekse, gemischte Sorten Konfekt zweiter Wahl in Fünfhundert-Gramm-Schachteln ... Ich verkaufe Träume, kleine Trostspender, harmlose, süße Versuchungen, die all die kleinen Heiligen zwischen Pralinen und Trüffeln schwach werden lassen ...

Ist das so schlimm?

Für Curé Reynaud ist es das offenbar.

»Hier, Charly. Guter Junge.« Guillaumes Stimme klingt liebevoll, wenn er mit seinem Hund spricht, aber auch ein bisschen traurig. Er hat sich den Hund gekauft, nachdem sein Vater gestorben war, erzählt er mir. Aber das Leben eines Hundes ist kürzer als ein Menschenleben, sagt er, und die beiden sind zusammen alt geworden.

»Hier.« Er macht mich auf eine Wucherung unter Charlys Kinn aufmerksam. Sie ist etwa so groß wie ein Hühnerei und zerfurcht wie Eichenrinde. »Sie wächst.« Der Hund reckt sich genüsslich, zappelt mit einem Bein, während er sich von seinem Herrchen den Bauch kraulen lässt. »Der Tierarzt sagt, man kann nichts machen.«

Ich beginne zu begreifen, warum sich in seinem Blick oft Liebe und Schuldgefühle mischen.

»Einen alten *Mann* würde man auch nicht einschläfern«, sagt er ernst. »Nicht, dass er« – er ringt nach Worten –, »dass er nichts mehr vom Leben hätte. Charly leidet nicht. Nicht richtig.« Ich nicke. Ich weiß, er versucht, sich selbst zu überzeugen. »Die Medikamente hemmen das Wachstum der Wucherungen.« *Vorerst.* Das Wort steht unausgesprochen im Raum.

»Wenn die Zeit gekommen ist, werde ich es wissen.« Trauer und Schrecken liegen in seinem Blick. »Ich werde wissen, was ich zu tun habe. Ich werde mich nicht fürchten.« Wortlos fülle ich seine Tasse noch einmal auf und gebe Schokostreusel auf den Schaum, aber Guillaume ist zu sehr mit seinem Hund beschäftigt, um es mitzubekommen. Charly rollt sich träge auf den Rücken.

»*M'sieur le Curé* sagt, Tiere hätten keine Seele«, murmelte Guillaume. »Er sagt, ich soll Charly von seinem Leiden erlösen.«

»Alles hat eine Seele«, erwidere ich. »Das hat meine Mutter mir immer gesagt. Alles.«

Er nickt, allein mit seiner Angst und seinen Schuldgefühlen.

»Was würde ich nur ohne ihn tun?«, fragt er, immer noch dem Hund zugewandt, und mir wird klar, dass er mich vergessen hat. »Was würde ich nur ohne dich tun?« Hinter der Theke balle ich vor Wut die Fäuste. Ich kenne diesen Blick – Angst, Schuldgefühle, Verlangen –, ich kenne ihn gut. Es ist der Blick, den ich auf dem Gesicht meiner Mutter gesehen habe, an dem Abend, als der schwarze Mann auf sie einredete. Guillaumes Worte – *Was würde ich nur ohne dich tun?* – sind dieselben, die sie während jener ganzen schrecklichen Nacht geflüstert hat. Wenn ich abends vor dem Schlafengehen in den Spiegel schaue, wenn ich morgens aufwache, verfolgt von der wachsenden Angst – dem Wissen – der Gewissheit –, dass meine Tochter mir entgleitet, dass ich sie verlieren werde, wenn es mir nicht gelingt, ein Zuhause zu finden ... Es ist der Blick, den ich auf meinem eigenen Gesicht sehe.

Ich nehme Guillaume in den Arm. Im ersten Augenblick wird er ganz steif, er ist es nicht gewohnt, von einer Frau berührt zu werden. Dann entspannt er sich. Ich spüre seinen Kummer, der in Wellen durch seinen Körper geht.

»Vianne«, sagt er leise. »Vianne.«

»Es ist in Ordnung, dass Sie solche Gefühle haben«, sage ich bestimmt. »Es ist erlaubt.«

Charly macht sich mit eifersüchtigem Bellen bemerkbar.

Heute haben wir fast dreihundert Francs eingenommen. Zum ersten Mal genug, um die Kosten zu decken. Ich erzählte es Anouk, als sie aus der Schule kam, aber sie war abwesend und ungewöhnlich still. Ihre Augen wirkten traurig, so dunkel wie ein heraufziehendes Gewitter.

Ich fragte sie, was los sei.

»Es ist wegen Jeannot«, sagte sie tonlos. »Seine Mutter hat gesagt, er darf nicht mehr mit mir spielen.«

Ich erinnerte mich an Jeannot im Wolfskostüm beim Karnevalsumzug, ein schmaler, siebenjähriger Junge mit struppigem Haar und misstrauischem Blick. Er und Anouk haben gestern Abend zusammen auf dem Dorfplatz gespielt, sind unter lautem Kriegsgeheul herumgerannt, bis es dunkel wurde. Seine Mutter ist Joline Drou, eine der beiden Grundschullehrerinnen und eine Busenfreundin von Caroline Clairmont.

»So?« Neutraler Tonfall. »Was hat sie denn gesagt?«

»Sie sagt, ich habe einen schlechten Einfluss auf ihn.« Sie

warf mir einen grimmigen Blick zu. »Weil wir nicht in die Kirche gehen. Weil du den Laden am Sonntag aufgemacht hast.«

Du hast am Sonntag aufgemacht.

Ich schaute sie an. Ich hätte sie gern in die Arme genommen, aber ihre steife, feindselige Haltung ließ mich zögern.

»Und was sagt Jeannot dazu?«, fragte ich so ruhig wie möglich.

»Er kann nichts machen. Sie ist immer da und passt auf ihn auf.« Anouks Stimme wurde schrill, und ich hatte das Gefühl, dass sie den Tränen nahe war. »Warum passiert mir immer so was?«, fragte sie. »Warum kann ich nie …« Ihr Kinn begann zu zittern.

»Du hast doch noch andere Freunde.« Es stimmte; gestern Abend waren vier oder fünf Kinder zusammen auf dem Dorfplatz herumgetollt.

»Das sind *Jeannots* Freunde.« Ich verstand, was sie meinte. Louis Clairmont. Lise Poitou. *Seine* Freunde. Ohne Jeannot würde die Gruppe sich schon bald verlieren. Plötzlich überkam mich ein tiefes Mitgefühl für meine Tochter, die sich mit unsichtbaren Freunden umgab, um die Welt um sie herum zu bevölkern. Die Vorstellung, dass eine Mutter diesen leeren Raum würde füllen können, war ziemlich egoistisch. Egoistisch und blind.

»Wir könnten zur Kirche gehen, wenn du willst«, schlug ich sanft vor. »Aber du weißt, dass es nichts ändern würde.«

Vorwurfsvoll: »Und warum nicht? *Die* glauben doch auch nicht an Gott. Die gehen auch einfach nur hin.«

Ich lächelte bitter. Sechs Jahre alt, und immer wieder überrascht sie mich mit ihrer scharfen Beobachtungsgabe.

»Das mag ja stimmen«, sagte ich. »Aber möchtest *du* genauso sein?«

Ein Achselzucken, zynisch und gleichgültig. Sie trat von einem Fuß auf den anderen, als fürchtete sie eine Strafpredigt. Ich suchte nach Worten, um ihr die Situation zu erklären. Aber alles, was mir einfiel, war das verzweifelte Gesicht meiner Mutter, wie sie mich in ihren Armen wiegte und fast grimmig flüsterte: *Was würde ich nur ohne dich tun? Was würde ich tun?*

Oh, ich habe ihr das alles schon vor langer Zeit erklärt. Die Heuchelei der Kirche, die Hexenverbrennungen, die Verfolgung von Zigeunern und Andersgläubigen. Sie versteht das alles. Aber dieses Wissen hilft einem nicht unbedingt im Alltag, hilft nicht, die Einsamkeit und den Verlust eines Freundes zu ertragen.

»Es ist nicht fair.« Sie war immer noch rebellisch, wenn auch nicht mehr ganz so feindselig.

Die Vertreibung aus dem Paradies war auch nicht fair, auch nicht die Verbrennung der heiligen Johanna von Orleans auf dem Scheiterhaufen und auch nicht die spanische Inquisition. Aber ich hütete mich, es auszusprechen. Ihre Züge waren angespannt, verbissen; ein leises Anzeichen von Schwäche, und sie wäre auf mich losgegangen.

»Du wirst neue Freunde finden.« Eine unbefriedigende Antwort. Anouk sah mich verächtlich an.

»Aber ich will Jeannot.« Ihre Stimme klang seltsam erwachsen, seltsam müde, als sie sich abwandte. Tränen quollen ihr aus den Augen, doch sie machte keine Anstalten, sich von mir trösten zu lassen. Und mit überwältigender Klarheit sah ich sie plötzlich vor mir, das Kind, die Heranwachsende, die Erwachsene, die Fremde, die sie eines Tages werden würde, und beinahe hätte ich vor Angst und Schrecken aufgeschrien, als wären unsere Positionen irgendwie vertauscht worden, als sei sie mit einem Mal die Erwachsene und ich das Kind.

Bitte! Was würde ich nur ohne dich tun?

Aber ich ließ sie wortlos gehen. Ich sehnte mich danach, sie in die Arme zu nehmen, doch ich spürte die Mauer, die zwischen uns entstanden war. Kinder werden als wilde Kreaturen geboren, ich weiß. Ich kann nicht mehr erwarten als ein wenig Zärtlichkeit, eine scheinbare Fügsamkeit. Doch unter der Oberfläche bleibt die Wildheit, roh, grausam und fremd. Den ganzen Abend lang sprach sie fast kein Wort. Als ich sie zu Bett brachte, wollte sie keine Gutenachtgeschichte hören, aber sie konnte stundenlang nicht einschlafen und lag immer noch wach, als ich meine Nachttischlampe schon längst ausgeschaltet hatte. Von meinem Bett aus hörte ich sie in ihrem Zimmer hin- und hergehen und mit sich selbst – oder mit Pantoufle – reden, kurze, wütend abgehackte Sätze, zu leise, um etwas zu verstehen. Später, als ich mir sicher war, dass sie schlief, schlich ich hinüber, um das Licht auszumachen. Sie lag zusammengerollt am Fußende ihres Bettes, einen Arm ausgestreckt, den Kopf auf seltsame und zugleich rührende Weise verdreht. Mit einer Hand hielt sie eine kleine Figur aus Knetgummi umklammert. Ich nahm sie ihr aus der Hand, als ich sie zudeckte, und wollte sie in die Spielzeugkiste zurücklegen. Sie war noch warm von ihrer kleinen Hand und roch unverwechselbar nach Grundschule, nach geflüsterten Geheimnissen, Plakafarbe und Druckerschwärze und halb vergessenen Freunden. Sie war kaum zwanzig Zentimeter groß, sorgfältig gearbeitet, Augen und Mund mit einem spitzen Gegenstand eingeritzt, um die Taille einen roten Wollfaden gebunden und mit einem zottigen Haarschopf aus kleinen Stöckchen oder Stroh ... In den Körper der Puppe, etwa in der Herzgegend, war ein Buchstabe eingeritzt; ein großes J. Darunter ein großes A, das sich mit dem J überschnitt.

Ich legte die Puppe vorsichtig neben sie auf das Kopfkissen, schaltete das Licht aus und ging zurück in mein Zimmer. Irgendwann kurz vor dem Morgengrauen kam sie in mein Bett gekrochen, so wie sie es früher oft getan hatte, als sie noch kleiner war, und im Halbschlaf hörte ich sie flüstern: »Ist schon gut, Maman, ich bleibe doch immer bei dir.«

Sie duftete nach Salz und Babyseife, als sie sich im Dunkeln an mich kuschelte. Ich wiegte sie, wiegte mich selbst, hielt uns beide so fest in den Armen, dass es beinahe schmerzte.

»Ich hab dich lieb, Maman. Ich will dich immer und ewig lieb haben. Nicht weinen.«

Ich weinte nicht. Ich weine nie.

Ich schlief schlecht, von unruhigen Träumen geplagt; wachte mit der Dämmerung auf, Anouks Arm über meinem Gesicht, und plötzlich überkam mich eine solche Panik, dass ich nur noch wegrennen wollte, Anouk auf den Arm nehmen und weit weg fliehen ... Wie sollten wir hier leben? Wie konnte ich nur so naiv sein anzunehmen, dass er uns hier nicht finden würde? Der schwarze Mann hat viele Gesichter; sie sind alle gnadenlos, hart und seltsam neidisch ... *Lauf, Vianne, lauf. Lauf, Anouk. Vergiss deinen kleinen süßen Traum und lauf...*

Aber diesmal nicht. Wir sind schon viel zu weit gelaufen. Anouk und ich, Mutter und ich, haben uns viel zu weit von uns selbst entfernt.

An diesem Traum werde ich festhalten.

Mittwoch, 19. Februar

Mittwoch ist unser Ruhetag. Heute ist schulfrei, und während Anouk in *Les Marauds* spielt, warte ich auf den Lieferwagen und stelle neues Konfekt für die kommende Woche her.

Diese Kunst kann ich genießen. Kochen ist eine Art Hexerei; das Auswählen der Zutaten, der Prozess des Anrührens, das Zerkleinern, Schmelzen, Ziehenlassen und Abschmecken, die alten Rezepte, die vertrauten Werkzeuge – der Stößel und der Mörser, von meiner Mutter benutzt, um die Duftstoffe für ihre Räucherstäbchen zu zermahlen, wird zu einem profaneren Zweck eingesetzt, ihre Gewürze und Aromen dienen einem sinnlicheren Zauber. Zum Teil ist es die Flüchtigkeit, die mir besonderes Vergnügen bereitet; so viel liebevolle Arbeit, so viel Kunstfertigkeit und Erfahrung für einen Genuss, der nur einen Augenblick lang währt, und den nur wenige wirklich zu schätzen wissen. Meine Mutter hat meine Leidenschaft immer mit liebevoller Herablassung verfolgt. Essen war für sie kein Vergnügen, sondern eine lästige Notwendigkeit, eine Art Steuer auf den Preis für unsere Freiheit. Ich stahl Speisekarten aus Restaurants und starrte sehnsüchtig in die Schaufenster von Konditoreien. Ich muss etwa zehn Jahre alt gewesen sein – vielleicht auch älter –, als ich zum ersten Mal echte Schokolade gekostet habe. Aber die Faszination ist geblieben. Ich bewahrte Rezepte in meinem Gedächtnis auf wie Landkarten. Alle möglichen Rezepte; Rezepte, die ich aus in Bahnhöfen liegen gelassenen Zeitschriften gerissen hatte, die ich Fremden entlockt hatte, denen wir unterwegs begegnet waren, eigene Kreationen. Mit Hilfe ihrer Karten und Wahrsagereien bestimmte meine Mutter unseren Kurs kreuz und quer durch Europa. Meine Kochkarten markierten unseren Weg, sie waren die Meilensteine auf der trostlosen Landkarte. Paris duftet nach frisch gebackenem Brot und Croissants, Marseille nach Bouillabaisse und geröstetem Knoblauch. Berlin war Eisbein mit Sauerkraut und Kartoffelsalat, Rom war das Eis, das ich in dem winzigen Restaurant am Flussufer geschenkt bekam. Meine Mutter hatte keine Zeit, Meilensteine zu setzen. All ihre Landkarten waren in ihrem Kopf, für sie war jeder Ort wie der andere. Schon damals waren wir verschieden. Oh, sie hat mir alles beigebracht, was sie konnte. Wie man zum Kern der Dinge vordringt, wie man Menschen durchschaut, ihre Gedanken und Sehnsüchte errät. Der Autofahrer, der anhielt und uns mitnahm, einen Umweg von zehn Kilometern in Kauf nahm, um uns nach Lyon zu bringen; die Ladenbesitzer, die kein Geld von uns nehmen wollten; der Polizist, der ein Auge zudrückte. Natürlich klappte es nicht jedes Mal. Manchmal funktionierte es nicht, ohne dass wir verstanden, warum. Manche Menschen sind undurchschaubar, unerreichbar. Francis Reynaud ist einer von ihnen. Aber auch wenn es hin und wieder nicht gelang, hat mich dieses Eindringen in das Leben anderer immer irritiert. Es war einfach zu leicht. Aber Schokolade herzustellen ist etwas ganz anderes. Oh, es erfordert einiges Geschick. Eine gewisse Fingerfertigkeit, eine Geduld, die meine Mutter nie hatte. Aber das Rezept bleibt immer gleich. Es ist sicher. Harmlos. Ich brauche nicht in ihre Herzen zu schauen, um zu bekommen, was ich brauche; ich kann ihre Wünsche erfüllen, weil sie mich darum bitten.

Guy, mein Lieferant, kennt mich schon lange. Wir arbeiteten zusammen, als Anouk geboren wurde, und er hat mir geholfen, meinen ersten Laden zu eröffnen, eine winzige *Pâtisserie-Chocolaterie* am Stadtrand von Nizza. Jetzt ist er in Marseille ansässig, wo er die Kakaobutter direkt aus Südamerika importiert und in seiner Fabrik zu verschiedenen Sorten Schokolade verarbeitet. Ich verwende nur die beste. Die Blocks sind etwas größer als die Haushaltspackungen Blockschokolade und Kuvertüre, die man im Supermarkt kaufen kann. Bei jeder Lieferung ist ein Karton von jeder Sorte dabei: Zartbitter, Vollmilch und weiße Schokolade. Man muss sie erhitzen, damit sie die richtige Konsistenz erhält, und sie ganz vorsichtig abkühlen lassen, damit sie hart und glatt und glänzend wird. Manche Konditoren kaufen ihre Schokolade fertig gehärtet, aber ich mache das lieber selbst. Es ist ein unglaublicher Genuss, die rohen, matten Blocks Kuvertüre zu verarbeiten, sie per Hand in große Keramikkasserollen zu raffeln – ich benutze niemals eine elektrische Reibe –, sie zu schmelzen, zu rühren, jeden komplizierten Schritt mit einem Zuckerthermometer zu überwachen, bis genau die richtige Temperatur erreicht ist, die nötig ist, um den gewünschten Geschmack zu erzielen.

Es ist ein alchemistisches Vergnügen, die matte Kuvertüre in das Narrengold zu verwandeln, eine Art laienhafter Zauber, der meiner Mutter gefallen hätte. Bei der Arbeit denke ich an nichts, atme tief und ruhig. Die Fenster stehen offen, doch die Hitze der Öfen, die kupfernen Kasserollen, aus denen der Dampf der schmelzenden Schokolade aufsteigt, halten mich warm. Das Duftgemisch aus Kakao, Vanille, heißem Kupfer und Zimt ist sinnlich und berauschend; es erinnert an den schwülen, erdigen Geruch in den süd- und mittelamerikanischen Regenwäldern. Dies ist heute meine Art zu reisen, nach Art der Azteken mit ihren heiligen Ritualen; Mexiko, Venezuela, Kolumbien. Der Hof von Montezuma. Cortez und Kolumbus. Die Speisen der Götter sieden und blubbern in geweihten Kelchen. Das bittere Elixir des Lebens.

Vielleicht ist es das, was Reynaud instinktiv spürt; einen Rückfall in Zeiten, als die Welt noch weiter und wilder war. Vor Christus – bevor Adonis in Bethlehem geboren wurde oder Osiris zu Ostern geopfert wurde – wurde die Kakaobohne als heilig verehrt. Man schrieb ihr magische Kräfte zu. Ein aus den Bohnen hergestelltes Gebräu wurde auf den Stufen von heiligen Tempeln geschlürft und versetzte diejenigen, die es tranken, in einen ekstatischen Rauschzustand. Ist es das, was er fürchtet? Vergnügen, das ins Verderben führt, die allmähliche Verwandlung des Fleisches in ein Instrument der Ausschweifung? Die Orgien der aztekischen Priesterkaste sind nichts für ihn. Doch in den Dämpfen der schmelzenden Schokolade beginnt etwas Gestalt anzunehmen – eine Vision, hätte meine Mutter gesagt –, ein aus Dampf geformter Finger, der auf etwas deutet ...

Da. Einen Augenblick lang glaubte ich es zu erkennen. Über der glänzenden Oberfläche kräuselt sich der Dampf. Dann noch einmal, ein bleicher Hauch, halb verdeckend, halb enthüllend ... Einen Moment lang konnte ich die Antwort beinahe erkennen, das Geheimnis, das er – sogar vor sich selbst – so ängstlich verbirgt, den Schlüssel, der ihn – und uns alle – in Bewegung setzen wird.

Schokolade als Orakel zu benutzen ist eine schwierige Angelegenheit. Die Visionen sind verschwommen, verschleiert durch die aufsteigenden Dämpfe und Düfte, die den Verstand benebeln. Und ich bin nicht meine Mutter, die bis zu dem Tag, an dem sie starb, wahrsagerische Fähigkeiten besaß, die so stark waren, dass wir von Entsetzen gepackt vor ihnen davonliefen. Doch bevor die Vision sich auflöst, bin ich sicher, etwas zu erkennen – ein Zimmer, ein Bett, einen alten Mann, der in dem Bett liegt, die Augen tief in den Höhlen seines bleichen Gesichts ... Und Feuer. Feuer.

Ist es das, was ich hatte sehen sollen?

Ist das das Geheimnis des schwarzen Mannes?

Ich muss sein Geheimnis herausfinden, wenn wir hier bleiben wollen. Und ich muss bleiben. Was immer es mich kosten mag.

Mittwoch, 19. Februar

Eine Woche, *mon père*. Mehr nicht. Eine Woche. Aber es kommt mir länger vor. Ich begreife nicht, warum sie mich so irritiert; mir ist klar, was sie ist. Neulich bin ich bei ihr gewesen, um mit ihr über die sonntäglichen Öffnungszeiten zu reden. Der Laden ist wie verwandelt; es duftet verwirrend nach Ingwer und anderen Gewürzen. Ich habe versucht, nicht zu den Regalen hinzusehen, auf denen die Süßigkeiten ausgestellt sind; Schachteln, Schleifen in Pastelltönen, kandierte Mandeln mit Puderzucker bestäubt, Veilchenpastillen und Rosenblätter aus Schokolade. Der Laden hat etwas von einem Boudoir, etwas *Intimes*, er suggeriert eine Art Selbstvergessenheit mit seinem Duft nach Rosen und Vanille. Er erinnert mich an das Zimmer meiner Mutter; all die Schleifen, all der Brokat und das Kristallglas, das in dem gedämpften Licht funkelte, all die Fläschchen und Tiegel auf ihrer Frisierkommode, wie eine Armee von Flaschengeistern, die darauf warteten, losgelassen zu werden. So viel Süße auf einmal hat etwas Ungesundes. Eine halb erfüllte

Verheißung des verbotenen Genusses. Ich versuche, nicht hinzusehen, den Duft nicht zu riechen.

Immerhin hat sie mich freundlich empfangen. Diesmal habe ich sie deutlicher gesehen; langes schwarzes Haar, zu einem Knoten geschlungen, Augen so dunkel, dass sie keine Pupillen zu haben scheinen. Ihre Brauen sind vollkommen gerade, was ihr eine gewissen Strenge verleiht, die jedoch von den spöttisch geschwungenen Lippen Lügen gestraft wird. Breite, kräftige Hände; kurzgeschnittene Fingernägel. Obwohl sie sich nicht schminkt, hat ihr Gesicht etwas Unziemliches. Vielleicht es ist die direkte Art, mit der sie einen ansieht, wie ihre Augen forschend verweilen, der ironische Zug um ihre Mundwinkel. Und sie ist groß, zu groß für eine Frau, etwa so groß wie ich. Sie starrt mir geradewegs in die Augen, mit aufrechter Haltung und trotzig vorgerecktem Kinn. Sie trägt einen langen, weiten, flammenfarbenen Rock und einen engen schwarzen Pullover. Diese Farbzusammenstellung signalisiert Gefahr, wie bei einer Schlange oder einem giftigen Insekt, eine Warnung an alle Feinde.

Sie *ist* meine Feindin. Ich habe es vom ersten Augenblick an gefühlt. Ich spüre ihre Feindseligkeit und ihr Misstrauen, obwohl sie die ganze Zeit mit ruhiger, freundlicher Stimme spricht. Ich habe das Gefühl, dass sie auf mich lauert, um mich in Versuchung zu führen, dass sie irgendein Geheimnis kennt, das selbst ich … Aber das ist Unsinn. Was kann sie schon wissen? Was kann sie schon *tun?* Sie stört lediglich meinen Ordnungssinn, so wie es einen Gärtner stören würde, wenn er Pusteblumen in seinem Garten entdecken würde. Der Same der Zwietracht ist überall, Vater, und er verbreitet sich unaufhaltsam.

Ich weiß. Ich übertreibe. Aber wir müssen immer wachsam sein, Sie und ich. Denken Sie nur an *Les Marauds,* wie wir die Zigeuner vom Ufer des Tannes vertrieben haben. Wissen Sie noch, wie lange es gedauert hat, wie viele vergebliche Beschwerden wir eingereicht haben, bis wir die Sache schließlich selbst in die Hand genommen haben? Erinnern

Sie sich noch an meine leidenschaftlichen Predigten? Eine Tür nach der anderen wurde ihnen verschlossen. Einige der Ladenbesitzer haben sofort mit uns am selben Strang gezogen. Sie wussten noch, wie es beim letzten Mal war, als die Zigeuner da waren, sie erinnerten sich an die Krankheiten, an die Diebstähle und die Hurerei. Sie waren auf unserer Seite. Aber ich weiß noch, dass wir Narcisse gehörig unter Druck setzen mussten, der ihnen, was mal wieder typisch für ihn war, im Sommer Arbeit auf seinen Feldern angeboten hatte. Aber am Ende haben wir sie alle verjagt, die düster dreinblickenden Männer und ihre frechen Schlampen, ihre unverschämten, barfüßigen Kinder, ihre räudigen Hunde. Schließlich sind sie alle abgezogen, und Freiwillige aus dem Dorf haben den Unrat beseitigt, den sie hinterlassen hatten. Ein einziges Samenkorn, *mon père,* würde ausreichen, um sie zurückzubringen. Das wissen Sie so gut wie ich. Und wenn sie dieses Samenkorn ist ...

Gestern habe ich mit Joline Drou gesprochen. Anouk Rocher geht jetzt in die Grundschule. Ein vorlautes Kind, schwarzes Haar, wie die Mutter, und ein breites, freches Grinsen. Offenbar hat Joline ihren Sohn Jean erwischt, wie er mit ihr auf dem Schulhof irgendein Spiel spielte. Etwas Verderbliches, nehme ich an, Wahrsagerei oder so ein Unsinn, Knochen und Perlen auf dem Boden ausgebreitet ... Ich habe Ihnen ja gesagt, dass ich diese Sorte kenne. Joline hat Jean verboten, noch einmal mit ihr zu spielen, aber der Junge hat eine halsstarrige Ader und schmollt seitdem. In diesem Alter kann man ihnen nur mit strengster Disziplinierung beikommen. Ich habe angeboten, selbst einmal mit dem Jungen zu reden, aber die Mutter wollte nichts davon wissen. So sind sie, *mon père.* Schwach. Schwach. Ich frage mich, wie viele von ihnen bereits ihr Fastengelübde gebrochen haben. Ich frage mich, wie viele von ihnen jemals vorhatten, es einzuhalten. Ich selbst spüre, dass das Fasten mich läutert. Allein der Anblick der Auslagen im Schaufenster des Fleischers stößt mich ab; ich nehme jede Art von Geruch mit einer solchen Intensität wahr, dass mir schwindelt. Plötzlich kann ich den Duft, der jeden Morgen aus Poitous Bäckerei dringt, nicht mehr ertragen; der Geruch von heißem Fett aus der *rôtisserie* an der *Place des Beaux-Arts* kommt mir vor wie Gestank aus der Hölle. Seit über einer Woche habe ich weder Fleisch noch Fisch noch Eier angerührt und mich nur von Brot, Suppe und Salat ernährt, dazu ein einziges Glas Wein am Sonntag, und ich bin geläutert, Vater, geläutert ... Ich wünschte nur, ich könnte noch mehr tun. Das ist kein Leiden. Das ist keine Buße. Manchmal denke ich, wenn ich ihnen nur das rechte Beispiel sein könnte, wenn ich es sein könnte, der blutend und leidend am Kreuz hängt ... Diese Hexe Voizin macht sich über mich lustig, wenn sie mit ihrem Korb voller Einkäufe an mir vorbeigeht. Als Einzige aus dieser Familie braver Kirchgänger verabscheut sie die Kirche, grinst mich an, wenn sie an mir vorbeihumpelt, ihren Strohhut mit einem roten Tuch festgebunden, und mit ihrem Stock auf das Kopfsteinpflaster klopft ... Nur wegen ihres Alters, *mon père,* und weil die Familie mich darum bittet, lasse ich sie unbehelligt. Stur verweigert sie jede ärztliche Behandlung und jeden geistlichen Beistand. Wahrscheinlich glaubt sie, sie würde ewig leben. Aber eines Tages wird sie zusammenbrechen. Das tun sie alle. Und ich werde ihr demütig die Absolution erteilen; trotz all ihrer Verfehlungen, ihres Stolzes und ihrer Halsstarrigkeit werde ich um sie trauern. Am Ende kriege ich sie, *mon père.* Am Ende werde ich sie alle kriegen, nicht wahr?

Donnerstag, 20. Februar

Ich hatte sie erwartet. Karierter Mantel, das Haar streng und unvorteilhaft aus dem Gesicht frisiert, die Hände nervös wie die eines Revolverhelden. Joséphine Muscat. Sie wartete, bis meine Stammkunden – Guillaume, Georges und Narcisse – gegangen waren, dann kam sie herein, die Hände tief in den Manteltaschen.

»Eine Tasse Schokolade, bitte.« Sie setzte sich unbeholfen auf einen Hocker und starrte in die leeren Tassen, die ich noch nicht weggeräumt hatte.

»Selbstverständlich.« Ohne mich zu erkundigen, wie sie sie wünschte, brachte ich ihr die Schokolade mit Sahne und Streuseln garniert und dazu zwei Mokkatrüffel. Einen Augenblick lang betrachtete sie die Tasse mit zusammengekniffenen Augen, dann griff sie vorsichtig danach.

»Neulich«, sagte sie mit gezwungener Beiläufigkeit, »habe ich etwas zu bezahlen vergessen.«

Sie hat lange, schmale Finger, an denen die Schwielen wie ein Widerspruch wirken. Jetzt, wo sie entspannt ist, scheint ihr Gesicht etwas von dem gequälten Ausdruck zu verlieren, bekommt etwas Anziehendes. Ihr Haar ist dunkelblond, ihre Augen sind bernsteinfarben. »Es tut mir leid.« Mit einer fast trotzigen Geste warf sie das Zehn-Franc-Stück auf die Theke. Wie automatisch ballten ihre Hände sich zu Fäusten, die Daumen bohrten sich in ihr Brustbein, dieselbe Geste, die ich schon einmal beobachtet hatte.

»Ist schon in Ordnung.« Ich bemühte mich, beiläufig und uninteressiert zu klingen. »So etwas kommt immer mal vor.« Einen Augenblick lang schaute Joséphine mich misstrauisch an, dann, als sie keine Feindseligkeit spürte, entspannte sie sich ein wenig. »Die schmeckt gut.« Sie nippte an ihrer Schokolade. »Wirklich gut.«

»Ich mache sie selbst«, erklärte ich. »Aus Kakaobutter, bevor das Fett hinzugefügt wird, um die Schokolade zu härten. So haben die Azteken sie schon vor Jahrhunderten getrunken.«

Wieder ein kurzer, misstrauischer Blick.

»Vielen Dank für Ihr Geschenk«, sagte sie schließlich. »Schokomandeln. Meine Lieblingssorte.« Und dann sprudeln die Worte hastig aus ihr heraus: »Ich habe es nicht mit Absicht mitgenommen. Sie haben bestimmt über mich geredet, ich weiß es genau. Aber ich stehle nicht. Das behaupten die immer« – ihr Ton wird verächtlich, die Mundwinkel verziehen sich vor Abscheu und Selbsthass –, »dieses Weibsbild Clairmont und ihre Freundinnen. Lügnerinnen.«

Sie schaute mich herausfordernd an.

»Ich habe gehört, Sie gehen nicht zur Kirche.« Ihre Stimme klang gereizt, zu laut für den kleinen Raum, in dem nur wir beide uns befanden.

Ich lächelte. »Stimmt. Ich gehe nicht zur Kirche.«

»Sie werden hier nicht lange überleben, wenn Sie nicht gehen«, sagte Joséphine mit derselben hohen, schneidenden Stimme. »Die werden Sie genauso vertreiben, wie sie jeden vertreiben, der ihnen nicht in den Kram passt. Sie werden es ja sehen. All das hier« – eine eher angedeutete, kurze Geste, um auf die Regale, die Schachteln, die Auslagen im Fenster hinzuweisen – »wird Ihnen nichts nützen. Ich habe sie reden hören. Ich habe gehört, was sie über Sie sagen.«

»Ich auch.« Ich goss mir aus der silbernen Kanne eine Tasse Schokolade ein. Dunkel und stark wie Espresso, mit einem Löffel aus Schokolade zum Umrühren. Dann sagte ich sanft: »Aber ich brauche ja nicht hinzuhören.« Ich nippte an meiner Schokolade. »Und Sie auch nicht.«

Joséphine lachte.

Wir schwiegen. Fünf Sekunden. Zehn.

»Sie behaupten, Sie seien eine Hexe.« Schon wieder dieses Wort. Herausfordernd hob sie den Kopf. »Sind Sie eine Hexe?«

Ich zuckte die Achseln, trank noch einen Schluck.

»Wer behauptet das?«

»Joline Drou. Caroline Clairmont. Die Betschwestern von Curé Reynaud. Ich hab sie vor der Kirche reden hören. Ihre Tochter hat den anderen Kindern was erzählt. Irgendwas von Geistern.« Neugier lag in ihrer Stimme und eine unterschwellige Feindseligkeit, die ich nicht verstand.

»Geister!«, rief sie lachend.

Ich starrte auf die dünne, gewundene Tropfenspur, die vom gelben Rand meiner Tasse herunterlief.

»Ich dachte, Sie würden nicht darauf hören, was diese Leute sagen«, bemerkte ich.

»Ich bin nur neugierig.« Wieder dieser trotzig-herausfordernde Blick, als hätte sie Angst, gemocht zu werden. »Und Sie haben sich neulich mit Armande unterhalten. Niemand redet mit Armande. Außer mir.«

Armande Voizin. Die alte Frau, die in *Les Marauds* wohnt.

»Ich mag sie«, erwiderte ich. »Warum sollte ich nicht mit ihr reden?«

Joséphine ballte die Fäuste. Sie wirkte erregt; ihre Stimme klang plötzlich brüchig wie gesprungenes Glas. »Weil sie verrückt ist, darum!« Zur Unterstreichung ihrer Worte tippte sie sich mit dem Finger an die Schläfe. »Verrückt, verrückt, *verrückt.*« Dann fuhr sie beinahe flüsternd fort: »Ich will Ihnen mal was sagen. Durch Lansquenet verläuft eine Grenze« – sie demonstrierte es auf der Theke mit einem schwieligen Finger –, »und wenn man die überschreitet, wenn man *nicht zur Beichte geht*, wenn man *seinen Ehemann nicht achtet*, wenn man ihm *nicht täglich drei Mahlzeiten kocht* und am Kamin sitzt und sich fromme Gedanken macht, bis er abends nach Hause kommt, wenn man *keine Kinder bekommt* – und wenn man zur Beerdigung seiner Freunde keine Blumen mitbringt, wenn man nicht staubsaugt oder *die Blumenbeete nicht jätet!* ...« Ihr Gesicht war vor Anstrengung rot angelaufen. Sie war außer sich vor Wut. »*Dann ist man verrückt!*«, stieß sie hervor. »Dann ist man nicht normal und die Leute reden hinterm Rücken über einen und – und – und –«

Sie brach ab, und der gequälte Ausdruck verschwand von ihrem Gesicht. Ich bemerkte, dass sie an mir vorbei aus dem Fenster starrte, doch wegen der Spiegelung in der Fensterscheibe konnte ich nicht erkennen, was sie sah. Es war, als wäre eine Jalousie vor ihrem Gesicht heruntergelassen worden, ihr Blick war leer und hoffnungslos.

»Tut mir leid. Ich hab mich ein bisschen gehen lassen.« Sie trank den letzten Schluck Schokolade. »Ich sollte überhaupt nicht mit Ihnen reden. Und Sie nicht mit mir. Es ist alles so schon schlimm genug.«

»Hat Armande das gesagt?«, fragte ich freundlich.

»Ich muss gehen.« Ihre Daumen bohrten sich wieder in ihr Brustbein, diese selbstanklagende Geste, die so charakteristisch für sie zu sein schien. »Ich muss gehen.« Der gequälte Blick war wieder da, sie öffnete den Mund mit angstvoll nach unten gezogenen Mundwinkeln, so dass sie beinahe debil wirkte ... Doch die wütende Frau, die noch einen Augenblick zuvor zu mir gesprochen hatte, war weit davon entfernt, debil zu sein. Was – *wen* – hatte sie gesehen, was hatte diese Reaktion ausgelöst? Als sie den Laden verließ, den Kopf gesenkt, wie um sich vor einem Schneesturm zu schützen, trat ich ans Fenster, um ihr nachzusehen. Niemand sprach sie an. Niemand schien in ihre Richtung zu schauen. In diesem Augenblick bemerkte ich Reynaud, der vor dem Kirchenportal stand. Reynaud und ein Mann mit Halbglatze, den ich nicht kannte. Beide starrten zum Schaufenster von *La Praline* herüber.

Reynaud? Sollte er die Ursache ihrer Ängste sein? Ich spürte Ärger in mir aufsteigen bei dem Gedanken, dass er derjenige gewesen sein könnte, der Joséphine vor mir gewarnt hatte. Und dennoch hatte sie verächtlich gewirkt, als sie von ihm sprach, nicht ängstlich. Der zweite Mann war klein und massig; karierte Hemdsärmel über geröteten Unterarmen hochgekrempelt, eine kleine Intellektuellenbrille, die in dem fleischigen Gesicht seltsam fehl am Platze wirkte. Er strahlte eine unbestimmte Feindseligkeit aus, sein Blick war böse und misstrauisch, und endlich wusste ich, dass ich ihn schon einmal gesehen hatte. Mit weißem Bart und rotem Mantel hatte er Süßigkeiten in die Menge geworfen. Beim Karnevalsumzug. Der Nikolaus, der die Bonbons so wütend in die Menge warf, als hoffte er, ein Auge zu treffen. In diesem Moment traten ein paar Kinder an das Schaufenster, so dass ich ihn nicht mehr sehen konnte, aber nun glaubte ich zu wissen, warum Joséphine so hastig die Flucht ergriffen hatte.

»Lucie, siehst du den Mann da drüben? Den in dem karierten Hemd? Wer ist das?«

Lucie verzieht das Gesicht. Weiße Schokoladenmäuse sind ihre Schwäche; fünf für zehn Francs. Ich stecke ein paar mehr in die Papiertüte.

»Du kennst ihn doch sicher, nicht wahr?«

Sie nickt.

»Monsieur Muscat. Aus dem *café*.« Ich kenne es; ein düsteres kleines Lokal am Ende der *Avenue des Francs Bourgeois*. Ein halbes Dutzend Metalltische vor dem Haus, ein verschossener Orangina-Sonnenschirm. Ein uraltes Schild über dem Eingang: *Café de la République*. Die Kleine nimmt ihre Tüte, wendet sich zum Gehen, zögert, dreht sich noch einmal um. »*Seine* Lieblingssorte kriegen Sie nie raus«, sagt sie. »Er hat nämlich keine.«

»Das kann ich mir nicht vorstellen«, erwidere ich lächelnd. »Jeder hat eine Lieblingssorte. Sogar Monsieur Muscat.«

Lucie überlegt.

»Vielleicht ist seine Lieblingssorte die, die er anderen Leuten wegnimmt«, sagt sie. Und schon ist sie aus der Tür und winkt noch einmal zum Abschied durch das Schaufenster.

»Sag Anouk, wir gehen nach der Schule nach *Les Marauds*!«

»Mach ich.« *Les Marauds*. Ich frage mich, was sie dort so interessant finden. Der Fluss mit seinen braunen stinkenden Ufern. Die engen Gassen voller Unrat. Eine Oase für Kinder. Höhlen, kleine, flache Steine, die man über das Wasser hüpfen lassen kann. Geflüsterte Geheimnisse, Schwerter aus Stöcken und Schilde aus Rhabarberblättern. Kriegsspiele zwischen dornigen Brombeerranken, Tunnel, Entdecker, streunende Hunde, Gerüchte, erbeutete Schätze ... Gestern kam Anouk fröhlich und aufgekratzt aus der Schule und zeigte mir ein Bild, das sie gemalt hatte.

»Das bin ich.« Eine Gestalt in einer roten Latzhose mit wild hingekritzeltem schwarzem Haar. »Pantoufle.« Das Kaninchen sitzt auf ihrer Schulter wie ein Papagei, die Ohren aufgestellt. »Und Jeannot.« Ein Junge in Grün mit ausgestreckter Hand. Beide Kinder lächeln. Mütter – auch Lehrerinnen, die Mütter sind –, scheinen in *Les Marauds* nicht erwünscht zu sein. Die Knetgummipuppe sitzt noch immer neben Anouks Bett, und das Bild hat sie darüber an die Wand geheftet.

»Pantoufle hat mir gesagt, was ich tun soll.« Sie hebt ihn auf und hält ihn lässig im Arm. In diesem Licht kann ich ihn deutlich erkennen, er sieht aus wie ein Kind mit Schnurrhaaren. Manchmal sage ich mir, ich sollte ihr dieses Phantasieren abgewöhnen, doch ich bringe es nicht übers Herz, ihr so viel Einsamkeit zuzumuten. Wenn wir hier bleiben, wird Pantoufle vielleicht eines Tages wirklicheren Spielkameraden weichen.

»Ich freue mich, dass ihr doch Freunde geblieben seid«, sagte ich zu ihr und küsste ihren Lockenkopf. »Frag Jeannot, ob er Lust hat, demnächst mit herzukommen und uns beim Ausräumen des Schaufensters zu helfen. Du kannst auch noch mehr Freunde mitbringen.«

»Das Lebkuchenhaus?« Ihre Augen leuchteten wie Sonnenlicht auf dem Wasser. »Au ja!« Dann rannte sie ausgelassen los, stieß beinahe einen Hocker um, wich mit einem riesigen Satz einem Phantasiehindernis aus und dann ging's die Treppe hinauf, drei Stufen auf einmal nehmend. »Um die Wette, Pantoufle!« Ein Krachen, als die Tür gegen die Wand flog – *bumm-bumm!* Eine Welle der Liebe zu ihr, die mich plötzlich und unerwartet überwältigt, wie immer. Meine kleine Fremde. Immer sprudelnd, immer in Bewegung.

Während ich mir noch eine Tasse Schokolade einschenkte, hörte ich die Türglocke läuten und drehte mich um. Eine Sekunde lang sah ich sein Gesicht unverstellt, den taxierenden Blick, das vorgereckte Kinn, die gestrafften Schultern, die blauen Venen auf seinen glänzenden Unterarmen. Dann lächelte er, ein dünnes Lächeln ohne Wärme.

»Monsieur Muscat, richtig?« Ich fragte mich, was er wollte. Er wirkte fehl am Platze, beäugte die Auslagen mit gesenktem Kopf. Er sah mich an, schaute mir aber nicht ins Gesicht, sondern ließ seinen Blick kurz zu meinen Brüsten wandern; einmal; noch einmal.

»Was wollte sie?« Er sprach leise, mit starkem Akzent. Ungläubig den Kopf schüttelnd, fuhr er fort: »Was zum Teufel hat sie in einem solchen Laden zu suchen?« Er deutete auf ein Tablett mit Schokomandeln zu fünfzig Francs die Tüte. »Wahrscheinlich so was, wie?« Er breitete die Hände aus. »Hochzeiten und Taufen. Was will sie mit Zeug, das man zu Hochzeiten und Taufen verschenkt?« Dann lächelte er wieder dieses verblüffte, fragende Lächeln, doch seine rotunterlaufenen Augen funkelten eiskalt. »Sagen Sie's mir.« Und dann schmeichelnd, ein vergeblicher Versuch, charmant zu wirken. »Was hat sie gekauft?«

»Ich nehme an, Sie meinen Joséphine.«

»Meine Frau.« Er sprach die Worte mit einem seltsamen Unterton aus, mit einer Art kategorischer Endgültigkeit. »So sind die Weiber. Man arbeitet sich halb tot, um das Geld ranzuschaffen, und was machen sie? Werfen es aus dem Fenster für ...« Er deutete erneut auf die Regale voller Pralinen, Trüffel, Marzipanfrüchte, Silberpapier, Seidenblumen. »Was war es, ein Geschenk?« Misstrauen lag in seiner Stimme. »Für wen kauft sie Geschenke? Für sich selbst?« Er lachte kurz auf, als sei allein der Gedanke absurd.

Ich wusste nicht, was ihn das anging. Aber in seiner Art lag etwas Aggressives, sein Blick und seine Gesten waren so nervös, dass ich beschloss, mich vorzusehen. Nicht meinetwegen – ich hatte in den Jahren mit meiner Mutter gelernt, auf mich aufzupassen –, sondern ihretwegen. Bevor ich mich dagegen wehren konnte, sah ich ein Bild vor mir; ein blutiger Knöchel, aus Rauch geformt. Ich ballte die Fäuste hinter Theke. Dieser Mann hatte nichts, was ich sehen wollte.

»Ich glaube, Sie haben da etwas missverstanden«, erklärte ich ihm. »Ich habe Joséphine auf eine Tasse Schokolade eingeladen. Als Freundin.«

»Ach so.« Einen Augenblick lang schien er verblüfft. Dann stieß er erneut sein bellendes Lachen aus. »Als Freundin, wie?« Das Lachen war fast echt, es amüsierte ihn tatsächlich, und gleichzeitig war er voller Verachtung. »*Sie* wollen eine Freundin von Joséphine sein?« Wieder dieser taxierende Blick. Ich spürte, wie er uns miteinander verglich, wie sein geiler Blick erneut zu meinen Brüsten wanderte. Dann erkundigte er sich mit schmalziger, schmeichelnder Stimme, die wohl verführerisch klingen sollte: »Sie sind neu hier, nicht wahr?«

Ich nickte.

»Vielleicht sollten wir mal zusammen ausgehen. Um uns besser kennen zu lernen, wissen Sie.«

»Vielleicht«, erwiderte ich gelassen. »Dann könnten Sie ja auch Ihre Frau mitbringen.«

Schweigen. Er starrte mich an, diesmal misstrauisch, verschlagen.

»Sie hat doch nichts erzählt, oder?«

Ausdruckslos: »Was denn?«

Kurzes Kopfschütteln.

»Nichts, nichts. Sie redet einfach viel, das ist alles. Redet ohne Ende.« Der arrogante Ton war wieder da. »Von morgens bis abends.« Kurzes, freudloses Auflachen. »Aber das werden Sie bald selber merken«, fügte er mit säuerlicher Genugtuung hinzu.

Ich murmelte etwas Unverfängliches. Dann, einer spontanen Eingebung folgend, holte ich eine kleine Tüte Schokomandeln unter der Theke hervor und reichte sie ihm.

»Würden Sie die bitte für Joséphine mitnehmen?«, sagte ich beiläufig. »Ich wollte sie ihr heute Morgen geben, habe es aber vergessen.«

Er schaute mich an, rührte sich jedoch nicht.

»Sie ihr *geben*?«, wiederholte er.

»Ja. Ein Geschenk des Hauses.« Ich schenkte ihm mein gewinnendstes Lächeln.

Grinsend nahm er die hübsche silberne Tüte.

»Ich werde dafür sorgen, dass sie sie bekommt«, sagte er, während er sich die Tüte in die Hosentasche stopfte.

»Es ist ihre Lieblingssorte«, erklärte ich ihm.

»Sie werden es mit Ihrem Laden nicht weit bringen, wenn Sie Ihren Kram verschenken«, sagte er. »Ein Monat, und Sie sind pleite.« Wieder der harte, gierige Blick, als sei ich eine Schokoladenfigur, die er am liebsten gleich auspacken würde.

»Wir werden sehen«, sagte ich höflich und sah ihm nach, als er den Laden verließ und lässig wie James Dean über den Platz davonschlenderte. Er war noch nicht einmal außer Sichtweite, da sah ich ihn schon das Tütchen für Joséphine aus der Tasche ziehen und öffnen. Vielleicht dachte er sich, dass ich ihm nachschaute. Eins; zwei; drei; scheinbar gelangweilt ging seine Hand immer wieder zu seinem Mund, und bevor er am anderen Ende des Platzes angekommen war, hatte er die Schokomandeln aufgegessen und die Tüte in seiner Faust zusammengeknüllt. Er kam mir vor wie ein gieriger Hund, der sich beeilt, sein Futter aufzufressen, um sich dann über den Napf eines anderen Hundes herzumachen. Als er an der Bäckerei vorbeikam, warf er die zerknüllte Tüte in Richtung des Mülleimers neben der Tür, traf jedoch nur den Rand, und die silberne Kugel rollte über das Pflaster. Dann ging er, ohne sich noch einmal umzudrehen, mit lässig schwingenden Armen an der Kirche vorbei und die *Avenue des Francs Bourgeois* hinunter. Seine schweren Stiefel schlugen bei jedem Schritt über das Kopfsteinpflaster kleine Funken.

Freitag, 21. Februar

Über Nacht wurde es wieder kälter. Die Wetterfahne auf der Kirchturmspitze drehte sich die ganze Nacht hektisch und unentschlossen hin und her und quietschte in ihrer rostigen Halterung, wie um vor Eindringlingen zu warnen. Im dichten Morgennebel wirkte selbst der Kirchturm in zwanzig Schritten Entfernung schemenhaft und gespenstisch, und das Messeläuten klang wie durch Zuckerwatte gedämpft, als einige Kirchgänger mit hochgeschlagenen Mantelkragen herbeigeschlurft kamen, um sich die Absolution erteilen zu lassen.

Nachdem sie ihre Milch getrunken hatte, packte ich Anouk in ihren warmen roten Anorak und zog ihr trotz ihrer Proteste noch eine wollene Mütze über den Kopf.

»Willst du wirklich nicht frühstücken?«

Sie schüttelte energisch den Kopf und nahm sich einen Apfel aus der Obstschale.

»Wie wär's mit einem Kuss?«

Es ist zu einem morgendlichen Ritual geworden.

Mit einem verschmitzten Lächeln schlingt sie ihre Arme um meinen Hals, leckt mir das Gesicht ab, springt dann kichernd los, wirft mir von der Tür aus einen Kuss zu und rennt auf den Dorfplatz hinaus. Mit gespieltem Entsetzen wische ich mir das Gesicht ab. Sie lacht beglückt auf, streckt mir die kleine Zunge heraus und ruft: »Ich hab dich lieb!«, und dann verschwindet sie, die Schultasche schlenkernd, wie eine rote Luftschlange im Nebel. Ich weiß genau, dass es höchstens eine halbe Minute dauert, bis ihre wollene Mütze in der Schultasche landet, zusammen mit Büchern, Heften und allem, was an die Welt der Erwachsenen erinnert. Einen Moment lang glaube ich fast, Pantoufle hinter ihr herreunen zu sehen, beeile mich jedoch, das unwillkommene Bild gleich wieder zu verscheuchen. Ein plötzliches Gefühl des Verlassenseins überkommt mich – wie soll ich den Tag nur ohne sie überstehen? –, und ich muss mich beherrschen, um sie nicht zurückzurufen.

Sechs Kunden heute Morgen. Einer davon ist Guillaume, er kommt gerade vom Fleischer und hat ein in Papier gewickeltes Stück *boudin* in der Hand.

»Charly liebt Blutwurst«, erklärt er mir mit ernster Miene. »Er hat in letzter Zeit keinen rechten Appetit, aber die frisst er bestimmt.«

»Vergessen Sie nicht, selber auch etwas zu essen«, ermahne ich ihn freundlich.

»Bestimmt nicht.« Er lächelt entschuldigend. »Ich esse wie ein Scheunendrescher. Ehrlich.« Plötzlich schaut er mich betroffen an. »Im Moment ist natürlich Fastenzeit«, sagt er. »Aber Tiere sind doch sicherlich nicht an das Fastengebot gebunden, nicht wahr?«

Ich schüttele den Kopf über seinen gequälten Gesichtsausdruck. Sein Gesicht ist klein und feingeschnitten. Er gehört zu der Sorte, die ein Plätzchen in zwei Hälften brechen und eine davon für später aufheben.

»Ich finde, Sie sollten alle beide besser für sich sorgen.«

Guillaume krault Charly hinter den Ohren. Der Hund wirkt teilnahmslos und kaum interessiert an dem Inhalt des Päckchens vom Fleischer, das neben ihm in einem Einkaufskorb liegt.

»Wir kommen ganz gut zurecht.« Sein Lächeln kommt genauso automatisch wie die Lüge. »Wirklich.« Er trinkt seine Tasse *chocolat espresso* aus.

»Köstlich«, sagt er wie immer. »Kompliment, Madame Rocher.« Ihn aufzufordern, mich Vianne zu nennen, habe ich längst aufgegeben. Sein Gefühl für Anstand und Höflichkeit verbietet es ihm. Er legt das Geld auf die Theke, tippt zum Gruß an seinen Hut und öffnet die Tür. Charly rafft sich auf und folgt ihm wankend. Kaum sind sie aus der Tür, sehe ich, wie Guillaume ihn wieder auf den Arm nimmt.

Mittags bekamen wir noch einmal Besuch. Ich erkannte sie sofort, trotz des unförmigen Männermantels, den sie immer trägt; das pfiffige Winterapfelgesicht unter dem schwarzen Strohhut, der lange schwarze Rock über den schweren Stiefeln.

»Madame Voizin! Sie hatten versprochen, einmal vorbeizuschauen, nicht wahr? Darf ich Ihnen etwas zu trinken anbieten?«

Mit leuchtenden Augen sah sie sich bewundernd im Laden um. Ich spürte, wie sie alles genau betrachtete. Ihr Blick fiel auf Anouks Getränkekarte:

> *Chocolat chaud 10 F*
> *Chocolat espresso 15 F*
> *Chococcino 12 F*
> *Mocha 12 F*

Sie nickte anerkennend.

»Es ist schon Jahre her, dass ich so etwas getrunken habe«, sagte sie. »Ich hatte schon fast vergessen, dass es solche Läden überhaupt gibt.« In ihrer Stimme liegt eine Energie, in ihren Bewegungen eine Bestimmtheit, die ihrem Alter zu widersprechen scheinen. Ihre Mundwinkel verraten eine Schalkhaftigkeit, die mich an meine Mutter erinnert. »Früher habe ich mit Vorliebe Schokolade getrunken«, verkündete sie.

Ich schenkte ihr eine große Tasse Mokka ein und gab einen Schuss Cognac hinzu, während sie die Barhocker misstrauisch beäugte.

»Sie erwarten doch hoffentlich nicht von mir, dass ich da raufklettere, oder?«

Ich lachte.

»Wenn ich gewusst hätte, dass Sie kommen, hätte ich eine Leiter besorgt. Warten Sie einen Moment.« Ich ging in die Küche und holte Poitous alten Sessel.

»Probieren Sie's mal mit dem.«

Armande setzte sich auf die Sesselkante und nahm die Tasse in beide Hände. Sie wirkte begierig wie ein Kind, mit leuchtenden Augen und entzücktem Gesichtsausdruck.

»*Mmmm.*« Es war mehr als Freude. Es war beinahe Ehrfurcht. »*Mmmmmm.*« Mit geschlossenen Augen probierte sie das Getränk. Es war fast beängstigend, wie sehr sie das Vergnügen genoss.

»Unübertrefflich.« Einen Augenblick lang hielt sie inne, die Augen halb geschlossen. »Da ist Sahne drin und – Zimt, würde ich sagen – und was noch? *Tia Maria?*«

»Fast«, sagte ich.

»Was verboten ist, schmeckt sowieso am besten«, erklärte Armande und wischte sich zufrieden den Schaum von den Lippen. »Aber das …« Sie nahm gierig noch einen Schluck. »Das ist besser als alles, an das ich mich erinnern kann, selbst aus meiner Kindheit. Ich wette, in dieser Tasse stecken zehntausend Kalorien. Ach was, noch mehr.«

»Warum sollte es verboten sein?« Ich war neugierig. Klein und rund wie ein Rebhuhn, wie sie war, konnte ich mir kaum vorstellen, dass sie so fanatisch auf ihre Figur achtete wie ihre Tochter.

»Ach, die Ärzte«, sagte sie wegwerfend. »Sie wissen ja, wie die sind. Die verbieten einem alles.« Sie trank noch einen Schluck. »Ah, das ist gut. *Gut.* Caro versucht seit Jahren, mich in irgend so ein Heim abzuschieben. Es gefällt ihr nicht, mich gleich nebenan wohnen zu haben. Sie will nicht daran erinnert werden, woher sie stammt.«

Sie kicherte in sich hinein. »Sie behauptet, ich sei krank. Ich könnte nicht auf mich selbst aufpassen. Schickt mir diesen Quacksalber, der mir vorschreiben will, was ich essen darf und was nicht. Man sollte meinen, sie wollten unbedingt, dass ich ewig lebe.«

Ich lächelte.

»Ich bin sicher, dass Caroline es nur gut mit Ihnen meint«, sagte ich.

Armande warf mir einen spöttischen Blick zu.

»Ach, wirklich?« Sie stieß ein ordinäres Lachen aus. »Verschonen Sie mich damit, meine Liebe. Sie wissen ganz genau, dass meine Tochter einzig und allein an ihr eigenes Wohlergehen denkt. Mir kann man nichts vormachen.« Ihr Blick wurde durchdringend. »Es geht mir nur um den Jungen«, sagte sie.

»Den Jungen?«

Armande nickte und trank noch einen Schluck.

»Er heißt Luc. Mein Enkel. Er wird im April vierzehn. Vielleicht haben Sie ihn schon mal auf dem Dorfplatz gesehen.«

Ich erinnerte mich vage, ihn schon einmal gesehen zu haben; ein farbloser Junge, zu korrekt in seiner frischgebügelten grauen Flanellhose und seiner Tweedjacke, kühle, graugrüne Augen und glattes, aschblondes Haar. Ich nickte.

»Ich habe ihn in meinem Testament zum Alleinerben eingesetzt«, erklärte mir Armande. »Eine halbe Million Francs, die bis zu seinem achtzehnten Geburtstag treuhänderisch verwaltet werden sollen.« Sie zuckte die Achseln. »Ich sehe ihn nie«, fügte sie hinzu. »Caro erlaubt es nicht.«

Ich habe sie zusammen gesehen. Jetzt erinnere ich mich wieder; auf dem Weg zur Kirche, die Mutter am Arm des Jungen. Er ist der Einzige unter den Kindern von Lansquenet, der noch nie etwas in meinem Laden gekauft hat, ich meine allerdings, ihn ein- oder zweimal am Fenster stehen gesehen zu haben.

»Er hat mich zum letzten Mal besucht, als er zehn Jahre alt war.« Armandes Stimme klang seltsam tonlos. »Es kommt mir so vor, als sei das hundert Jahre her.« Sie trank ihre Tasse aus und stellte sie dann mit Nachdruck auf die Theke. »Es war an seinem Geburtstag. Ich habe ihm ein Buch mit Gedichten von Rimbaud geschenkt. Er war sehr – höflich.« Ihr Ton wurde bitter. »Natürlich bin ich ihm seitdem ein paarmal auf der Straße begegnet«, sagte sie. »Ich kann mich nicht beklagen.«

»Warum besuchen Sie ihn nicht?«, fragte ich neugierig. »Gehen mit ihm spazieren, reden mit ihm, versuchen, ihn besser kennen zu lernen?«

Armande schüttelte den Kopf.

»Caro und ich haben uns miteinander überworfen.« Plötzlich verfiel sie in einen jammernden Tonfall. Ihr Lächeln war verschwunden, und sie wirkte mit einem Mal entsetzlich alt. »Sie schämt sich für mich. Der Himmel weiß, was sie dem Jungen alles erzählt.« Sie schüttelte den Kopf und schaute ins Leere. »Nein. Es ist zu spät. Ich sehe es an seinem Blick – diesem *höflichen* Blick –, an den artigen, nichtssagenden Weihnachtskarten, die er mir schickt. So ein wohlerzogener Junge.« Ihr Lachen war bitter. »So ein höflicher, wohlerzogener Junge.«

Sie wandte sich mir wieder zu und lächelte mich tapfer an.

»Wenn ich nur wüsste, was er tut«, sagte sie. »Wenn ich nur wüsste, was er für Bücher liest, für welchen Sport er sich interessiert, was er für Freunde hat, wie gut er in der Schule ist. Wenn ich das wüsste ...«

»Dann?«

»Dann könnte ich wenigstens so tun –« Sie war den Tränen nah. Dann holte sie tief Luft, gewann ihre Fassung wieder. »Wissen Sie was, ich glaube, ich könnte noch so eine Tasse von Ihrer Spezialität vertragen.« Ihre Tapferkeit war gespielt, und ich bewunderte sie mehr, als ich es sagen konnte. Dass sie es trotz ihres Kummers noch schafft, die Rebellin zu spielen und auftrumpfend die Ellbogen auf die Theke zu stützen, während sie ihren Mokka schlürft.

»Sodom und Gomorrha. *Mmmm.* Ich glaube, ich bin im

Paradies. Oder jedenfalls so dicht dran, wie es mir je vergönnt sein wird.«

»Ich könnte mich für Sie nach Luc erkundigen, wenn Sie wollen.«

Armande dachte schweigend über meinen Vorschlag nach. Ich spürte, wie sie mich unter ihren halb geschlossenen Lidern prüfend ansah.

»Alle Jungs mögen Süßigkeiten, nicht wahr?«, sagte sie schließlich wie beiläufig. Ich stimmte ihr zu. »Und ich nehme an, seine Freunde kommen auch hier in Ihren Laden?« Ich erklärte ihr, ich sei nicht sicher, wer seine Freunde wären, aber dass die meisten Kinder regelmäßig kämen.

»Ich könnte ja auch ab und zu herkommen«, sagte Armande. »Ihr Mokka schmeckt mir sehr gut, auch wenn Ihre Stühle furchtbar sind. Vielleicht werde ich sogar Stammkundin bei Ihnen.«

»Das würde mich freuen«, sagte ich.

Erneutes Schweigen. Ich begriff, dass Armande alles auf ihre Weise tat, in ihrem eigenen Tempo, ohne sich von irgendjemandem antreiben oder mit guten Ratschlägen überschütten zu lassen. Ich ließ ihr Zeit zum Nachdenken.

»Hier. Nehmen Sie das.« Sie hatte ihre Entscheidung getroffen. Energisch knallte sie einen Hundert-Franc-Schein auf die Theke.

»Aber ich –«

»Wenn Sie ihn sehen, geben Sie ihm eine Schachtel von irgendeiner Sorte, die er mag. Sagen Sie ihm nicht, dass das Geschenk von mir kommt.«

Ich nahm den Geldschein.

»Und lassen Sie sich von seiner Mutter nicht einschüchtern. Sie ist garantiert schon eifrig dabei, allen möglichen Klatsch zu verbreiten. Mein einziges Kind, und sie muss ausgerechnet eine von Reynauds Betschwestern werden.« Sie kniff verächtlich die Augen zusammen, so dass sich lauter kleine Fältchen auf ihren Wangen bildeten.

»Es kursieren bereits Gerüchte über Sie«, sagte sie. »Sie

kennen ja diese Sorte. Wenn Sie sich auch noch mit mir einlassen, wird es nur noch schlimmer.«

Ich lachte.

»Ich denke, dass ich das verkraften kann.«

»Das glaube ich auch.« Plötzlich sah sie mich eindringlich an, der ärgerliche Ton war verschwunden. »Es ist irgendwas an Ihnen«, sagte sie leise. »Irgendetwas Vertrautes. Könnte es sein, dass wir uns früher schon mal begegnet sind?«

Lissabon, Paris, Florenz, Rom. So viele Menschen. So viele Lebenswege, die wir auf unserer rastlosen Wanderschaft gekreuzt hatten. Aber ich konnte es mir nicht vorstellen.

»Und dann dieser Geruch. Nach Feuer. Es riecht wie kurz nach einem sommerlichen Blitzschlag. Es duftet nach Augustgewittern und Maisfeldern im Regen.« Ihr Gesichtsausdruck war angespannt, ihr Blick forschend. »Es stimmt, nicht wahr? Was ich gesagt habe. Was Sie sind.«

Schon wieder dieses Wort.

Sie lachte entzückt und nahm meine Hand. Ihre Haut fühlte sich kühl an, wie Laub. Sie drehte meine Hand um und betrachtete meine Handfläche.

»Ich wusste es!« Sie fuhr mit dem Finger an meiner Lebenslinie, der Herzlinie entlang. »Ich wusste es in dem Augenblick, als ich Sie zum ersten Mal gesehen habe!« Und dann zu sich selbst, mit gesenktem Kopf, so leise, dass es kaum mehr war als ihr Atem auf meiner Haut: »Ich wusste es. Ich wusste es. Aber ich hatte nie erwartet, Ihnen hier in diesem Ort zu begegnen.«

Ein scharfer, misstrauischer Blick nach oben.

»Weiß Reynaud es?«

»Ich bin mir nicht sicher.« Es stimmte. Ich hatte keine Ahnung, wovon sie redete. Aber ich roch es auch; den Geruch, den der Wind mitbringt, wenn das Wetter umschlägt, einen Enthüllung verheißenden Luftstrom. Ein vager Geruch nach Feuer und Ozon. Das Quietschen eines Getriebes, das lange nicht in Gebrauch war, die Höllenmaschine der Synchronizität. Oder vielleicht hatte Joséphine Recht, und Armande war doch verrückt. Immerhin hatte sie Pantoufle gesehen.

»Lassen Sie es Reynaud nicht wissen«, sagte sie mit verrückt leuchtenden, ernsten Augen. »Sie wissen doch, wer *er* ist, nicht wahr?«

Ich starrte sie an. Ich muss geahnt haben, was sie meinte. Oder vielleicht waren wir uns einmal kurz im Traum begegnet, in einer unserer Nächte auf der Flucht.

»Er ist der schwarze Mann.«

Reynaud. Wie eine Unheil verheißende Tarot-Karte. Immer und immer wieder. Gelächter auf den Rängen.

Lange nachdem ich Anouk zu Bett gebracht hatte, holte ich die Karten meiner Mutter hervor, zum ersten Mal seit ihrem Tod. Ich bewahre sie in einer Schachtel aus Sandelholz auf; sie sind vom vielen Benutzen ganz weich, und ihr Duft ist voller Erinnerungen an sie. Beinahe hätte ich sie gleich wieder weggepackt, verwirrt durch die Flut der Erinnerungen, die Gerüche mit sich bringen. New York. Von Dampf umhüllte Würstchenstände. Das *Café de la Paix* mit seinen tadellosen Kellnern. Eine Nonne, die vor Notre-Dame ein Eis leckt. Billige Hotelzimmer, mürrische Portiers, misstrauische *gendarmes*, neugierige Touristen. Und über allem der Schatten der namenlosen, unerbittlichen Bedrohung, vor der wir ständig auf der Flucht waren.

Ich bin nicht meine Mutter. Ich bin kein Flüchtling. Und doch ist das Bedürfnis zu sehen, zu *wissen*, so stark, dass ich die Karten aus ihrer Schachtel nehme und auslege, genauso wie sie es damals auf ihrem Bett getan hat. Ein Blick über meine Schulter, um sicherzugehen, dass Anouk schläft, ich möchte nicht, dass sie meine Unruhe spürt, dann mische ich, hebe ab, mische erneut, hebe ab, bis ich vier Karten habe.

Zehn Schwerter, der Tod. Drei Schwerter, der Tod. Zwei Schwerter, der Tod. Der Wagen. Der Tod.

Der Eremit. Der Turm. Der Wagen. Der Tod.

Es sind die Karten meiner Mutter. Das hat nichts mit mir zu tun, sage ich mir, obwohl der Eremit leicht zu deuten ist. Aber der Turm? Der Wagen?

Der Tod?

Die Karte des Todes, sagt die Stimme meiner Mutter in mir, muss nicht immer den physischen Tod bedeuten, sie kann auch für das Ende eines Lebensabschnitts stehen. Für sich drehende Winde. Könnte es das sein, was sie mir sagt?

Ich glaube nicht an Wahrsagerei. Nicht so, wie sie es tat, als eine Möglichkeit, die zufälligen Muster unseres Lebensweges zu erklären. Nicht als Vorwand für Untätigkeit, als Krücke in schwierigen Situationen, als Rationalisierung des inneren Chaos. Ich höre ihre Stimme, und sie klingt genauso wie damals auf dem Schiff, als ihre Stärke in Sturheit umschlug, ihr Humor in übermütige Verzweiflung.

Wie wär's mit Disneyland? Was meinst du? Die Florida Keys? Die Everglades? Es gibt so vieles zu sehen in der Neuen Welt, so vieles, von dem wir bisher nicht einmal zu träumen gewagt haben. Ist es das? Was meinst du? Ist es das, was die Karten uns sagen wollen?

Inzwischen war der Tod auf jeder Karte, der Tod und der schwarze Mann, der mit der Zeit dieselbe Bedeutung angenommen hatte. Wir flohen vor ihm, und er verfolgte uns, in Sandelholz verpackt.

Um mich dagegen zu schützen, las ich Jung und Hermann Hesse und lernte etwas über das kollektive Unbewusste. Wahrsagerei ist eine Methode, uns einzugestehen, was wir bereits wissen. Wovor wir uns fürchten. Es gibt keine Dämonen, sondern verschiedene Archetypen, die in jeder Kultur gleich sind. Die Angst vor Verlust – der Tod. Die Furcht vor Vertreibung – der Turm. Die Angst vor der Vergänglichkeit – der Wagen.

Und dennoch ist meine Mutter gestorben.

Ich legte die Karten liebevoll zurück in ihre duftende

Schachtel. Adieu, Mutter. Hier hört unsere Reise auf. Hier werden wir bleiben, um uns dem zu stellen, was der Wind uns bringt. Ich werde die Karten nicht noch einmal befragen.

Sonntag, 23. Februar

Vergib mir, Vater, denn ich habe gesündigt. Ich weiß, dass Sie mich hören können, Vater, und es gibt niemand anderen, bei dem ich zu beichten wagen würde. Auf keinen Fall würde ich den Bischof von Bordeaux zu meinem Beichtvater wählen, der so weit weg und sicher auf seinem Bischofsstuhl sitzt. Und die Kirche wirkt so leer. Ich komme mir vor wie ein Narr, wenn ich vor dem Altar knie und zu unserem Herrn in seinem Blattgold und seiner Dornenkrone aufblicke – das Gold ist durch den Kerzenrauch geschwärzt, was Ihm einen verschlagenen, heimlichtuerischen Blick verleiht –, und die Gebete, die früher so segensreich und beglückend für mich waren, sind nun eine Last, ein Schrei am Fuß eines kahlen Berges, von dem jeden Augenblick eine Lawine auf mich herabzustürzen droht.

Ist das der Zweifel, *mon père*? Diese Stille in meinem Innern, diese Unfähigkeit zu beten, geläutert zu werden, Demut zu empfinden ... ist das meine Schuld? Ich schaue mich in der Kirche um, die mein Lebensinhalt ist, und möchte Liebe für sie empfinden. Liebe, wie Sie sie empfunden haben, für die Heiligenfiguren – der heilige Hieronymus mit seiner abgeschlagenen Nase, die lächelnde Madonna, Johanna von Orleans mit ihrem Banner, der heilige Franziskus mit seinen gemalten Tauben. Ich selbst mag Vögel nicht. Vielleicht ist das eine Sünde gegen meinen Namenspatron, aber ich kann mir nicht helfen. Der Dreck, den sie verursachen – selbst am Kirchenportal, die getünchten Wände sind mit ihren grünlichen Exkrementen besudelt –, und der Lärm, den sie machen – das Gegurre während der Messe ... Ich lege Gift aus für die Ratten, die in die Sakristei eindringen und die Gewänder anfressen. Sollte ich nicht ebenso die Tauben vergiften, die meinen Gottesdienst stören? Ich habe es versucht, Vater, aber ohne Erfolg. Vielleicht beschützt sie der heilige Franziskus.

Wenn ich nur nicht so unwürdig wäre. Meine Unwürdigkeit quält mich, und meine Intelligenz – die der meiner Anbefohlenen weit überlegen ist – dient nur dazu, meine Schwäche zu verstärken, die Unzulänglichkeit des Werkzeugs, das Gott ausersehen hat, ihm zu dienen. Ist das meine Bestimmung? Ich habe von höheren Dingen geträumt, von Opfer und Martyrium. Stattdessen vergeude ich meine Zeit mit beklemmenden Ängsten, die meiner und Ihrer unwürdig sind.

Meine Sünde ist die Kleinlichkeit, Vater. Deswegen schweigt Gott in Seinem Haus. Ich weiß das, aber ich weiß nicht, wie ich das Übel überwinden kann. Ich habe mir noch größere Strenge für die Fastenzeit auferlegt und übe mich auch an den Tagen im Fasten, an denen Erleichterung gestattet ist. Heute zum Beispiel habe ich meinen Sonntagswein an die Hortensien gegossen und fühlte mich gleich gestärkt. Von nun an werde ich mir nichts als Kaffee und Wasser zu den Mahlzeiten gestatten, und den Kaffee werde ich schwarz und ohne Zucker trinken, um den bitteren Geschmack zu verstärken. Heute habe ich Karottensalat mit Oliven gegessen – Wurzeln und Beeren, wie es sich für das Leben in der Wildnis geziemt. Zugegeben, ich verspüre jetzt einen leichten Schwindel, aber das Gefühl ist nicht unangenehm. Gleichzeitig habe ich Schuldgefühle, weil selbst meine Entsagung mir Genuss bereitet, und ich habe beschlossen, mich der Versuchung auszusetzen. Ich werde fünf Minuten lang vor dem Schaufenster der *rôtisserie* verweilen und zusehen, wie sich die Brathähnchen am Spieß drehen. Sollte Arnaud mich verspotten, umso besser.

Eigentlich müsste er sowieso während der Fastenzeit geschlossen haben.

Und was Vianne Rocher angeht ... Ich habe während der vergangenen Tage kaum an sie gedacht. Wenn ich an ihrem Laden vorübergehe, wende ich meinen Blick ab. Ihr Geschäft geht gut, obwohl Fastenzeit ist und die Rechtschaffenen unter den Bürgern von Lansquenet ihre Anwesenheit missbilligen, aber das liegt sicherlich allein daran, dass solch ein Laden etwas völlig Neues für unser Dorf ist. Das wird sich mit der Zeit geben. Unsere Gemeindemitglieder haben kaum genug Geld, um ihre täglichen Bedürfnisse zu befriedigen, ohne dass sie zusätzlich noch einen Laden subventionieren, der besser in eine Großstadt passt.

La Céleste Praline. Allein der Name ist ein bewusster Affront. Ich werde mit dem Bus nach Agen fahren und mich bei der Vermieterin beschweren. Sie hätte nie einen Mietvertrag bekommen dürfen. Die zentrale Lage des Ladens garantiert einen gewissen Erfolg, leistet der Versuchung Vorschub. Man sollte den Bischof informieren. Er besitzt größeren Einfluss als ich, den er vielleicht geltend machen kann. Ich werde ihm heute noch schreiben.

Ich sehe sie manchmal auf der Straße. Sie trägt einen gelben Regenmantel mit grünen Gänseblümchen drauf, ein Kleidungsstück, das für ein Kind passend wäre, aber an einer erwachsenen Frau unziemlich wirkt. Nie bedeckt sie ihr Haar, nicht einmal bei Regen, wenn es glänzt wie ein Robbenfell. Wenn sie unter ihre Markise tritt, wringt sie es aus wie ein langes Seil. Häufig stehen Leute unter der Markise, wo sie Schutz vor dem endlosen Regen suchen, und betrachten die Auslagen im Schaufenster. Sie hat inzwischen einen elektrischen Heizofen aufgestellt, nahe genug an der Theke, um angenehme Wärme zu verbreiten, aber weit genug entfernt, um ihre Waren nicht zu verderben. Und seit sie die Hocker angeschafft hat, wirkt der Laden mit all seinen Torten und Kuchen unter gläsernen Hauben und den Pralinen und Trüffeln in Kristallschalen eher wie ein Café. An manchen Tagen sehe ich zehn und mehr Leute da drinnen, die herumstehen oder sich an die Theke lehnen und plaudern. Sonntags und mittwochsnachmittags duftet es auf dem ganzen Dorfplatz nach Bäckerei; dann steht sie in der Tür, die Arme bis zu den Ellbogen weiß vom Mehl, und spricht einfach irgendwelche Passanten an. Ich kann mich nur wundern, wie viele Leute sie bereits mit Namen kennt – ich selbst habe ein halbes Jahr gebraucht, bis ich alle Mitglieder meiner Gemeinde kannte –, und sie scheint stets irgendeine Frage oder eine Bemerkung zu ihren Sorgen und Problemen parat zu haben. Blaireaus Arthritis. Lamberts Sohn, der beim Militär ist. Narcisse und seine preisgekrönten Orchideen. Sie kennt sogar den Hund von Duplessis mit Namen. Oh, sie ist verschlagen. Man kann sie unmöglich übersehen. Man muss schon regelrecht flegelhaft sein, um nicht zu reagieren. Selbst ich – selbst ich muss lächeln und nicken, obwohl ich innerlich koche. Ihre Tochter ist genauso, treibt sich mit einer Bande älterer Jungs und Mädchen in *Les Marauds* herum. Die meisten sind acht oder neun Jahre alt; sie sind immer nett zu ihr, behandeln sie wie eine kleine Schwester, wie ein Maskottchen. Ständig sind sie zusammen, rennen und schreien herum; sie breiten die Arme aus und tun so, als seien sie Jagdbomber, die sich gegenseitig verfolgen und abschießen. Jean Drou ist auch immer dabei, obwohl seine Mutter es missbilligt. Ein- oder zweimal hat sie ihm den Umgang mit ihnen verboten, aber er wird von Tag zu Tag aufsässiger und klettert aus dem Fenster seines Zimmers, wenn sie ihm Stubenarrest erteilt.

Aber ich habe noch ernstere Sorgen, *mon père*, als das ungehörige Benehmen von ein paar ungezogenen Gören. Als ich heute vor der Messe durch *Les Marauds* ging, habe ich am Ufer des Tannes ein Hausboot gesehen, eins von der Sorte, die Ihnen und mir wohlbekannt ist. Ein heruntergekommener Kahn, dessen grüne Farbe überall abblättert, mit einem blechernen Schornstein, aus dem giftiger schwarzer Rauch quoll, einem Dach, so rostig wie die Dächer auf den Wellblechhütten in den *bidonvilles* von Marseille. Und ich weiß genau, was das zu bedeuten hat. Was auf uns zukommt. Der erste Löwenzahn, der im Frühling aus der feuchten Erde am Straßenrand sprießt. Jedes Jahr versuchen sie es wieder, kommen flussaufwärts aus den Vorstädten und Barackensiedlungen, aus Algerien und Marokko. Auf der Suche nach Arbeit. Auf der Suche nach einem Lagerplatz, einem Ort, an dem sie sich vermehren können ... In meiner Predigt heute Morgen habe ich gegen sie gewettert, aber ich weiß, dass einige Gemeindemitglieder – unter anderen Narcisse – sie trotz meiner Warnungen willkommen heißen werden. Sie sind Vagabunden, vulgäre Menschen ohne moralische Werte. Sie sind Zigeuner, Verbreiter von Krankheiten, Diebe, Lügner, Mörder; wenn man sie nicht aufhält. Wenn wir es zulassen, dass sie bleiben, werden sie alles zerstören, wofür wir gearbeitet haben, Vater. All unsere Erziehung. Ihre Kinder werden mit den unsrigen spielen, bis alles verdorben, beschmutzt, ruiniert ist. Sie werden die Seelen unserer Kinder stehlen. Sie lehren, die Kirche zu missachten und zu hassen. Sie werden zu Müßiggang und Verantwortungslosigkeit anstiften. Sie zu Verbrechen und Drogenmissbrauch verführen. Haben sie etwa schon vergessen, was in jenem Sommer geschah? Sind sie dumm genug anzunehmen, dass so etwas nicht wieder passieren kann?

Heute Nachmittag bin ich zu dem Hausboot hintergegangen. Es waren bereits zwei weitere dazugekommen, ein rotes und ein schwarzes. Es hatte aufgehört zu regnen, und zwischen den beiden neuen Booten war eine Wäscheleine gespannt, an der Kinderwäsche hing. An Deck des schwarzen Bootes saß ein Mann mit dem Rücken zu mir und angelte. Langes rotes Haar, mit einem Halstuch zusammengebunden, die nackten Arme und Schultern über und über mit Henna bemalt. Eine ganze Weile habe ich dagestanden und mir ihre erbärmlichen Behausungen angesehen, ihre provozierende Armut. Was versprechen diese Leute sich davon, dass sie so leben? Wir sind ein reiches Land. Eine europäische Großmacht. Diese Leute könnten sich Arbeit suchen, nützliche Arbeit, anständige Wohnungen ... Warum ziehen sie es vor, dem Müßiggang zu frönen und in einem solchen Elend zu leben? Sind sie zu faul? Zu dumm?

Der rothaarige Mann mit der Angel drehte sich zu mir um, streckte mir abwehrend zwei gespreizte Finger entgegen und widmete sich dann wieder dem Angeln.

»Hier können Sie nicht bleiben«, rief ich über das Wasser. »Das ist Privatbesitz. Sie müssen weiterziehen.«

Höhnisches Gelächter von den Booten. Meine Schläfen pochten vor Wut, doch äußerlich blieb ich ruhig.

»Mit mir können Sie reden«, rief ich. »Ich bin Priester. Vielleicht finden wir gemeinsam eine Lösung.«

In den Fenstern und Türen der Boote waren mehrere Gesichter aufgetaucht. Ich sah vier Kinder, eine junge Frau mit einem Baby und drei oder vier ältere Leute, in die typischen grauen farblosen Kleider gehüllt, ihre Blicke herausfordernd und feindselig. Sie warteten darauf, wie der Rothaarige reagieren würde. Ich wandte mich erneut an ihn.

»He, Sie!«

Er nahm eine ironisch-ehrerbietige Haltung an. »Kommen Sie doch her und reden Sie mit mir. Ich kann Ihnen alles besser erklären, wenn ich nicht über das Wasser hinwegbrüllen muss«, rief ich.

»Erklären Sie nur«, sagte er. Er sprach mit einem so starken Marseiller Akzent, dass ich ihn kaum verstand. »Ich höre Sie gut genug.« Seine Leute auf den anderen Booten stießen sich gegenseitig an und kicherten. Ich wartete geduldig, bis Ruhe einkehrte.

»Das hier ist ein Privatgrundstück«, wiederholte ich. »Ich fürchte, hier können Sie nicht bleiben. Hier wohnen Leute.« Ich deutete auf die Häuser an der *Avenue des Marais*. Zugegeben, viele dieser Häuser stehen leer und sind halb verfallen, aber einige sind immer noch bewohnt.

Der Rothaarige warf mir einen verächtlichen Blick zu.

»Hier wohnen auch Leute«, sagte er und deutete auf die Boote.

»Das ist mir klar, aber trotzdem –«

Er fiel mir ins Wort. »Keine Sorge. Wir bleiben nicht lange.« Sein Ton war bestimmt. »Wir müssen die Boote reparieren, unsere Vorräte aufstocken. Das können wir nicht draußen in der freien Landschaft. Wir bleiben zwei Wochen, höchstens drei. Damit werden Sie ja wohl leben können, oder?«

»In einem größeren Dorf ...« Seine Unverschämtheit machte mich rasend, doch ich blieb ruhig. »Oder vielleicht in einer Stadt wie Agen könnten Sie ...«

Knapp: »Zwecklos. Von da kommen wir gerade.«

Das konnte ich mir vorstellen. In Agen machen sie mit Vagabunden kurzen Prozess. Wenn wir nur hier in Lansquenet unsere eigene Polizei hätten.

»Ich habe Probleme mit meinem Motor. Seit einigen Kilometern verliere ich Öl. Ich kann erst weiterfahren, wenn ich ihn repariert hab.«

Ich straffte die Schultern.

»Ich glaube kaum, dass Sie hier finden werden, was Sie suchen«, erklärte ich.

»Jeder hat das Recht, zu glauben, was er will«, sagte er wegwerfend, beinahe belustigt. Eine der alten Frauen begann zu kichern. »Selbst ein Priester.« Noch mehr Gelächter. Ich wahrte meine Würde. Diese Leute sind es nicht wert, dass ich mich über sie ärgere.

Ich wandte mich zum Gehen.

»Sieh mal einer an, *Monsieur le Curé*!«, sagte eine Stimme hinter mir, und unwillkürlich zuckte ich zusammen. Armande Voizin stieß ein gackerndes Lachen aus. »Nervös, was?«, sagte sie boshaft. »Und zu Recht. Das hier ist nicht Ihr Revier, nicht wahr? In welcher Mission sind Sie denn diesmal unterwegs? Wollen Sie etwa die Heiden bekehren?«

»Madame.« Trotz ihrer Frechheit grüßte ich sie höflich. »Ich hoffe, Sie erfreuen sich guter Gesundheit.«

»Ach, tatsächlich?« Ihre schwarzen Augen funkelten spöttisch. »Und ich dachte, Sie könnten es nicht erwarten, mir die Letzte Ölung zu geben.«

»Keineswegs, Madame«, erwiderte ich kühl.

»Das ist gut. Weil dieses alte Lämmchen nämlich niemals zur Herde zurückkehren wird«, erklärte sie. »Für Sie bin ich sowieso zu zäh. Ich weiß noch gut, wie Ihre Mutter gesagt hat –«

Ich unterbrach sie schärfer, als ich beabsichtigt hatte. »Ich fürchte, ich habe heute keine Zeit zum Plaudern, Madame. Ich muss mich um diese Leute« – ich deutete auf die Zigeuner – »kümmern, bevor die Situation außer Kontrolle gerät. Ich muss die Interessen meiner Gemeinde schützen.«

»Was sind Sie doch für ein Schwätzer«, bemerkte Armande gelangweilt. »*Die Interessen meiner Gemeinde.* Ich erinnere mich noch an die Zeit, als Sie ein kleiner Junge waren und in *Les Marauds* Indianer gespielt haben. Was haben Sie in der Stadt gelernt, außer sich wichtig zu tun?«

Ich starrte sie wütend an. Sie ist die Einzige in Lansquenet, die sich einen Spaß daraus macht, mich an Dinge zu erinnern, die längst vergessen sein sollten. Wenn sie stirbt, wird sie diese Erinnerungen mit ins Grab nehmen, und ich wäre gewiss nicht traurig darüber.

»*Ihnen* mag die Vorstellung, dass die Zigeuner *Les Marauds* eines Tages übernehmen könnten, vielleicht Vergnügen bereiten«, sagte ich scharf, »aber andere Leute – unter ihnen Ihre Tochter – wissen ganz genau, dass sie, wenn sie erst einmal den Fuß in der Tür haben ...«

Armande schnaubte verächtlich.

»Sie redet sogar schon wie Sie«, sagte sie. »Kanzel-Klischees und nationalistische Plattitüden. Ich habe nicht den Eindruck, dass diese Leute irgendwelchen Schaden anrichten. Warum sind Sie so versessen darauf, einen Kreuzzug gegen sie zu unternehmen, wenn sie sowieso bald wieder weiterziehen?«

Ich zuckte die Achseln.

»Offenbar wollen Sie nicht verstehen«, sagte ich knapp.
»Nun, ich habe Roux da drüben gesagt« – sie deutete verschmitzt auf den Mann auf dem schwarzen Hausboot –, »ich habe ihm gesagt, dass er und seine Freunde hier bleiben können, bis sie ihren Motor repariert und ihre Vorräte aufgestockt haben.« Sie schaute mich triumphierend an. »Sie können sie also kaum wegen unbefugten Betretens von Privatbesitz belangen. Sie haben vor meinem Haus angelegt, und zwar mit meinem Segen.« Das letzte Wort sprach sie mit besonderer Betonung aus, wie um mich zu verspotten.
»Dasselbe gilt für ihre Freunde«, fügte sie hinzu, »sobald sie eintreffen.« Sie warf mir noch einen unverschämten Blick zu. »*Alle* ihre Freunde.«
Nun, ich hätte damit rechnen müssen. Es war zu erwarten, dass sie sich so verhalten würde, und wenn sie es nur tut, um mich zu provozieren. Sie genießt den Ruf, den ihr Verhalten ihr einbringt; sie weiß genau, dass sie als älteste Bewohnerin des Dorfes eine gewisse Narrenfreiheit besitzt. Es hat keinen Zweck, sich mit ihr auseinander zu setzen, *mon père*. Das wissen wir beide. Sie hätte nur ihren Spaß an einem Streit, genauso wie es ihr Spaß macht, mit diesen Leuten zu verkehren, sich ihre Geschichten anzuhören, sich von ihrem Leben erzählen zu lassen. Kein Wunder, dass sie sie alle schon mit Namen kennt. Ich werde ihr nicht die Genugtuung bereiten und diese Leute darum bitten weiterzuziehen. Nein, ich muss die Sache anders lösen.
Eines habe ich zumindest von Armande erfahren. Es werden noch mehr kommen. Wie viele, bleibt abzuwarten. Aber es ist genau so, wie ich befürchtet hatte. Heute sind es drei Boote. Wie viele werden es morgen sein?
Auf dem Weg hierher habe ich Clairmont einen Besuch abgestattet. Er wird dafür sorgen, dass es sich im Dorf herumspricht. Ich rechne mit leichtem Widerstand – Armande hat immer noch Freunde –, bei Narcisse müssen wir vielleicht ein wenig nachhelfen. Aber im Großen und Ganzen gehe ich davon aus, dass die Leute einsichtig sein werden.

Schließlich genieße ich im Dorf ein gewisses Ansehen. Meine Meinung ist etwas wert. Mit Muscat habe ich auch gesprochen. Er sieht die meisten Leute in seinem Café. Außerdem ist er Vorsitzender des Gemeinderats. Trotz seiner Fehler ein rechtschaffener Mann, ein braver Kirchgänger. Und sollte eine starke Hand gebraucht werden – natürlich verabscheuen wir alle Gewalt, aber bei diesen Leuten muss man mit allem rechnen –, nun, da bin ich sicher, dass Muscat sich nicht lange bitten lassen würde.

Armande hat es einen Kreuzzug genannt. Das war als Beleidigung gemeint, ich weiß, aber dennoch ... Ich spüre, dass der Gedanke an diesen Konflikt eine freudige Erregung in mir auslöst. Sollte das die Aufgabe sein, für die Gott mich ausersehen hat?

Darum bin ich nach Lansquenet gekommen, Vater. Um für meine Leute zu kämpfen. Um sie vor der Versuchung zu bewahren. Und wenn Vianne Rocher die Macht der Kirche erkennt – *meinen* Einfluss auf jede einzelne Seele in dieser Gemeinde –, dann wird sie begreifen, dass sie auf verlorenem Posten steht. Was auch immer sie sich erhoffen, was für Ziele sie auch verfolgen mag. Sie wird einsehen, dass sie hier nicht bleiben kann. Sie hat keine Chance zu gewinnen. Am Ende werde ich triumphieren.

Montag, 24. Februar

Caroline Clairmont kam gleich nach der Messe in den Laden. Ihr Sohn war mit dabei, den Ranzen auf dem Rücken, ein großer Junge mit einem blassen, ausdruckslosen Gesicht. Sie hatte ein Bündel gelber, handbeschriebener Karten dabei.

Ich lächelte die beiden an.

Der Laden war noch leer – es war erst halb neun, und die

ersten Kunden kommen gewöhnlich nicht vor neun. Nur Anouk saß an der Theke, vor sich eine halb ausgetrunkene Tasse Milch und ein *pain au chocolat*. Sie schaute den Jungen freundlich an, winkte zum Gruß mit ihrem Schokocroissant und wandte sich wieder ihrem Frühstück zu.

»Was kann ich für Sie tun?«

Caroline sah sich mit einem Ausdruck von Neid und Missfallen im Laden um. Der Junge starrte vor sich hin, doch ich spürte, dass er sich zusammennehmen musste, um nicht zu Anouk hinüberzusehen. Er wirkte verschlossen, das Haar fiel ihm so tief in die Stirn, dass seine Augen fast dahinter verschwanden.

»Sie können mir einen Gefallen tun.« Ihre Stimme klang gewollt locker, voller falscher Freundlichkeit, und ihr aufgesetztes Lächeln war so süß wie Zuckerguss, der an den Zähnen schmerzt. »Ich bin gerade dabei, diese hier zu verteilen« – sie zeigte mir das Bündel Karten –, »und ich dachte, Sie könnten vielleicht eine davon in Ihr Fenster hängen.« Sie reichte mir eine Karte. »Alle anderen haben auch schon eine aufgehängt«, fügte sie hinzu, als könnte mir das die Entscheidung erleichtern.

Ich nahm die Karte entgegen.

Schwarz auf Gelb, in sauberen Großbuchstaben:

KEINE HAUSIERER, VAGABUNDEN ODER BETTLER.
DIE GESCHÄFTSLEITUNG BEHÄLT SICH VOR,
UNERWÜNSCHTEN PERSONEN
DIE BEDIENUNG ZU VERWEIGERN.

»Wozu brauche ich das?« Ich runzelte verblüfft die Stirn. »Warum sollte ich mich weigern, irgendjemanden zu bedienen?«

Caroline sah mich zugleich mitleidig und verächtlich an.

»Sie sind natürlich neu hier«, sagte sie mit einem honigsüßen Lächeln. »Aber wir haben in der Vergangenheit schon häufig Probleme gehabt. Es ist nur eine Vorsichtsmaßnahme. Ich glaube kaum, dass diese Leute es wagen werden, Ihren Laden zu betreten. Aber Vorsicht ist besser als Nachsicht, meinen Sie nicht auch?«

»Ich verstehe nicht recht.«

»Na ja, diese Zigeuner, diese Leute vom Fluss«, erwiderte sie beinahe ungehalten. »Sie sind schon wieder da, und, was immer sie vorhaben, sie werden zumindest« – sie verzog angewidert das Gesicht – »ihre Vorräte aufstocken wollen.«

»Und?«, fragte ich freundlich.

»Nun, wir müssen ihnen klipp und klar zeigen, dass sie mit uns nicht rechnen können!«, erklärte sie erregt. »Wir müssen ihnen zeigen, dass wir uns alle einig sind und ihnen nichts verkaufen werden. Sie sollen gefälligst dorthin zurückgehen, woher sie gekommen sind.«

»Oh.« Ich ließ mir ihre Worte durch den Kopf gehen. »*Können* wir uns denn überhaupt weigern, ihnen etwas zu verkaufen?«, fragte ich. »Wenn sie Geld haben, um zu bezahlen?«

Ungehalten: »Natürlich können wir das. Wer sollte uns denn daran hindern?«

Ich überlegte einen Moment lang, dann gab ich ihr die gelbe Karte zurück. Caroline starrte mich an.

»Sie machen nicht mit?« Ihre Stimme war plötzlich eine Oktave höher und hatte nichts mehr von ihrem gewählten Ton.

Ich zuckte die Achseln.

»Wenn jemand sein Geld in meinem Laden ausgeben will, habe ich wohl kaum das Recht, ihn daran zu hindern«, sagte ich.

»Aber die Gemeinde …«, beharrte Caroline. »Sie wollen doch sicherlich nicht, dass solche Leute – Zigeuner, *Wegelagerer*, Araber, Herrgott noch mal …«

Erinnerungsfetzen schießen mir durch den Kopf, finster dreinblickende Hotelportiers in New York, vornehme Damen in Paris, Touristen in Sacré-Coeur, die Kamera in der Hand, das Gesicht abgewandt, um das bettelnde Mädchen in seinem zu kurzen Kleid und mit seinen zu langen Beinen nicht sehen zu müssen ... Caroline Clairmont, obwohl sie auf dem Land aufgewachsen ist, weiß genau, wie wichtig es ist, sich beim richtigen *modiste* einzukleiden. Das elegante Tuch, das sie um den Hals trägt, hat ein Etikett von Hermès, und ihr Parfüm ist von Chanel. Meine Antwort klang schärfer als beabsichtigt.

»Ich denke, die Gemeinde sollte sich um ihre eigenen Angelegenheiten kümmern«, sagte ich barsch. »Es steht weder mir – noch *irgendjemandem* – zu, darüber zu befinden, wie diese Leute ihr Leben gestalten.«

Caroline starrte mich giftig an.

»Nun gut, wenn das Ihre Meinung ist« – sie wandte sich zum Gehen –, »dann will ich Sie nicht länger aufhalten.« Sie warf einen herablassenden Blick auf die leeren Barhocker. »Ich hoffe nur, dass Sie Ihre Entscheidung nicht eines Tages bereuen werden, das ist alles.«

»Warum sollte ich?«

Sie zuckte verdrießlich die Achseln.

»Na ja, falls es Schwierigkeiten gibt oder so.« Aus ihrem Ton schloss ich, dass das Gespräch damit beendet war. »Diese Leute bringen nur Probleme, wissen Sie. Drogen, Gewalt ...« Ihr säuerliches Lächeln ließ vermuten, dass sie es begrüßen würde, mich als Opfer solcher Probleme zu sehen. Der Junge starrte mich verständnislos an. Ich lächelte.

»Ich habe neulich mit deiner Großmutter gesprochen«, sagte ich zu ihm. »Sie hat mir viel von dir erzählt.« Der Junge errötete und murmelte etwas Unverständliches.

Caroline wurde stocksteif.

»Ich habe gehört, dass sie hier gewesen ist«, sagte sie mit gezwungenem Lächeln. »Sie sollten meine Mutter wirklich nicht unterstützen«, fügte sie mit geheucheltem schelmischem Augenaufschlag hinzu. »Sie ist schon schlimm genug.«

»Oh, ich habe ihre Gesellschaft sehr genossen«, erwiderte

ich, ohne meinen Blick von dem Jungen zu wenden. »Richtig erfrischend. Und geistig äußerst fit.«

»Für ihr Alter.«

»Für jedes Alter.«

»Nun, sie mag vielleicht auf Fremde so wirken«, sagte Caroline pikiert. »Aber für ihre Angehörigen …«, fuhr sie mit einem kühlen Lächeln fort. »Sie müssen wissen, meine Mutter ist sehr alt. Ihr Verstand ist nicht mehr, was er einmal war. Ihr Sinn für die Realität –« Sie unterbrach sich mit einer nervösen Geste. »Das muss ich Ihnen sicherlich nicht erklären«, sagte sie.

»Nein, das brauchen Sie nicht«, erwiderte ich freundlich. »Es geht mich schließlich nichts an.«

Ihre Augen zogen sich zu Schlitzen zusammen, als sie die Spitze durchschaute. Sie mag vielleicht bigott sein, aber sie ist nicht dumm.

»Ich meine …« Einen Moment lang geriet sie ins Stocken. Ich glaubte, ein kurzes, belustigtes Funkeln in den Augen des Jungen zu sehen, aber möglicherweise habe ich mir das auch eingebildet. »Ich meine, meine Mutter weiß durchaus nicht immer, was das Beste für sie ist.« Sie hatte sich wieder in der Gewalt, ihr Lächeln war so steif wie ihre Frisur. »Dieser Laden zum Beispiel.«

Ich nickte.

»Meine Mutter ist Diabetikerin«, erläuterte Caroline. »Der Arzt erklärt ihr immer wieder, dass sie keinen Zucker essen darf. Aber sie hört nicht auf ihn. Sie lehnt jede Behandlung ab.« Sie warf ihrem Sohn einen triumphierenden Blick zu. »Was meinen Sie, Madame Rocher, ist das *normal*? Ist es *normal*, sich so unvernünftig zu benehmen?« Ihre Stimme wechselte wieder die Tonlage, wurde schrill und gereizt. Peinlich berührt, warf ihr Sohn einen Blick auf seine Armbanduhr.

»Maman, ich komme zu spät«, sagte er höflich. Zu mir: »Verzeihen Sie, Madame, ich muss zur Sch-Schule.«

»Hier, eine Tüte Pralinen für dich. Eine Spezialität. Ein

Geschenk des Hauses.« Ich reichte ihm die Cellophantüte.

»Mein Sohn isst keine Schokolade«, erklärte Caroline streng. »Er ist hyperaktiv. Kränklich. Er weiß, dass sie ihm nicht bekommt.«

Ich schaute den Jungen an. Er wirkte weder kränklich noch hyperaktiv, höchstens gelangweilt und ein wenig gehemmt.

»Sie hält große Stücke auf dich«, sagte ich. »Deine Großmutter. Vielleicht kommst du einfach mal in den Laden, wenn sie hier ist. Sie ist eine meiner Stammkundinnen.«

Seine Augen leuchteten hinter den Ponyfransen kurz auf.

»Mal sehen.« Es klang nicht enthusiastisch.

»Mein Sohn hat keine Zeit, um in Süßwarenläden herumzulungern«, sagte Caroline hochnäsig. »Mein Sohn ist ein talentierter Junge. Er weiß, was er seinen Eltern schuldig ist.« Ihre Worte enthielten eine Art Drohung, eine selbstgefällige Gewissheit. Sie drehte sich um und ging an Luc vorbei, der bereits an der Tür war.

»Luc«, sagte ich leise. Zögernd drehte er sich um. Unwillkürlich fasste ich ihn am Arm und schaute ihm in die Augen, schaute hinter das ausdruckslos höfliche Gesicht und sah ...

»Hat Rimbaud dir gefallen?«, fragte ich, ohne nachzudenken, während mir tausend Bilder durch den Kopf schossen.

Einen Augenblick lang wirkte der Junge beinahe schuldbewusst.

»Was?«

»Rimbaud. Sie hat dir ein Buch mit seinen Gedichten zum Geburtstag geschenkt, stimmt's?«

»J-ja.« Die Antwort war kaum hörbar. Er schaute mich mit graugrünen Augen an und schüttelte leicht den Kopf, wie um mich zu warnen. »Ich ha-hab sie aber nicht gelesen«, sagte er etwas lauter. »Ich m-mag keine G-Gedichte.«

Ein eselsohriges Buch, in der hintersten Ecke eines Kleiderschranks versteckt. Ein Junge, der die wunderbaren Gedichte beinahe inbrünstig vor sich hin murmelt. Bitte, komm, flüstere ich lautlos. Bitte, Armande zuliebe.

In seinen Augen flackerte etwas auf.

»Ich muss jetzt gehen.«

Caroline wartete ungeduldig an der Tür.

»Bitte, nimm das.« Ich reichte ihm ein kleines Päckchen – drei Pralinés in Silberpapier gewickelt. Der Junge hat Geheimnisse. Ich spürte, wie sie aus ihm herauswollten. Mit schnellem Griff, so dass seine Mutter es nicht sah, nahm er das Päckchen und lächelte. Vielleicht habe ich mir die Worte nur eingebildet, die er mit den Lippen formte:

»Sagen Sie ihr, ich werde kommen. A-am Mittwoch, wwenn Maman zum F-Friseur geht.«

Und dann war er verschwunden.

Ich erzählte Armande, die später am Tag vorbeischaute, von ihrem Besuch. Sie schüttelte den Kopf und brach in schallendes Gelächter aus, als ich ihr von meinem Gespräch mit Caroline berichtete.

»Hi hi hi!« Sie hatte es sich in dem alten Sessel bequem gemacht und hielt eine Tasse Mokka in den feingliedrigen Händen. »Meine arme Caro. Kann's nicht ertragen, wenn man ihr die Wahrheit sagt, nicht wahr?« Sie nippte genüsslich an ihrer Tasse. »Was hat sie davon, wenn sie so über mich herzieht?«, fragte sie leicht gereizt. »Ihnen zu sagen, was ich essen darf und was nicht. Ich bin also Diabetikerin, wie? Das möchte ihr Arzt uns alle glauben machen.« Sie knurrte verächtlich. »Nun, ich lebe noch, oder? Ich bin vorsichtig. Aber das reicht ihnen natürlich nicht, o nein. Sie wollen mich unbedingt unter ihrer Fuchtel haben.« Sie schüttelte den Kopf. »Dieser arme Junge. Er stottert, haben Sie das bemerkt?«

Ich nickte.

»Daran ist seine Mutter schuld«, sagte Armande verächtlich. »Wenn sie ihn bloß in Frieden gelassen hätte – aber nein. Ständig muss sie ihn korrigieren. Immer ist sie hinter ihm her. Und macht alles nur noch schlimmer. Sie gibt ihm das Gefühl, dass irgendetwas an ihm nicht stimmt.« Sie schnaubte. »Der Junge hat nichts, was nicht sofort verschwinden würde, wenn es ihm gestattet wäre, wie ein normales Kind zu leben«, erklärte sie mit Nachdruck. »Er müsste nur mal drauflos rennen, ohne dauernd zu befürchten, er könnte stolpern. Sie müsste ihn loslassen. Ihm nicht länger die Luft zum Atmen nehmen.«

Ich erklärte ihr, es sei normal, wenn eine Mutter ihre Kinder zu beschützen versucht.

Armande schenkte mir einen ihrer ironischen Blicke. »Ach, *so* nennen Sie das?«, sagte sie. »So wie die Mistel einen Apfelbaum beschützt?« Sie lachte in sich hinein. »Ich hatte früher Apfelbäume im Garten«, erzählte sie. »Die Misteln haben einem nach dem anderen den Garaus gemacht. Eine gemeine kleine Pflanze, sieht gar nicht gefährlich aus, mit ihren schönen Beeren, kann allein nicht überleben, aber wehe, wenn sie einen Baum erwischt!« Sie nippte an ihrem Mokka. »Sie ist Gift für alles, was mit ihr in Berührung kommt.« Sie nickte mir vielsagend zu. »Genau wie meine Caro.«

Nach dem Mittagessen habe ich Guillaume kurz gesprochen. Er war unterwegs zum Zeitungsladen. Guillaume ist süchtig nach Filmzeitschriften, obwohl er nie ins Kino geht, und er kauft sich jede Woche einen ganzen Stapel davon. *Vidéo* und *Ciné-Club, Télérama* und *Film Express.* Als Einziger im Dorf besitzt er eine Satellitenschüssel, und in seinem ansonsten spärlich eingerichteten kleinen Haus hat er einen Breitbildfernseher und einen Videorecorder von Toshiba, beides in eine Regalwand eingebaut, die bis an die Decke mit Videofilmen gefüllt ist. Mir fiel auf, dass er seinen Hund wieder auf dem Arm trug, der mit trüben Augen teilnahmslos dreinblickte. Auf seine übliche liebevolle Art streichelte er immer wieder Charlys Kopf.

»Wie geht es ihm?«, fragte ich.

»Oh, er hat seine guten Tage«, sagte Guillaume. »Es steckt immer noch eine Menge Leben in ihm.« Und dann setzten sie ihren Weg fort, der kleine, elegante Mann und sein trauriger brauner Hund, den er umklammert hielt, als hinge sein Leben von ihm ab.

Joséphine Muscat ging am Laden vorbei, kam aber nicht herein. Ich war ein bisschen enttäuscht, denn ich hatte gehofft, noch einmal mit ihr reden zu können. Doch sie warf mir nur im Vorbeigehen einen ausdruckslosen Blick zu, die Hände tief in den Manteltaschen vergraben. Mir fiel auf, dass ihr Gesicht geschwollen wirkte, die Augen zu Schlitzen verengt, was allerdings am eiskalten Regen gelegen haben kann, die Lippen zusammengepresst. Sie hatte sich ein dickes, farbloses Kopftuch wie einen Verband um den Kopf gewickelt. Ich rief sie an, doch sie antwortete nicht, sondern beschleunigte ihren Schritt, wie um vor einer Gefahr zu fliehen.

Ich zuckte die Achseln. Diese Dinge brauchen Zeit. Manchmal eine Ewigkeit.

Später, als Anouk mit den Kindern in *Les Marauds* spielte und ich den Laden geschlossen hatte, schlenderte ich über die *Avenue des Francs Bourgeois* auf das *Café de la République* zu. Es ist ein kleines, schäbiges Lokal mit trüben Fensterscheiben, auf denen stets dieselbe *spécialité du jour* steht, und einer schmuddeligen Markise, die den Laden noch düsterer macht. Drinnen sind an einer Wand mehrere Spielautomaten aufgereiht, und in der Mitte stehen ein paar runde Tische, an denen die wenigen griesgrämig dreinblickenden Gäste ihren *café crème* oder ihren *demi* schlürfen und endlos über Nichtigkeiten debattieren. Es riecht nach fettigem Essen und Zigarettenqualm, obwohl niemand zu rauchen scheint. Mir fiel eine von Caroline Clairmonts gelben Karten auf, die an gut sichtbarer Stelle neben der offenen Tür hing. Darüber ein schwarzes Kruzifix.

Nach kurzem Zögern trat ich ein.

Muscat stand hinter der Theke. Er musterte mich abschätzig. Fast unmerklich glitt sein Blick kurz zu meinen Beinen, meinen Brüsten – *zack-zack*, wie die Leuchtanzeigen an den Spielautomaten, die kurz aufblitzen. Mit einer Hand griff er nach dem Zapfhahn und ließ die Muskeln seines Unterarms spielen.

»Was darf's denn sein?«

»Einen *café-cognac*, bitte.«

Er servierte mir den Kaffee in einer kleinen braunen Tasse, dazu zwei in Papier gewickelte Zuckerwürfel. Ich nahm den Kaffee und trug ihn zu einem Tisch in der Nähe des Fensters. Ein paar alte Männer – einer von ihnen mit dem Abzeichen der *Légion d'Honneur* an seinem ausgefransten Revers – beäugten mich misstrauisch.

»Soll ich Ihnen Gesellschaft leisten?«, fragte Muscat grinsend. »Sie wirken ein bisschen … *verloren*, wie Sie da so allein am Tisch sitzen.«

»Nein, danke«, erwiderte ich höflich. »Ich hatte eigentlich gehofft, Joséphine heute zu treffen. Ist sie da?« Muscat sah mich säuerlich an, sein Sinn für Humor war verflogen.

»Ach ja, Ihre Busenfreundin«, sagte er trocken. »Tja, Sie haben sie leider verpasst. Sie ist gerade nach oben gegangen, um sich ein bisschen auszuruhen. Kopfschmerzen.« Er begann mit merkwürdiger Heftigkeit ein Glas zu polieren. »Erst geht sie den ganzen Tag einkaufen, und dann legt sie sich ins Bett, während ich hier die ganze Arbeit mache.«

»Geht es ihr gut?«

Er starrte mich an.

»Klar.« Seine Stimme klang scharf. »Warum sollte es ihr nicht gut gehen? Ich wünschte nur, die gnädige Frau würde ab und zu ihren fetten Arsch hochkriegen, dann würde dieser verdammte Laden auch besser laufen.« Er bohrte seine mit dem Geschirrtuch umwickelte Faust in das Glas und schnaufte vor Anstrengung.

»Ich meine …« Er machte eine ausladende Geste. »Ich meine, sehen Sie sich die Bude doch bloß mal an.« Er schaute mich an, als wollte er noch etwas sagen, doch dann wanderte sein Blick zum Eingang.

»*He!*« Er sprach offenbar jemanden an, den ich von meinem Platz aus nicht sehen konnte. »Seid ihr begriffsstutzig? Wir haben geschlossen!«

Ich hörte eine Männerstimme etwas Unverständliches antworten. Muscat grinste hämisch.

»Könnt ihr Idioten nicht lesen?« Er deutete auf ein Exemplar der gelben Karten, von denen ich schon eine an der Tür gesehen hatte. »Los, haut ab!«

Ich stand auf, um nachzusehen, was sich an der Tür abspielte. Fünf Leute standen unsicher vor dem Café, zwei Männer und drei Frauen. Alle fünf waren mir unbekannt, nicht weiter auffällig, nur dass sie einfach fremd wirkten in ihren geflickten Hosen, den schweren Stiefeln und den verschossenen T-Shirts, die sie zu Außenseitern stempelten. Dieser demütige Blick müsste mir vertraut sein. Ich hatte ihn auch einmal gehabt. Der Mann, den ich hatte sprechen hören, hatte rotes Haar und trug ein grünes Stirnband. Er schaute sich mit vorsichtigem Blick um, sein Tonfall war betont neutral.

»Wir wollen nichts verkaufen«, erklärte er. »Wir möchten nur ein Bier und Kaffee trinken. Wir werden Ihnen keine Unannehmlichkeiten bereiten.«

Muscat sah ihn verächtlich an.

»Ich hab doch gesagt, wir haben geschlossen.«

Eine der Frauen, eine unscheinbare, magere Gestalt mit einem Ring in der Augenbraue, zupfte ihn am Ärmel.

»Es hat keinen Zweck, Roux. Lass uns lieber –«

»Lass mich.« Roux schüttelte sie ungehalten ab. »Ich verstehe nicht recht. Die Dame, die eben noch hier war ... Ihre Frau ... sie wollte uns –«

»Meine Frau kann mich mal!«, schrie Muscat. »Die Alte ist doch dümmer, als die Polizei erlaubt! Es ist *mein* Name, der über der Tür steht, und ich sage, wir haben *geschlossen*!«

Er war hinter der Theke hervorgekommen und stand jetzt,

die Fäuste in die Hüften gestemmt, in der Tür wie ein übergewichtiger Revolverheld aus einem drittklassigen Western. Ich sah seine gelblich glänzenden Knöchel und hörte seinen pfeifenden Atem. Seine Züge waren wutverzerrt.

»Verstehe«, sagte Roux mit ausdruckslosem Gesicht. Bedächtig betrachtete er die Gäste, die an den Tischen saßen. »Geschlossen.« Noch einmal blickte er in die Runde. Unsere Augen trafen sich kurz. »Für *uns* geschlossen«, sagte er ruhig.

»Ihr seid ja gar nicht so blöd, wie ihr ausseht«, sagte Muscat hämisch. »Das letzte Mal haben wir schon genug Ärger mit eurer Sorte gehabt. Diesmal lassen wir uns das nicht mehr bieten.«

»Okay.« Roux wandte sich zum Gehen. Muscat trat noch zwei Schritte vor, steifbeinig wie ein Hund, der einen Kampf wittert.

Ich ließ meinen halb ausgetrunkenen Kaffee auf dem Tisch stehen und ging wortlos an ihm vorbei. Ich hoffe, er erwartete kein Trinkgeld.

Auf halbem Weg die *Avenue des Francs Bourgeois* hinunter holte ich die kleine Gruppe ein. Es hatte wieder angefangen zu nieseln, und die fünf wirkten verfroren und niedergeschlagen. Jetzt sah ich ihre Boote unten am Ufer in *Les Marauds,* etwa zwei Dutzend … eine kleine Flotte grüner, gelber, blauer, weißer, roter Hausboote, einige mit Leinen voller feuchter Wäsche, andere mit bunten Szenen aus *Tausendundeiner Nacht*, mit Bildern von fliegenden Teppichen und Einhörnern bemalt, die sich in dem trüben grünen Wasser spiegelten.

»Es tut mir leid, dass man Sie so behandelt«, sagte ich. »Die Leute in Lansquenet-sous-Tannes sind nicht besonders gastfreundlich.«

Roux musterte mich eindringlich.

»Ich heiße Vianne«, sagte ich. »Ich habe eine *chocolaterie* gegenüber der Kirche. *La Céleste Praline*.« Er schaute mich stumm an. Ich erkannte mich selbst in seinem betont ausdruckslosen Gesicht. Ich hätte ihm – ihnen allen – gern gesagt, dass mir ihre Wut und ihre Demütigung vertraut waren, dass ich sie am eigenen Leib erfahren hatte, dass sie nicht allein waren. Aber ich wusste auch um ihren Stolz, ihren sinnlosen Trotz, der übrig bleibt, wenn einem alles andere ausgetrieben wurde. Ich wusste, dass Mitgefühl das Letzte war, was sie wollten.

»Kommen Sie doch morgen zu mir in den Laden«, sagte ich freundlich. »Bei mir gibt es zwar kein Bier, aber dafür sehr guten Kaffee.«

Er sah mich an, als fürchtete er, ich wollte mich über ihn lustig machen.

»Sie würden mir eine Freude bereiten«, sagte ich. »Ich würde Ihnen gern einen Kaffee und ein Stück Kuchen ausgeben. Ihnen allen.« Die magere Frau sah ihre Freunde an und hob die Schultern, was Roux mit einem Achselzucken erwiderte.

»Mal sehen.« Sein Ton war unverbindlich.

»Wir haben viel zu tun«, sagte die junge Frau keck.

Ich lächelte. »Legen Sie eine Pause ein«, schlug ich vor.

Wieder dieser musternde, misstrauische Blick.

»Mal sehen.«

Während ich ihnen nachschaute, kam Anouk den Hügel heraufgerannt. Ihr roter Anorak flatterte im Wind wie die Flügel eines exotischen Vogels.

»Maman, Maman! Schau mal die Boote!«

Eine Weile blieben wir stehen und betrachteten die Boote, die flachen Lastkähne, die Hausboote mit den rostigen Dächern, den Ofenrohren, den Gemälden an den Bootswänden, den bunten Flaggen, die aufgemalten Zeichen, die gegen Unfälle und Schiffbruch schützen sollten, die kleinen Beiboote, die ausgelegten Angelschnüre, Reusen zum Fangen von Flusskrebsen, die für die Nacht aus dem Wasser gezogen worden waren, ausgefranste Schirme, die als Sichtschutz dienten, am Ufer riesige Blechtonnen, in denen Feuer angezündet worden waren, um die Mücken von den Booten fern zu halten. Es roch nach Holzfeuer und Benzin und gebratenem Fisch, und vom Fluss her wurde leise Musik zu uns herübergetragen, die unheimlichen, fast menschlich klagenden Töne eines Saxophons. In der Dämmerung konnte ich die Gestalt des rothaarigen Mannes erkennen, der allein an Deck eines schwarzen Hausbootes stand. Als er mich sah, hob er die Hand. Ich winkte zurück.

Es war schon fast dunkel, als wir den Heimweg antraten. Unten in *Les Marauds* hatte sich ein Trommler zu dem Saxophon gesellt, und der Klang seines Instruments wurde gedämpft vom Wasser zurückgeworfen. Ich ging am *Café de la République* vorbei, ohne hineinzusehen.

Kurz vor dem Ende der steilen Straße spürte ich, dass jemand in der Nähe war. Ich drehte mich um und sah Joséphine Muscat, ohne Mantel, aber mit einem Tuch um den Kopf, das ihr Gesicht zur Hälfte bedeckte. Im Halbdunkel wirkte sie bleich, wie ein Schattenwesen.

»Lauf schon nach Hause, Anouk. Ich komme gleich.«

Anouk schaute mich verblüfft an, dann rannte sie folgsam los.

»Ich habe gehört, was Sie getan haben«, sagte Joséphine leise. »Sie sind gegangen wegen dieser Sache mit den Leuten vom Fluss.«

Ich nickte. »Genau.«

»Paul-Marie war wütend.« Sie sagte das mit einer Strenge, die fast einen bewundernden Unterton hatte. »Sie hätten mal hören sollen, was er alles über Sie gesagt hat.«

Ich lachte.

»Glücklicherweise brauche ich mir nicht anzuhören, was Paul-Marie zu sagen hat«, erwiderte ich trocken.

»Jetzt darf ich nicht mehr mit Ihnen reden«, fuhr sie fort. »Er meint, Sie hätten einen schlechten Einfluss auf mich.« Sie sah mich nervös und erwartungsvoll an. »Er will nicht, dass ich Freundinnen habe«, fügte sie hinzu.

»Sie erzählen mir nur, was Paul-Marie will«, sagte ich freundlich. »Er interessiert mich eigentlich überhaupt nicht.

Aber Sie –« Ich berührte flüchtig ihren Arm. »Sie interessieren mich sehr.«

Sie errötete und schaute sich um, als fürchtete sie, jemand könnte hinter ihr stehen.

»Sie verstehen das nicht«, murmelte sie.

»Ich glaube doch.« Ich fuhr mit den Fingerspitzen über ihr Kopftuch.

»Warum tragen Sie das?«, fragte ich unvermittelt. »Wollen Sie es mir erzählen?«

Sie schaute mich zugleich ängstlich und hoffnungsvoll an und schüttelte den Kopf. Vorsichtig löste ich das Kopftuch.

»Sie sind hübsch«, sagte ich, als ich ihr das Tuch abnahm. »Sie könnten eine Schönheit sein.«

Unterhalb ihrer Unterlippe war ein frischer blauer Fleck zu sehen. Sie öffnete den Mund, um mir automatisch eine Lüge aufzutischen. Ich fiel ihr ins Wort.

»Das stimmt nicht«, sagte ich.

»Woher wollen Sie das wissen?«, fragte sie gereizt. »Ich hab ja noch gar nichts gesagt...«

»Das brauchten Sie auch nicht.«

Schweigen. Vom Fluss her waren jetzt helle Flötentöne zu hören, die die Trommel begleiteten. Als sie endlich zu sprechen begann, war es voller Selbstverachtung.

»Es ist idiotisch, nicht wahr?« Ihre Augen hatten sich zu Schlitzen verengt. »Ich gebe ihm nie die Schuld. Nicht so richtig. Manchmal vergesse ich sogar, was wirklich passiert ist.« Sie holte tief Luft wie eine Taucherin, bevor sie unter Wasser geht. »Ich renne durch geschlossene Türen, falle die Treppe hinunter; trete auf R-Rechen.« Sie schien einem Lachanfall nahe. Ich spürte die Hysterie hinter ihren Worten. »Ich neige zu Unfällen, sagt er jedes Mal. Unfälle.«

»Weswegen ist es denn diesmal passiert?«, fragte ich sanft. »Wegen der Leute am Fluss?«

Sie nickte.

»Sie hatten nichts Böses im Sinn. Ich wollte sie einfach nur bedienen.« Einen Moment lang nahm ihre Stimme einen schrillen Ton an. »Ich sehe überhaupt nicht ein, warum ich dieser Clairmont, dieser Giftschlange, dauernd nach der Pfeife tanzen soll!« Sie begann, Caroline nachzuäffen. »Also, wir müssen *unbedingt* zusammenhalten«, sagte sie mit gespielter Ereiferung. »Um der Gemeinde willen. Denken Sie doch an unsere *Kinder*, Madame Muscat ...« Dann holte sie kurz Luft und fuhr in ihrer normalen Stimme fort. »Gewöhnlich grüßt sie mich noch nicht mal auf der Straße, sondern tut, als wäre ich Luft!« Sie atmete tief durch, um ihre Fassung zu wahren.

»Dauernd heißt es, Caro hier; Caro da«, zischte sie wütend. »Ich hab genau gesehen, wie er sie in der Kirche anstarrt. Wieso bist du nicht wie Caroline Clairmont?« Jetzt ahmte sie die vom Suff heisere Stimme ihres Mannes nach. Sie brachte es sogar fertig, seine Haltung zu parodieren, das vorgereckte Kinn, die aggressive Art, wie er sich in Positur warf. »Neben ihr siehst du aus wie eine fette Kuh. Diese Frau hat *Stil*, sie hat *Klasse*. Sie hat einen prächtigen *Sohn*, der nicht nur wohlerzogen, sondern auch noch ein guter *Schüler* ist. Und *du*, was hast *du*, hä? Was zum Teufel hast *du* zu bieten?«

»Joséphine.« Sie starrte mich entgeistert an.

»Tut mir leid. Einen Moment lang hab ich ganz vergessen, wo ...«

»Ich weiß.«

Meine Nackenhaare begannen sich vor Wut zu sträuben.

»Sie müssen mich für unglaublich dumm halten, dass ich all die Jahre bei ihm geblieben bin«, sagte sie tonlos, ihre Augen dunkel und hasserfüllt.

»Nein, das tue ich nicht.«

Sie ignorierte meine Antwort.

»Das bin ich tatsächlich«, sagte sie. »Dumm und schwach. Ich liebe ihn nicht – kann mich kaum erinnern, ihn je geliebt zu haben –, aber die Vorstellung, ihn zu verlassen ...« Sie hielt verwirrt inne. »Ihn wirklich zu *verlassen* ...«, wiederholte sie leise.

»Nein, es hat keinen Zweck.« Sie schaute mich an, und ihre Miene war entschlossen. »Deswegen kann ich nicht mehr mit Ihnen reden«, erklärte sie mir gefasst. »Ich könnte Ihnen nichts vormachen – das haben Sie nicht verdient. Aber es geht nicht anders.«

»Doch«, widersprach ich. »Es geht anders.«

»Nein.« Sie wehrte sich verzweifelt und voller Bitterkeit gegen die Aussicht, Trost zu finden. »Verstehen Sie denn nicht? Ich bin nichts wert. Ich stehle. Ich habe Sie schon einmal belogen. Ich stehle immer wieder!«

»Ja. Ich weiß.«

Die Erkenntnis drehte sich lautlos zwischen uns wie eine Christbaumkugel.

»Dinge können sich ändern«, sagte ich schließlich. »Paul-Marie ist nicht allmächtig.«

»So kommt er mir aber vor«, erwiderte Joséphine trotzig.

Ich lächelte. Was könnte sie nicht alles erreichen, wenn sie diesen Trotz nicht nach innen, sondern nach außen richten würde. Ich könnte ihr helfen. Ich spürte ihre Gedanken, sie war mir so nah, sie war so offen. Es wäre so leicht, die Sache in die Hand zu nehmen. Ungehalten wehrte ich den Gedanken ab. Es stand mir nicht zu, sie zu einer Entscheidung zu zwingen.

»Bisher hatten Sie niemanden, an den Sie sich wenden konnten«, sagte ich. »Jetzt haben Sie jemanden.«

»Wirklich?« Aus ihrem Mund hörte es sich beinahe an wie das Eingeständnis, verloren zu haben.

Ich sagte nichts. Ich ließ sie ihre Frage selbst beantworten.

Eine Zeit lang schaute sie mich schweigend an. Die Lichter von *Les Marauds* spiegelten sich in ihren Augen. Erneut fiel mir auf, dass es kaum eines Aufwands bedurfte, und sie wäre eine Schönheit.

»Gute Nacht, Joséphine.«

Ich wandte mich nicht nach ihr um, aber ich wusste, dass sie mir nachschaute, als ich den Hügel hinaufging, und ich bin mir sicher, dass sie noch lange dort gestanden und hinter mir hergeschaut hat, als ich schon längst um die Ecke gebogen und aus ihrem Blickfeld verschwunden war.

Mittwoch, 26. Februar

Der Regen scheint nicht enden zu wollen. Es ist, als würde ein Teil des Himmels ausgeleert, um die Erde mit Trübsal zu übergießen und in ein Aquarium zu verwandeln. Die Kinder, in ihren Regenjacken und Gummistiefeln wie bunte Plastikenten, watscheln lärmend durch die Pfützen auf dem Dorfplatz, wo ihr Geschrei von den niedrig hängenden Wolken widerhallt. Ich beobachte sie mit halbem Auge, während ich in der Küche arbeite. Heute Morgen habe ich die Schaufensterdekoration abgebaut, die Hexe, das Lebkuchenhaus und all die Schokoladentiere, die die Szenerie bevölkerten, und Anouk und ihre Freunde machten sich zwischen ihren Ausflügen in die verregneten Gassen von *Les Marauds* gierig über die Süßigkeiten her. Mit leuchtenden Augen, ein Stück Lebkuchenhaus in jeder Hand, sah Jeannot Drou mir in der Küche bei der Arbeit zu. Hinter ihm stand Anouk, dahinter die anderen, lauter neugierige Augen und aufgeregtes Flüstern.

»Und jetzt?«, fragt er mit einer für sein Alter tiefen Stimme, ein kleiner Maulheld mit Schokolade am Kinn. »Was kommt als Nächstes ins Schaufenster?«

Ich zucke die Achseln.

»Das ist ein Geheimnis«, antworte ich, während ich *crème de cacao* in eine Emailschüssel mit geschmolzener Kuvertüre rühre.

»Och nee.« Er lässt nicht locker. »Es wird bestimmt was für Ostern. Eier und so 'n Zeugs. Schokoladenhühner, Osterhasen und so. Wie in den Läden in Agen.«

Erinnerungen aus meiner Kindheit; die Schaufenster der *chocolateries* in Paris mit Körben voller in bunte Folie gewickelter Ostereier, mit Armeen von Osterhasen, Hühnern, Glocken, Marzipanfrüchten, *marrons glacés* und *amourettes* und filigranen Nestern, gefüllt mit *Petits Fours* und Sahnebonbons, und tausendundeine Epiphanie aus Zuckerwattewolken, die eher an einen orientalischen Harem erinnerten als an die ernste Feierlichkeit der Fastenzeit.

»Meine Mutter hat mir früher die Geschichte von den Osterleckereien erzählt.« Wir hatten nie genug Geld, um diese erlesenen Sachen zu kaufen, aber ich bekam jedes Jahr ein *cornet surprise*, eine spitze Papiertüte mit Ostergeschenken: Münzen, Papierblumen, buntgefärbte hartgekochte Eier, eine Muschel aus Pappmaché – jedes Jahr dieselbe, bemalt mit Hühnchen, Osterhasen, lächelnden Kindern zwischen Butterblumen, die dann wieder sorgfältig verpackt und für das nächste Osterfest aufbewahrt wurde –, darin eine kleine Tüte mit Schokolade umhüllter Rosinen, die ich mir, wenn ich auf unserer Reise von Stadt zu Stadt nachts in fremden Hotelzimmern wach lag, genüsslich im Mund zergehen ließ, während die Neonreklame des Hotels durch die Ritzen in den Fensterläden blinkte und in der dunklen Stille nichts zu hören war als das regelmäßige Atmen meiner Mutter, die neben mir schlief.

»Sie hat mir erzählt, dass in der Nacht zum Karfreitag die Glocken ihre Kirchtürme verlassen und mit Zauberflügeln nach Rom fliegen.« Er nickte mit dem für Heranwachsende typischen zweifelnden Blick.

»Sie reihen sich vor dem Papst in seinem weiß-goldenen Gewand, der Mitra und dem goldenen Hirtenstab auf, große Glocken und kleine Glöckchen, *clochettes* und schwere *bourdons*, *carillons* und Glockenspiele, und warten geduldig auf ihren Segen.«

Meine Mutter verfügte über einen unerschöpflichen Schatz an solchen Kindergeschichten, an deren Absurdität sie sich immer wieder von neuem ergötzte. Sie liebte Geschichten – von Jesus und Eostra und Ali Baba, wobei sie Märchenstoff und biblische Geschichte und Aberglaube untrennbar miteinander verwob. Geschichten von Wahrsagerei aus Kristallkugeln, Astralreisen, Entführungen durch Außerirdische und Selbstentzündungen – meine Mutter glaubte sie alle, oder tat jedenfalls so.

»Und der Papst segnet sie, jede Einzelne, bis spät in die Nacht, während die leeren Kirchtürme in ganz Frankreich auf ihre Rückkehr warten und bis zum Ostermorgen schweigen.« Und ich, ihre Tochter, ließ mich von ihren Worten bezaubern, lauschte mit leuchtenden Augen ihren Erzählungen von Mithras und Baldur dem Strahlenden, von Osiris und Quetzalcoatl, unentwirrbar verwoben mit Geschichten von fliegenden Süßigkeiten, fliegenden Teppichen, von der Dreifaltigen Göttin und Aladins Schatzhöhle, von dem Grab, aus dem Jesus nach drei Tagen auferstand, amen, Abrakadabra, amen.

»Und der Segen verwandelt sich in lauter bunte Süßigkeiten, und die Glocken stellen sich auf den Kopf, fangen sie auf und nehmen sie mit nach Hause. Sie fliegen die ganze Nacht, und wenn sie am Ostersonntag in ihren Türmen ankommen, drehen sie sich um und läuten freudig das Osterfest ein ...«

Die Glocken von Paris, Rom, Köln, Prag. Morgenläuten, Trauerläuten, die immer wiederkehrende Begleitmusik in unseren Jahren des Exils. Das Osterläuten so laut in meiner Erinnerung, dass es beinahe schmerzt.

»Und die Süßigkeiten fliegen hinaus über die Felder und die Städte. Sie regnen vom Himmel, während die Glocken läuten. Manche zerbrechen, wenn sie auf den Boden fallen. Aber die Kinder bauen weiche Nester, um die herabfallenden Ostereier und Pralinen, die Hasen und Küken aus Schokolade, die *guimauves* und Mandeln aufzufangen ...«

Jeannot starrt mich mit leuchtenden Augen an.

»*Cool!*«, sagt er grinsend.

»Und darum gibt's zu Ostern Süßigkeiten.«

Seine Stimme ist voller Begeisterung, die plötzliche Gewissheit lässt ihn lauter werden.

»Au ja, *bitte*, machen Sie das!«

Ich wende mich ab und rolle eine Trüffel in Kakaopulver.

»Was soll ich machen?«

»*Das!* Die Ostergeschichte. Das wär echt cool ... mit den Glocken und dem Papst und alles ... und dann könnten wir ein Schokoladenfest veranstalten, eine ganze Woche lang, und wir könnten Nester bauen – und Ostereier suchen und –« Aufgeregt zupft er an meinem Ärmel. »Madame Rocher – *bitte*.«

Anouk steht immer noch hinter ihm und schaut mich erwartungsvoll an. Ein Dutzend mit Schokolade beschmierter Gesichter im Hintergrund nickt eifrig.

»Ein *Grand Festival du Chocolat*.« Ich denke über den Vorschlag nach. In einem Monat wird der Flieder blühen. Ich mache jedes Jahr ein Nest für Anouk, mit einem großen Ei, auf dem in Zuckerguss ihr Name steht. Es könnte unser eigenes Karnevalsfest sein, ein Fest, mit dem wir unsere Entscheidung, hier zu bleiben, feiern würden. Die Idee ist mir schon früher gekommen, aber den Vorschlag von diesem Kind zu hören, erscheint mir schon fast wie ihre Verwirklichung.

»Wir bräuchten ein paar Plakate.« Ich gebe mich zögernd.

»Die machen *wir*!«, ruft Anouk aufgeregt.

»Und Girlanden –«

»Und Luftschlangen –«

»Den Papst aus weißer Schokolade –«

»Ein Schokoladenosterlamm –«

»Eierlaufen, eine Schatzsuche –«

»Wir laden alle ein, es wird –«

»*Cool!*«

»Megacool –«

Ich hebe lachend die Arme, um sie zum Schweigen zu

bringen und wirble eine Wolke aus bitterem Kakaopulver auf.

»Ihr macht die Plakate«, sage ich. »Den Rest überlasst ihr mir.«

Anouk fliegt mir stürmisch um den Hals. Sie riecht nach Salz und Wind, nach Erde und brackigem Wasser. Ihr zerzaustes Haar ist nass vom Regen.

»Kommt alle mit rauf in mein Zimmer!«, ruft sie dicht an meinem Ohr. »Sie dürfen doch, nicht wahr, Maman, sag, dass sie dürfen. Wir können sofort anfangen, ich hab Papier und Stifte und –«

»Sie dürfen«, erwidere ich.

Eine Stunde später hängt ein großes Plakat im Schaufenster – Anouks Entwurf, ausgeführt von Jeannot. Der Text, in großen, unbeholfenen grünen Buchstaben, lautete:

GROSSES SCHOKOLADENFEST BEI
LA CÉLESTE PRALINE
BEGINN: OSTERSONNTAG
ALLE SIND EINGELADEN
KAUFEN SIE, SOLANGE DER VORRAT REICHT!!!

Der Text ist eingerahmt von verschiedenen phantasievoll gezeichneten Figuren. Eine Gestalt in einem langen Gewand und mit einer hohen Krone soll wohl den Papst darstellen. Zu seinen Füßen sind aus Buntpapier ausgeschnittene Glocken aufgeklebt. Alle Glocken lachen.

Ich verbrachte fast den ganzen Nachmittag damit, die Kuvertüre zu bearbeiten und das Fenster neu zu dekorieren. Mehrere Lagen grünes Seidenpapier sollten das Gras andeuten. Links und rechts heftete ich Papierblumen an den Fensterrahmen – Osterglocken und Margeriten, von Anouk gebastelt. Aus aufeinander gestapelten leeren Blechdosen, die einmal Kakaopulver enthalten hatten, wurde mit Hilfe von dunkelgrünem Seidenpapier ein zerklüfteter Berg. Obenauf kam zerknittertes Cellophanpapier als glitzernde Eisschicht.

Am Fuß des Berges entlang schlängelt sich ein Bach aus blauem Seidenband, auf dem ein paar bunte Hausboote in das Tal dümpeln. Im Vordergrund eine bunte Schar von Schokoladentieren: Katzen, Hunde, Hasen, einige mit Augen aus Rosinen, Ohren aus rosa Marzipan, Schwänzen aus Lakritz und Zuckerblumen zwischen den Zähnen ... Und Mäuse. Auf jeder verfügbaren Fläche Mäuse. Auf dem Berghang, in dunklen Ecken, sogar auf den Booten. Rosafarbene und weiße Speckmäuse, Schokoladenmäuse in allen Farben, mit Maraschinocreme marmorierte Nougatmäuse, buntgescheckte Fondantmäuse, Marzipanmäuse in zarten Frühlingsfarben. Und in der Mitte der Rattenfänger in seinem leuchtend rot und gelb gemusterten Wams, in der einen Hand eine Zuckerstange als Flöte und in der anderen seinen Hut. In meiner Küche habe ich Hunderte von Formen, leichte aus Plastik für die Ostereier und Schokoladenfiguren, schwere aus Keramik für die Kameen und die gefüllten Pralinen. Mit Hilfe dieser Formen kann ich jeden Gesichtsausdruck gestalten und ihn dann auf einen Kopf aus Hohlschokolade kleben, dazu Haare aus durch eine feine Presse gedrücktem Marzipan. Körper und Gliedmaßen werden extra hergestellt und die Einzelteile zum Schluss mit Draht und geschmolzener Schokolade miteinander verbunden... Darüber ein roter Umhang aus dünn ausgerolltem Marzipan. Dazu eine Tunika, ein Hut in derselben Farbe mit einer Feder, die den Boden neben seinen Stiefeln streift. Mit seinem roten Haar und seinem bunten Kostüm erinnert mein Rattenfänger ein bisschen an Roux.

Ich kann nicht widerstehen; das Fenster wirkt einladend genug, aber ich komme nicht gegen die Versuchung an, es noch ein wenig zu verschönern. Ich schließe die Augen und überziehe es mit einem goldenen Glanz, stelle ein unsichtbares Schild auf, das wie ein Leuchtturm strahlt – *KOMMT*

ALLE HER. Ich möchte den Menschen etwas geben, möchte sie glücklich machen; damit kann ich doch keinen Schaden anrichten. Mir ist bewusst, dass dies eine Reaktion auf Carolines Feindseligkeit gegenüber dem fahrenden Volk ist, aber in meiner momentanen Begeisterung kann ich darin nichts Schlechtes sehen. Ich *möchte*, dass sie kommen.

Seit meiner letzten Begegnung mit ihnen habe ich sie hin und wieder gesehen, doch sie scheinen misstrauisch und scheu, wie Stadtfüchse, die nach Abfällen suchen, aber jeden Kontakt mit den Menschen meiden. Meistens sehe ich Roux, ihren Botschafter – mit Einkäufen in Kartons oder Plastiktüten unter dem Arm –, manchmal Zézette, die magere junge Frau mit dem Ring in der Augenbraue. Gestern Abend haben zwei Kinder versucht, vor der Kirche Lavendel zu verkaufen, aber Reynaud hat sie fortgeschickt. Ich rief sie zurück, doch sie waren zu sehr auf der Hut und warfen mir feindselige Blicke zu, ehe sie den Hügel hinunterrannten.

Ich war so sehr in meine Vorbereitungen und die Gestaltung meines Schaufensters vertieft, dass ich die Zeit vergaß. Anouk machte in der Küche Butterbrote für ihre Freunde, dann zogen sie wieder in Richtung Flussufer ab. Ich schaltete das Radio ein und sang vor mich hin, während ich die Pralinen und Trüffel sorgsam zu Pyramiden stapelte. Der Zauberberg hat eine Öffnung, eine mit Schätzen gefüllte Höhle; lauter bunte Süßigkeiten glänzen und glitzern wie Edelsteine. Dahinter, durch die verkleideten Regale vor dem Licht geschützt, liegen die zum Verkauf vorgesehenen Waren. Ich muss eigentlich sofort mit der Herstellung des Ostersortiments beginnen, da ich in der Osterzeit mit mehr Kundschaft rechne. Zum Glück bietet der kühle Keller genug Lagerraum. Ich muss Geschenkkartons, Schleifen, Cellophantüten und anderen Osterschmuck bestellen. Ich war so beschäftigt, dass ich beinahe nicht gehört hätte, wie Armande durch die halb offen stehende Tür eintrat.

»Guten Tag«, sagte sie in ihrem üblichen brüsken Ton. »Ich wollte mir eigentlich noch eine Tasse von Ihrer Schokoladenspezialität gönnen, aber wie ich sehe, haben Sie zu tun.«

Vorsichtig kletterte ich aus dem Fenster.

»Nein, nein«, erwiderte ich. »Ich hatte Sie schon erwartet. Außerdem bin ich fast fertig, und mein Rücken bringt mich um.«

»Also, wenn ich Sie nicht störe ...« Sie war irgendwie anders als sonst. In ihrer Stimme lag eine gewisse Schärfe, eine gewollte Beiläufigkeit, mit der sie ihre gewaltige Anspannung zu überspielen suchte. Sie trug einen schwarzen Strohhut mit einem bunten Hutband und einen ebenfalls schwarzen Mantel, der nagelneu aussah.

»Sie sind aber schick heute«, bemerkte ich.

Sie lachte kurz auf.

»Das hat schon lange niemand mehr zu mir gesagt«, erwiderte sie, während sie mit dem ausgestreckten Zeigefinger auf einen der Barhocker deutete. »Glauben Sie, es würde mir gelingen, auf einen von diesen Hockern hier zu klettern?«

»Ich hole Ihnen einen Stuhl aus der Küche«, schlug ich vor, doch die alte Dame hielt mich mit einer herrischen Geste zurück.

»Unsinn!« Sie beäugte den Hocker. »In meiner Jugend war ich sehr geschickt im Klettern.« Sie raffte ihren langen Rock hoch, so dass ihre robusten Schnürstiefel und dicke graue Strümpfe zum Vorschein kamen. »Meistens bin ich auf Bäume geklettert und habe die Passanten mit kleinen Zweigen beworfen. Ha!« Sie stieß ein zufriedenes Grunzen aus, als sie sich, mit einer Hand auf die Theke gestützt, auf den Hocker schwang. Unter ihrem Rock blitzte kurz etwas leuchtend Rotes auf.

Stolz und mit sich selbst zufrieden thronte Armande auf dem Hocker und glättete sorgfältig ihren Rock über dem roten Unterkleid.

»Rote Seidenunterwäsche«, sagte sie grinsend, als sie meinen Blick bemerkte. »Wahrscheinlich halten Sie mich für eine alte Närrin, aber mir gefällt sie. Ich trage schon seit so vielen Jahren Trauer – jedes Mal, wenn es so weit ist, dass ich wieder mit Anstand bunte Farben tragen könnte, fällt der Nächste tot um –, dass ich es inzwischen aufgegeben habe, etwas anderes als Schwarz zu tragen.« Sie sah mich strahlend an. »Aber *Unterwäsche* – das ist etwas ganz anderes.« Sie senkte verschwörerisch die Stimme. »Ich bestelle sie per Katalog aus Paris«, sagte sie. »Kostet mich ein Vermögen.« Sie lachte lautlos in sich hinein. »So, wie wär's mit einer Tasse Schokolade?«

Ich machte sie stark und dunkel und wegen ihres Diabetes mit so wenig Zucker wie möglich. Armande hatte mich jedoch beobachtet und zeigte vorwurfsvoll mit dem Finger auf die Tasse.

»Hier wird nichts rationiert!«, befahl sie. »Geben Sie mir alles, was dazugehört. Schokostreusel, einen von diesen Schokoladenrührlöffeln, alles. Fangen Sie bloß nicht auch noch an wie die anderen, die alle glauben, ich könnte nicht selbst auf mich aufpassen. Sehe ich etwa so aus, als wäre ich senil?«

Ich gab zu, dass das nicht der Fall war.

»Na also.« Mit sichtbarer Genugtuung nippte sie an dem süßen Getränk. »Gut. Hmmm. Sehr gut. Es heißt, so was bringt Energie, nicht wahr? Das ist ein, wie heißt es gleich, ein Aufputschmittel, stimmt's?«

Ich nickte.

»Und außerdem ein *Aphrodisiakum*, wie ich gehört habe«, fügte sie verwegen hinzu, während sie über den Tassenrand lugte. »Diese alten Knacker aus dem Café da drüben sollten sich in Acht nehmen. Man ist nie zu alt, um sich zu amüsieren!« Sie brach in schrilles Gelächter aus. Schrill und aufgekratzt, die knorrigen Hände unruhig. Mehrmals fasste sie an ihre Hutkrempe, wie um den Hut zurechtzurücken.

Hinter der Theke schaute ich heimlich auf die Uhr, aber sie bemerkte es trotzdem.

»Er wird nicht kommen«, sagte sie trocken. »Mein Enkelsohn. Jedenfalls rechne ich nicht damit.« Jede ihrer Gesten strafte ihre Worte Lügen. Die Sehnen an ihrem Hals zeichneten sich ab wie bei einer alten Tänzerin.

Eine Weile plauderten wir über dieses und jenes; über die Dinge, die die Kinder sich für das Fest ausgedacht hatten – Armande bog sich vor Lachen, als ich ihr von dem Jesus und dem Papst aus Schokolade erzählte –, über die fahrenden Leute. Anscheinend hatte Armande Lebensmittel für die Leute am Fluss auf ihren Namen bestellt, sehr zum Unwillen von Reynaud. Roux wollte ihr das Geld erstatten, doch sie möchte lieber, dass er ihr dafür ihr undichtes Dach repariert. Georges Clairmont wird einen Tobsuchtsanfall bekommen, wenn er davon erfährt, wie sie mir spitzbübisch grinsend erklärte.

»Er bildet sich ein, er sei der Einzige, der mir helfen kann«, sagte sie zufrieden. »Er und Caro stehen sich in nichts nach, sie versuchen dauernd, mir einzureden, mein Haus sei feucht und ungesund. In Wirklichkeit wollen sie mich nur da raushaben. Ich soll mein schönes Haus aufgeben und in so ein lausiges Altenheim ziehen, wo man um Erlaubnis bitten muss, wenn man zum Klo will!«, sagte sie empört. Ihre schwarzen Augen funkelten erbost.

»Denen werd ich's zeigen«, fuhr sie fort. »Roux hat auf dem Bau gearbeitet, bevor er unter die fahrenden Leute gegangen ist. Er und seine Freunde werden mein Dach schon richten. Und lieber bezahle ich diese Leute für ihre ehrliche Arbeit, als mir mein Dach von diesem Schwachkopf umsonst reparieren zu lassen.«

Mit zitternden Händen rückte sie ihren Hut zurecht.

»Ich rechne nicht mit ihm, wissen Sie.« Ihre Stimme klang wieder so gereizt wie anfangs.

Ich wusste, dass sie nicht mehr von derselben Person redete. Ich warf einen Blick auf meine Uhr. Zwanzig nach vier. Es begann bereits dunkel zu werden. Und ich war mir so *sicher* gewesen ... Das kommt davon, wenn man sich einmischt, sagte ich mir entnervt. Wie leicht fügt man sich selbst und anderen ungewollt Leid zu.

»Ich habe nie geglaubt, dass er kommen würde«, fuhr sie in demselben scharfen Ton fort. »Dafür wird *sie* schon gesorgt haben. Sie hat ihn gut erzogen.« Mühsam begann sie von ihrem Hocker zu klettern. »Ich habe schon zu viel von Ihrer Zeit in Anspruch genommen«, sagte sie knapp. »Ich muss –«

»*M-Mémée.*«

Sie fährt so abrupt herum, dass ich fürchte, sie stürzt. Der Junge steht still in der Tür. Er trägt Jeans und ein Matrosenhemd und auf dem Kopf eine Baseballmütze. In der Hand hält er ein kleines, zerlesenes Buch. Er spricht leise und unsicher.

»Ich musste w-warten, bis meine M-Mutter weg war. Sie ist beim Frisör. Sie k-kommt erst um sechs wieder n-nach Hause.«

Armande schaut ihn an. Sie berühren sich nicht, aber ich spüre, dass sich zwischen ihnen etwas abspielt wie eine elektrische Entladung. Es ist zu komplex, als dass ich es benennen könnte, aber ich spüre Wärme und Wut, Verlegenheit und Schuldgefühle – und über allem die Freude über das Wiedersehen.

»Du bist ja völlig durchnässt. Ich mache dir etwas Heißes zu trinken«, sage ich und gehe in die Küche. Beim Weggehen höre ich den Jungen etwas sagen, leise und zögernd.

»Danke für das B-Buch«, sagt er. »Ich habe es mitgebracht.« Er hält es hoch wie eine weiße Fahne. Es ist nicht mehr neu, sondern so abgegriffen wie ein Buch, das immer wieder gelesen wurde. Als Armande es registriert, verschwindet der angespannte Ausdruck aus ihrem Gesicht.

»Lies mir dein Lieblingsgedicht vor«, sagt sie.

Während ich in der Küche Schokolade in zwei große Tassen gieße, Sahne und Cognac hineinrühre, während ich mit Töpfen und Tellern klappere, um ihnen das Gefühl zu geben, dass sie ungestört sind, höre ich den Jungen das Gedicht vortragen, anfangs steif und gestelzt, doch dann gewinnt er Selbstvertrauen und findet seinen Rhythmus.

Ich kann die Worte nicht verstehen, aber es klingt fast wie ein Gebet.

Mir fällt auf, dass der Junge beim Vorlesen nicht stottert.

Vorsichtig stellte ich die beiden Tassen auf die Theke. Als er mich durch die Tür treten sah, brach der Junge mitten im Satz ab und schaute mich zugleich höflich und misstrauisch an. Sein Haar fiel ihm in die Stirn wie die Mähne eines scheuen Ponys. Er bedankte sich mit ausgesuchter Höflichkeit und nippte eher argwöhnisch als genüsslich an seiner Schokolade.

»Eigentlich d-darf ich so was n-nicht trinken«, sagte er. »Meine Mutter sagt, von Sch-Schokolade kriegt man PPickel.«

»Und ich riskiere, dass ich tot umfalle«, sagte Armande keck.

Sie lachte, als sie sein Gesicht sah.

»Komm schon, mein Junge, zweifelst du denn *niemals* an dem, was deine Mutter sagt? Oder hat sie dir das bisschen Verstand, das du von mir geerbt haben könntest, schon restlos ausgetrieben?«

Luc starrte sie verdattert an.

»D-das sagt sie j-jedenfalls immer«, erwiderte er lahm. Armande schüttelte den Kopf.

»Also, wenn ich hören will, was Caro zu sagen hat, dann verabrede ich mich mit ihr«, sagte sie. »Was hast *du* denn zu sagen? Du bist doch ein aufgewecktes Kerlchen, oder zumindest warst du das früher. Also, was meinst du?«

Luc trank einen kleinen Schluck.

»Ich meine, dass sie vielleicht ein bisschen übertreibt«, sagte er zaghaft lächelnd. »Ich finde, du siehst ziemlich fit aus.«

»Und ich hab keine Pickel«, sagte Armande.

Er lachte verblüfft. So gefiel er mir schon besser, seine Augen leuchteten heller, und sein schelmisches Lächeln ähnelte dem seiner Großmutter. Er war immer noch auf der Hut, aber hinter seiner Reserviertheit schien ein kluger Kopf mit einem ausgeprägten Sinn für Humor verborgen. Er trank seine Schokolade aus, lehnte jedoch ein Stück Kuchen ab, obwohl Armande zwei aß. Sie redeten eine halbe Stunde lang ausgiebig miteinander, während ich so tat, als ginge ich meiner Arbeit nach. Ein- oder zweimal bemerkte ich, wie der Junge mich neugierig ansah, doch sobald ich auf ihn aufmerksam wurde, wandte er sich ab. Ich beließ es dabei.

Um halb sechs machte Luc sich auf den Heimweg. Es wurde kein weiteres Treffen vereinbart, aber die selbstverständliche Art, mit der sie sich voneinander verabschiedeten, ließ darauf schließen, dass sie beide dasselbe dachten. Es überraschte mich, wie sehr sie sich ähnelten, wie sie sich aufeinander zutasteten wie alte Freunde, die sich nach Jahren wieder sehen. Sie haben die gleiche Gestik, dieselbe direkte Art, einen anzusehen, die hohen Wangenknochen, das kantige Kinn. Wenn er reserviert ist, ist die Ähnlichkeit nicht so deutlich zu sehen, aber wenn er munter wird, verschwindet die einstudierte Höflichkeit, die Armande so sehr missfällt.

Armandes Augen leuchten unter ihrer dunklen Hutkrempe. Luc ist entspannt, sein Stottern wirkt nur noch wie ein leichtes Zögern, fällt kaum noch auf. Ich sehe, wie er in der Tür stehen bleibt, vielleicht weil er überlegt, ob er sie zum Abschied küssen soll. Vorerst jedoch gewinnt die für sein Alter typische Abneigung gegen jede Art Körperkontakt die Oberhand. Er hebt die Hand zu einem scheuen Gruß, dann ist er verschwunden.

Armande dreht sich mit glühenden Wangen zu mir um. Einen Augenblick lang ist ihr Gesicht ungeschützt. Liebe, Hoffnung und Stolz liegen in ihrem Blick. Dann kehrt die Reserviertheit zurück, die sie mit ihrem Enkel gemeinsam hat, und sie klingt gewollt locker, als sie mit einem ruppigen Unterton sagt: »Das war schön, Vianne. Vielleicht komme ich Sie noch mal besuchen.« Dann schaut sie mich auf ihre direkte Art an und berührt meinen Arm. »Sie haben es geschafft, dass er hergekommen ist«, sagte sie. »Allein hätte ich das nie zuwege gebracht.«

Ich zuckte die Achseln.

»Irgendwann früher oder später wäre es passiert«, sagte ich. »Luc ist kein Kind mehr. Er muss lernen, selbst Entscheidungen zu treffen.«

Armande schüttelte den Kopf.

»Nein, es liegt an Ihnen«, sagte sie trotzig. Sie stand so dicht bei mir, dass ich ihr Maiglöckchen-Parfüm riechen konnte. »Es weht ein anderer Wind im Dorf, seit Sie hier sind. Ich spüre es genau. Jeder spürt es. Alles kommt in Bewegung. *Huii!*«, rief sie amüsiert aus.

»Aber ich mache doch gar nichts«, widersprach ich und musste mitlachen. »Ich kümmere mich nur um meine eigenen Angelegenheiten. Ich führe meinen Laden. Ich bin einfach ich selbst.« Obschon ich lachen musste, war mir plötzlich beklommen zumute.

»Egal«, sagte Armande. »Es liegt trotzdem an Ihnen. Sehen Sie sich doch nur an, was sich alles verändert hat; ich, Luc, Caro, die Leute unten am Fluss« – sie machte eine Kopfbewegung in Richtung *Les Marauds* –, »und selbst er dort drüben in seinem Elfenbeinturm. Wir alle sind dabei, uns zu verändern. Wir kommen auf Trab. Wie eine alte Uhr, die man wieder aufgezogen hat.«

Es erinnerte mich zu sehr an meine eigenen Gedanken, die mir in der vergangenen Woche durch den Kopf gegangen waren. Ich schüttelte heftig den Kopf.

»Es liegt nicht an mir«, sagte ich. »Es ist Reynaud. Nicht ich.«

Plötzlich tauchte in meinem Kopf ein Bild auf, als hätte ich eine Karte umgedreht. Der schwarze Mann in seinem Turm mit der großen Uhr, der das Uhrwerk immer schneller laufen lässt, der die Veränderung einläutet, vor Gefahren warnt, uns alle aus der Stadt läutet … Und dann sah ich plötzlich einen alten Mann im Bett, mit Schläuchen in Nase und Armen, und der schwarze Mann stand trauernd oder triumphierend über ihn gebeugt, während hinter ihm die Flammen loderten ...

»Ist er sein Vater?« Ich sprach die ersten Worte aus, die mir in den Sinn kamen. »Ich meine – der alte Mann, den er besucht. Im Krankenhaus. Wer ist er?«

Armande schaute mich verblüfft an.

»Woher wissen Sie davon?«

»Manchmal habe ich – so eine Ahnung.« Aus irgendeinem Grund scheute ich mich, ihr von meiner Wahrsagerei mit der Schokolade zu erzählen, scheute mich davor, die Worte auszusprechen, die mir von meiner Mutter so vertraut waren.

»Eine Ahnung.« Armande wirkte neugierig, stellte jedoch keine weiteren Fragen.

»Es gibt also tatsächlich einen alten Mann?« Ich konnte mich des Eindrucks nicht erwehren, dass ich auf etwas Wichtiges gestoßen war. Vielleicht eine Waffe in meinem heimlichen Kampf mit Reynaud.

»Wer ist er?«, beharrte ich.

Armande zuckte die Achseln.

»Ein Priester«, sagte sie verächtlich. Mehr bekam ich nicht aus ihr heraus.

Donnerstag, 27. Februar

Als ich heute Morgen den Laden aufschloss, stand Roux vor der Tür. Er trug einen Jeans-Overall und hatte sein Haar im Nacken zusammengebunden. Er schien schon eine Weile gewartet zu haben, denn in seinem Haar und auf seinen Schultern hatten sich durch den Morgennebel kleine Tröpfchen gebildet. Er schenkte mir ein angedeutetes Lächeln, dann schaute er an mir vorbei in den Laden, wo Anouk gerade frühstückte.

»Hallo, kleine Fremde«, sagte er. Diesmal war das Lächeln, das sein Gesicht kurz erhellte, echt.

»Kommen Sie rein. Sie hätten klopfen sollen. Ich habe Sie da draußen nicht gesehen.«

Roux murmelte etwas in seinem starken Marseiller Dialekt und trat zögernd ein. Er bewegt sich seltsam geschmeidig und unbeholfen zugleich, als fühle er sich in geschlossenen Räumen nicht wohl.

Ich schenkte ihm eine große Tasse mit einem Schuss Cognac ein.

»Sie hätten Ihre Freunde mitbringen sollen«, sagte ich beiläufig.

Er zuckte die Schultern. Ich bemerkte, wie er sich im Laden umsah und alles um sich herum interessiert, fast misstrauisch betrachtete.

»Nehmen Sie doch Platz«, sagte ich und deutete auf die Hocker vor der Theke. Roux schüttelte den Kopf.

»Danke.« Er trank einen Schluck. »Ich wollte Sie eigentlich fragen, ob Sie mir vielleicht helfen können. Uns.« Er klang zugleich verlegen und ärgerlich. »Es geht nicht um Geld«, fügte er eilig hinzu, wie um einer möglichen Absage zuvorzukommen. »Wir würden natürlich dafür bezahlen. Wir haben einfach Schwierigkeiten mit ... der *Organisation*.«

Ich bemerkte den Groll in seinem Blick.

»Armande ... Madame Voizin ... hat gesagt, Sie würden uns helfen«, sagte er.

Er erläuterte mir die Situation, während ich schweigend zuhörte und hin und wieder aufmunternd nickte. Ich begriff allmählich, dass er keineswegs unfähig war, sich klar und deutlich auszudrücken, sondern dass es ihm zutiefst widerstrebte, um Hilfe bitten zu müssen. Trotz seines starken Dialekts sprach Roux wie ein intelligenter Mann. Er habe Armande versprochen, ihr Dach zu reparieren, erklärte er. Es sei nicht besonders schwierig und würde nur ein paar Tage in Anspruch nehmen. Leider gehöre der einzige Laden im Ort, wo man Holz, Farbe und alle sonstigen Utensilien erstehen könne, Georges Clairmont, und der weigere sich kategorisch, ihm oder Armande das nötige Material zu verkaufen. Wenn seine Schwiegermutter ihr Dach reparieren lassen wolle, hatte er ihm beschieden, dann solle sie sich gefälligst an ihn wenden und nicht an irgendwelche dahergelaufenen Zigeuner. Er habe ihr schließlich seit Jahren angeboten, das Dach in Ordnung zu bringen, und zwar umsonst. Es sei nicht auszudenken, was passieren könne, wenn sie die Zigeuner erst einmal in ihr Haus ließe. Wertsachen, Geld, sie würden garantiert alles mitgehen lassen, was nicht niet- und nagelfest sei ... Es wäre nicht das erste Mal, dass eine alte Frau um ihrer bescheidenen Habe willen misshandelt oder erschlagen würde ... Nein, es sei ein absurdes Ansinnen, und er könne beim besten Willen nicht ...

»Dieser scheinheilige Bastard«, zischte Roux. »Er glaubt, über uns Bescheid zu wissen – er hat keine Ahnung. Wenn man ihm glaubt, sind wir alle Diebe und Mörder. Ich habe immer für alles bezahlt. Ich habe noch nie gebettelt, habe immer gearbeitet.«

»Trinken Sie noch eine Tasse Schokolade«, sagte ich sanft und schenkte ihm nach. »Nicht jeder denkt wie Georges und Caroline Clairmont.«

»Das weiß ich.« Seine Haltung war immer noch abweisend, die Arme vor der Brust verschränkt.

»Clairmont hat mir schon einmal Baumaterial geliefert«, fuhr ich fort. »Ich werde ihm sagen, ich würde noch ein paar Dinge im Haus renovieren. Wenn Sie mir eine Liste geben, werde ich das Material für Sie bestellen.«

»Ich werde für alles bezahlen«, wiederholte er noch einmal, als könne er mir seine Absicht nicht oft genug beteuern. »Das Geld ist wirklich nicht das Problem.«

»Selbstverständlich nicht.«

Er entspannte sich ein wenig und trank noch einen Schluck Schokolade. Zum ersten Mal schien er zu bemerken, wie gut sie schmeckte, denn er lächelte mich plötzlich beglückt an.

»Armande ist gut zu uns«, sagte er. »Sie besorgt uns Lebensmittel und Medikamente für Zézettes Baby. Und sie hat sich für uns eingesetzt, als euer Priester, dieser Pfaffe mit dem Pokergesicht, wieder auftauchte.«

»Er ist nicht mein Priester«, unterbrach ich ihn. »In seinen Augen bin ich genauso ein Eindringling hier in Lansquenet wie Sie.« Roux sah mich verblüfft an. »Ich glaube, er sieht in mir einen verderblichen Einfluss auf die Gemeinde. Jede Nacht Schokoladenorgien. Fleischliche Exzesse, wenn anständige Leute längst brav im Bett liegen, und zwar allein.«

Seine Augen sind so verhangen wie der Regenhimmel über der Stadt. Wenn er lacht, funkeln sie schalkhaft. Anouk, die während seines Berichts ungewöhnlich still dagesessen hatte, ließ sich von seinem Lachen anstecken.

»Willst du denn nicht frühstücken?«, krähte sie. »Wir haben *pains au chocolat*. Und Croissants. Aber die *pains au chocolat* sind besser.«

Er schüttelte den Kopf.

»Ich glaube nicht«, sagte er. »Danke.«

Ich legte ein Schokocroissant auf einen Teller und stellte ihn neben seine Tasse.

»Gratis«, sagte ich. »Probieren Sie, ich mache sie selbst.«

Irgendwie hatte ich etwas Falsches gesagt. Ich sah, wie das Funkeln aus seinen Augen verschwand und sein Gesicht sich wieder verfinsterte.

»Ich kann bezahlen«, sagte er fast trotzig. »Ich habe Geld.« Er holte eine Hand voll Münzen aus seiner Hosentasche. Ein paar davon rollten über die Theke.

»Stecken Sie das weg«, sagte ich.

»Ich hab gesagt, ich kann bezahlen.« Seine einstudierte Gleichgültigkeit schlug in Unmut um. »Ich muss mir nicht –«

Ich legte meine Hand auf seine. Einen Augenblick lang spürte ich seinen Widerstand, bis unsere Blicke sich trafen.

»Niemand *muss* irgendetwas tun«, sagte ich freundlich.

Ich begriff, dass ich mit meiner freundschaftlichen Geste seinen Stolz verletzt hatte. »Ich habe Sie eingeladen.« Er starrte mich unverändert feindselig an. »Ich habe jeden eingeladen, der zum ersten Mal in meinen Laden kam«, fuhr ich fort. »Caro Clairmont. Guillaume Duplessis. Sogar Paul-Marie Muscat, den Mann, der Sie aus dem Café geworfen hat.« Ich machte eine kleine Pause, um meine Worte sinken zu lassen. »Wieso meinen Sie, meine Einladung ausschlagen zu können?«

Er senkte verlegen den Blick und murmelte etwas Unverständliches in seinen Bart. Dann schaute er mich an und lächelte.

»Tut mir leid«, sagte er. »Ich hatte Sie missverstanden.« Er zögerte unbeholfen, bevor er nach dem Croissant griff. »Aber nächstes Mal lade ich Sie zu mir nach Hause ein«, sagte er in entschiedenem Ton. »Und falls Sie ablehnen, werde ich das als große Beleidigung auffassen.«

Von da an war das Eis gebrochen, und er wurde zusehends ungezwungener. Nachdem wir eine Weile über belanglose Dinge geplaudert hatten, begann er von sich zu erzählen. Ich erfuhr, dass Roux seit sechs Jahren mit dem Hausboot unterwegs war, anfangs allein, später hatte er sich seinen Gefährten angeschlossen. Er hatte früher als Handwerker auf dem Bau gearbeitet und verdiente sein Geld immer noch mit Reparatur- und Renovierungsarbeiten oder im Sommer und Herbst als Erntehelfer. Aus seinen Erzählungen schloss ich, dass es Probleme gegeben hatte, durch die er zu dem unsteten Leben gezwungen worden war, unterließ es jedoch wohlweislich, mich nach Einzelheiten zu erkundigen.

Als meine ersten Stammkunden erschienen, verabschiedete er sich. Guillaume, wie immer mit Charly auf dem Arm, grüßte ihn höflich, und Narcisse nickte ihm freundlich zu, doch es gelang mir nicht, Roux zum Bleiben zu überreden. Er stopfte sich den Rest seines *pain au chocolat* in den Mund und wandte sich mit jenem Ausdruck stolzer Unnahbarkeit, mit dem er sich von Fremden distanziert, zum Gehen. An der Tür drehte er sich abrupt um.

»Vergessen Sie nicht, dass Sie eingeladen sind«, sagte er. »Samstagabend um sieben. Und bringen Sie die kleine Fremde mit.«

Noch bevor ich ihm danken konnte, war er verschwunden.

Guillaume blieb länger als gewöhnlich. Narcisse machte seinen Platz für Georges frei, dann kam Arnauld und kaufte drei Champagner-Trüffel – jedes Mal das Gleiche: drei Champagner-Trüffel und im Gesicht ein Ausdruck schuldbewussster Vorfreude –, und Guillaume saß immer noch auf seinem Stammplatz, das schmale Gesicht von Kummer getrübt. Ich versuchte mehrmals, ihn aufzumuntern, doch er blieb einsilbig, mit den Gedanken woanders. Charly lag träge und reglos unter seinem Hocker.

»Ich habe gestern mit Reynaud gesprochen«, sagte er schließlich so unvermittelt, dass ich zusammenfuhr. »Ich habe ihn gefragt, was ich mit Charly tun soll.«

Ich sah ihn fragend an.

»Es ist so schwer, ihm das zu erklären«, fuhr er leise fort. »Er findet es egoistisch von mir, nicht auf den Tierarzt zu hören. Schlimmer noch, er hält mich für verrückt. Charly ist schließlich kein Mensch.« Er hielt inne, und ich spürte, wie schwer es ihm fiel, die Fassung zu wahren.

»Ist es wirklich so schlimm?«

Aber ich kannte die Antwort. Guillaume schaute mich mit traurigen Augen an.

»Ich glaube schon.«

»Verstehe.«

Er beugte sich zu Charly hinunter, um ihn hinter den Ohren zu kraulen. Der Hund schlug mechanisch mit dem Schwanz und begann leise zu winseln.

»Guter Hund.« Guillaume lächelte mich schüchtern an.

»Curé Reynaud ist kein schlechter Mensch. Er meint es

nicht so brutal, wie es klingt. Aber so etwas zu sagen – auf so eine schonungslose Art ...«

»Was hat er denn gesagt?«

Guillaume zuckte die Achseln. »Er hat gesagt, ich würde mich schon seit Jahren zum Narren machen mit dem Hund. Er meinte, ihm wäre es ja egal, aber es wäre einfach lächerlich, ein Tier so zu verhätscheln, als wäre es ein Mensch, oder Geld für eine sinnlose Behandlung beim Tierarzt zu verschwenden.«

Ich spürte Ärger in mir aufsteigen.

»Das war gemein von ihm, so etwas zu sagen.«

Guillaume schüttelte den Kopf.

»Er versteht das nicht«, sagte er noch einmal. »Er mag einfach keine Tiere. Aber Charly und ich sind schon so lange zusammen ...« Ihm standen Tränen in den Augen, und er wandte sich ab, um sie zu verbergen.

»Sobald ich ausgetrunken habe, gehe ich zum Tierarzt.« Seine Tasse stand seit zwanzig Minuten leer auf der Theke. »Es muss ja noch nicht heute sein, nicht wahr?« Es lag fast so etwas wie Verzweiflung in seiner Stimme. »Er ist doch noch ganz munter. Neuerdings frisst er auch wieder besser. Niemand kann mich dazu zwingen.« Jetzt klang er wie ein störrisches Kind. »Wenn es so weit ist, werde ich es wissen. Da bin ich mir ganz sicher.«

Es gab nichts, was ich zu seinem Trost hätte sagen können. Ich versuchte es trotzdem. Ich beugte mich hinab, um Charly zu streicheln, spürte seine Knochen unter dem dünnen Fell. Manche Dinge können geheilt werden. Wärme strömte aus meinen Fingern, während ich vorsichtig das Ausmaß des Tumors zu erspüren versuchte. Der Knoten war größer geworden. Ich wusste, es war hoffnungslos.

»Es ist Ihr Hund, Guillaume«, sagte ich. »Sie wissen am besten, was gut für ihn ist.«

»Das stimmt.« Einen Augenblick lang wirkte er erleichtert. »Die Medikamente nehmen ihm die Schmerzen. Er winselt nicht mehr die ganze Nacht.«

Ich musste daran denken, wie es meiner Mutter in ihren letzten Monaten gegangen war. Wie bleich sie gewesen war, wie ihr Fleisch von den Knochen zu schmelzen schien, bis sie schließlich wie ein zartes, zerbrechliches Skelett wirkte. Ihre großen, fiebrigen Augen – *Florida, Liebes, New York, Chicago, der Grand Canyon, es gibt so viel zu sehen!* –, ihr leises Wimmern in der Nacht.

»Irgendwann muss man einfach aufhören«, sagte ich. »Es ist zwecklos. Man versteckt sich hinter Rechtfertigungen, setzt sich nur noch kurzfristige Ziele, um die Woche zu überstehen. Irgendwann ist der Verlust der Würde schlimmer als alles andere. Irgendwann braucht man einfach Ruhe.«

In New York eingeäschert, die Asche im Hafen verstreut. Komisch, dass man sich immer vorstellt, man würde im Bett sterben, umgeben von seinen Lieben. Stattdessen, viel zu häufig, die kurze, verwirrende Begegnung, die plötzliche Erkenntnis, die zeitlupenartige, panische Flucht vor dem Hintergrund der aufgehenden Sonne, die wie ein Pendel auf einen zuschwingt, egal wie schnell man versucht, vor ihr davonzurennen.

»Wenn ich die Wahl hätte, wüsste ich, wie ich mich entscheiden würde. Die schmerzlose Spritze. Die freundliche Hand. Besser so, als mitten in der Nacht auf der Straße unter die Räder eines Taxis zu geraten, wo keiner stehen bleibt und sich darum kümmert.« Plötzlich wurde mir bewusst, dass ich laut gesprochen hatte. »Verzeihen Sie, Guillaume«, sagte ich, als ich sein entsetztes Gesicht sah. »Ich habe an jemand anderen gedacht.«

»Ist schon in Ordnung«, sagte er ruhig, während er ein paar Münzen auf die Theke legte. »Ich wollte sowieso gerade gehen.«

Dann hob er Charly auf, nahm seinen Hut und ging, ein wenig gebeugter als gewöhnlich, eine kleine, unscheinbare Gestalt mit einem Bündel unter dem Arm, das genauso gut eine Tüte mit Einkäufen, ein alter Regenmantel oder etwas ganz anderes hätte sein können.

Samstag, 1. März

Ich beobachte ihren Laden. Ich gebe zu, dass ich das tue, seit sie im Dorf angekommen ist; ich sehe, wer ein- und ausgeht, wer sich Zeit nimmt, um mit ihr zu plaudern. Ich beobachte das Treiben in ihrem Laden, so wie ich als Junge das Gewimmel in einem Wespennest verfolgt habe, fasziniert und abgestoßen zugleich. Anfangs gingen sie klammheimlich hin, in der Abenddämmerung oder früh am Morgen. Taten so, als seien sie ganz normale Kunden. Hier eine Tasse Kaffee, dort eine Tüte Süßigkeiten für die Kinder. Aber jetzt ist die Heimlichtuerei vorbei. Die Zigeuner gehen inzwischen ganz selbstverständlich in ihren Laden, starren im Vorbeigehen herausfordernd in mein Fenster; der Rothaarige mit dem arroganten Blick, die magere junge Frau und das junge Mädchen mit den gebleichten Haaren und der Araber mit dem kahl geschorenen Schädel. Sie kennt sogar ihre Namen; Roux und Zézette und Blanche und Mamhed. Gestern hat der Lieferwagen von Clairmont Baumaterial bei ihr abgeladen; Holz und Farbe und Dachpappe. Der Fahrer hat das Material wortlos vor ihre Tür gestapelt. Sie hat ihm einen Scheck ausgestellt. Und dann musste ich zusehen, wie ihre Freunde die Kisten und Kartons und Eimer grinsend auf ihre Schultern packten und sie nach *Les Marauds* abtransportierten. Das Ganze war ein abgekartetes Spiel. Ein perfides, abgekartetes Spiel. Aus irgendeinem Grund ist sie entschlossen, sie zu unterstützen. Das macht sie natürlich nur, um mir eins auszuwischen. Und mir bleibt nichts anderes übrig, als würdevoll zu schweigen und dafür zu beten, dass sie scheitert. Aber sie macht meine Aufgabe so viel schwerer! Schlimm genug, dass ich mich um Armande Voizin kümmern muss, die ihnen auf ihre Rechnung Lebensmittel kauft. Leider bin ich zu spät eingeschritten. Die Zigeuner haben sich inzwischen mit genug Vorräten für mindestens zwei Wochen eingedeckt. Was sie für den täglichen Bedarf an frischen Lebensmitteln brauchen – Brot und Milch –, besorgen sie sich flussaufwärts in Agen. Bei dem Gedanken, dass sie noch länger bleiben könnten, kommt mir die Galle hoch. Aber was soll ich tun, wenn diese Leute sich auch noch mit ihnen anfreunden? Sie könnten mir sagen, was ich tun soll, Vater, wenn Sie nur sprechen könnten. Und ich weiß, Sie würden ohne zu zögern Ihre Pflicht tun, wie unangenehm sie auch sein möchte. Wenn Sie mir nur sagen könnten, was ich tun soll. Ein leichter Händedruck würde mir genügen. Ein Zucken mit den Augenlidern. Irgendetwas, das mir zeigte, dass mir vergeben wird.

Nein? Sie rühren sich nicht. Nur das schwerfällige Zischen der Maschine, die Sie am Leben hält, indem sie Sauerstoff in Ihre geschundenen Lungen pumpt. Ich weiß, dass Sie schon bald aufwachen werden, geheilt und geläutert, und dass mein Name das erste Wort sein wird, das Sie aussprechen. Sehen Sie, ich glaube an Wunder. Ich, der ich durch das Feuer gegangen bin. Ich glaube.

Ich hatte mir vorgenommen, heute mit ihr zu sprechen. Ganz sachlich, ohne ihr Vorwürfe zu machen, wie von Vater zu Tochter. Ich war mir sicher, dass sie mich verstehen würde. Unsere erste Begegnung hatte unter schlechten Vorzeichen gestanden. Aber ich dachte, wir könnten noch einmal von vorne anfangen. Sie sehen, Vater, ich war bereit, ihr entgegenzukommen. Bereit, Verständnis zu zeigen. Aber als ich auf den Laden zuging, sah ich, dass dieser Roux bei ihr war. Er fixierte mich mit seinen harten Augen und dem für seinesgleichen typischen spöttisch-arroganten Blick. In der Hand hielt er eine Tasse mit irgendeinem Getränk. Er wirkte gefährlich, regelrecht gewalttätig, in seinem schmutzigen Overall und mit seinen langen, ungepflegten Haaren, und einen Augenblick lang war ich um das Wohl der Frau besorgt. Ist ihr denn gar nicht klar, auf welche Gefahr sie sich einlässt, wenn sie mit diesen Leuten verkehrt? Sorgt sie sich denn nicht um sich und um ihr Kind? Ich wollte gerade kehrtmachen, als mir ein Plakat im Fenster auffiel. Eine Weile lang tat ich so, als würde ich es studieren, während ich sie – die beiden – heimlich beobachtete. Sie hatte ein weinrotes Kleid an, und sie trug ihr Haar offen. Ich hörte sie lachen.

Dann las ich, was auf dem Plakat stand. Es war in einer ungelenken Kinderschrift geschrieben.

GROSSES SCHOKOLADENFEST BEI
LA CÉLESTE PRALINE
BEGINN: OSTERSONNTAG
ALLE SIND EINGELADEN

Mit wachsendem Unwillen las ich es noch einmal. Drinnen waren immer noch ihr Lachen und das Klappern von Geschirr zu hören. Sie war so in ihr Gespräch vertieft, dass sie mich noch gar nicht bemerkt hatte. Sie stand mit dem Rücken zur Tür, einen Fuß abgewinkelt wie eine Ballett-Tänzerin. Sie trug flache Ballerinaschuhe mit kleinen Schleifen und keine Strümpfe.

BEGINN: OSTERSONNTAG

Jetzt wird mir alles klar.

Ihre Bosheit, ihre Gehässigkeit. Sie muss es von Anfang an geplant haben, dieses Schokoladenfest, und zwar ausgerechnet am höchsten kirchlichen Festtag. Seit dem Tag ihrer Ankunft zu Karneval muss sie es im Schilde geführt haben, um meine Autorität zu untergraben, um meine Lehre zu verspotten. Sie und ihre Freunde mit den Hausbooten.

Ich hätte mich auf dem Absatz umdrehen und gehen sollen, doch ich war zu aufgebracht und betrat den Laden. Ein höhnisches Geklingel ertönte, als ich die Tür öffnete, und sie drehte sich lächelnd zu mir um. Hätte ich nicht gerade erst mit eigenen Augen den unwiderlegbaren Beweis für ihre Niedertracht gesehen, ich hätte schwören können, dass das Lächeln echt war.

»Monsieur Reynaud.«

Im ganzen Laden duftet es nach Schokolade. Es riecht ganz anders als der lösliche Kakao, den ich als Junge getrunken habe, es ist ein schweres Aroma, so betörend wie von den frisch gerösteten Kaffeebohnen auf dem Markt, vermischt mit dem Duft von Amaretto und Tiramisu, ein kräftiger, rauchiger Wohlgeruch, der mir das Wasser im Mund zusammenlaufen lässt. Auf der Theke steht eine silberne, mit dem Gebräu gefüllte Kanne, aus der heißer Dampf aufsteigt. Mir wird bewusst, dass ich noch nicht gefrühstückt habe.

»Mademoiselle.« Ich wünschte, meine Stimme würde mehr Strenge ausdrücken. Aber die Wut schnürt mir die Kehle zu, und statt der Worte gerechten Zorns, die ich loslassen wollte, bringe ich nur ein empörtes Krächzen hervor, wie ein höflicher Frosch. »Mademoiselle Rocher.« Sie schaut mich fragend an. »Ich habe Ihr Plakat gesehen!«

»Das freut mich«, erwidert sie. »Darf ich Ihnen etwas zu trinken anbieten?«

»Nein!«

»Mein *chococcino* tut gut, wenn man einen rauen Hals hat.«

»Ich habe keinen rauen Hals!«

»Wirklich nicht?«, fragt sie mit gespielter Besorgnis. »Ich hatte den Eindruck, Sie seien ein bisschen heiser. Möchten Sie vielleicht lieber einen *grand crème*? Oder einen Mokka?«

Mit Mühe gewinne ich die Fassung wieder.

»Danke, ich möchte Ihnen keine Umstände machen.« Der Rothaarige neben ihr lacht leise in sich hinein und murmelt irgendetwas in seiner Gossensprache. Mir fallen Farbspuren an seinen Händen auf, feine weiße Linien an den Knöcheln und Handflächen. Hat er irgendwo Arbeit gefunden?, frage ich mich beunruhigt. Und falls ja, bei wem? Wenn wir in Marseille wären, würde er wegen Schwarzarbeit verhaftet werden. Eine Hausdurchsuchung auf seinem Boot würde genug Beweise zutage fördern – Drogen, Diebesgut, Pornographie, Waffen –, um ihn für den Rest seines Lebens hinter Gitter zu bringen. Aber wir sind in Lansquenet. Hierher würde sich die Polizei nur bemühen, wenn ein Gewaltverbrechen stattgefunden hätte.

»Ich habe Ihr Plakat gesehen.« Mit so viel Würde, wie ich aufbringen kann, versuche ich es noch einmal. Sie schaut mich höflich fragend an, ein Funkeln in den Augen. »Ich muss sagen« – hier muss ich mich räuspern, weil mir die Galle schon wieder in den Hals gestiegen ist –, »ich muss sagen, dass ich den Zeitpunkt, den Sie für Ihr ... für Ihre *Veranstaltung* ... gewählt haben, äußerst unpassend finde.«

»Den Zeitpunkt?«, fragt sie unschuldig. »Sie meinen das Osterfest?« Sie lächelt mich schelmisch an. »Ich dachte, das wäre Ihr Gebiet«, sagt sie trocken. »Sie sollten sich mit dem Papst auseinander setzen.«

Ich starre sie eiskalt an.

»Ich glaube, Sie wissen genau, was ich meine.«

Schon wieder dieser höflich fragende Blick.

»Schokoladenfest. Alle sind eingeladen.« Meine Wut steigt auf wie überkochende Milch, unkontrollierbar. In diesem Augenblick fühle ich mich stark, meine Wut verleiht mir Kraft. Ich zeige mit dem Finger auf sie. »Glauben Sie ja nicht, ich würde nicht durchschauen, was Sie vorhaben.«

»Lassen Sie mich raten.« Ihre Stimme ist sanft, sie klingt interessiert. »Es ist ein persönlicher Angriff auf Sie. Ein Versuch, die Fundamente der katholischen Kirche zu unterminieren.« Sie lacht so schrill auf, dass sie sich selbst verrät. »Gott bewahre uns davor, dass ein Schokoladengeschäft zu Ostern Ostereier verkauft.« Ihre Stimme klingt unsicher, beinahe ängstlich, obwohl ich mir nicht sicher bin, wovor sie sich fürchtet. Der Rothaarige starrt mich feindselig an. Dann fasst sie sich mit Mühe, und die Furcht, die ich zuvor in ihren Augen gesehen hatte, ist verschwunden.

»Ich bin mir sicher, dass in diesem Ort genug Platz für uns beide ist«, sagt sie ruhig. »Wollen Sie wirklich keine Tasse Schokolade? Ich könnte Ihnen erklären, was ich –«

Ich schüttele heftig den Kopf, wie ein Hund, der von einem Schwarm Wespen attackiert wird. Ihre Ruhe macht mich rasend, in meinem Kopf beginnt es zu summen, und es kommt mir so vor, als würde sich der ganze Raum um mich herum drehen. Der süße Schokoladenduft raubt mir den Verstand. Meine Sinne sind plötzlich auf unnatürliche Weise geschärft; ich rieche ihr Parfüm, einen Hauch von Lavendel, den Duft ihrer Haut. Hinter ihr schwebt eine andere Duftwolke, der Geruch nach Sumpf, nach Maschinenöl und Schweiß und Farbe, den der Rothaarige ausdünstet.

»Ich ... nein ... ich ...« Es ist wie ein Albtraum, ich habe vergessen, was ich sagen wollte. Irgendetwas über Respekt, glaube ich, über Verantwortung der Gemeinde gegenüber. Über die Pflicht, an einem Strang zu ziehen, über Rechtschaffenheit, Anstand und Moral. Stattdessen ringe ich nach Luft, und alles schwimmt in meinem Kopf.

»Ich ... ich ...« Ich bin mir sicher, dass *sie* das alles bewirkt, dass sie mir den Verstand vernebelt ... Sie beugt sich mit gespielter Besorgnis vor, und erneut überwältigt mich ihr Duft.

»Geht es Ihnen nicht gut?« Ich höre ihre Stimme wie aus weiter Ferne. »Monsieur Reynaud, geht es Ihnen nicht gut?«

Mit zitternden Händen stoße ich sie fort.

»Es ist nichts.« Endlich finde ich meine Sprache wieder. »Eine ... leichte Unpässlichkeit. Nichts weiter. Guten Tag.« Und dann stürze ich blindlings auf die Tür zu. Mein Gesicht streift ein rotes Säckchen, das im Türrahmen baumelt – ein weiterer Beweis für ihren Aberglauben –, und ich kann mich des absurden Eindrucks nicht erwehren, dass dieses lächerliche Ding mein Unbehagen ausgelöst hat, ein Säckchen voller Kräuter und Knochen, das dort aufgehängt wurde, um mir meinen Seelenfrieden zu rauben. Nach Luft ringend stürze ich auf die Straße.

Kaum bin ich in den Regen hinausgetreten, bin ich wieder bei klarem Verstand. Aber ich gehe weiter und weiter. Ich bin immer weitergegangen, bis zu Ihnen, Vater. Mein Herz klopfte wie wild, und der Schweiß lief mir in Strömen über den Rücken, aber endlich fühlte ich mich von ihrer Gegenwart gereinigt. Ist es das, was Sie gefühlt haben, *mon père*, damals in der alten Kanzlei? Ist das das Gesicht der Versuchung?

Der Löwenzahn breitet sich aus, seine bitteren Blätter durchbrechen die schwarze Erde, seine weißen Wurzeln fressen sich tief ins Erdreich hinein. Bald wird er blühen. Auf dem Heimweg werde ich am Fluss entlanggehen, Vater, und mir das schwimmende Dorf ansehen, das immer größer wird, das sich immer weiter auf dem Tannes ausbreitet. Seit meinem letzten Besuch sind noch mehr Boote eingetroffen, und der Fluss ist regelrecht mit ihnen gepflastert. Man könnte trockenen Fußes von einem Ufer zum anderen gehen.

ALLE SIND EINGELADEN.

Ist es das, was sie beabsichtigt? Will sie diese Leute anlocken, der Ausschweifung Vorschub leisten? Wie hart haben wir gekämpft, um diese heidnischen Traditionen auszumerzen, Vater, wie leidenschaftlich haben wir gepredigt. Das Osterei, den Osterhasen, diese immer noch lebendigen Symbole des Heidentums entlarvt. Eine Zeit lang waren wir makellos. Aber sie zwingt uns, von neuem mit der Säuberung zu beginnen. Diesmal sind sie stärker, bieten uns einmal mehr die Stirn. Und meine Herde, meine dumme, vertrauensselige Herde, wendet sich ihr zu, hört auf ihre Worte … Armande Voizin. Michel Narcisse. Guillaume Duplessis. Joséphine Muscat. Georges Clairmont. Morgen in der Predigt werde ich die Namen aller nennen, die auf sie hören. Ich werde ihnen sagen, dass das Schokoladenfest nur ein Teil des sündigen Ganzen ist. Ihre Freundschaft mit den Zigeunern. Ihre Verachtung für unsere Sitten und Bräuche. Ihr Einfluss auf unsere Kinder. All dies sind Anzeichen für die verderblichen Auswirkungen ihrer Anwesenheit.

Ihr Fest wird nicht stattfinden. Lächerlich, anzunehmen,

dass sie damit durchkommen kann, wenn sie mit so viel Widerstand rechnen muss. Ich werde jeden Sonntag in meiner Predigt gegen das Fest wettern. Ich werde die Namen der Kollaborateure laut vorlesen und für ihre Erlösung beten. Die Zigeuner haben jetzt schon Unruhe in die Gemeinde gebracht. Muscat beschwert sich, dass sie ihm die Kunden vergraulen. Der Lärm von ihren Booten, die Musik, die Feuer haben *Les Marauds* in eine schwimmende Holzbudenstadt verwandelt, der Tannes ist mit einem glänzenden Ölfilm überzogen, und lauter Abfall treibt den Fluss hinunter. Und seine Frau wollte sie tatsächlich in ihrem Café freundlich bedienen, wie ich höre. Zum Glück lässt Muscat sich von diesen Leuten nicht einschüchtern. Clairmont hat mir erzählt, er hat sie sofort rausgeworfen, als sie es letzte Woche gewagt haben, sein Café zu betreten. Sie sehen also, *mon père*, sie sind Feiglinge, auch wenn sie noch so großspurig auftreten. Muscat hat den Weg, der nach *Les Marauds* hinunterführt, blockiert, damit sie nicht mehr ins Dorf kommen. Im Moment sind sie noch vorsichtig, legen eine Verschlagenheit an den Tag, die für diese Leute typisch ist, jederzeit bereit, die geringste Schwäche auszunutzen. Aber wie alle Aasfresser sind sie nur mutig, solange sie sich auf ihrem eigenen Territorium bewegen. Vier von ihnen haben die Flucht ergriffen – unter ihnen Roux –, anstatt sich einem offenen Kampf mit Muscat zu stellen. Ich verabscheue Gewalt, Vater, aber im Moment würde ich sie begrüßen. Dann hätte ich einen Vorwand, die Polizei aus Agen kommen zu lassen. Ich werde noch einmal mit Muscat reden. Er wird wissen, was zu tun ist.

Samstag, 1. März

Roux' Boot gehört zu den unmittelbar am Flussufer liegenden, etwas abseits von den anderen Booten und ist direkt Armandes Haus gegenüber vertäut. Heute war es mit Papierlampions geschmückt, die wie leuchtende Früchte am Bug aufgehängt waren, und auf unserem Weg die steile Straße nach *Les Marauds* hinunter stieg uns schon von weitem der scharfe Duft von gegrilltem Fleisch in die Nase. Armandes Fenster standen weit offen, und das Licht aus dem Haus warf unregelmäßige Muster auf das Wasser. Mir fiel auf, dass keinerlei Müll herumlag, wie sorgfältig selbst der kleinste Abfall eingesammelt und zum Verbrennen in die großen Blechtonnen geworfen wurde. Von einem der Boote weiter flussabwärts war Gitarrenmusik zu hören. Roux saß auf der kleinen Mole und schaute ins Wasser. Ein paar von seinen Freunden hatten sich bereits zu ihm gesellt, unter ihnen Zézette, eine junge Frau namens Blanche und Mamhed, der Nordafrikaner. Neben ihnen brutzelte etwas auf einem tragbaren Kohlegrill.

Anouk rannte sofort auf das Feuer zu. Ich hörte, wie Zézette sie mit sanfter Stimme warnte: »Vorsichtig, Liebes, das ist heiß.«

Blanche reichte mir eine mit Glühwein gefüllte Henkeltasse, die ich lächelnd entgegennahm.

»Probieren Sie mal.«

Der Wein war süß und kräftig, mit Zitrone und Muskat gewürzt, und so stark, dass er in der Kehle brannte. Zum ersten Mal seit Wochen herrschte klares Wetter, und unser Atem bildete weiße Wölkchen in der stillen Abendluft. Über dem Fluss lag eine dünne Nebelschicht, die hier und da von den Lichtern auf den Booten erleuchtet wurde.

»Pantoufle will auch was davon«, sagte Anouk und deutete auf den Topf mit dem Glühwein. Roux grinste.

»Pantoufle?«

»Anouks Kaninchen«, erkläre ich ihm. »Ihr ... imaginärer kleiner Freund.«

»Ich weiß nicht recht, ob Pantoufle das schmecken würde«, sagte er. »Sollen wir ihm vielleicht lieber etwas Apfelsaft geben?«

»Ich frag ihn mal«, erwiderte Anouk.

Roux wirkte hier ganz anders, wesentlich ungezwungener, wie er da im Feuerschein stand und seinen Grill überwachte. Es gab Flusskrebse, Sardinen, frische Maiskolben, Süßkartoffeln, Äpfel in Zucker gewälzt und in heißer Butter karamellisiert, dicke Pfannkuchen mit Honig. Wir aßen mit den Fingern von Blechtellern und tranken Cidre und Glühwein. Ein paar Kinder spielten mit Anouk am Flussufer. Später gesellte sich Armande zu uns und wärmte sich die Hände über dem Grill.

»Wenn ich nur ein bisschen jünger wäre«, seufzte sie. »So etwas würde ich mir jeden Abend gefallen lassen.« Sie fischte eine Kartoffel aus der Glut und jonglierte damit zwischen beiden Händen, um sie abkühlen zu lassen. »Als Kind hab ich immer von so einem Leben geträumt. Ein Hausboot, lauter gute Freunde, jeden Abend eine Party ...« Sie schaute Roux spitzbübisch an. »Ich glaube, ich werde einfach mit Ihnen durchbrennen«, sagte sie. »Ich hab schon immer eine Schwäche für rothaarige Männer gehabt. Ich mag zwar alt sein, aber ich wette, ich könnte Ihnen immer noch das eine oder andere beibringen.«

Roux grinste. Heute Abend war nicht die geringste Spur von Befangenheit an ihm zu entdecken. Gut gelaunt schenkte er Cidre und Glühwein aus, auf rührende Weise glücklich in seiner Rolle als Gastgeber. Er flirtete mit Armande, machte ihr die ausgefallensten Komplimente, bis sie schallend lachte. Er brachte Anouk bei, wie man flache Steine über das Wasser hüpfen lässt. Und schließlich zeigte er uns sein Boot, die kleine Küche, den Lagerraum mit dem Wassertank und den Vorratsregalen, die Schlafkabine mit dem Plexiglasdach.

»Es war das reinste Wrack, als ich es gekauft habe«, erzählte er. »Ich hab es wieder in Ordnung gebracht, und jetzt ist es genauso gut wie ein Haus an Land.« Er lächelte fast verlegen, als hätte er gerade ein kindisches Hobby eingestanden. »All die Arbeit, nur damit ich nachts im Bett das Wasser plätschern hören und die Sterne beobachten kann.«

Anouk war begeistert.

»Mir gefällt es«, erklärte sie. »Ich find es ganz toll! Und es ist überhaupt kein Schrott-, kein Schrott-, überhaupt nicht das, was Jeannots Mutter immer sagt.«

»Ein Schrotthaufen«, sagte Roux sanft. Ich schaute erschrocken zu ihm auf, aber er lachte. »Nein, nein, wir sind gar nicht so schlecht, wie manche Leute glauben.«

»Wir glauben überhaupt nicht, dass ihr schlecht seid!«, rief Anouk empört.

Roux zuckte die Achseln.

Später wurde Musik gemacht, eine Flöte, eine Geige und ein paar aus leeren Konservendosen und Mülleimern improvisierte Trommeln. Anouk blies auf ihrer Plastiktrompete, und die Kinder tanzten so wild und so dicht am Flussufer, dass wir sie ermahnen mussten, nicht so nah am Wasser herumzutoben. Es war schon fast Mitternacht, als wir uns verabschiedeten, und obwohl ihr fast die Augen zufielen, protestierte Anouk heftig.

»Keine Sorge«, sagte Roux. »Du kannst jederzeit wiederkommen.«

Ich bedankte mich und nahm Anouk auf den Arm.

»Es wäre mir eine Ehre.« Einen Augenblick lang meinte ich, Besorgnis in seinem Blick zu sehen, als er an mir vorbei den Hügel hinaufschaute. Eine Falte erschien zwischen seinen Augenbrauen.

»Was ist los?«

»Ich bin mir nicht sicher. Wahrscheinlich ist es nichts.« Es gibt nur wenige Straßenlaternen in *Les Marauds*. Eine gelbe Laterne vor dem *Café de la République* ist die einzige Beleuchtung in der schmalen Gasse, die den Hügel hinaufführt. Dahinter weitet sich die *Avenue des Francs Bourgeois* zu einer hell erleuchteten Allee aus. Noch einmal starrte er mit zusammengezogenen Augen angestrengt in die Dunkelheit.

»Ich dachte nur, ich hätte jemanden den Hügel heruntergekommen sehen, das ist alles. Aber ich habe mich wohl getäuscht.«

Ich trug Anouk den Hügel hinauf. Hinter uns sanfte Musik. Zézette tanzte auf der Mole, und ihr Schatten huschte im Schein des nur noch schwach flackernden Feuers um sie herum. Als wir am *Café de la République* vorbeikamen, fiel mir auf, dass die Tür einen Spalt weit offen stand, obwohl im Café kein Licht brannte. Dann wurde sie leise geschlossen, wie wenn jemand eben noch die Straße beobachtet hätte. Es hätte aber auch der Wind gewesen sein können.

Sonntag, 2. März

Der März hat dem Regen ein Ende gemacht. Der Himmel ist jetzt klar, ein leuchtendes Blau zwischen schnell dahintreibenden Wolken, und über Nacht ist ein kräftiger Wind aufgekommen, der in den Ecken pfeift und an den Fenstern rüttelt. Die Kirchenglocken läuten wie wild, als hätten auch sie die plötzliche Veränderung bemerkt. Die Wetterfahne dreht sich hektisch hin und her, ihr rostiges Scharnier quietscht unablässig. In ihrem Zimmer singt Anouk beim Spielen ein Lied vom Wind.

> *V'là l'bon vent, v'là l'joli vent*
> *V'là l'bon vent, ma mie m'appelle*
> *V'là l'bon vent, v'là l'joli vent*
> *V'là l'bon vent, ma mie m'attend.*

Märzwinde sind schlechte Winde, pflegte meine Mutter zu sagen. Aber der Wind tut gut, er riecht nach Frühling und Ozon und Meersalz. Der März ist ein guter Monat, er treibt den Februar durch die Hintertür hinaus, während vor dem Haus schon der Frühling wartet. Ein guter Monat für Veränderungen.

Fünf Minuten lang stehe ich mit ausgebreiteten Armen allein auf dem Dorfplatz und lasse mir den Wind durch die Haare gehen. Ich habe vergessen, mir eine Jacke anzuziehen, und der Wind bauscht meinen roten Rock. Ich bin ein Drache, spüre den Wind, lasse mich von ihm über den Kirchturm hinweg, über mich selbst hinaustragen. Ich verliere kurz die Orientierung, sehe die rote Gestalt dort unten auf dem Dorfplatz, zugleich *hier* und *dort* – dann bin ich wieder ganz bei mir. Außer Atem entdecke ich Reynauds Gesicht ganz oben an einem Fenster, seine dunklen Augen, die mich voller Abscheu anstarren. Er wirkt bleich, trotz des hellen Sonnenscheins. Seine Hände umklammern den Fenstersims, und seine Knöchel sind ebenso weiß wie sein Gesicht.

Der Wind ist mir in den Kopf gestiegen. Ich winke Reynaud freundlich zu und gehe zurück in meinen Laden. Ich weiß, er wird es als eine herausfordernde Geste auffassen, aber heute Morgen ist mir das egal. Der Wind hat meine Ängste fortgeweht. Ich winke dem schwarzen Mann in seinem Turm zu, und der Wind zupft spielerisch an meinem Rock. Ich bin in Hochstimmung. Voller freudiger Erwartung.

Die Stimmung scheint auch die Einwohner von Lansquenet erfasst zu haben. Ich beobachte sie auf ihrem Weg zur Kirche – die Kinder rennen mit ausgebreiteten Armen durch den Wind, die Hunde bellen aus Übermut, und selbst die Gesichter der Erwachsenen wirken trotz der vom Wind tränenden Augen fröhlich. Caroline Clairmont am Arm ihres Sohnes mit neuem Hut und Mantel. Luc schaut kurz zu mir herüber, lächelt mir verstohlen hinter vorgehaltener Hand zu. Joséphine und Paul-Marie Muscat Arm in Arm wie ein Liebespaar, obwohl ihr Gesicht unter der braunen Baskenmütze verkniffen und trotzig wirkt. Ihr Mann starrt mich durch das Schaufenster wütend an und beschleunigt seinen Schritt. Ich entdecke Guillaume, heute ohne Charly, die bunte Plastikleine baumelt sinnlos an seinem Arm, und er wirkt seltsam verloren ohne seinen Hund. Anouk schaut mich an und nickt. Narcisse bleibt stehen, um die Geranien vor dem Laden zu begutachten, reibt ein Blatt zwischen den Fingern, schnuppert an dem grünen Saft. Trotz seiner ruppigen Art ist er ein Leckermaul, und ich bin mir sicher, dass er nach der Messe auf eine Tasse Mokka und ein paar Trüffel hereinkommen wird.

Der Klang der Glocken geht in ein tiefes, eindringliches Döhnen über – *dong! dong!* –, während die Leute auf die offene Kirchentür zuströmen. Vor dem Portal steht Reynaud in einer weißen Soutane, die Hände gefaltet, mit eifriger Miene, um sie zu begrüßen. Ich habe den Eindruck, dass er zu mir herüberschaut, ein kurzer Blick über den Dorfplatz, ein leichtes Straffen der Schultern unter der Soutane – aber ich bin mir nicht sicher.

Mit einer Tasse Schokolade in der Hand, mache ich es mir hinter der Theke gemütlich und warte auf das Ende der Messe.

Der Gottesdienst hat diesmal länger gedauert als gewöhnlich. Ich nehme an, dass Reynauds Erwartungen an seine Gemeinde in der vorösterlichen Zeit besonders groß sind. Erst nach mehr als anderthalb Stunden kamen die ersten Leute aus der Kirche, die Köpfe gegen den Wind gesenkt, der frech an Tüchern und Sonntagsmänteln zerrte, mit plötzlicher Unverschämtheit unter Röcke fuhr und die kleine Herde über den Dorfplatz scheuchte.

Arnauld grinste mich im Vorbeigehen verlegen an; keine Champagnertrüffel heute Morgen. Narcisse kam wie immer in den Laden, doch er war noch wortkarger als sonst, zog eine Zeitung aus seinem Tweedjackett und beugte sich lesend über seine Tasse. Eine Viertelstunde später war die Hälfte der Gemeinde immer noch in der Kirche, und ich nahm an, dass sie auf die Beichte warteten. Ich schenkte mir noch eine Tasse Schokolade ein und wartete. Sonntags kommt das Geschäft nur langsam in Gang. Da braucht man Geduld.

Plötzlich sah ich eine vertraute Gestalt in einem karierten Mantel durch die halb offene Kirchentür schlüpfen. Joséphine schaute sich nach allen Seiten um, und als sie sich vergewissert hatte, dass niemand auf dem Dorfplatz war, kam sie auf den Laden zugelaufen. Als sie Narcisse auf seinem Hocker sitzen sah, zögerte sie einen Moment. Dann trat sie ein, die Fäuste schützend in die Magengegend gedrückt.

»Ich kann nicht bleiben«, sagte sie, ohne zu grüßen. »Paul ist gerade bei der Beichte. Ich hab nur zwei Minuten.« Ihre Stimme klang gehetzt, die Worte purzelten aus ihrem Mund wie Dominosteine.

»Sie müssen sich von diesen Leuten fern halten«, sagte sie. »Von diesen Zigeunern. Sie müssen ihnen sagen, sie sollen weiterziehen. Sie müssen sie *warnen*.« Ihr Gesicht war angespannt, und sie rang nervös die Hände.

Ich schaute sie an.

»Joséphine, bitte, nehmen Sie Platz. Ich mache Ihnen eine Schokolade.«

»Nein, das geht nicht!« Sie schüttelte heftig den Kopf, und ihr vom Wind zerzaustes Haar fiel ihr ins Gesicht. »Ich hab Ihnen doch gesagt, ich hab keine Zeit. Tun Sie einfach, was ich Ihnen sage. Bitte.« Sie klang gehetzt und erschöpft und schaute immer wieder zur Kirche hinüber, als fürchtete sie, bei mir gesehen zu werden.

»Er hat in seiner Predigt gegen diese Leute gewettert«, sagte sie hastig und leise. »Und gegen Sie. Er spricht über Sie. Verbreitet Gerüchte über Sie.«

Ich zuckte gleichgültig die Achseln.

»Na und? Was kümmert mich das?«

Joséphine drückte sich frustriert die Fäuste an die Schläfen.

»Sie müssen sie warnen«, wiederholte sie. »Sagen Sie ihnen, sie sollen weggehen. Und Sie müssen Armande warnen. Sagen Sie ihr, er hat heute in der Kirche ihren Namen vorgelesen. Und Ihren auch. Und meinen wird er auch vorlesen, wenn er mich hier sieht, und Paul –«

»Ich verstehe nicht recht, Joséphine. Was kann er denn tun? Und warum sollten wir uns um sein Gerede kümmern?«

»Sagen Sie es ihnen einfach, ja?« Ihr Blick schoss wieder ängstlich zur Kirche hinüber. Ein paar Leute traten gerade aus der Tür. »Ich kann nicht länger bleiben«, sagte sie. »Ich muss weg.« Sie wandte sich zum Gehen.

»Joséphine, warten Sie –«

Als sie sich umdrehte, war ihr Gesicht ein Abbild des Grams. Ich sah, dass sie den Tränen nahe war.

»Das passiert jedes Mal«, sagte sie mit rauer, unglücklicher Stimme. »Wenn ich mal eine Freundin finde, macht er mir alles kaputt. Es wird so kommen wie immer. Und dann werden Sie längst fort sein, aber ich ...«

Ich trat einen Schritt auf sie zu, wollte sie in den Arm nehmen. Aber Joséphine wich mit einer unbeholfenen Abwehrgeste zurück.

»Nein! Ich kann nicht! Ich weiß, Sie meinen es gut, aber ich *kann einfach nicht*!« Sie riss sich mit Mühe zusammen. »Sie müssen das verstehen. Ich lebe hier. Ich *muss* hier leben. Sie sind frei, Sie können gehen, wohin Sie wollen –«

»Sie auch«, unterbrach ich sie sanft.

Sie schaute mich an und berührte meine Schulter ganz leicht mit den Fingerspitzen.

»Das verstehen Sie nicht«, sagte sie ohne Vorwurf. »Sie sind anders. Eine Zeit lang dachte ich, ich könnte auch lernen, anders zu sein.«

Die Erregung war mit einem Mal von ihr gewichen, und sie starrte geistesabwesend ins Leere, die Hände tief in den Manteltaschen vergraben.

»Es tut mir leid, Vianne«, sagte sie. »Ich hab's wirklich

versucht. Ich weiß, es ist nicht Ihre Schuld.« Einen Augenblick lang verrieten ihre Züge wieder ängstliche Erregung. »Reden Sie mit den Leuten vom Fluss«, sagte sie eindringlich. »Sagen Sie ihnen, sie müssen verschwinden. Es ist nicht ihre Schuld, aber ich will nicht, dass jemandem etwas zustößt«, schloss Joséphine leise. »In Ordnung?«

Ich zuckte die Achseln.

»Es wird niemandem etwas zustoßen«, sagte ich.

»Gut.« Ihr gezwungenes Lächeln versetzte mir einen Stich. »Und machen Sie sich keine Sorgen um mich. Ich komme schon zurecht. Ganz bestimmt.« Wieder dieses gequälte Lächeln. Als sie an mir vorbei zur Tür ging, sah ich etwas Glänzendes in ihrer Hand und bemerkte, dass ihre Manteltaschen mit Modeschmuck gefüllt waren. Armreifen, Halsketten, Ringe, alles ineinander verheddert.

»Hier, das ist für Sie«, sagte sie leichthin und hielt mir eine Hand voll ihrer kostbaren Beute hin. »Nehmen Sie es ruhig. Ich hab noch mehr davon.« Dann drehte sie sich mit einem strahlenden Lächeln um und ließ mich mit den Ketten und Ohrringen und bunten Plastikperlen stehen, die zwischen meinen Fingern hervorquollen.

Später am Nachmittag machte ich mit Anouk einen Spaziergang zum Flussufer hinunter. Die kleine Flotte der fahrenden Leute wirkte fröhlich im hellen Sonnenlicht, Wäsche flatterte an zwischen den Booten gespannten Leinen, und die Sonne spiegelte sich in den Fenstern und den bunt angestrichenen Wänden. Armande saß in ihrem umzäunten Vorgarten in einem Schaukelstuhl und schaute auf den Fluss hinaus. Roux und Mamhed kraxelten auf dem steilen Dach herum und befestigten lose Dachpfannen. Ich bemerkte, dass die verrotteten Dachsimse und Giebelwände ersetzt und leuchtend gelb gestrichen worden waren. Ich winkte den beiden Männern zu und setzte mich auf die Gartenmauer zu Armande, während Anouk zum Ufer hinunterrannte, um ihre neuen Freunde zu besuchen.

Die alte Frau wirkte müde, und ihr Gesicht unter der breiten Hutkrempe war leicht aufgedunsen. Ihre Handarbeit lag unberührt auf ihrem Schoß. Sie nickte mir zu, sagte jedoch nichts. Ihr Stuhl schaukelte fast unmerklich, *tick-tick-tick*, auf dem Gartenweg. Ihre Katze schlief zusammengerollt zu ihren Füßen.

»Caro war heute Morgen hier«, sagte sie schließlich. »Ich nehme an, ich müsste mich eigentlich geehrt fühlen.« Eine unwillige Kopfbewegung.

Schaukeln.

Tick-tick-tick-tick.

»Für wen hält die sich eigentlich?«, raunzte sie unvermittelt. »Marie-Antoinette?« Eine Weile versank sie in wütendes Grübeln, ihr Schaukeln wurde heftiger. »Bildet sich ein, sie könnte mir Vorschriften machen. Schleppt mir ihren *Arzt* ins Haus –« Sie unterbrach sich und starrte mich durchdringend wie ein Raubvogel an. »Mischt sich in meine Angelegenheiten ein. Das hat sie schon immer versucht, wissen Sie. Ihrem Vater hat sie sonstwas erzählt.« Sie lachte kurz auf. »Jedenfalls hat sie das nicht von mir«, erklärte sie nachdrücklich. »Da können Sie Gift drauf nehmen. Ich hab in meinem ganzen Leben keinen Arzt gebraucht – und auch keinen Priester –, der mir gesagt hat, was ich tun und lassen soll.«

Armande reckte ihr Kinn vor und schaukelte noch energischer.

»Ist Luc hier gewesen?«, fragte ich.

»Nein.« Sie schüttelte den Kopf. »Er ist zu einem Schachturnier in Agen gefahren.« Ihr starrer Blick wurde weicher. »Sie weiß nicht, dass er neulich im Laden war«, sagte sie zufrieden. »Und sie wird es auch nicht erfahren.« Sie lächelte. »Er ist ein guter Junge, mein Enkel. Er weiß, wann er den Mund halten muss.«

»Wie ich höre, wurden heute Morgen in der Kirche unsere Namen genannt«, sagte ich. »Es heißt, man wirft uns vor, mit unerwünschten Elementen zu verkehren.«

Armande schnaubte verächtlich.

»Was ich in meinem eigenen Haus tue, geht niemanden etwas an«, sagte sie knapp. »Das hab ich Reynaud gesagt, und das hab ich damals auch Père Antoine gesagt. Aber die kapieren das einfach nicht. Kommen einem dauernd mit demselben Geschwätz. Gemeinschaftssinn. Traditionelle Werte. Ewig dieselbe Moralpredigt.«

»Sie haben das also schon mal erlebt?« Ich wurde neugierig.

»Allerdings.« Sie nickte nachdrücklich. »Vor Jahren. Reynaud muss damals etwa in Lucs Alter gewesen sein. Natürlich sind danach noch mehrmals fahrende Leute hier gewesen, aber sie sind nie geblieben. Jedenfalls bis jetzt nicht.« Sie schaute zu ihrem halb fertig gestrichenen Haus auf. »Es wird richtig schön, nicht wahr?«, sagte sie zufrieden. »Roux sagt, bis heute Abend werden sie es geschafft haben.« Plötzlich runzelte sie die Stirn. »Es geht keinen etwas an, ob ich ihn für mich arbeiten lasse«, erklärte sie gereizt. »Er ist ein ehrlicher Mann und ein guter Handwerker. Georges hat kein Recht, mir da reinzureden. Absolut kein Recht.«

Sie nahm ihre Handarbeit auf, legte sie jedoch wieder weg, ohne einen einzigen Stich getan zu haben.

»Ich kann mich nicht konzentrieren«, sagte sie verstimmt. »Schlimm genug, dass man in aller Herrgottsfrühe von diesem Glockengebimmel geweckt wird, da fehlt es mir gerade noch, dass ich mir als Erstes Caros scheinheiliges Gesicht ansehen muss. *Wir beten jeden Tag für dich, Mutter«*, äffte sie Caroline nach. *»Wir möchten, dass du verstehst, warum wir uns solche Sorgen um dich machen.* In Wirklichkeit sind sie um ihren guten Ruf im Dorf besorgt. Es ist einfach peinlich, eine Mutter wie mich zu haben, die einen immer wieder daran erinnert, woher man kommt.«

Sie lächelte zugleich zufrieden und verbittert vor sich hin.

»Solange ich lebe, wissen sie, dass es jemanden gibt, der sich an alles erinnert«, sagte sie. »Die Schwierigkeiten, die sie bekam, nachdem sie sich mit diesem Jungen eingelassen hatte. Wer hat denn dafür bezahlt, hä? Und er – Reynaud, der Mann mit der blütenweißen Weste ...« Ihre Augen funkelten boshaft. »Ich wette, ich bin die Einzige, die sich noch an *diese* alte Geschichte erinnert. Es hat sowieso kaum jemand gewusst, damals. Es hätte der größte Skandal im Land werden können, wenn ich meinen Mund nicht gehalten hätte.« Sie warf mir einen verschmitzten Blick zu. »Und schauen Sie mich bloß nicht so an, junge Frau. Ich kann immer noch ein Geheimnis für mich behalten. Was glauben Sie, warum er mich in Ruhe lässt? Er könnte eine Menge unternehmen, wenn er wollte. Caro hat's schon probiert.« Armande kicherte schadenfroh in sich hinein.

»Ich dachte, Reynaud sei nicht von hier«, sagte ich neugierig.

Armande schüttelte den Kopf.

»Kaum jemand erinnert sich daran«, sagte sie. »Er ist aus Lansquenet weggegangen, als er noch ein Junge war. Es war für alle Beteiligten besser so.« Einen Moment lang hing sie ihren Erinnerungen nach. »Aber diesmal soll er sich in Acht nehmen«, fuhr sie düster fort. »Er soll es nicht wagen, etwas gegen Roux oder seine Freunde zu unternehmen.« Der Humor war verschwunden; sie wirkte mit einem Mal älter, zänkisch, krank. »Ich *freue* mich, dass sie hier sind«, erklärte sie mit zittriger Stimme. »In ihrer Gegenwart fühle ich mich wieder jung.« Die knochigen kleinen Hände zupften nervös an der Stickerei in ihrem Schoß herum. Die Katze wachte durch die Bewegung auf und sprang schnurrend auf ihren Schoß. Als Armande ihr den Kopf kraulte, langte sie verspielt mit der Pfote nach ihrem Kinn.

»Lariflete«, sagte Armande. Nach einer Weile wurde mir klar, dass das der Name der Katze war. »Ich habe sie schon neunzehn Jahre. In Katzenjahren ist sie also fast genauso alt wie ich.« Sie schnalzte mit der Zunge, und die Katze schnurrte noch lauter. »Angeblich habe ich eine Allergie«, sagte Armande. »Asthma oder so was. Ich hab ihnen gesagt, dass ich lieber ersticken würde, als mich von meinen Katzen zu trennen. Allerdings gibt es einige *Menschen*, auf die ich gut und gerne verzichten könnte.« Lariflete rollte sich zufrieden auf Armandes Schoß zusammen. Ich schaute zum Fluss hinunter und sah Anouk mit zwei schwarzhaarigen Kindern an der Mole spielen. Anouk, die jüngste von den dreien, schien das Kommando übernommen zu haben.

»Bleiben Sie doch zum Kaffee«, schlug Armande vor. »Ich wollte sowieso welchen aufsetzen. Ich hab auch Limonade für Anouk.«

Ich ging in Armandes kleine, niedrige Küche mit dem gusseisernen Herd und setzte den Kaffee selbst auf. Alles ist blitzblank, doch durch das einzige winzige Fenster, das zum Fluss hinausgeht, fällt grünliches Licht herein, so dass eine Atmosphäre entsteht wie unter Wasser. Von den dunklen Deckenbalken baumeln Baumwollsäckchen mit getrockneten Kräutern. An den weißgetünchten Wänden hängen kupferne Pfannen und Töpfe an eisernen Haken. In die Tür ist – wie in alle Türen im Haus – am unteren Rand ein Loch gesägt, damit die Katzen sich überall frei bewegen können. Eine Katze saß auf dem Küchenschrank und beobachtete mich, während ich in einer emaillierten Blechkanne den Kaffee aufbrühte. Mir fiel auf, dass die Limonade zuckerfrei war, und in der Zuckerdose befand sich Süßstoff. Trotz ihrer gespielten Tapferkeit scheint sie doch gewisse Vorsichtsmaßnahmen zu treffen.

»Ekliges Zeug«, kommentierte sie ohne Groll, während sie ihren Kaffee aus einer ihrer handbemalten Tassen schlürfte. »Es heißt, man schmecke den Unterschied nicht. Aber man schmeckt es doch.« Sie zog eine Grimasse. »Caro bringt es immer mit, wenn sie kommt. Sie kontrolliert meinen Küchenschrank. Wahrscheinlich meint sie es gut. Sie ist eben eine dumme Gans.«

Ich riet ihr, besser auf ihre Gesundheit zu achten.

Armande schnaubte verächtlich.

»Wenn man erst mal in meinem Alter ist«, sagte sie, »geht

es los mit den Zipperlein. Dauernd hat man irgendwas anderes. So ist das nun mal im Leben.« Sie nahm noch einen Schluck von dem bitteren Kaffee. »Mit sechzehn Jahren hat Rimbaud erklärt, er wolle so viel wie möglich so intensiv wie möglich erleben. Nun, ich gehe auf die achtzig zu, und langsam komme ich zu dem Schluss, dass er Recht hatte.« Sie grinste, und ich war überrascht, wie jugendlich ihr Gesicht wirkte. Eine Jugendlichkeit, die weniger mit der Hautfarbe oder den Konturen zu tun hat, als vielmehr mit einer inneren Lebensfreude; es war der Blick einer Frau, die gerade erst dabei ist, zu entdecken, was das Leben zu bieten hat.

»Ich schätze, Sie sind zu alt, um in die Fremdenlegion einzutreten«, sagte ich lächelnd. »Und hat Rimbaud damals nicht auch zu Exzessen geneigt?«

Armande grinste mich spitzbübisch an.

»Richtig«, erwiderte sie. »Ein paar Exzesse könnte ich auch gebrauchen. Von jetzt an werde ich unmäßig sein – und launenhaft –, ich werde laute Musik hören und schauerliche Gedichte lesen. Ich werde *zügellos* sein«, erklärte sie selbstzufrieden.

Ich musste lachen.

»Sie sind wirklich unglaublich«, sagte ich mit gespieltem Ernst. »Kein Wunder, dass Sie Ihre Angehörigen zur Verzweiflung bringen.«

Aber obwohl sie mit mir lachte und ausgelassen in ihrem Schaukelstuhl wippte, erinnere ich mich heute weniger an ihr Lachen, als an das, was hinter dem Lachen durchschimmerte, diesen Anflug von Leichtsinn und Übermut.

Und erst später, als ich mitten in der Nacht aus einem Albtraum erwachte, an den ich mich kaum erinnern konnte, wusste ich, wo ich diesen Blick schon einmal gesehen hatte.

Wie wär's mit Florida, Liebes? Die Everglades? Die Keys? Was hältst du von Disneyland, chérie, oder New York, Chicago, dem Grand Canyon, Chinatown, New Mexico, den Rocky Mountains?

Aber Armande fehlte die Angst, von der meine Mutter

getrieben wurde, das verzweifelte Ringen mit dem Tod, die Flucht in immer wieder neue Phantasiereisen. Bei Armande spürte ich nur den Hunger, die Gier, das schreckliche Bewusstsein der Vergänglichkeit.

Ich fragte mich, was der Arzt ihr an diesem Morgen tatsächlich gesagt hatte, und wie viel sie wirklich begriff. Noch lange lag ich wach und grübelte über alles nach, und als ich endlich einschlief, träumte ich, ich sei mit Armande in Disneyland, wo Reynaud und Caro uns Hand in Hand entgegenkamen, sie als die Rote Königin und er als der Weiße Hase aus *Alice im Wunderland* verkleidet, beide mit großen weißen Handschuhen wie die Hände von Comicfiguren. Caro trug eine rote Krone auf ihrem riesigen Kopf, und Armande hatte in jeder Hand einen Stiel mit Zuckerwatte.

Von irgendwo aus der Ferne hörte ich die New Yorker Verkehrsgeräusche näher kommen, das laute Hupen der Taxis.

»*Um Gottes willen, iss das nicht, das ist giftig*«, kreischte Reynaud, aber Armande stopfte sich mit beiden Händen gierig die Zuckerwatte in den Mund. Ich versuchte, sie vor dem Taxi zu warnen, doch sie schaute mich nur an und sagte mit der Stimme meiner Mutter: »Das Leben ist ein Fest, *chérie*, jedes Jahr sterben mehr Menschen im Straßenverkehr, das ist statistisch erwiesen.« Dann machte sie sich wieder auf diese schreckliche, gefräßige Art über die Zuckerwatte her, und Reynaud wandte sich mir zu und kreischte mit einer Stimme, die wegen ihrer schrillen Höhe umso bedrohlicher klang:

»*Das ist alles deine Schuld! Du mit deinem Schokoladenfest! Alles war in Ordnung, bis du aufgetaucht bist, und jetzt sterben alle – sie STERBEN STERBEN STERBEN ...*« Ich streckte abwehrend die Hände aus.

»Es ist nicht meine Schuld«, flüsterte ich, »sondern *deine*. Du bist der schwarze Mann, du bist –« Und dann stürzte ich rückwärts durch den Spiegel, und die Karten flogen in alle Richtungen um mich herum – *Neun Schwerter, DER TOD.*

Drei Schwerter, DER TOD. Der Turm, DER TOD. Der Wagen, DER TOD.

Ich wachte schreiend auf. Anouk stand über mir, das Gesicht schlafverquollen und angsterfüllt.

»Maman, was ist los?«

Ihre Arme legen sich warm um meinen Hals. Sie riecht nach Schokolade und Vanille und friedlichem Schlaf.

»Nichts. Ich hab nur geträumt. Weiter nichts.«

Sie tröstet mich mit ihrer sanften Kinderstimme, und ich komme mir vor wie in einer verkehrten Welt, als würde ich in ihr versinken wie eine Meeresschnecke in ihrem Gehäuse, als würde ich mich um mich selbst drehen, während ihre Hand kühl auf meiner Stirn liegt, ihr Mund in meinem Haar.

»*Fort-fort-fort*«, murmelt sie mechanisch. »*Böser Geist, mach dich davon.* Jetzt ist es gut, Maman. Es ist alles fort.« Ich weiß nicht, wo sie diese Dinge aufschnappt. Meine Mutter sagte solche Dinge, aber ich kann mich nicht erinnern, sie Anouk je beigebracht zu haben. Und doch benutzt sie sie wie vertraute Formeln. Einen Moment lang klammere ich mich an sie, vor Liebe wie gelähmt.

»Es wird alles gut, nicht wahr, Anouk?«

»Na klar.« Ihre Stimme klingt klar und erwachsen und selbstsicher. »Klar wird alles gut.« Sie legt ihren Kopf an meine Schulter und kuschelt sich an mich. »Ich hab dich lieb, Maman.«

Draußen zeigen sich die ersten Streifen der Dämmerung am Horizont. Ich halte meine Tochter fest in den Armen, während sie wieder einschläft, und ihre Locken kitzeln mich im Gesicht. Ist es das, wovor meine Mutter sich immer fürchtete? Ich frage mich, während ich dem Zwitschern der Vögel lausche – zuerst ein einzelnes *Krah-krah*, dann ein ganzes Konzert –, ist es das, wovor sie flüchtete? Nicht ihr eigener Tod, sondern die zahllosen Begegnungen mit anderen Menschen, die abgebrochenen Kontakte, die ungewollt entstehenden Bindungen, die *Verantwortung*? Sind wir all die Jahre vor unseren Gefühlen davongelaufen, vor unseren

Freundschaften, den beiläufig ausgesprochenen Worten, die ein Leben verändern können?

Ich versuche, mich an meinen Traum zu erinnern, an Reynauds Blick – den verzweifelten Ausdruck in seinem Gesicht, *ich komme zu spät, ich komme zu spät* –, auch er auf der Flucht vor einem unvorstellbaren Schicksal, zu dessen Teil ich unabsichtlich geworden bin. Aber der Traum hat sich aufgelöst, seine Teile haben sich wie Karten im Wind zerstreut. Schwer zu sagen, ob der schwarze Mann der Verfolger oder der Verfolgte ist. Schwer zu sagen, ob er wirklich der schwarze Mann ist. Stattdessen sehe ich wieder das Gesicht des weißen Kaninchens vor mir – wie das Gesicht eines ängstlichen Kindes auf einem Karussell, das verzweifelt versucht auszusteigen.

»Wer läutet die Veränderungen ein?«

In meiner Verwirrung halte ich die Stimme für die eines anderen; eine Sekunde später begreife ich, dass ich laut gesprochen habe. Aber als ich wieder in den Schlaf sinke, bin ich mir fast sicher, dass ich eine andere Stimme antworten höre, eine Stimme, die mich sowohl an Armande als auch an meine Mutter erinnert.

Du, Vianne, sagt sie sanft.
Du.

Dienstag, 4. März

Das erste Grün auf den Feldern macht die Landschaft lieblicher, als wir beide es gewohnt sind. Von weitem wirkt es üppig und saftig – ein paar frühe Bienen stichen die Luft über den zarten Halmen, so dass die Felder wie schlaftrunken wirken. Aber wir wissen, dass in zwei Monaten nur noch Stoppeln übrig sein werden, verbrannt von der Sonne, die Erde ausgedörrt und aufgesprungen, eine rote Kruste, auf der nur noch Disteln wachsen. Ein heißer Wind fegt alles weg, was an fruchtbarem Boden noch übrig ist, und bringt Dürre ins Land, und darauf folgt eine stickige Windstille, in der Krankheiten gedeihen. Ich erinnere mich noch an den Sommer 1975, *mon père,* an die glühende Hitze und den heißen weißen Himmel. In jenem Sommer folgte Plage auf Plage. Zuerst die Zigeuner, die in ihren schmuddeligen Booten über den halb ausgetrockneten Fluss angekrochen kamen und in *Les Marauds* im Schlamm auf Grund liefen. Und dann die Krankheit, die erst ihre Tiere und dann die unsrigen befiel; eine Art Wahnsinn. Zuerst verdrehten sie die Augen, zuckten hilflos mit den Beinen, weigerten sich trotz ihrer aufgedunsenen Körper zu trinken, schließlich begannen sie zu schwitzen und zu zittern und verendeten unter Wolken von schwarzen Fliegen, o Gott, es lag ein Gestank in der Luft, durchdringend und süßlich wie von verfaulendem Obst. Erinnern Sie sich? Das war der Sommer, als Sie hierher kamen, Vater. So heiß, dass die wilden Tiere aus dem ausgetrockneten Sumpf bis an den Fluss kamen. Füchse, Iltisse, Wiesel, Hunde. Die meisten tollwütig, vom Hunger und Durst aus ihren angestammten Revieren getrieben. Wir schossen sie ab, wenn sie auf das Ufer zuwankten, schossen sie ab oder töteten sie mit Steinen. Die Kinder bewarfen auch die Zigeuner mit Steinen, aber sie waren genauso gefangen und verzweifelt wie die Tiere und kamen immer wieder zurück. Die Luft war schwarz vor Fliegen und verpestet von dem Gestank der Feuer, mit denen sie versuchten, die Krankheit abzuwehren. Zuerst gingen die Pferde ein, dann die Kühe, Ziegen und Hunde. Wir versuchten, sie in Schach zu halten, weigerten uns, ihnen Lebensmittel oder Wasser oder Medikamente zu verkaufen. Im Schlamm des Tannes auf Grund gelaufen, tranken sie Flaschenbier und Flusswasser. Ich erinnere mich noch, wie ich sie von *Les Marauds* aus beobachtete, gebeugte Gestalten, die abends still um ihre Lagerfeuer hockten, und wie ich jemanden – eine Frau oder ein Kind – vom dunklen Wasser her schluchzen hörte.

Einige Leute, Schwächlinge – unter ihnen Narcisse –, fingen an, von Nächstenliebe zu faseln. Von Mitleid. Aber Sie sind hart geblieben. Sie wussten, was Sie zu tun hatten.

In der Messe haben Sie die Namen derjenigen verlesen, die sich weigerten mitzumachen. Muscat – der alte Muscat, Pauls Vater – hat sie so lange vor dem Café verscheucht, bis sie Vernunft angenommen haben. Nachts gab es Prügeleien zwischen den Zigeunern und den Dorfbewohnern. Die Kirche wurde geschändet. Aber Sie sind standhaft geblieben.

Eines Tages sahen wir, wie sie versuchten, ihre Boote in tieferes Wasser zu ziehen. An manchen Stellen versanken sie bis an die Hüften in dem nassen Schlamm, versuchten, auf den schleimigen Steinen Halt zu finden. Einige hatten sich Taue wie Geschirr umgelegt und zogen die Boote, andere schoben von hinten. Als sie bemerkten, dass wir sie beobachteten, verfluchten sie uns mit ihren harten, heiseren Stimmen. Aber es dauerte noch weitere zwei Wochen, bis sie endlich abzogen und ihre ruinierten Boote zurückließen. Ein Feuer, haben Sie gesagt, Vater, ein Feuer, das der Säufer und die Schlampe, denen das Boot gehörte, unbeaufsichtigt gelassen hatten. Es breitete sich in der trockenen, elektrisierten Luft rasend schnell aus, bis der ganze Fluss in Flammen zu stehen schien. Ein Unfall.

Es gab Gerede; wie immer. Es hieß, Sie hätten das Unglück mit Ihren Predigten herausgefordert; Sie hätten dem alten Muscat und seinem Sohn, den beiden, die stets so fromm in der ersten Bank saßen und alles sahen und hörten, freundlich zugenickt, den beiden, die in jener Nacht nichts gesehen und gehört hatten. Vor allem jedoch war man erleichtert. Und als der Winter kam und der Tannes wieder mehr Wasser führte, versanken sogar die Wracks.

Ich bin heute Morgen noch einmal hingegangen, Vater. Dieser Ort geht mir nicht aus dem Sinn. Es ist fast genauso wie vor zwanzig Jahren. Heimtückische Stille liegt über dem Fluss, eine Stimmung, die nichts Gutes ahnen lässt. Im Vorbeigehen sehe ich, wie hinter schmutzigen Fensterscheiben Vorhänge bewegt werden. Dann meine ich, leises, anhaltendes Gelächter aus den Booten zu hören. Werde ich stark genug sein, Vater? Werde ich trotz meines guten Willens versagen?

Drei Wochen. Ich habe jetzt drei Wochen in der Wüste verbracht. Mittlerweile müsste ich von allen Schwächen und Unsicherheiten geläutert sein. Aber die Angst ist immer noch da. Letzte Nacht habe ich von ihr geträumt. Oh, es war kein wollüstiger Traum, vielmehr fühlte ich mich auf unbegreifliche Weise bedroht. Die Unruhe, die sie ins Dorf bringt, ist es, was mich so umtreibt. Diese Wildheit.

Joline Drou sagt, ihre Tochter sei auch schlecht. Sie treibe sich in *Les Marauds* herum, praktiziere heidnische Riten, verbreite Aberglauben. Joline sagt, das Kind sei noch nie in der Kirche gewesen, habe nie zu beten gelernt. Wenn sie der Kleinen von Ostern und der Auferstehung erzählt, plappere sie irgendwelchen heidnischen Unsinn. Und dann dieses Fest; in jedem Schaufenster hängt inzwischen eins von ihren Plakaten. Die Kinder sind jetzt schon vor Aufregung ganz aus dem Häuschen.

»Lassen Sie sie doch, Vater, man ist nur einmal jung«, sagt Georges Clairmont verständnisvoll, während seine Frau ihre gezupften Brauen hebt und mich neckisch anschaut.

»Es kann doch wirklich nichts schaden«, sagt sie mit einem affektierten Lächeln. Ich habe den Verdacht, dass sie nur deswegen so nachsichtig sind, weil ihr Sohn für das Fest Interesse zeigt. »Und alles, was die Osterbotschaft bekräftigt ...«

Ich versuche erst gar nicht, ihnen begreiflich zu machen, worum es mir geht. Gegen ein Kinderfest zu Felde zu ziehen bedeutet, sich der Lächerlichkeit preiszugeben. Narcisse macht sich bereits lustig über meinen *Anti-Schokoladen-Kreuzzug,* begleitet von hämischem Gekicher. Aber es wurmt mich. Dass sie sich eines Kirchenfestes bedient, um die Kirche zu unterminieren – um meine Autorität zu unterminieren ... Meine Würde ist bereits in Frage gestellt. Ich wage nicht, noch weiter zu gehen. Und mit jedem Tag wächst ihr Einfluss. Teilweise liegt es an dem Laden. Halb Café, halb *confiserie*, hat er etwas Einladendes, etwas Gemütliches. Die Kinder sind ganz verrückt nach den Schokoladenfiguren, die sie sich von ihrem Taschengeld leisten können. Die Erwachsenen genießen die leicht verruchte Atmosphäre, in der man sich Geheimnisse zuflüstert und gegenseitig das Herz ausschüttet. Mehrere Familien haben angefangen, für den Sonntagskaffee Kuchen bei ihr zu bestellen; ich sehe genau, wenn sie nach der Messe die mit Schleifen zugebundenen Schachteln abholen. Noch nie haben die Einwohner von Lansquenet-sous-Tannes so viel Schokolade gegessen. Gestern hat Toinette Arnauld sogar im Beichtstuhl genascht! Ihr Atem roch nach Schokolade, aber als Beichtvater war ich gezwungen, die Anonymität zu respektieren.

»*Schegnen Sie misch, Vater, denn isch habe geschündigt.*« Ich hörte sie kauen, hörte das saugende Geräusch zwischen ihren Zähnen. Blanke Wut stieg in mir auf, als sie eine lange Reihe von lässlichen Sünden beichtete, die ich kaum hörte, während der Duft von Schokolade und Karamell in dem engen Raum immer intensiver wurde. Sie sprach mit vollem Mund, und ich spürte, wie mir das Wasser auf der Zunge zusammenlief. Schließlich konnte ich es nicht mehr aushalten.

»Essen Sie etwa gerade etwas?«, fuhr ich sie an.

»Nein, Vater«, erwiderte sie beinahe empört. »Essen? Warum sollte ich –«

»Ich bin *sicher*, dass ich Sie essen höre.« Ich machte mir nicht die Mühe, leise zu sprechen, sondern erhob mich von meinem Stuhl und umklammerte den Sims mit beiden Händen. »Für was halten Sie mich eigentlich, für einen Trottel?« Schon wieder hörte ich ein schmatzendes Geräusch, und die Wut übermannte mich vollends. »Ich *höre* Sie essen, Madame«, sagte ich scharf. »Oder glauben Sie etwa, Sie seien weder zu sehen noch zu hören?«

»*Mon père,* ich versichere Ihnen –«

»Schweigen Sie, Madame Arnauld, bevor Sie sich in weitere Lügen verstricken!«, donnerte ich, und plötzlich war der Schokoladenduft verschwunden, es war kein Schmatzen mehr zu hören, sondern nur ein unterdrücktes Schluchzen und panisches Rascheln, als sie aus dem Beichtstuhl flüchtete. Mit ihren hohen Absätzen wäre sie beinahe ausgerutscht, als sie aus der Kirche rannte.

Allein im Beichtstuhl, versuchte ich, mich an den Duft, die Geräusche zu erinnern, an die Empörung, die ich empfunden hatte, meinen gerechten Zorn. Doch als die Dunkelheit mich umfing, als die Luft anstatt nach Schokolade nur noch nach Weihrauch und Kerzen duftete, kamen mir Zweifel. Und dann wurde mir das Absurde an der ganzen Situation bewusst, und ich bekam fast einen Lachkrampf, der mich zugleich verblüffte und ängstigte. Am Ende war ich verwirrt und nassgeschwitzt, mein Magen rebellierte. Der plötzliche Gedanke, dass *sie* die Einzige wäre, die das Komische an der Situation erkennen würde, reichte aus, um mir den Magen von neuem umzudrehen, und ich war gezwungen, mich wegen leichter Übelkeit zu entschuldigen und die Beichte abzubrechen. Mit unsicheren Schritten ging ich zurück in die Sakristei, und ich bemerkte, wie mehrere Leute mich merkwürdig ansahen. Ich muss vorsichtiger sein. In Lansquenet wird zu viel geklatscht.

Seitdem herrscht einigermaßen Ruhe. Ich führe meinen Ausbruch im Beichtstuhl auf ein leichtes Fieber zurück, das mich während der Nacht schüttelte. Auf jeden Fall ist es nicht wieder vorgekommen. Als Vorsichtsmaßnahme habe ich meine Abendmahlzeiten noch weiter reduziert, um die Verdauungsstörungen zu vermeiden, die den Vorfall möglicherweise verursacht haben. Dennoch spüre ich um mich herum eine gewisse Unsicherheit – beinahe so etwas wie gespannte Erwartung. Der Wind macht die Kinder ausgelassen, sie rennen mit ausgestreckten Armen auf dem Dorfplatz herum und kreischen wie Vögel. Auch die Erwachsenen wirken flatterhaft, fallen von einem Extrem ins andere. Die Frauen reden zu laut, nur um verlegen zu schweigen, sobald ich auftauche; manche sind dauernd den Tränen nahe, andere aggressiv. Heute Morgen sprach ich Joséphine Muscat vor dem *Café de la République* an, und diese sonst so stille, einsilbige Frau starrte mich wütend an und begann mich mit zitternder Stimme zu beschimpfen und zu beleidigen.

»Lassen Sie mich in Ruhe«, zischte sie. »Haben Sie nicht schon genug angerichtet?«

Ich bewahrte meine Würde und ließ mich nicht dazu herab, ihr zu antworten, aus Furcht, in einen hitzigen Disput verwickelt zu werden. Aber sie hat sich verändert; sie ist härter geworden, ihr ehemals unbeteiligter Blick ist nun konzentriert und hasserfüllt. Auch sie ist ins Lager des Feindes übergelaufen.

Warum begreifen sie einfach nicht, *mon père*? Warum sehen sie nicht, was diese Frau uns antut? Sie zerstört unseren Gemeinschaftssinn, unseren Zusammenhalt. Sie nutzt die Fehler und Schwächen der Menschen aus. Und erntet damit Zuneigung und Loyalität, die ich – Gott steh mir bei! – in meiner Schwäche für mich selbst begehre. Es ist ein Hohn, wie sie von Wohlwollen und Toleranz, von Mitleid für die armen Heimatlosen vom Fluss predigt, während in Wirklichkeit die Verderbtheit um sich greift.

Der Teufel tut sein Werk nicht durch das Böse, sondern durch Schwäche, Vater. Sie wissen das am allerbesten. Wo wären wir ohne die Kraft und Reinheit unserer Überzeugungen? Wie sicher können wir sein? Wie lange wird es dauern, bis das Geschwür bis in die Kirche vordringt? Wir haben gesehen, wie schnell die Fäulnis sich ausbreitet. Schon bald werden sie »*interkonfessionelle Gottesdienste*« fordern, um »*alternative Glaubensbekenntnisse zu integrieren*«, die Beichte als »*nutzloses Unterdrückungsinstrument*« verdammen und die »*inneren Werte*« verherrlichen, und ehe sie sich's versehen, werden sie sich mit all ihrem scheinbar fortschrittlichen Denken und ihren harmlos liberalen Ansichten auf dem direkten Weg in die Hölle befinden.

Es ist doch ironisch, nicht wahr? Noch vor einer Woche habe ich meinen eigenen Glauben in Frage gestellt. Ich war zu sehr mit mir selbst beschäftigt, um die Zeichen zu erkennen. Zu schwach, um meine Pflicht zu tun. Doch die Bibel sagt uns unmissverständlich, was wir zu tun haben. Unkraut und Weizen können nun einmal nicht auf demselben Feld friedlich nebeneinander gedeihen. Das kann einem jeder Gärtner sagen.

Mittwoch, 5. März

Luc ist heute wieder da gewesen, um mit Armande zu reden. Er wirkt jetzt etwas selbstbewusster, obwohl er immer noch ziemlich schlimm stottert. Aber er ist so weit aufgetaut, dass er hier und da eine scherzhafte Bemerkung macht, über die er dann selbst grinst, als sei er die Rolle des Spaßmachers nicht gewohnt. Armande war in Hochform und trug statt des schwarzen Strohhuts ein buntes Seidentuch um den Kopf. Ihre Wangen leuchteten rosig – obwohl ich annahm, dass dies, ebenso wie ihre ungewöhnlich roten Lippen, eher ihren Schminkkünsten als allein ihrer guten Laune zu verdanken war. In dieser kurzen Zeit haben sie und ihr Enkel entdeckt, dass sie mehr Gemeinsamkeiten haben, als sie vermutet hatten; ohne die hemmende Gegenwart von Caro gehen die beiden erstaunlich zwanglos miteinander um. Schwer vorstellbar, dass sie noch bis vor einer Woche kaum Kontakt hatten. Man spürt eine tiefe Vertrautheit zwischen ihnen, wenn sie sich mit gedämpfter Stimme unterhalten. Politik, Musik, Schach, Religion, Rugby, Lyrik – sie schweifen von einem Thema zum nächsten, wie Gourmets an einem Buffet, die unbedingt von jedem Gericht probieren wollen. Armande konzentriert all ihren Charme und ihre volle Aufmerksamkeit auf ihn – mal ordinär, mal gelehrt, mal gewinnend, mädchenhaft, ernst, weise.

Kein Zweifel, das ist die Kunst der Verführung.

Diesmal war es Armande, die auf die Zeit achtete.

»Es wird spät, mein Junge«, sagte sie barsch. »Zeit für dich, nach Hause zu gehen.«

Luc hielt mitten im Satz inne und schaute sie betroffen an.

»I-i-ich habe gar nicht gemerkt«, sagte er und blickte auf seine Uhr, »d-dass es schon so spät ist.« Er schaute sich ziellos um, als sträubte er sich zu gehen. »D-dann werd ich wohl mal«, sagte er ohne Begeisterung. »Wenn ich zu spät komme, d-dreht meine M-mutter durch. D-du weißt ja, wie sie ist.«

Klugerweise versucht Armande nicht, den Jungen gegen seine Mutter einzunehmen und enthält sich weitgehend jeglichen abschätzigen Kommentars über Caro. Auf diese eindeutige Kritik hin jedoch lächelte sie spitzbübisch.

»Das kann man wohl sagen«, erwiderte sie. »Sag mal, Luc, ist dir denn niemals danach, ein bisschen zu rebellieren?« Ihre Augen leuchteten schelmisch. »In deinem Alter gehört das doch eigentlich dazu – da lässt man sich die Haare wachsen, hört Rockmusik, flirtet mit den Mädchen und all so was. Sonst sieht man mit achtzig ganz schön alt aus.«

Luc schüttelte den Kopf.

»Zu gefährlich«, sagte er knapp. »Ich will sch-schließlich überleben.«

Armande lachte.

»Also dann, bis nächste Woche?« Diesmal drückte er ihr einen Kuss auf die Wange. »Um dieselbe Zeit?«

»Ich glaube, das werde ich einrichten können«, sagte sie lächelnd. »Morgen gebe ich eine Einweihungsparty«, sagte sie unvermittelt. »Um mich bei allen zu bedanken, die mein

Dach repariert haben. Du bist auch herzlich eingeladen, wenn du Lust hast.«

Luc wirkte unentschlossen.

»Aber wenn Caro was dagegen hat«, meinte sie ironisch und schaute ihn herausfordernd an.

»M-mir fällt bestimmt eine Ausrede ein«, sagte Luc, von ihrem amüsierten Blick aufgemuntert. »Das k-könnte lustig werden.«

»Darauf kannst du dich verlassen«, sagte Armande energisch. »Es werden alle da sein. Außer natürlich Reynaud und seine Bibel-Groupies.« Sie lächelte ihn verschmitzt an. »Was ich allerdings sehr begrüße.«

Ein verlegenes Grinsen huscht über sein Gesicht.

»B-Bibel-Groupies«, wiederholt er. »Das ist echt c-cool, *Mémée*.«

»Ich bin *immer cool*«, erwidert Armande würdevoll.

»M-Mal sehen, was sich machen lässt.«

Armande hatte ihre Tasse ausgetrunken, und ich wollte gerade den Laden schließen, als Guillaume eintrat. Ich hatte ihn in dieser Woche kaum gesehen, und er wirkte irgendwie zerknautscht, sein Gesicht traurig und farblos unter der schmalen Hutkrempe. Förmlich wie immer, grüßte er uns mit ausgesuchter Höflichkeit, doch ich sah, dass er bedrückt war. Seine Kleider hingen an seinen schmalen Schultern, als würde kein Körper darunter stecken. Seine Augen waren rot gerändert, seine Wangen eingefallen. Charly war nicht dabei, doch ich bemerkte, dass er die Leine wieder um das Handgelenk gewickelt hatte. Anouk lugte neugierig aus der Küche.

»Ich weiß, Sie machen Feierabend.« Er sprach beherrscht und akzentuiert, wie die tapferen Soldatenbräute in den britischen Kriegsfilmen, die er so liebte. »Ich werde Sie nicht lange aufhalten.«

Ich schenkte ihm eine halbe Tasse meines besten *chocolat espresso* ein und legte ein paar seiner geliebten Florentiner auf die Untertasse. Anouk kletterte auf einen Hocker und beäugte sie neidisch.

»Ich habe keine Eile«, sagte ich.

»Ich auch nicht«, erklärte Armande in ihrer direkten Art. »Aber ich kann auch gehen, wenn Ihnen das lieber ist.«

Guillaume schüttelte den Kopf.

»Nein, natürlich nicht.« Er schenkte ihr ein wenig überzeugendes Lächeln. »Es ist nichts Weltbewegendes.«

Obwohl ich ahnte, was geschehen war, wartete ich, bis er so weit war, uns von seinem Kummer zu erzählen. Guillaume nahm einen Florentiner und biss lustlos hinein, während er eine Hand darunterhielt, um die Krümel aufzufangen.

»Ich habe gerade Charly begraben«, sagte er mit brüchiger Stimme. »Unter dem Rosenstrauch in meinem Garten. Das hätte ihm gefallen.«

Ich nickte.

»Ganz bestimmt.«

Ich konnte seine Trauer riechen, einen scharfen, sauren Geruch wie nach Erde und Mehltau. Er hatte schwarze Erde unter den Fingernägeln der Hand, mit der er den Florentiner hielt. Anouk schaute ihn mit ernster Miene an.

»Armer Charly«, sagte sie. Guillaume schien sie kaum zu hören.

»Es musste schließlich sein«, fuhr er fort. »Er konnte nicht mehr laufen, und er winselte jedes Mal, wenn ich ihn hochnahm. Gestern Abend hörte er überhaupt nicht mehr auf zu winseln. Ich habe die ganze Nacht bei ihm gesessen, aber ich wusste Bescheid.« Guillaume wirkte beinahe schuldbewusst, von einer Trauer überwältigt, für die er keine Worte fand. »Ich weiß, es ist albern«, sagte er. »Er war nur ein Hund, wie *Monsieur le curé* sagt. Albern, so ein Theater zu machen.«

»Unsinn«, mischte Armande sich ein. »Ein Freund ist ein Freund. Und Charly war ein guter Freund. Von diesen Dingen versteht Reynaud eben nichts.«

Guillaume schaute sie dankbar an.

»Nett, dass Sie das sagen.« Er wandte sich an mich. »Und Ihnen danke ich auch, Madame Rocher. Sie haben letzte Woche versucht, mich zu warnen, aber ich wollte nicht auf Sie hören. Wahrscheinlich hab ich mir eingebildet, Charly würde ewig leben, wenn ich die Wahrheit einfach ignorierte.«

Armande beobachtete ihn mit einem seltsamen Ausdruck in den schwarzen Augen.

»Manchmal ist Weiterleben die schlechtere Alternative«, sagte sie sanft.

Guillaume nickte.

»Ich hätte ihn früher gehen lassen sollen«, sagte er. »Ihm ein bisschen Würde lassen sollen.« Sein Gesicht verzog sich zu einem Lächeln, das fast schmerzhaft wirkte. »Zumindest hätte ich uns die vergangene Nacht ersparen sollen.«

Ich wusste nicht, was ich ihm sagen sollte. Irgendwie hatte ich das Gefühl, dass ich gar nichts zu sagen brauchte. Er wollte einfach nur reden. Ich verzichtete auf die üblichen Klischees und sagte nichts. Guillaume aß seinen Florentiner auf und lächelte matt.

»Es ist schrecklich«, sagte er geistesabwesend, »aber ich habe einen solchen Appetit. Es ist, als hätte ich seit Wochen nichts gegessen. Gerade habe ich meinen Hund begraben, und jetzt könnte ich essen wie –« Er brach verwirrt ab. »Irgendwie kommt es mir so unrecht vor«, sagte er schuldbewusst. »Als würde ich am Karfreitag Fleisch essen.«

Armande musste lachen und legte Guillaume eine Hand auf die Schulter. Neben ihm wirkte sie regelrecht fit und gesund.

»Sie kommen jetzt mit zu mir!«, befahl sie. »Ich habe Brot und *rillettes* und einen guten, reifen Camembert. Oh, und Vianne« – mit einer gebieterischen Geste an mich gewandt –, »ich nehme noch eine Schachtel von diesen Schokoladenkeksen. Wie heißen die gleich? Florentiner? Eine schöne, große Schachtel.«

Wenigstens das kann ich ihm geben. Auch wenn es für einen Mann, der gerade seinen besten Freund verloren hat, ein schwacher Trost ist. Heimlich machte ich mit der Fingerspitze ein Zeichen auf die Schachtel. Es sollte ihm Glück bringen.

Guillaume wollte protestieren, aber Armande schnitt ihm das Wort ab.

»Quatsch!«, sagte sie kategorisch. Unwillkürlich übertrug sich ihre Energie auf den kleinen müden Mann. »Was wollen Sie denn sonst tun? Zu Hause rumsitzen und Trübsal blasen?« Sie schüttelte heftig den Kopf. »Nein. Ich habe schon lange keinen Herrenbesuch mehr gehabt. Ich werde es genießen. Außerdem«, fügte sie nachdenklich hinzu, »gibt es etwas, worüber ich gern mit Ihnen reden würde.«

Armande bekommt ihren Willen. Es ist beinahe ein Gesetz. Ich beobachtete die beiden, während ich die Schachtel Florentiner einwickelte und mit einer silbernen Schleife zuband. Guillaume war von ihrer Herzlichkeit überwältigt, er war verwirrt und dankbar zugleich.

»Madame Voizin –«

»Armande«, unterbrach sie ihn bestimmt. »Wenn Sie mich *Madame* nennen, komme ich mir so alt vor.«

»Armande.«

Es ist ein kleiner Sieg.

»Und *das* können Sie auch gleich hier lassen.« Vorsichtig nestelte sie die Hundeleine von Guillaumes Handgelenk. Sie ist auf eine ruppige Art mitfühlend, ohne gönnerhaft zu werden. »Es bringt nichts, unnötigen Ballast mit sich herumzuschleppen. Das ändert auch nichts.«

Ich sehe zu, wie sie Guillaume aus der Tür bugsiert. Beim Hinausgehen dreht sie sich noch einmal um und zwinkert mir zu. Eine Welle der Zuneigung für die beiden steigt in mir auf.

Dann verschwinden sie in der Nacht.

Stunden später liegen Anouk und ich im Bett und

schauen in den Sternenhimmel über unserem Dachfenster. Nach Guillaumes Besuch war Anouk den ganzen Abend sehr ernst, ohne ihre übliche Ausgelassenheit. Sie hat die Tür zwischen unseren Zimmern offen gelassen, und ich warte bedrückt auf die unvermeidliche Frage; ich habe sie mir selbst oft gestellt, in den Nächten, nachdem meine Mutter gestorben war, und habe keine Antwort gefunden. Doch die Frage kommt nicht. Stattdessen krabbelt sie, obwohl ich dachte, sie schliefe schon lange, unter meine Decke und schiebt ihre kleine kalte Hand in meine.

»Maman?« Sie weiß, ich bin noch wach. »Nicht wahr, du stirbst nicht?«

Ich lache leise in der Dunkelheit.

»Das kann niemand versprechen«, sage ich sanft.

»Aber du stirbst noch lange nicht«, beharrt sie. »Noch ganz, ganz lange nicht.«

»Das hoffe ich.«

»Hm.« Das muss sie erst einmal verdauen. Sie kuschelt sich noch dichter an mich. »Menschen leben länger als Hunde, nicht wahr?«

Ich bestätige, dass das stimmt. Wieder Schweigen.

»Was glaubst du, wo Charly jetzt ist, Maman?«

Ich könnte ihr Lügenmärchen erzählen; tröstliche Lügenmärchen. Aber ich bringe es nicht fertig.

»Ich weiß es nicht, Nanou. Ich stelle mir gern vor, dass wir wiedergeboren werden. In einem neuen, gesunden Körper. Oder als Vogel oder als Baum. Aber niemand weiß das genau.«

»Hm.« Zweifel klingt in ihrer Stimme mit. »Hunde auch?«

»Warum nicht.«

Es ist eine angenehme Vorstellung. Manchmal verliere ich mich in ihr wie ein Kind in seinen Phantasiegeschichten; dann sehe ich meine Mutter in den lebhaften Zügen meiner kleinen Fremden ...

Eifrig: »Dann können wir Guillaumes Hund doch suchen. Morgen. Dann wäre er doch bestimmt wieder glücklich, nicht wahr?«

Ich versuche, ihr zu erklären, dass das nicht ganz so einfach ist, aber sie lässt nicht locker.

»Wir könnten zu den Bauernhöfen gehen und rausfinden, welcher Hund gerade Junge bekommen hat. Glaubst du, wir würden Charly erkennen?«

Ich seufze. Eigentlich müsste ich mich inzwischen an ihre gewundenen Gedankengänge gewöhnt haben. Ihre Überzeugung erinnert mich so sehr an meine Mutter, dass ich den Tränen nahe bin.

»Ich weiß nicht.«

Dickköpfig: »*Pantoufle* würde ihn auf jeden Fall erkennen.«

»Schlaf jetzt, Anouk. Morgen ist Schule.«

»Er würde ihn erkennen, das weiß ich ganz genau. Pantoufle sieht *alles*.«

»Schsch.«

Schließlich wird ihr Atem regelmäßig. Ihr Gesicht ist dem Fenster zugewandt, und ich sehe Sternenlicht auf ihren nassen Wimpern. Wenn ich nur *Gewissheit* hätte, um ihretwillen ... Aber es gibt keine Gewissheit. Die Magie, an die meine Mutter so unerschütterlich glaubte, hat sie am Ende auch nicht gerettet; alles, was wir erlebten, hätte auch durch Zufall geschehen sein können. Nichts ist leichter als das, sage ich mir; die Karten, die Kerzen, die Räucherstäbchen, die Zaubersprüche – alles nur Kindertricks, um die Dunkelheit zu bannen. Und doch schmerzt mich Anouks Enttäuschung. Im Schlaf wirkt ihr Gesicht gelassen, vertrauensvoll. Ich stelle mir vor, wie wir uns morgen auf eine sinnlose Suche machen, wie wir alle möglichen Welpen begutachten, und es zerreißt mir das Herz. Ich hätte ihr nichts erzählen sollen, was ich nicht *beweisen* kann ...

Vorsichtig, um sie nicht zu wecken, schlüpfe ich aus dem Bett. Die Dielen fühlen sich glatt und kühl unter meinen Füßen an. Als die Tür beim Öffnen ein bisschen quietscht, murmelt Anouk im Schlaf, wacht jedoch nicht auf. Ich habe eine Verantwortung ihr gegenüber, sage ich mir. Ohne es zu wollen, habe ich ihr etwas versprochen.

Die Sachen meiner Mutter sind immer noch in ihrer Kiste, sie duften nach Sandelholz und Lavendel. Ihre Karten, ihre Kräuter, ihre Bücher, ihre Öle, die duftende Tinte, die sie für ihre Wahrsagerei benutzte, Runen, Amulette, Kristallkugeln, Kerzen in vielen Farben. Wenn die Kerzen nicht wären, würde ich die Kiste kaum jemals öffnen. Zu sehr riecht sie nach verlorener Hoffnung. Aber um Anouks willen – Anouk, die mich so sehr an sie erinnert – muss ich es wohl versuchen. Ich komme mir ein bisschen lächerlich vor. Eigentlich müsste ich jetzt schlafen und mich für den morgigen Tag stärken. Aber Guillaumes Gesicht verfolgt mich. Anouks Worte rauben mir den Schlaf. Es ist gefährlich, sage ich mir verzweifelt; indem ich auf diese beinahe vergessenen Fähigkeiten zurückgreife, setze ich mich noch mehr von ihnen ab und mache es umso schwerer für uns, hier zu bleiben ...

Das vertraute Ritual, das ich vor so langer Zeit aufgegeben habe, geht mir erstaunlich leicht von der Hand. Den Kreis auf dem Boden zu ziehen, in die Mitte ein mit Wasser gefülltes Glas, ein Schälchen mit Salz und eine brennende Kerze – es hat fast etwas Tröstliches, es ist wie die Rückkehr in eine Zeit, als es noch für alles eine einfache Erklärung gab. Ich setze mich im Schneidersitz auf den Boden, schließe die Augen, lasse meinen Atem fließen.

Meine Mutter liebte Rituale und Zaubersprüche. Ich war weniger willig. Ich sei gehemmt, pflegte sie dann zu kichern. Jetzt, mit geschlossenen Augen und ihrem Duft an den Fingerspitzen, fühle ich mich ihr sehr nahe. Vielleicht fällt mir das alles deswegen heute Nacht so leicht. Menschen, die nichts von echter Zauberei verstehen, stellen sich vor, der Vorgang erfordere eine Menge Brimborium. Ich nehme an, dass meine Mutter, die eine ausgeprägte theatralische Ader besaß, deswegen immer so einen Hokuspokus darum gemacht hat. In Wirklichkeit ist das Ganze äußerst undramatisch; es geht lediglich darum, sich mit allen Sinnen auf das gewünschte Ziel zu konzentrieren. Es gibt keine Wunder, keine plötzlichen Erscheinungen. Ich sehe Guillaumes Hund deutlich vor meinem geistigen Auge, umgeben von jenem einladenden Glanz, aber es erscheint kein Hund in meinem Kreis. Vielleicht morgen oder übermorgen, ein scheinbarer Zufall wie der orangefarbene Sessel oder die roten Barhocker, die wir uns am ersten Tag vorgestellt hatten. Vielleicht wird aber auch gar nichts geschehen.

Ein Blick auf meine Armbanduhr, die ich auf den Boden gelegt habe, sagt mir, dass es bereits kurz vor halb vier ist. Ich muss schon länger hier sitzen, als ich angenommen habe, denn die Kerze ist fast heruntergebrannt, und meine Glieder sind kalt und steif. Dennoch ist das ungute Gefühl verschwunden, ich fühle mich seltsam ausgeruht und zufrieden, ohne dass ich mir das erklären könnte.

Ich schlüpfe wieder in mein Bett – Anouk hat sich inzwischen breit gemacht, ihre Arme auf den Kissen ausgestreckt – und kuschele mich unter die warme Decke. Meine anspruchsvolle kleine Fremde wird zufrieden sein. Beim Einschlafen meine ich einen Moment lang, die Stimme meiner Mutter zu hören, die ganz dicht bei meinem Ohr etwas flüstert.

Freitag, 7. März

Die Zigeuner ziehen ab. Ich bin heute Morgen am Ufer entlanggegangen und habe sie bei ihren Vorkehrungen beobachtet, wie sie ihre Fischreusen einholten und ihre endlosen Wäscheleinen abnahmen. Einige sind gestern Abend in der Dunkelheit abgefahren – ich habe gehört, wie sie ihre Signalpfeifen und Nebelhörner wie eine letzte Geste des

Hohns ertönen ließen –, doch die meisten sind so abergläubisch, dass sie es nicht wagen, vor der Dämmerung aufzubrechen. Es war kurz nach sieben, als ich vorbeiging. Kalter Nebel lag über dem Fluss. Im fahlen, graugrünen Licht der Morgendämmerung wirkten sie bleich und mürrisch, wie Flüchtlinge, als sie die letzten Reste ihres schwimmenden Zirkus zusammenpackten. Was am Abend zuvor noch zauberhaft funkelte und glitzerte, war allen scheinbaren Prunks beraubt und wirkte nur noch trist und heruntergekommen. In der feuchtkalten Luft liegt ein Geruch von Maschinenöl und Verbranntem. Man hört das Knattern von Segeltuch, das Wummern der Schiffsmotoren. Mit finsterer Miene versehen sie ihre Arbeit, und kaum einer schaut zu mir herüber. Keiner sagt ein Wort. Roux ist nicht unter den Nachzüglern. Vielleicht ist er schon mit den anderen abgefahren. Es sind noch etwa dreißig Boote übrig, sie liegen tief im Wasser; belastet mit all den Vorräten, die sie sich beschafft haben. Ich sehe Zézette am Rand der schrottreifen Flotte, wie sie irgendwelche unidentifizierbaren verkohlten Gegenstände auf ihr Boot hievt. Auf einer versengten Matratze und einer Kiste voller Zeitschriften steht gefährlich wackelig ein Käfig mit Hühnern. Sie wirft mir einen hasserfüllten Blick zu, sagt jedoch nichts.

Glauben Sie nicht, ich hätte kein Mitgefühl mit diesen Leuten, *mon père*. Ich empfinde keinen persönlichen Groll, aber ich muss an meine Gemeinde denken. Ich kann meine Zeit nicht mit unerbetenen Predigten für Fremde vergeuden, die mich nur verhöhnen und beleidigen würden. Und dennoch bin ich nicht unnahbar. Jeder von ihnen wäre in meiner Kirche willkommen, wenn er ernste Reue zeigte. Wenn sie geistlichen Beistand brauchen, wissen sie, dass sie sich an mich wenden können.

Ich habe letzte Nacht schlecht geschlafen. Seit dem Beginn der Fastenzeit leide ich an Schlafstörungen. Oft stehe ich vor dem Morgengrauen auf in der Hoffnung, in einem

Buch, auf den stillen, dunklen Straßen von Lansquenet oder am Ufer des Tannes Schlaf zu finden. Letzte Nacht war ich noch ruheloser als gewöhnlich, und da ich wusste, dass ich sowieso nicht würde schlafen können, bin ich gegen elf aus dem Haus gegangen und eine Stunde lang am Fluss entlanggewandert. Ich ging an *Les Marauds* und dem schwimmenden Lager der Zigeuner vorbei flussaufwärts hinaus in die Felder, doch ich konnte die Geräusche ihres emsigen Treibens deutlich hören. Flussabwärts sah ich ihre Lagerfeuer am Ufer flackern und tanzende Gestalten im gelben Schein der Flammen. Als ich einen Blick auf meine Uhr warf, stellte ich fest, dass ich schon seit fast einer Stunde unterwegs war, und machte mich auf den Heimweg. Ich hatte nicht vorgehabt, durch *Les Marauds* zu gehen, sondern wollte denselben Weg zurück durch die Felder nehmen, was meinen Heimweg jedoch um eine halbe Stunde verlängert hätte, und mir war vor Müdigkeit flau und schwindlig. Noch schlimmer jedoch war, dass ich durch die Kombination aus frischer Luft und Übermüdung einen Hunger entwickelt hatte, der mit meinem morgendlichen Imbiss aus Brot und Kaffee kaum zu stillen sein würde. Aus diesem Grund schlug ich doch den Weg durch *Les Marauds* ein, Vater. Meine Stiefel sanken tief in den Schlamm am Ufer des Tannes, und mein Atem schimmerte weiß im Licht ihrer Feuer. Schon bald war ich nah genug, um zu erkennen, was dort vor sich ging. Sie feierten eine Art Party. Ich sah Laternen, Kerzen, die sie an den Relings befestigt hatten, was der ganzen Szene einen beinahe sakralen Charakter verlieh. Es roch nach Holzkohlenfeuer und duftete verlockend nach gegrillten Sardinen; und darunter mischte sich der scharfe, bittere Duft von Vianne Rochers Schokolade. Ich hätte mir denken können, dass sie dort war. Wenn sie nicht wäre, hätten die Zigeuner sich längst davongemacht. Ich sah sie auf dem Steg vor Armande Voizins Haus. In ihrem langen roten Mantel und mit ihrem offenen Haar sah sie aus wie eine heidnische Priesterin. Als sie sich kurz in meine Richtung wandte, sah ich bläuliche Flammen in ihren ausgestreckten Händen, irgendetwas Brennendes zwischen ihren Fingern, das die Gesichter der anderen bleich erleuchtete ...

Einen Augenblick lang war ich starr vor Entsetzen. Irrationale Ängste überfielen mich – geheimnisvolle Opferriten, Teufelsanbetung, Brandopfer für irgendwelche primitiven Götzen –, und ich begann zu fliehen, stolperte in dem tiefen Schlamm hinter den Schlehenbüschen entlang, die mich vor ihren Blicken schützten. Dann die Erleichterung. Verblüffung und tiefe Scham über meine eigenen absurden Gedanken, als sie sich noch einmal in meine Richtung umdrehte und ich sah, wie die Flammen verloschen.

»*Mutter Gottes!*«

Meine Erleichterung war so groß, dass meine Beine beinahe unter mir nachgaben.

»Pfannkuchen. *Flambierte Pfannkuchen.* Das ist alles.«
Ich begann hysterisch und lautlos zu lachen. Mein Magen verkrampfte sich, und ich bohrte meine Fäuste in die Magengrube, um das Lachen zu unterdrücken. Ich beobachtete, wie sie noch einen Berg Pfannkuchen flambierte, mit der Bratpfanne herumging und die Pfannkuchen beherzt austeilte, und die Flammen hüpften von Teller zu Teller wie Elmsfeuer.

Pfannkuchen.

Was haben sie mir angetan, Vater! Sie haben mich so weit gebracht, dass ich Dinge höre – und Dinge sehe –, die gar nicht da sind. Das hat sie mir angetan, sie und ihre Freunde vom Fluss.

Und dennoch wirkt sie so unschuldig. Ihr Gesicht ist offen, freundlich. Der Klang ihrer Stimme, der vom Fluss her an meine Ohren dringt – ihr Lachen, das ich aus dem der anderen heraushöre –, ist verführerisch, voller Humor und Wohlwollen. Unwillkürlich frage ich mich, wie meine eigene Stimme unter den Stimmen dieser Leute klingen würde, mein Lachen vermischt mit ihrem, und mit einem Mal fühle ich mich einsam, plötzlich ist die Nacht kalt und leer.

Wenn ich nur könnte, dachte ich. Aus meinem Versteck kommen und mich zu ihnen gesellen. Essen, trinken – und plötzlich machte der Gedanke an Essen mich rasend, lief mir das Wasser im Mund zusammen. Wenn ich mich nur an diesen Pfannkuchen laben, mich nur an dem Feuer und dem Licht auf ihrer goldenen Haut wärmen könnte ...

Ist das die Versuchung, Vater? Ich sage mir, ich habe ihr widerstanden, meine innere Kraft hat sie besiegt, mein Gebet – *bitte, o bitte, bitte, bitte* – war ein Flehen um Erlösung, nicht Ausdruck des Verlangens.

Haben Sie ebenso gefühlt? Haben Sie auch gebetet? Und als Sie der Versuchung damals in der Sakristei erlagen, war der Genuss hell und warm wie die Lagerfeuer der Zigeuner, oder war es ein erschöpftes Aufschluchzen, ein letzter lautloser Aufschrei in der Dunkelheit?

Ich hätte Ihnen keinen Vorwurf machen dürfen. Ein Mann – selbst ein Priester – kann das Verlangen nicht ewig unterdrücken. Und ich war zu jung, um die Einsamkeit der Versuchung zu kennen, den bittern Geschmack des Neids. Ich war sehr jung, *mon père*. Ich habe zu Ihnen aufgeblickt. Es war weniger der Akt selbst – oder die Person, mit der Sie ihn vollzogen –, sondern die simple Tatsache, dass Sie fähig waren zu sündigen. Selbst Sie, Vater. Und in diesem Augenblick wurde mir klar, dass es keine Sicherheit gibt. Für niemanden. Nicht einmal für mich selbst.

Ich weiß nicht, wie lange ich zugesehen habe, Vater. Zu lange, denn als ich schließlich ging, waren meine Hände und Füße taub. Ich sah Roux in der Gruppe, die beiden Frauen Blanche und Zézette, Armande Voizin, Luc Clairmont, Narcisse, den Araber, Guillaume Duplessis, die junge Frau mit den Tätowierungen, die dicke Frau mit dem grünen Kopftuch. Sogar die Kinder waren da – hauptsächlich Zigeunerkinder, aber auch Jeannot Drou und natürlich Anouk Rocher –, einige schliefen schon fast, andere tollten am Flussufer herum, aßen in Pfannkuchen eingewickelte Würstchen oder tranken heißen, mit Ingwer gewürzten Zitronensaft. Mein Geruchssinn schien unnatürlich geschärft, so dass ich die einzelnen Gerichte beinahe schmecken konnte – den gegrillten Fisch, den gerösteten Ziegenkäse, die dunklen Pfannkuchen und den leichten, warmen Schokoladenkuchen, den *confit de canard* und die scharf gewürzten *merguez*-Würstchen ... Ich konnte Armandes Stimme aus den anderen heraushören; ihr Lachen war ungewöhnlich schrill, wie das eines übermüdeten Kindes. Die Laternen und Kerzen, die überall am Ufer brannten, leuchteten wie Weihnachtsschmuck.

Anfangs hielt ich den Alarmruf für einen Freudenschrei. Ein kurzer, heller Ton, ein Auflachen vielleicht oder ein hysterisches Kreischen. Einen Augenblick lang dachte ich, eines der Kinder sei ins Wasser gefallen. Dann sah ich das Feuer.

Es war auf einem der Boote ausgebrochen, die in einiger Entfernung von den Nachtschwärmern dicht am Ufer lagen. Eine umgefallene Laterne vielleicht, eine achtlos weggeworfene Zigarette, brennendes Kerzenwachs, das auf einen Ballen trockenen Segeltuchs getropft war. Was immer es war, es breitete sich in Windeseile aus. Schon war es auf dem Dach des Bootes, und gleich darauf griff es auf das Deck über. Anfangs waren die Flammen genauso blassblau wie auf den flambierten Pfannkuchen, aber je mehr sie sich ausbreiteten, umso höher schlugen sie, bis sie schließlich so hell orangefarben leuchteten wie ein brennender Heuhaufen in einer Augustnacht. Der Rothaarige, Roux, war der Erste, der reagierte. Ich nahm an, dass es sich um sein Boot handelte. Die Flammen hatten kaum Zeit gehabt, die Farbe zu wechseln, da war er auch schon auf den Füßen, sprang von Boot zu Boot, um das Feuer zu erreichen. Eine der Frauen rief ihm nach, ein hoher, spitzer Schrei voller Angst und Sorge. Aber er kümmerte sich nicht darum. Er ist überraschend leichtfüßig. Innerhalb von dreißig Sekunden hatte er zwei Boote überquert, riss die Taue los, mit denen sie verbunden waren, trat im Weiterhasten eine losgelöste Barke nach der anderen auf das Wasser hinaus. Ich sah Vianne Rocher mit wie flehend ausgestreckten Armen hinter ihm herstarren; die anderen standen stumm auf dem Steg herum. Die Barken, die von ihrer Vertäuung gelöst waren, trieben langsam stromabwärts, und das Wasser wurde von ihrem Schaukeln aufgewühlt. Roux' Boot war nicht mehr zu retten, verkohlte Teile brachen ab und drifteten auf den Wellen dahin. Ich sah, wie er trotzdem einen halb verbrannten Ballen Segeltuch ergriff und auf die Flammen einschlug, aber die Hitze war zu groß. Seine Hose und sein Hemd fingen Feuer; und er ließ das Segeltuch fallen und schlug die Flammen an seinem Körper mit den Händen aus. Einen Arm schützend vor das Gesicht gehalten, versuchte er noch einmal, die Kajüte zu erreichen; ich hörte ihn in seinem Dialekt laut fluchen. Armande rief ihm etwas zu, ihre Stimme schrill vor Sorge. Ich hörte sie etwas von Benzin und Schiffstank schreien.

Angst und Hochstimmung zugleich nagten an meinen Eingeweiden, Erinnerungen stiegen in mir auf, süß und warm. Es war fast genauso wie damals, der Gestank nach brennenden Reifen, das dumpfe Tosen des Feuers, das zuckende Licht ... Es kam mir fast so vor, als wäre ich wieder ein kleiner Junge, als wären Sie der *curé*, und als seien wir beide wie durch ein Wunder von aller Verantwortung befreit.

Zehn Sekunden später sprang Roux von dem brennenden Boot ins Wasser. Ich sah ihn auf das Ufer zuschwimmen, doch der Schiffstank explodierte erst ein paar Minuten später, und es war nur ein dumpfer Knall, nicht das Feuerwerk, das ich erwartet hatte. Einen Moment lang war er nicht mehr zu sehen, verdeckt von den Flammen, die über die Wasseroberfläche rasten. Ich stand auf, denn jetzt fürchtete ich nicht mehr, gesehen zu werden, und reckte den Hals, um nach ihm Ausschau zu halten. Ich glaube, ich betete.

Sie sehen also, Vater, ich bin nicht ohne Mitgefühl. Ich *fürchtete* um sein Leben.

Vianne Rocher war bereits im Wasser, bis zu den Hüften

in den braunen Fluten des Tannes, ihr roter Mantel bis unter die Arme durchnässt. Eine Hand über den Augen suchte sie den Fluss ab. Neben ihr stand Armande und schrie; ihre Stimme klang schrill und alt. Und als sie ihn schließlich triefnass auf den Steg zerrten, war ich so erleichtert, dass meine Beine nachgaben und ich wie zum Gebet auf den Boden sank. Aber dieses Hochgefühl, als ich ihr Lager brennen sah – es war herrlich, wie eine Kindheitserinnerung, die Lust, heimlich zu beobachten, zu *wissen* ... In der Dunkelheit fühlte ich mich mächtig, Vater, es war, als hätte ich das alles irgendwie verursacht – das Feuer, die Verwirrung, die Flucht des Mannes –, als hätte meine heimliche Gegenwart eine Wiederholung der Ereignisse jenes fernen Sommers verursacht. Kein Wunder. So naiv bin ich nicht. Aber ein Zeichen. Bestimmt, ein Zeichen.

Im Schutz der Dunkelheit schlich ich nach Hause. Bei den vielen Menschen, die am Flussufer standen, den weinenden Kindern, den zornigen Erwachsenen, die sich stumm an den Händen hielten und das lodernde Feuer betrachteten wie verwirrte Kinder in einem bösen Märchen, war es leicht, unbemerkt davonzukommen.

Nicht nur für mich.

Ich sah ihn, als ich die Hügelkuppe erreichte. Schwitzend und grinsend, das Gesicht vor Anstrengung gerötet und rußverschmiert, die Brille verdreckt. Er hatte die Ärmel seines karierten Hemdes bis über die Ellbogen aufgekrempelt, und im geisterhaften Licht des Feuers wirkte seine Haut glatt und rot wie poliertes Zedernholz. Er zeigte sich über meine Anwesenheit nicht überrascht, sondern grinste nur. Ein dummes, verschlagenes Grinsen wie das eines Kindes, das von einem nachsichtigen Vater bei einer Dummheit erwischt wird. Mir fiel auf, dass er stark nach Benzin roch.

»'n Abend, Vater.«

Ich wagte nicht, seinen Gruß zu erwidern, als könnte ich mich durch mein Schweigen einer Verantwortung entledigen. Stattdessen neigte ich den Kopf wie ein stiller Mitverschwörer und eilte weiter. Ich spürte, wie Muscat mir nachschaute, das Gesicht glänzend vor Schweiß, aber als ich mich schließlich umdrehte, war er fort.

Eine Kerze, tropfendes Wachs. Eine Zigarette, die, achtlos fortgeworfen, auf einem Stapel Brennholz landet. Ein Lampion, dessen buntes Papier Feuer gefangen hat und kleine Funken auf das Deck regnet. Alles Mögliche hätte das Feuer auslösen können.
Alles Mögliche.

Samstag, 8. März

Heute Morgen war ich wieder bei Armande. Sie saß in ihrem niedrigen Wohnzimmer in ihrem Schaukelstuhl, eine ihrer Katzen auf dem Schoß. Seit dem Brand in *Les Marauds* wirkt sie zugleich zerbrechlich und verbittert, ihr rundes Gesicht eingefallen, Augen und Lippen in Runzeln versunken. Sie trug ein graues Hauskleid und dicke schwarze Strümpfe, und ihr offenes Haar hing matt und stumpf über ihre Schultern.

»Sie sind fort.« Ihre Stimme klang tonlos, beinahe teilnahmslos. »Kein einziges Boot ist übrig geblieben.«

»Ich weiß.«

Wenn ich nach *Les Marauds* hinuntergehe, ist der Anblick immer noch ein Schock, wie der hässliche gelbe Fleck auf dem Feld, wo einmal ein Zirkuszelt gestanden hat. Nur das Wrack von Roux' Boot ist noch da, ein untergegangenes Skelett, schwarz schimmernd im Schlamm unter der Wasseroberfläche.

»Blanche und Zézette haben ein Stück weiter flussabwärts festgemacht. Sie haben gesagt, sie wollen heute noch einmal herkommen, um nach dem Rechten zu sehen.«

Sie begann, ihr langes graues Haar zu einem Zopf zu flechten. Ihre Finger wirkten so steif und unbeholfen wie kleine Stöckchen.

»Was ist mit Roux? Wie geht es ihm?«

»Er ist wütend.«

Und das zu Recht. Er weiß, dass das Feuer kein Zufall war, er weiß, dass er nichts beweisen kann, er weiß, dass es ihm auch nichts nützen würde, wenn er Beweise hätte. Blanche und Zézette haben ihm angeboten, zu ihnen in ihr bereits überfülltes Hausboot zu ziehen, aber er hat abgelehnt. Die Arbeiten an Armandes Haus seien noch nicht abgeschlossen, hat er erklärt. Das muss er zuerst noch erledigen. Ich selbst habe seit dem Brand nicht mehr mit ihm gesprochen. Ich habe ihn einmal kurz am Ufer gesehen, wo er dabei war, den Abfall zu verbrennen, den seine Gefährten hinterlassen hatten. Er wirkte mürrisch und verschlossen, die Augen vom Rauch gerötet. Als ich ihn grüßte, reagierte er nicht. Sein Haar war im Feuer teilweise verbrannt, und den Rest hatte er zu kurzen Stoppeln geschnitten, so dass er jetzt aussieht wie ein brennendes Streichholz.

»Was hat er jetzt vor?« Armande zuckte die Achseln.

»Ich weiß nicht. Ich glaube, er schläft in einem der verfallenen Häuser hier in der Straße. Gestern Abend hab ich ihm was zu essen vor die Tür gestellt, und heute Morgen war es weg. Ich hab ihm auch Geld angeboten, aber er wollte es nicht annehmen.« Sie zupfte nervös an ihrem fertigen Zopf. »Sturer Bengel. Was nützt mir das ganze Geld in meinem Alter? Ich würde viel lieber ihm einen Teil davon geben, anstatt es alles dem Clairmont-Clan in den Rachen zu werfen. Wie ich die kenne, landet es sowieso nur in Reynauds Klingelbeutel.«

Sie schnaubte verächtlich.

»Der Kerl ist ein Dickkopf. Gott bewahre uns vor rothaarigen Männern. Die lassen sich einfach nichts sagen.« Sie schüttelte verdrießlich den Kopf. »Gestern ist er wutschnaubend abgezogen, und seitdem hab ich ihn nicht mehr gesehen.«

Ich musste unwillkürlich lächeln.

»Sie beide sind vielleicht ein Paar«, sagte ich. »Einer so stur wie der andere.«

Armande sah mich empört an.

»*Ich?*«, rief sie aus. »Wollen Sie mich etwa mit diesem fuchshaarigen, dickschädeligen –«

Lachend nahm ich meine Bemerkung zurück.

»Ich will mal sehen, ob ich ihn finde«, sagte ich.

Ich fand ihn nicht, obwohl ich eine Stunde lang an den Ufern des Tannes nach ihm suchte. Selbst die Methoden meiner Mutter halfen nicht. Ich entdeckte jedoch seinen Schlafplatz. In einem Haus nicht weit von Armandes entfernt, einem der weniger verfallenen unter den heruntergekommenen Häusern in der Straße. Die Wände glänzen vor Feuchtigkeit, aber die obere Etage scheint noch einigermaßen in Schuss zu sein, und in mehreren Fenstern sind die Scheiben erhalten. Im Vorbeigehen fiel mir auf, dass die Tür aufgebrochen worden war, und als ich einen Blick hineinwarf, bemerkte ich, dass im Kamin im Wohnzimmer erst kürzlich ein Feuer gebrannt haben musste. Es gab noch weitere Anzeichen, die darauf hindeuteten, dass das Haus bewohnt war; ein Ballen angesengten, aus dem Feuer geretteten Segeltuchs, ein Stapel Treibholz, mehrere Möbelstücke, wahrscheinlich von den ehemaligen Bewohnern als wertlos im Haus zurückgelassen. Ich rief seinen Namen, bekam jedoch keine Antwort.

Da ich um halb neun den Laden öffnen musste, gab ich die Suche schließlich auf. Roux würde schon von allein auftauchen, wenn er so weit war. Als ich am Laden ankam, wartete Guillaume schon draußen, obwohl die Tür unverschlossen war.

»Sie hätten ruhig drinnen auf mich warten können«, sagte ich.

»O nein«, erwiderte er ernst. »Das wäre ungehörig gewesen.«

»Man muss im Leben auch mal was riskieren«, sagte ich lachend. »Kommen Sie rein, Sie müssen unbedingt meine frischgebackenen Windbeutel probieren.«

Seit Charlys Tod wirkt er eingefallen, als sei er auf die Hälfte seiner ursprünglichen Größe zusammengeschrumpft, sein junges-altes Gesicht wirkt zugleich verschmitzt und weise vor Gram. Aber er hat seinen Sinn für Humor nicht verloren, seine wehmütig spöttische Art, die ihn vor Selbstmitleid bewahrt. Heute Morgen war er ganz mit dem Unglück beschäftigt, das den Leuten am Fluss widerfahren war.

»Reynaud hat heute in der Messe kein Wort darüber verloren«, sagte er, während er sich aus dem silbernen Kännchen Schokolade einschenkte. »Weder gestern noch heute. Nicht ein einziges Wort.«

Ich bestätigte, dass dies ziemlich ungewöhnlich sei angesichts des Interesses, das der *curé* bis dahin an den fahrenden Leuten gezeigt hatte.

»Vielleicht weiß er etwas, über das er nicht sprechen darf«, meinte Guillaume. »Sie wissen schon. Beichtgeheimnis.«

Er erzählt mir, dass er Roux gesehen hat, der sich mit Narcisse vor dessen Gewächshäusern unterhielt. Vielleicht hat Narcisse Arbeit für Roux. Ich hoffe es zumindest.

»Er stellt häufig Gelegenheitsarbeiter ein, wissen Sie«, sagte Guillaume. »Er ist verwitwet. Hat nie Kinder gehabt. Außer einem Neffen in Marseille gibt es niemanden, der den Betrieb übernehmen könnte. Und Narcisse ist es egal, wer im Sommer für ihn arbeitet, wenn er alle Hände voll zu tun hat. Solange einer zuverlässig ist, interessiert es ihn nicht, ob er zur Kirche geht.« Guillaume lächelte entschuldigend, wie immer, wenn er etwas sagt, was er als gewagt empfindet. »Manchmal frage ich mich«, fuhr er nachdenklich fort, »ob Narcisse nicht ein besserer Christ im eigentlichen Sinne ist als ich oder Georges Clairmont

– oder sogar *curé* Reynaud.« Er trank einen Schluck. »Ich meine, Narcisse hilft, wo er kann«, sagte er ernst. »Er gibt Leuten, die Geld brauchen, Arbeit. Er lässt Zigeuner auf seinem Land kampieren. Alle wissen, dass er die ganzen Jahre mit seiner Haushälterin geschlafen hat, und er geht nie in die Kirche, außer um seine Kunden zu treffen, aber er ist immer hilfsbereit.«

Ich nahm den Deckel von dem Tablett mit den Windbeuteln und legte ihm einen auf den Teller.

»Ich glaube nicht, dass es so etwas gibt wie gute und schlechte Christen«, sagte ich. »Nur gute und schlechte Menschen.«

Er nickte und nahm das kleine runde Gebäck zwischen Daumen und Zeigefinger.

»Vielleicht.«

Schweigend schenkte ich mir eine Tasse Schokolade ein, mit Noisette-Likör und Haselnussblättchen. Es duftete warm und betörend wie ein Stapel Holz in der späten Herbstsonne. Guillaume aß seinen Windbeutel mit stillem Genuss und sammelte die Krümel mit einem befeuchteten Finger von seinem Teller.

»Das heißt also, Sie würden sagen, dass alles, woran ich mein Leben lang geglaubt habe – Sünde und Erlösung und Auferstehung des Fleisches –, dass das alles keine Bedeutung hat, nicht wahr?«

Ich lächelte über seine Ernsthaftigkeit.

»Ich würde sagen, Sie haben sich mit Armande unterhalten«, sagte ich freundlich. »Und ich würde sagen, dass Sie und Armande das Recht haben, zu glauben, was Sie wollen. Solange es Sie glücklich macht.«

»Oh.« Er schaute mich misstrauisch an, als erwartete er, dass mir jeden Augenblick Hörner sprießen würden. »Und an was – wenn ich mir die Frage erlauben darf –, an was glauben Sie?«

An Reisen mit fliegenden Teppichen, Runenzauber, Ali Baba und Mutter-Gottes-Erscheinungen, Astralreisen und das Deuten der Zukunft aus dem Satz in einem Rotweinglas ...

Florida? Disneyland? Die Everglades? Wie wär's damit, chérie? Na, wie wär's?

Buddha. Frodos Reise nach Mordor. Das Sakrament der heiligen Wandlung. Dorothy und Toto. Der Osterhase. Marsmenschen. Das Gespenst im Schrank. Die Auferstehung und das Leben, das die Karten verheißen ... Irgendwann in meinem Leben habe ich an all das geglaubt. Oder es zumindest vorgegeben. Oder vorgegeben, nicht daran zu glauben.

Was immer du willst, Mutter. Was immer dich glücklich macht.

Und jetzt? An was glaube ich jetzt?

»Ich glaube, das Einzige, was zählt, ist, dass man glücklich und zufrieden ist«, sagte ich schließlich.

Glück. So simpel wie eine Tasse Schokolade oder so kompliziert wie das Herz. Bitter. Süß. Lebendig.

Am Nachmittag kam Joséphine. Anouk war nach der Schule sofort losgerannt, um in *Les Marauds* zu spielen, warm eingepackt in ihren roten Anorak und mit der strengen Anweisung, nach Hause zu kommen, falls es anfangen sollte zu regnen. Die Luft ist schwer und riecht scharf wie frisch geschlagenes Holz. Joséphine trug ihren karierten Mantel, den sie bis zum Hals zugeknöpft hatte, die rote Baskenmütze und ein neues rotes Halstuch, das ihr ins Gesicht flatterte. Sie betrat den Laden mit einem trotzig-selbstsicheren Blick, und einen Augenblick lang stand eine strahlend schöne Frau vor mir, mit vom Wind geröteten Wangen und funkelnden Augen. Dann löste sich das Trugbild auf, und sie war wieder sie selbst, die Hände tief in den Taschen vergraben, den Kopf gesenkt, als müsste sie sich gegen einen unsichtbaren Angreifer verteidigen. Als sie ihre Mütze abnahm, kamen ihr zerzaustes Haar und eine frische Strieme an ihrer Stirn zum Vorschein. Sie wirkte zugleich verängstigt und euphorisch.

»Ich hab's geschafft«, verkündete sie. »Vianne, ich hab's geschafft.«

Eine Schrecksekunde lang dachte ich, sie würde mir gestehen, dass sie ihren Mann ermordet hatte. Sie hatte diesen Blick – einen wilden, leidenschaftlichen Blick –, und sie zeigte ihre Zähne, als hätte sie gerade in eine Zitrone gebissen. Ich spürte ihre Angst wie abwechselnd heiße und kalte Wellen von ihr ausgehen.

»Ich habe Paul verlassen«, sagte sie. »Endlich habe ich es geschafft.«

Ihr Blick war messerscharf. Zum ersten Mal, seit ich sie kennen gelernt hatte, sah ich Joséphine, wie sie zehn Jahre zuvor gewesen sein musste, bevor sie durch Paul-Marie Muscat farblos und unscheinbar geworden war. Halb wahnsinnig vor Angst, aber unter dem Wahnsinn lag ein gesunder Verstand, der einem das Herz stocken ließ.

»Weiß er es schon?«, fragte ich, während ich ihr den Mantel abnahm. Die Manteltaschen waren schwer, aber anscheinend nicht mit Schmuck gefüllt.

Joséphine schüttelte den Kopf.

»Er glaubt, ich sei einkaufen gegangen«, sagte sie atemlos. »Uns war die Tiefkühlpizza ausgegangen. Er hat mich losgeschickt, um neue zu besorgen.« Sie lächelte beinahe kindlich verschmitzt. »Und ich hab einen Teil der Haushaltskasse mitgenommen«, fuhr sie fort. »Er bewahrt das Geld in einer Keksdose unter der Theke auf. Neunhundert Francs.« Unter dem Mantel trug sie einen roten Pullover und einen schwarzen Faltenrock. Zum ersten Mal sah ich sie nicht in Jeans. Sie warf einen Blick auf ihre Uhr.

»Einen *chocolat espresso*, bitte«, sagte sie. »Und eine große Tüte Mandeln.« Sie legte das Geld auf den Tisch. »Ich habe gerade noch genug Zeit, bevor mein Bus fährt.«

»Ihr Bus?« Ich war verblüfft. »Wohin?«

»Agen.« Sie schaute mich trotzig an. »Wohin es anschließend geht, weiß ich noch nicht. Vielleicht nach Marseille. So weit weg von ihm wie möglich.« Sie sah mich zugleich misstrauisch und überrascht an. »Sagen Sie bloß nicht, ich soll es nicht tun, Vianne. Sie haben mich schließlich dazu ermutigt. Von allein wäre ich nie auf die Idee gekommen.«

»Ich weiß, aber –«

Ihre Worte klangen wie ein Vorwurf.

»Sie haben mir gesagt, ich sei frei.«

Das stimmte. Frei, davonzulaufen, frei, auf das Wort einer Fremden hin aufzubrechen, abzuheben wie ein losgebundener Luftballon, der mit dem Wind davontreibt. Die Angst schnürte mir plötzlich das Herz zusammen. War das der Preis dafür, dass ich bleiben durfte? Dass sie an meiner Stelle in die Welt hinausging? Welche Möglichkeiten hatte ich ihr eigentlich eröffnet?

»Aber Sie fühlten sich doch in Sicherheit.« Ich brachte die Worte kaum heraus, denn ich sah das Gesicht meiner Mutter in ihrem. Ihre Sicherheit aufzugeben für ein paar neue Erfahrungen, für einen flüchtigen Blick auf das Meer ... und dann? Der Wind wirft uns immer wieder zurück an dieselbe Wand. Ein Taxi in New York. Eine dunkle Gasse. Ein strenger Frost.

»Sie können nicht einfach vor allem davonlaufen«, sagte ich. »Ich weiß es. Ich habe es versucht.«

»Also, in Lansquenet kann ich jedenfalls nicht bleiben«, sagte sie schnippisch, und ich sah, dass sie den Tränen nahe war. »Nicht, solange er hier ist.«

»Ich erinnere mich noch gut, wie es war, als wir ein solches Leben geführt haben. Immer unterwegs. Immer auf der Flucht.«

Sie hat ihren eigenen schwarzen Mann. Ich sehe es an ihren Augen. Er besitzt die Stimme der Autorität, die keinen Widerspruch duldet, eine trügerische Logik, die einen starr, gehorsam und ängstlich macht. Sich von dieser Angst zu befreien, voller Hoffnung und Verzweiflung davonzulaufen, nur um irgendwann festzustellen, dass man den schwarzen Mann in seinem Innern mit sich trägt wie ein bösartiges Kind ... Am Ende wusste meine Mutter es. Sie sah ihn an jeder Straßenecke, im Bodensatz jeder Tasse. Er grinste sie von Plakatwänden an, beobachtete sie aus jedem Auto heraus, und wenn es noch so schnell vorüberfuhr. Und mit jedem Herzschlag kam er näher.

»Wenn Sie davonlaufen, werden Sie Ihr Leben lang auf der Flucht sein«, sagte ich eindringlich. »Bleiben Sie lieber bei mir. Bleiben Sie und kämpfen Sie mit mir gemeinsam.«

Joséphine schaute mich an.

»Bei Ihnen?« Ihre Verblüffung war beinahe komisch.

»Warum nicht? Ich habe noch ein Zimmer, ein Klappbett …« Sie schüttelte bereits den Kopf, und ich widerstand dem Impuls, sie an den Armen zu packen und zum Bleiben zu *zwingen*. Ich hätte es gekonnt. »Nur eine Zeit lang, bis Sie etwas anderes finden, bis Sie einen Job finden –«

Sie begann beinahe hysterisch zu lachen.

»Einen Job? Ich kann doch nichts. Außer putzen – und kochen – und Aschenbecher leeren und – B-Bier zapfen und den G-Garten umgraben und mich jeden F-Freitagabend von m-meinem Mann ficken lassen …« Sie lachte immer lauter, hielt sich den Bauch mit beiden Händen.

Ich versuchte, ihren Arm zu nehmen.

»Joséphine. Ich meine es ernst. Sie werden etwas finden. Sie brauchen nicht zu –«

»Sie müssten ihn mal sehen.« Sie lachte immer noch, jedes Wort schoss aus ihrem Mund wie eine bittere Kugel, ihre Stimme war voller Selbstverachtung. »Dieses geile Schwein. Dieses fette, haarige Schwein.« Und plötzlich weinte sie ebenso heftig, wie sie gelacht hatte, die Augen fest zugekniffen und die Hände an die Wangen gepresst, als versuchte sie, eine innere Explosion zu verhindern.

Ich wartete.

»Und wenn er fertig ist, dreht er sich um und fängt an zu schnarchen. Und am nächsten Morgen versuche ich«, fuhr sie mit vor Ekel verzerrtem Gesicht fort, mühsam die Worte formend, »versuche ich, seinen *Gestank* aus den Laken zu schütteln, und jedes Mal habe ich mich gefragt: *Was ist mit mir geschehen?* Mit Joséphine Bonnet, d-die so gut in der Schule war und einmal davon geträumt hat, T-Tänzerin zu werden ...«

Plötzlich sah sie mich wütend und zugleich ruhig an. »Es klingt vielleicht albern, aber ich habe immer gedacht, dass das alles ein Irrtum sein müsse, dass eines Tages jemand kommen und mir sagen würde, das alles sei nicht wahr, das alles sei der Albtraum einer anderen Frau und dass *mir* das niemals zustoßen würde ...«

Ich nahm ihre Hand. Sie war kalt und zitterte. Ein Fingernagel war tief eingerissen, und ihre Handfläche war blutverschmiert.

»Ich versuche immer wieder, mich zu erinnern, wie es war, als ich ihn noch geliebt habe. Aber da ist nichts. Ein großes schwarzes Loch. An alles andere erinnere ich mich – an das erste Mal, als er mich geschlagen hat, das weiß ich noch ganz genau –, aber man sollte meinen, dass es selbst bei Paul-Marie etwas geben müsste, an das ich mich gern erinnere. Irgendetwas, das alles rechtfertigen würde. Aber es ist alles nur Zeitverschwendung gewesen.«

Sie brach abrupt ab und schaute auf ihre Uhr.

»Ich hab viel zu viel geredet«, sagte sie überrascht. »Wenn ich den Bus kriegen will, hab ich keine Zeit mehr für eine Schokolade.«

Ich schaute sie an.

»Trinken Sie, und lassen Sie den Bus fahren«, sagte ich. »Ich spendiere Ihnen einen *chocolat espresso*. Ich wünschte nur, es wäre Champagner.«

»Ich muss gehen«, sagte sie störrisch. Ihre Fäuste bohrten sich wieder in ihre Magengrube. Sie senkte den Kopf wie ein angriffslustiger Stier.

»Nein.« Ich sah sie an. »Sie müssen bleiben. Sie müssen ihm offen die Stirn bieten. Sonst hätten Sie auch gleich bei ihm bleiben können.«

Einen Moment lang hielt sie meinem Blick trotzig stand.

»Das kann ich nicht.« In ihrer Stimme lag ein verzweifelter Unterton. »Das stehe ich nicht durch. Er wird mich beschimpfen, mir jedes Wort im Mund herumdrehen –«

»Sie haben Freunde hier im Dorf«, erwiderte ich sanft. »Und Sie sind stark, auch wenn Sie es noch nicht wissen.«

Und dann setzte Joséphine sich auf einen meiner roten Barhocker, legte ihren Kopf auf die Theke und begann leise zu weinen.

Ich ließ sie gewähren. Ich sagte ihr nicht, dass alles gut werden würde. Ich versuchte nicht, sie zu trösten. Manchmal ist es besser, die Dinge nicht zu beeinflussen, Trauer und Leid ihren Lauf nehmen zu lassen. Stattdessen ging ich in die Küche und bereitete in aller Ruhe *chocolat espresso* für uns beide zu. Bis ich die Tassen gefüllt, Cognac und Schokostreusel hinzugefügt, einen Zuckerwürfel auf jede Untertasse gelegt hatte und die beiden Tassen auf einem gelben Tablett hinaustrug, hatte sie sich beruhigt. Ich weiß, es ist ein schwacher Zauber, aber manchmal wirkt er.

»Warum haben Sie es sich anders überlegt?«, fragte ich, als sie ihre Tasse halb ausgetrunken hatte. »Als wir uns das letzte Mal unterhielten, hatte ich nicht den Eindruck, dass Sie vorhatten, Paul zu verlassen.«

Sie zuckte die Achseln und wich meinem Blick aus.

»Hat er Sie wieder geschlagen?«

Diesmal wirkte sie überrascht. Sie fuhr sich mit der Hand an die Stirn und befühlte die feuerrote Strieme.

»Nein.«

»Warum dann?«

Sie wandte den Blick wieder ab. Mit den Fingerspitzen berührte sie die Tasse, wie um sich zu vergewissern, dass sie wirklich existierte.

»Ich weiß nicht.«

Es ist eine offensichtliche Lüge. Automatisch versuche ich, ihre Gedanken zu erreichen, die gerade noch so offen vor mir gelegen hatten. Ich muss wissen, ob ich sie dazu *gebracht* habe, ob ich sie entgegen meiner guten Vorsätze dazu gezwungen habe. Doch im Moment sind ihre Gedanken formlos, vernebelt. Ich sehe nichts als Dunkelheit.

Es hat keinen Zweck, sie zu bedrängen. Joséphine ist starrköpfig. Und sie ist eine schlechte Lügnerin. Aber etwas in ihr sträubt sich dagegen, sich hetzen zu lassen. Irgendwann wird sie es mir sagen. Wenn sie will.

Es wurde Abend, bis Muscat sie suchen kam. Inzwischen hatten wir Anouks Bett für sie bezogen – Anouk wird vorerst in meinem Zimmer auf dem Klappbett schlafen. Sie nimmt Joséphines Anwesenheit so gelassen hin wie so vieles andere auch. Ich wusste, dass es meiner Tochter einen Moment lang schwer fiel, ihr erstes eigenes Zimmer zu opfern, doch ich versprach ihr, dass es nur für kurze Zeit sein würde.

»Ich habe mir etwas überlegt«, sagte ich ihr. »Wir könnten den Dachboden für dich herrichten, mit einer Leiter zum Hinaufklettern und einer Falltür und kleinen, runden Dachfenstern. Was hältst du davon?«

Die Vorstellung ist zugleich verlockend und gefährlich. Sie bedeutet, dass wir noch lange hier bleiben werden.

»Kann ich von dort oben aus die Sterne sehen?«, fragte Anouk begierig.

»Natürlich.«

»In Ordnung!«, sagte Anouk und lief zusammen mit Pantoufle die Treppe hinauf.

Gemeinsam aßen wir in der überfüllten Küche zu Abend. Der Küchentisch stammt noch aus den Zeiten, als der Laden eine Bäckerei war, ein massiver, schwerer Tisch aus Kiefernholz, übersät mit einem Netzwerk von feinen weißen Linien, Messerritzen, gefüllt mit uralten, zementharten Teigresten, die der Tischplatte eine glatte, marmorartige Oberfläche verleihen. Die Teller sind kunterbunt zusammengewürfelt; einer ist grün, einer weiß, Anouks geblümt. Auch die Gläser sind alle verschieden; ein hohes, schlankes, ein schweres, breites und eines, das immer noch den Aufdruck *Moutarde Amora* trägt. Und dennoch ist es das erste Mal, dass wir solche Dinge tatsächlich *besitzen*. Bisher haben wir Hotelgeschirr benutzt, Plastikbecher und Plastikbesteck. Selbst in Nizza, wo wir über ein Jahr gelebt haben, waren Geschirr und Mobiliar gemietet, gehörten zur Einrichtung des Ladens. Besitz ist immer noch etwas Neues für uns, etwas Kostbares, Berauschendes. Ich beneide den Tisch um seine Narben, die Brandflecken, die von den heißen Backformen herrühren. Ich beneide ihn um sein ruhiges Zeitgefühl, und ich wünschte, ich könnte sagen: Das habe ich vor fünf Jahren getan. Diesen Fleck habe ich gemacht, diesen Ring dort, der von einer nassen Kaffeetasse stammt, diese kleine, von einer Zigarette verursachte Brandstelle, diese Kerben an der Tischkante. Dort hat Anouk ihre Initialen in das Tischbein geritzt, als sie sechs Jahre alt war. Das da hab ich vor sieben Jahren an einem warmen Sommertag mit einem Schnitzmesser gemacht. Weißt du noch? Erinnerst du dich noch an den Sommer, als der Fluss ausgetrocknet war? Weißt du noch?

Ich beneide den Tisch um seine Ruhe. Er ist schon lange an diesem Ort. Er gehört hierher.

Joséphine half mir beim Zubereiten des Abendessens; einen Salat aus grünen Bohnen und Tomaten, rote und schwarze Oliven vom Wochenmarkt, Walnussbrot, frisches Basilikum von Narcisse, Ziegenkäse, Rotwein aus Bordeaux. Wir unterhielten uns beim Essen, sprachen jedoch nicht über Paul-Marie Muscat. Ich erzählte ihr von uns, von Anouk und mir, von den Orten, in denen wir gelebt hatten, von der *chocolaterie* in Nizza, von der Zeit in New York, kurz nach Anouks Geburt, und von der Zeit davor, von Paris und Neapel, von all den provisorischen Quartieren, in denen meine Mutter und ich uns auf unserer endlosen Flucht kreuz und quer durch die Welt häuslich eingerichtet hatten. Heute Abend will ich mich nur an die guten Dinge erinnern, an all die guten, lustigen Erlebnisse. Es liegen schon genug traurigen Gedanken in der Luft. Ich stelle eine weiße Kerze auf den Tisch, um schlechte Einflüsse abzuwehren. Ihr Duft hat etwas Romantisches, etwas Tröstliches. Ich erzähle Joséphine von dem kleinen Kanal in Ourcq, vom Pantheon, von der *Place des Artistes,* der Prachtstraße Unter den Linden, von der Fähre nach Jersey, von knusprigen Wiener Pasteten, die wir noch warm auf der Straße aus dem Papier aßen, von der Strandpromenade in Juan-les-Pins und von San Pedro, wo wir auf der Straße getanzt haben. Ich sah, wie ihre Züge sich langsam entspannten. Ich erzählte ihr davon, wie meine Mutter einmal einen Esel an einen Bauern in einem Dorf in der Nähe von Rivoli verkaufte, und wie das Tier immer wieder zu uns zurückfand, uns fast bis nach Mailand nachlief. Und dann die Geschichte von den Blumenverkäufern in Lissabon, und wie wir diese Stadt im Kühlwagen eines Blumenhändlers verließen, der uns vier Stunden später halb erfroren im Hafen von Porto ablieferte. Sie begann zu lächeln, und schließlich lachte sie. Es gab Zeiten, da hatten meine Mutter und ich Geld, und Europa erschien uns sonnig und verheißungsvoll. Von diesen Zeiten erzählte ich Joséphine; von dem vornehmen Araber in der weißen Limousine, der meiner Mutter an dem Abend in San Remo ein Ständchen brachte, wie wir lachten und wie glücklich sie war und wie lange wir nachher von dem Geld lebten, das er uns gegeben hatte.

»Sie haben so viel erlebt«, sagte sie mit einem Unterton von Neid und Bewunderung. »Und dabei sind Sie noch so jung.«

»Ich bin fast genauso alt wie Sie.«

Sie schüttelte den Kopf.

»Ich bin tausend Jahre alt.« Sie lächelte wehmütig. »Ich wäre gern eine Abenteurerin«, sagte sie. »Dann würde ich der Sonne folgen mit nichts als einem Koffer in der Hand, ohne zu wissen, wo ich am nächsten Tag sein würde ...«

»Glauben Sie mir«, sagte ich sanft, »das ist mit der Zeit

sehr ermüdend. Nach einer Weile sieht es überall gleich aus.«

Sie schaute mich zweifelnd an.

»Glauben Sie mir«, sagte ich, »ich weiß, wovon ich rede.« Es stimmt nicht ganz. Jeder Ort hat seinen Charakter, und an einen Ort zurückzukehren, an dem man einmal gelebt hat, ist wie einen alten Freund nach langer Zeit wiederzusehen. Aber die *Menschen* fangen an, überall gleich auszusehen; dieselben Gesichter tauchen in Städten auf, die Tausende von Kilometern voneinander entfernt liegen, dieselben Gesichtsausdrücke. Das kühle, feindselige Starren des Beamten. Der neugierige Blick der Bauern. Die trägen, gelangweilten Gesichter der Touristen. Dieselben Liebhaber, Mütter, Bettler, Krüppel, fliegenden Händler, Jogger, Kinder, Polizisten, Taxifahrer, Zuhälter. Nach einer Weile wird man regelrecht paranoid, es ist, als würden diese Menschen einen heimlich von Stadt zu Stadt verfolgen, die Kleider und Gesichter wechseln, aber im Grunde unverändert bleiben, ihren eintönigen Beschäftigungen nachgehen, während sie uns, die Eindringlinge, ständig halb im Auge behalten. Zu Anfang kommt man sich irgendwie überlegen vor. Wir sind ein besonderer Schlag, wir Unsteten. Wir haben so viel mehr gesehen, so viel mehr erlebt als die anderen. Die anderen, die es zufrieden sind, ihr erbärmliches Leben in einer endlosen Abfolge von Schlafen-Arbeiten-Schlafen dahinplätschern zu lassen. Wir blicken verächtlich herab auf ihre gepflegten Gärten, ihre eintönigen Reihenhäuser in den Vorstädten, ihre bescheidenen Träume. Dann, nach einer Weile, kommt der Neid. Beim ersten Mal ist es beinahe komisch; ein plötzlicher Stich, der beinahe augenblicklich vergessen ist. Eine Frau im Park, die sich über ein Baby im Kinderwagen beugt, beider Gesichter strahlen, aber nicht vom Sonnenschein. Dann kommt das zweite Mal, dann das dritte; zwei junge Leute Arm in Arm am Strand; eine Gruppe von jungen Sekretärinnen in ihrer Mittagspause, die bei Kaffee und Croissants miteinander scherzen und lachen ...

Mit der Zeit wird es zu einem Schmerz, der einen überall begleitet. Nein, *Orte* verlieren ihre Identität nicht, egal, wie weit man herumkommt. Es ist das Herz, das mit der Zeit verkümmert. Manchmal wirkt das Gesicht morgens im Spiegel des Hotelzimmers verschwommen, wie verblasst durch die vielen flüchtigen Blicke. Bis zehn sind die Betten gemacht, die Teppiche gesaugt. Die Namen auf den Hotelanmeldungen ändern sich von Ort zu Ort. Wir hinterlassen keine Spur auf unserer Reise. Wie Geister haben wir keinen Schatten.

Ein gebieterisches Klopfen an der Tür riss mich aus meinen Gedanken. Joséphine sprang auf, die Augen angstvoll geweitet, die Fäuste gegen die Rippen gepresst. Wir hatten es die ganze Zeit erwartet; das Abendessen, die Unterhaltung waren ein Versuch gewesen, Normalität vorzutäuschen. Ich stand auf.

»Keine Sorge«, sagte ich zu Joséphine. »Ich werde ihn nicht reinlassen.«

In ihren Augen lag Panik.

»Ich will nicht mit ihm reden«, sagte sie leise. »Ich kann nicht.«

»Vielleicht werden Sie es müssen«, erwiderte ich. »Aber machen Sie sich keine Sorgen. Er kann nicht durch Wände gehen.«

Sie lächelte schwach.

»Ich will noch nicht mal seine Stimme hören«, sagte sie. »Sie wissen nicht, wie er ist. Er wird sagen –«

Ich ging in den unbeleuchteten Laden.

»Ich weiß genau, wie er ist«, sagte ich in entschlossenem Ton. »Und was immer Sie denken mögen, er ist nicht einzigartig. Das Gute am Reisen ist, dass man nach einer Weile feststellt, dass die Menschen gar nicht so unterschiedlich sind, wo immer man auch hinkommt.«

»Ich hasse diese Szenen«, murmelte Joséphine, als ich das Licht im Laden einschaltete. »Ich hasse Geschrei.«

»Es wird bald vorbei sein«, sagte ich, als das ungeduldige Klopfen wieder anfing. »Anouk soll Ihnen eine Tasse Schokolade machen.«

Die Tür hat eine Kette. An die Sicherheitsvorkehrungen in der Stadt gewöhnt, habe ich sie angebracht, als wir hierher zogen, doch bis jetzt haben wir sie nicht gebraucht. Im Türspalt sehe ich Muscats wutverzerrtes Gesicht.

»Ist meine Frau hier?« Seine Stimme klingt belegt.

»Ja.« Ich sehe keinen Grund, mich auf Ausflüchte zu verlegen. Es ist besser, ihn gleich in seine Schranken zu verweisen. »Ich fürchte, sie hat Sie verlassen, Monsieur Muscat. Ich habe ihr angeboten, bei mir zu wohnen, bis alles geregelt ist. Es schien mir das Beste.«

Ich bemühe mich um einen neutralen, höflichen Ton. Ich kenne seine Sorte. Wir sind ihnen tausendmal begegnet, meine Mutter und ich, an tausend verschiedenen Orten. Er starrt mich verblüfft an. Dann gewinnt seine Schläue die Oberhand, er fixiert mich mit seinem Blick, hält mir seine offenen Hände entgegen, um mir zu zeigen, dass er harmlos ist, eher verwirrt und amüsiert. Einen Augenblick lang wirkt er beinahe charmant. Dann tritt er einen Schritt näher an die Tür. Ich rieche seinen ranzigen Atem, der nach Bier und Rauch stinkt.

»Madame Rocher.« Seine Stimme klingt weich, beinahe bittend. »Ich möchte, dass Sie dieser fetten Kuh sagen, sie soll ihren Arsch bewegen und sofort rauskommen, sonst bekommt sie es mit mir zu tun. Und wenn *Sie* sich einbilden, Sie könnten sich mir in den Weg stellen, Sie Emanzenhexe –«

Er rüttelt an der Tür.

»Machen Sie die Kette los.« Er lächelt, versucht mir zu schmeicheln, während seine Wut wie ein übler Gestank aus ihm herausströmt. »Ich hab gesagt, Sie sollen die verdammte Kette losmachen, bevor ich die Tür eintrete!« Seine Stimme ist schrill vor Rage, sie klingt wie das Quieken eines wütenden Schweins.

Ich versuche, ihm in aller Ruhe die Situation zu erklären. Er flucht und kreischt seinen Frust heraus. Mehrmals tritt er gegen die Tür, so dass die Scharniere quietschen.

»Wenn Sie in mein Haus eindringen, Monsieur Muscat«, erkläre ich ihm ruhig, »bin ich gezwungen, Sie wie einen Einbrecher zu behandeln. In meiner Küche habe ich eine Dose *Contre-Attaq'*, die ich immer bei mir trug, als ich in Paris lebte. Ich habe das Gas ein- oder zweimal ausprobiert. Es ist äußerst effektiv.«

Die Drohung lässt ihn innehalten. Wahrscheinlich glaubt er, er sei der Einzige, der das Recht hat, Drohungen auszusprechen.

»Sie verstehen das nicht«, jammert er. »Sie ist doch meine Frau. Ich liebe sie. Ich weiß nicht, was sie Ihnen erzählt hat, aber –«

»Was sie mir erzählt hat, spielt keine Rolle, Monsieur. Sie allein trifft die Entscheidung. Wenn ich Sie wäre, würde ich aufhören, mich lächerlich zu machen, und nach Hause gehen.«

»Sie können mich mal!« Sein Gesicht ist so dicht an der Tür, dass seine Spucke mich trifft wie heiße, eklige Schrotkugeln. »Das habe ich Ihnen zu verdanken, Sie Schlampe. *Sie* haben ihr diese Flausen von Emanzipation und all dem Scheiß in den Kopf gesetzt.« Er ahmt Joséphines Stimme mit einem wütenden Falsett nach. »Dauernd heißt es *Vianne sagt dies, Vianne sagt das.* Lassen Sie mich nur eine Minute mit ihr reden, dann werden wir ja sehen, was sie selbst dazu zu sagen hat.«

»Ich glaube kaum, dass –«

»Ist schon gut.« Joséphine ist lautlos hinter mich getreten, eine Tasse Schokolade in beiden Händen, als wollte sie sich wärmen. »Ich muss mit ihm reden, sonst verschwindet er nie.«

Ich schaue sie an. Sie ist ruhiger geworden, ihr Blick klar. Ich nicke.

»In Ordnung.«

Ich trete zur Seite, und Joséphine geht an die Tür. Muscat beginnt zu reden, doch sie fällt ihm ins Wort, ihre Stimme überraschend scharf und ruhig.

»Paul. Hör mir zu.«

Ihr Ton bringt ihn mitten im Satz zum Schweigen.

»Geh. Ich habe dir nichts mehr zu sagen. Kapiert?«

Sie zittert am ganzen Leib, aber ihre Stimme klingt gefasst. Ich bin plötzlich richtig stolz auf sie und drücke ihr ermutigend den Arm. Einen Augenblick lang schweigt Muscat. Dann verlegt er sich wieder aufs Schmeicheln, doch ich höre die Wut in seiner Stimme wie das Rauschen in einem von weit her kommenden Funksignal.

»José –«, sagt er sanft. »Das ist doch alles Blödsinn. Komm mit, dann können wir in Ruhe über alles reden. Du bist meine *Frau*, José. Hab ich nicht wenigstens eine letzte Chance verdient?«

Sie schüttelt den Kopf.

»Zu spät, Paul«, sagt sie in einem Ton, der Endgültigkeit ausdrückt. »Tut mir leid.«

Dann machte sie ganz langsam, ganz bestimmt die Tür zu, und obwohl er noch minutenlang dagegenhämmerte, abwechselnd fluchte, lockte, drohte und schließlich, als er anfing, an seine eigene Version der Realität zu glauben, rührselig wurde und weinte, machten wir nicht wieder auf.

Gegen Mitternacht hörte ich ihn vor dem Haus brüllen, dann flog ein Erdklumpen gegen das Fenster, der eine schmierige Lehmspur auf der Scheibe hinterließ. Ich stand auf, um nachzusehen, was sich da draußen abspielte, und sah Muscat wie einen vierschrötigen, bösen Kobold mitten auf dem Dorfplatz stehen, die Hände tief in den Hosentaschen, so dass ich seinen Bauch sehen konnte, der ihm über den Gürtel hing. Er wirkte betrunken.

»Ihr könnt nicht ewig da drin bleiben!« Seine Stimme klang gehässig und schrill. Ich sah, wie in einem der Fenster hinter ihm das Licht anging. »Irgendwann müsst ihr da wieder rauskommen! Und dann, ihr Schlampen, dann krieg ich euch!«

Automatisch streckte ich ihm meine ausgestreckten Zeige- und Mittelfinger entgegen, um seine Flüche auf ihn zurückzuwerfen.

Fort! Böser Geist, mach dich fort.

Einer der Reflexe, die ich von meiner Mutter geerbt habe. Und dennoch bin ich überrascht darüber, wie viel sicherer ich mich jetzt fühle. Danach lag ich noch lange ruhig und wach im Bett, lauschte dem regelmäßigen Atem meiner Tochter und beobachtete die ständig wechselnden Muster, die das Laub im Mondlicht formte. Ich glaube, ich versuchte wieder, die Zukunft zu lesen, hoffte, in den Mustern ein Zeichen zu finden, ein Wort der Ermutigung ... Nachts ist es leichter, an solche Dinge zu glauben, wenn der schwarze Mann draußen Wache hält und die Wetterfahne auf dem Kirchturm quietscht. Aber ich sah nichts, fühlte nichts und schlief schließlich wieder ein. Ich träumte von Reynaud, der im Krankenhaus am Bett eines alten Mannes stand, ein Kruzifix in der einen und eine Schachtel Streichhölzer in der anderen Hand.

Sonntag, 9. März

Armande kam heute am frühen Morgen in den Laden, um zu plaudern und eine Tasse Schokolade zu trinken. Sie trug einen neuen hellen Strohhut mit einem roten Band und wirkte frischer und vitaler als gestern. Den Spazierstock nimmt sie wohl nur aus Affektiertheit mit; mit dem leuchtend roten Taschentuch, das sie stets darum bindet, sieht er aus wie eine kleine Rebellenflagge. Sie bestellte *chocolat viennois* und ein Stück von meinem schwarzweißen Schichtkuchen und machte es sich auf einem Hocker bequem. Joséphine, die mir im Laden aushilft, bis sie etwas anderes gefunden hat, verfolgte das Geschehen von der Küche aus mit leicht besorgter Miene.

»Ich hab gehört, es hat letzte Nacht einen ziemlichen Wirbel gegeben«, sagte Armande in ihrer direkten Art. Ihre freundlichen dunklen Augen machen ihr betont forsches Auftreten immer wieder wett. »Muscat, dieser Rüpel, hat sich anscheinend mal wieder von seiner besten Seite gezeigt.«

Ich erklärte ihr die Sachlage so knapp wie möglich. Armande hörte aufmerksam zu.

»Ich frage mich bloß, warum sie ihm nicht schon vor Jahren den Laufpass gegeben hat«, meinte sie, als ich geendet hatte. »Sein Vater war keinen Deut besser. Der konnte seine Meinung auch nicht für sich behalten. Und seine Hände genauso wenig.« Sie nickte Joséphine freundlich zu, die mit einer Kanne heißer Milch in der Hand in der Tür erschien. »Ich hab schon immer gewusst, dass Sie eines Tages zur Besinnung kommen würden, meine Liebe«, fuhr sie fort. »Lassen Sie sich bloß nichts anderes einreden.«

Joséphine lächelte.

»Keine Sorge«, sagte sie. »Das werde ich nicht.«

Am Mittag kam Guillaume zusammen mit Anouk. In der Aufregung der letzten Tage hatte ich ein paarmal mit ihm gesprochen, doch als er hereinkam, war ich verblüfft, wie sehr er sich verändert hatte. Er wirkte nicht mehr so eingefallen und gesunken. Auf einmal bewegte er sich mit federnden Schritten und trug einen leuchtend roten Schal um den Hals, der ihm etwas Verwegenes verlieh. Mir fiel auf, dass immer noch Charlys Leine um sein Handgelenk gewickelt war. Aus dem Augenwinkel sah ich etwas Dunkles zu seinen Füßen. Anouk rannte an Guillaume vorbei, tauchte unter der Theke hindurch und gab mir einen Kuss.

»Maman!«, trompetete sie mir ins Ohr. »Guillaume hat seinen *Hund* gefunden.«

Ich drehte mich um, Anouk immer noch in den Armen.

Guillaume stand neben der Tür, mit freudig geröteten Wangen. Zu seinen Füßen wuselte ein Welpe, ein braunweißer Mischling.

»Schsch, Anouk, das ist nicht mein Hund.« Guillaumes Gesichtsausdruck war eine Mischung aus Freude und Verlegenheit. »Er war unten am Fluss, in *Les Marauds*. Wahrscheinlich wollte ihn jemand loswerden.«

Anouk fütterte den Hund mit Zuckerwürfeln.

»Roux hat ihn gefunden«, rief sie. »Hat ihn unten am Fluss weinen hören. Das hat er mir selber erzählt.«

»Ach, du hast mit Roux gesprochen?«

Anouk nickte geistesabwesend, während sie den Hund kraulte, der sich genüsslich über den Boden wälzte.

»Ist der süß«, sagte Anouk. »Werden Sie ihn behalten?«

Guillaume lächelte traurig.

»Ich glaube nicht, Liebes. Weißt du, nachdem Charly –«

»Aber er ist ganz allein, er hat gar kein Zuhause –«

»Es gibt bestimmt Leute im Dorf, die so einem netten kleinen Hund ein Zuhause geben wollen.« Guillaume beugte sich hinunter und zog den Hund zärtlich an den Ohren. »Er ist ein freundlicher kleiner Kerl, und so lebhaft.«

Hartnäckig: »Wie soll er denn heißen?«

Guillaume schüttelte den Kopf.

»Ich glaube nicht, dass ich ihn lange genug behalten werde, um ihm einen Namen zu geben, *ma mie*.«

Anouk warf mir einen seltsamen Blick zu, und ich schüttelte den Kopf.

»Ich dachte, Sie könnten vielleicht einen Zettel ins Schaufenster hängen«, sagte Guillaume und setzte sich an die Theke. »Vielleicht meldet sich sein Besitzer ja doch.«

Ich schenkte ihm eine Tasse Mokka ein und stellte sie zusammen mit ein paar Florentinern vor ihn hin.

»Natürlich.« Ich lächelte.

Als ich kurz darauf wieder zu Guillaume hinübersah, saß der Hund auf seinem Schoß und ließ sich Florentiner füttern. Anouk schaute mich an und zwinkerte mir zu.

Seit Anouk und ich hier eingezogen sind, haben wir noch an keinem Sonntag so viele Kunden gehabt wie heute. Unsere Stammkunden – Guillaume, Narcisse, Arnauld und die anderen – sagten wenig, nickten Joséphine freundlich zu und benahmen sich wie immer. Narcisse hatte mir einen Korb voll Endiviensalat aus seinem Gewächshaus mitgebracht, und als er Joséphine sah, reichte er ihr ein kleines Sträußchen Anemonen, das er aus seiner Jackentasche zog. »Die bringen ein bisschen Farbe in den Laden«, murmelte er dazu.

Joséphine errötete, schien jedoch erfreut und wollte sich bei ihm bedanken. Doch Narcisse winkte verlegen ab und schlurfte davon.

Dann kamen die Neugierigen. Während der Messe hatte es sich herumgesprochen, dass Joséphine Muscat bei mir eingezogen war, und den ganzen Vormittag über riss der Strom der Kunden nicht ab. Joline Drou und Caro Clairmont kamen in Frühlingskostümen und bunten Kopftüchern und überbrachten eine Einladung zu einem Wohltätigkeitstee am Palmsonntag. Armande musste über ihren Anblick lachen.

»Sieh mal einer an, die sonntägliche Modenschau!«, rief sie amüsiert aus.

Caro wirkte entnervt.

»Du dürftest eigentlich gar nicht hier sein, Maman«, sagte sie mit einem leicht vorwurfsvollen Unterton. »Du weißt doch, was der Doktor gesagt hat, nicht wahr?«

»Allerdings weiß ich das«, erwiderte Armande. »Was ist los, sterbe ich dir nicht schnell genug? Schickst du mir deswegen diesen wandelnden Totenkopf ins Haus, um mir den Vormittag zu verderben?«

Auf Caros gepuderten Wangen erschien ein Anflug von Röte.

»Wirklich, Maman, wie kannst du so etwas –«

»Ich halte den Mund, sobald du dich um deine eigenen Angelegenheiten kümmerst«, raunzte Armande schlagfertig, und Caro kerbte fast die Bodenfliesen mit ihren Pfennigabsätzen, so eilig hatte sie es plötzlich, den Laden zu verlassen.

Dann kam Denise Arnauld, um sich zu erkundigen, ob wir heute mehr Brot bräuchten.

»Nur für alle Fälle«, sagte sie mit neugierig funkelnden Augen. »Wo Sie doch jetzt einen Gast haben und so.« Ich versicherte ihr, wenn uns das Brot ausginge, würden wir uns an sie wenden.

Dann Charlotte Edouard, Lydie Perrin, Georges Demoulin; eine kaufte vorzeitig ein Geburtstagsgeschenk, eine andere erkundigte sich nach den Einzelheiten des Schokoladenfests – so ein origineller Einfall, Madame –, der Nächste hatte vor der Kirche sein Portemonnaie verloren und dachte, ich könnte es vielleicht gefunden haben. Ich ließ Joséphine hinter der Theke bedienen. Sie trug eine meiner gelben Schürzen, um ihre Kleider vor Schokoladenflecken zu schützen, und sie machte ihre Sache überraschend gut. Sie hat sich heute besonders sorgfältig zurechtgemacht. Der rote Pullover und der schwarze Faltenrock sind adrett und geschäftsmäßig, das dunkle Haar wird von einem Tuch aus der Stirn gehalten. Ihr Lächeln ist professionell, ihre Haltung aufrecht, und obwohl ihr Blick hin und wieder ängstlich zur Tür wandert, wirkt sie kaum wie eine Frau, die um sich und ihren Ruf bangt.

»Sie ist schamlos«, zischte Joline Drou, als sie mit Caro Clairmont noch einmal am Laden vorbeiging, »einfach schamlos. Wenn man sich überlegt, was dieser arme Mann alles mitgemacht hat –«

Joséphine stand mit dem Rücken zu ihnen, aber ich sah, wie ihre Schultern sich strafften. Da das allgemeine Gespräch gerade abgeebbt war, hatten alle die Worte verstanden, und obwohl Guillaume einen Hustenanfall vortäuschte, um Joline zu übertönen, wusste ich, dass Joséphine es gehört hatte.

Es entstand betretenes Schweigen.

Dann ergriff Armande das Wort.

»Tja, meine Liebe, wenn die beiden anfangen, über Sie herzuziehen, wissen Sie, dass Sie es geschafft haben«, sagte sie keck. »Willkommen auf der anderen Seite!«

Joséphine warf ihr einen misstrauischen Blick zu. Dann, als sie merkte, dass der Scherz nicht gegen sie gerichtet war, lachte sie. Ein offenes, unbefangenes Lachen. Verblüfft fuhr sie mit der Hand an ihren Mund, wie um sich zu vergewissern, dass das Lachen von ihr stammte. Darüber musste sie noch mehr lachen, und die anderen lachten mit ihr. Wir lachten immer noch, als die Türglocke läutete und Francis Reynaud den Laden betrat.

»*Monsieur le Curé!*« Ich bemerkte die Veränderung in ihrem Gesicht, noch bevor ich ihn sah; ihre Miene wurde feindselig und verschlossen, ihre Fäuste drückten sich in alter Gewohnheit in ihre Magengrube.

Reynaud nickte ernst.

»*Madame* Muscat.« Das erste Wort sprach er mit besonderer Betonung aus. »Ich war bestürzt, Sie heute Morgen nicht in der Kirche zu sehen.«

Joséphine murmelte etwas Unverständliches. Als Reynaud auf die Theke zutrat, drehte sie sich halb um, wie um in die Küche zu flüchten, überlegte es sich jedoch anders und wandte sich ihm zu.

»Gut so, meine Liebe«, sagte Armande anerkennend. »Lassen Sie sich von diesem Schwätzer bloß nicht einschüchtern.« Dann wandte sie sich an Reynaud und gestikulierte streng mit einem Stück Croissant. »Lassen Sie diese Frau in Frieden, Francis. Wenn überhaupt, sollten Sie ihr Ihren Segen geben.«

Reynaud ignorierte sie.

»Hören Sie, *ma fille*«, sagte er ernst. »Wir müssen miteinander reden.« Sein Blick wanderte verächtlich zu dem roten Säckchen, dem Glücksbringer, der über der Tür baumelte. »Aber nicht hier.«

Joséphine schüttelte den Kopf.

»Tut mir leid, ich habe zu arbeiten. Und ich möchte mir nicht anhören, was Sie zu sagen haben.«

Reynaud schob trotzig das Kinn vor.

»Noch nie haben Sie die Kirche so dringend gebraucht wie jetzt.« Ein kurzer, kalter Blick in meine Richtung. »Sie sind schwach geworden. Sie haben es zugelassen, dass andere Sie auf Abwege leiten. Das Sakrament der Ehe –«

Mit einem verächtlichen Aufschrei fiel Armande ihm erneut ins Wort.

»Das Sakrament der Ehe? Wo haben Sie das denn ausgegraben? Ich hätte gedacht, dass ausgerechnet Sie –«

»Bitte, Madame Voizin ...« Endlich eine Spur von Emotion in seiner Stimme. Seine Augen waren frostig. »Ich würde es sehr begrüßen, wenn Sie –«

»Reden Sie doch nicht so geschwollen«, fauchte Armande. »Ihre Mutter hat Ihnen nicht beigebracht zu sprechen, als hätten Sie eine Kartoffel im Mund, oder?« Sie kicherte in sich hinein. »Wir halten uns wohl für was Besseres, wie? Auf dieser vornehmen Schule haben wir ganz vergessen, wo wir herkommen, was?«

Reynaud wurde stocksteif. Ich spürte deutlich seine Anspannung. Er hat in den letzten Wochen deutlich abgenommen, seine Haut spannt sich über seinen hohlen Schläfen wie die Membran eines Tamburins, die Bewegungen seines Unterkiefers sind unter dem mageren Fleisch gut zu verfolgen. Eine Haarsträhne, die ihm schräg in die Stirn hängt, lässt ihn auf trügerische Weise arglos wirken; der Rest ist schneidige Effizienz.

»Joséphine.« Seine Stimme war sanft, beschwörend. Durch seinen Ton schloss er die anderen Anwesenden aus, als wäre er mit Joséphine allein. »Ich weiß, dass Sie meine Hilfe wünschen. Ich habe mit Paul-Marie gesprochen. Er sagt, Sie seien in letzter Zeit sehr unter Druck gewesen. Er sagt –«

Joséphine schüttelte den Kopf.

»*Mon père.*« Der ausdruckslose Blick in ihren Augen war verschwunden, sie war ruhig und gelassen. »Ich weiß, dass Sie es gut meinen. Aber ich bleibe bei meinem Entschluss.«

»Aber das Sakrament der Ehe –« Er war jetzt deutlich erregt, beugte sich vor, das Gesicht gramverzerrt. Seine Hände umklammerten die gepolsterte Theke. Noch ein verstohlener Blick in Richtung des roten Säckchens. »Ich weiß, Sie sind verwirrt. Sie haben sich von anderen beeinflussen lassen.« Dann, bedeutungsvoll: »Wenn wir doch nur unter vier Augen miteinander reden könnten –«

»Nein«, erwiderte sie mit fester Stimme. »Ich bleibe hier bei Vianne.«

»Aber wie lange?« Er versucht, ungläubig zu klingen, doch ich höre das Entsetzen in seiner Stimme. »Madame Rocher mag zwar Ihre Freundin sein, aber sie ist eine Geschäftsfrau, sie muss ihren Laden führen, sich um ihr Kind kümmern. Wie lange wird sie eine Fremde in ihrem Haus dulden?« Das hatte gesessen. Ich sah, wie Joséphine zögerte, sah wieder die Unsicherheit in ihren Augen. Ich habe diesen Blick zu oft bei meiner Mutter gesehen, um mich zu täuschen, diesen Ausdruck des Zweifels, der Angst.

Wir brauchen nur einander, und sonst niemanden. Ein eindringliches Flüstern in der schwülen Dunkelheit eines anonymen Hotelzimmers. *Warum, zum Teufel, sollten wir die Hilfe von anderen in Anspruch nehmen?* Tapfere Worte, und sollte sie Tränen vergossen haben, waren sie in der Dunkelheit nicht zu sehen. Doch ich spürte, wie sie fast unmerklich zitterte, während sie mich unter der Decke in den Armen hielt, als würde sie von Fieber geschüttelt. Vielleicht war das der Grund, warum sie vor ihnen davonlief, vor den freundlichen Männern und Frauen, die sich mit ihr anfreunden, sie lieben, sie verstehen wollten. Wir waren wie Aussätzige, von Misstrauen getrieben; der Stolz, den wir vor uns hertrugen, die letzte Zuflucht der Ausgestoßenen.

»Ich habe Joséphine angeboten, für mich zu arbeiten«, sagte ich freundlich, aber bestimmt. »Ich brauche dringend

Hilfe bei den Vorbereitungen für das Schokoladenfest an Ostern.«

Sein Blick, endlich entlarvt, war voller Hass.

»Ich werde sie in der Herstellung von Schokolade unterweisen«, fuhr ich fort. »Außerdem kann sie mich im Laden vertreten, wenn ich in der Küche zu tun habe.« Joséphine beobachtete mich mit erstaunten Augen. Ich zwinkerte ihr zu.

»Sie tut mir einen Gefallen, und ich bin sicher, dass sie das Geld gut gebrauchen kann«, sagte ich ruhig. »Und was ihre Wohnsituation angeht ...« Ich schaute ihr direkt in die Augen. »Joséphine, Sie können so lange bei mir wohnen, wie Sie wollen. Es ist uns ein Vergnügen, Sie bei uns zu haben.«

Armande kicherte in sich hinein.

»Sie sehen also, *mon père*«, sagte sie schadenfroh, »Sie verschwenden nur Ihre Zeit. Es sieht so aus, als würde sich alles auch ohne Sie wunderbar fügen.« Sie nippte provozierend genüsslich an ihrer Schokolade. »So ein Tässchen Schokolade würde Ihnen auch gut tun«, sagte sie. »Sie wirken ein bisschen spitz um die Nase, Francis. Haben Sie wieder am Messwein genascht?«

Er lächelte sie mit stechenden Augen an.

»Sehr witzig, Madame. Wie schön, dass Sie Ihren Sinn für Humor noch nicht verloren haben.« Dann drehte er sich auf dem Absatz um, und mit einem pikierten *»Monsieur-Dames«* an die restlichen Kunden verließ er den Laden.

Montag, 10. März

Ihr Gelächter folgte mir bis auf die Straße wie ein Vogelschwarm. Mein Unmut und der Schokoladenduft machten mich schwindlig, ich fühlte mich beinahe euphorisch vor Wut. Wir haben die ganze Zeit Recht gehabt, Vater. Damit hat sie uns vollkommen bestätigt. Indem sie die drei Bereiche angreift, die uns am wichtigsten sind – die Gemeinde, die kirchlichen Feiertage und nun das Sakrament der Ehe –, hat sie sich schließlich selbst entlarvt. Ihr Einfluss ist verderblich, und er wird immer größer, der Samen ist bereits in ein oder zwei Dutzend Köpfen auf fruchtbaren Boden gefallen. Heute Morgen habe ich auf dem Friedhof den ersten Löwenzahn gesehen, der sich hinter einem Grabstein aus einer Ritze zwängte. Die Wurzel ist bereits fingerdick und hat sich so tief in den Boden gegraben, dass ich nicht mehr drankomme, wühlt sich in die Dunkelheit unter den Stein. In einer Woche wird die Pflanze wieder nachgewachsen und noch zäher sein als zuvor.

Ich habe Muscat heute Morgen bei der Kommunion gesehen, obwohl er vorher nicht gebeichtet hat. Er wirkt abgespannt und mürrisch, unbehaglich in seinem Sonntagsanzug. Es hat ihn sehr mitgenommen, dass seine Frau ihn verlassen hat.

Als ich die *chocolaterie* verließ, stand er rauchend neben dem Hauptportal und wartete auf mich.

»Nun, mon *père*?«

»Ich habe mit Ihrer Frau gesprochen.«

»Wann kommt sie nach Hause?«

Ich schüttelte den Kopf.

»Ich möchte Ihnen keine falschen Hoffnungen machen«, sagte ich freundlich.

»Diese sture Kuh«, sagte er, warf seinen Zigarettenstummel auf den Boden und zertrat ihn mit dem Absatz. »Verzeihen Sie meine Ausdrucksweise, Vater, aber so ist es nun mal. Wenn ich mir überlege, was ich alles für diese Schlampe aufgegeben habe – das *Geld*, das sie mich gekostet hat –«

»Sie hat es auch nicht leicht gehabt«, entgegnete ich mit einem bedeutungsvollen Blick, denn ich musste an alles denken, worüber ich mit seiner Frau in all den Jahren im Beichtstuhl gesprochen habe.

Muscat zuckte die Achseln.

»Ich bin kein Engel«, sagte er. »Ich kenne meine Schwächen. Aber sagen Sie mir eins, Vater« – er hob bittend die Hände –, »habe ich nicht meine Gründe gehabt? Jeden Morgen neben ihrem dämlichen Gesicht aufzuwachen. Sie immer wieder mit prallvollen Taschen zu erwischen, voll gestopft mit Zeug, das sie auf dem Markt geklaut hat, mit Lippenstiften und Parfümflaschen und billigem Modeschmuck. Und in der Kirche haben mich alle angestarrt und über mich gelacht.« Er schaute mich Zustimmung heischend an. »Was meinen Sie, Vater? Habe ich nicht auch mein Kreuz zu tragen gehabt?«

Das alles hörte ich nicht zum ersten Mal. Seine Beschwerden über ihre Schlampigkeit, ihre Dummheit, ihren Hang zum Stehlen, ihre Faulheit. Ich bin nicht verpflichtet, eine Meinung zu solchen Dingen zu haben. Meine Aufgabe ist es, Rat und Beistand zu geben. Aber er widert mich an mit seinen Ausreden, seiner Überzeugung, er hätte es im Leben zu etwas Großem bringen können, wenn sie nicht gewesen wäre.

»Wir sind nicht hier, um Schuld zuzuweisen«, sagte ich mit einem tadelnden Unterton. »Wir sollten lieber nach Möglichkeiten suchen, wie wir Ihre Ehe retten können.«

Er lenkte sofort ein.

»Tut mir leid, Vater. Ich – ich hätte das alles nicht sagen dürfen.« Er bemühte sich, sich ernsthaft geben, zeigte mir seine Zähne, die so gelb waren wie uraltes Elfenbein. »Glauben Sie nicht, ich würde sie nicht lieben, Vater. Ich meine, ich will sie schließlich zurückhaben, oder?«

O ja. Damit sie ihm sein Essen kocht. Und seine Kleider bügelt. Im Café bedient. Und um seinen Freunden zu zeigen, dass niemand Paul-Marie Muscat zum Narren hält, niemand. Ich verachte diese Heuchelei. Er muss sie tatsächlich zurückgewinnen, in diesem Punkt zumindest stimme ich ihm zu. Aber aus anderen Gründen.

»Wenn Sie sie wiederhaben wollen, Muscat«, sagte ich spitz, »dann haben Sie sich bisher allerdings erstaunlich dumm angestellt.«

Er warf verächtlich den Kopf in den Nacken.

»Das sehe ich aber gar nicht –«

»Geben Sie sich nicht für dümmer aus, als Sie sind.«

Mein Gott, *mon père*, wie haben Sie es bloß geschafft, so viel Geduld mit diesen Leuten zu haben?

»Drohungen, Beschimpfungen, Ihr Auftritt letzte Nacht? Glauben Sie wirklich, dass Sie damit zum Ziel kommen?«

Verdrossen: »Ich konnte ihr das doch nicht einfach durchgehen lassen, Vater. Im ganzen Dorf heißt es schon, meine Frau hätte mich sitzen lassen. Und diese Schlampe Rocher ...« Seine bösen Augen zogen sich hinter den Brillengläsern zu Schlitzen zusammen. »Es geschähe ihr recht, wenn mit diesem Luxusladen etwas passieren würde«, sagte er geradeheraus. »Dann wären wir die Hexe ein für alle Mal los.«

Ich sah ihn streng an.

»Ach ja?«

Es war zu nah an dem, was mir auch schon durch den Kopf gegangen ist, Vater. Gott steh mir bei, aber als ich das Boot brennen sah ... Es ist ein primitives Vergnügen, unter meiner Würde als Priester, ein heidnisches Gelüst, das ich eigentlich gar nicht empfinden dürfte. Ich habe mit mir gerungen, Vater, am frühen Morgen. Ich habe es in mir unterdrückt, aber wie der Löwenzahn wächst es immer wieder nach, schlägt heimtückisch immer wieder neue Wurzeln. Vielleicht klang meine Stimme härter als gewollt, als ich ihm antwortete, weil ich wusste, was er meinte.

»An was hatten Sie denn gedacht, Muscat?«

Er murmelte etwas Unverständliches.

»Ein Feuer vielleicht? Einen praktischen Hausbrand?« Ich spürte die Wut in mir wachsen. Mein Mund füllte sich mit einem Geschmack, der zugleich metallisch und süßlich faul war. »Wie das Feuer, das die Zigeuner vertrieben hat?«

Er grinste.

»Möglich. Diese alten Häuser sind grässliche Feuerfallen.«

»Hören Sie mir gut zu.« Plötzlich empfand ich Abscheu bei dem Gedanken, er könnte mein Schweigen in jener Nacht als Komplizenschaft aufgefasst haben. »Wenn ich außerhalb des Beichtstuhls auch nur den leisesten Verdacht schöpfe, dass Sie so etwas vorhaben – wenn mit diesem Laden irgendetwas passiert –« Ich hatte ihn bei den Schultern gepackt, meine Finger gruben sich tief in sein weiches Fleisch.

Muscat starrte mich gekränkt an.

»Aber Vater, Sie haben doch selbst gesagt –«

»*Ich habe überhaupt nichts gesagt!*« Ich hörte meine Stimme auf dem Platz widerhallen und beeilte mich, leiser zu sprechen. »Ich habe niemals gewollt, dass Sie –« Ich hatte plötzlich einen Kloß im Hals und musste mich räuspern. »Wir leben nicht im Mittelalter, Muscat«, sagte ich dann knapp. »Wir legen Gottes Gesetze nicht nach eigenem Gutdünken aus. Oder die Gesetze dieses Landes«, fügte ich mühsam hinzu, während ich ihm in die Augen sah. Seine Augäpfel waren ebenso gelb wie seine Zähne. »Haben wir uns verstanden?«

»Ja, *mon père*«, brummte er verstimmt.

»Wenn nämlich irgendetwas geschieht, Muscat, *irgendetwas*, eine eingeschlagene Fensterscheibe, ein kleines Feuer, egal was ...« Ich bin einen Kopf größer als er. Ich bin jünger, kräftiger als er. Instinktiv reagiert er auf die physische Bedrohung. Ich versetze ihm einen Stoß, der ihn gegen die Steinmauer hinter sich torkeln lässt. Mittlerweile bin ich kaum noch in der Lage, meine Wut zu beherrschen. Dass er es wagt – dass er es *wagt*! –, meine Rolle zu übernehmen, Vater. Ausgerechnet er, dieser erbärmliche, verblendete Säufer. Dass er mich in diese Situation bringt; mich zwingt, diese Frau zu beschützen, die meine Feindin ist. Mühsam gewinne ich die Fassung wieder.

»Halten Sie sich von dem Laden fern, Muscat.«
Etwas bescheidener, kleinlauter: »Ja, Vater.«
»Und überlassen Sie die Sache mir.«
»Ja, Vater.«

Ich bin nicht verantwortlich für die Verblendung meiner Gemeindemitglieder. Ich habe ihn zu nichts angestiftet. Es besteht keine Seelenverwandtschaft zwischen mir, der seine niederen Instinkte beherrscht, und ihm, der sich in ihnen suhlt. Und dennoch geht mir die Sache nicht mehr aus dem Kopf. Ein Unglücksfall – ein achtlos fortgeworfenes Streichholz, eine unbeachtete Kerze, ein Kurzschluss – auch solche Dinge können Gottes Werk tun. Aber ich habe meinen Standpunkt deutlich gemacht. Ich muss Vianne Rocher beschützen. Es liegt eine bittere Ironie darin, Vater, etwas, das mir den Magen versäuert und den Mund austrocknet. Jedes Mal, wenn ich über den Platz hinweg zu der rot-goldenen Markise hinüberschaue, die in der Sonne glitzert, spüre ich ihr Lachen. Irgendwie hat sie es geschafft, mich auszumanövrieren, Vater. Sie hat Muscat und seine Frau benutzt, um mich zu ihrem Werkzeug zu machen. Sie hat es geschafft, uns machtlos zu machen und daran zu hindern, zu tun, was wir tun müssen, die Sache bei der Wurzel zu packen, bevor sie uns übermannt.

Noch drei Wochen bis zu ihrem großen Fest. Mehr bleibt mir nicht. Drei Wochen, um mir zu überlegen, wie ich sie aufhalten kann. Ich habe in der Kirche gegen sie gepredigt, mit dem einzigen Erfolg, mich selbst lächerlich gemacht zu haben. Schokolade, hat man mir erklärt, habe nichts mit Moral zu tun. Selbst die Clairmonts finden meine Unerbittlichkeit eher merkwürdig; sie überschlägt sich vor gespielter Sorge, ich sei überarbeitet, während er offen über mich grinst. Vianne Rocher selbst kümmert sich überhaupt nicht um meine Einwände. Anstatt sich anzupassen, trägt sie ihr Anderssein zur Schau, grüßt mich frech quer über den Platz hinweg, fördert die Schrullen von Leuten wie Armande und hat dauernd alle Kinder um sich herum, die unter ihrem Einfluss immer ausgelassener werden. Selbst in einer großen Menschenmenge fällt sie sofort auf. Andere gehen die Straße entlang – sie rennt. Ihr Haar, ihre Kleidung: immer zerzaust, immer bunt – orange und gelb und gepunktet und geblümt. Wenn sich ein Wellensittich in der Wildnis unter die Spatzen mischte, würde er schon bald wegen seines bunten Federkleids zerrissen. Aber hier wird sie mit Wohlwollen akzeptiert, ja, man hat sogar Vergnügen an ihr. Was anderswo Empörung auslösen würde, wird hier toleriert, denn es ist ja nur Vianne. Selbst Clairmont erliegt ihrem Charme, und seiner Frau ist sie nicht etwa ein Dorn im Auge, weil sie sich moralisch überlegen fühlt, nein, Caro ist eifersüchtig, was nicht gerade für sie spricht. Zumindest ist Vianne Rocher keine Heuchlerin, die Gottes Wort missbraucht, um ihren sozialen Status zu erhöhen. Aber auch dieser Gedanke bedeutet eine weitere Gefahr, denn er beinhaltet eine gewisse Sympathie meinerseits, die sich ein Mann in meiner Position kaum leisten kann. Ich darf keine Sympathie empfinden. Zuneigung ist ebenso unangemessen wie Hass. Um der Gemeinde und der Kirche willen muss ich unvoreingenommen sein. Nur der Kirche und der Gemeinde bin ich zu Loyalität verpflichtet.

Mittwoch, 12. März

Seit Tagen haben wir nicht mehr mit Muscat gesprochen. Nachdem Joséphine sich anfangs weigerte, das Haus zu verlassen, traut sie sich inzwischen, allein zum Bäcker am Ende der Straße oder zum Blumenladen auf der gegenüberliegenden Seite des Dorfplatzes zu gehen. Da sie es nicht wagt, das *Café de la République* zu betreten, habe ich ihr ein paar von meinen Kleidern geliehen. Sie sieht hübsch aus in dem blauen Pullover und dem geblümten langen Rock, die Farben verleihen ihr eine jugendliche Frische. In den wenigen Tagen hat sie sich völlig verändert; der stumpfe, feindselige Blick ist verschwunden, ebenso die abwehrend geballten Fäuste. Sie wirkt größer, geschmeidiger, nicht mehr so unförmig wie zuvor, als sie ständig mit eingezogenen Schultern herumlief und mehrere Lagen Kleider übereinander trug. Sie bedient im Laden, während ich in der Küche arbeite, und ich habe ihr bereits beigebracht, wie man die verschiedenen Schokoladensorten mischt und anrührt und einfache Pralinen herstellt. Ihre Hände sind flink und geübt. Lachend erinnere ich sie daran, mit welcher Geschicklichkeit sie damals am ersten Tag die Mandeln hatte in ihrer Tasche verschwinden lassen. Sie errötet.

»Ich würde Sie nie bestehlen!« Ihre Empörung ist echt. »Vianne, Sie glauben doch nicht etwa, ich –«
»Natürlich nicht.«
»Sie wissen doch, ich –«
»Natürlich.«

Sie und Armande, die sich bisher kaum kannten, sind gute Freundinnen geworden. Die alte Dame kommt jetzt jeden Tag in den Laden, manchmal zum Plaudern, manchmal, um sich eine Tüte von ihren Lieblingstrüffeln zu kaufen. Häufig ist sie in Begleitung von Guillaume, der sie inzwischen regelmäßig besucht. Heute war Luc auch hier, und die drei saßen zusammen in einer Ecke mit einer großen Kanne Schokolade und einem Teller voll Eclairs. Es waren immer wieder Gelächter und freudige Ausrufe von der kleinen Runde zu hören.

Kurz vor Ladenschluss kam Roux herein. Er wirkte schüchtern und verhalten. Zum ersten Mal seit dem Brand sah ich ihn von nahem, und ich war bestürzt darüber, wie sehr er sich verändert hatte. Er wirkt schlanker, sein Haar ist mit Pomade streng aus dem mürrischen Gesicht frisiert. An einer Hand trägt er einen schmutzigen Verband. Die Spuren der Verbrennungen in seinem Gesicht wirken jetzt wie ein schlimmer Sonnenbrand.

Er zuckte zusammen, als er Joséphine hinter der Theke sah.

»Verzeihung. Ich dachte, Vianne wäre –« Er wandte sich abrupt zum Gehen.

»Nein, bitte. Sie ist in der Küche.« Sie ist wesentlich lockerer geworden, seit sie im Laden arbeitet, doch diesmal wirkte sie verlegen. Vielleicht hatte seine Erscheinung sie eingeschüchtert.

Roux zögerte.

»Sie sind die Frau aus dem Café«, sagte er schließlich. »Sie sind ...«

»Joséphine Bonnet«, unterbrach sie ihn. »Ich wohne jetzt hier.«

»Ach.«

Als ich aus der Küche trat, sah ich, wie er sie misstrauisch betrachtete. Doch er verfolgte das Thema nicht weiter, und Joséphine zog sich erleichtert in die Küche zurück.

»Schön, Sie zu sehen, Roux«, sagte ich. »Ich wollte Sie um einen Gefallen bitten.«

»So?«

Er schafft es immer wieder, eine einzige Silbe bedeutungsvoll klingen zu lassen. Diesmal war es höfliche Verblüffung, Misstrauen. Er wirkte wie eine nervöse Katze, die jederzeit zum Angriff bereit ist.

»Es müssen ein paar Umbauarbeiten am Haus durchgeführt werden, und ich dachte, Sie könnten vielleicht ...«

Ich finde es schwierig, die richtigen Worte zu finden, denn ich weiß, dass er alles ablehnen wird, was er als Almosen betrachtet.

»Hat das vielleicht etwas mit unserer Freundin Armande zu tun?« Sein Ton war zugleich beiläufig und hart. Er schaute zu dem Tisch in der Ecke hinüber, an dem Armande, Luc und Guillaume saßen. »Wir versuchen wohl wieder, heimlich Gutes zu tun, wie?«, sagte er sarkastisch.

Als er sich mir wieder zuwandte, war sein Gesicht ausdruckslos.

»Ich bin nicht hergekommen, um Sie um Arbeit zu bitten. Ich wollte Sie fragen, ob Sie an dem Abend jemanden um mein Boot haben schleichen sehen.«

Ich schüttelte den Kopf.

»Tut mir leid, Roux. Ich habe niemanden gesehen.«

»Okay.« Er wandte sich erneut zum Gehen. »Vielen Dank.«

»Moment, warten Sie –«, rief ich. »Wollen Sie nicht wenigstens eine Tasse Schokolade mit mir trinken?«

»Ein andermal.« Sein Ton war schroff, beinahe grob. Ich spürte, dass seine Wut eine Angriffsfläche suchte.

»Wir sind immer noch Ihre Freunde«, sagte ich, als er die Tür erreichte. »Armande und Luc und ich. Seien Sie doch nicht so abweisend. Wir wollen Ihnen helfen.«

Roux drehte sich mit einem Ruck um. Er starrte mich mit wütend zusammengekniffenen Augen an.

»Das gilt für alle hier.« Er sprach mit leiser, hasserfüllter Stimme, sein Akzent war so stark, dass seine Worte kaum zu verstehen waren. »Ich brauche keine Hilfe. Ich hätte mich überhaupt nie mit Ihnen einlassen sollen. Ich bin nur deswegen immer noch hier, weil ich rausfinden will, wer mein Boot abgefackelt hat. Und *Sie* sind *nicht* meine Freunde.«

Und dann war er verschwunden, wie ein wütender Bär hinausgestapft, begleitet vom hellen Klingeln der Türglocke.

Als er weg war, sahen wir einander an.

»Rothaarige Männer«, sagte Armande mitfühlend. »Stur wie die Esel.«

Joséphine wirkte erschüttert.

»Was für ein ungehobelter Kerl«, sagte sie schließlich. »*Sie* haben sein Boot doch nicht angezündet. Welches Recht hat er, seine Wut an Ihnen auszulassen?«

Ich zuckte die Achseln.

»Er ist hilflos und wütend, und er weiß nicht, wer der Schuldige ist«, sagte ich. »Das ist eine natürliche Reaktion. Und er glaubt, wir würden ihm unsere Hilfe bloß anbieten, weil wir Mitleid mit ihm haben.«

»Ich hasse Szenen«, sagte Joséphine, und ich wusste, dass sie an ihren Mann dachte. »Ich bin froh, dass er weg ist. Glauben Sie, er wird jetzt aus Lansquenet fortgehen?«

Ich schüttelte den Kopf.

»Das glaube ich nicht«, erwiderte ich. »Wo sollte er denn auch hingehen?«

Donnerstag, 13. März

Gestern Nachmittag bin ich nach *Les Marauds* hinuntergegangen, um mit Roux zu reden, hatte aber ebenso wenig Erfolg wie beim letzten Mal. Das verfallene Haus ist von innen mit einem Vorhängeschloss gesichert, und die Fensterläden sind geschlossen. Ich stelle mir vor, wie er sich mit seiner Wut im Dunkeln verkriecht wie ein argwöhnisches Tier. Ich rief seinen Namen, und ich wusste, dass er mich hörte, aber er antwortete nicht. Ich wollte ihm eine Nachricht an der Tür hinterlassen, überlegte es mir jedoch anders. Wenn er mich sprechen will, dann muss er das von sich aus tun. Anouk war mitgekommen; sie hatte ein Papierschiff dabei, das ich ihr aus dem Umschlag einer Zeitschrift gebastelt hatte. Während ich vor Roux' Tür stand, ließ sie es im Fluss schwimmen und hielt es mit einem langen, biegsamen Zweig davon ab, zu weit vom Ufer abzutreiben. Als Roux nicht auftauchte, überließ ich Anouk ihrem Spiel, um zum Laden zurückzugehen, wo Joséphine dabei war, den Nachschub an Schokolade für diese Woche zuzubereiten.

»Nimm dich vor den Krokodilen in Acht«, sagte ich ihr mit ernster Miene.

Anouk grinste mich an. Ihre Spielzeugtrompete in der einen und den langen Zweig in der anderen Hand, begann sie, laut Alarm zu blasen, während sie aufgeregt von einem Fuß auf den anderen hüpfte.

»Krokodile! Die Krokodile greifen an!«, krähte sie. »Macht die Kanonen klar!«

»Vorsicht«, sagte ich. »Fall nicht ins Wasser.«

Mit theatralischer Geste warf sie mir einen Kuss zu und konzentrierte sich wieder auf ihr Spiel. Als ich mich am oberen Ende der steilen Straße noch einmal umdrehte, war sie gerade dabei, die Krokodile mit Erdklumpen zu bombardieren, und ich konnte immer noch das dünne Schmettern ihrer Trompete und andere Schlachtgeräusche hören.

Komisch, dass das plötzliche Aufwallen von zärtlichen Gefühlen mich immer wieder überrascht. Wenn ich angestrengt gegen die Abendsonne blinzele, kann ich die Krokodile fast ausmachen, die langen, weitaufgerissenen Mäuler im Wasser, das Aufblitzen der Kanonen. Wie sie so zwischen den Häusern herumläuft und das Rot und Gelb ihres Anoraks und ihrer Mütze immer wieder aus den Schatten auftauchen, kann ich beinahe die ganze Menagerie erkennen, die sie um sich versammelt hat. Als sie bemerkt, dass ich ihr zusehe, winkt sie mir zu, ruft: *Ich hab dich lieb!* und wendet sich wieder der ernsten Angelegenheit ihres Spiels zu.

Am Nachmittag hatten wir geschlossen, und Joséphine und ich arbeiteten hart, um genug Pralinen und Trüffel für den

Rest der Woche herzustellen. Ich habe bereits angefangen, die Osterleckereien herzustellen, und Joséphine hat gelernt, die Tierfiguren zu dekorieren und vorsichtig in Schachteln zu verpacken, die sie mit bunten Schleifen zubindet. Der Keller ist der ideale Lagerraum. Kühl, aber nicht so kalt, dass die Schokolade den weißen Film bekommt, der entsteht, wenn man sie im Kühlschrank aufbewahrt, dunkel und trocken. In Kartons verpackt, können wir alle unsere Waren hier lagern und haben dabei immer noch Platz für Küchenvorräte. Der Boden ist mit alten Feldsteinen gefliest, glatt und braun wie Eichenholz und an den Füßen angenehm kühl. Von der Decke baumelt eine nackte Glühbirne. Die Kellertür besteht aus rohem Kiefernholz, mit einem Loch am unteren Rand für die längst verschwundene Katze. Selbst Anouk mag den Keller, der nach Gemäuer und altem Wein duftet, und sie hat mit bunter Kreide Figuren auf die Steine und die geweißten Wände gemalt; Tiere und Schlösser und Vögel und Sterne.

Heute Morgen kamen Armande und Luc kurz nacheinander in den Laden, um ein bisschen zu plaudern, dann gingen sie gemeinsam fort. Sie treffen sich jetzt häufiger, nicht nur in meinem Laden. Luc hat mir erzählt, dass er Armande letzte Woche zweimal besucht und jedes Mal eine Stunde in ihrem Garten gearbeitet hat.

»Die B-Beete müssen hergerichtet werden, jetzt, w-wo das Dach fertig ist«, erklärte er mir ernst. »Sie schafft die G-Gartenarbeit nicht mehr so wie f-früher, aber sie sagt, sie will dieses Jahr ein paar B-Blumen haben und nicht n-nur Unkraut.«

Gestern hat er eine Kiste mit Pflanzen aus Narcisse' Gewächshaus mitgenommen und sie in die frisch umgegrabene Erde entlang Armandes Gartenmauer gepflanzt.

»L-Lavendel und Pfingstrosen und Tulpen und Osterglocken«, sagte er. »Am liebsten hat sie die bunten und die, d-die besonders schön duften. S-Sie sieht nicht mehr so gut, deswegen hab ich F-Flieder und Ginster und Stockrosen und s-solche Blumen genommen, die nicht zu übersehen sind.« Er lächelte schüchtern. »Ich m-möchte alles vor ihrem Geburtstag f-fertig haben«, erklärte er.

Ich fragte ihn, wann Armandes Geburtstag sei.

»Am achtundzwanzigsten März«, sagte er. »Dann wird sie einundachtzig. Ich hab mir schon ein G-Geschenk überlegt.«

»So?« Er nickte.

»Ich kaufe ihr einen seidenen Schlüpfer«, sagte er leicht verlegen. »S-Sie mag Unterwäsche.«

Ich bemühte mich, ein Lächeln zu unterdrücken, und sagte ihm, das sei eine gute Idee.

»Ich muss nach Agen fahren«, sagte er. »Und ich m-muss aufpassen, dass meine Mutter nichts merkt, s-sonst bekommt sie einen Anfall.« Plötzlich musste er grinsen. »Vielleicht könnten wir eine Geburtstagsparty für sie organisieren, w-wissen Sie, um ihren Eintritt ins n-nächste Jahrzehnt zu feiern.«

»Wir können sie ja mal fragen, was sie davon hält«, schlug ich vor.

Um vier kam Anouk müde und glücklich und von Kopf bis Fuß mit Schlamm bedeckt nach Hause, und Joséphine machte Zitronentee, während ich das Badewasser einließ. Ich befreite Anouk von ihren schmutzigen Kleidern und steckte sie in das warme, nach Honig duftende Wasser. Anschließend setzten wir uns gemeinsam an den Tisch und aßen *pains au chocolat* und *brioche* mit Himbeermarmelade und dicke, süße Aprikosen aus Narcisse' Gewächshaus. Nachdenklich rollte Joséphine eine Aprikose in ihrer Handfläche hin und her.

»Ich muss immer wieder an diesen Mann denken«, sagte sie schließlich. »An den, der heute früh im Laden war, wissen Sie.«

»Roux.«

Sie nickte.

»Dass sein Boot abgebrannt ist –«, sagte sie zögernd. »Sie glauben nicht, dass das ein Unfall war, nicht wahr?«

»Er glaubt es nicht. Er sagt, es habe nach Benzin gerochen.«

»Was denken Sie, würde er tun, wenn er herausfinden würde« – sie holte tief Luft –, »wer es getan hat?«

Ich zuckte die Achseln.

»Ich weiß es wirklich nicht. Warum fragen Sie, Joséphine? Können Sie sich vorstellen, wer das getan haben könnte?«

Hastig: »Nein. Aber wenn es jemand wüsste – und nicht sagen würde –« Sie unterbrach sich gequält. »Würde er ... ich meine ... was würde –«

Ich schaute sie an. Sie wich meinem Blick aus, rollte immer noch die Aprikose in ihrer Hand. In ihren Gedanken sah ich plötzlich Rauchwolken schimmern.

»Sie wissen, wer es war, nicht wahr?«

»Nein.«

»Hören Sie, Joséphine, wenn Sie etwas wissen –«

»Ich weiß überhaupt nichts«, sagte sie tonlos. »Ich wünschte, es wäre anders.«

»Ist schon gut. Niemand macht Ihnen einen Vorwurf«, sagte ich sanft.

»Ich weiß überhaupt nichts!«, wiederholte sie mit schriller Stimme. »Wirklich nicht. Außerdem hat er doch gesagt, er würde von hier fortgehen, er ist nicht von hier, und er hätte nie herkommen sollen und –« Sie schnitt den Satz mit einem hörbaren Zähnezusammenbeißen ab.

»Ich hab ihn heute Nachmittag gesehen«, sagte Anouk mit vollem Mund. »Er hat mir sein Haus gezeigt.«

Ich schaute sie neugierig an.

»Er hat mir dir gesprochen?«

Sie nickte eifrig.

»Na klar. Er hat gesagt, nächstes Mal baut er mir ein Boot, ein richtiges aus Holz, eins, das nicht untergeht. Das heißt, wenn die Bastarde es nicht auch abfackeln.« Sie gibt seine Sprache treffend wieder. Seine Worte knurren und springen in ihrem Mund. Ich wende mich ab, um mein Grinsen zu verbergen.

»Sein Haus ist cool«, fuhr Anouk fort. »Er hat ein Lagerfeuer mitten auf dem Teppich. Er hat gesagt, ich darf kommen, wann ich will. Oh.« Erschrocken hielt sie sich die Hand vor den Mund. »Er hat gesagt, solange ich dir nichts davon erzähle.« Sie seufzte theatralisch. »Und jetzt hab ich's dir *doch* erzählt, stimmt's, Maman?«

Ich nahm sie lachend in den Arm.

»Stimmt.«

Ich bemerkte, dass Joséphine höchst beunruhigt war.

»Ich finde, du solltest nicht in dieses Haus gehen, Anouk«, sagte sie. »Du kennst diesen Mann doch gar nicht richtig. Vielleicht ist er ja böse.«

»Ich glaube, sie kann ruhig zu ihm gehen«, sagte ich und zwinkerte Anouk zu. »Solange sie es mir erzählt.«

Anouk zwinkerte zurück.

Heute war eine Beerdigung – jemand aus dem Altenheim *Les Mimosas* ein Stück flussabwärts war gestorben –, und aus Angst oder Respekt blieben die meisten Kunden weg. Die alte Dame war vierundneunzig, erzählt Clothilde mir im Blumenladen, eine Verwandte von Narcisse' verstorbener Frau. Ich sah Narcisse, der als Zugeständnis an den Anlass eine schwarze Krawatte zu seinem alten Tweedjackett trug, am Eingang der Kirche stehen. Neben ihm Reynaud in seinem schwarzweißen Gewand, in der einen Hand ein silbernes Kreuz, die andere gütig ausgestreckt, um die Trauergäste zu begrüßen. Es kamen nur wenige. Vielleicht ein Dutzend alte Frauen, von denen ich keine kannte; eine wurde von einer blonden Krankenschwester in einem Rollstuhl geschoben, einige waren so rundlich wie Armande, andere hager mit der für sehr alte Menschen typischen, beinahe durchsichtigen Haut, alle in Schwarz – schwarze Strümpfe und Mäntel und Häubchen und Kopftücher –, manche mit Handschuhen, andere hielten die bleichen, gefalteten Händen vor die Brust gepresst wie die Jungfrauen auf den Gemälden von Grünewald. Ich sah vor allem ihre Köpfe, als sie, dicht zusammengedrängt und leise raunend, auf die Kirche zugingen; hin und wieder ein kurzer, misstrauischer Blick aus schwarzen funkelnden Augen, aus der Sicherheit der Gruppe riskiert, während die resolute, gut gelaunte Schwester am Schluss der kleinen Prozession den Rollstuhl schob. Sie schienen nicht von Trauer überwältigt. Die Frau im Rollstuhl hielt ein Gebetbuch in einer Hand und begann mit hoher, zittriger Stimme zu singen, als sie die Kirche betraten. Die anderen nickten Reynaud stumm zu, und ein paar Frauen reichten ihm, bevor sie in der Dunkelheit verschwanden, eine schwarz umrandete Karte, die er während der Totenmesse vorlesen sollte. Der einzige Leichenwagen des Dorfes kam ein bisschen zu spät. Durch die Seitenfenster des Wagens konnte ich den Sarg sehen, der mit einem schwarzen Tuch bedeckt und mit einem Blumengebinde geschmückt war. Die dumpfen Töne der Totenglocke hallten über den Dorfplatz. Dann begann die Orgel zu spielen, traurige, lustlose Töne, wie Kiesel, die in einen Brunnen fallen.

Joséphine, die gerade ein Blech mit Schokoladenbaisers aus dem Ofen genommen hatte, trat in den Laden und schüttelte sich.

»Das ist ja schauerlich«, sagte sie.

Ich muss an das Krematorium denken, an die Orgelmusik – die *Toccata* von Bach –, den billigen, glänzenden Sarg, den Duft nach Bohnerwachs und Blumen. Der Pfarrer sprach den Namen meiner Mutter falsch aus – *Jean Roacher.* Nach zehn Minuten war alles vorbei.

Der Tod sollte ein Fest sein, hatte sie gesagt. *Wie ein Geburtstagsfest. Wenn meine Zeit gekommen ist, will ich in die Luft gehen wie eine Rakete und wie eine Sternenwolke vom Himmel regnen und hören, wie alle sagen: Aaah!*

Am Abend des vierten Juli verstreute ich ihre Asche im Hafen. Auf dem Pier gab es ein Feuerwerk und Zuckerwatte für die Kinder, Chinaböller wurden abgefeuert, und die Luft war erfüllt von dem scharfen Geruch nach Kordit, dem Duft von Grillwürstchen und frittierten Zwiebeln und dem fauligen Gestank der Abfälle, die im Hafenwasser trieben. Es war das Amerika, von dem sie immer geträumt hatte, ein Riesenrummel mit zuckendem Neonlicht, lauter Musik und ausgelassen singenden und sich drängelnden Menschenmengen, die ganze glitzernde, sentimentale Geschmacklosigkeit, die sie so geliebt hatte. Ich wartete bis zum Höhepunkt des Feuerwerks, und als der Himmel ein einziges Meer aus Licht und Farbe war, ließ ich die Asche langsam in den Luftstrom rieseln. Sie fiel in einem blau-weiß-roten Farbenspiel. Ich hätte gern etwas gesagt, aber anscheinend gab es nichts mehr zu sagen.

»Schauerlich«, wiederholte Joséphine. »Ich hasse Begräbnisse. Ich gehe nie hin, wenn jemand beerdigt wird.«

Ich sagte nichts, sondern schaute still auf den leeren Platz hinaus und lauschte der Orgelmusik. Zumindest spielten sie nicht die *Toccata*. Jetzt wurde der Sarg in die Kirche getragen. Er wirkte sehr leicht, die Männer gingen zügig und wenig ehrfurchtsvoll über die Pflastersteine.

»Ich wünschte, wir wären nicht so nah bei der Kirche«, sagte Joséphine unruhig. »Was sich dort abspielt, macht mich ganz nervös.«

»In China gehen die Leute in Weiß zu Beerdigungen«, sagte ich. »Sie verteilen in leuchtend rotes Papier gewickelte Geschenke, das soll Glück bringen. Sie zünden Feuerwerkskörper an. Sie plaudern und lachen und tanzen und weinen. Und am Ende springen alle nacheinander über die Glut des Scheiterhaufens, um den aufsteigenden Rauch zu segnen.«

Sie schaute mich neugierig an.

»Haben Sie auch schon mal in China gelebt?«

Ich schüttelte den Kopf.

»Nein. Aber wir haben in New York viele Chinesen kennen gelernt. Für sie war eine Beerdigung ein Fest, bei dem das Leben des Verstorbenen gefeiert wurde.«

Joséphine wirkte skeptisch.

»Ich kann mir nicht vorstellen, wie man den Tod *feiern* kann«, sagte sie schließlich.

»Man feiert nicht den Tod«, erklärte ich ihr. »Man feiert das *Leben*. Das ganze Leben. Selbst sein Ende.«

Ich nahm die Kanne mit der Schokolade von der Warmhalteplatte und füllte zwei Tassen.

Nach einer Weile ging ich in die Küche, um zwei Baisers zu holen, die noch warm und innen weich waren, und servierte sie mit Sahne und gehackten Haselnüssen.

»Irgendwie ist es nicht recht, ausgerechnet jetzt«, sagte Joséphine, doch sie aß trotzdem.

Es war schon fast Mittag, als die Trauergäste benommen und in der Sonne blinzelnd die Kirche verließen. Die Pralinen und Baisers waren alle fertig, die dunklen hatten wir etwas länger im Backofen gelassen. Ich sah Reynaud wieder am Portal stehen. Dann fuhren die alten Damen in ihrem Minibus ab – auf der Seite stand in leuchtend gelben Buchstaben *Les Mimosas* –, und auf dem Dorfplatz kehrte der Alltag wieder ein. Nachdem er die Trauergäste verabschiedet hatte, kam Narcisse in den Laden, völlig verschwitzt in seinem engen Hemdkragen. Als ich ihm mein Beileid aussprach, zuckte er die Schultern.

»Ich hab sie eigentlich gar nicht gekannt«, sagte er gleichgültig. »Eine Großtante von meiner verstorbenen Frau. Sie war schon seit zwanzig Jahren in dem Sterbehaus. Sie war geistig verwirrt.«

Das Sterbehaus. Ich sah, wie Joséphine das Gesicht verzog, als das Wort ausgesprochen wurde. Im Grunde genommen ist es das, was sich hinter dem lieblich klingenden Namen *Les Mimosas* verbirgt. Ein Haus, in dem man auf den Tod wartet. Narcisse hält sich an die im Volksmund gebräuchliche Bezeichnung. Die Frau war schon seit langem tot.

Ich schenkte Schokolade ein, dunkel und bittersüß.

»Möchten Sie ein Stück Kuchen?«
Er überlegte einen Moment lang.
»Lieber nicht, solange ich Trauer trage«, sagte er unsicher. »Was für ein Kuchen ist es denn?«
»*Bavaroise* mit Caramelguss.«
»Vielleicht ein kleines Stück.«
Joséphine starrte aus dem Fenster auf den leeren Dorfplatz.
»Da ist dieser Mann schon wieder«, murmelte sie. »Der aus *Les Marauds*. Er geht in die Kirche.«
Ich schaute aus der Tür. Roux stand direkt im Eingang von St. Jérôme. Er wirkte erregt, trat nervös von einem Fuß auf den anderen, die Arme fest um den Körper geschlungen, als sei ihm kalt.
Irgendetwas stimmte nicht, dessen war ich mir plötzlich ganz sicher. Irgendetwas Schlimmes war passiert. Dann sah ich, wie Roux sich abrupt umdrehte und wieder auf meinen Laden zukam. Er blieb kurz stehen, rieb sich den Nacken, sah sich noch einmal nach allen Seiten um und kam dann fast auf die Tür zugerannt, wo er mit gesenktem Kopf und unglücklich schuldbewusstem Blick stehen blieb.
»Armande«, sagte er. »Ich glaube, ich habe sie getötet.«
Einen Moment lang starrten wir ihn alle an. Er machte eine hilflose Geste mit den Händen, wie um schlimme Gedanken zu verscheuchen.
»Ich wollte den Priester holen. Sie hat kein Telefon, und ich dachte, er könnte vielleicht –« Er brach ab. Vor lauter Stress sprach er so starken Dialekt, dass seine Worte kaum zu verstehen waren, die kehligen Laute hätten genauso gut Arabisch oder Spanisch oder *verlan* oder eine Mischung aus allen dreien sein können.
»Ich konnte sehen, dass sie – sie hat mir gesagt, ich soll an den Kühlschrank gehen – da hat sie ihre Medikamente drin –« Die Aufregung ließ ihn erneut mitten im Satz abbrechen. »Ich hab sie nicht angerührt. Ich hab sie noch nie angerührt. Ich würde *niemals* –« Er spuckte die Worte müh-

sam aus, wie abgebrochene Zähne. »Sie werden behaupten, ich hätte sie überfallen, ich hätte sie berauben wollen. Aber das stimmt nicht. Ich hab ihr einen Schluck Brandy gegeben, und da ist sie einfach –«

Er verstummte. Ich sah, dass er Mühe hatte, die Fassung zu wahren.

»Ist schon in Ordnung«, sagte ich ruhig. »Sie können mir alles unterwegs erzählen. Joséphine kann hier im Laden bleiben. Narcisse soll vom Blumenladen aus den Arzt rufen.«

Trotzig: »Ich gehe da nicht noch mal hin. Ich hab getan, was ich konnte. Ich will nicht –«

Ich packte ihn am Arm und zog ihn mit mir.

»Dafür haben wir jetzt keine Zeit. Ich brauche Ihre Hilfe.«

»Sie werden behaupten, es war meine Schuld. Die Polizei –«

»Armande braucht Sie. Los, kommen Sie schon!«

Auf dem Weg nach *Les Marauds* erfuhr ich den Rest der Geschichte. Roux, der sich wegen seines Wutausbruchs am vorangegangenen Tag in meinem Laden schämte, hatte Armandes Tür offen stehen sehen und sich spontan entschlossen, sie zu besuchen. Er fand sie halb bewusstlos in ihrem Schaukelstuhl vor. Es gelang ihm, sie so weit wachzurütteln, dass sie ein paar Worte flüstern konnte. *Medizin ... Kühlschrank ...* Auf dem Kühlschrank stand eine Flasche Brandy. Er füllte ein Glas und flößte ihr etwas von dem Brandy ein.

»Da ist sie einfach ... in sich zusammengesunken. Ich konnte sie nicht mehr wach bekommen.« Die Verzweiflung drang ihm aus allen Poren. »Dann ist mir eingefallen, dass sie zuckerkrank ist. Wahrscheinlich hab ich sie umgebracht, weil ich versucht hab, ihr zu helfen.«

»Sie haben sie nicht umgebracht.« Ich war vom Laufen außer Atem und hatte Seitenstiche. »Es wird alles gut werden. Schließlich haben Sie rechtzeitig Hilfe geholt.«

»Was ist, wenn sie stirbt? Wer wird mir dann noch glauben?« Panik machte seine Stimme heiser.

»Beruhigen Sie sich. Der Arzt wird gleich hier sein.«

Armandes Tür steht immer noch offen, eine Katze hat sich im Türspalt zusammengerollt. Im Haus ist es still. Aus einem losen Stück Dachrinne tropft Regenwasser. Ich sehe, wie Roux einen kurzen, prüfenden Blick nach oben wirft: *Das muss ich reparieren.* Er bleibt an der Tür stehen, als wartete er darauf, hereingebeten zu werden.

Armande liegt auf dem Teppich vor dem Kamin, das Gesicht matt und dunkel wie Waldpilze, die Lippen bläulich verfärbt. Zumindest hat er sie in Seitenlage gebracht, ein Arm stützt Kopf und Hals, um die Atemwege frei zu halten. Sie rührt sich nicht, doch an einem leichten Beben ihrer Lippen sehe ich, dass sie atmet. Ihre Stickarbeit liegt neben ihr, ihre Kaffeetasse ist zu Boden gefallen, und der Kaffee hat einen kommaförmigen Fleck auf dem Teppich gebildet. Die Szene ist seltsam profan, wie ein Standbild aus einem Stummfilm. Ihre Haut fühlt sich kalt und fischig an, ihre dunklen Augäpfel sind durch die Augenlider, die so dünn sind wie eine Crêpe, deutlich zu erkennen. Unter ihrem schwarzen Rock, der bis über die Knie hochgerutscht ist, schauen rote Rüschen hervor. Eine Welle des Mitgefühls überkommt mich beim Anblick ihrer arthritischen Knie in den schwarzen Strümpfen und dem bunten Seidenunterrock unter ihrem farblosen Hauskleid.

»Und?« Die Angst lässt seine Stimme gereizt klingen.

»Ich denke, sie wird sich wieder erholen.«

In seinen dunklen Augen liegen Zweifel und Misstrauen.

»Sie muss Insulin im Kühlschrank haben«, sage ich ihm. »Das wird es sein, was sie gemeint hat. Holen Sie es, schnell!«

Sie bewahrt es bei den Eiern auf. Die Tupperdose enthält sechs Ampullen Insulin und einige Einmalspritzen. Auf der anderen Seite eine Schachtel Trüffel mit der Aufschrift *La*

Céleste Praline. Ansonsten hat sie kaum etwas Essbares im Haus; eine offene Dose Sardinen, ein Stück Pergamentpapier mit einem Rest *rillettes,* ein paar Tomaten. Ich injiziere ihr das Insulin in die Ellbogenvene. Ich beherrsche die Technik gut. Während des letzten Stadiums der Krankheit, für die meine Mutter so viele verschiedene Heilmethoden ausprobiert hatte – Akupunktur, Homöopathie, Kreative Visualisierung –, griffen wir schließlich auf das gute alte Morphium zurück, kauften es auf dem Schwarzmarkt, wenn wir kein Rezept bekommen konnten. Obwohl meine Mutter Drogen verabscheute, war sie zu einem Zeitpunkt, als ihr Körper zu einem schweißtriefenden Tempel für den schwarzen Mann geworden war und die Wolkenkratzer von New York wie eine Fata Morgana vor ihren Augen verschwammen, dankbar für die erlösenden Spritzen.

Sie wiegt fast nichts in meinem Arm, ihr Kopf rollt willenlos hin und her. Eine Spur Rouge auf ihren Wangen verleiht ihrem Gesicht etwas Clownhaftes. Ich halte ihre kalten, steifen Hände in den meinen, massiere ihre Finger.

»Armande. Wachen Sie auf. *Armande.*«

Roux beobachtet mich unruhig, sein Ausdruck eine Mischung aus Hoffnung und Verwirrung. Ihre Finger fühlen sich in meiner Hand an wie Schlüssel an einem Ring.

»Armande«, wiederhole ich etwas schärfer, befehlend. »Sie dürfen jetzt nicht schlafen! Sie müssen aufwachen!«

Da. Ein kaum wahrnehmbares Zittern.

»*Vianne.*«

Augenblicklich war Roux auf den Knien neben uns. Sein Gesicht war aschfahl, aber seine Augen leuchteten.

»Sag's noch einmal, du störrisches altes Weib!« Seine Erleichterung war so groß, dass sie schmerzte. »Ich weiß, dass du da bist, Armande. Ich weiß, dass du mich hören kannst!« Er sah mich erwartungsvoll, beinahe lächelnd, an. »Sie hat doch was gesagt, oder? Ich hab mir das nicht eingebildet, nicht wahr?«

Ich schüttelte den Kopf.

»Sie ist zäh«, sagte ich. »Und Sie haben sie rechtzeitig gefunden, bevor sie ins Koma gefallen ist. Lassen Sie dem Insulin Zeit zu wirken. Reden Sie weiter mit ihr.«

»Okay.« Dann fing er an zu reden, ein bisschen durcheinander, atemlos, während er ihr Gesicht nach Anzeichen dafür absuchte, dass sie das Bewusstsein wiedererlangte. Ich fuhr fort, ihre Hände zu massieren, die ganz allmählich wärmer wurden.

»Du machst uns nichts vor, Armande, du alte Hexe. Du bist so stark wie ein Pferd. Du könntest ewig leben. Außerdem hab ich gerade erst dein Dach repariert. Du glaubst doch nicht etwa, ich hätte das alles getan, damit deine Tochter ein anständiges Haus erbt, oder? Ich weiß, dass du mir zuhörst, Armande. Ich weiß, dass du mich hören kannst. Worauf wartest du noch? Willst du, dass ich mich entschuldige? Okay. Ich entschuldige mich.« Die letzten Worte hatte er fast geschrien, Tränen liefen ihm über die Wangen. »Hast du gehört? Ich habe mich entschuldigt. Ich bin ein undankbarer Bastard, und es tut mir leid. Und jetzt wach endlich auf und –«

»... und ein lauter Bastard ...«

Er brach mitten im Satz ab. Armande lachte kaum merklich in sich hinein. Ihre Lippen bewegten sich lautlos. Ihr Blick war wach und klar. Roux hielt ihr Gesicht sanft in beiden Händen.

»Ich hab euch einen Schrecken eingejagt, was?«, sagte sie mit dünner, brüchiger Stimme.

»Nein.«

»Hab ich doch«, beharrte sie mit einem Ausdruck von Genugtuung und Übermut.

Roux wischte sich mit dem Handrücken über die Augen. »Sie hatten mir meine Arbeit noch nicht bezahlt«, sagte er mit zitternder Stimme. »Ich hatte bloß Angst, ich würde mein Geld nie kriegen.«

Armande gluckste vergnügt. Sie kam allmählich wieder zu Kräften, und gemeinsam hoben wir sie in ihren Schaukelstuhl. Sie war immer noch sehr blass, ihr Gesicht eingesunken wie ein fauler Apfel, aber ihre Augen waren klar. Roux schaute mich an; zum ersten Mal seit dem Brand lag keine misstrauische Wachsamkeit in seinem Blick. Unsere Hände berührten sich. Einen Augenblick lang sah ich sein Gesicht im Mondlicht vor mir, seine nackte Schulter im Gras, zarter Fliederduft stieg mir in die Nase ... Meine Augen weiteten sich vor Erstaunen. Roux muss auch etwas gespürt haben, denn er wich verlegen zurück. Hinter uns hörte ich Armande leise kichern.

»Ich habe Narcisse gebeten, den Arzt zu rufen«, sagte ich. »Er wird jeden Augenblick hier sein.«

Armande schaute mich an. Ihr Blick war eindringlich, und nicht zum ersten Mal fragte ich mich, wie hellsichtig sie sein mochte.

»Dieser Totengräber kommt mir nicht ins Haus«, sagte sie. »Sie können ihn gleich wieder dorthin zurückschicken, wo er hergekommen ist. Ich hab es nicht nötig, mir von ihm Vorschriften machen zu lassen.«

»Aber Sie sind krank«, protestierte ich. »Wenn Roux nicht zufällig gekommen wäre, hätten Sie sterben können.«

Sie warf mir einen spöttischen Blick zu.

»Vianne«, sagte sie geduldig. »So ist das nun mal mit alten Leuten. Sie sterben. So ist das Leben. Es passiert jeden Tag.«

»Ja, aber –«

»Und ich gehe nicht in dieses Sterbehaus«, fuhr sie fort. »Das können Sie denen von mir ausrichten. Niemand kann mich zwingen, dorthin zu gehen. Ich lebe seit sechzig Jahren in diesem Haus, und hier werde ich auch sterben.«

»Niemand wird Sie zu irgendetwas zwingen«, sagte Roux bestimmt. »Sie haben Ihre Medizin nicht rechtzeitig genommen, das ist alles. Nächstes Mal werden Sie schlauer sein.«

Armande lächelte.

»So einfach ist das nicht«, sagte sie.

Störrisch: »Warum nicht?«

Sie zuckte die Achseln.

»Guillaume weiß Bescheid«, erklärte sie ihm. »Ich habe mich viel und lange mit ihm unterhalten. Er versteht das.« Sie klang jetzt fast wieder normal, obwohl sie immer noch schwach war. »Ich will diese Medizin nicht jeden Tag nehmen müssen«, sagte sie ruhig. »Ich habe keine Lust, mich an tausend Diätvorschriften zu halten. Ich will nicht von netten Schwestern versorgt werden, die mit mir reden, als wäre ich im Kindergarten. Ich bin achtzig Jahre alt, verdammt noch mal, und wenn ich in meinem Alter nicht weiß, was ich will –«

Sie unterbrach sich abrupt.

»Wer ist das?«

Ihr Gehör funktioniert tadellos. Ich hatte es auch vernommen – das Geräusch eines Wagens, der auf dem holprigen Weg vorfuhr. Der Arzt.

»Wenn das dieser scheinheilige Quacksalber ist, sagen Sie ihm, er verschwendet seine Zeit«, giftete Armande. »Sagen Sie ihm, es geht mir gut. Sagen Sie ihm, er soll sich jemand anders zum Behandeln suchen. Ich will ihn nicht sehen.«

Ich schaute nach draußen.

»Es sieht so aus, als hätte er halb Lansquenet mitgebracht«, sagte ich ruhig. Das Auto, ein blauer Citroën, platzte fast aus den Nähten. Außer dem Arzt, einem bleichen Mann in einem anthrazitfarbenen Anzug, sah ich Caroline Clairmont, ihre Freundin Joline und Reynaud, die sich alle drei auf den Rücksitz quetschten. Auf dem Beifahrersitz saß Georges Clairmont, der schüchtern und verlegen dreinblickte, ein Ausdruck stillen Protests. Ich hörte, wie die Wagentüren zugeschlagen wurden, und über dem plötzlich einsetzenden Lärm vernahm ich Carolines hysterisch-schrille Stimme.

»Ich hab's ihr tausendmal gesagt! Stimmt's George, ich hab's ihr gesagt! Keiner kann mir vorwerfen, ich hätte meine Pflichten als Tochter vernachlässigt, ich tue alles für diese Frau, und seht euch bloß an, was sie –«

Knirschen von Schritten auf den Pflastersteinen, dann eine Kakophonie von Stimmen, als die ungebetenen Gäste die Haustür öffnen.

»Maman? *Maman?* Halt durch, meine Liebe, ich bin's! Ich komme! Hier entlang, Monsieur Cussonnet, hier geht's ins ... ach so, ja, Sie kennen sich ja aus, nicht wahr? Meine Güte, wie oft habe ich ihr ins Gewissen geredet – ich habe *gewusst*, dass so etwas passieren würde –«

Georges, der einen schwachen Protest versucht:

»Glaubst du wirklich, wir sollten uns einmischen, Caro, Liebling? Ich meine, lass das doch den Doktor machen, oder?«

Joline, kühl und herablassend:

»Ich frage mich sowieso, was *er* hier zu suchen hatte –«

Reynaud, kaum hörbar:

»... hätte zu mir kommen sollen ...«

Ich spürte, wie Roux ganz steif wurde, noch bevor sie den Raum betraten. Er sah sich nervös nach einem Fluchtweg um. Doch es war zu spät. Zuerst kamen Caroline und Joline mit ihren perfekten *chignons,* ihren Twinsets und Hermès-Halstüchern, dicht gefolgt von Clairmont – dunkler Anzug und Krawatte, ungewöhnlich für einen Arbeitstag in der Holzhandlung, oder sollte sie ihn überredet haben, sich für den Anlass umzuziehen? –, dann der Arzt, der Priester. Wie in einer Szene in einem Melodram blieben sie alle wie versteinert in der Tür stehen, die Gesichter schockiert, ausdruckslos, schuldbewusst, kummervoll, wütend ... Roux starrte sie hochmütig an, eine Hand verbunden, das feuchtklebrige Haar in den Augen, ich stand bei der Tür, der Saum meines orangefarbenen Rocks schlammbespritzt, und Armande, bleich, aber gefasst, saß vergnügt in ihrem Schaukelstuhl, ein gefährliches Funkeln in den schwarzen Augen und einen Finger gekrümmt wie eine Hexe ...

»Aha. Die Geier sind eingetroffen.« Ihre Stimme klang zugleich leutselig und bedrohlich. »Ihr habt es ziemlich eilig gehabt, was?« Ein scharfer Blick zu Reynaud, der im Hintergrund stand. »Sie hatten wohl gedacht, Sie würden endlich Ihre Chance bekommen, wie?«, sagte sie giftig. »Sie haben wohl geglaubt, Sie könnten mir schnell Ihren Segen erteilen, solange ich nicht bei Sinnen war, hä?« Sie stieß ein ordinäres Lachen aus. »Pech gehabt, Francis. Ich bin noch nicht reif für die Letzte Ölung.«

Reynaud schaute verdrießlich drein.

»Das ist nicht zu übersehen«, sagte er. Ein kurzer Blick in meine Richtung. »Ein Glück, dass Mademoiselle Rocher so ... geschickt ist ... im Umgang mit Spritzen.« Seine Worte trieften vor Häme.

Caroline war stocksteif, ihr Gesicht eine gequält grinsende Fratze.

»Maman, *chérie*, du siehst doch, was geschieht, wenn wir dich dir selbst überlassen. Du hast uns alle zu Tode geängstigt.«

Armande wirkte gelangweilt.

»Die Zeit, die uns das alles kostet! Du hast uns völlig aus der Fassung gebracht –« Lariflete sprang auf Armandes Knie, während Caro redete, und die alte Frau streichelte die Katze gedankenverloren. »Verstehst du jetzt, warum wir dir immer wieder sagen –«

»Dass ich in diesem Sterbehaus besser aufgehoben wäre?«, beendete Armande den Satz trocken. »Wirklich, Caro. Du gibst wohl niemals auf, was? Du bist genau wie dein Vater, weißt du das? Dumm, aber hartnäckig. Das war eine seiner liebenswürdigsten Charaktereigenschaften.«

Caroline wirkte verdrossen.

»*Les Mimosas* ist kein Sterbehaus, sondern ein Altenheim, und wenn du es dir nur einmal *ansehen* würdest –«

»Sie flößen einem die Nahrung mit Schläuchen ein, und wenn man mal zum Klo muss, wird man begleitet, damit man nicht reinfällt ...«

»Das ist doch lächerlich.«

Armande lachte.

»Meine Liebe, in meinem Alter kann ich mich lächerlich machen, so viel es mir gefällt. Ich bin so alt, dass ich mir *alles* leisten kann.«

»Du führst dich auf wie ein Kleinkind«, sagte Caro eingeschnappt. »*Les Mimosas* ist ein *sehr* gutes, sehr *exklusives* Seniorenheim. Du könntest dich dort mit Leuten in deinem Alter unterhalten, an Ausflügen teilnehmen, alles würde für dich geregelt –«

»Klingt ja phantastisch.« Armande schaukelte weiterhin gemächlich in ihrem Stuhl. Caro wandte sich an den Arzt, der den Disput verlegen verfolgt hatte. Dem hageren, nervösen Mann schien es peinlich zu sein, Zeuge dieses Familienzwists zu werden. Er wirkte wie ein schüchterner Mann, der zufällig in eine Orgie geraten war.

»Simon, sagen *Sie* es ihr!«

»Nun ja, ich weiß nicht, ob es mir zusteht –«

»Simon ist ganz meiner Meinung«, schnitt Caro ihm das Wort ab. »In deinem Zustand und in deinem Alter *kannst* du einfach nicht weiter allein leben. Stell dir das bloß mal vor, du könntest jederzeit –«

»Ja, Madame Voizin.« Jolines Stimme klang freundlich und vernünftig. »Sie sollten sich einmal überlegen, was Caro sagt ... ich meine, natürlich ist es *verständlich*, dass Sie Ihre Unabhängigkeit nicht verlieren wollen, aber zu Ihrem eigenen Nutzen und Frommen ...«

Armandes Augen funkelten gereizt. Einen Moment lang starrte sie Joline schweigend an. Joline wirkte zunächst entrüstet, dann errötete sie und wich Armandes Blick aus.

»Raus hier«, sagte Armande leise. »Alle.«

»Aber Maman –«

»Alle«, wiederholte Armande kategorisch. »Dem Quacksalber hier gebe ich zwei Minuten unter vier Augen – es scheint, als müsste ich Sie noch mal an Ihren hippokratischen Eid erinnern, Monsieur Cussonnet –, und bis ich mit ihm fertig bin, erwarte ich, dass der Rest von euch Geiern verschwunden ist.« Mühsam versuchte sie, sich aus ihrem

Schaukelstuhl zu erheben. Ich stützte sie am Arm, und sie schenkte mir ein gequältes, spitzbübisches Lächeln.

»Danke, Vianne«, sagte sie sanft. »Ihnen auch –« Das war an Roux gerichtet, der immer noch am anderen Ende des Zimmers stand und ein gleichgültiges Gesicht machte. »Ich möchte mit Ihnen reden, wenn der Doktor weg ist. Gehen Sie nicht fort.«

»Mit mir?« Roux war nervös. Caro warf ihm einen unverhohlen verächtlichen Blick zu.

»Maman, in einer solchen Situation, denke ich, sollte deine Familie –«

»Wenn ich dich brauche, weiß ich, wo ich dich erreichen kann«, sagte Armande spitz. »Ich werde jetzt ein paar Vorkehrungen treffen.«

Caro sah Roux an.

»Ach so?« In ihrem Ton lag blanker Abscheu. »Vorkehrungen?« Sie musterte ihn von Kopf bis Fuß, und ich sah, wie er leicht zusammenzuckte. Es war derselbe Reflex, den ich bei Joséphine beobachtet hatte; ein leichtes Verkrampfen, ein Einziehen der Schultern, die Fäuste tief in den Hosentaschen, wie um eine kleinere Angriffsfläche zu bieten. Unter diesem durchdringend prüfenden Blick wird jeder Makel sichtbar. Einen Augenblick lang sieht er sich mit ihren Augen – schmutzig, ungehobelt. Wie in einem perversen Reflex spielt er die Rolle, die sie ihm zugedacht hat: »Was zum Teufel glotzen Sie so blöd?«

Sie schaut ihn verblüfft an und weicht zurück. Armande grinst.

»Wir sehen uns später«, sagt sie zu mir. »Und vielen Dank noch mal.«

Caro folgte mir sichtlich verärgert. Hin- und hergerissen zwischen Neugier und ihrem Widerwillen, mit mir zu reden, gab sie sich schroff und herablassend. In knapper Form schilderte ich ihr, was vorgefallen war. Reynaud stand daneben und hörte zu, sein Gesicht so ausdruckslos wie das der Heiligenfiguren in seiner Kirche. Georges, um Diplomatie bemüht, lächelte verlegen, gab hin und wieder Plattitüden von sich.

Niemand bot mir an, mich nach Hause zu fahren.

Samstag, 15. März

Heute Morgen bin ich noch einmal bei Armande Voizin gewesen, um mit ihr zu reden. Aber sie hat sich wieder geweigert, mich ins Haus zu lassen. Ihr rothaariger Wachhund öffnete die Tür, knurrte mich in seinem ungehobelten *patois* an und stellte sich breit in den Türrahmen, um mich am Eintreten zu hindern. Es gehe Armande gut, sagt er mir. Ein bisschen Ruhe, und sie werde sich wieder vollständig erholen. Ihr Enkel sei bei ihr, und ihre Freunde besuchen sie jeden Tag. Letzteres sagt er mir mit einem Sarkasmus, der mir das Mark in den Knochen gefrieren lässt. Armande will nicht gestört werden. Es widerstrebt mir zutiefst, diesen Mann um etwas zu bitten, *mon père*, aber ich kenne meine Pflicht. Egal, welche primitiven Individuen sie ihre Freunde nennt, egal, wie viel Spott und Hohn sie mir entgegenschleudert, meine Pflicht bleibt dieselbe. Zu trösten – sogar dort, wo Trost abgelehnt wird – und auf den richtigen Weg zu führen. Aber es ist unmöglich, mit diesem Mann über die Seele zu reden – seine Augen sind so ausdruckslos und gleichgültig wie die eines Tieres. Die zarte Seele, die heilige Flamme im Innern des unwürdigen Fleisches, die durch ein Leben in Sünde zerstört wird ... Das ist unsere heiligste Pflicht, Vater. Die Rettung der Seele ist das Einzige, worum es uns geht. Ich versuche, es ihm zu erklären. Armande ist alt, sage ich ihm. Alt und störrisch. Es bleibt nur noch so wenig Zeit. Kann er das denn nicht einsehen? Will er zusehen, wie sie sich durch ihre Arroganz und Nachlässigkeit umbringt?

Er zuckt die Achseln.

»Es geht ihr gut«, sagt er mit einem Blick, der voller Abscheu ist. »Niemand vernachlässigt sie. Sie wird sich wieder ganz erholen.«

»Das stimmt nicht«, erwidere ich betont schroff. »Sie spielt russisches Roulett mit ihren Medikamenten. Sie weigert sich, auf den Arzt zu hören. Sie isst *Schokolade*, Herrgott noch mal! Haben Sie sich überhaupt schon mal überlegt, was das in ihrem Zustand bedeutet? Warum –« Sein Gesichtsausdruck ist plötzlich feindselig.

»Sie will Sie nicht sehen.«

»Ist Ihnen das denn gleichgültig? Macht es Ihnen nichts aus, dass sie sich mit ihrer Völlerei umbringt?«

Er zuckt mit den Schultern. Ich spüre seinen Hass hinter der dünnen Fassade scheinbarer Gleichgültigkeit. Es ist zwecklos, an seinen guten Kern zu appellieren – er hält einfach nur Wache, so wie es ihm aufgetragen wurde. Armande hat ihm Geld angeboten, sagt Muscat. Vielleicht möchte er, dass sie stirbt. Ich kenne ihren perversen Charakter. Ihre Familie zu enterben und ihr Geld stattdessen einem dahergelaufenen Fremden zu vermachen, das würde zu ihr passen.

»Ich warte«, sagte ich ihm. »Wenn es sein muss, den ganzen Tag.«

Zwei Stunden lang wartete ich draußen im Garten. Dann fing es an zu regnen. Ich hatte keinen Schirm, und meine Soutane wurde immer schwerer, je mehr sie sich mit Feuchtigkeit voll saugte. Mir war schwindelig, und ich fühlte mich benommen. Nach einer Weile wurde ein Fenster geöffnet, und der Duft nach frischem Brot und Kaffee, der aus der Küche kam, machte mich fast wahnsinnig. Ich sah, wie der Wachhund mich verächtlich betrachtete, und ich wusste, selbst wenn ich ohnmächtig zusammenbräche, würde er keinen Finger rühren, um mir zu helfen. Als ich langsam den Hügel hinaufging, spürte ich seinen Blick in meinem Rücken. Von irgendwoher jenseits des Flusses meinte ich, jemanden lachen zu hören.

Auch bei Joséphine Muscat habe ich versagt. Obwohl sie sich weigert, zur Messe zu gehen, habe ich mehrmals mit ihr gesprochen, aber ohne Erfolg. Sie hat einen harten, widerspenstigen Kern entwickelt, eine Art Trotz, obwohl ihr Ton immer respektvoll und sanft bleibt, wenn wir miteinander reden. Sie wagt sich nie weit weg von dem Laden, *La Céleste Praline*, und heute traf ich sie direkt vor der Ladentür. Sie war gerade dabei, den Gehweg zu fegen, und sie hatte ihr Haar mit einem gelben Tuch zusammengebunden. Während ich auf sie zuging, hörte ich sie leise vor sich hin singen.

»Guten Morgen, Madame Muscat«, grüßte ich sie höflich. Ich weiß, wenn ich sie zurückgewinnen will, dann nur mit Vernunft und Freundlichkeit. Später, wenn unsere Arbeit getan ist, kann sie immer noch bereuen.

Sie schenkte mir ein schmallippiges Lächeln. Sie wirkt jetzt wesentlich selbstbewusster, ihre Haltung ist aufrecht, sie trägt den Kopf hoch, wie sie es von Vianne Rocher abgeschaut hat.

»Ich heiße jetzt Joséphine Bonnet, Vater.«

»Nicht nach dem Gesetz, Madame.«

»Ach, das Gesetz.« Sie zuckte die Achseln.

»*Gottes* Gesetz«, sagte ich nachdrücklich und vorwurfsvoll. »Ich habe für Sie gebetet, *ma fille.* Ich habe um Ihre Erlösung gebetet.«

Darüber musste sie lachen, wenn auch nicht boshaft. »Dann sind Ihre Gebete erhört worden, Vater. Ich bin noch nie in meinem Leben so glücklich gewesen.«

Sie scheint unerreichbar. Seit einer knappen Woche steht sie unter dem Einfluss dieser Frau, und schon höre ich deren Stimme aus Joséphines Worten. Das Lachen der beiden ist unerträglich. Ihr Spott, ebenso wie Armandes, ein Stachel, der mich rasend macht. Ich spüre bereits, wie etwas in mir darauf reagiert, Vater, eine Schwäche, gegen die ich mich gefeit glaubte. Wenn ich die *chocolaterie* auf der anderen Seite des Platzes betrachte, das hell erleuchtete Schaufenster, die Kübel mit den rosa- und orangefarbenen und roten Geranien auf den Balkonen und links und rechts über der Tür, fühle ich, wie der Zweifel sich in mein Herz schleicht, und mein Mund füllt sich mit der Erinnerung des Dufts von Sahne und Karamell und dem berauschenden Aroma von Cognac und frisch gemahlenen Kakaobohnen. Es ist der Duft von Frauenhaar, von zartem Flaum im Nacken einer Frau, von reifen Aprikosen, von warmen *brioches* und Zimtschnecken, von Zitronentee und Maiglöckchen. Es ist der Duft von Räucherstäbchen, der sich im Wind entfaltet wie das Banner des Aufruhrs. Der Stachel des Teufels stinkt nicht nach Schwefel, so wie wir es als Kinder gelernt haben, sondern wie ein betörendes Parfüm, vermischt mit dem Duft von tausend Gewürzen, der einem den Kopf verdreht und die Sinne benebelt. Manchmal stehe ich vor der Kirche und halte meinen Kopf in den Wind, um einen Hauch von diesem Duft zu erhaschen. Er verfolgt mich bis in meine Träume, bis ich verschwitzt und ausgehungert aus dem Schlaf fahre. In meinen Träumen esse ich bergeweise Schokolade, wälze mich in Pralinen, und sie fühlen sich weich an wie menschliches Fleisch, wie tausend Münder auf meinem Körper, die mich mit tausend winzigen Bissen verschlingen. Unter ihrer zärtlichen Gier zu sterben ist der Gipfel der Versuchung, und in solchen Augenblicken kann ich beinahe verstehen, warum Armande Voizin mit jedem Bissen ihr Leben riskiert ...

Ich sagte *beinahe*.

Ich kenne meine Pflicht. Ich schlafe nur noch sehr wenig, denn auch für diese Augenblicke der Zügellosigkeit habe ich mir Buße auferlegt. Meine Gelenke schmerzen, aber ich begrüße den Schmerz, der mich ablenkt. Körperliche Freuden sind die Risse, in die der Teufel seine Wurzeln schlägt. Ich hüte mich vor lieblichen Düften. Ich esse nur noch eine Mahlzeit am Tag, die nur aus den einfachsten, fast geschmacklosen Zutaten besteht. Wenn ich nicht gerade meinen Pflichten in der Gemeinde nachgehe, arbeite ich auf dem Friedhof, grabe die Beete um und jäte das Unkraut auf den Gräbern. Der Friedhof ist in den letzten beiden Jahren ziemlich vernachlässigt worden, und es schmerzt mich zu sehen, was für ein Chaos sich in dem ehemals gepflegten Garten ausgebreitet hat. Lavendel, Majoran, Goldrute und Salbei wuchern zwischen Gräsern und blauen Disteln. Außerdem irritieren mich so viele verschiedene Gerüche. Ich möchte gepflegte Beete mit ordentlichen Reihen von Blumen und Sträuchern, vielleicht eine Buchsbaumhecke um den Friedhof herum. Der üppige Pflanzenwuchs scheint mir unpassend, respektlos, ein wilder Überlebenskrieg, in dem die eine Pflanze die andere erstickt, in einem vergeblichen Kampf um die Vorherrschaft. In der Bibel steht, wir sollen uns die Erde untertan machen. Doch ich fühle mich nicht stark genug. Was ich empfinde, ist Hilflosigkeit, denn so viel ich auch umgrabe und jäte und beschneide, das Unkraut ist immer schneller als ich, die grüne Armee füllt die Lücken hinter meinem Rücken, noch während ich arbeite, streckt ihre lange grüne Zunge heraus zum Spott über meine Bemühungen. Narcisse beobachtet mich mit amüsierter Verachtung.

»Sie sollten lieber anfangen zu pflanzen, Vater«, sagt er. »Füllen Sie die Lücken mit etwas, das Ihnen gefällt, sonst wird das Unkraut es für Sie tun.«

Natürlich hat er Recht. Ich habe hundert Pflanzen bei ihm bestellt, bescheidene Gewächse, die ich in Reihen anordnen werde. Ich mag die weißen Begonien und die Zwerglilien und die blassgelben Dahlien und die Osterglocken, die nicht duften, aber so schöne, gekräuselte Blüten haben. Sie sind hübsch, aber sie wuchern nicht, hat Narcisse mir versichert. Von Menschenhand gezähmte Natur.

Vianne Rocher kommt herüber, um meine Arbeit zu begutachten. Ich beachte sie nicht. Sie trägt einen türkisfarbenen Pullover und Jeans und kurze, weinrote Wildlederstiefel. Ihr Haar flattert im Wind wie eine Piratenflagge.

»Sie haben einen schönen Garten«, sagt sie. Mit einer

Hand fährt sie über die Pflanzen; dann macht sie eine Faust und bringt den geballten Duft an ihre Nase.

»So viele Kräuter«, sagt sie. »Zitronenmelisse und Minze und Salbei –«

»Ich kenne ihre Namen nicht«, erwidere ich schroff. »Ich bin kein Gärtner. Außerdem ist das alles nur Unkraut.«

»Ich mag Unkraut.«

Natürlich. Der Unmut ließ meinen Puls schneller gehen – oder lag es am Duft? Als ich mich inmitten von kniehohem Gras aufrichtete, knackten meine Lendenwirbel infolge der ruckartigen Bewegung.

»Sagen Sie mir eins, Mademoiselle.«

Sie schaute mich lächelnd an.

»Sagen Sie mir, was Sie damit bezwecken, dass Sie meine Gemeindemitglieder dazu anstacheln, ihr Leben zu entwurzeln, ihre Sicherheit aufzugeben –«

Sie sah mich verblüfft an.

»Entwurzeln?« Sie warf einen Blick auf den Berg Unkraut am Wegrand.

»Ich spreche von Joséphine Muscat«, raunzte ich.

»Ach so.« Sie pflückte einen Zweig Lavendel. »Sie war unglücklich.«

Sie schien anzunehmen, das würde alles erklären.

»Und jetzt, wo sie ihr Ehegelübde gebrochen, alles zurückgelassen hat, was sie besaß, jetzt, wo sie ihr altes Leben aufgegeben hat, glauben Sie, wird sie glücklicher sein?«

»Natürlich.«

»Eine feine Philosophie«, höhnte ich, »falls Sie *nicht* an die Sünde glauben.«

Sie lachte.

»Das tue ich nicht«, erwiderte sie. »Ich glaube überhaupt nicht daran.«

»Dann bedaure ich Ihr armes Kind«, sagte ich beißend. »Ohne Gott und ohne Moral aufzuwachsen.«

Sie schaute mich nachdenklich mit zusammengekniffenen Augen an.

»Anouk weiß, was gut und böse ist«, entgegnete sie, und da wusste ich, dass ich endlich zu ihr vorgedrungen war. Ein kleiner Punkt für mich. »Was Gott betrifft –« Sie brach den Satz ab. »Ich glaube nicht, dass dieser weiße Kragen Ihnen das Alleinrecht auf den Zugang zu Gott gibt«, sagte sie etwas freundlicher. »Ich denke, es ist Platz genug da für uns beide, meinen Sie nicht?«

Ich ließ mich zu keiner Antwort herab. Ihre gespielte Toleranz ist allzu fadenscheinig.

»Wenn Sie wirklich die Absicht haben, Gutes zu tun«, erklärte ich ihr würdevoll, »sollten Sie Madame Muscat zureden, sich ihre voreilige Entscheidung noch einmal zu überlegen. Und Armande Voizin zur Vernunft bringen.«

»Vernunft?« Sie tat so, als verstünde sie nicht, aber sie wusste genau, was ich meinte.

Ich wiederholte noch einmal, was ich bereits diesem Wachhund gesagt hatte. Armande sei alt, erklärte ich ihr. Eigensinnig und störrisch. Aber Menschen ihrer Generation seien wenig aufgeklärt in medizinischen Dingen. Armande begreife nicht, wie wichtig es ist, eine Diät einzuhalten und Medikamente regelmäßig einzunehmen – sie weigere sich hartnäckig, den Tatsachen ins Auge zu sehen –

»Aber Armande ist glücklich und zufrieden.« Ihre Stimme klang beinahe vernünftig. »Sie will ihr Haus nicht aufgeben und in ein Altenheim ziehen. Sie will in ihren eigenen vier Wänden sterben.«

»Dazu hat sie kein Recht!« Ich hörte meine Stimme wie eine Peitsche über den Platz knallen. »Diese Entscheidung steht ihr nicht zu. Wer weiß, wie lange sie noch lebt, womöglich noch zehn Jahre –«

»Das kann gut sein«, sagte sie mit ironischem Unterton. »Sie ist immer noch sehr agil, geistig fit, unabhängig –«

»*Unabhängig!*« Es gelang mir kaum noch, meine Verachtung zu verbergen. »Und wenn sie in einem halben Jahr stockblind ist? Was macht sie dann?«

Zum ersten Mal wirkte sie verwirrt.

»Ich verstehe nicht, was Sie meinen«, sagte sie schließlich. »Armandes Augen sind doch in Ordnung, oder? Ich meine, sie trägt ja noch nicht mal eine Brille –«

Ich sah sie durchdringend an. Sie wusste es nicht. »Sie haben sich noch nicht mit dem Arzt unterhalten, nicht wahr?«

»Warum sollte ich? Armande –«

Ich fiel ihr ins Wort. »Armande hat ein Problem«, erklärte ich ihr. »Eines, das sie systematisch ignoriert. Da sehen Sie, wie eigensinnig sie tatsächlich ist. Sie weigert sich, ihrer Familie und sogar sich selbst gegenüber einzugestehen –«

»Bitte, sagen Sie's mir.« Ihre Augen waren hart wie Achate.

Ich sagte es ihr.

Sonntag, 16. März

Armande tat zunächst so, als verstünde sie nicht. Dann verlangte sie in einem selbstherrlichen Ton zu wissen, wer »geplappert« habe, während sie mir gleichzeitig vorwarf, ich mischte mich in Angelegenheiten ein, die mich nichts angingen, und ich hätte außerdem sowieso keine Ahnung, wovon ich sprach.

»Armande«, sagte ich, als sie schließlich eine Atempause machte. »Reden Sie mit mir. Erklären Sie mir, was es bedeutet. Diabetische Erkrankung der Netzhaut –«

Sie zuckte die Achseln. »Wenn dieser verdammte Doktor es schon im ganzen Dorf rumerzählt, kann ich's Ihnen auch sagen.« Sie wirkte gereizt. »Er behandelt mich, als könnte ich nichts mehr für mich selbst entscheiden.« Sie sah mich durchdringend an. »Und Sie sind auch nicht besser, Madame«, sagte sie. »Bemuttern mich, mischen sich in meine Angelegenheiten ein ... Ich bin kein Kind, Vianne.«

»Das weiß ich.«

»Also gut.« Sie langte nach ihrer Teetasse. Ich sah, wie vorsichtig sie sie anfasste, sich vergewisserte, dass sie sicher zwischen ihren Fingern lag, bevor sie sie anhob. Nicht sie, sondern ich bin blind gewesen. Der Spazierstock mit der roten Schleife, die vorsichtigen Schritte, die unfertige Stickarbeit, die Augen stets durch die verschiedensten Hüte geschützt ...

»Man kann mir sowieso nicht helfen«, sagte Armande etwas freundlicher. »Soweit ich es verstanden habe, ist es unheilbar, also geht es außer mir niemanden etwas an.« Sie trank einen Schluck von ihrem Tee und verzog das Gesicht.

»Kamille«, sagte sie trocken. »Soll entgiftend wirken. Schmeckt wie Katzenpisse.« Mit derselben Vorsicht stellte sie die Tasse wieder ab.

»Das Lesen fehlt mir«, sagte sie. »Ich kann die Buchstaben nicht mehr erkennen. Aber Luc liest mir manchmal was vor. Wissen Sie noch, wie er mir an dem ersten Mittwoch ein Gedicht von Rimbaud vorgelesen hat?«

Ich nickte.

»Sie sagen es so, als sei es Jahre her«, bemerkte ich.

»Ist es auch.« Ihre Stimme klang schwach, fast tonlos. »Ich habe bekommen, was ich nie zu hoffen gewagt hatte. Mein Enkel besucht mich jeden Tag. Wir reden miteinander wie Erwachsene. Er ist ein guter Junge und so liebenswürdig, dass er sich ein wenig um mich grämt.«

»Er liebt Sie, Armande«, unterbrach ich sie. »Wir alle lieben Sie.«

Sie lachte in sich hinein.

»Na ja, vielleicht nicht alle«, sagte sie. »Aber das ist nicht so wichtig. Ich habe alles, was ich mir je gewünscht habe. Mein Haus, meine Freunde, Luc ...« Sie sah mich trotzig an. »Ich werde mir nichts davon wegnehmen lassen«, erklärte sie herausfordernd.

»Ich verstehe nicht recht. Es kann Sie doch niemand zwingen –«

»Ich rede nicht von irgend*jemandem*«, unterbrach sie

mich scharf. »Cussonnet kann mir erzählen, was er will, über Retinatransplantation und Lasertechnik und was weiß ich –« Ihre Verachtung für solche Dinge war nicht zu überhören. »Aber das ändert nichts an den Tatsachen. Die Wahrheit ist, dass ich blind werde, und da ist wohl nichts dran zu machen.« Sie verschränkte die Arme, wie um die Endgültigkeit ihrer Worte zu unterstreichen.

»Ich hätte früher zu ihm gehen sollen«, sagte sie ohne Bitterkeit. »Jetzt ist es nicht mehr heilbar und wird immer schlimmer. Ein halbes Jahr gibt er mir höchstens, bis ich völlig erblindet bin, dann kommt das Sterbehaus, ob's mir gefällt oder nicht, bis ich die Augen zumache.« Sie machte eine Pause. »Womöglich lebe ich noch zehn Jahre«, sinnierte sie, als würde sie wiederholen, was ich zu Reynaud gesagt hatte.

Ich öffnete den Mund, um sie zu beruhigen, um ihr zu sagen, dass es vielleicht nicht so schlimm werden würde, wie sie es sich vorstellte, schloss ihn jedoch wieder.

»Schauen Sie mich nicht so an.« Armande knuffte mich aufmunternd mit dem Ellbogen. »Nach einem fünfgängigen Menü will man Kaffee und Likör, stimmt's? Da hat man doch keine Lust, das Festmahl mit einer Schüssel Haferschleim zu krönen, oder? Nur damit man noch einen Gang kriegt.«

»Armande –«

»Unterbrechen Sie mich nicht.« Ihre Augen leuchteten. »Was ich sagen will, ist, man muss wissen, wann man aufzuhören hat, Vianne. Man muss wissen, wann man den Teller wegschieben und den Likör bestellen muss. In vierzehn Tagen werde ich einundachtzig –«

»Das ist doch kein Alter«, platzte ich heraus. »Ich kann es nicht fassen, dass Sie einfach so aufgeben wollen!«

Sie sah mich an.

»Dabei sind Sie es doch gewesen, nicht wahr, die Guillaume gesagt hat, er soll Charly seine Würde lassen.«

»Sie sind doch kein Hund!«, erwiderte ich ärgerlich.

»Nein«, sagte Armande leise. »Und ich kann selbst für mich entscheiden.«

New York ist eine unwirtliche Stadt, trotz all ihrer glitzernden Verlockungen; bitterkalt im Winter und drückend heiß im Sommer. Nach drei Monaten hat sogar der Lärm etwas Vertrautes, man nimmt ihn nicht mehr wahr; Motorengedröhn, menschliche Stimmen, Taxihupen verschmelzen zu einer Geräuschkulisse, die wie Nieselregen über der Stadt liegt. Sie kam aus einem Deli mit unserem Mittagessen in einer braunen Papiertüte in den vor der Brust verschränkten Armen; ich lief ihr entgegen, unsere Blicke begegneten sich über die stark befahrene Straße hinweg, hinter ihr ein Plakat mit einer Marlboro-Reklame; ein Mann vor rötlichen Felsen im Hintergrund ... Ich sah es kommen. Öffnete meinen Mund, um ihr etwas zuzurufen, sie zu warnen ... Erstarrte. Eine Sekunde lang, mehr nicht, eine einzige Sekunde. War es die Angst, die mir die Zunge lähmte? War es einfach die Trägheit des Körpers, der sich mit einer plötzlichen Gefahr konfrontiert sieht, die Ewigkeit, die der Körper braucht, um zu reagieren, nachdem der Gedanke das Gehirn erreicht hat? Oder war es Hoffnung, die Art von Hoffnung, die entsteht, wenn alle Träume zerplatzt sind und nichts geblieben ist als die Anstrengung, die es kostet, den Anschein zu wahren?

Natürlich, Maman, natürlich fahren wir nach Florida. Ganz bestimmt.

Ihr Gesicht, zu einem Lächeln erstarrt, in ihren Augen ein viel zu helles Leuchten, so hell wie das Feuerwerk am vierten Juli.

Was würde ich tun? Was würde ich bloß tun, wenn ich dich nicht hätte?

Ist schon gut, Maman. Wir schaffen es. Ich verspreche es dir. Verlass dich auf mich.

Der schwarze Mann steht da und schaut ruhig zu, seine zuckenden Mundwinkel zu einem Lächeln verzogen, und während dieser endlosen Sekunde begreife ich, dass es Schlimmeres gibt, *viel* Schlimmeres als den Tod. Dann ist die Lähmung vorbei, und ich beginne zu schreien, aber der Warnruf kommt zu spät. Sie wendet sich mir zu, ein

Lächeln bildet sich auf ihren bleichen Lippen – *Was gibt's, Liebes?* –, und der Schrei wird vom Kreischen der Bremsen verschluckt ...

»*Florida!*« Es klingt wie ein Frauenname, der über die Straße hallt, die junge Frau rennt quer durch den Verkehr, lässt ihre Tüten mit den Einkäufen fallen – ein paar Lebensmittel, eine Tüte Milch –, ihr Gesicht verzerrt. Es klingt wie ein Name, als hieße die ältere Frau, die da auf der Straße stirbt, *Florida,* und sie ist tot, bevor ich sie erreiche, ganz still und undramatisch, so dass es mir beinahe peinlich ist, dass ich so ein Aufhebens darum mache. Eine dicke Frau in einem rosafarbenen Trainingsanzug legt ihre fleischigen Arme um mich, und was ich vor allem empfinde ist Erleichterung, wie aus einer aufgeschnittenen Eiterbeule laufen mir Tränen der Erleichterung über die Wangen, bittere Erleichterung darüber, dass ich endlich am Ende angekommen bin. Unversehrt am Ende angekommen, oder zumindest beinahe unversehrt.

»Weinen Sie nicht«, sagte Armande sanft. »Sie sind es doch, nicht wahr, die immer sagt, Glück ist das Einzige, was zählt?«

Verblüfft stellte ich fest, dass mein Gesicht nass war.

»Außerdem brauche ich Ihre Hilfe.« Pragmatisch wie immer, reichte sie mir ein Taschentuch. Es duftete nach Lavendel. »Ich werde an meinem Geburtstag eine Party geben«, verkündete sie. »Lucs Idee. Kosten spielen keine Rolle. Ich möchte, dass Sie für das Buffet sorgen.«

»Was?« Ich war verwirrt von diesem Wechselbad zwischen Tod, Festessen und wieder Tod.

»Der letzte Gang meines Menüs«, erklärte Armande. »Bis dahin werde ich wie ein braves Mädchen regelmäßig meine Medizin nehmen. Ich werde sogar diesen scheußlichen Tee trinken. Ich möchte meinen einundachtzigsten Geburtstag zusammen mit allen meinen Freunden feiern, Vianne. Vielleicht lade ich sogar meine bescheuerte Tochter ein. Wir werden Ihr Schokoladenfest richtig stilvoll begehen. Und dann ...« Ein kurzes, gleichgültiges Achselzucken. »Nicht jeder hat das Glück«, bemerkte sie. »Die Chance, alles genau zu planen, alle Ecken auszufegen. Und noch was –« sie schaute mich durchdringend an. »Kein Wort zu irgendjemandem«, sagte sie. »Niemand darf etwas davon erfahren. Ich werde keine Einmischung dulden. Es ist meine Entscheidung, Vianne. Meine Party. Ich will nicht, dass irgendjemand auf meiner Party anfängt zu weinen oder herumzujammern. Verstanden?«

Ich nickte.

»Versprochen?« Sie sprach mit mir wie mit einem aufsässigen Kind.

»Versprochen.«

Zufriedenheit breitete sich auf ihrem Gesicht aus, wie immer, wenn sie von gutem Essen redete. Sie rieb sich die Hände.

»Dann werden wir jetzt das Menü planen.«

Dienstag, 18. März

Joséphine fiel auf, wie still ich war, während wir gemeinsam in der Küche arbeiteten. Wir haben schon dreihundert Osterschachteln fertig, sauber im Keller gestapelt und mit bunten Schleifen versehen, aber ich möchte doppelt so viele machen. Wenn wir sie alle verkaufen, werden wir einen guten Gewinn erzielen, vielleicht genug, um uns endgültig hier niederzulassen. Wenn nicht – über diese Möglichkeit denke ich nicht nach, obwohl die Wetterfahne mich von ihrem Turm aus laut auslacht. Roux hat bereits mit der Arbeit an Anouks Dachzimmer begonnen. Das Fest ist ein Risiko, aber unser Leben ist schon immer von solchen Dingen bestimmt gewesen. Und wir scheuen keine Mühe, um dem Fest zu einem Erfolg zu verhelfen. Überall in den

Nachbarorten, sogar in Agen habe ich Plakate aufhängen lassen. In der Osterwoche wird täglich im Radio für das Fest geworben. Es wird Musik geben – ein paar alte Freunde von Narcisse haben eine Kapelle gegründet –, Blumen und Spiele. Ich habe mit einigen der Händler gesprochen, die donnerstags immer auf dem Markt stehen, und es wird ein paar Stände auf dem Dorfplatz geben, wo man Modeschmuck und Andenken kaufen kann. Wir werden eine Ostereiersuche für die Kinder veranstalten, angeführt von Anouk und ihren Freunden, und es gibt *cornets surprise* für jeden Teilnehmer. Und im Schaufenster von *La Céleste Praline* wird eine riesige Schokoladenstatue von Eostra stehen, in der einen Hand einen Maiskolben und in der anderen einen Korb mit Ostereiern, die an alle, die mit uns feiern, verteilt werden. Nur noch zwei Wochen. Von den zarten Likörpralinen, den Rosenblättern aus Schokolade, den in Goldfolie verpackten Münzen, den kandierten Veilchen, den Kirschpralinen und den Mandelsplittern machen wir jeweils fünfzig Stück und legen sie dann zum Auskühlen auf gefettete Bleche. Große Eier und Tierfiguren aus Hohlschokolade werden vorsichtig geöffnet und mit kleinen Pralinen und Trüffeln gefüllt. Es gibt Nester aus gesponnenen Karamellfäden mit Zuckereiern, auf denen eine dicke Schokoladenhenne thront; gescheckte Hasen, mit gebrannten Mandeln gefüllt, stehen in Reih und Glied bereit, um eingewickelt und in Schachteln verpackt zu werden; ganze Herden von Marzipantieren marschieren über die Regalbretter. Das gesamte Haus ist erfüllt vom Duft nach Vanille und Cognac und karamellisierten Äpfeln und Bitterschokolade.

Und nun muss auch noch Armandes Party vorbereitet werden. Das Festessen wird am Karsamstagabend um neun Uhr beginnen, dem Vorabend des Schokoladenfests, und um Mitternacht will sie ihren Geburtstag feiern. Ich habe eine Liste mit allem, was sie aus Agen bestellen will – *foie gras*, Champagner, Trüffel und frische *chantrelles* aus Bordeaux,

Meeresfrüchte vom Fischhändler in Agen. Für Kuchen und Pralinen werde ich selbst sorgen.

»Das wird bestimmt eine tolle Party«, meint Joséphine begeistert, als ich ihr von Armandes Vorhaben erzähle. Ich darf das Versprechen nicht vergessen, das ich Armande gegeben habe.

»Sie sind eingeladen«, erkläre ich ihr. »Das hat sie mir ausdrücklich gesagt.«

»Das ist aber nett«, sagt Joséphine hocherfreut. »Alle sind so nett zu mir.«

Erstaunlicherweise ist sie überhaupt nicht verbittert, sondern stets bereit, die Freundlichkeit anderer anzunehmen. Selbst Paul-Marie hat ihren Optimismus nicht zerstören können. Wie er sich aufführt, sagt sie, sei teilweise ihre Schuld. Er habe einen schwachen Charakter; sie hätte sich viel früher gegen ihn zur Wehr setzen müssen. Für Caro Clairmont und ihre Freundinnen hat sie nur ein mitleidiges Lächeln übrig.

»Das sind doch dumme Gänse«, sagt sie bloß.

Welch schlichtes Gemüt. Sie ist jetzt vollkommen gelassen, im Frieden mit sich und der Welt. Gleichzeitig stelle ich fest, dass ich selbst immer weniger gelassen bin, wie aus einem perversen Widerspruchsgeist heraus. Und dennoch beneide ich sie. Es hat so wenig gebraucht, um sie so zufrieden werden zu lassen. Ein bisschen Wärme, ein paar geliehene Kleider und die Sicherheit eines eigenen Zimmers … Wie eine Blume wächst sie auf das Licht zu, ohne nachzudenken oder den Prozess ihrer Veränderung zu analysieren. Ich wünschte, ich könnte das auch.

Mir fällt das Gespräch wieder ein, das ich am Sonntag mit Reynaud geführt habe. Was ihn antreibt, ist mir nach wie vor ein Rätsel. Neuerdings wirkt er beinahe verzweifelt, wenn er auf dem Friedhof arbeitet, wenn er wie ein Wilder gräbt und hackt – manchmal reißt er zusammen mit dem Unkraut die Blumen und Sträucher gleich mit aus –, wenn ihm der Schweiß den Rücken hinunterläuft, und ein dunkles Dreieck auf seiner Soutane entsteht. Die harte Arbeit macht ihm keine Freude. Sein Gesicht ist vor Anstrengung verzerrt. Es ist, als würde er die Erde hassen, die er umgräbt, die Pflanzen, durch die er sich kämpft. Er wirkt wie ein Geizhals, der gezwungen ist, Berge von Geldscheinen in einen Ofen zu schaufeln; Gier, Abscheu und unterdrückte Faszination liegen in seinem Blick. Und dennoch gibt er nicht auf. Während ich ihn beobachte, flackert ein vertrautes Gefühl der Angst in mir auf, doch ich bin mir nicht sicher, wovor ich mich fürchte. Er ist wie eine Maschine, dieser Mann, mein Feind. Wenn ich ihn ansehe, fühle ich mich seinen prüfenden Blicken auf seltsame Weise ausgesetzt. Ich muss meinen ganzen Mut aufbringen, um ihm in die Augen zu schauen, ihn anzulächeln, mich unbefangen zu geben … doch etwas in meinem Innern schreit und sträubt sich und versucht zu fliehen. Es ist nicht nur einfach das Schokoladenfest, das ihn so in Rage versetzt. Das spüre ich so deutlich, als könnte ich seine Gedanken lesen. Es ist meine Anwesenheit hier im Dorf, die ihn aus der Fassung bringt. Für ihn bin ich eine lebende Schande. Er beobachtet mich unauffällig während der Arbeit auf dem Friedhof; sein Blick wandert immer wieder zu meinem Fenster und dann wieder zurück, voll verstohlener Genugtuung. Seit Sonntag haben wir nicht wieder miteinander gesprochen, und er nimmt an, er hätte einen Pluspunkt gegen mich gewonnen. Armande ist nicht wieder im Laden gewesen, und an seinen Augen erkenne ich, dass er glaubt, er sei der Grund dafür. Soll er es ruhig annehmen, wenn es ihn glücklich macht.

Anouk hat mir erzählt, dass er gestern in der Schule war. Er hat den Kindern von der Bedeutung des Osterfests erzählt – harmloses Zeug, und doch läuft mir bei der Vorstellung, dass meine Tochter seinem Einfluss ausgesetzt ist, ein Schauer über den Rücken –, hat ihnen eine Geschichte vorgelesen, ihnen versprochen, wiederzukommen. Ich fragte Anouk, ob er mit ihr gesprochen hätte.

»Na klar«, erwiderte sie vergnügt. »Er ist nett. Er hat gesagt, ich darf ihn besuchen und mir die Kirche ansehen, wenn ich Lust hab. Dann zeigt er mir den heiligen Franziskus und all die Tiere.«

»Und, möchtest du hingehen?«

Anouk zuckte die Achseln.

»Mal sehen«, sagte sie.

Ich sage mir – in den frühen Morgenstunden, wenn alles möglich scheint und meine Nerven kreischen wie die rostigen Scharniere der Wetterfahne –, dass meine Ängste völlig irrational sind. Was kann er uns schon anhaben? Wie könnte er uns wehtun, wenn das in seiner Absicht liegt? Er weiß nichts. Er kann nichts über uns wissen. Er hat keine Macht über uns.

Natürlich hat er das, sagt die Stimme meiner Mutter in mir. *Er ist der schwarze Mann.*

Anouk wälzt sich unruhig im Schlaf hin und her. Feinfühlig, wie sie ist, spürt sie, dass ich wach bin, und versucht, sich durch einen Morast von Träumen zu kämpfen und auch aufzuwachen. Ich atme ganz ruhig, bis sie wieder in Tiefschlaf versinkt.

Der schwarze Mann ist nichts als Einbildung, sage ich mir nachdrücklich. Eine Verkörperung von Ängsten, die sich hinter einer Karnevalsmaske verbergen. Ein Schauermärchen. Ein Schatten in einem fremden Zimmer.

Statt einer Antwort entsteht das Bild erneut vor mir, hell und leuchtend wie ein Transparent: Reynaud am Bett eines alten Mannes, seine Lippen bewegen sich, als betete er, hinter ihm lodern Flammen wie Sonnenlicht in einem Kirchenfenster. Es ist kein beruhigendes Bild. In der Haltung des Priesters liegt etwas Raubtierhaftes, die beiden geröteten Gesichter haben eine gewisse Ähnlichkeit, das dunkel glühende Licht der Flammen wirkt bedrohlich. Ich versuche, meine psychologischen Kenntnisse zu Hilfe zu nehmen. Der schwarze Mann symbolisiert den Tod, ein Archetyp, der meine Angst vor dem Unbekannten widerspiegelt. Es überzeugt mich nicht. Der Teil in mir, der immer noch zu meiner Mutter gehört, spricht deutlicher zu mir.

Du bist meine Tochter, Vianne, sagt sie mir unerbittlich. *Du weißt, was es bedeutet.*

Es bedeutet, dass wir weiterziehen müssen, wenn der Wind sich dreht, dass wir die Zukunft aus den Karten lesen, dass unser Leben eine permanente Flucht ist ...

»Ich bin nichts Besonderes.« Unwillkürlich habe ich laut gesprochen.

»Maman?« Anouks verschlafene Stimme.

»Schsch«, sage ich. »Es ist noch nicht Morgen. Schlaf noch ein bisschen.«

»Sing mir was vor, Maman«, murmelt sie und streckt in der Dunkelheit einen Arm nach mir aus. »Sing noch mal das Lied vom Wind.«

Also singe ich, lausche meiner eigenen Stimme, die von dem leisen Quietschen der Wetterfahne begleitet wird;

> *V'lit l'bon vent, v'là l joli vent,*
> *V'là l'bon vent, ma mie m'appelle,*
> *V'là l'bon vent, v'là l'joli vent,*
> *V'là l'bon vent, ma mie m'attend.*

Nach einer Weile höre ich Anouk wieder regelmäßig atmen, und ich weiß, sie ist wieder eingeschlafen. Ihre Hand liegt immer noch in meiner, weich und schwer. Wenn Roux mit der Arbeit am Dach fertig ist, wird sie wieder ihr eigenes Zimmer haben, dann werden wir beide wieder ruhiger schlafen. Heute Nacht fühle ich mich allzu sehr an all die Hotelzimmer erinnert, in denen meine Mutter und ich geschlafen haben, umhüllt von der Feuchtigkeit unseres eigenen Atems, die beschlagenen Fenster, und draußen der stete Lärm des Straßenverkehrs.

V'là l'bon vent, v'là l'joli vent ...

Diesmal nicht, verspreche ich mir im Stillen. Diesmal bleiben wir. Egal, was passiert. Aber noch während ich einschlafe, fange ich unwillkürlich an, zu überlegen, wie es wäre. Sehnsüchtig und voller Ungläubigkeit.

Mittwoch, 19. März

Neuerdings scheint im Laden von dieser Rocher weniger los zu sein. Armande Voizin ist nicht mehr da gewesen, obwohl ich sie mehrmals im Dorf gesehen habe. Sie hat sich wieder recht gut erholt, bewegt sich mit forschen Schritten und ist kaum auf ihren Stock angewiesen. Ich sehe sie häufig zusammen mit Guillaume Duplessis, der diesen mickrigen Welpen überallhin mitnimmt, und Luc geht sie jeden Tag besuchen. Als sie erfuhr, dass ihr Sohn Armande seit einiger Zeit heimlich besucht, lächelte Caroline Clairmont gequält.

»Ich habe keinen Einfluss mehr auf ihn, Vater«, jammerte sie. »Er war immer so ein guter Junge, so ein *folgsames* Kind, aber jetzt –«

Mit theatralischer Geste schlug sie sich mit den manikürten Händen vor die Brust.

»Ich habe ihm – auf die *allersanfteste* Art – erklärt, er hätte mir sagen müssen, dass er seine Großmutter besucht –« Sie seufzte. »Als hätte er annehmen müssen, ich hätte etwas *dagegen* gehabt, der dumme Junge. Ich habe natürlich nichts dagegen, habe ich ihm gesagt. Ich *freue* mich, dass ihr beiden euch so gut versteht – schließlich wirst du eines Tages eine Menge von ihr erben ... Und plötzlich schreit er mich an, das Geld würde ihn nicht im Geringsten interessieren, und er hätte mir nichts davon gesagt, weil er genau gewusst hätte, dass ich ihm alles verderben würde, ich sei eine heuchlerische Betschwester ... Das sind *ihre* Worte, Vater, darauf würde ich mein Leben verwetten –« Sie betupfte sich vorsichtig die Augen, ängstlich darauf bedacht, ihr tadelloses Make-up nicht zu verschmieren.

»Was habe ich nur falsch gemacht?«, jammerte sie. »Ich habe *alles* für diesen Jungen getan, er hat alles von mir bekommen. Dass er sich jetzt so von mir abwendet, mir alles vor die Füße wirft wegen *dieser* Frau ...« Trotz der Tränen war ihre Stimme hart. »Sie ist schlimmer als eine Giftschlange«, lamentierte sie. »Sie können sich nicht vorstellen, was das für eine Mutter bedeutet, Vater.«

»Oh, Sie sind nicht die Einzige, die darunter leidet, dass Madame Rocher sich überall mit gut gemeinten Ratschlägen einmischt«, sagte ich. »Sehen Sie sich doch bloß einmal an, was sie alles in wenigen Wochen ausgelöst hat.«

Caroline schniefte.

»Gut gemeint! Sie sind wirklich zu liebenswürdig, Vater«, höhnte sie. »Sie ist bösartig, lassen Sie sich das von mir gesagt sein. Sie hätte meine Mutter beinahe umgebracht, sie hat meinen Sohn gegen mich aufgehetzt ...«

Ich nickte zustimmend.

»Ganz zu schweigen davon, dass sie die Ehe der Muscats zerstört hat«, fuhr sie fort. »Ich kann mich nur wundern, wie viel Geduld Sie immer wieder aufbringen, Vater.« Ihre Augen funkelten hasserfüllt. »Es wundert mich, dass Sie Ihren Einfluss noch nicht genutzt haben.«

Ich zuckte die Achseln.

»Ach, ich bin nur ein Dorfpfarrer«, erwiderte ich. »Ich besitze keinen nennenswerten Einfluss. Ich kann etwas missbilligen, aber –«

»Sie können wesentlich mehr tun, als etwas zu missbilligen«, fauchte Caroline. »Wir hätten von Anfang an auf Sie hören sollen, Vater. Wir hätten sie nie im Dorf dulden sollen.«

Ich hob die Schultern.

»Im Nachhinein ist man immer schlauer«, sagte ich. »Wenn ich mich recht erinnere, sind Sie anfangs auch gern in ihren Laden gegangen.«

Sie errötete.

»Nun, wir könnten Sie unterstützen«, schlug sie vor. »Paul Muscat, Georges, die Arnaulds, die Drous, die Prudhommes ... Wir könnten uns zusammentun. Noch mehr Verbündete suchen. Wir könnten dafür sorgen, dass sich schließlich alle gegen sie verschwören.«

»Aus welchem Grund? Die Frau hat kein Gesetz gebrochen. Es wäre nichts als üble Nachrede, und am Ende hätten Sie nichts gewonnen.«

Caroline lächelte böse.

»Auf jeden Fall können wir ihr großartiges Fest ruinieren«, sagte sie.

»Ach ja?«

»Natürlich.« Die Wut machte sie hässlich. »Georges kommt mit vielen Leuten zusammen. Er ist sehr wohlhabend. Auch Muscat hat einen gewissen Einfluss. Er hat mit vielen Leuten zu tun, und er besitzt Überzeugungskraft. Im Gemeinderat zum Beispiel ...«

Das stimmt. Ich muss an seinen Vater denken, den Sommer, als die Zigeuner schon einmal hier waren.

»Wenn sie bei dem Fest Verluste macht – und wie ich höre, hat sie bereits ziemlich viel in die Vorbereitungen investiert –, dann wird sie vielleicht genötigt sein –«

»Vielleicht«, erwiderte ich freundlich. »Ich kann mich natürlich nicht offiziell daran beteiligen. Es könnte einen ... unchristlichen Eindruck machen.«

An ihrem Gesichtsausdruck erkannte ich, dass sie mich genau verstanden hatte.

»Selbstverständlich, Vater.« Ihre Stimme klingt eifrig und gehässig. Einen Augenblick lang empfinde ich tiefe Verachtung für sie, wie sie schnauft und schwitzt wie eine läufige Hündin, aber mit Hilfe von solchen verabscheuungswürdigen Werkzeugen gelingt es uns doch immer wieder, unser Werk zu tun.

Sie, *mon père*, müssten das am besten wissen.

Freitag, 21. März

Das Dach ist fast fertig. Der Putz ist hier und da noch feucht, aber das neue Fenster, rund und mit Messingbeschlägen wie ein Bullauge, ist eingebaut. Morgen will Roux die Dielen verlegen, und wenn sie abgezogen und versiegelt sind, können wir Anouks Bett in ihr neues Zimmer räumen. Es gibt keine Tür, nur die Falltür und eine Leiter, die mit einem Dutzend Sprossen zu ihr hinaufführt. Anouk ist schon ganz aufgeregt. Immer wieder steigt sie auf die Leiter, steckt ihren Kopf durch die Falltür, beobachtet Roux bei der Arbeit und gibt ihm Anweisungen. Meistens jedoch ist sie bei mir in der Küche und sieht bei den Ostervorbereitungen zu. Jeannot ist auch oft da. Dann sitzen sie zusammen am Küchentisch und reden an einem Stück. Ich muss sie bestechen, damit sie mich ab und zu in Ruhe lassen. Roux ist seit Armandes Kollaps wieder ganz der Alte, er pfeift vergnügt vor sich hin, während er Anouks Zimmer den letzten Schliff verpasst. Er hat seine Arbeit sehr gut gemacht, bedauert allerdings, dass er sein Werkzeug verloren hat. Das von Clairmont gemietete sei minderwertig, sagt er. Er will sich so bald wie möglich wieder eigenes Werkzeug besorgen.

»In Agen gibt es eine Werft, wo man gebrauchte Hausboote bekommen kann«, erzählte er mir heute bei heißer Schokolade und Eclairs. »Ich könnte mir einen alten Kahn kaufen und ihn während der Wintermonate in Schuss bringen.«

»Wie viel Geld würden Sie denn dafür brauchen?«

Er zuckte mit den Schultern.

»Erst mal vier- oder fünftausend Francs. Kommt drauf an.«

»Armande würde Ihnen das Geld bestimmt leihen.«

»Nein.« In dieser Frage ist er unerbittlich. »Sie hat schon genug für mich getan.« Mit dem Zeigefinger fuhr er um den Rand seiner Tasse. »Außerdem hat Narcisse mir einen Job angeboten«, sagte er. »Vorerst im Gewächshaus, und später bei der Weinlese, dann kommen die Kartoffeln, die Bohnen, Gurken, Auberginen ... Genug Arbeit, um mich bis November zu beschäftigen.«

»Gut.« Ich freue mich, dass er seinen Enthusiasmus und seine Zuversicht wieder gefunden hat. Er sieht auch wieder besser aus, wirkt entspannter, ohne diesen feindseligen, misstrauischen Blick, der sein Gesicht wie ein verwunschenes Haus überschattete. Die letzten Nächte hat er auf Armandes Bitte hin in ihrem Haus verbracht.

»Für den Fall, dass ich noch mal so einen Anfall habe«, sagt sie ernst und wirft mir dabei hinter seinem Rücken einen seltsamen Blick zu. Ob die Gefahr nur eingebildet ist, oder nicht, ich bin froh, zu wissen, dass er bei ihr ist.

Ganz im Gegensatz zu Caro Clairmont. Sie kam am Mittwochmorgen zusammen mit Joline Drou in den Laden, angeblich, um über Anouk zu reden. Roux saß an der Theke und schlürfte seinen Mokka. Joséphine, die sich immer noch vor Roux zu fürchten scheint, war in der Küche dabei, Pralinen zu verpacken. Anouk war noch beim Frühstücken und saß an der Theke, eine gelbe Tasse *chocolat au lait* und ein halbes Croissant vor sich. Die beiden Frauen schenkten Anouk ein honigsüßes Lächeln und bedachten Roux mit einem verächtlichen Blick. Roux starrte sie hochmütig an.

»Ich hoffe, wir kommen nicht ungelegen.« Jolines weiche, geübte Stimme trieft vor Sorge und Mitgefühl. Dahinter verbirgt sich jedoch nichts als Gleichgültigkeit.

»Überhaupt nicht. Wir sind gerade beim Frühstücken. Kann ich Ihnen etwas anbieten?«

»Nein, nein. Ich frühstücke nie.«

Ein verschämter Blick zu Anouk hinüber, die jedoch mit ihrer Schokolade beschäftigt war.

»Ich würde mich gern mit Ihnen unterhalten«, sagte Joline betont freundlich. »Unter vier Augen.«

»Nun, das wäre sicherlich kein Problem«, erwiderte ich,

»aber ich bin sicher, dass das nicht nötig ist. Können Sie mir hier nicht sagen, was Sie auf dem Herzen haben? Roux macht das bestimmt nichts aus.«

Roux grinste, und Joline verzog das Gesicht.

»Na ja, es ist ein bisschen *delikat*«, sagte sie.

»Sind Sie denn sicher, dass ich die Richtige bin, um darüber zu reden? Ich hätte gedacht, dass Reynaud in solchen Dingen viel –«

»Nein, ich möchte mich mit Ihnen unterhalten«, sagte Joline steif.

»Ach so.« Höflich: »Worüber?«

»Es handelt sich um Ihre Tochter.« Sie lächelte gekünstelt. »Wie Sie wissen, bin ich ihre Klassenlehrerin.«

»Das weiß ich.« Ich schenkte Roux noch eine Tasse Mokka ein. »Was ist denn los? Kommt sie nicht mit? Hat sie Probleme?«

Ich weiß ganz genau, dass Anouk keine Probleme hat. Seit sie viereinhalb ist, liest sie ein Buch nach dem anderen. Ihr Französisch ist tadellos, und seit unserer Zeit in New York spricht sie auch fließend Englisch.

»Nein, nein«, versichert Joline mir eilig. »Sie ist ein sehr gescheites Mädchen.« Sie schaut kurz zu Anouk hinüber, aber meine Tochter ist mit ihrem Croissant beschäftigt. Weil sie sich unbeobachtet glaubt, stibitzt sie eine Schokoladenmaus und stopft sie in ihr Croissant, um ein *pain au chocolat* daraus zu machen.

»Dann geht es wohl um ihr Betragen?«, frage ich ohne übertriebene Sorge. »Stört sie den Unterricht? Ist sie nicht folgsam? Ist sie unhöflich?«

»Nein, nein. *Natürlich* nicht. Es ist nichts dergleichen.«

»Was ist es dann?«

Caro schaut mich säuerlich an.

»*Curé* Reynaud ist in dieser Woche mehrmals in der Schule gewesen«, unterrichtet sie mich. »Er hat mit den Kindern über die Bedeutung des christlichen Osterfests gesprochen und so weiter.«

Ich nickte ermunternd. Joline schenkte mir ein mitfühlendes Lächeln.

»Nun, Anouk scheint« – ein erneuter Blick in Anouks Richtung –, »nun ja, sie *stört* nicht gerade, aber sie hat ihm einige äußerst seltsame Fragen gestellt.« Ihr Lächeln drückte tiefes Missfallen aus.

»*Sehr* seltsame Fragen«, wiederholte sie.

»Ach ja«, sagte ich leichthin. »Sie ist schon immer sehr neugierig gewesen. Ich bin sicher, dass Sie es begrüßen, wenn Schüler wissbegierig sind. Außerdem«, fügte ich schelmisch hinzu, »wollen Sie mir doch wohl nicht erzählen, es gäbe irgendein Thema, zu dem Monsieur Reynaud nicht fast jede Frage beantworten könnte.«

Joline lächelte affektiert.

»Es irritiert die anderen Kinder, Madame«, sagte sie knapp.

»So?«

»Anscheinend hat Anouk ihnen erzählt, Ostern sei eigentlich gar kein christliches Fest, und die Lehre von unserem Herrn« – sie unterbrach sich verlegen – »und seiner Auferstehung stelle einen Rückgriff dar auf eine Art Gott des Getreides, auf eine Fruchtbarkeitsgöttin aus heidnischen Zeiten.« Sie lachte gezwungen, aber ihre Stimme war kalt.

»Ja.« Ich streichelte Anouks Locken. »Sie ist ein sehr belesenes Mädchen, nicht wahr, Nanou?«

»Ich hab ihn bloß nach Eostra gefragt«, sagte Anouk tapfer. »*Curé* Reynaud sagt, keiner feiert heute mehr ihr Fest, aber ich hab gesagt, *wir* schon.«

Ich verbarg mein Lächeln hinter einer Hand. »Wahrscheinlich kann er das nicht verstehen, Liebes«, sagte ich. »Am besten, du stellst ihm nicht mehr so viele Fragen, wenn ihn das irritiert.«

»Es irritiert die *Kinder*, Madame«, sagte Joline.

»Nein, das stimmt gar nicht«, konterte Anouk. »Jeannot sagt, wir sollen ein Feuer anzünden, wenn das Fest kommt, und rote und weiße Kerzen und alles. Jeannot sagt –«

Caroline unterbrach sie.

»Jeannot scheint ja eine Menge gesagt zu haben«, bemerkte sie.

»Anscheinend kommt er ganz nach seiner Mutter«, sagte ich.

Joline wirkte beleidigt.

»Sie scheinen das alles nicht besonders ernst zu nehmen«, sagte sie, wobei ihr das Lächeln verrutschte.

Ich zuckte die Achseln.

»Ich sehe das Problem nicht«, erwiderte ich freundlich. »Meine Tochter beteiligt sich an der Klassendiskussion. Das ist es doch, was Sie mir erzählen, nicht wahr?«

»Es gibt Themen, die dürften eigentlich gar nicht *zur Diskussion* stehen«, fauchte Caro, und einen Moment lang sah ich unter der pastellfarbenen Maske ihre Mutter in ihr, herrisch und tyrannisch. Dass sie mal etwas Temperament zeigte, machte sie mir sympathischer. »Manche Dinge sind eine Frage des *Glaubens,* und wenn dieses Kind *eine anständige Erziehung genießen und die grundlegenden moralischen Werte erlernen soll* –« Verwirrt brach sie den Satz ab.

»Aber es liegt mir fern, *Ihnen* erzählen zu wollen, wie man ein Kind großzieht«, fuhr sie tonlos fort.

»Gut«, sagte ich lächelnd. »Es würde mir widerstreben, mich mit Ihnen zu streiten.«

Beide Frauen starrten mich verblüfft und angewidert an.

»Wollen Sie wirklich keine heiße Schokolade?«

Caros Blick wanderte sehnsüchtig über die Auslagen, die Pralinen, Trüffel, Mandelsplitter und Nougatherzen, die Eclairs, Florentiner, Likörkirschen und gebrannten Mandeln.

»Ein Wunder, dass dieses Kind keine faulen Zähne hat«, sagte sie spitz.

Anouk grinste und zeigte ihre Zähne. Dass sie makellos weiß waren, schien Caros Missmut noch zu vergrößern.

»Wir verschwenden hier nur unsere Zeit«, sagte Caro

kühl zu Joline. Ich sagte nichts, und Roux kicherte in sich hinein. In der Küche hörte ich Joséphines kleines Kofferradio dudeln. Ein paar Sekunden lang war nichts zu hören als die Musik, die blechern von den Fliesen widerhallte.

»Komm, wir gehen«, forderte Caro ihre Freundin auf. Joline wirkte unsicher, zögerte.

»Ich hab gesagt, *wir gehen*!« Mit einer ungehaltenen Geste rauschte sie von dannen, Joline auf den Fersen. »Ich glaube nicht, dass Sie sich darüber im Klaren sind, was auf Sie zukommt«, giftete sie zum Abschied, dann waren sie verschwunden. Ihre spitzen Absätze klapperten auf den Pflastersteinen, als sie den Platz überquerten.

Am nächsten Tag fanden wir das erste Flugblatt. Jemand hatte es zusammengeknüllt auf die Straße geworfen, und Joséphine hob es auf, als sie den Gehweg fegte, und brachte es mit in den Laden. Eine maschinengeschriebene Seite, eine Fotokopie auf rosafarbenem Papier, in der Mitte einmal gefaltet. Es war ohne Angabe des Verfassers, doch der Stil verriet, von wem der Text stammte.

Der Titel: OSTERN UND DIE RÜCKKEHR ZUM GLAUBEN.

Ich überflog die Zeilen. Der Inhalt entsprach weitgehend dem, was die Überschrift nahe legte. Es ging um die Osterbotschaft, um Läuterung, Sünde und die Bedeutung von Absolution und Gebet. Doch etwa in der Mitte des Blattes war eine fettgedruckte zweite Überschrift, die meine Aufmerksamkeit erregte.

Die neuen Erweckungsprediger: Wie sie den Osterglauben verfälschen.

Es wird immer eine kleine Minderheit geben, die versucht, *unsere heiligen Traditionen zum persönlichen Vorteil auszunutzen.* Die Grußkartenindustrie. Die Supermarktketten. Viel *gefährlicher* jedoch sind jene Elemente, die versuchen, *längst vergessene Traditionen* wiederzubeleben und unseren *Kindern* unter dem Deckmantel harmloser Spiele *heidnische Praktiken* beibringen. Zu viele unter uns betrachten diese Dinge als unschädlich und begegnen ihnen mit Toleranz. Warum sonst hätte unsere Gemeinde es hinnehmen sollen, dass ausgerechnet am Ostersonntag außerhalb unserer Kirche ein so genanntes *Schokoladenfest* stattfinden soll? Es ist ein *Hohn* auf alles, was Ostern bedeutet. Wir fordern Sie auf, um unserer unschuldigen Kinder willen dieses so genannte Fest und alle ähnlichen Veranstaltungen zu *boykottieren.*

KIRCHE statt SCHOKOLADE, das ist die WAHRE OSTERBOTSCHAFT!!

»Kirche statt Schokolade.« Ich musste laut lachen. »Das ist gar kein schlechter Slogan, was?«

Joséphine schaute mich besorgt an.

»Ich verstehe Sie nicht«, sagte sie. »Das scheint Sie überhaupt nicht zu beunruhigen.«

»Warum sollte ich mich beunruhigen lassen?«, fragte ich achselzuckend. »Es ist doch nur ein Flugblatt. Ich bin mir beinahe sicher, dass ich weiß, von wem das stammt.«

Sie nickte.

»Caro«, sagte sie nachdrücklich. »Caro und Joline. Das ist genau ihr Stil. Dieses Gefasel über unschuldige Kinder.« Sie schnaubte verächtlich. »Aber die Leute hören auf sie, Vianne. Da werden es sich einige noch einmal überlegen, ob sie kommen sollen oder nicht. Joline ist Lehrerin hier im Dorf. Und Caro ist Mitglied des Gemeinderats.«

»Wirklich?« Ich hatte gar nicht gewusst, dass es einen Gemeinderat gab. Wichtigtuerische Frömmler mit einer Vorliebe für jede Art von Klatsch. »Was können sie denn schon tun? Alle Leute verhaften lassen?«

Joséphine schüttelte den Kopf.

»Paul ist auch im Gemeinderat«, sagte sie leise.

»Und?«

»Sie wissen ja, was er tun kann«, sagte Joséphine verzweifelt. Mir fiel auf, dass sie unter Stress wieder in ihre alten Angewohnheiten zurückfiel. Sie drückte ihre Daumen in ihr Brustbein, wie sie es anfangs getan hatte. »Er ist verrückt, das wissen Sie doch. Er ist einfach –«

Gequält brach sie den Satz ab, die Fäuste vor der Brust geballt. Wieder hatte ich den Eindruck, dass sie mir etwas erzählen wollte, dass sie etwas *wusste*. Ich berührte ihre Hand, versuchte, ihre Gedanken zu erreichen, konnte aber nicht mehr erkennen als zuvor; Rauch, grau und fettig, vor einem roten Himmel.

Rauch! Meine Hand klammerte sich um ihre. Rauch! Jetzt wusste ich, was ich sah, konnte Einzelheiten erkennen; sein Gesicht bleich und verschwommen in der Dunkelheit, sein gehässiges, triumphierendes Grinsen. Sie schaute mich schweigend an.

»Warum haben Sie es mir nicht gesagt?«, fragte ich schließlich.

»Sie können es nicht beweisen«, sagte Joséphine. »Und außerdem habe ich Ihnen überhaupt nichts gesagt.«

»Das brauchten Sie nicht. Ist das der Grund, warum Sie sich vor Roux fürchten? Wegen dem, was Paul-Marie getan hat?«

Sie reckte trotzig das Kinn vor.

»Ich fürchte mich nicht vor ihm.«

»Aber Sie weigern sich, mit ihm zu reden. Sie trauen sich nicht einmal, sich im selben Raum aufzuhalten wie er. Sie können ihm nicht in die Augen sehen.«

Joséphine verschränkte die Arme vor der Brust wie eine Frau, die nichts mehr zu sagen hat.

»Joséphine?« Ich drehte ihr Gesicht zu mir, zwang sie, mich anzusehen. »*Joséphine?*«

»Na gut.« Ihre Stimme klingt schroff. »Ich hab's gewusst, okay? Ich wusste, was Paul vorhatte. Ich hab ihm gesagt, ich würde ihn verraten, wenn er irgendwas versuchte, und ich hätte sie gewarnt. Da hat er mich verprügelt.« Sie warf mir einen giftigen Blick zu, ihr Gesicht verzerrt von unvergossenen Tränen. »Ich bin also ein Feigling«, sagte sie tonlos. »Jetzt wissen Sie, was ich für eine bin, ich bin nicht so mutig wie Sie, ich bin eine Lügnerin und ein Feigling, und ich hab ihn nicht aufgehalten. Jemand hätte dabei umkommen können, Roux hätte sterben können, oder Zézette oder ihr Baby, und es wäre alles *meine Schuld* gewesen!« Sie holte tief und mühsam Luft.

»Sagen Sie es ihm nicht«, bat sie. »Ich könnte es nicht ertragen.«

»*Ich* werde es ihm nicht sagen«, erwiderte ich sanft. »Das werden *Sie* tun.«

Sie schüttelte heftig den Kopf.

»Nein, das mach ich nicht. Das kann ich nicht.«

»Ist schon gut, Joséphine«, beruhigte ich sie. »Es war nicht Ihre Schuld. Und es ist niemand umgekommen, oder?«

Trotzig: »Das kann ich nicht.«

»Roux ist nicht wie Paul«, sagte ich. »Er ist Ihnen ähnlicher, als Sie glauben.«

»Was soll ich ihm denn sagen?« Sie rang verzweifelt die Hände. »Ich wünschte, er würde einfach verschwinden«, sagte sie wütend. »Ich wünschte, er würde sein Geld nehmen und woanders hingehen.«

»Nein, das stimmt nicht«, sagte ich. »Außerdem wird er sowieso nicht gehen.« Ich erzählte ihr, was Roux mir über den Job bei Narcisse und das Boot in Agen berichtet hatte. »Er hat es wenigstens verdient zu erfahren, wer ihm das angetan hat«, beharrte ich. »Dann wird er begreifen, dass allein Muscat schuldig ist und dass niemand sonst im Dorf ihn hasst. Das müssten Sie doch verstehen, Joséphine. Sie wissen doch selbst, wie man sich in einer solchen Situation fühlt.«

Joséphine seufzte.

»Aber nicht heute«, sagte sie. »Ich werd's ihm sagen, aber ein andermal. In Ordnung?«

»Es wird nicht leichter, wenn Sie es vor sich herschieben«, warnte ich sie. »Möchten Sie, dass ich mit Ihnen komme?«

Sie starrte mich an.

»Nun, er wird bald eine Pause einlegen müssen«, erklärte ich. »Sie könnten ihm eine Tasse Schokolade bringen.«

Schweigen. Ihr Gesicht war bleich und ausdruckslos. Ihre Hände zitterten. Ich nahm einen Trüffel aus einer Schale und steckte ihn in ihren halb offenen Mund, bevor sie Zeit hatte, etwas zu sagen.

»Das wird Ihnen Mut machen«, sagte ich und drehte mich um, um eine große Tasse mit Schokolade zu füllen. »Also los, beißen Sie zu.« Ich hörte ein winziges Geräusch, wie ein halbes Lachen. Ich reichte ihr die Tasse. »Sind Sie bereit?«

»Ich glaub schon«, sagte sie mit vollem Mund. »Ich werd's versuchen.«

Ich las noch einmal das Flugblatt, das Joséphine auf der Straße gefunden hatte. *Kirche statt Schokolade.* Eigentlich ziemlich lustig. Der schwarze Mann hat endlich seinen Sinn für Humor entdeckt.

Obwohl ein kräftiger Wind wehte, war es warm draußen. Die Dächer in *Les Marauds* schimmerten im Sonnenlicht. Langsam spazierte ich zum Tannes hinunter und genoss die Sonne auf meinem Rücken. Die Vorboten des Frühlings sind da, und in den Gärten und an den Straßenrändern blühen mit einem Mal Narzissen, Iris und Tulpen. Selbst die windschiefen Häuser von *Les Marauds* sind mit lustigen Farbtupfern gesprenkelt, allerdings sind die ehemals gepflegten Gärten alle verwildert; auf einem Balkon, der über den Fluss hinausragt, blüht ein Holunderstrauch, ein Dach ist über und über mit gelbem Löwenzahn bedeckt, aus Mauerritzen lugen kleine Veilchen. Veredelte Gartengewächse haben sich in ihre Wildformen zurückentwickelt; kleine, feinstielige Geranien wuchern zwischen Schierlingsdolden, überall haben sich Mohnblumen ausgesät und durch Kreuzungen ihr ursprüngliches Rot über Orange in eine ganz blasse Malvenfarbe verwandelt. Nur wenige Tage Sonnenschein reichen aus, um sie aus ihrem Winterschlaf zu wecken; nach dem Regen richten sie sich auf und recken die Köpfe dem Licht entgegen. Man braucht nur eine Hand voll von diesem angeblichen Unkraut auszurupfen, und man findet Salbei und Iris, Nelken und

Lavendel zwischen Rüben und Kreuzkraut. Ich ging lange genug am Ufer spazieren, um Joséphine und Roux Zeit zu lassen, miteinander ins Reine zu kommen, dann wanderte ich langsam durch die kleinen Gassen zurück, die *Ruelle des Frères de la Révolution* hinauf, und dann die *Avenue des Poètes,* eine enge, düstere Gasse zwischen beinahe fensterlosen Fassaden, aufgelockert nur von den von Balkon zu Balkon gespannten Wäscheleinen und hier und da einem Blumenkasten mit wildwuchernden Wicken.

Ich traf sie gemeinsam im Laden an, eine halb leere Kanne Schokolade zwischen sich auf der Theke. Joséphine hatte verweinte Augen, wirkte jedoch erleichtert, beinahe glücklich. Roux lachte gerade über etwas, das sie gesagt hatte, sein Lachen klang seltsam und ungewohnt, fremdartig, weil es so selten zu hören ist. Einen Augenblick lang war ich beinahe eifersüchtig, dachte: *Die beiden gehören zusammen.*

Später, als Joséphine fortgegangen war, um ein paar Besorgungen zu machen, sprach ich mit Roux. Er achtet sorgfältig darauf, nichts Indiskretes über sie zu sagen, doch seine Augen funkeln, als wollte jeden Augenblick ein Lächeln hervorbrechen. Anscheinend hatte er Muscat bereits im Verdacht gehabt.

»Es war gut, dass sie diesen Bastard sitzen gelassen hat«, sagt er mit unverhohlener Verachtung. »Was dieser Kerl ihr angetan hat –« Einen Augenblick lang wird er verlegen, schiebt seine Tasse auf der Theke hin und her. »So ein Mann hat es nicht verdient, eine Frau zu haben«, brummt er. »Der hat keine Ahnung, was für ein Glück er hat.«

»Was werden Sie tun?«, frage ich ihn. Er zuckt die Achseln.

»Es gibt nichts zu tun«, erwidert er trocken. »Er wird alles leugnen. Die Polizei interessiert sich nicht für den Fall. Außerdem bin ich sowieso nicht darauf erpicht, mit denen zu tun zu haben.«

Er geht nicht weiter auf das Thema ein. Ich nehme an,

dass es in seiner Vergangenheit Dinge gibt, die besser nicht ans Licht kommen.

Seitdem haben Joséphine und er viele lange Gespräche geführt. Sie bringt ihm Schokolade und Kuchen, wenn er Pause macht, und oft höre ich sie zusammen lachen. Ihr furchtsamer, abwesender Blick ist verschwunden. Mir fällt auf, dass sie sich sorgfältiger kleidet. Heute Morgen verkündete sie sogar, sie wolle ins Café gehen, um ein paar Sachen abzuholen.

»Ich komme mit«, schlug ich vor. Joséphine schüttelte den Kopf.

»Ich schaff das schon allein.«

Sie wirkte glücklich, beinahe hochgestimmt über ihre Entscheidung. »Außerdem sagt Roux, wenn ich mich Paul nicht stelle –« Sie brach verlegen ab. »Ich wollte einfach noch mal rübergehen, das ist alles«, sagte sie störrisch. Ihre Wangen waren gerötet. »Ich hab noch Bücher, Kleider ... Ich will meine Sachen holen, bevor Paul auf die Idee kommt, alles wegzuschmeißen.«

Ich nickte.

»Wann wollen Sie denn rübergehen?«

Ohne zu zögern: »Am Sonntag. Dann ist er in der Kirche. Wenn ich Glück hab, bin ich wieder weg, bevor er zurückkommt. Ich brauche nicht lange.«

Ich sah sie an.

»Sind Sie sicher, dass Sie allein gehen wollen?«

Sie nickte.

»Es wäre irgendwie nicht richtig.«

Ich musste über ihren entschlossenen Gesichtsausdruck lächeln, aber ich wusste, was sie meinte. Es war sein Territorium – *ihr* Territorium –, auf unsichtbare Weise markiert mit den Spuren ihres gemeinsamen Lebens. Ich hatte dort nichts zu suchen.

»Ich schaff das schon.« Sie lächelte. »Ich weiß, wie ich mit ihm umgehen muss, Vianne. Ich hab das schon öfter überstanden.«

»Ich hoffe, dass es dazu nicht kommen wird.«
»Das wird es nicht.« Sie nahm meine Hand, wie um mich zu beruhigen. »Ich verspreche es.«

Sonntag, 23. März
Palmsonntag

Das Läuten der Glocken hallt dumpf von den geweißten Wänden der Häuser und Läden wider. Selbst die Pflastersteine vibrieren; ich spüre das leichte Beben durch meine Schuhsohlen. Narcisse hat die *rameaux* geliefert, die Palmsträußchen, die ich nach der Messe verteilen werde, und die die Leute für den Rest der Karwoche an ihren Kragen tragen oder an ihre Kruzifixe über dem Kamin oder dem Bett stecken werden. Ich werde Ihnen auch eins mitbringen, *mon père*, und eine Kerze für Ihren Nachttisch; warum sollen Sie leer ausgehen? Die Schwestern beäugen mich mit kaum verhohlener Belustigung. Nur die Angst und ihr Respekt vor meiner Soutane hält sie davon ab, laut über mich zu lachen. Ihre rosigen Schwesterngesichter glänzen vom heimlichen Kichern. Auf dem Korridor höre ich sie tuscheln:
Er glaubt, der Alte könnte ihn hören ... er meint, der würde noch mal aufwachen ... nein, wirklich? ... o nein! ... er redet die ganze Zeit mit ihm ... einmal hab ich ihn beten hören – und dann mädchenhaftes Gekicher – *hihihihihi!* – wie Perlen, die über den Boden kullern.

Natürlich wagen sie es nicht, mir ins Gesicht zu lachen. In ihren makellos weißen Kitteln, das Haar unter gestärkten Hauben verborgen, den Blick gesenkt, könnte man sie für Nonnen halten. Klosterschülerinnen, die respektvoll ihre Floskeln murmeln – *oui, mon père, non, mon père* –, während sie sich heimlich amüsieren. Auch die Mitglieder meiner Gemeinde sind nicht mit dem rechten Ernst bei der

Sache – während der Messe sind sie unkonzentriert und können es hinterher kaum erwarten, in die *chocolaterie* zu eilen –, doch heute ist alles, wie es sein soll. Sie grüßen mich mit Respekt, beinahe furchtsam. Narcisse entschuldigt sich dafür, dass die Palmsträußchen diesmal nur aus Zedernzweigen bestehen.

»Das ist kein einheimischer Baum, Vater«, erklärt er mit seiner mürrischen Stimme. »Der gedeiht hier nicht. Der Frost macht ihn kaputt.«

Ich klopfe ihm väterlich auf die Schulter.

»Kein Problem, *mon fils*.« Seine Rückkehr in den Schoß der Gemeinde stimmt mich milde und gütig.

Caroline Clairmont nimmt meine Hand zwischen ihre behandschuhten Finger.

»Eine schöne Messe.« Ihre Stimme klingt warm.

»So eine schöne Messe«, plappert Georges ihr nach. Luc steht neben ihr und macht ein verdrießliches Gesicht. Dahinter die Drous mit ihrem Sohn, der in seinem Matrosenhemd verlegen dreinblickt. Ich sehe Muscat nicht unter den Leuten, die die Kirche verlassen, nehme jedoch an, dass er auch da ist.

Caroline Clairmont lächelt mich spitzbübisch an.

»Sieht so aus, als hätten wir es geschafft«, sagt sie mit Genugtuung. »Wir haben schon mehr als hundert Unterschriften gesammelt –«

»Das Schokoladenfest.« Unwirsch unterbreche ich sie mit leiser Stimme. Ich kann mir nicht leisten, das Thema in der Öffentlichkeit zu diskutieren. Sie versteht den Wink nicht.

»Genau!«, ruft sie aufgeregt aus. »Wir haben zweihundert Flugblätter verteilt, und die Hälfte der Einwohner von Lansquenet hat bereits unterschrieben. Wir sind in jedem Haus gewesen … na ja, in *fast* jedem Haus.« Sie grinst. »Mit einigen Ausnahmen, natürlich.«

»Verstehe«, erwidere ich betont kühl. »Vielleicht können wir ein andermal darüber reden.«

Sie registriert den Rüffel und errötet.

»Selbstverständlich, Vater.«

Sie hat natürlich Recht. Die Aktion hat einen deutlichen Erfolg gezeitigt. Der Pralinenladen ist seit Tagen so gut wie leer. In so einer kleinen Gemeinde hat die offene Missbilligung durch den Gemeinderat schließlich ein größeres Gewicht als die stillschweigende Kritik der Kirche. Wer wagt es noch, unter den missbilligenden Augen des Gemeinderats in diesem Laden zu kaufen, zu naschen und zu schlemmen ... Dazu braucht es mehr Mut und mehr Widerspruchsgeist, als diese Hexe Rocher es ihnen wert ist. Wie lange wohnt sie überhaupt schon hier? Das verirrte Lamm findet stets zur Herde zurück, Vater. Ganz instinktiv. Sie ist nichts weiter als eine kurzlebige Abwechslung für die Leute im Dorf. Aber am Ende kommen sie alle wieder zur Besinnung. Ich gebe mich nicht der Illusion hin, dass sie es aus Reue oder Einsicht tun – Schafe sind von Natur aus dumm –, aber sie besitzen einen gesunden Instinkt. Ihre Füße tragen sie nach Hause, auch wenn ihre Gedanken in die Irre gehen. Mit einem Mal verspüre ich eine tiefe Zuneigung zu ihnen, zu meiner Gemeinde, meiner Herde. Ich möchte ihre Hände in meinen fühlen, ihr warmes, dummes Fleisch berühren, mich in ihrer Bewunderung und in ihrem Vertrauen aalen.

Ist das die Antwort auf meine Gebete, Vater? Ist das die Lektion, die ich lernen musste? Auf der Suche nach Muscat lasse ich meinen Blick noch einmal über die Menge schweifen. Er kommt jeden Sonntag in die Kirche, er kann doch unmöglich an diesem besonderen Sonntag die Messe versäumt haben ... Doch die Kirche leert sich, und ich kann ihn immer noch nicht entdecken. Ich erinnere mich auch nicht, dass er die Kommunion empfangen hat. Er wird doch sicherlich nicht gegangen sein, ohne ein paar Worte mit mir zu wechseln. Vielleicht wartet er noch im Innern der Kirche, sage ich mir. Die Sache mit seiner Frau hat ihn sehr mitgenommen. Vielleicht braucht er meinen geistlichen Beistand.

Der Korb mit den Palmsträußchen wird immer leerer. Jedes Einzelne wird in Weihwasser getaucht und gesegnet. Jeder wird mit einem Handauflegen verabschiedet. Luc Clairmont weicht vor meiner Berührung zurück und murmelt wütend irgendwas vor sich hin. Seiner Mutter ist das offenbar peinlich, und sie lächelt mir über die gebeugten Köpfe hinweg entschuldigend zu. Immer noch keine Spur von Muscat. Ich werfe einen Blick in die Kirche: Sie ist leer, bis auf ein paar ältere Leute, die immer noch vor dem Altar knien. Der heilige Franziskus steht neben dem Eingang; umringt von Gipstauben wirkt er seltsam vergnügt für einen Heiligen, sein strahlendes Gesicht würde eher zu einem Verrückten oder einem Betrunkenen passen. Es ärgert mich plötzlich, dass jemand die Statue ausgerechnet hier am Eingang aufgestellt hat. Ich finde, mein Namenspatron müsste würdevoller sein, mehr Eindruck machen. Stattdessen scheint dieser grinsende Narr mich zu verspotten, eine Hand zaghaft zum Segen ausgestreckt, mit der anderen wiegt er eine Taube vor seinem dicken Bauch, als träumte er von Taubenpastete. Ich versuche mich zu erinnern, ob die Statue schon dort gestanden hat, als wir beide aus Lansquenet fortgegangen sind, mon père. Wissen Sie es noch? Oder ist sie vielleicht verrückt worden, womöglich von Leuten, die mich verhöhnen wollen? Der heilige Hieronymus, dem diese Kirche geweiht ist, hat keinen solchen Ehrenplatz: In der düsteren Nische, wo er vor einem dunklen Ölgemälde steht, ist er kaum zu sehen, der Marmor, aus dem die Figur gemeißelt wurde, ist vom Rauch Tausender Kerzen verfärbt. Der heilige Franziskus dagegen nach wie vor so weiß wie frische Champignons, trotz der Feuchtigkeit, die den guten Franz unter der unbekümmerten Missachtung seines Kollegen langsam und vergnügt zerbröckeln lässt. Ich nehme mir vor, ihn so bald wie möglich an einen ihm angemesseneren Platz versetzen zu lassen.

Muscat ist nicht in der Kirche. Ich suche alles ab, immer noch in der Annahme, dass er womöglich auf mich wartet, aber er ist nicht zu finden. Vielleicht ist er krank, überlege ich. Nur eine ernste Krankheit würde einen so eifrigen Kirchgänger wie ihn davon abhalten, am Palmsonntag die Messe zu besuchen. In der Sakristei lege ich mein Messgewand ab und schlüpfe in meine Soutane. Den Kelch und die Patene schließe ich sicherheitshalber ein. Zu Ihrer Zeit wäre das nicht nötig gewesen, Vater, aber heutzutage muss man sich vorsehen. Landstreicher und Zigeuner – von einigen Elementen in unserem Dorf ganz zu schweigen – würden sich durch die Aussicht auf ewige Verdammnis nicht davon abhalten lassen, mit solchen Wertgegenständen ein schnelles Geschäft zu machen.

Mit zügigen Schritten gehe ich nach *Les Marauds* hinunter. Muscat ist seit letzter Woche ziemlich wortkarg, und ich bin ihm nur ein paar Mal flüchtig begegnet. Aber er wirkt teigig und krank, gebeugt wie ein verdrossener Büßer, die Augen halb verborgen unter den geschwollenen Lidern. In letzter Zeit besuchen nur noch wenige Leute sein Café; vielleicht aus Furcht vor Muscats Jähzorn und seinem verhärmten Gesichtsausdruck. Am Freitag war ich selbst dort; das Café war so gut wie leer. Seit Joséphine ausgezogen ist, ist der Boden nicht mehr gefegt worden und mit Zigarettenkippen und Bonbonpapieren übersät. Überall auf den Tischen und der Theke standen leere Gläser. In der Vitrine lagen ein paar alte Sandwiches und etwas Rotes, Zusammengerolltes, das aussah wie eine vertrocknete Pizza. Daneben ein Stapel von Carolines Flugblättern, mit einem schmutzigen Bierglas beschwert. Neben dem schalen Gestank nach kalter Zigarettenasche roch es nach Schimmel und nach Erbrochenem.

Muscat war betrunken.

»Ach, Sie sind's.« Sein Ton war mürrisch, beinahe aggressiv. »Sie sind wohl gekommen, um mir zu sagen, ich soll auch noch die andere Wange hinhalten, was?« Er nahm einen tiefen Zug an der Zigarette, die halb aufgeweicht zwischen seinen Zähnen klemmte. »Sie können zufrieden mit mir sein. Ich halte mich seit Tagen von der Schlampe fern.«

Ich schüttelte den Kopf.

»Sie dürfen nicht verbittert sein«, sagte ich.

»In meinem eigenen Café kann ich sein, was ich will«, erwiderte Muscat feindselig. »Das ist doch *mein* Café, nicht wahr, Vater? Ich meine, Sie wollen ihr doch wohl nicht auch noch den Laden auf einem silbernen Tablett servieren, oder?«

Ich erklärte ihm, ich könne seine Gefühle verstehen. Er zog noch einmal an seiner Zigarette und hustete mir höhnisch lachend seinen fauligen Atem ins Gesicht.

»Das ist gut, Vater.« Er stank wie ein Tier. »Das ist phantastisch. *Natürlich* verstehen Sie mich. Gar keine Frage. Als Sie Ihr Gelübde abgelegt haben, oder was auch immer, hat die Kirche Ihnen die Eier abgeschnitten. Da kann ich mir vorstellen, dass Sie nicht wollen, dass ich meine behalte.«

»Sie sind betrunken, Muscat«, fauchte ich.

»Scharf beobachtet, Vater«, höhnte er. »Ihnen entgeht doch wirklich nichts, was?« Er machte eine weit ausholende Geste mit der Hand, in der er die Zigarette hielt. »Sie braucht sich nur anzusehen, wie der Laden jetzt aussieht«, sagte er heiser. »Mehr braucht sie nicht, um glücklich zu sein. Zu sehen, dass sie mich ruiniert hat« – er war den Tränen nahe, überwältigt von dem typischen Selbstmitleid des Säufers –, »zu wissen, dass sie unsere Ehe zum Gespött des Dorfes gemacht hat –« Er stieß einen obszönen Laut aus, halb Schluchzen, halb Rülpsen. »Zu wissen, dass sie mir das verdammte Herz gebrochen hat.«

Er wischte sich mit dem Handrücken über die triefende Nase.

»Glauben Sie ja nicht, ich wüsste nicht, was sich da drüben abspielt«, sagte er leise. »Diese Schlampe und ihre lesbischen Freundinnen. Ich weiß genau, was die treiben.« Er wurde wieder lauter, und ich schaute mich verlegen nach seinen drei oder vier verbliebenen Gästen um, die ihn neugierig anstarrten. Warnend legte ich eine Hand auf seinen Arm.

»Geben Sie die Hoffnung nicht auf, Muscat«, sagte ich, meinen Ekel überwindend. »Auf diese Weise können Sie sie nicht zurückgewinnen. Sie dürfen nicht vergessen, dass es in jeder Ehe Krisen gibt, aber –«

Er schnaubte verächtlich.

»Eine Krise? Das ist es also?« Er lachte in sich hinein. »Wissen Sie was, Vater? Geben Sie mir fünf Minuten allein mit dieser Schlampe, dann werd ich ihr die Krise schon austreiben. Ich hole sie mir zurück, da können Sie Gift drauf nehmen.«

Er wirkte dumm und bösartig, kaum in der Lage, seine Worte bei dem Haifischgrinsen zu artikulieren. Ich packte ihn an den Schultern und sprach jedes Wort deutlich aus, in der Hoffnung, dass wenigstens ein Teil von dem, was ich sagte, zu ihm vordringen würde.

»Das werden Sie *nicht*«, sagte ich ihm ins Gesicht, ohne mich um die stumm glotzenden Säufer hinter mir zu kümmern. »Sie werden sich *anständig* verhalten, Muscat, Sie werden *korrekt* vorgehen, wenn Sie etwas unternehmen wollen, und Sie werden die beiden Frauen *nicht anrühren*! Kapiert?«

Meine Finger bohrten sich in seine Schultern. Muscat protestierte und warf mir Obszönitäten an den Kopf.

»Ich warne Sie, Muscat«, sagte ich. »Ich habe Ihnen eine Menge durchgehen lassen, aber ich werde es *nicht* hinnehmen, wenn Sie sich in aller Öffentlichkeit wie ein *Schläger* aufführen. Haben Sie mich verstanden?«

Er brummte etwas in seinen Bart; ob es eine Drohung oder eine Entschuldigung war, konnte ich nicht verstehen. Anfangs dachte ich, er hätte gesagt, Es *tut mir leid*, aber im Nachhinein bin ich mir nicht sicher, ob er nicht sagte, Es *wird Ihnen noch leid tun*. Seine Augen funkelten böse durch seine halb vergossenen Tränen.

Leid tun. Aber *wem* wird es leid tun? Und *was*?

Als ich nach *Les Marauds* hinuntereilte, fragte ich mich erneut, ob ich die Zeichen falsch gedeutet hatte. War es ihm zuzutrauen, dass er sich selbst Gewalt antat? Sollte ich, in meinem Bemühen, weiteres Unheil zu verhindern, nicht gesehen haben, dass der Mann am Rande der Verzweiflung war? Als ich vor dem *Café de la République* ankam, war es geschlossen, doch ein paar Leute standen vor dem Haus und schauten zu einem der Fenster im ersten Stock hinauf. Ich sah Caroline Clairmont und Joline Drou unter ihnen. Auch Duplessis war da, eine kleine, würdige Gestalt in seinem Filzhut und mit dem Hund, der um ihn herumtollte. Über dem allgemeinen Gemurmel meinte ich eine höhere, schrillere Stimme zu hören, die lauter und leiser wurde, hin und wieder Worte zu formulieren schien, Sätze, dann ein Schrei …

»Vater.« Caro klang atemlos, sie wirkte erhitzt. Ihr Gesichtsausdruck erinnerte mich an die rehäugigen, ewig japsenden Schönheiten auf den Titelseiten gewisser Hochglanzmagazine auf den oberen Regalen, und der Gedanke ließ mich erröten.

»Was ist los?«, fragte ich knapp. »Muscat?«

»Es ist Joséphine«, sagte Caro aufgeregt. »Muscat hat sie oben in dem Zimmer eingesperrt, Vater, sie schreit um Hilfe.«

Noch während sie sprach, drangen erneut Geräusche aus dem Fenster – Schreie, Flüche und lautes Poltern –, und gleich darauf wurden Gegenstände hinausgeworfen, die auf dem Pflaster zerschellten. Eine Frauenstimme kreischte in Tönen, die Glas hätten zum Zerbersten bringen können – jedoch nicht vor Angst, wie mir schien, sondern vor wilder, unbändiger Wut –, gefolgt von einem weiteren Bombardement mit Hausratutensilien. Bücher, Kleider, Schallplatten, Bilderrahmen … die profane Artillerie häuslicher Gemütlichkeit.

Ich rief zum Fenster hinauf.

»Muscat? Können Sie mich hören? *Muscat!*«

Ein leerer Vogelkäfig kam durch die Luft geflogen.

»*Muscat!*«

Es kam keine Antwort aus dem Haus. Die Stimmen der beiden Kontrahenten klingen beinahe unmenschlich – wie die eines Trolls und einer Harpyie –, und einen Moment lang fühle ich mich unwohl in meiner Haut, als wäre die Welt noch ein Stück weiter in den Schatten gerückt und die Dunkelheit, die uns vom Licht trennt, größer geworden. Was würde ich zu sehen bekommen, wenn ich die Tür öffnete?

Eine schreckliche Sekunde lang kehrt die Erinnerung zurück, und ich bin wieder dreizehn und öffne die Tür zu dem alten Kirchenanbau, den einige heute immer noch die Kanzlei nennen, trete von dem dämmrigen Zwielicht der Kirche in tiefere Düsternis, meine Füße fast lautlos auf dem Parkett, und in meinen Ohren das seltsame Stöhnen eines unsichtbaren Ungeheuers im Nebenraum. Ich öffne die Tür mit wild pochendem Herzen, die Fäuste geballt, die Augen aufgerissen ... und plötzlich sehe ich vor mir das bleiche, sich krümmende Untier, seine Umrisse irgendwie vertraut, aber auf groteske Weise verdoppelt, zwei Gesichter, die mich voller Wut und Entsetzen anstarren –

Maman! – *Père!*

Absurd, ich weiß. Unmöglich, dass es einen Zusammenhang gibt. Und dennoch frage ich mich, als ich in Caro Clairmonts erhitztes, aufgeregtes Gesicht sehe, ob sie es auch spürt, den erotischen Kitzel der Gewalt, den Augenblick der Macht, wenn das Streichholz angerissen wird, der Schlag fällt, das Benzin Feuer fängt ...

Es war nicht nur Ihr Verrat, Vater, der mir das Mark in den Knochen gefrieren ließ und die Haut an den Schläfen straffte wie das Fell auf einer Trommel. Die Sünde – die Sünde des Fleisches – war für mich etwas Abstraktes und zutiefst Verabscheuungswürdiges gewesen, widerwärtig, wie die Vereinigung mit Tieren. Dass sie auch *Genuss* bereiten konnte, war für mich unfassbar. Und doch sah ich Sie und meine Mutter, erregt und verschwitzt einander *bearbeiten*, mechanisch wie die Kolben einer Maschine, nicht ganz nackt, nein, gerade die in der Hast nur halb heruntergerissenen Kleider gaben der Szene etwas besonders Obszönes – die Bluse offen, der Rock und die Soutane hochgeschoben ... Nein, es war nicht das Fleisch, das mich abstieß, denn ich betrachtete das Geschehen mit distanziertem Ekel. Es war, weil ich mich erst zwei Wochen zuvor für Sie *kompromittiert* hatte, Vater, meine Seele für Sie beschmutzt hatte – die Ölflasche glitschig in meiner Hand, das erregende Gefühl der Macht, der Seufzer der Verzückung, als die Flasche durch die Luft fliegt und sich entzündet, das brennende Öl sich verteilt und die Flammen sich auf dem erbärmlichen Hausboot hungrig ausbreiten, an dem trockenen Segeltuch lecken, das alte, trockene Holz verschlingen, wollüstig und schadenfroh über das Deck züngeln ... Man vermutete Brandstiftung, Vater, aber niemand kam auf die Idee, Reynauds guten, stillen Jungen zu verdächtigen, der im Kirchenchor sang und während der Messe stets so blass und brav in der Bank saß. Nicht den scheuen Francis, der noch nie ein Fenster eingeworfen hatte. Muscat, vielleicht. Der alte Muscat und sein draufgängerischer Sohn, ja, die konnten es getan haben. Eine Zeit lang wurden sie im Dorf geschnitten, man tuschelte hinter ihrem Rücken. Diesmal waren sie zu weit gegangen. Aber sie leugneten standhaft, und schließlich gab es keine Beweise. Die Opfer waren keine von uns. Niemand sah den Zusammenhang zwischen dem Brand und den Veränderungen im Hause Reynaud – die Eltern ließen sich scheiden, und der Junge wurde auf eine Eliteschule im Norden geschickt ... Ich tat es für Sie, Vater. Aus Liebe zu Ihnen. Das brennende Boot in dem ausgetrockneten Flussbett erleuchtet die braune Nacht, Menschen rennen heraus, schreien, stolpern über die ausgedörrte Erde am Ufer des Tannes, einige machen den hoffnungslosen Versuch, den letzten verbliebenen Schlamm mit Eimern aus dem Fluss zu schöpfen und damit das Feuer zu löschen, während ich aus meinem Versteck hinter den Büschen zuschaue, mein Mund trocken, mein Bauch heiß vor Freude.

Ich konnte nicht wissen, dass in dem Boot noch Leute schliefen, sage ich mir. Sturzbetrunken, so dass selbst das Feuer sie nicht weckt. Später habe ich von ihnen geträumt, verkohlte Gestalten, miteinander verschmolzen wie Liebende ... Monatelang fuhr ich nachts schreiend aus dem Schlaf, sah ihre flehend nach mir ausgestreckten Arme, hörte ihre Stimmen – ein aus der Asche gehauchtes Atmen –, sah bleiche Lippen, die lautlos meinen Namen formten.

Aber Sie haben mir die Absolution erteilt, Vater. Es waren nur ein Säufer und seine Schlampe, sagten Sie mir. Wertloses Treibgut auf dem schmutzigen Fluss. Zwanzig Vaterunser und ebenso viele Ave-Maria reichten als Bezahlung für ihr Leben. Diebe, die unsere Kirche entweiht und unseren Priester beleidigt hatten, sie hatten nicht mehr verdient. Ich war ein junger Mensch mit einer großen Zukunft vor mir, mit liebevollen Eltern, die sich grämen würden, die schrecklich unglücklich wären, wenn sie wüssten ... Außerdem, sagten Sie, hätte es auch ein Unglücksfall sein können. Man konnte nie wissen, sagten Sie. Vielleicht hatte Gott es so *gewollt*.

Ich glaubte Ihnen. Oder tat jedenfalls so. Und ich bin Ihnen immer noch dankbar.

Jemand berührt meinen Arm. Ich fahre erschrocken zusammen. Der Blick in den Abgrund meiner Erinnerung hat mich die Wirklichkeit vergessen lassen. Armande Voizin steht hinter mir, ihre klugen schwarzen Augen fixieren mich. Neben ihr steht Duplessis.

»Werden Sie nun endlich etwas unternehmen, Francis, oder wollen Sie es zulassen, dass dieses Untier Muscat einen Mord begeht?«

Sie spricht mit klarer, kalter Stimme. Mit einer Klaue hält sie ihren Stock umklammert, mit der anderen deutet sie wie eine Hexe auf die geschlossene Tür.

»Es ist nicht –« Meine Stimme klingt nicht wie meine eigene, sondern wie die eines Kindes. »Es ist nicht meine Aufgabe, einzu–«

»Blödsinn!« Sie berührt meine Hand mit ihrem Stock.

»Ich werde diesem Wahnsinn ein Ende bereiten, Francis. Kommen Sie mit mir, oder wollen Sie den ganzen Tag hier stehen bleiben und glotzen?«

Ohne auf eine Antwort zu warten, geht sie auf die Tür des Cafés zu.

»Sie ist abgeschlossen«, sage ich zaghaft.

Sie zuckt die Achseln. Mit ihrem Stock schlägt sie die Scheibe in der Tür ein.

»Der Schlüssel steckt im Schloss«, sagt sie unwirsch. »Drehen Sie ihn für mich um, Guillaume.« Sobald der Schlüssel sich im Schloss dreht, schwingt die Tür auf. Ich folge Armande die Treppe hinauf. Das Geschrei und das Gepolter sind hier lauter zu vernehmen, verstärkt durch den Hohlraum des Treppenhauses. Muscat steht vor der Tür des oberen Zimmers, sein massiger Körper füllt den halben Treppenabsatz aus. Das Zimmer ist von innen verbarrikadiert; durch einen kleinen Spalt zwischen Tür und Rahmen fällt ein heller Lichtstreifen auf die Stufen. Ich sehe, wie Muscat sich gegen die blockierte Tür wirft; man hört etwas poltern, und zufrieden grunzend schiebt er sich in das Zimmer.

Eine Frau schreit.

Sie drückt sich ängstlich an die gegenüberliegende Wand. Mehrere Möbelstücke sind vor der Tür gestapelt – eine Kommode, ein Schrank, Stühle –, aber Muscat hat es endlich doch geschafft, in den Raum einzudringen. Das schwere, schmiedeeiserne Bett hatte sie nicht verrücken können, aber sie benutzt die Matratze als Schutzschild, hinter den sie sich kauert, einen Berg Wurfgeschosse griffbereit neben sich. Seit die Messe begonnen hat, hält sie schon durch, geht es mir voller Erstaunen durch den Kopf. Ich sehe die Spuren ihrer Flucht; Glasscherben auf der Treppe, die Kerben in der Tür, den Wohnzimmertisch, den er als Rammbock benutzt hat. Als er sich zu mir umdreht, sehe ich in seinem Gesicht die Spuren ihrer Fingernägel, eine blutige Schramme an seiner Schläfe, die Nase ist geschwollen, das Hemd zerrissen. Ich entdecke Blutflecken auf den Treppenstufen, eine kleine Lache, eine Rutschspur, vereinzelte Tröpfchen. Blutige Fingerabdrücke auf der Tür.

»Muscat!«

Meine Stimme klingt schrill, zitternd.

»*Muscat!*«

Er starrt mich ausdruckslos an. Seine Augen sehen aus wie winzige Löcher in einem Hefeteig.

Armande steht neben mir, ihren Stock wie ein Schwert erhoben. Sie sieht aus wie der älteste Haudegen der Welt. Sie ruft Joséphine an.

»Alles in Ordnung, meine Liebe?«

»Schaffen Sie ihn hier *raus*! Sagen Sie ihm, er soll *abhauen*!«

Muscat zeigt mir seine blutigen Hände. Er wirkt wütend und zugleich verwirrt und erschöpft, wie ein Kind, das in einen Streit zwischen zwei größeren Jungs geraten ist.

»Sehen Sie, was ich meine, Vater?«, lamentiert er. »Was hab ich Ihnen gesagt? Sehen Sie, was ich meine?«

Armande schiebt sich an mir vorbei.

»Sie haben keine Chance, Muscat.« Sie klingt jünger und stärker als ich, und ich muss mich daran erinnern, dass sie alt und krank ist. »Sie können die Zeit nicht zurückdrehen, Sie können nichts erzwingen. Kommen Sie raus, und lassen Sie sie gehen.«

Muscat spuckt sie an und zuckt verblüfft zurück, als Armande schnell und gezielt wie eine Kobra zurückspuckt. Wütend wischt er sich das Gesicht ab.

»Du verdammte alte –«

Guillaume stellt sich vor sie, eine schützende Geste, die auf absurde Weise sinnlos wirkt. Sein Hund beginnt, wild zu kläffen.

»Versuchen Sie bloß nicht, mich einzuschüchtern, Paul-Marie Muscat«, faucht Armande. »Ich kann mich noch gut an die Zeit erinnern, als Sie noch ein rotznäsiger Lümmel waren, der sich in *Les Marauds* vor seinem versoffenen Vater versteckte. Außer dass Sie fetter und hässlicher geworden sind, haben Sie sich kaum verändert. Und jetzt lassen Sie mich vorbei!«

Verwirrt tritt er zur Seite. Einen Augenblick lang scheint er mich um Hilfe bitten zu wollen.

»Vater. Sagen Sie's ihr.« Seine Augen sehen aus, als hätte ihm jemand Salz hineingestreut. »Sie wissen doch, was ich meine. Oder?«

Ich tue so, als ob ich ihn nicht höre. Es gibt nichts, was uns verbindet, diesen Mann und mich. Wir haben nichts gemein. Ich kann ihn riechen, den schalen Gestank seines verschwitzten, ungewaschenen Hemdes, den fauligen Bieratem. Er packt mich am Arm.

»Sie verstehen schon, Vater«, wiederholt er verzweifelt. »Ich hab Ihnen die Zigeuner vom Hals geschafft. Erinnern Sie sich? Ich hab Ihnen auch geholfen.«

Sie mag vielleicht halb blind sein, aber sie sieht alles, verdammt. *Alles.* Ich sehe ihren Blick zu mir herüberschnellen.

»Ach, so ist das?« Sie stößt ein vulgäres Lachen aus. »Zwei von einer Sorte, was, *Curé*?«

»Ich weiß nicht, wovon Sie reden, Muscat«, sage ich trocken. »Sie sind sinnlos betrunken.«

»Aber Vater –« Er ringt nach Worten, sein verzerrtes Gesicht ist puterrot. »Vater, Sie haben doch selbst gesagt –«

Eisig: »Ich habe überhaupt nichts gesagt.«

Er öffnet den Mund wie ein Fisch auf einer Sandbank.

»Überhaupt nichts!«

Armande und Guillaume haben Joséphine zwischen sich genommen und begleiten sie hinaus. Joséphine wirft mir einen seltsam durchdringenden Blick zu, der mich fast erschreckt. Ihr Gesicht ist schmutzig, ihre Hände sind blutverschmiert, und doch ist sie in diesem Augenblick auf beunruhigende Weise schön. Sie sieht mich an, als könnte sie bis in mein Innerstes blicken. Ich möchte sie bitten, mich nicht verantwortlich zu machen, möchte ihr sagen, dass ich nicht so bin wie er; ich bin kein *Mann*, sondern ein *Priester*, ich gehöre einer anderen Art an ... doch der Gedanke ist absurd, beinahe blasphemisch.

Dann führt Armande sie die Treppe hinunter, und ich bleibe allein mit Muscat zurück. Seine Tränen benetzen meinen Hals, seine heißen Arme halten mich umklammert. Einen Augenblick verliere ich die Orientierung, versinke zusammen mit ihm im Nebel meiner Erinnerungen. Ich mache mich los, zunächst vorsichtig, dann mit zunehmender Gewalt, schiebe seinen schwabbeligen Bauch mit den Händen von mir, bearbeite ihn mit den Fäusten, den Ellbogen ... Und dabei schreie ich gegen sein Flehen an, mit einer Stimme, die nicht meine eigene ist, einer hohen, zornigen Stimme:

»Lassen Sie mich, Sie Bastard, Sie haben alles verdorben –«
Francis, es tut mir leid, ich –
»*Père* –«
»Alles ist verdorben – *alles –*, lassen Sie mich los!« Schnaufend vor Anstrengung gelingt es mir endlich, mich aus seiner Umklammerung zu befreien. Von Erleichterung überwältigt, renne ich die Treppe hinunter, verstauche mir den Knöchel, als ich über einen Teppich stolpere, während er hinter mir her jammert und greint wie ein verlassenes Kind ...

Später fand ich Zeit, mit Caro und Georges zu sprechen. Mit Muscat werde ich nicht mehr reden. Außerdem geht das Gerücht, er hätte alles, was er in der Eile zusammenraffen konnte, in seinen alten Wagen gepackt und sich davongemacht. Das Café ist jetzt geschlossen, nur die eingeschlagene Scheibe in der Eingangstür erinnert noch an das, was sich heute Vormittag dort abgespielt hat. Als es dunkel wurde, bin ich noch einmal hingegangen und habe lange vor dem Fenster gestanden. Der Himmel über *Les Marauds* war kühl und schimmerte grünlich, nur über den Horizont zog sich ein milchiger Streifen. Der Fluss war dunkel und still.

Ich habe Caro erklärt, dass die Kirche ihre Kampagne gegen das Schokoladenfest nicht unterstützen wird. Dass *ich* sie nicht unterstützen werde. Begreift sie es denn nicht? Nach dem, was Muscat getan hat, hat der Gemeinderat seine Glaubwürdigkeit verloren. Diesmal hat er sich zu weit in die Öffentlichkeit gewagt, diesmal war er zu brutal. Genau wie ich müssen auch sie sein Gesicht gesehen haben, seinen wahnsinnigen, hasserfüllten Blick. Zu wissen, dass ein Mann seine Frau prügelt – es insgeheim zu wissen –, ist eine Sache. Aber die Brutalität in all ihrer Hässlichkeit hautnah mitzuerleben ... Nein. Er wird es nicht überleben. Caro erzählt bereits jedem, der es hören will, *sie* hätte ihn schon immer durchschaut, *sie* hätte es von Anfang an gewusst. Sie distanziert sich, so gut sie kann – *Wie schrecklich, diese arme, betrogene Frau!* –, ebenso, wie ich es tue. Wir haben uns zu sehr mit ihm eingelassen, erkläre ich ihr. Wir haben ihn benutzt, wenn es uns zupass kam. Diesen Eindruck müssen wir schnellstens korrigieren. Zu unserem eigenen Schutz müssen wir uns zurückziehen. Die andere Sache, den Vorfall mit den Zigeunern, erwähne ich ihr gegenüber nicht, doch auch daran muss ich denken. Armande hat Verdacht geschöpft. Sie könnte anfangen zu reden, und sei es nur aus Gehässigkeit. Und dann diese *andere* Sache, die längst vergessen ist und einzig in ihrem Kopf noch herumspukt ... Nein. Ich fühle mich hilflos. Schlimmer noch, ich bin gezwungen, mich nach außen hin nachsichtig zu geben und so zu tun, als hätte ich nichts gegen das Fest. Andernfalls wird es Gerede geben, und wer weiß, was dabei alles ans Tageslicht kommt? Morgen werde ich in meiner Predigt Toleranz fordern, die Flut, die ich ins Rollen gebracht habe, aufhalten und dafür sorgen, dass sie ihre Meinung ändern. Die verbliebenen Flugblätter werde ich verbrennen. Die Plakate, die von Lansquenet bis Montauban geklebt werden sollten, müssen ebenfalls vernichtet werden. Es bricht mir das Herz, Vater, aber was bleibt mir übrig? Der Skandal würde mich umbringen.

Es ist Karwoche. Nur noch eine Woche bis zum Fest. Und sie hat gewonnen, *mon père*. Sie hat gewonnen. Nur ein Wunder kann uns jetzt noch retten.

Mittwoch, 26. März

Immer noch keine Spur von Muscat. Am Montag hat Joséphine sich fast den ganzen Tag nicht aus dem Laden getraut, aber gestern früh beschloss sie, noch einmal zum Café zu gehen. Diesmal hat Roux sie begleitet, doch sie fanden nichts anderes vor als das Chaos von Sonntag. Anscheinend stimmt das Gerücht. Muscat ist verschwunden.

Roux ist inzwischen fertig mit Anouks Zimmer unter dem Dach und hat bereits mit der Arbeit am Café angefangen. Er hat ein neues Schloss in die Haustür eingebaut, den alten Linoleumboden herausgerissen und die vergilbten Gardinen von den Fenstern genommen. Mit ein bisschen Mühe, meint er – frisches Weiß an den Wänden, ein bisschen Farbe für die alten, abgewetzten Möbel, jede Menge Wasser und Seife –, könne man das Café wieder in eine helle, freundliche Gaststube verwandeln. Er hat Joséphine angeboten, kostenlos für sie zu arbeiten, aber davon will sie nichts wissen. Muscat hat natürlich ihr gemeinsames Konto leer geräumt, aber sie hat noch ein bisschen eigenes Geld, und sie ist davon überzeugt, dass das neue Café ein Erfolg werden wird. Das alte, verblasste Schild mit der Aufschrift *Café de la République* hat sie von Roux entfernen und an seiner Stelle ein handgemaltes Schild mit dem neuen Namen *Café des Marauds* und eine rot-weiß-gestreifte Markise – die gleiche wie an meinem Laden – anbringen lassen. Narcisse hat die schmiedeeisernen Blumenkästen mit Hängegeranien bepflanzt, deren leuchtend rote Knospen sich in der warmen Sonne bereits geöffnet haben. Von ihrem Garten am Fuß des Hügels aus betrachtet Armande die Veränderungen mit Wohlwollen.

»Sie ist eine tüchtige Frau«, erklärt sie mir auf ihre brüske Art. »Sie wird es schaffen, jetzt, wo sie endlich diesen versoffenen Ehemann losgeworden ist.«

Roux wohnt vorübergehend in Joséphines Gästezimmer,

und Luc ist, sehr zum Verdruss seiner Mutter, zu Armande gezogen.

»Das ist kein Zuhause für dich«, giftet sie mit schriller Stimme. Ich stehe gerade auf dem Dorfplatz, als die beiden aus der Kirche kommen, Luc in seinem Sonntagsanzug und Caro in einem ihrer zahllosen pastellfarbenen Kostüme und einem seidenen Kopftuch.

Seine Antwort ist höflich, aber unumstößlich.

»N-nur bis zu ihrer P-Party«, sagt er. »Es ist n-niemand da, der sich um sie kümmert. S-Sie könnte schließlich noch mal so einen A-Anfall bekommen.«

»Blödsinn!«, erwidert sie wegwerfend. »Ich kann dir sagen, was sie will. Sie versucht, einen Keil zwischen uns beide zu treiben. Ich verbiete dir, diese Woche bei ihr zu bleiben. Und was diese lächerliche Party angeht –«

»D-Das kannst du mir nicht verbieten, M-Maman.«

»Und warum nicht? Du bist mein *Sohn*, verflixt noch mal, wie kommst du dazu, mir ins Gesicht zu sagen, dass du lieber auf diese verrückte Alte hörst als auf mich?« Tränen der Wut schießen ihr in die Augen. Ihre Stimme zittert.

»Ist schon gut, Maman.« Ohne sich von ihrem Theater beeindrucken zu lassen, legt er ihr einen Arm um die Schultern. »Es ist ja nicht für lange. Nur bis zur Party. Ich v-versprech's dir. Du bist übrigens auch eingeladen. Sie würde sich freuen, w-wenn du kämst.«

»Ich will aber nicht hingehen!« Ihre Stimme klingt nun trotzig und weinerlich wie die eines Kindes. Er zuckt die Achseln.

»Dann eben nicht. Aber dann erwarte auch nicht, dass sie h-hinterher auf das hört, was *du* willst.«

Sie schaut ihn an.

»Was meinst du damit?«

»Ich meine, ich k-könnte mit ihr reden. S-Sie überzeugen.« Er kennt seine Mutter. Er versteht sie besser, als sie ahnt. »Ich könnte sie zur V-Vernunft bringen«, sagt er. »Aber w-wenn du nicht willst –«

»Das hab ich nicht gesagt.« Einem plötzlichen Impuls folgend, nimmt sie ihn in den Arm. »Du bist ein kluger Junge«, sagt sie, wieder gefasst. »Du könntest es schaffen, nicht wahr?« Sie drückt ihm einen schmatzenden Kuss auf die Wange, was er geduldig über sich ergehen lässt. »Mein guter, kluger Junge«, wiederholt sie liebevoll, und dann machen sie sich Arm in Arm auf den Heimweg. Luc ist bereits größer als seine Mutter und sieht sie an wie ein toleranter Vater sein übermütiges Kind.

Oh, er kennt sie genau.

Seit Joséphine mit ihrem Café beschäftigt ist, habe ich kaum noch Hilfe bei meinen Ostervorbereitungen; glücklicherweise ist das meiste erledigt, es müssen nur noch ein paar Dutzend Schachteln verpackt werden. Ich arbeite abends in der Küche und mache die Kekse, die Trüffel, die Lebkuchenglocken und die mit Zuckerguss überzogenen *pains d'épices*. Ich vermisse Joséphines Geschick im Verpacken und Dekorieren, aber Anouk hilft mir, so gut sie kann, bastelt bunte Papierkrausen und steckt Seidenrosen auf zahllose Cellophantüten.

Ich habe das Schaufenster für die Zeit, in der ich an der Dekoration für Sonntag arbeite, mit Silberpapier verhängt, und der Laden sieht fast wieder so aus wie zu Anfang, als wir hierher kamen. Anouk hat die Fensterscheibe mit Ostereiern und lauter Tieren geschmückt, die sie aus buntem Papier ausgeschnitten hat, und in der Mitte hängt ein riesiges Plakat mit der Aufschrift:

GRAND FESTIVAL DU CHOCOLAT
Sonntag, Place St. Jérôme

Seit die Osterferien angefangen haben, wimmelt es auf dem Platz von Kindern, die sich immer wieder die Nase am Fenster platt drücken in der Hoffnung, einen Blick auf die Vorbereitungen zu erhaschen. Es sind bereits Bestellungen im Wert von über achttausend Franc eingegangen – einige aus Montauban und sogar aus Agen –, und es kommen immer mehr Kunden, so dass der Laden kaum jemals leer ist. Caros Flugblattkampagne scheint im Sande verlaufen zu sein. Guillaume erzählt mir, Reynaud habe seiner Gemeinde versichert, dass das Schokoladenfest im Gegensatz zu allem, was böse Zungen behaupten, seine volle Unterstützung hat. Dennoch sehe ich ihn manchmal von seinem kleinen Fenster aus herüberstarren, und dann erblicke ich in seinen Augen nur Gier und Hass. Ich weiß, dass er mir übel will, aber irgendwas hat ihm den Giftstachel genommen. Ich versuche, etwas aus Armande herauszubekommen. Sie weiß mehr, als sie preisgibt, aber sie schüttelt nur den Kopf.

»Das ist alles so lange her«, sagt sie ausweichend. »Mein Gedächtnis ist nicht mehr das beste.« Stattdessen will sie jede Einzelheit über das Menü wissen, das ich für ihre Party geplant habe. Sie ist ganz aufgeregt vor Vorfreude und sprudelt über vor Ideen. *Brandade truffée*, *vol-aux-vents aux trois champignons* in Wein und Sahne gekocht und mit *chantrelles* garniert, gegrillte *langoustines* mit Krautsalat, fünf verschiedene Sorten Schokoladenkuchen – all ihre Lieblingssorten –, selbstgemachtes Schokoladeneis ... Ihre Augen funkeln schelmisch und erwartungsvoll.

»Als junges Mädchen habe ich nie ein Geburtstagsfest gehabt«, erklärt sie. »Nicht ein einziges Mal. Einmal bin ich zu einem Ball gegangen, drüben in Montauban, mit einem Jungen von der Küste. *Hui!*« Sie machte eine eindeutige Geste. »Er war so dunkel wie Sirup und genauso süß. Es gab Champagner und Erdbeer-Sorbet, und wir haben getanzt ...« Sie seufzte. »Damals hätten Sie mich mal sehen sollen, Vianne. Das können Sie sich heute gar nicht mehr vorstellen. Er hat gesagt, ich sähe aus wie Greta Garbo, dieser Charmeur, und wir taten beide so, als hätte er es ernst gemeint.« Sie lachte in sich hinein. »Natürlich war er kein Mann zum Heiraten«, sinnierte sie. »Damit haben solche Männer nichts im Sinn.«

Ich liege fast jeden Abend noch lange wach, während Trüffel und Pralinen vor meinen Augen tanzen. Anouk schläft in ihrem neuen Zimmer unter dem Dach, und ich träume mit offenen Augen, nicke ein, wache träumend auf, döse vor mich hin, bis meine Augenlider schmerzen und das Zimmer um mich herum schwankt wie ein Schiff auf hoher See. Nur noch ein Tag, sage ich mir, nur noch ein Tag.

Letzte Nacht bin ich noch einmal aufgestanden und habe die Karten aus der Schachtel genommen, obwohl ich mir eigentlich fest vorgenommen hatte, sie nicht mehr anzurühren. Sie fühlten sich kühl an, kühl und glatt wie Elfenbein, zeigten sich in ihren bunten Farben, als ich sie auffächerte, und die vertrauten Bilder leuchteten nacheinander auf wie zwischen Glasscheiben gepresste Blumen. *Der Turm. Der Tod. Die Liebenden. Der Tod. Sechs Schwerter. Der Tod. Der Eremit. Der Tod.* Ich sage mir, es hat nichts zu bedeuten. Meine Mutter glaubte an die Karten, aber was hat es ihr gebracht? Flucht, immer wieder Flucht. Die Wetterfahne auf dem Kirchturm schweigt, es herrscht eine fast unheimliche Stille. Der Wind hat sich gelegt. Die Stille beunruhigt mich mehr als das Quietschen des alten Eisens. Die Luft ist warm und duftet süß nach dem herannahenden Sommer. Der Sommer kommt schnell nach Lansquenet, folgt dem Märzwind auf dem Fuß, und er riecht nach Zirkus; nach Sägemehl und in heißem Fett brutzelndem Teig und frisch geschlagenem Holz und Pferdeäpfeln. Die Stimme meiner Mutter flüstert: *Zeit zum Aufbruch.* Bei Armande brennt noch Licht; ich kann das kleine gelbe Viereck ihres Fensters, das sich im Tannes widerspiegelt, von hier aus sehen. Ich frage mich, was sie gerade tut. Seit jenem ersten Mal hat sie nicht mehr mit mir über ihre Pläne gesprochen. Sie redet nur noch von Rezepten, erklärt mir, wie man einen Bisquitkuchen flambiert und welches für in Brandy eingelegte Kirschen das beste Verhältnis von Zucker zu Alkohol ist. Ich habe in meinem medizinischen Wörterbuch nachgelesen, was dort über Diabetes steht. Der Fachjargon ist auch eine Art Fluchtweg, dunkel und hypothetisch wie die Karten. Unvorstellbar, dass diese Sprache sich auf menschliche Körper beziehen soll. Ihr Augenlicht lässt immer mehr nach, schwarze Flecken treiben über ihr Gesichtsfeld, so dass alles, was sie sieht, gescheckt und gesprenkelt und schließlich nicht mehr zu erkennen ist. Dann kommt die Dunkelheit.

Ich verstehe ihre Situation. Warum sollte sie weiter um ein Leben kämpfen, das unweigerlich in der Dunkelheit endet? Ihr Vorhaben *Verschwendung* zu nennen – ein Begriff, den meine Mutter nach Jahren der Einschränkung und der Ungewissheit häufig benutzte –, ist hier sicherlich unangebracht, sage ich mir. Eine letzte verschwenderische Geste, ein riesiges Gelage, ein Feuerwerk und dann die totale Finsternis. Und doch schreit irgendetwas in mir: *unfair!*, die kindische Hoffnung auf ein Wunder. Auch das die Stimme meiner Mutter. Armande weiß es besser.

Während der letzten Wochen – das Morphium beherrschte sie inzwischen Tag und Nacht, und ihre Augen waren nur noch glasig – verlor sie stundenlang den Bezug zur Wirklichkeit, flatterte von Hirngespinst zu Hirngespinst wie ein Schmetterling von einer Blume zur anderen. Manche waren lieblich, Träume von Schwerelosigkeit, von bunten Lichtern, von ätherischen Begegnungen mit längst verstorbenen Filmstars und Wesen von fernen Planeten. Manche waren schrecklich, düstere Angstträume. In denen war der schwarze Mann immer präsent, lauerte an Straßenecken, saß in einem Diner am Fenster, hinter der Theke in einem Kramladen. Manchmal war er ein Taxifahrer; eine Baseballmütze tief in die Augen gezogen, saß er am Steuer in einem schwarzen Londoner Taxi, das aussah wie ein Leichenwagen. Auf die Mütze war das Wort DODGERS, Drückeberger, aufgestickt, sagte sie, und deswegen suche er nach ihr, nach uns, nach allen, die ihm schon einmal entwischt waren, aber man konnte ihm nicht für immer entkommen, sagte sie und schüttelte wissend den Kopf, niemals für immer. Einmal, während sie unter dem Bann eines solchen Verfolgungswahns stand, kramte sie eine gelbe Plastikmappe hervor und zeigte sie mir. Sie war gefüllt mit Zeitungsausschnitten, überwiegend aus den späten sechziger und frühen siebziger Jahren. Die meisten waren auf Französisch, andere auf Italienisch, Deutsch oder Griechisch. In allen ging es um Entführungen, um verschwundene oder misshandelte Kinder.

»Es passiert so leicht«, sagte sie mir mit weit aufgerissenen Augen. »In großen Städten. Es passiert so leicht, dass man ein Kind wie dich verliert.« Sie zwinkerte mir erschöpft zu. Ich streichelte ihre Hand.

»Ist schon in Ordnung, Maman«, sagte ich. »Du hast ja immer gut auf mich aufgepasst. Mir ist nie etwas passiert.«

Sie zwinkerte noch einmal.

»Oh, aber du bist *verloren gegangen*«, sagte sie lächelnd. »Ver-lo-ren.« Dann starrte sie eine Zeit lang ins Leere, das Gesicht grinsend verzerrt, ihre Finger in meiner Hand wie ein Bündel Reisig. »*Ver-looo-ren*«, wiederholte sie abwesend und begann zu weinen. Ich tröstete sie, so gut ich konnte, und steckte die Zeitungsartikel zurück in die Mappe. Dabei fiel mir auf, dass in mehreren Artikeln über denselben Fall berichtet wurde, über das Verschwinden der achtzehn Monate alten Sylviane Caillou in Paris. Ihre Mutter hatte sie zwei Minuten lang im Auto allein gelassen, während sie etwas aus der Apotheke besorgte, und als sie zurückkam, war das Baby nicht mehr da. Mit dem Kind verschwunden waren die Tasche mit den Windeln und die Spielsachen, ein roter Plüschelefant und ein brauner Teddybär.

Als meine Mutter sah, wie ich den Artikel las, begann sie wieder zu lächeln.

»Ich glaube, damals warst du zwei«, sagte sie in einem verschwörerischen Ton. »Oder beinahe zwei. Und sie hatte viel helleres Haar als du. Du konntest es also nicht gewesen sein, nicht wahr? Außerdem war ich eine bessere Mutter als sie.«

»Bestimmt«, sagte ich. »Du warst eine gute Mutter, eine wunderbare Mutter. Mach dir keine Sorgen. Du hättest mich nie in Gefahr gebracht.«

Meine Mutter wiegte sich hin und her und lächelte.

»Leichtsinnig«, sagte sie leise. »Einfach leichtsinnig. Die hat so ein nettes kleines Mädchen gar nicht verdient, nicht wahr?«

Ich schüttelte den Kopf. Plötzlich war mir kalt.

»Ich war keine schlechte Mutter, nicht wahr, Vianne?«, fragte sie wie ein Kind.

Mir lief ein Schauer über den Rücken. Das Zeitungspapier fühlte sich rau an.

»Nein«, versicherte ich ihr. »Du warst keine schlechte Mutter.«

»Ich hab mich gut um dich gekümmert, stimmt's? Ich hab dich nie weggegeben. Noch nicht mal, als dieser Priester gesagt hat ... was er gesagt hat. Nie.«

»Nein, Maman, nie.«

Vor Kälte fühlte ich mich wie gelähmt, konnte kaum noch denken. Das Einzige, was mir durch den Kopf ging, war der *Name*, dem meinen so ähnlich, die *Daten* ... Und erinnerte ich mich nicht auch an diesen Bären, diesen Elefanten, dessen Plüschfell so abgewetzt war, dass der rote Stoff überall durchschimmerte, den wir unermüdlich von Paris nach Rom, von Rom nach Wien mitschleppten?

Natürlich konnte es sich um eine ihrer Angstphantasien handeln. Ebenso wie die Schlange im Bett und die Frau im Spiegel. Es konnte eine Selbsttäuschung sein. So vieles im Leben meiner Mutter basierte auf Selbsttäuschung. Und was spielte es für eine Rolle ... nach so langer Zeit?

Um drei stand ich auf. Das Bett war verschwitzt und zerwühlt; an Schlaf war nicht mehr zu denken. Ich zündete eine Kerze an und ging damit in Joséphines leeres Zimmer. Die Karten waren an ihrem alten Platz in der Schachtel meiner Mutter; sie fühlten sich glatt und kühl an, als ich sie herausnahm. *Die Liebenden. Der Turm. Der Eremit. Der Tod.* Ich setzte mich im Schneidersitz auf den Holzboden und mischte die Karten. Den Turm mit den herabstürzenden Menschen, den bröckelnden Mauern, konnte ich deuten. Es ist meine ständige Angst vor der Vertreibung, die Angst vor der Straße, vor Verlust. Der Eremit mit seiner Kapuze und der Laterne erinnert mich an Reynaud, das blasse, verschlagene Gesicht halb versteckt im Schatten. Den Tod kenne ich sehr gut, und ich streckte automatisch Zeige- und Mittelfinger über der Karte aus ... *Sei gebannt!* Aber die Liebenden? Ich dachte an Roux und Joséphine, die sich so ähnlich waren, ohne es zu wissen, und verspürte einen kurzen Stich der Eifersucht. Doch mit einem Mal war ich davon überzeugt, dass die Karte noch nicht alle ihre Geheimnisse preisgegeben hatte. Im Zimmer duftete es nach Flieder. Vielleicht war eines von den Parfümfläschchen meiner Mutter nicht richtig verschlossen. Trotz der morgendlichen Kühle wurde mir ganz heiß. *Roux?* Roux.

Hastig und mit zitternden Fingern drehte ich die Karte um.

Noch ein Tag. Was immer es sein mag, kann noch einen Tag warten. Ich mischte die Karten erneut, aber ich bin nicht so versiert wie meine Mutter, und die Karten glitten mir aus den Händen und fielen auf den Boden. Der Eremit lag aufgedeckt. Im flackernden Kerzenlicht erinnerte er mich mehr denn je an Reynaud. Im Halbdunkel schien er boshaft zu grinsen. *Ich werde einen Weg finden,* versprach er mir hinterhältig. *Du glaubst, du hättest gewonnen, aber ich werde dich kriegen.* Ich spürte seine Bosheit in den Fingerspitzen.

Meine Mutter hätte es als ein Zeichen gedeutet.

Plötzlich, einer spontanen Eingebung folgend, die ich nur halb begriff, nahm ich die Karte und hielt sie in die Kerzenflamme. Einen Moment lang umspielte die Flamme das harte Papier, dann begann es Blasen zu werfen. Das bleiche Gesicht verzog sich zu einer Grimasse, dann wurde es schwarz.

»Ich werd's dir zeigen«, flüsterte ich. »Wag es, mir was anzutun, und ich –«

Plötzlich loderten die Flammen bedrohlich auf, und ich

ließ die Karte fallen. Das Feuer verlosch, und Funken und Asche stoben über die Dielen.

Ich war in Hochstimmung.

Wer wird jetzt die Veränderungen einläuten, Mutter?

Und dennoch kann ich mich nicht gegen das Gefühl wehren, dass ich manipuliert wurde, dass ich mich habe drängen lassen, etwas zu offenbaren, was besser unberührt geblieben wäre. Ich habe doch nichts getan, sage ich mir. Ich hatte keine böse Absicht.

Trotzdem will es mir nicht gelingen, den Gedanken zu verscheuchen. Ich fühle mich ganz leicht, körperlos wie Löwenzahnsamen. Bereit, mich mit dem Wind davontreiben zu lassen.

Freitag, 28. März
Karfreitag

Ich müsste eigentlich bei meiner Herde sein, Vater. Ich weiß es. Die Luft in der Kirche ist schwer vom Weihrauch, es herrscht Grabesstimmung, alles ist mit schwarzen und violetten Tüchern verhängt, nicht eine einzige Blume ist geblieben. Ich müsste dort sein. Heute ist mein größter Tag, Vater, die Feierlichkeit, die Ehrfurcht, die Orgel, die wie eine Unterwasserglocke dröhnt – die Glocken selbst schweigen natürlich, aus Trauer über Christi Tod am Kreuz. Ich selbst in Schwarz und Violett, zur Begleitung der Orgel die Choräle anstimmend. Sie schauen mich mit großen, dunklen Augen an. Selbst die Abtrünnigen sind heute gekommen, ganz in Schwarz gekleidet und mit Pomade im Haar. Ihre *Bedürftigkeit*, ihre *Erwartungen* füllen die Leere in mir. Einen Augenblick lang empfinde ich echte Liebe; ich liebe sie wegen ihrer Sünden, wegen ihrer Erlösung, ihrer nichtigen Sorgen, ihrer Bedeutungslosigkeit. Ich weiß, dass

Sie mich verstehen, denn Sie sind auch ihr Vater gewesen. In gewissem Sinne sind Sie genauso für sie gestorben wie unser Herr Jesus. Um sie vor Ihren und ihren eigenen Sünden zu bewahren. Sie haben es nie erfahren, nicht wahr, Vater? Von mir jedenfalls nicht. Aber als ich Sie mit meiner Mutter in der Kanzlei entdeckt habe ... Ein schwerer Schlaganfall, sagte der Arzt. Der Schock muss zu groß gewesen sein. Sie haben sich zurückgezogen. Sie haben sich in sich selbst zurückgezogen, doch ich weiß, dass Sie mich hören können, ich weiß, dass Sie klarer sehen als je zuvor. Und ich weiß, dass Sie eines Tages zu uns zurückkehren werden. Ich habe gefastet und gebetet, Vater. Ich habe mich in Demut geübt. Und dennoch fühle ich mich unwürdig. Es gibt immer noch eine Sache, die ich noch nicht erledigt habe.

Nach der Messe kam ein Kind auf mich zu, Mathilde Arnauld. Sie nahm meine Hand und flüsterte:

»Werden Sie Ihnen auch Schokoladeneier bringen, *Monsieur le Curé*?«

»Wer soll mir Schokoladeneier bringen?«, fragte ich verblüfft.

»Die *Glocken* natürlich!« Sie kicherte. »Die fliegenden Glocken!«

»Ach so. Die Glocken. Natürlich.«

Einen Augenblick lang war ich verwirrt und wusste nicht, was ich sagen sollte. Sie zupfte ungeduldig an meiner Soutane.

»Sie wissen doch, die *Glocken*. Sie fliegen nach Rom zum Papst und wenn sie zurückkommen, bringen sie *Schokoladenostereier* –«

Es ist zu einer fixen Idee geworden. Ein Refrain, ein geflüsterter Kehrreim, der jedem Gedanken folgt. Ich konnte meine Wut nicht beherrschen, und ihr erwartungsvolles Gesicht war plötzlich angstverzerrt. Ich brüllte: »*Wieso kann plötzlich niemand mehr an etwas anderes als Schokolade denken?*«, und das Kind rannte weinend über den Platz davon, während der kleine Laden mit seinem verlockend verhangenen Fenster mich triumphierend angrinste. Zu spät rief ich ihr nach.

Heute Abend werden Kinder aus der Gemeinde die letzten Augenblicke im Leben unseres Herrn Jesus nachspielen, eine symbolische Grablegung vollziehen und Kerzen anzünden, wenn es dunkel wird. Gewöhnlich ist dies für mich eines der wichtigsten Ereignisse des Jahres, der Augenblick, in dem sie ganz mir gehören, *meine* Kinder, ganz ernst und ganz in Schwarz gekleidet. Aber werden sie auch in diesem Jahr an die Leidensgeschichte denken, an die Feierlichkeit der Eucharistie, oder wird ihnen vor lauter Vorfreude schon das Wasser im Mund zusammenlaufen? Ihre Geschichten – fliegende Glocken und rauschende Feste – sind überzeugend und verführerisch. Ich bemühe mich, unsere eigenen Verführungskünste in die Messe einfließen zu lassen, aber die dunkle Herrlichkeit der Kirche kommt gegen abenteuerliche Reisen auf fliegenden Teppichen nicht an.

Heute Nachmittag habe ich Armande Voizin einen Besuch abgestattet. Sie hat heute Geburtstag, und in ihrem Haus herrschte reges Treiben. Ich wusste natürlich, dass eine Party geplant ist, aber so etwas hätte ich nie erwartet. Caro hat es mir gegenüber ein- oder zweimal erwähnt – sie hat eigentlich keine Lust hinzugehen, aber sie hofft, die Gelegenheit nutzen zu können, um ein für alle Mal Frieden mit ihrer Mutter zu schließen –, doch ich fürchte, auch sie hat keine Ahnung, welche Ausmaße diese Party offenbar annimmt. Vianne Rocher war in der Küche und schon den ganzen Tag dabei, das Essen zuzubereiten. Joséphine Muscat hat die Küche des Cafés zusätzlich zur Verfügung gestellt, denn in Armandes Haus ist nicht genug Platz für so aufwändige Vorbereitungen, und als ich ankam, war eine ganze Phalanx von Helfern dabei, Platten, Töpfe und Terrinen vom Café zu Armande zu tragen. Aus dem offenen Fenster duftete es köstlich nach gutem Wein, und gegen meinen Willen lief mir das Wasser im Mund zusammen. Im Garten war Narcisse dabei, eine Art Pergola, die er zwischen dem Haus und dem

Gartentor errichtet hatte, mit Blumen zu schmücken. Der Effekt ist verblüffend: Clematis, Purpurwinde, Flieder und Wicken scheinen an dem hölzernen Gitterwerk herunterzuranken und bilden ein buntes Blumendach, das das Sonnenlicht auf sanfte Weise filtert. Armande war nirgendwo zu sehen.

Aufgewühlt vom Anblick dieser Üppigkeit, wandte ich mich ab. Typisch für sie, ausgerechnet am Karfreitag so ein opulentes Fest zu veranstalten. All dieser Überfluss – Blumen, exotische Speisen, kistenweise Champagner, der in Eis gepackt bis vor die Tür geliefert wurde – ist eine Blasphemie, ein Hohn angesichts Christi Opfertod. Morgen muss ich unbedingt mit ihr darüber reden. Als ich gerade gehen wollte, entdeckte ich Guillaume Duplessis neben dem Haus, der eine von Armandes Katzen streichelte. Er zog höflich seinen Hut.

»Sie helfen also auch?«, fragte ich.

Guillaume nickte.

»Ich hab versprochen, mit anzupacken«, gab er zu. »Es gibt immer noch eine Menge zu tun bis heute Abend.«

»Es wundert mich, dass Sie sich für so etwas einspannen lassen«, sagte ich in scharfem Ton. »Ausgerechnet am Karfreitag! Ich finde wirklich, dass Armande es diesmal übertreibt. Diese Verschwendung – ganz abgesehen von der Respektlosigkeit gegenüber der Kirche –«

Guillaume zuckte die Achseln.

»Sie hat ein Recht auf eine kleine Feier«, erwiderte er sanft.

»Ich fürchte eher, dass sie sich mit dieser Völlerei umbringt!«, raunzte ich.

»Ich denke, sie ist alt genug, um zu tun, was ihr gefällt«, sagte Guillaume.

Ich schaute ihn missbilligend an. Er hat sich verändert, seit er mit dieser Rocher verkehrt. Sein demütiger Blick ist verschwunden, und jetzt liegt stattdessen etwas Eigensinniges, beinahe Trotziges in seinem Gesichtsaudruck.

»Es gefällt mir nicht, wie Armandes Familie sich dauernd in ihr Leben einmischt«, fuhr er dickköpfig fort. Ich zuckte mit den Schultern.

»Es wundert mich, dass ausgerechnet Sie sich auf ihre Seite schlagen«, sagte ich.

»Es geschehen noch Zeichen und Wunder«, sagte Guillaume.

Ich wünschte, er hätte Recht.

Freitag, 28. März
Karfreitag

Irgendwann vergaß ich, was die Party zu bedeuten hatte, und begann mich zu freuen. Während Anouk unten in *Les Marauds* spielte, traf ich die letzten Vorkehrungen für das größte und üppigste Essen, das ich je zubereitet hatte, und war nur noch mit den Einzelheiten des Festmahls beschäftigt. Ich hatte drei Küchen zur Verfügung; meine eigenen geräumigen Öfen im Laden, wo ich die Kuchen backte, die Küche des *Café des Marauds* für die Meeresfrüchte und Armandes winzige Küche für die Suppen, Beilagen, Soßen und Garnierungen. Joséphine bot Armande an, ihr Geschirr und Besteck zu leihen, aber Armande schüttelte lächelnd den Kopf.

»Dafür ist bereits gesorgt«, erwiderte sie. Und so war es auch; am frühen Donnerstagmorgen kam ein Lieferwagen mit dem Namen einer Firma in Limoges und brachte zwei Kisten mit Gläsern und Besteck und eine mit Porzellan, alles in Holzwolle verpackt. Der Fahrer des Wagens grinste, als Armande die Quittung unterschrieb.

»Eine Ihrer Enkelinnen feiert wohl Hochzeit, was?«, fragte er vergnügt. Armande lachte.

»Gut möglich«, erwiderte sie. »Gut möglich.«

Den ganzen Freitag über war sie bester Laune, wollte alles überwachen, war dabei jedoch meistens im Weg. Wie ein ungezogenes Kind steckte sie die Finger in jede Soße, hob jeden Deckel hoch, bis ich schließlich Guillaume anflehte, sie für ein paar Stunden zum Friseur in Agen zu entführen, damit ich in Ruhe arbeiten konnte. Als sie zurückkehrte, war sie wie verwandelt: das Haar modisch kurz geschnitten, einen verwegenen neuen Hut auf dem Kopf, neue Handschuhe, neue Schuhe. Schuhe, Handschuhe und Hut waren allesamt kirschrot, Armandes Lieblingsfarbe.

»Ich werde immer mutiger«, erklärte sie mir voller Genugtuung, als sie sich in ihren Schaukelstuhl setzte, um das Geschehen zu verfolgen. »Bis zum Wochenende bin ich vielleicht so weit, dass ich mich traue, mir ein rotes Kleid zu kaufen. Stellen Sie sich bloß vor, wie ich damit in die Kirche gehe!«

»Ruhen Sie sich ein bisschen aus«, sagte ich streng. »Sie müssen heute Abend eine Party überstehen. Ich möchte nicht, dass Sie mitten beim Dessert einschlafen.«

»Keine Sorge«, erwiderte sie, willigte jedoch ein, in der späten Nachmittagssonne ein Nickerchen zu machen, während ich den Tisch deckte und die anderen nach Hause gingen, um sich auszuruhen und für den Abend umzuziehen. Der Esstisch ist groß, eigentlich zu groß für Armandes kleines Zimmer, aber wenn ich es geschickt anstelle, müssten wir alle Platz daran finden. Wir mussten zu viert anfassen, um das schwere Möbel aus massivem Eichenholz hinauszutragen und unter das Dach aus Blumen und Blättern zu stellen, das Narcisse errichtet hat. Die Tischdecke ist aus Damast mit einer Bordüre aus feiner Spitze und duftet nach dem Lavendel, auf den Armande sie nach ihrer Hochzeit gelegt hat – ein Geschenk ihrer Großmutter, das sie noch nie benutzt hat. Die Teller aus Limoges sind weiß mit kleinen, gelben Blüten auf dem Rand; die Gläser – drei verschiedene Sorten – sind aus Kristall, kleine Nester voller Sonnenlicht, die bunte Regenbogensprenkel auf das weiße Tischtuch werfen. In die Mitte des Tischs kommt eine Vase mit Frühlingsblumen von Narcisse, neben jeden Teller eine säuberlich gefaltete Serviette. Auf den Servietten Tischkarten mit den Namen der Gäste:

Armande Voizin, Vianne Rocher, Anouk Rocher, Caroline Clairmont, Georges Clairmont, Luc Clairmont, Guillaume Duplessis, Joséphine Bonnet, Julien Narcisse, Michel Roux, Blanche Dumand, Cerisette Planfon.

Im ersten Augenblick konnte ich mit den letzten beiden Namen nichts anfangen, doch dann erinnerte ich mich an Blanche und Zézette, die immer noch flussabwärts mit ihrem Boot warteten. Mir fiel auf, dass ich bisher Roux' Namen gar nicht gekannt hatte, dass ich davon ausgegangen war, es sei ein Spitzname, vielleicht wegen seiner roten Haare.

Die Gäste kamen gegen acht. Um sieben war ich kurz nach Hause gelaufen, um zu duschen und mich umzuziehen, und als ich zurückkam, war das Boot bereits vor dem Haus festgemacht, und Blanche, Zézette und Roux stiegen gerade aus. Blanche in einem roten Dirndl und einer Schürze aus Spitze, Zézette in einem alten schwarzen Abendkleid, die Arme mit Henna bemalt und einen Rubin in der Augenbraue, Roux in sauberen Jeans und einem weißen T-Shirt. Jeder von ihnen hatte ein Geschenk dabei, bunt verpackt in Geschenkpapier oder Tapeten- und Stoffresten. Dann kam Narcisse in seinem Sonntagsanzug, dann Guillaume mit einer gelben Blume im Knopfloch, dann die Clairmonts, sehr bemüht, gut gelaunt zu wirken. Caro beäugte die fahrenden Leute mit misstrauischen Blicken, schien jedoch entschlossen, sich zu amüsieren, da nun mal ein solches Opfer von ihr verlangt wurde ... Bei Apéritifs, gesalzenen Pinienkernen und kleinen Plätzchen sahen wir Armande beim Auspacken ihrer Geschenke zu: von Anouk ein roter Umschlag mit einem selbstgemalten Bild von einer Katze darin, von Blanche ein Glas Honig, von Zézette mit dem Buchstaben »B« besticktes Säckchen mit Lavendel – »Ich bin nicht mehr dazu gekommen, neue Säckchen mit Ihren Initialen zu besticken«, erklärte sie heiter, »aber bis zum nächsten Jahr schaffe ich es« –, von Roux ein geschnitztes Eichenblatt, so zart, als sei es echt, mit ein paar am Stiel befestigten Eicheln, von Narcisse ein Korb mit Früchten und Blumen. Auch die Clairmonts haben Geschenke mitgebracht; ein Halstuch – *nicht von Hèrmes*, fiel mir auf, aber trotzdem aus Seide – und eine silberne Blumenvase; von Luc etwas Rotes, Glänzendes in einem Umschlag aus Krepp-Papier, das er so gut er kann vor den Blicken seiner Mutter verbirgt, indem er es unter einen Stapel Geschenkpapier schiebt … Armande grinst und wirft mir einen verschmitzten Blick zu. Mit einem entschuldigenden Lächeln überreicht Joséphine ihr ein kleines goldenes Medaillon.

»Es ist nicht neu«, sagt sie.

Armande hängt es sich um den Hals, drückt Joséphine kurz ans Herz und schenkt großzügig Champagner aus. Ich höre die Gespräche von der Küche aus; so viel Essen zuzubereiten ist eine knifflige Angelegenheit und erfordert große Konzentration, aber ich bekomme trotzdem einiges mit von dem, was draußen vor sich geht. Caro gibt sich freundlich, aufgeschlossen; Joséphine ist still; Roux und Narcisse haben ihr gemeinsames Interesse an exotischen Obstbäumen entdeckt. Zézette singt ein Volkslied mit ihrer hohen Stimme, während sie das Baby lässig in einem Arm wiegt. Mir fällt auf, dass sogar das Baby zur Feier des Tages mit Henna bemalt ist, so dass es mit seiner marmorierten, goldenen Haut aussieht wie eine dicke, kleine Netzmelone.

Inzwischen haben alle am Tisch Platz genommen. Armande ist in Hochstimmung und bestreitet den größten Teil des Tischgesprächs. Ich höre Luc in seiner angenehmen, leisen Stimme etwas von einem Buch erzählen, das er gerade liest. Caros Stimme wird ein bisschen schärfer – ich vermute, dass Armande sich gerade ein weiteres Glas St. Raphaël eingeschenkt hat.

»Maman, du weißt doch, dass du das nicht –«, höre ich sie sagen, aber Armande lacht einfach nur.

»Das ist mein Geburtstagsfest«, verkündet sie fröhlich. »Und ich will nicht, dass auf meinem Fest irgendjemand unglücklich ist, am allerwenigsten ich selbst.«

Damit ist das Thema vorerst erledigt. Ich höre Zézette mit Georges flirten. Roux und Narcisse fachsimpeln über Pflaumen.

»*Belle du Languedoc*«, erklärt Narcisse ernst. »Das ist meiner Meinung nach die Beste. Süß und klein, mit Blüten wie Schmetterlingsflügel –« Aber Roux lässt sich nicht beirren.

»Mirabellen«, sagt er bestimmt. »Das sind die einzigen gelben Pflaumen, die anzubauen sich lohnt. Mirabellen.« Ich wende mich wieder dem Ofen zu, und eine Zeit lang höre ich nichts mehr.

Kochen ist eine Leidenschaft von mir, und ich habe es mir selbst beigebracht. Niemand hat es mir gezeigt. Meine Mutter braute Wundermittel und Zaubertränke, und ich habe ihre Kunst zu einer süßeren Alchimie veredelt. Wir sind uns nie sehr ähnlich gewesen, meine Mutter und ich. Sie träumte vom Fliegen, von Sternenwanderungen und geheimen Essenzen; ich brütete über Rezepten und Speisekarten, die ich aus teuren Restaurants geklaut hatte, wo zu essen wir uns nie leisten konnten. Immer wieder spöttelte sie liebevoll über meine fleischlichen Gelüste.

»Zum Glück haben wir kein Geld«, sagte sie zu mir. »Sonst würdest du noch so fett werden wie ein Schwein.« Arme Mutter. Als der Krebs sie schon halb zerfressen hatte, konnte sie sich immer noch über jedes Pfund freuen, das sie abnahm. Und während sie ihre Karten deutete und vor sich hin murmelte, studierte ich meine Sammlung Rezeptkarten und sagte die Namen der exotischen Gerichte auf wie Mantras, wie eine geheime Formel, die ewiges Leben verspricht. *Bœuf en Daube. Champignons farcis à la grèque. Escalopes à la Reine. Crème Caramel. Schokoladentorte. Tiramisu.* In der geheimen Küche meiner Phantasie bereitete ich sie alle zu, probierte sie aus, kostete sie, erweiterte meine Rezeptsammlung an jedem Ort, in den wir kamen, klebte sie in mein Heft wie Fotos von alten Freunden. Sie verliehen unserer Wanderschaft Bedeutung; die glänzenden Bilder, die aus den zerfledderten Seiten meiner Kladde hervorlugten, waren wie Meilensteine auf unserem ziellosen Weg.

Jetzt trage ich die Gerichte auf wie lange vermisste Freunde. *Soupe de tomates à la gasconne,* mit frischem Basilikum serviert, dazu *tartelettes méridonales* mit einem hauchdünnen Boden aus *pâte brisée,* gewürzt mit Olivenöl und belegt mit Anschovis und saftigen, einheimischen Tomaten, die zuvor zusammen mit Oliven langsam weich gedünstet wurden und dadurch einen fast unvorstellbar köstlichen Geschmack ergeben. Ich fülle lange, schlanke Gläser mit 85er Chablis. Mit betont gezierter Geste trinkt Anouk aus ihrem Glas Limonade. Narcisse interessiert sich für die Zutaten der *tartelettes* und preist die Qualitäten der weniger gleichmäßig geformten Roussette-Tomate im Vergleich zu den nach nichts schmeckenden europäischen Standardtomaten. Roux zündet die Holzkohlengrills zu beiden Seiten des Tisches an und besprenkelt sie mit Zitronellöl, um die Insekten fern zu halten. Ich bemerke, dass Caro Armande mit missbilligendem Blick beobachtet. Ich esse nur wenig. Die Küchendüfte, die mich den ganzen Tag umgeben haben, sind mir in den Kopf gestiegen, ich fühle mich aufgekratzt und ungewöhnlich empfindlich, so dass ich, als Joséphines Hand mich während des Essens streift, zusammenfahre und beinahe aufschreie. Der Chablis ist kühl und trocken, und ich trinke mehr, als ich sollte. Farben werden greller, Geräusche schriller. Ich höre Armande das Essen loben. Ich trage den Kräutersalat auf, um den Gaumen wieder frei zu machen, dann *foie gras* auf warmem Toast. Mir fällt auf, dass Guillaume seinen Hund mitgebracht hat und ihn heimlich unter dem Tisch mit kleinen Leckerbissen füttert. Wir kommen von der Politik zum Problem mit den baskischen Separatisten, von der ETA über die neueste Damenmode zur Frage, wie man Rauke am besten anpflanzt, und zu den

Vorzügen von wildem Salat. Dazu fließt reichlich Chablis. Dann kommt der *vol-aux-vents* auf den Tisch, so leicht wie eine Sommerbrise, dann Holunderblütensorbet gefolgt von einer großen Platte *fruits de mer*-gegrillte Langusten, blaue Krabben, Garnelen, Austern, *berniques,* Spinnenkrebse und die größeren Taschenkrebse, die einem mit derselben Leichtigkeit, mit der ich einen Stiel Rosmarin pflücke, einen Finger abschneiden können, Strandschnecken, *palourdes* und obenauf ein riesiger schwarzer Hummer, königlich auf seinem Bett aus Seetang. Die riesige Platte glänzt farbenprächtig in Rot- und Rosatönen, hellen und dunklen Schattierungen von Meeresgrün, dazwischen Perlmuttfarben und Violett, Köstlichkeiten wie aus der Schatzkammer einer Meerjungfrau, die romantisch nach Salzwasser duften wie Erinnerungen an Kindertage am Meer. Wir verteilen Zangen für die Krebsscheren, kleine Gabeln für die Muscheln, Schüsselchen mit Zitronenscheiben und Mayonnaise. Unmöglich, sich angesichts solcher Delikatessen zurückzuhalten; solche Dinge erfordern Aufmerksamkeit, Ungezwungenheit. Gläser und Besteck glitzern im Licht der Lampions, die an dem Gitterwerk über unseren Köpfen hängen. Die Nacht duftet nach Blumen und Flusswasser. Armandes Finger sind so geschickt wie die einer Spitzenklöpplerin; der Teller mit den leeren Schalen vor ihr füllt sich mühelos. Ich hole Nachschub an Chablis; Augen leuchten, Gesichter glänzen rosig beim Pulen der Schalentiere. Diese Leckerbissen muss man sich erarbeiten, das erfordert Zeit. Joséphine wird langsam entspannter, unterhält sich sogar mit Caro, während sie mit einer Krebsschere kämpft. Caros Hand rutscht aus, ein feiner Strahl Salzwasser schießt ihr ins Auge. Joséphine lacht. Einen Augenblick später lacht Caro mit. Auch ich unterhalte mich. Der Wein ist hell und trügerisch, seine berauschende Wirkung wegen seiner Weichheit kaum wahrnehmbar. Caro ist bereits leicht beschwipst, ihre Wangen sind gerötet, kleine Löckchen lösen sich aus ihrer strengen Frisur. Georges streichelt mein Knie unter dem Tisch und zwinkert mir lüstern zu. Blanche erzählt vom Leben der fahrenden Leute; es gibt nicht wenige Orte, die wir beide schon gesehen haben, sie und ich. Nizza, Wien, Turin. Zézettes Baby fängt an zu weinen; sie taucht einen Finger in den Chablis und lässt das Baby daran saugen. Armande diskutiert mit Luc, der umso weniger stottert, je mehr Wein er trinkt, über de Musset. Schließlich räume ich die leer gegessene Platte und die Teller mit den perlmuttfarbenen Abfällen ab. Es gibt Schalen mit Zitronenwasser für die Finger und Minzesalat für den Gaumen. Ich sammle die Gläser ein und verteile die *coupes à champagne*. Caro wirkt wieder besorgt. Auf dem Weg in die Küche höre ich sie leise und eindringlich auf Armande einreden.

Armande wimmelt sie ab.

»Darüber können wir später reden. Heute Abend will ich *feiern*.«

Sie begrüßt den Champagner mit einem zufriedenen Jauchzer.

Zum Dessert gibt es Schokoladenfondue. Der klare Tag ist wie geschaffen dafür – feuchtes Wetter macht die geschmolzene Schokolade stumpf –, mit siebzig Prozent Bitterschokolade, Butter, ein wenig Mandelöl, im allerletzten Augenblick ein Schuss Sahne dazu und sanft über einem Rechaud erhitzt. Dann werden kleine Stücke Kuchen oder Obst aufgespießt und in die Schokoladenmischung getaucht. Ich habe jedem Gast seine Lieblingssorte Kuchen mitgebracht, allerdings ist nur der *gâteau de savoie* zum Tunken gedacht. Caro erklärt, sie würde keinen Bissen mehr herunterbringen, nimmt aber dann doch zwei Stücke von der schwarzweißen Schokoladenbisquitrolle. Armande probiert von allem, ihre Wangen glühen, und sie wird immer aufgekratzter. Joséphine erklärt Blanche gerade, warum sie ihren Mann verlassen hat. Hinter vorgehaltener Hand und mit Schokolade an den Fingern grinst Georges mir lüstern zu. Luc zieht Anouk auf, die auf ihrem Stuhl beinahe einschläft. Der Hund beißt spielerisch in ein Tischbein. Zézette beginnt völlig unbefangen ihr Baby zu stillen. Caro scheint eine Bemerkung dazu machen zu wollen, zuckt jedoch dann die Achseln und verkneift es sich. Ich öffne noch eine Flasche Champagner.

»Geht es dir wirklich gut?«, erkundigt Luc sich ruhig bei Armande. »Ich meine, ist dir wirklich nicht schlecht oder so? Du hast doch deine Medizin genommen, oder?«

Armande lacht.

»Du machst dir viel zu viele Gedanken für dein Alter«, sagt sie. »Du solltest mal Dampf machen und deine Mutter die Wände hochtreiben, anstatt einen alten Hund das Bellen lehren zu wollen.« Sie ist immer noch in Stimmung, wirkt aber mittlerweile leicht erschöpft. Wir sitzen schon seit fast vier Stunden am Tisch. Es ist zehn vor zwölf.

»Ich weiß«, erwidert er lächelnd. »Aber ich möchte noch nicht so bald mein Erbe antreten.« Sie tätschelt ihm die Hand und schenkt ihm noch ein Glas Champagner ein. Ihre Hand zittert ein wenig, und sie verschüttet etwas auf die Tischdecke.

»Keine Sorge«, sagt sie fröhlich. »Es ist noch genug da.«

Wir runden das Mahl ab mit Schokoladeneis, Trüffeln und Espresso in winzigen Tassen, dazu Calvados aus heißen Gläsern. Anouk verlangt ihren *canard,* einen Zuckerwürfel mit ein paar Tropfen Calvados, und dann noch einen für Pantoufle. Tassen und Teller sind schnell geleert. Die Holzkohlenfeuer sind fast heruntergebrannt. Ich beobachte Armande, die immer noch redet und lacht, wenn auch weniger aufgekratzt als zuvor. Ihre Augenlider sind schwer geworden, unter dem Tisch hält sie Lucs Hand.

»Wie spät ist es?«, fragt sie kurz darauf.

»Fast eins«, sagt Guillaume.

Sie seufzt.

»Zeit für mich, ins Bett zu gehen«, verkündet sie. »Ich bin schließlich nicht mehr die Jüngste.« Sie erhebt sich mühsam und sammelt die Geschenke ein, die unter ihrem Stuhl liegen. Ich sehe, wie Guillaume sie aufmerksam beobachtet.

Er weiß Bescheid. Sie wirft ihm einen seltsam liebevollen Blick zu.

»Glaubt ja nicht, ich würde jetzt eine Rede halten«, sagt sie gespielt schroff. »Ich kann Reden nicht ausstehen. Ich möchte euch nur allen danken – euch allen – und euch sagen, dass ich mich wunderbar amüsiert habe. Das war mein schönstes Geburtstagsfest. Die Leute meinen immer, man hat keinen Spaß mehr, wenn man alt wird. Aber das ist alles Quatsch.« Hochrufe von Roux, Georges und Zézette. Armande nickt weise. »Aber weckt mich morgen nicht zu früh«, sagt sie und verzieht das Gesicht. »Ich glaube, seit ich zwanzig war, hab ich nicht mehr so viel getrunken, und ich brauche meinen Schlaf.« Sie wirft mir einen kurzen Blick zu, fast wie eine Warnung. »Ich brauche meinen Schlaf«, wiederholt sie wie abwesend und macht sich auf den Weg ins Haus.

Caro stand auf, um sie zu stützen, aber Armande schüttelte sie unwirsch ab.

»Mach nicht so einen Zirkus, Mädel«, sagte sie. »Das ist schon immer deine Art gewesen. Dauernd meinst du, du müsstest mich bemuttern.« Sie schaute mich an. »Vianne kann mir helfen«, erklärte sie. »Ihr anderen könnt bis morgen warten.«

Ich brachte sie in ihr Zimmer, während die Gäste sich langsam auf den Heimweg machten, immer noch lachend und schwatzend. Caro hatte sich bei Georges eingehakt; Luc stützte sie auf der anderen Seite. Ihre Frisur hatte sich mittlerweile völlig aufgelöst, so dass sie jünger und weicher wirkte. Als ich die Tür zu Armandes Zimmer öffnete, hörte ich sie sagen:

»... regelrecht *versprochen*, dass sie in das Heim ziehen wird ... ich bin ja so erleichtert ...« Armande hörte es auch und kicherte in sich hinein.

»Es muss ein Kreuz sein, so eine aufmüpfige Mutter zu haben«, sagte sie. »Bringen Sie mich ins Bett, Vianne. Bevor ich umfalle.« Ich half ihr beim Ausziehen. Auf dem Kopfkissen lag ein leinenes Nachthemd bereit. Ich faltete ihre Kleider zusammen, während sie sich das Nachthemd überzog.

»Geschenke«, sagte Armande. »Legen Sie sie dort hin, wo ich sie sehen kann.« Eine vage Geste in Richtung Kommode. »Hmm. Das tut gut.«

Fast wie in Trance führte ich ihre Anweisungen aus. Vielleicht hatte ich auch mehr getrunken, als mir bewusst war, denn ich war vollkommen ruhig. An der Anzahl der noch im Kühlschrank vorhandenen Insulinampullen hatte ich festgestellt, dass sie vor einigen Tagen aufgehört hatte, das Medikament zu nehmen. Ich hätte sie gern gefragt, ob sie sich ganz sicher war, ob sie wirklich genau wusste, was sie tat. Stattdessen hängte ich Lucs Geschenk – ein seidener Schlüpfer in verwegen leuchtendem Rot – über die Stuhllehne, so dass sie es gut sehen konnte. Kichernd streckte sie eine Hand aus, um die Seide zu befühlen.

»Sie können jetzt gehen, Vianne.« Ihre Stimme klang sanft, aber bestimmt. »Es war wunderbar.« Ich zögerte. Einen Augenblick lang sah ich uns beide im Spiegel über der Frisierkommode. Mit ihrer neuen Frisur sah sie aus wie die alte Frau in meiner Vision, aber ihre Hände waren leuchtend rot, und sie lächelte. Sie hatte die Augen geschlossen.

»Lassen Sie das Licht an, Vianne.« Es war eine endgültige Aufforderung zu gehen. »Gute Nacht.«

Ich gab ihr einen Kuss auf die Wange. Sie duftete nach Lavendel und Schokolade. Ich ging in die Küche, um den Abwasch zu erledigen.

Roux war noch geblieben, um mir zu helfen. Die anderen Gäste waren gegangen. Anouk schlief auf dem Sofa, einen Daumen im Mund. Schweigend spülten wir das Geschirr, und ich stellte die neuen Teller und Gläser in Armandes Schrank. Ein- oder zweimal versuchte Roux, ein Gespräch anzufangen, aber ich konnte nicht mit ihm reden; nur das Klappern des Geschirrs durchbrach die Stille.

»Geht es Ihnen gut?«, fragte er schließlich und legte zärtlich eine Hand auf meine Schulter. Seine Haare leuchteten wie Ringelblumen. Ich sprach aus, was mir als Erstes in den Sinn kam.

»Ich hab gerade an meine Mutter gedacht.« Seltsamerweise stimmte das. »Das Fest hätte ihr gefallen. Sie liebte ... Feuerwerke.«

Er schaute mich an. Seine seltsamen blauen Augen wirkten in dem schwachen gelben Küchenlicht beinahe violett. Ich wünschte, ich hätte ihm von Armande erzählen können.

»Ich wusste gar nicht, dass Sie Michel heißen«, sagte ich schließlich.

Er zuckte die Achseln.

»Namen spielen keine Rolle.«

»Sie verlieren Ihren Dialekt«, sagte ich verwundert. »Anfangs hatten Sie so einen starken Marseiller Dialekt, aber jetzt ...« Er lächelte sanft.

»Akzente spielen auch keine Rolle.«

Seine Hände umschlossen mein Gesicht. Weich für einen Handwerker, blass und weich wie Frauenhände. Ich fragte mich, ob all das, was er mir über sich erzählt hatte, stimmte. In dem Augenblick war es mir egal. Ich küsste ihn. Er roch nach Farbe und Seife und Schokolade. Ich schmeckte Schokolade in seinem Mund und dachte an Armande. Ich hatte angenommen, er würde Joséphine lieben. Und auch während ich ihn küsste, wusste ich, dass er sie liebte, aber dies war der einzige Zauber, mit dem wir die Nacht bekämpfen konnten. Der primitivste Zauber, das Feuer, das wir in Beltane vom Berg mitbringen, in diesem Jahr ein bisschen früh. Ein kleiner Trost zum Trotz gegen die Dunkelheit. Seine Hände tasteten unter meinem Pullover nach meinen Brüsten.

Einen Moment lang zögerte ich. Es hat schon zu viele Männer in meinem Leben gegeben, Männer wie er, gute Männer, die ich gemocht, aber nicht geliebt habe. Wenn ich Recht hatte und er und Joséphine zusammengehörten, was würde es ihnen antun? Was würde es mir antun? Sein Mund war sanft, seine Berührungen unbefangen. Von draußen drang Fliederduft durch das offene Fenster, von der warmen Luft der Holzkohlenglut hereingetragen.

»Draußen«, flüsterte ich. »Im Garten.«

Er schaute zu Anouk hinüber, die noch immer auf dem Sofa schlief, und nickte. Gemeinsam gingen wir hinaus unter den klaren Sternenhimmel.

Die Holzkohlengrills verbreiteten immer noch eine sanfte Wärme. Die Blumen an Narcisse' Pergola umhüllten uns mit ihrem Duft. Wir lagen im Gras wie Kinder. Wir versprachen uns nichts, er flüsterte mir keine Liebesschwüre ins Ohr, obwohl er sehr zärtlich war; beinahe leidenschaftslos liebkoste er mich mit sanften Händen, erkundete meinen Körper mit seiner Zunge. Der Himmel über seinem Kopf war so violett wie seine Augen, und ich sah das breite Band der Milchstraße, das wie ein Pfad um die Welt herumzuführen schien. Ich wusste, es würde das einzige Mal zwischen uns sein, doch der Gedanke verursachte nur einen Hauch von Melancholie. Stattdessen überkam mich ein Gefühl der Unmittelbarkeit, der Erfüllung, das stärker war als meine Einsamkeit und mich sogar meinen Kummer über Armande vergessen ließ. Später würde noch genug Zeit zum Trauern bleiben. Für den Augenblick simples Erstaunen; über mich selbst, wie ich da so nackt im Gras lag; über den stillen Mann neben mir, über die Unermesslichkeit über mir und die Unermesslichkeit in mir. Wir lagen noch lange dort, Roux und ich, bis unser Schweiß abkühlte und kleine Insekten über unsere Körper krabbelten. Das Blumenbeet zu unseren Füßen duftete nach Lavendel und Thymian. Wir hielten uns an den Händen und betrachteten die unerträglich langsamen Bewegung der Himmelskörper.

Ich hörte Roux ganz leise ein Lied singen:

V'là l'bon vent, v'!à l joli vent,
V'là l'bon vent, ma mie m'appelle …

Der Wind war jetzt in meinem Inneren, zerrte an mir mit seiner alten Unnachgiebigkeit. Und im Zentrum vollkommene, auf wundersame Weise ungetrübte Stille, und das beinahe vertraute Gefühl von Veränderung ... Auch das ist eine Art Zauber, etwas, das meine Mutter nie begreifen konnte, und dennoch gibt mir diese neue, wundersame, lebendige Wärme in mir eine Gewissheit, die ich noch nie zuvor empfunden habe. Und endlich verstand ich, warum ich die Liebenden gezogen hatte. Mit diesem Wissen im Herzen schloss ich die Augen und versuchte, von ihr zu träumen, so wie damals während der Monate vor Anouks Geburt, träumte von einer kleinen Fremden mit leuchtend roten Wangen und funkelnden schwarzen Augen.

Als ich aufwachte, war Roux fort, und der Wind hatte sich wieder gedreht.

Samstag, 29. März
Die Nacht zu Ostersonntag

Helfen Sie mir, Vater. Habe ich nicht genug gebetet? Nicht genug für unsere Sünden gelitten? Ich habe auf beispielhafte Weise Buße getan. Vom vielen Fasten und vom Schlafmangel ist mir ständig schwindelig. Ist die Karwoche nicht die Zeit der Erlösung, in der alle Sünden vergeben werden? Die silbernen Leuchter stehen wieder auf dem Altar, die Kerzen brennen in Erwartung der Auferstehung. Zum ersten Mal seit Beginn der Fastenzeit schmücken Blumen die Kirche. Selbst der verrückte Franziskus ist mit Lilien gekrönt, die nach nacktem Fleisch duften. Wir haben so lange gewartet, Sie und ich. Sechs Jahre sind seit Ihrem ersten Schlaganfall vergangen. Schon damals haben Sie nicht mit mir gesprochen, sondern nur mit anderen. Dann, letztes Jahr, der zweite Schlaganfall. Man sagt mir, Sie seien unerreichbar, aber ich weiß, dass das nur Täuschung ist, ein Wartespiel. Wenn Sie bereit sind, werden Sie aufwachen.

Heute Morgen hat man Armande Voizin gefunden, Vater. Steif und immer noch lächelnd in ihrem Bett; noch eine, die uns verloren gegangen ist. Ich habe ihr die Letzte Ölung gegeben, obwohl sie es mir nicht gedankt hätte. Vielleicht bin ich der Einzige, der in solchen Dingen noch Trost findet.

Sie *wollte* sterben, sie hatte für den gestrigen Abend alles minutiös geplant, das Essen, die Getränke, die Gäste. Sie hatte ihre Familie um sich versammelt und hat sie mit dem Versprechen, sich zu bessern, hinters Licht geführt. Ihre vermaledeite Arroganz! Caro hat versprochen, für zwanzig, dreißig Messen zu bezahlen. Um für sie zu beten. Für uns zu beten. Ich zittere immer noch vor Wut. Ich kann ihr nicht mit Mäßigung begegnen. Am Dienstag ist die Beerdigung. Ich stelle mir vor, wie sie daliegt, in der Krankenhauskapelle aufgebahrt, von Pfingstrosen umgeben, das Lächeln immer noch auf den bleichen Lippen. Aber der Gedanke erfüllt mich weder mit Mitleid noch mit Befriedigung, sondern mit schrecklicher, hilfloser Wut.

Wir wissen natürlich, wer dahinter steckt. Diese Hexe Rocher. Oh, Caro hat mir alles erzählt. Sie ist der böse Einfluss, *mon père*, der Parasit, der in unseren Garten eingedrungen ist. Ich hätte auf meinen Instinkt hören sollen. Hätte sie vertreiben sollen, als ich sie das erste Mal zu Gesicht bekam. Diese Frau, die mir Knüppel zwischen die Beine wirft, wo sie nur kann, die hinter ihrem verhängten Fenster über mich lacht und alle möglichen Trottel dazu anstiftet, die Gemeinde zu unterwandern. Ich bin ein Narr gewesen, Vater. Armande Voizin ist wegen meiner Dummheit gestorben. Das Übel lebt unter uns. Das Übel trägt ein gewinnendes Lächeln und grellbunte Farben. Als Kind lauschte ich mit Entsetzen dem Märchen von dem Lebkuchenhaus, von der Hexe, die kleine Kinder hereinlockte und sie aufaß. Wenn ich ihren Laden sehe, mit buntem Papier verhüllt wie ein Geschenk, das darauf wartet, ausgewickelt zu werden, dann frage ich mich, wie viele Leute, wie viele Seelen sie bereits so weit verdorben hat, dass sie nicht mehr erlöst werden können. Armande Voizin. Joséphine Muscat. Paul-Marie Muscat. Julien Narcisse. Luc Clairmont. Sie muss verjagt werden. Und ihr Gör ebenfalls. Egal wie. Für Nettigkeiten ist es zu spät, Vater. Meine Seele ist schon gezeichnet. Ich wünschte, ich wäre wieder zwölf. Ich versuche, mich an meine kindliche Grausamkeit zu erinnern, an den phantasievollen Jungen, der ich einmal war. Der Junge, der die Flasche geworfen und das Übel aus der Welt geschafft hat. Aber diese Zeiten sind vorbei. Ich muss klug vorgehen. Ich darf mein Amt nicht in Verruf bringen. Und doch, wenn ich versagen sollte ...

Was würde Muscat tun? Oh, er ist so brutal, so verabscheuungswürdig. Dennoch hat er die Gefahr lange vor mir erkannt. Was würde er tun? Ich muss mir Muscat zum Vorbild nehmen, Muscat, das Schwein. Er ist brutal, aber gerissen wie ein Schwein.

Was würde er tun?

Morgen ist das Schokoladenfest. Morgen wird sich zeigen, ob wir siegen oder unterliegen. Zu spät, die öffentliche Meinung gegen sie aufzubringen. Ich darf mir nicht das Geringste zuschulden kommen lassen. Hinter dem verhängten Fenster warten Tausende von Süßigkeiten darauf, verkauft zu werden. Zuckereier, Schokoladenfiguren, Osternester in Geschenkschachteln und mit Schleifen geschmückt, Osterhasen in glitzerndem Cellophan ... Morgen werden hundert Kinder vom Läuten der Glocken geweckt werden, doch ihr erster Gedanke wird nicht sein *Er ist auferstanden!*, sondern *Schokolade! Ostereier!* Aber was wäre, wenn es gar keine Schokolade und keine Ostereier mehr gäbe?

Der Gedanke durchzuckt mich wie ein Blitz. Einen Augenblick lang bin ich von Freude überwältigt. Das schlaue Schwein in mir grinst und tanzt. Ich könnte in ihr Haus einbrechen, sagt es zu mir. Die Hintertür ist alt und morsch. Ich könnte sie aufhebeln. Mich mit einem Knüppel in den Laden schleichen. Schokolade ist zerbrechlich, leicht zu zerstören. Fünf Minuten würden ausreichen. Sie schläft in der oberen Etage. Vielleicht würde sie es noch nicht einmal hören. Außerdem würde ich schnell sein. Und ich würde mir eine Maske überziehen, so dass sie, selbst wenn sie mich sieht ... Alle würden Muscat für den Täter halten – ein Racheakt. Der Mann ist nicht mehr hier, um die Tat abzustreiten, und außerdem ...

Vater, haben Sie sich bewegt? Einen Moment lang war ich mir sicher, dass Ihre Hand sich bewegt hätte, die ersten beiden Finger sich gekrümmt hätten wie zum Segen. Wieder dieses Zucken, wie bei einem Schützen, der von vergangenem Kampfgetümmel träumt. Ein Zeichen.

Der Herr sei gelobt. Ein Zeichen.

Sonntag, 30. März
Ostersonntag, 4.00 Uhr morgens

Ich habe kaum geschlafen. Ihr Fenster war bis gegen zwei Uhr erleuchtet, und selbst nachdem es dunkel geworden war, wagte ich noch nicht loszuschlagen, aus Angst, sie könnte noch wach liegen. Ich blieb in meinem Sessel sitzen und döste noch zwei Stunden vor mich hin, hatte jedoch den Wecker gestellt, um nicht zu verschlafen. Ich hätte mir keine Sorgen zu machen brauchen. Ich träumte so unruhig, dass ich immer wieder aus dem Schlaf fuhr. Ich glaube, ich sah Armande im Traum – die *junge* Armande, obwohl ich sie damals gar nicht gekannt habe –, sah sie in einem roten Kleid über die Felder jenseits von *Les Marauds* laufen, das lange schwarze Haar flog wie ein Banner im Wind. Oder vielleicht war es auch Vianne, und ich verwechsle die beiden. Dann träumte ich von dem Feuer in *Les Marauds*, von der Schlampe und ihrem Kerl, von den roten, ausgetrockneten Ufern des Tannes und von Ihnen, Vater, von Ihnen und meiner Mutter in der Kanzlei ... Die ganze bittere Ernte jenes Sommers drang in meine Träume ein, und ich wühlte genüsslich darin wie ein Schwein, das mit seiner gierigen Schnauze nach Trüffeln sucht.

Um vier erhebe ich mich aus meinem Sessel. Ich habe in meinen Kleidern geschlafen und lege Soutane und Kragen ab. Die Kirche hat mit dieser Sache nichts zu tun. Ich mache Kaffee, sehr starken Kaffee, aber ohne Zucker, obwohl die Fastenzeit eigentlich beendet ist. Ich sage eigentlich. In meinem Herzen weiß ich, dass Ostern noch nicht da ist. Er ist noch nicht auferstanden. Wenn ich heute erfolgreich bin, *dann* wird er auferstehen.

Ich zittere. Ich esse trockenes Brot, um mir Mut zu machen. Der Kaffee ist heiß und bitter. Wenn ich mein Werk vollendet habe, verspreche ich mir, werde ich ein gutes Frühstück zu mir nehmen; Eier, Schinken und Brötchen von Arnauld. Bei dem Gedanken läuft mir das Wasser im Mund zusammen. Ich schalte das Radio ein und suche einen Sender, der klassische Musik spielt. *Sheep May Safely Graze.* Mein Mund verzieht sich zu einem harten, verächtlichen Grinsen. Dies ist nicht die Zeit für Schäferspiele. Dies ist die Stunde des Schweins, des schlauen Schweins. Ich drehe die Musik ab.

Es ist fünf vor fünf. Wenn ich aus dem Fenster schaue, sehe ich den ersten hellen Streifen der Dämmerung am Horizont. Ich habe reichlich Zeit. Der Küster wird um sechs kommen, die Osterglocken zu läuten; mir bleibt mehr als genug Zeit, um meine heimliche Mission zu erfüllen. Ich ziehe die wollene Skimaske über, die ich mir für den Zweck zurechtgelegt habe; im Spiegel sehe ich verändert aus, gefährlich. Ein Saboteur. Darüber muss ich wieder grinsen. Mein Mund wirkt hart und zynisch. Fast hoffe ich, dass sie mich sieht.

5.10 Uhr.

Die Tür ist unverschlossen. Ich kann mein Glück kaum

fassen. Es zeigt, wie sicher sie sich fühlt, wie sehr sie davon überzeugt ist, niemand könne ihr etwas zuleide tun. Ich lege den großen Schraubenschlüssel weg, mit dem ich die Tür hatte aufbrechen wollen, und nehme das schwere Kantholz – es ist Teil eines Fenstersturzes, Vater, der während des Krieges abgebrochen ist – in beide Hände. Die Tür öffnet sich geräuschlos. Eins von ihren roten Beutelchen baumelt über mir im Türrahmen; ich nehme es herunter und werfe es verächtlich auf den Boden. Zunächst fehlt mir die Orientierung. Das Haus hat sich verändert, seit es keine Bäckerei mehr ist, und im Übrigen kannte ich mich mit den hinteren Räumlichkeiten sowieso nicht so gut aus. Nur ein ganz schwaches Licht spiegelt sich in den gefliesten Wänden, und ich bin froh, dass ich mir eine Taschenlampe mitgebracht habe. Ich schalte sie ein, und einen Moment lang werde ich regelrecht geblendet von all dem weißen Email – die Arbeitsflächen, die Spülbecken, die alten Backöfen, alles glänzt und schimmert im schmalen Lichtkegel der Taschenlampe. Es ist keine Schokolade zu sehen. Natürlich. Das ist nur die Küche, wo die Pralinen und Trüffel hergestellt werden. Ich bin mir nicht sicher, warum ich mich wundere, dass es hier so sauber ist; ich hatte sie für eine Schlampe gehalten, die Pfannen und Töpfe ungespült herumstehen lässt, gebrauchte Teller turmhoch im Spülbecken stapelt, lange schwarze Haare in den Essensresten. Aber alles ist makellos sauber und ordentlich; die Kasserollen stehen nach Größe geordnet in den Regalen, Kupfer neben Kupfer, Email neben Email, Porzellanschüsseln stehen griffbereit, und diverse Utensilien – große Kellen, Pfannen – hängen an den geweißten Wänden. Auf dem mit Gebrauchsspuren übersäten alten Tisch stehen mehrere Brotformen aus Keramik. In der Mitte eine Vase mit einem Strauß halb verwelkter Dahlien, die einen unheimlichen Schatten werfen. Aus irgendeinem Grund machen die Blumen mich wütend. Welches Recht hat sie auf Blumen, wenn Armande Voizin tot in der Kapelle liegt? Das Schwein in mir wirft die Blumenvase um und grinst. Ich lasse ihm seinen Willen. Ich brauche seine Grausamkeit, um die Aufgabe zu erfüllen, die vor mir liegt.

5.20 Uhr.

Die Schokolade muss im Laden sein. Leise schleiche ich durch die Küche und öffne die schwere Kiefernholztür, die in den vorderen Teil des Hauses führt. Zu meiner Linken führt eine Treppe zu den im oberen Stockwerk gelegenen Wohnräumen. Zu meiner Rechten die Theke, die Regale, die Auslagen, die Schachteln ... Ich bin erschrocken über den intensiven Duft von Schokolade, obwohl ich mit ihm gerechnet habe. Die Dunkelheit scheint ihn noch zu verstärken, so dass es mir einen Moment lang so vorkommt, als *sei* der Duft die Dunkelheit, die sich wie dichter brauner Staub über mich legt und mir die Sinne vernebelt. Im Schein meiner Taschenlampe entstehen kleine Inseln des Lichts, buntes Papier, Schleifen, glitzerndes Cellophan leuchten abwechselnd auf. Ich bin mitten in der Schatzhöhle. Ein Schauer der Erregung läuft mir über den Rücken. Hier zu sein, im Haus der Hexe, ein Eindringling, unbemerkt. Heimlich, während sie schläft, ihre Sachen zu berühren ... Ich verspüre den unwiderstehlichen Drang, mir das Schaufenster anzusehen, das Papier, das die Auslagen verbirgt, herunterzureißen und der Erste zu sein – ein absurder Wunsch, da ich sowieso vorhabe, alles zu zerschlagen. Aber ich komme nicht dagegen an. Auf meinen Gummisohlen tappe ich leise auf das Fenster zu, das schwere Kantholz locker in der Hand. Ich habe reichlich Zeit. Zeit genug, um meine Neugier zu befriedigen, wenn mir danach ist. Außerdem ist der Augenblick zu kostbar, um ihn zu vergeuden. Ich will ihn vollkommen genießen.

5.30 Uhr.

Ganz vorsichtig ziehe ich das Papier weg, das das Fenster verhüllt. Es löst sich mit einem leisen Rascheln, und ich lege es beiseite, während ich angestrengt nach Geräuschen im ersten Stock lausche. Alles ist still. Mit meiner Taschenlampe beleuchte ich die Auslagen, und einen Moment lang vergesse ich fast, warum ich hier bin. Mit Staunen betrachte ich die Köstlichkeiten, die sich vor mir auftürmen, glasierte Früchte und Marzipanblumen, Berge von Pralinen in allen Formen und Farben, Hasen, Enten, Hühner, Küken und Lämmer aus Schokolade schauen mich mit ihren Schokoladenaugen an wie die Terracotta-Armeen aus den chinesischen Königsgräbern, und in der Mitte eine Frauenfigur mit wallendem Haar, deren wohlgeformte braune Arme eine Weizengarbe aus Schokolade halten. Die Details sind kunstvoll ausgearbeitet, die Haare aus dunklerer Schokolade, die Augen mit weißer Kuvertüre aufgemalt. Der Schokoladenduft ist überwältigend, füllt Gaumen und Rachen mit köstlicher Süße. Die Frau mit der Weizengarbe lächelt kaum merklich, als sinnierte sie über irgendwelche Geheimnisse.

Probier mich. Koste mich. Nasch mich.

Der Gesang ist lauter denn je, hier an der Quelle der Versuchung. Ich bräuchte nur die Hand auszustrecken, dann könnte ich eine dieser verbotenen Früchte nehmen und ihr geheimes Fleisch kosten. Der Gedanke lässt mich nicht mehr los.

Probier mich. Koste mich. Nasch mich.

Niemand würde je davon erfahren.

Probier mich. Koste mich. Nasch –

Warum eigentlich nicht?

5.40 Uhr.

Ich werde wahllos irgendetwas herausgreifen. Ich darf mich nicht von meinem Vorhaben ablenken lassen. Eine einzige Praline – das ist kein Diebstahl, sondern *Rettung;* sie ist die Einzige unter all ihren Brüdern und Schwestern, die der Zerstörung entgehen wird. Gegen meinen Willen zögert meine Hand; wie eine Libelle schwebt sie über diesem Berg von Leckerbissen. Sie liegen in Glasschalen, von Deckeln aus Plexiglas geschützt. Auf den Deckeln kleine Schilder mit den Namen der einzelnen Köstlichkeiten in feiner Schrift. Allein die Namen klingen verlockend. *Bitterorangen-Krokant. Aprikosenmarzipan-Kugeln. Pariser Konfekt.*

Weiße Rumtrüffel. Champagnertrüffel. Venusbrüstchen. Meine Wangen werden ganz heiß unter meiner Maske. Wie soll man solche Namen aussprechen, wenn man so etwas kaufen will? Aber sie sehen so wundervoll aus im Schein meiner Taschenlampe, weiße Halbkugeln mit einem Tupfer dunkler Schokolade. Ich nehme eine davon mit Daumen und Zeigefinger. Ich halte sie mir unter die Nase; sie riecht nach Sahne und Vanille. Niemand wird es je erfahren. Mir wird bewusst, dass ich seit meiner Kindheit keine Schokolade mehr gegessen habe, ich weiß kaum, wie viele Jahre das her ist. Und damals war es billige Schokolade mit einem Nachgeschmack nach Zucker und Fett. Ein- oder zweimal habe ich mir im Supermarkt eine bessere Tafel Schokolade gekauft, aber sie war fünfmal so teuer wie die billige Sorte, und ich konnte mir diesen Luxus nur selten leisten. Dies hier ist etwas ganz anderes; die zarte Schokoladenhülle, die sahnige Trüffelmasse im Inneren ... Die Praline verströmt ein Aroma wie das Bouquet eines guten Weins, ein Hauch von Zartbitter, von frischgemahlenem Kaffee, Aroma, das sich durch die Wärme voll entfaltet und mir verführerisch in die Nase steigt; sie zergeht mir auf der Zunge wie ein Geschmackssukkubus, der mich aufstöhnen lässt.

5.45 Uhr.

Ich sage mir, dass es auf eine weitere Praline nicht ankommt, und probiere noch eine. Auch diesmal verweile ich zunächst bei den Namen. *Crème-de-Cassis-Trüffel. Nusssplitter.* Ich wähle eine dunkle Praline aus einer Schale mit der Aufschrift *Jamaikasplitter.* Kandierter Ingwer in einer harten Zuckerhülle, gefüllt mit Kräuterlikör, der ein Aroma ausströmt, in dem Sandelholz und Zimt mit Limone wetteifern ... Ich nehme noch eine Praline, diesmal aus einer Schale mit der Aufschrift *Pêche au miel millefleurs.* Ein Stück Pfirsich, in Honig und Eau-de-Vie getränkt, mit einem Stückchen kandiertem Pfirsich auf der Schokoladenhülle. Ich schaue auf meine Uhr. Es bleibt immer noch Zeit.

Ich weiß, ich müsste jetzt eigentlich damit beginnen, mein

gerechtes Werk zu tun. Die Auslagen im Laden, so vielfältig und verwirrend sie sein mögen, reichen nicht aus, um die Hunderte von Bestellungen zu erfüllen, die bei ihr eingegangen sind. Es muss noch einen anderen Ort geben, wo sie ihre Präsentschachteln, ihre Vorräte aufbewahrt. Dies hier dient vor allem Ausstellungszwecken. Ich nehme eine Schokomandel, stecke sie in den Mund, um besser denken zu können. Dann ein Karamellfondant. Dann eine Champagnertrüffel mit einer zarten Hülle aus weißer Schokolade. Die Zeit ist zu kurz, um jede Sorte zu probieren ... Ich bräuchte fünf Minuten, um meine Arbeit zu erledigen, vielleicht weniger. Hauptsache, ich finde heraus, wo sie ihre Vorräte aufbewahrt. Ich nehme noch eine Praline, bevor ich mich auf die Suche mache. Nur noch eine.

5.55 Uhr

Es ist wie in meinem Traum. Ich wälze mich in Pralinen. Ich komme mir vor wie in einem Schokoladenfeld, an einem Schokoladenstrand, ich aale mich in Schokolade, wühle in Schokolade, verschlinge alles, was in meiner Reichweite ist. Ich habe keine Zeit, die Schilder zu lesen; wahllos stecke ich mir eine Praline nach der anderen in den Mund. Angesichts all dieser Köstlichkeiten verliert das Schwein seine Schläue, wird wieder zum Schwein, und obwohl etwas in mir schreit, ich soll aufhören, kann ich nicht mehr an mich halten. Nachdem ich einmal angefangen habe, kann ich nicht mehr aufhören. Das hat nichts mit Hunger zu tun; ich zwinge alles hinunter, mit vollen Backen und vollen Händen. Einen schrecklichen Augenblick lang bilde ich mir ein, Armande sei zurückgekehrt, um mich heimzusuchen, um mich mit ihrem seltsamen Schicksal zu verfluchen; Tod durch Völlerei. Ich höre die Geräusche, die ich beim Essen mache, ein verzweifeltes, ekstatisches Stöhnen, als hätte das Schwein in mir endlich eine Stimme gefunden.

6.00 Uhr.

Er ist auferstanden! Das Läuten der Glocken reißt mich aus meiner Verzückung. Ich sitze auf dem Boden, inmitten von Pralinen, als hätte ich mich tatsächlich in ihnen gewälzt. Der Knüppel liegt neben mir, ich habe ihn vergessen. Die hinderliche Maske habe ich abgenommen. Das erste Morgenlicht fällt durch das enthüllte Schaufenster.

Er ist auferstanden! Trunken richte ich mich auf. In fünf Minuten werden die ersten Gläubigen zur Messe kommen. Sie müssen mich bereits vermisst haben. Mit schokoladeverschmierten Fingern greife ich nach dem Knüppel. Plötzlich weiß ich, wo sie ihre Vorräte aufbewahrt. Der alte Keller, der kühle, trockene Keller, wo früher die Mehlsäcke gelagert wurden. Dorthin kann ich es schaffen. Ich weiß es.

Er ist auferstanden!

Den Knüppel in der Hand drehe ich mich um, ich habe keine Zeit mehr, keine Zeit ...

Sie steht hinter dem Perlenvorhang und erwartet mich bereits. Ich habe keine Ahnung, wie lange sie mich schon beobachtet hat. Ein kaum wahrnehmbares Lächeln umspielt ihre Lippen. Ganz vorsichtig nimmt sie mir den Knüppel aus der Hand. Zwischen den Fingern hält sie etwas, das aussieht wie ein verbranntes Stück buntes Papier. Vielleicht eine Karte.

... Und so haben sie mich gesehen, Vater, auf den Knien in der zerstörten Auslage ihres Fensters, das Gesicht mit Schokolade verschmiert, die Augen gerötet. Wie aus dem Nichts schienen die Leute herbeizueilen, um ihr beizustehen. Duplessis mit seiner Hundeleine in der Hand hielt bei der Tür Wache. Die Hexe Rocher an der Hintertür mit meinem Knüppel im Arm. Arnauld von gegenüber, der schon früh in seiner Backstube gearbeitet hatte, rief die Neugierigen herbei, damit sie es alle sehen konnten. Die Clairmonts starrten mich an wie gestrandete Karpfen. Narcisse schüttelte seine Faust. Und das Gelächter. Mein Gott! Das Gelächter. Und die ganze Zeit läuteten die Glocken über dem Platz.

Er ist auferstanden.

Montag, 31. März
Ostermontag

Als die Glocken verstummten, schickte ich Reynauld fort. Die Messe las er nicht. Stattdessen rannte er ohne ein Wort nach *Les Marauds* hinunter. Kaum jemand hat ihm eine Träne nachgeweint. Wir begannen einfach ein bisschen früher mit dem Fest, es gab heiße Schokolade und Kuchen vor dem Laden, während ich in aller Eile den Schlamassel beseitigte. Zum Glück war es nicht so schlimm; ein paar Hundert Pralinen und Trüffel auf dem Boden, aber keine Präsentschachteln beschädigt. Nach ein paar Handgriffen sah das Schaufenster wieder aus wie neu.

Das Fest war ein voller Erfolg. Es gab Verkaufsstände für Kunsthandwerk, Fanfaren, Narcisse' Kapelle – ich war überrascht, wie virtuos er Saxophon spielt –, Jongleure, Feuerschlucker. Die Leute vom Fluss waren zurückgekommen – zumindest für den Tag –, und ihre bunten Gestalten belebten das Straßenbild. Einige bauten ihre eigenen Stände auf, flochten Perlen in die Haare der Mädchen, verkauften Marmelade und Honig, bemalten Hände mit Henna oder betätigten sich als Wahrsager. Roux verkaufte Puppen, die er aus Treibholz geschnitzt hatte. Nur die Clairmonts fehlten, aber ich meinte immer wieder, Armande unter den Leuten zu sehen, so als könne sie bei einer solchen Gelegenheit einfach nicht fehlen. Eine Frau mit einem roten Halstuch, ein gebeugter Rücken unter einer grauen Kittelschürze, ein mit Kirschen dekorierter Stohhut, der sich zwischen den Köpfen auf und ab bewegte. Sie schien überall zu sein. Seltsamerweise empfand ich keine Trauer. Nur die wachsende Überzeugung, dass sie jeden Augenblick auftauchen und die Deckel von den Schachteln heben würde, um nachzusehen, was sich darin befand, sich genüsslich die Finger lecken und vor Freude über all den Spaß laut jauchzen würde. Einmal meinte ich sogar, ihre Stimme zu hören, ganz dicht neben mir, als ich mich vorbeugte, um eine Tüte Rumrosinen aus einem Korb zu nehmen, doch als ich mich umsah, war niemand da. Meine Mutter hätte es verstanden.

Alle Bestellungen wurden abgeholt, und um Viertel nach vier verkaufte ich meine letzte Schachtel Pralinen. Lucie Prudhomme gewann die Ostereiersuche, aber jeder Teilnehmer erhielt ein *cornet-surprise*, gefüllt mit Schokoladeneiern, Spielzeugtrompeten und Luftschlangen. Ein mit echten Blumen geschmückter Wagen machte Reklame für Narcisse' Gärtnerei. Ein paar junge Leute trauten sich sogar, unter den strengen Augen des heiligen Hieronymus zu tanzen, und den ganzen Tag lang schien die Sonne.

Und dennoch fühle ich mich unwohl, als ich mich in unserem stillen Haus mit Anouk hinsetze, um ihr aus einem Märchenbuch vorzulesen. Ich sage mir, dass es nichts weiter ist als die plötzliche Leere, die unvermeidlich auf ein langersehntes Ereignis folgt. Erschöpfung vielleicht, der Schreck über Reynauds Einbruch im allerletzten Moment, die Sonnenhitze, die vielen Leute ... Und auch Trauer um Armande, die mich nun überkommt, da die fröhlichen Klänge verstummt sind, Kummer, vermischt mit so vielen anderen widersprüchlichen Gefühlen, Einsamkeit, Verlust, Zweifel und ein seltsam ruhiges Bewusstsein, dass alles seine Richtigkeit hat ... Meine liebe Armande. Es hätte dir so viel Spaß gemacht. Aber du hast dein eigenes Feuerwerk gehabt, nicht wahr?

Am späten Abend kam Guillaume zu Besuch, lange nachdem wir alle Spuren des Festes beseitigt hatten. Anouk wollte gerade zu Bett gehen, in ihren Augen immer noch ein glückliches Leuchten.

»Darf ich reinkommen?« Sein Hund hat gelernt, auf Befehl Platz zu machen, und wartet brav vor der Tür. Guillaume hält etwas in der Hand. Einen Brief. »Armande hat mich gebeten, Ihnen das zu geben. Nach dem Fest.«

Ich nehme den Brief. In dem Umschlag fühle ich etwas Kleines, Hartes.

»Danke.«

»Ich werde nicht bleiben.« Er schaut mich einen Augenblick lang an, dann streckt er die Hand aus, eine steife, seltsam rührende Geste. Sein Händedruck ist fest und kühl. Ich spüre ein Brennen in den Augen; etwas Glitzerndes fällt auf den Ärmel des alten Mannes – seine oder meine Träne, ich weiß es nicht.

»Gute Nacht, Vianne.«

»Gute Nacht, Guillaume.«

Der Umschlag enthält ein einziges Blatt Papier. Als ich es herausziehe, fällt etwas auf den Tisch ... Münzen, denke ich. Die Schrift ist groß und markant.

Liebe Vianne,
danke für alles. Ich weiß, wie Sie sich fühlen müssen. Reden Sie mit Guillaume, wenn Sie mögen – er versteht mich besser als jeder andere. Es tut mir leid, dass ich nicht an Ihrem Fest teilnehmen konnte, aber ich habe es so oft in meiner Phantasie erlebt, dass es nicht mehr so wichtig war. Geben Sie Anouk einen Kuss von mir und eine von den Münzen – die andere ist für das Nächste, ich glaube, Sie wissen, was ich meine.

Ich bin müde, und ich spüre, dass der Wind sich dreht. Ich glaube, Schlaf wird mir gut tun. Und wer weiß, vielleicht sehen wir uns eines Tages wieder.
Ihre Armande Voixin.
P.S. Gehen Sie lieber nicht zur Beerdigung, alle beide. Das ist Caros Party, und ich nehme an, sie hat ein Recht darauf, wenn ihr so etwas wichtig ist. Laden Sie lieber alle Ihre Freunde auf eine Tasse Schokolade ein. Ich liebe euch alle. A.

Nachdem ich den Brief gelesen habe, lege ich ihn weg und suche die Münzen. Eine liegt auf dem Tisch, die andere auf einem Stuhl; zwei Louisdors, die golden in meiner Hand glänzen. Einer für Anouk – und der andere? Instinktiv lege ich eine Hand auf die warme, dunkle Stelle in mir, auf das Geheimnis, das ich bisher noch nicht einmal mir selbst wirklich eingestanden habe.

Anouks Kopf lehnt sanft an meiner Schulter. Schläfrig summt sie ein Lied für Pantoufle, während ich ihr vorlese. In den letzten Wochen haben wir Pantoufle wenig gesehen; er wurde von greifbareren Spielkameraden verdrängt. Es scheint bedeutsam, dass er jetzt zurückkehrt, wo der Wind sich gedreht hat. Etwas in mir spürt die Unausweichlichkeit der Veränderung. Mein liebevoll konstruiertes Bild von einem sesshaften Leben ist wie die Sandburgen, die wir früher am Strand bauten und die von der Flut fortgespült wurden. Selbst wenn das Meer sie nicht erreicht, werden sie von der Sonne ausgehöhlt, und am nächsten Tag sind sie fast verschwunden. Trotzdem empfinde ich Unmut, fühle ich mich gekränkt. Und dennoch lockt mich der Karnevalswind, der warme Wind aus ... woher? Aus dem Süden? Dem Osten? Amerika? England? Es ist nur eine Frage der Zeit. Lansquenet und alles, was dazugehört, erscheint mir mit einem Mal ein wenig unwirklich, fängt bereits an, in der Erinnerung zu verblassen. Das Räderwerk kommt zum Stillstand; sein Geräusch verstummt. Vielleicht ist es das, was ich von Anfang an vermutet hatte, dass Reynaud und ich miteinander verkettet sind, dass wir einander Gegengewicht sind, dass ich ohne ihn hier keine Aufgabe habe. Was immer es sein mag, der Ort hat seine *Bedürftigkeit* verloren; stattdessen ist Zufriedenheit eingekehrt, ein Gefühl der Sättigung, das mich nicht mehr braucht. Überall in den Häusern von Lansquenet lieben sich die Ehepaare, spielen die Kinder, bellen die Hunde, plärren die Fernseher ... Ohne uns. Guillaume streichelt seinen Hund und schaut sich *Casablanca* an. Luc, allein in seinem Zimmer, liest laut und ohne zu stottern Gedichte von Rimbaud. Roux und Joséphine sind dabei, sich in ihrem frisch gestrichenen Haus gegenseitig zu entdecken. Radio-Gascogne hat heute Abend einen Beitrag über das Schokoladenfest gebracht und stolz über das *Festival de Lansquenet-sous-Tannes* berichtet. Von nun an werden die Touristen nicht mehr an Lansquenet vorbeifahren. Ich habe das unsichtbare Dorf auf der Landkarte eingetragen.

Der Wind riecht nach Meer, nach Ozon und gegrilltem Fisch, nach der Küste vor Juan-les-Pins, nach Pfannkuchen und Kokosöl und Holzkohle und Schweiß. So viele Orte, die darauf warten, dass der Wind sich dreht. So viele bedürftige Menschen. Wie lange wird es diesmal dauern? Ein halbes Jahr? Ein Jahr? Anouk kuschelt sich an meine Schulter, und ich halte sie in meinem Arm, zu fest, denn sie wacht halb auf und murmelt irgendetwas Vorwurfsvolles. *La Céleste Praline* wird wieder eine Bäckerei werden. Vielleicht auch eine Confiserie-Pâtisserie mit Kitsch an den Wänden und in den Regalen Lebkuchen in Präsentschachteln mit der Aufschrift *Souvenir de Lansquenet-sous-Tannes.* Zumindest haben wir Geld, mehr als genug, um irgendwo neu anzufangen. In Nizza vielleicht, oder Cannes, London oder Paris. Anouk murmelt im Schlaf. Sie spürt es auch.

Und doch haben wir Fortschritte gemacht. Keine anonymen Hotelzimmer mehr, kein flackerndes Neonreklameschild, keine Flucht von Norden nach Süden auf Geheiß einer Tarotkarte. Endlich haben wir uns dem schwarzen Mann gestellt, Anouk und ich, ihn endlich als den erkannt, der er ist; einer, der sich selbst zum Narren hält, eine Karnevalsmaske. Wir können nicht für immer hier bleiben. Aber vielleicht hat er uns den Weg bereitet zu einem anderen Ort, an dem wir bleiben können. Eine Küstenstadt vielleicht. Oder ein Dorf an einem Fluss, umgeben von Maisfeldern und Weinbergen. Unsere Namen werden sich ändern. Und auch der Laden wird einen anderen Namen haben. *Truffe Enchantée,* vielleicht. Oder *Tentations Divines,* in Erinnerung an Reynaud. Und diesmal können wir so viel von Lansquenet mitnehmen. Ich halte Armandes Geschenk in der Hand. Die Münzen sind schwer. Das Gold schimmert rötlich, beinahe wie Roux' Haar. Erneut frage ich mich, woher sie es wusste – wie hellsichtig sie gewesen ist. Noch ein Kind – diesmal nicht vaterlos, sondern das Kind eines guten Mannes, auch wenn er nie davon erfahren wird. Ich wüsste gern, ob sie seine Haarfarbe haben wird, seine rauchgrauen Augen. Ich bin mir beinahe sicher, dass es ein Mädchen sein wird. Ich weiß sogar schon ihren Namen.

Andere Dinge werden wir zurücklassen. Der schwarze Mann ist fort. Meine Stimme klingt jetzt anders, mutiger. Sie hat einen Ton, den ich, wenn ich genau hinhöre, wiedererkenne. Eine Spur Trotz, ja beinahe Schadenfreude. Meine Ängste sind verschwunden. Auch du bist verschwunden, Maman, auch wenn ich deine Stimme immer hören werde. Ich brauche mich nicht mehr vor meinem Gesicht im Spiegel zu fürchten. Anouk lächelt im Schlaf. Ich könnte hier bleiben, Maman. Wir haben ein Zuhause, wir haben Freunde. Die Wetterfahne vor meinem Fenster dreht sich unermüdlich. Stell dir vor, wir würden sie jede Woche hören, in jeder Jahreszeit. Stell dir vor, du würdest an einem Wintermorgen aus meinem Fenster schauen. Die neue Stimme in mir lacht, und es klingt fast wie Nachhausekommen. Das neue Leben in mir bewegt sich zart. Anouk spricht im Schlaf, unverständliches Zeug. Ihre kleinen Hände klammern sich an meinen Arm.

»Bitte.« Ihre Stimme ist durch meinen Pullover gedämpft. »Maman, sing mir ein Lied.« Sie öffnet die Augen. Aus sehr weiter Entfernung gesehen, hat die Erde dieselbe blaugrüne Farbe.

»In Ordnung.«

Sie macht die Augen wieder zu, und ich beginne leise zu singen:

V'là l'bon vent, v'là l'joli vent,
V'là l'bon vent, ma mie m'appelle ...

Ich hoffe, dass es diesmal nur ein Schlaflied ist. Dass der Wind es diesmal nicht hört. Dass er diesmal – *bitte, nur dieses eine Mal* – ohne uns weiterziehen wird.

Danksagung

Mein Dank gilt allen, die zur Entstehung dieses Buchs beigetragen haben: meiner Familie für die moralische Unterstützung, die Kinderbetreuung und die etwas verdutzte Ermutigung; Kevin für all die mühevolle Schreibarbeit; Anouchka für das Ausleihen von Pantoufle. Außerdem danke ich meiner unbezähmbaren Agentin Serafina Clarke, meiner Verlegerin Francesca Liversidge, Jennifer Luithlen und Lora Fountain, und allen Mitarbeitern von Bantam Press, die mich so freundlich aufgenommen haben. Und schließlich meinen besonderen Dank an meinen Schriftstellerkollegen Christopher Fowler, der mir den Anstoß zu dieser Geschichte gegeben hat.

Fünf Viertel einer Orange

*Für meinen Großvater Georges Payen
(aka P'tit Père), der dabei war.*

ERSTER TEIL

Die Erbschaft

I

Als meine Mutter starb, hinterließ sie meinem Bruder Cassis den Hof, meiner Schwester Reine-Claude die Kostbarkeiten des Weinkellers und mir, der Jüngsten, ihre Kladde sowie ein Zwei-Liter-Glas mit Sonnenblumenöl, in dem ein schwarzer Périgord-Trüffel von der Größe eines Tennisballs schwamm. Wenn man den Deckel des Glases öffnet, verströmt er noch heute den modrigen Duft von Walderde. Eine ziemlich ungleiche Verteilung von Reichtümern, aber meine Mutter war eine Naturgewalt, die ihre Gunst nach Belieben gewährte und deren eigenwillige Logik niemand nachvollziehen konnte.

Cassis hat immer gesagt, ich sei ihr Lieblingskind gewesen.

Nicht dass sie das je gezeigt hätte, als sie noch lebte. Meine Mutter hatte nie viel Zeit für Zärtlichkeiten, sie war nicht der Typ dafür, vor allem nicht, nachdem ihr Mann im Krieg gefallen war und sie den Hof allein bewirtschaften musste. Mit unseren lauten Spielen, unserem Gezänk und Geschrei waren wir ihr kein Trost, sondern eine Last. Wenn wir krank wurden, verhielt sie sich bei aller Fürsorge ziemlich reserviert, als rechnete sie sich insgeheim aus, was wir sie im Falle unseres Überlebens kosten würden. Die Zuneigung, die sie uns zeigte, beschränkte sich auf die allereinfachsten Dinge: ein Kochtopf oder ein Marmeladenglas zum Auslecken, eine Hand voll Walderdbeeren, die sie hinter dem Gemüsebeet gesammelt hatte und uns ohne ein Lächeln, in ein Taschentuch gewickelt, zusteckte. Cassis war der Mann in der Familie. Ihn behandelte sie mit besonderer Strenge. Reinette erwies sich schon früh als Schönheit, und meine Mutter war eitel genug, um sich durch die Aufmerksamkeit, die ihrer Tochter zuteil wurde, geschmeichelt zu fühlen. Ich war nur ein weiteres hungriges Maul, das gestopft werden musste, kein zweiter Sohn, mit dem man den Hof erweitern konnte, und erst recht keine Schönheit.

Ich war immer die Schwierige, die Widerspenstige, und nach dem Tod meines Vaters wurde ich missmutig und verstockt. Mager und dunkelhaarig wie ich war, muss ich meine Mutter mit ihren knochigen Händen, ihren Plattfüßen und dem großen Mund zu sehr an sie selbst erinnert haben, denn wenn sie mich ansah, hatte sie häufig einen harten Zug um die Mundwinkel, als fügte sie sich notgedrungen in ihr Schicksal. Als ahnte sie, dass ich die Erinnerung an sie lebendig halten würde, und nicht Cassis oder Reine-Claude. Als wünschte sie sich eine würdigere Erbin.

Vielleicht vermachte sie mir aus diesem Grund ihre Kladde, die mir damals wertlos erschien, bis auf die Bemerkungen, die sie neben die Rezepte und Zeitungsausschnitte und Kräuterheilmittel gekritzelt hatte. Es ist kein Tagebuch; die Kladde enthält keine Datumsangaben und verfügt über keine chronologische Ordnung. Es ist eine Sammlung von losen Blättern, die später mit kleinen Stichen sorgfältig zusammengeheftet wurden; manche Seiten sind so dünn wie Zwiebelschalen, andere aus Pappe auf die richtige Größe zurechtgeschnitten, damit sie in den ledernen Einband passten. Meine Mutter hielt ihre Lebensgeschichte in Rezepten fest, eigenen Kreationen oder Abwandlungen ihrer Lieblingsgerichte. Gutes Essen war ihre Leidenschaft, die liebevolle Zubereitung der Speisen die einzige Möglichkeit, ihre Kreativität auszuleben. Die erste Seite der Kladde ist dem Tod meines Vaters gewidmet – unter einem unscharfen Schwarzweißfoto und einem in sauberer Schrift notierten Rezept für Weizenpfannkuchen ist das Band von Vaters Orden der Ehrenlegion aufgeklebt – und zeugt von einem makabren Humor. »Nicht vergessen – Topinambur ausgraben. Ha! Ha! Ha!«, hat meine Mutter mit roter Tinte unmittelbar unter dem Foto vermerkt.

An anderen Stellen sind ihre Kommentare ausführlicher, allerdings voller Abkürzungen und kryptischer Verweise. Einige Ereignisse, auf die sie anspielt, erkenne ich wieder. Andere wurden verändert, um sie momentanen Bedürfnissen anzupassen. Wieder andere scheinen reine Erfindung zu sein, Lügen, Märchen. Mancherorts finden sich in winziger Schrift verfasste Absätze in einer Sprache, die ich nicht verstehe – »Chini lliwni nerälkni erni. Chini nnaklini seni tchini rehmilni negartnili reni.« Hier und da hat sie am oberen oder seitlichen Rand scheinbar willkürlich einzelne Wörter notiert. Auf einer Seite »Wippe« in blauer Tinte, auf einer anderen »Immergrün, Schuft, Schmuckstück« mit orangefarbenem Buntstift. Auf einem Blatt steht etwas, das ein Gedicht sein könnte, dabei habe ich nie erlebt, dass meine Mutter etwas anderes als ein Kochbuch aufgeschlagen hätte. Es lautet:

Diese Süße
gelöffelt
wie eine reife Frucht
Pflaume Birne Aprikose
Wassermelone vielleicht
aus mir selbst
diese Süße

Ein seltsamer Zug, der mich überrascht und irritiert. Dass diese harte, nüchterne Frau in stillen Momenten solche Gedanken gehegt haben soll. Denn sie war uns – und allen anderen – gegenüber so unnahbar, dass ich sie für unfähig gehalten hatte, ihren Gefühlen Ausdruck zu verleihen.

Ich habe sie nie weinen sehen. Sie lächelte nur selten und nur in der Küche, wenn sie die Namen der vor ihr stehenden Kräuter und Gewürze vor sich hin murmelte: »Zimt, Thymian, Minze, Koriander, Safran, Basilikum, Liebstöckl« – wie eine monotone Litanei. »Die Herdplatte. Sie muss genau die richtige Temperatur haben. Wenn sie nicht heiß genug ist, klebt der Pfannkuchen. Wenn sie zu heiß ist, wird die Butter schwarz und qualmt, und der Pfannkuchen brennt an.« Mit der Zeit begriff ich, dass sie nicht mit sich selbst redete, sondern versuchte, mir das alles beizubringen. Ich hörte ihr zu, weil ich in unseren Küchenlektionen die einzige Möglichkeit sah, ein wenig Anerkennung von ihr zu bekommen, und weil jeder gute Krieg hin und wieder einen Waffenstillstand braucht. Bäuerliche Rezepte aus der Bretagne, wo sie geboren war, mochte sie am liebsten; die Buchweizenpfannkuchen, die wir zu jedem Gericht aßen, *far breton* und *kouign amann* und die *galettes bretonnes*, die wir flussabwärts in Angers auf dem Markt verkauften, neben Ziegenkäse, Wurst und Obst.

Sie wollte immer, dass Cassis den Hof bekam. Doch Cassis war der Erste, der fortging. Er zog nach Paris und brach, bis auf eine Weihnachtskarte, die er jedes Jahr schickte, jeglichen Kontakt zur Familie ab, und als meine Mutter sechsunddreißig Jahre später starb, hatte er keinerlei Interesse an einem heruntergekommenen Bauernhaus an der Loire. Ich nahm meine Ersparnisse, mein Witwengeld, und kaufte ihm den Hof zu einem guten Preis ab. Aber es war ein faires Geschäft, und damals war er froh darüber. Auch ihm lag daran, dass der Hof in der Familie blieb.

Heute sieht das natürlich ganz anders aus. Cassis hat einen Sohn, und der ist mit Laure Dessanges verheiratet, der Kochbuchautorin; die beiden betreiben in Angers ein Restaurant – »Aux Délices Dessanges«. Ich bin ihm vor Cassis' Tod ein paar Mal begegnet. Er war mir unsympathisch. Dunkelhaarig und großspurig, mit Bauchansatz wie sein Vater, aber er sah immer noch gut aus und wusste es. Er war auf unangenehme Weise bemüht, mir alles recht zu machen; nannte mich *Mamie*, Omi, bot mir einen Stuhl an, bestand darauf, dass ich mich auf den bequemsten setzte, kochte Kaffee, tat Zucker und Milch hinein, erkundigte sich nach meiner Gesundheit, überhäufte mich mit Schmeicheleien, bis mir der Kopf schwirrte. Cassis, damals Anfang sechzig und bereits gezeichnet von der Herzkrankheit, an der er später sterben sollte, sah mit kaum verhohlenem Stolz zu. *Mein Sohn. Sieh nur, was er für ein feiner Mensch ist. Was für einen aufmerksamen Neffen du hast.*

Cassis hatte ihn Yannick getauft, nach unserem Vater, aber das machte ihn mir auch nicht sympathischer. Das habe ich von meiner Mutter, die Abneigung gegen Konventionen, gegen falsche Vertraulichkeit. Ich mag es nicht, angefasst und umsorgt zu werden. Ich verstehe nicht, warum unsere Blutsverwandtschaft eine besondere Verbundenheit zwischen uns bewirken sollte. Ebenso wenig wie das schreckliche Geheimnis, das wir so lange gehütet haben.

O nein. Glauben Sie nicht, ich hätte das alles vergessen. Keine Sekunde lang habe ich es vergessen, obwohl die anderen sich große Mühe gegeben haben. Cassis, der die Pissoirs seiner Stammkneipe in Paris geschrubbt hat. Reinette, die als Platzanweiserin in einem Pornokino auf der

Rue Pigalle gearbeitet hat und die sich von einem Mann zum nächsten schnüffelte wie ein streunender Hund. Das hatte sie nun von ihrem Lippenstift und ihren Seidenstrümpfen. Zu Hause war sie die Erntekönigin gewesen, der Liebling, die Dorfschönheit. In Montmartre sehen alle Frauen gleich aus. Die arme Reinette.

Ich weiß, was Sie denken. Sie wünschten, ich würde mit meiner Geschichte fortfahren. Es ist die einzige Geschichte aus der Vergangenheit, die Sie jetzt interessiert; der einzige Faden in der zerfetzten Fahne meines Lebens, auf den noch ein Lichtstrahl fällt. Sie wollen von Tomas Leibniz hören. Alles soll seine Ordnung haben, ein Ende. Nun, so einfach ist das nicht. Wie in der Kladde meiner Mutter gibt es auch in meiner Geschichte keine Seitenzahlen. Keinen Anfang, und das Ende ist so zerfasert wie der ausgefranste Rand eines ungesäumten Rocks. Aber ich bin eine alte Frau – hier scheint alles so schnell alt zu werden, das muss an der Luft liegen –, und ich habe meine eigene Art, mit den Dingen umzugehen. Außerdem gibt es noch so vieles, was Sie verstehen müssen. Warum meine Mutter getan hat, was sie getan hat. Warum wir die Wahrheit so lange verschwiegen haben. Und warum ich mich entschlossen habe, meine Geschichte jetzt zu erzählen, warum ich sie Fremden erzähle, Leuten, die glauben, dass ein Leben sich auf eine Doppelseite in der Sonntagszeitung reduzieren lässt, auf ein paar Fotos, einige Zeilen, ein Zitat von Dostojewski. Man blättert um, und es ist vorbei. Nein. Diesmal nicht. Sie werden jedes Wort festhalten. Natürlich kann ich sie nicht zwingen, es zu drucken, aber sie werden zuhören. *Dazu* werde ich sie zwingen.

2

Mein Name ist Framboise Dartigen. Ich wurde hier in diesem Dorf geboren, in Les Laveuses an der Loire, keine fünfzehn Kilometer von Angers entfernt. Im Juli werde ich fünfundsechzig, von der Sonne gegerbt wie eine getrocknete Aprikose. Ich habe zwei Töchter, Pistache, die einen Bankangestellten geheiratet hat und in Rennes lebt, und Noisette, die '89 nach Kanada ausgewandert ist und mir alle sechs Monate schreibt, und ich habe zwei Enkelkinder, die jeden Sommer ihre Ferien bei mir auf dem Hof verbringen. Seit dem Tod meines Mannes vor zwanzig Jahren trage ich schwarze Trauerkleidung. Unter dem Namen dieses Mannes bin ich unerkannt in meinen Geburtsort zurückgekehrt, um den Hof meiner Mutter, der seit Jahren unbewohnt und halb verfallen war, zurückzukaufen. Hier bin ich Françoise Simon, die *Witwe Simon*, und niemand bringt mich in Verbindung mit der Familie Dartigen, die das Dorf nach der schrecklichen Sache damals verlassen hat. Ich weiß nicht, warum es unbedingt dieser Hof, dieses Dorf sein musste. Vielleicht bin ich einfach stur. So ist es nun einmal. Hier gehöre ich hin. Die Jahre mit Hervé kommen mir im Nachhinein beinahe ereignislos vor, so wie diese seltsam ruhigen Bereiche, die es manchmal auf stürmischer See gibt; wie eine Zeit des Abwartens, der Vergessenheit. Aber ich habe Les Laveuses nie wirklich vergessen. Nicht einen Augenblick lang. Ein Teil von mir ist immer hier gewesen.

Ich habe fast ein Jahr gebraucht, um den Hof wieder bewohnbar zu machen. In dieser Zeit lebte ich im südlichen Teil des Gebäudes, wo wenigstens das Dach noch dicht war. Während die Handwerker das Dach erneuerten, arbeitete ich im Obstgarten – in dem, was davon übrig war –, beschnitt die Bäume und riss große Mengen schmarotzerischer Misteln von den Ästen. Meine Mutter liebte alles Obst, außer Orangen, die sie nicht im Haus haben wollte. Sie benannte uns alle nach einer Frucht oder einem Rezept – Cassis nach ihrem saftigen Johannisbeerkuchen, Framboise nach ihrem Himbeerlikör und Reinette nach den Reineclauden, die an der nach Süden gelegenen Hauswand wuchsen, dick wie Trauben und im Sommer voller Wespen. Eine Zeit lang hatten wir über hundert Bäume – Äpfel, Birnen, Pflaumen, Kirschen und Quitten, dazu reihenweise Himbeer-, Stachelbeer- und Johannisbeersträucher und nicht zu vergessen die Erdbeerfelder. Das Obst wurde getrocknet, gelagert, zu Marmelade und Likör verarbeitet, Mürbeteigböden – mit einer Schicht *crème pâtissière* oder Mandelmus bestrichen – wurden damit belegt. Meine Erinnerungen sind durchsetzt mit dem Duft, den Farben, den Namen der Früchte und Beeren. Meine Mutter umhegte sie, als wären sie ihre Lieblingskinder. Gegen den Frost Schwelfeuer, für die wir unser Brennholz opferten. Schubkarrenweise Mist, der jedes Frühjahr um die Bäume und Sträucher herum untergeharkt wurde. Und im Sommer, um die Vögel fern zu halten, behängten wir die Zweige mit Silberpapierstreifen, die im Wind flatterten, mit Heulbojen aus leeren, eng mit Schnur umwickelten Konservendosen, die unheimliche Geräusche erzeugten, mit Windrädern aus Buntpapier. Im Sommer war der Obstgarten eine einzige bunte Kirmes. Alle Bäume hatten

Namen. »Belle Yvonne«, sagte meine Mutter, wenn sie an einem knorrigen Birnbaum vorbeiging. »Rose d'Aquitaine«, »Beurre du roi Henri«. Dann klang ihre Stimme sanft, fast monoton. Ich wusste nicht, ob sie mit mir sprach oder mit sich selbst. »Conference. Williams. Ghislaine de Penthièvre.«

Diese Süße.

Heute stehen nicht einmal mehr zwanzig Bäume im Obstgarten, aber für meinen Bedarf reicht das aus. Mein Sauerkirsch-Likör ist besonders beliebt, allerdings beschämt es mich ein wenig, dass ich mich nicht an den Namen der Kirsche erinnere. Das Geheimnis besteht darin, die Kerne in den Früchten zu belassen. Man schichtet abwechselnd Kirschen und Zucker in ein Glas mit großer Öffnung und übergießt jede Lage mit klarem Schnaps – am besten mit Kirschwasser, aber man kann auch Wodka oder Armagnac nehmen –, bis das Glas halb voll ist. Anschließend füllt man es mit Schnaps auf, und dann heißt es warten. Einmal im Monat dreht man das Glas vorsichtig, damit der Zucker sich besser auflöst. Nach drei Jahren hat der Schnaps den Kirschen bis in den Kern hinein und die winzige Mandel darin alle Farbe entzogen, der Likör schimmert tiefrot und verströmt einen verführerischen herbstlichen Duft. In kleinen Schnapsgläsern gereicht, mit einem Löffel für die Kirschen, nimmt man einen Schluck von dem Likör und behält ihn solange im Mund, bis die aufgeweichte Kirsche sich unter der Zunge aufgelöst hat. Dann beißt man ein Loch in den Kern, um an den darin enthaltenen Likör zu gelangen. Behalten Sie den Kern möglichst lange im Mund, lassen Sie die Zungenspitze damit spielen, drehen Sie ihn immer wieder um wie die Perle einer Gebetskette. Versuchen Sie, sich an die Zeit zu erinnern, als er am Baum reifte, an jenen Sommer, jenen warmen Herbst, an die Zeit, als der Brunnen austrocknete, als wir so viele Wespennester hatten, an die Vergangenheit, die längst vergessen schien und sich in dem harten Kern im Herzen einer Kirsche wieder findet.

Ich weiß, ich weiß. Sie warten darauf, dass ich endlich zur Sache komme. Aber der Rest, der Erzähl*stil*, die *Zeit*, die das Erzählen in Anspruch nimmt, sind mindestens so wichtig wie alles andere. Ich habe fünfundfünfzig Jahre gebraucht, um mit dem Erzählen anzufangen, also lassen Sie es mich auf meine eigene Weise tun.

Als ich nach Les Laveuses zurückkehrte, war ich mir fast sicher, dass mich niemand wieder erkennen würde. Dennoch zeigte ich mich beinahe demonstrativ im Dorf. Falls jemand mich erkannte, falls jemandem die Ähnlichkeit mit meiner Mutter auffiel, wollte ich es gleich wissen. Ich wollte wissen, woran ich war.

Jeden Tag unternahm ich einen Spaziergang an die Loire, setzte mich auf die flachen Steine, von denen aus Cassis und ich Schleien geangelt hatten. Ich stellte mich auf die Überreste unseres Ausgucks. Einige der alten Pfeiler im Wasser, die wir Piratenfelsen getauft hatten, sind nicht mehr da, aber an den verbliebenen kann man immer noch die Halterungen sehen, an denen wir unsere Trophäen aufhängten, die Girlanden und Schleifen und den Kopf der Alten Mutter, nachdem ich sie endlich gefangen hatte.

Ich war in Brassauds Tabakladen – sein Sohn führt ihn jetzt, aber der Alte lebt noch, seine schwarzen Augen funkeln wach und böse –, ich bin in Raphaëls Café gegangen, zur Post, wo Ginette Hourias arbeitet. Sogar das Kriegerdenkmal habe ich besucht. Auf der einen Seite sind die Namen der achtzehn gefallenen Soldaten aus unserem Dorf in den Stein gemeißelt, darunter die Inschrift: *Morts pour la patrie*. Mir fiel auf, dass der Name meines Vaters entfernt worden war, sodass zwischen Darius G. und Fenouil J.-P. eine Lücke klafft. Auf der anderen Seite des

Denkmals befindet sich eine Messingtafel mit zehn Namen in größerer Schrift. Die brauchte ich nicht zu lesen, ich kannte sie auswendig. Aber ich heuchelte Interesse, denn ich wusste, dass mir früher oder später jemand die Geschichte erzählen, mir vielleicht sogar die Stelle an der Westmauer der Kirche Saint-Bénédict zeigen, mir sagen würde, dass jedes Jahr ein Gedenkgottesdienst abgehalten wurde, dass die Namen auf den Stufen vor dem Denkmal laut verlesen und Blumen unter der Messingtafel niedergelegt wurden. Ich fragte mich, ob ich es würde ertragen können. Ob mein Gesichtsausdruck mich verraten würde.

Martin Dupré, Jean-Marie Dupré, Colette Gaudin, Philippe Hourias, Henri Lemaître, Julien Lanicen, Arthur Lecoz, Agnès Petit, François Ramondin, Auguste Truriand. Es gibt so viele, die sich noch erinnern. So viele Leute mit denselben Namen, den gleichen Gesichtern. Die Familien sind hier geblieben, die Hourias, die Lanicens, die Ramondins, die Duprés. Mehr als ein halbes Jahrhundert später erinnern sie sich immer noch. Der Hass wird von den Alten an die Jungen weitergegeben.

Eine Zeit lang zeigte man ein gewisses Interesse an mir, weckte ich Neugier. Das Haus, das leer stand, seit diese Dartigens ausgezogen war – »Ich kenne die Einzelheiten nicht genau, Madame, aber mein Vater ... mein Onkel.« – Warum ich den Hof überhaupt gekauft hatte, wollten sie wissen. Er war ein Schandfleck, ein dunkles Mahnmal. Die Hälfte der Bäume war mit Misteln übersät und von Krankheiten befallen. Den Brunnen hatte man mit Schutt und Steinen gefüllt und zubetoniert. Doch ich erinnerte mich an einen gut gehenden, gepflegten Bauernhof, an Pferde, Ziegen, Hühner, Kaninchen. Ich stellte mir vor, dass die wilden Ziegen, die auf dem nördlichen Feld herumliefen, Nachkommen unserer Ziegen waren, und hin und wieder entdeckte ich unter den braunen Tieren das eine oder andere bunt gescheckte. Um die Neugier der Leute zu befriedigen, erfand ich eine Kindheit auf einem bretonischen Bauernhof. Das Land war billig, erklärte ich. Ich gab mich demütig, rechtfertigend. Ein paar von den Alten sahen mich schief an, vielleicht, weil sie der Meinung waren, der Hof hätte für immer ein Mahnmal bleiben sollen. Ich trug Schwarz und versteckte mein Haar unter Kopftüchern. Sehen Sie, ich bin schon immer eine alte Frau gewesen.

Dennoch dauerte es eine Weile, bis man mich akzeptierte. Die Leute waren höflich, aber reserviert, und weil ich kein geselliges Naturell besitze – meine Mutter bezeichnete mich als mürrisch –, hat sich daran nichts geändert. Ich ging nie in die Kirche. Ich weiß, was das für einen Eindruck gemacht haben muss, aber ich brachte es einfach nicht fertig. Vielleicht ist es Arroganz oder vielleicht die Art von Widerspruchsgeist, die meine Mutter dazu veranlasste, uns nach Früchten zu benennen, anstatt nach den Heiligen der Kirche. Erst als ich mein Geschäft eröffnet hatte, wurde ich als Gemeindemitglied akzeptiert.

Anfangs war es nur ein Laden, aber ich hatte von vornherein weitergehende Pläne. Zwei Jahre nach meiner Ankunft in Les Laveuses war Hervés Geld fast aufgebraucht. Das Haus war mittlerweile bewohnbar, das Land aber so gut wie wertlos – ein Dutzend Bäume, ein Gemüsebeet, zwei Zwergziegen und ein paar Hühner und Enten. Es würde noch eine ganze Weile dauern, bis der Hof genug für meinen Lebensunterhalt abwarf. Ich begann, selbst gebackene Kuchen zu verkaufen – die für die Gegend typischen *brioches* und *pains d'épices* sowie einige der bretonischen Spezialitäten meiner Mutter, abgepackte *crêpes dentelles*, Obsttorten und Tüten mit *sablés*, Löffelbiskuits, Nussschnitten, Zimtsternen. Anfangs verkaufte ich mein Gebäck in der örtlichen Bäckerei, später direkt auf dem Hof. Mit der Zeit nahm ich immer mehr Waren in mein Angebot auf: Eier, Ziegenkäse, Obstlikör und Wein. Von dem Erlös kaufte ich Schweine, Kaninchen und weitere Ziegen. Ich verwendete die alten Rezepte meiner Mutter; die meisten kannte ich noch auswendig, aber hin und wieder warf ich auch einen Blick in ihre Kladde.

Die Erinnerung spielt einem manchmal merkwürdige Streiche. Niemand in Les Laveuses scheint sich an die Kochkünste meiner Mutter zu erinnern. Einige der älteren Leute meinten sogar, alles sei so anders, seit ich den Hof bewirtschafte. Die Frau, die früher hier gelebt habe, sei eine griesgrämige Schlampe gewesen, das Haus ein Saustall, ihre Kinder hätte sie barfuß herumlaufen lassen. Gut, dass sie fort sei. Ich zuckte jedes Mal innerlich zusammen, entgegnete jedoch nichts. Was hätte ich auch sagen sollen? Dass sie die Holzdielen jeden Tag gebohnert hat und von uns verlangte, dass wir Filzpantoffeln trugen, um den Boden nicht zu zerkratzen? Dass ihre Blumenkästen stets eine wahre Blütenpracht waren? Dass sie uns mit derselben Inbrunst geschrubbt hat wie die Treppenstufen, dass sie unsere Gesichter trocken gerubbelt hat, bis wir fürchteten, unsere Haut könnte anfangen zu bluten?

Man hat sie hier in denkbar schlechter Erinnerung. Einmal hat es sogar ein Buch gegeben. Eigentlich war es nur eine Broschüre; fünfzig Seiten Text und ein paar Fotos – eins vom Kriegerdenkmal, eins von Saint Bénédict, eine Nahaufnahme der schicksalhaften Westmauer. Wir drei Kinder werden nur beiläufig erwähnt, noch nicht einmal unsere Namen werden genannt. Dafür bin ich sehr dankbar. Auf einem durch die starke Vergrößerung unscharfen Foto ist meine Mutter mit so streng nach hinten frisiertem Haar zu sehen, dass ihre Augen asiatisch wirken, ihre verächtlich zusammengepressten Lippen bilden eine dünne Linie. Das Foto meines Vaters ist das aus der Kladde, es zeigt ihn in Uniform, das Gewehr lässig grinsend in der Armbeuge; er wirkt noch unglaublich jung. Dann, fast auf der letzten Seite des Hefts, das Foto, das mich nach Luft schnappen ließ wie einen Fisch an der Angel. Vier junge Männer in deutscher Uniform, drei von ihnen untergehakt nebeneinander, der Vierte verlegen etwas abseits, ein Saxophon in der Hand. Auch die anderen haben Instrumente bei sich – eine Trompete, eine Trommel, eine Klarinette –, und obwohl ihre Namen nicht angegeben sind, kenne ich sie alle. Die Militärkapelle von Les Laveuses, zirka 1942. Ganz rechts Tomas Leibniz.

Ich brauchte eine Weile, um zu ergründen, woher sie so viele Einzelheiten wussten. Woher hatten sie das Foto von meiner Mutter? Soweit ich wusste, existierten überhaupt keine Fotos von ihr. Selbst ich hatte nur einmal eins zu Gesicht bekommen, ein altes Hochzeitsfoto aus einer Schublade der Schlafzimmerkommode: ein Paar in Wintermänteln auf den Stufen von Saint Bénédict, er mit einem breitkrempigen Hut, sie mit offenem Haar, eine Blume hinter dem Ohr. Damals war sie eine ganz andere Frau gewesen, lächelte steif und scheu in die Kamera; der Mann hatte schützend einen Arm um ihre Schultern gelegt. Ich war mir sicher, dass es meine Mutter erzürnen würde, wenn sie wüsste, dass ich das Foto gesehen hatte, also legte ich es wieder zurück, mit zitternden Händen, beunruhigt, ohne recht zu wissen, warum.

Das Foto in dem Heft trifft sie besser, es erinnert mich mehr an die Frau, die ich zu kennen glaubte, aber nie wirklich gekannt habe, die Frau mit den verhärteten Gesichtszügen, die stets irgendeine Wut zu unterdrücken schien. Dann, als ich das Foto der Autorin auf der Rückseite des Heftes sah, begriff ich endlich, woher die Informationen stammten. Laure Dessanges, Journalistin und Kochbuchautorin, kurzes rotes Haar, einstudiertes Lächeln. Yannicks Frau, Cassis' Schwiegertochter. Der arme, dumme Cassis. Der arme, blinde Cassis, geblendet vom Stolz auf seinen erfolgreichen Sohn. Er riskierte unseren Ruin für ... für was? Oder hatte er schließlich angefangen, an sein eigenes Lügenmärchen zu glauben?

3

Sie müssen wissen, dass wir die Besatzungszeit ganz anders erlebt haben als die Leute in den Städten. Les Laveuses hat sich seit dem Krieg kaum verändert. Sehen Sie sich das Dorf an: eine Hand voll Straßen, einige davon nicht mehr als breite Feldwege, die von einer Kreuzung abgehen. Eine Kirche, ein Kriegerdenkmal auf der Place des martyrs, dahinter ein kleiner Park und der alte Brunnen, dann, in der Rue Martin et Jean-Marie Dupré, die Post, Petits Metzgerladen, das Café de la Mauvaise Réputation, der Tabakladen mit den Ansichtskarten des Kriegerdenkmals und dem alten Brassaud, der neben der Tür in seinem Schaukelstuhl sitzt, gegenüber der Laden des Blumenhändlers, der gleichzeitig Leichenbestatter ist – der Handel mit dem Tod und mit Lebensmitteln ist in Les Laveuses schon immer ein lohnendes Geschäft gewesen –, der Supermarkt – nach wie vor geführt von der Familie Truriand, allerdings glücklicherweise inzwischen von einem Enkel, der erst kürzlich ins Dorf zurückgekehrt ist – und der alte gelbe Briefkasten.

Jenseits der Hauptstraße fließt die Loire, ruhig und braun wie eine Schlange, die sich sonnt, und so breit wie ein Weizenfeld, hier und da unterbrochen von kleinen Inseln und Sandbänken, die den auf dem Weg nach Angers vorbeikommenden Touristen so festgrundig erscheinen mögen wie die Straße, auf der sie fahren. Wir wissen es natürlich besser. Die Inseln sind ständig in Bewegung. Sie werden durch die braunen Wassermassen hin und her geschoben, sie tauchen auf und versinken wieder wie träge, gelbe Wale, wodurch kleine Strudel entstehen, die von einem Boot aus gesehen harmlos erscheinen, jedoch für Schwimmer eine tödliche Gefahr darstellen. Der Sog unter der glatten Wasseroberfläche zieht den Unachtsamen gnadenlos in die Tiefe. Es gibt immer noch Fische in der alten Loire, Schleien und Hechte und Aale, die durch die Abwässer und Abfälle, die weiter flussaufwärts eingeleitet werden, monströse Formen annehmen. Fast jeden Tag sieht man Boote auf dem Fluss, aber meistens werfen die Angler ins Wasser zurück, was sie gefangen haben.

Am alten Steg hat Paul Hourias eine Bude, von der aus er Köder und Angelbedarf verkauft, ganz in der Nähe der Stelle, wo er und Cassis und ich früher geangelt haben und wo Jeannette Gaudin von einer Wasserschlange gebissen wurde. Neben sich einen alten Hund, der auf seltsame Weise an den braunen Köter erinnert, der ihn früher auf Schritt und Tritt begleitete, sitzt Paul den ganzen Tag auf dem Steg und hält ein Stück Schnur ins Wasser, als hoffte er, damit einen Fisch zu fangen.

Ich frage mich, ob er sich erinnert. Manchmal, wenn er mich ansieht – er ist einer meiner Stammkunden –, habe ich fast den Eindruck, er erkennt mich. Natürlich ist er älter geworden. Das sind wir alle. Sein verträumtes, rundes Gesicht wirkt schlaff und hat einen melancholischen Ausdruck angenommen. Stets hat er eine Kippe zwischen den Zähnen und eine blaue Baskenmütze auf dem Kopf. Nur selten sagt er etwas – er war noch nie gesprächig –, aber seine traurigen Hundeaugen sind wachsam. Er mag meine Pfannkuchen und meinen Cidre. Vielleicht hat er deswegen nie etwas gesagt. Er ist nicht der Typ, der einen Aufruhr verursacht.

4

Knapp vier Jahre nach meiner Rückkehr eröffnete ich die Crêperie. Mittlerweile hatte ich etwas Geld zurückgelegt, hatte meine festen Kunden und war im Dorf akzeptiert. Für die Arbeit auf dem Hof stellte ich einen jungen Mann ein – einen aus Courlé, keinen, der einer der Familien angehörte –, und für die Crêperie eine junge Frau namens Lise. Anfangs hatte ich nur fünf Tische – es ist immer besser, klein anzufangen, um die Leute nicht zu verschrecken –, aber nach einer Weile verdoppelte ich die Anzahl und schaffte zusätzlich noch so viele Tische an, wie an schönen Tagen auf die Terrasse passten. Ich beschränkte mich auf ein einfaches Speisenangebot. Auf meiner Karte standen Buchweizenpfannkuchen mit diversen Füllungen, dazu ein täglich wechselndes Hauptgericht und eine kleine Auswahl an Desserts. Auf diese Weise schaffte ich die Arbeit in der Küche allein, während Lise die Bestellungen aufnahm. Ich gab meinem Laden den Namen Crêpe Framboise, nach der Spezialität das Hauses, einem Pfannkuchen mit Himbeerpüree und selbst gemachtem Likör. Als ich das Schild anbrachte, musste ich lächeln, denn ich malte mir aus, wie sie reagieren würden, wenn sie wüssten. Einige meiner Stammkunden gewöhnten sich sogar an, meinen Laden Chez Framboise zu nennen, worüber ich noch mehr lächeln musste.

Um diese Zeit begannen die Männer, sich für mich zu interessieren. Sehen Sie, für die Verhältnisse in Les Laveuses war ich inzwischen eine wohlhabende Frau. Schließlich war ich gerade mal fünfzig. Einige Männer warben regelrecht um mich, ehrliche, gute Männer wie Gilbert Dupré oder Jean-Louis Lelassiant, und faule Männer wie Rambert Lecoz, die gern versorgt sein wollten. Selbst Paul, der sanfte, wortkarge Paul Hourias mit seinem vom Nikotin verfärbten Schnurrbart. Natürlich kam keiner von ihnen für mich in Frage. Solche Dummheiten konnte ich mir nicht erlauben. Nicht dass es mir, bis auf einen gelegentlichen, kurzen Anflug von Wehmut etwas ausgemacht hätte. Ich hatte mein Geschäft, ich hatte den Hof meiner Mutter, ich hatte meine Erinnerungen. Ein Ehemann würde mich um all das bringen. Ich würde meine wahre Identität nicht ewig geheim halten können, und selbst wenn die Dorfbewohner mir meine Herkunft vielleicht ganz zu Anfang hätten vergeben können, fünf Jahre der Täuschung hätten sie mir niemals verziehen. Also lehnte ich alle Angebote ab, die schüchternen ebenso wie die dreisten. Anfangs glaubten die Leute, ich sei zu sehr in meiner Trauer gefangen, später galt ich als unnahbar, und schließlich, nachdem einige Jahre vergangen waren, als zu alt.

Ich war schon fast seit zehn Jahren in Les Laveuses. Seit fünf Jahren kam Pistache mit ihrer Familie während der Sommerferien zu Besuch. Ihre Kinder entwickelten sich von neugierigen, kulleräugigen Bündeln zu bunt gefiederten Vögeln, die mit unsichtbaren Schwingen über meine Felder und durch meinen Obstgarten flogen. Pistache ist eine gute Tochter. Noisette, mein heimlicher Liebling, ist mir ähnlicher: pfiffig und rebellisch, mit dunklen Augen und einem mutigen, zornigen Herzen. Ich hätte sie hindern können zu gehen – ein Wort, ein Lächeln hätte vielleicht ausgereicht –, aber ich versuchte es erst gar nicht, vielleicht aus Furcht, dass sie mich in meine Mutter verwandelt hätte. Ihre Briefe klingen nichts sagend und pflichtbewusst. Ihre Ehe ist gescheitert. Sie arbeitet als Kellnerin in einer Bar in Montreal. Sie lehnt es ab, Geld von mir anzunehmen. Pistache ist so, wie Reinette hätte werden können, rundlich und gutgläubig, geduldig mit ihren Kindern, aber kämpferisch, wenn es darum geht, sie zu beschützen; sie hat weiches, braunes Haar und Augen, die so grün sind, wie die Nuss, nach der sie benannt wurde. Durch sie und ihre Kinder sind die schönen Seiten meiner Kindheit wieder lebendig geworden.

Für sie lernte ich, noch einmal Mutter zu sein, Pfannkuchen und dicke Apfelkrapfen zu backen. Ich kochte Marmelade aus Feigen und grünen Tomaten, aus Sauerkirschen und Quitten für sie. Ich ließ sie mit den kleinen, frechen Ziegen spielen, sie durften die Tiere mit Brotkanten und Möhren füttern. Gemeinsam fütterten wir die Hühner, streichelten die weichen Nüstern der Ponys, sammelten Sauerampfer für die Kaninchen. Ich zeigte ihnen die Loire und brachte ihnen bei, wie man auf die sonnigen Sandbänke gelangte. Ich warnte sie vor den Gefahren – vor Schlangen, Wurzeln, Strudeln, Treibsand –, ließ sie versprechen, niemals an diesen Stellen im Fluss zu schwimmen. Ich ging mit ihnen in den Wald jenseits des Flusses, zeigte ihnen, wo man die besten Pilze findet, lehrte sie, den echten vom falschen Pfifferling zu unterscheiden, sammelte mit ihnen wilde Heidelbeeren. Das war die Kindheit, die ich meinen Töchtern gewünscht hätte. Stattdessen waren sie an der Côte d'Armor aufgewachsen, wo Hervé und ich eine Zeit lang gelebt hatten, an der rauen Küste mit den stürmischen Stränden, den Kiefernwäldern und schiefergedeckten Bruchsteinhäusern. Ich versuchte, ihnen eine gute Mutter zu sein, ich tat wirklich mein Bestes, aber ich spürte, dass immer irgendetwas fehlte.

Heute weiß ich, dass es dieses Haus war, dieser Hof, diese Felder in Les Laveuses, die träge, stinkende Loire. Das war es, was ich meinen Kindern gern gegeben hätte, und nun gab ich es meinen Enkelkindern. Indem ich sie verwöhnte, verwöhnte ich mich selbst.

Vielleicht hätte meine Mutter es genauso gemacht, wenn sie die Chance bekommen hätte. Ich stelle sie mir als eine sanfte Großmutter vor, die meine Vorhaltungen – »*Wirklich, Mutter, du verwöhnst die Kinder zu sehr!*« – mit einem trotzigen Augenzwinkern hinnimmt, und das Bild kommt mir gar nicht mehr so absurd vor, wie es mir einst erschien. Vielleicht mache ich mir aber auch etwas vor. Vielleicht war sie wirklich so, wie ich sie in Erinnerung habe: eine hartherzige Frau, die nie lächelte und die mich mit diesem immer gleichen Ausdruck unbegreiflichen und ungestillten Hungers ansah.

Sie hat ihre Enkelinnen nie gesehen, nicht einmal erfahren, dass sie existierten. Ich hatte Hervé erzählt, meine Eltern seien tot, und er hat diese Lüge nie hinterfragt. Sein Vater war Fischer, und seine Mutter, klein und rund wie eine Wachtel, verkaufte die Fische auf dem Markt. Ich hüllte mich in diese Familie wie in eine geborgte Decke, denn ich wusste, dass ich eines Tages wieder allein in die kalte Welt hinausmusste. Hervé war ein guter Mann, ein ruhiger Mann ohne scharfe Kanten, an denen ich mich hätte verletzen können. Ich liebte ihn, wenn auch nicht auf die inbrünstige, verzweifelte Weise, auf die ich Tomas geliebt hatte.

Als Hervé 1975 starb – er wurde beim Aalfischen mit seinem Vater vom Blitz getroffen –, mischte sich in meine Trauer ein Gefühl der Schicksalsergebenheit, beinahe der Erleichterung. Wir hatten gute Jahre miteinander gehabt, ja. Aber das Leben musste weitergehen. Als ich achtzehn Monate später nach Les Laveuses zurückkehrte, war mir, als erwachte ich aus einem langen, tiefen Schlaf.

Es mag Ihnen seltsam erscheinen, dass ich so lange wartete, bis ich die Kladde meiner Mutter las. Es war das Einzige, was sie mir hinterlassen hatte – bis auf den Périgord-Trüffel –, und fünf Jahre lang würdigte ich mein Erbe kaum eines Blickes. Natürlich kannte ich viele der Rezepte auswendig, sodass ich sie nicht nachzulesen brauchte, aber dennoch. Ich war noch nicht einmal bei der Eröffnung des Testaments zugegen gewesen. Ich kann Ihnen nicht sagen, an welchem Tag sie gestorben ist, doch ich kann Ihnen sagen, wo – in einem Altersheim namens La Gautraye in Vitré – und woran – an Magenkrebs. Sie ist auch in dem Ort begraben, aber ich bin nur einmal dort gewesen. Ihr Grab liegt an der hinteren Friedhofsmauer, in der Nähe der Abfalltonnen. »Mirabelle DARTIGEN« steht auf ihrem Grabstein, darunter ein paar Daten. Es überraschte mich kaum, als ich feststellte, dass meine Mutter uns in Bezug auf ihr Alter belogen hat.

Ich weiß nicht genau, was mich schließlich veranlasste, ihre Kladde zu lesen. Es war mein erster Sommer in Les Laveuses. Nach einer Trockenperiode war der Wasserstand der Loire um mehrere Meter gesunken, von der Sonne gelblichweiß gebleichte Baumwurzeln ragten ins Wasser, Kinder spielten auf den Sandbänken, stapften barfuß durch schmutzigbraune Pfützen und stocherten mit Ästen nach Treibgut. Bis dahin hatte ich vermieden, mir die Kladde näher anzusehen; ich hätte das Gefühl gehabt, etwas Unrechtes zu tun, als könnte meine Mutter jederzeit hereinkommen und mich dabei erwischen, wie ich in ihren Geheimnissen stöberte. In Wirklichkeit *wollte* ich ihre Geheimnisse nicht wissen. Wie wenn man als Kind nachts in ein dunkles Zimmer tappt und hört, wie die Eltern sich lieben, sagte eine innere Stimme mir, es sei verboten, und es dauerte Jahre, bis ich begriff, dass diese innere Stimme nicht die meiner Mutter, sondern meine eigene war.

Wie gesagt, vieles von dem, was sie geschrieben hat, ist unverständlich. Die Sprache – sie klingt irgendwie italienisch, ist aber unaussprechlich –, war mir fremd, und nach einigen vergeblichen Versuchen, sie zu entschlüsseln, gab ich auf. Die in blauer, violetter oder schwarzer Tinte geschriebenen Rezepte sind verständlich, doch die Kritzeleien, die Gedichte, Zeichnungen und Notizen dazwischen weisen keine erkennbare Logik auf, keine Ordnung.

Habe heute Guilherm Ramondin getroffen. Mit seinem neuen Holzbein. Er lachte, als R.-C. ihn anstarrte. Sie fragte: Hat es nicht wehgetan?, und er sagte, er habe Glück. Sein Vater stelle Holzschuhe her. Für einen Schuh braucht mein Vater nur halb so viel Zeit, und beim Walzertanzen ist die Gefahr nur halb so groß, dass ich dir auf die Füße trete, meine Süße, ha ha. Ich muss immer dran denken, wie es unter dem hochgesteckten Hosenbein aussieht. Wie eine mit Schnur zusammengebundene, rohe Presswurst. Musste mir auf die Lippen beißen, um nicht laut zu lachen.

Die Zeilen stehen in winziger Schrift über einem Rezept für Presswurst. Diese Anekdoten mit ihrem freudlosen Humor irritierten mich.

An anderen Stellen spricht meine Mutter von ihren Bäumen, als wären sie Menschen: »Die ganze Nacht mit Belle Yvonne aufgeblieben; sie litt so unter der Kälte.« Und während sie die Namen ihrer Kinder immer abkürzt, erwähnt sie meinen Vater nicht ein einziges Mal. Ich habe mich jahrelang gefragt, warum. Natürlich wusste ich nicht, was die anderen Stellen enthielten, die geheimen Passagen. Es war, als hätte mein Vater – über den ich nur so wenig wusste –, nie existiert.

5

Dann kam die Sache mit dem Artikel. Ich habe ihn nicht selbst gelesen, müssen Sie wissen; er stand in einer dieser Zeitschriften, die Essen als eine Art Modeartikel betrachten – »In diesem Jahr essen wir Couscous, Liebling, das ist der letzte Schrei«. Für mich ist Essen nichts weiter als ein sinnlicher Genuss, ein liebevoll zubereitetes, flüchtiges Vergnügen, wie ein Feuerwerk, das manchmal viel Arbeit erfordert, aber auch nicht zu ernst genommen werden sollte. Es ist jedenfalls keine *Kunst*, Herrgott nochmal; es geht oben rein und kommt unten wieder raus. Eines Tages stand also der Artikel in einer dieser schicken Zeitschriften. »Reisen entlang der Loire« oder so ähnlich, der Bericht eines berühmten Kochs, der auf dem Weg an die Küste Restaurants testete. Ich erinnere mich sogar an ihn: ein kleiner, dünner Mann, der seine eigenen Pfeffer- und Salzstreuer mitgebracht und ein Notizbuch auf dem Schoß liegen hatte. Er bestellte meine *paëlla antillaise* und den warmen Artischockensalat, danach ein Stück Butterkuchen nach einem Rezept meiner Mutter, dazu ein Glas meines *cidre bouché* und zum Abschluss ein Gläschen *liqueur framboise*. Er stellte mir eine Menge Fragen über meine Rezepte, wollte meine Küche und meinen Garten sehen, war beeindruckt, als ich ihn in meinen Keller führte und ihm die Regale mit den *terrines* zeigte, dem Eingemachten, den aromatisierten Ölen – Walnuss-, Rosmarin-, Trüffelöl –, den verschiedenen Essigsorten – Himbeer-, Lavendel-, Apfelessig –, wollte wissen, wo ich kochen gelernt hatte, und wirkte beinahe brüskiert, als ich über seine Frage lachte.

Vielleicht habe ich zu viel erzählt. Ich fühlte mich geschmeichelt, verstehen Sie. Ich bot ihm dies und das zum Probieren an. Ein Häppchen von meinen *rillettes*, eine Scheibe von meiner *saucisson sec*. Einen Schluck von meinem Birnenschnaps, von dem *poiré*, den meine Mutter jedes Jahr im Oktober aus Birnen machte, die von den Bäumen gefallen waren und auf dem warmen Boden bereits zu fermentieren begonnen hatten, sodass sie die Wespen anzogen und wir sie nur mit langen, hölzernen Greifzangen einsammeln konnten. Ich zeigte ihm den in Öl konservierten Trüffel, den meine Mutter mir hinterlassen hatte, und er lächelte und bekam ganz große Augen.

»Haben Sie eine Ahnung, was der wert ist?«, fragte er mich.

Ja, ich fühlte mich geschmeichelt. Vielleicht war ich auch ein wenig einsam; es bereitete mir Freude, mit diesem Mann zu reden, der meine Sprache verstand, der die Kräuter in den Pasteten benennen konnte, die er probierte, der mir sagte, ich sei zu gut für diesen Ort, es sei geradezu eine Schande. Vielleicht bin ich ein bisschen ins Träumen geraten. Ich hätte es besser wissen müssen.

Der Artikel erschien einige Monate später. Jemand hatte ihn aus der Zeitschrift gerissen und brachte ihn mir. Ein Foto von meiner Crêperie, darunter einige Abschnitte Text.

»Wer nach Angers kommt und die regionale Küche kennen lernen will, wird vielleicht das renommierte Restaurant Aux Délices Dessanges aufsuchen. Dann wird er jedoch eine der aufregendsten Entdeckungen verpassen, die ich auf meiner Reise entlang der Loire gemacht habe ...« Verzweifelt versuchte ich mich zu erinnern, ob ich ihm von Yannick erzählt hatte. »Hinter der bescheidenen Fassade eines alten Bauernhofs ist eine Meisterköchin am Werk ...« Es folgte eine Menge Unsinn über »ländliche Traditionen, die durch das kreative Talent dieser Frau wieder belebt werden«. Ungeduldig und von Panik ergriffen, überflog ich die Seite auf der Suche nach dem Unvermeidlichen. Der Name Dartigen brauchte nur ein einziges Mal aufzutauchen, und alles, was ich mir mühsam aufgebaut hatte, würde ins Wanken geraten.

Es mag den Anschein haben, als würde ich übertreiben. Das tue ich aber nicht. In Les Laveuses sind die Erinnerungen an den Krieg sehr lebendig. Es gibt Leute hier, die immer noch nicht miteinander reden. Denise Mouiac und Lucile Dupré, Jean-Marie Bonet und Colin Brassaud. Erst vor ein paar Jahren hat es diesen Skandal in Angers gegeben, als man in einem Zimmer in der oberen Etage eines Hauses eine alte, verrückte Frau fand, die von ihren Eltern 1945 dort eingesperrt worden war, weil sie mit den Deutschen kollaboriert hatte. Damals war sie sechzehn. Fünfzig Jahre später, als ihr Vater gestorben war, wurde sie endlich befreit.

Und was ist mit den Männern – einige von ihnen achtzig, neunzig Jahre alt –, die immer noch im Gefängnis sitzen wegen irgendwelcher Kriegsverbrechen? Blinde alte Männer, kranke alte Männer, durch Altersschwachsinn harmlos geworden, ihre Gesichter schlaff und ausdruckslos. Unvorstellbar, dass sie einmal jung gewesen sind. Unvorstellbar, dass diese zerbrechlichen, vergesslichen Gehirne einst blutrünstige Gedanken gehegt haben. Wenn man ein Gefäß zerschlägt, entweicht der Inhalt. Das Verbrechen erlangt ein eigenes Leben, eine eigene Rechtfertigung.

»Wie es der Zufall will, ist Mme Françoise Simon, die Besitzerin des Crêpe Framboise, mit der Besitzerin des Restaurants Aux Délices Dessanges verwandt...« Mir blieb fast das Herz stehen. Ich fühlte mich, als wäre ein glühender Funke in meine Luftröhre geraten, als wäre ich plötzlich unter Wasser, braune Fluten schlugen über mir zusammen, Flammen brannten in meinem Hals, in meiner Lunge. »... unserer guten alten Laure Dessange! Seltsam, dass es ihr bisher nicht gelungen ist, die Geheimnisse ihrer Großtante in Erfahrung zu bringen. Mir jedenfalls sagte der schlichte Charme des Crêpe Framboise wesentlich mehr zu als die eleganten – aber allzu kärglichen – Gerichte von Laure.«

Ich atmete erleichtert auf. Er erwähnte nicht den Neffen, sondern die Nichte. Ich war noch einmal davongekommen.

An dem Tag schwor ich mir, mich nie wieder zu solchem Leichtsinn verleiten zu lassen, nie wieder mit freundlichen Restaurantkritikern zu plaudern. Eine Woche darauf kam ein Fotograf von einer anderen Pariser Zeitschrift und bat um ein Interview, aber ich lehnte ab. Anfragen, die per Post eintrafen, ließ ich unbeantwortet. Ein Verleger schrieb mir einen Brief, in dem er sich erbot, ein Buch mit meinen Rezepten zu veröffentlichen. Zum ersten Mal strömten Leute aus Angers ins Crêpe Framboise, Touristen, elegante Menschen, die in schicken Autos vorfuhren. Ich schickte sie zu Dutzenden fort. Ich hatte meine Stammkunden und meine zehn bis fünfzehn Tische; so viele Gäste konnte ich nicht unterbringen.

Ich versuchte, mich so normal wie möglich zu verhalten. Ich weigerte mich, Reservierungen anzunehmen. Die Leute standen auf der Straße Schlange. Schließlich musste ich eine zweite Kellnerin einstellen, aber ansonsten ignorierte ich den Trubel. Selbst auf den kleinen Restaurantkritiker, der noch einmal kam, um mit mir zu reden – um mich zur Vernunft zu bringen –, hörte ich nicht. Nein, ich gestatte ihm nicht, meine Rezepte in seiner Kolumne zu veröffentlichen. Nein, es werde kein Kochbuch geben. Keine Fotos. Das Crêpe Framboise sollte bleiben, was es war, eine Provinz-Crêperie.

Ich wusste, wenn ich lange genug stur blieb, würden sie mich irgendwann in Ruhe lassen. Aber der Schaden war bereits angerichtet. Jetzt wussten Laure und Yannick, wo sie mich finden konnten.

Cassis musste ihnen von mir erzählt haben. Er lebte in einer Wohnung in der Nähe des Stadtzentrums und schrieb mir hin und wieder. Seine Briefe enthielten in erster Linie Berichte über seine berühmte Schwiegertochter und seinen prächtigen Sohn. Nun, nach dem Artikel und dem ganzen Wirbel, den er verursacht hatte, suchten die beiden mich auf. Sie brachten Cassis mit wie ein Geschenk. Sie schienen zu erwarten, dass wir irgendwie gerührt sein würden, uns nach all den Jahren wieder zu sehen, doch während Cassis feuchte Augen bekam, blieben meine vollkommen trocken. Ich fand an ihm kaum noch eine Spur des älteren Bruders, mit dem ich so viel erlebt hatte; er war dick geworden, seine Züge waren in dem fleischigen Gesicht kaum noch erkennbar, die Nase war gerötet, die Wangen überzogen mit roten Äderchen, sein Lächeln unbestimmt. Was ich einmal für ihn empfunden hatte, die Heldenverehrung für einen großen Bruder, der in meinen Augen alles konnte – auf den höchsten Baum klettern, wilden Bienen ihren Honig stehlen, an der breitesten Stelle der Loire ans andere Ufer schwimmen –, war nur noch wehmütige Erinnerung, vermischt mit Verachtung. Der dicke Mann vor meiner Tür kam mir vor wie ein Fremder.

Anfangs verhielten sie sich geschickt. Sie baten um nichts. Sie zeigten sich besorgt um mich, weil ich allein lebte, brachten mir Geschenke – eine Küchenmaschine, nachdem sie mit Entsetzen festgestellt hatten, dass ich keine besaß, einen Wintermantel, ein Radio –, boten mir an, mit mir auszugehen. Einmal luden sie mich sogar in ihr Restaurant ein, ein Raum so groß wie eine Scheune, mit Tischplatten aus Marmorimitat und Neonschildern, an den Wänden Fischernetze mit Seesternen und knallroten Plastikhummern. Ich machte eine schüchterne Bemerkung über die Dekoration.

»Tja, Mamie, das ist moderner Kitsch«, erklärte Laure freundlich und tätschelte meine Hand. »Das entspricht sicherlich nicht deinem Geschmack, aber glaub mir, in Paris ist das der letzte Schrei.« Sie zeigte mir ihre Zähne. Sie hat sehr weiße, sehr große Zähne, und ihr Haar ist so rot wie frische Paprikaschoten. Sie und Yannick berühren und küssen sich dauernd in der Öffentlichkeit. Ich muss gestehen, das Ganze war mir ziemlich peinlich. Das Essen war ... modern, nehme ich an. Ich kann solche Dinge nicht beurteilen. Irgendein Salat mit einer faden Soße, jede Menge Grünzeug, so geschnitten und arrangiert, dass es aussah wie Blumen. Vielleicht war ein bisschen Endivie darunter, aber hauptsächlich bestand der Salat aus ganz normalem Kopfsalat, aus Radieschen und Möhren in ausgefallenen Formen. Dann ein Seehechtfilet – gut zubereitet, muss ich sagen, aber sehr klein – mit einer Weißwein-Schalotten-Soße und – fragen Sie mich nicht warum – einem Blatt Minze obendrauf. Zum Nachtisch gab es ein Stückchen Birnentorte mit Schokoladensoße, Puderzucker und Schokostreuseln. Bei einem flüchtigen Blick auf die Speisekarte entdeckte ich eine Menge großspuriges Zeug im Stil von: »eine exquisite Mischung kandierter Nüsse auf einer hauchdünnen Waffel, eingebettet in köst-

liche Zartbitterschokolade an pikantem Aprikosenmus.«
Hörte sich für mich an wie ein ganz normaler Florentiner, und als ich das Ding sah, war es nicht größer als ein Fünf-Francs-Stück. Der Beschreibung nach zu urteilen, hätte man meinen können, Moses hätte es vom Berg Sinai mitgebracht. Und dann die Preise! Was ich verzehrt hatte, kostete fünfmal so viel wie das teuerste Menü auf meiner Speisekarte, und zwar ohne den Wein. Natürlich brauchte ich nichts zu bezahlen. Aber allmählich begann ich zu ahnen, dass all die Aufmerksamkeit, die sie mir plötzlich widmeten, ihren Preis haben würde.

Ich sollte Recht behalten.

Zwei Monate später kam das erste Angebot. Tausend Franc auf die Hand, wenn ich ihnen das Rezept für meine *paëlla antillaise* gäbe und ihnen gestattete, das Gericht auf ihre Speisekarte zu setzen. »*Paëlla antillaise*, nach dem Originalrezept von Mamie Framboise, erwähnt von Jules Lemarchand in *Hôte & Cuisine*, Juli 1991.« Zuerst hielt ich es für einen Scherz. »Köstliche frische Meeresfrüchte, behutsam gemischt mit grünen Bananen, Ananas, Rosinen und Safranreis.« Ich musste lachen. Hatten sie nicht genug eigene Rezepte?

»Lach nicht, Mamie«, sagte Yannick beinahe barsch. Seine dunklen Augen funkelten. »Ich meine, Laure und ich wären dir wirklich sehr dankbar.« Er lächelte mich freundlich an.

»Zier dich doch nicht so, Mamie.« Ich wünschte, sie würden mich nicht dauernd Mamie nennen. Laure legte ihren kühlen, nackten Arm um meine Schultern. »Es würde doch jeder wissen, dass es *dein* Rezept ist.«

Ich ließ mich erweichen. Es macht mir eigentlich nichts aus, meine Rezepte weiterzugeben; schließlich hatte ich den Leuten in Les Laveuses schon etliche verraten. Ich erklärte mich bereit, ihnen das Rezept für *paëlla antillai-*

se kostenlos zu überlassen, dazu alle anderen Rezepte, für die sie sich interessierten, aber unter der Bedingung, dass der Name Mamie Framboise nicht auf der Speisekarte erschien. Ich war schon einmal nur knapp der Entdeckung entgangen. Ich hatte nicht vor, noch mehr Aufmerksamkeit auf mich zu ziehen.

Sie ließen sich erstaunlich schnell und ohne Diskussion auf meine Bedingungen ein, und drei Wochen später stand das Rezept für Mamie Framboise' *paëlla antillaise* in *Hôte & Cuisine*, gefolgt von einem überschwänglichen Artikel aus der Feder von Laure Dessanges. »Schon bald werde ich Ihnen weitere Rezepte von Mamie Framboise vorstellen«, versprach sie. »Bis dahin können Sie die Gerichte im Restaurant Aux Délices Dessanges, Rue des Romarins in Angers probieren.«

Wahrscheinlich hatten sie nicht damit gerechnet, dass ich den Artikel jemals zu Gesicht bekommen würde. Vielleicht hatten sie angenommen, es wäre mir nicht ernst mit dem, was ich ihnen gesagt hatte. Als ich sie darauf ansprach, gaben sie sich reumütig, wie Kinder, die man bei einem Streich erwischt hat. Das Gericht erwies sich bereits als voller Erfolg, und sie hatten vor, eine ganze Seite mit Spezialitäten von Mamie Framboise in ihre Speisekarte aufzunehmen, einschließlich meines *couscous à la provençale*, meines *casoulet trois haricots* und meiner *crêpes Framboise*.

»Sieh mal, Mamie«, erklärte Yannick schmeichelnd. »Das Schöne ist doch, dass du gar nichts zu tun brauchst. Du brauchst nur du selbst zu sein, ganz natürlich.«

»Ich könnte eine regelmäßige Kolumne schreiben«, fügte Laure hinzu. »›Fragen Sie Mamie Framboise‹ oder so ähnlich. Natürlich hättest du keine Arbeit damit. Ich würde das alles übernehmen.« Sie strahlte mich an, als wäre ich ein Kind, dem man gut zureden muss.

Sie hatten Cassis wieder mitgebracht, und auch er strahlte mich an, allerdings wirkte er ein wenig verwirrt, als überforderte ihn das alles.

»Aber ich habe es euch doch gesagt«, erwiderte ich und hatte Mühe zu verhindern, dass meine Stimme zitterte. »Ich will das alles nicht. Ich will damit nichts zu tun haben.«

Cassis sah mich verwundert an. »Aber das ist *die* Chance für meinen Sohn«, sagte er. »Überleg doch mal, was für eine gute Werbung das für sein Restaurant wäre.«

Yannick hüstelte. »Was mein Vater meint«, erklärte er hastig, »ist, dass wir *alle* davon profitieren könnten. Wenn die Sache läuft, tun sich unendlich viele Möglichkeiten auf. Wir könnten Mamie-Framboise-Marmelade, Mamie-Framboise-Kekse und so weiter verkaufen. Und du würdest natürlich am Gewinn beteiligt, Mamie.«

Ich schüttelte den Kopf. »Ihr hört nicht zu«, sagte ich etwas lauter. »Ich *will* keine Werbung. Ich *will* keine Beteiligung. Ich bin nicht interessiert.«

Yannick und Laure wechselten einen Blick.

»Und wenn es stimmt, was ich vermute«, fügte ich gereizt hinzu, »nämlich, dass ihr meint, das alles auch ohne meine Zustimmung machen zu können – schließlich braucht ihr nicht mehr als einen Namen und ein Foto –, dann lasst euch gesagt sein: Sollte auch nur ein weiteres so genanntes Mamie-Framboise-Rezept in dieser Zeitschrift erscheinen – in irgendeiner Zeitschrift –, rufe ich noch am selben Tag den Chefredakteur an und verkaufe ihm die Rechte an jedem einzelnen Rezept, das ich besitze. Ach was, ich schenke sie ihm!«

Ich war atemlos, mein Herz klopfte vor Wut und Angst. Niemand überfährt die Tochter von Mirabelle Dartigen. Sie wussten, dass ich es ernst meinte. Ich sah es ihren Gesichtern an.

Hilflos protestierten sie: »Mamie –«

»Und gewöhnt euch gefälligst ab, mich Mamie zu nennen!«

»Lasst mich mit ihr reden.« Cassis erhob sich schwerfällig von seinem Stuhl. Mir fiel auf, dass er mit dem Alter geschrumpft war, dass er leicht eingesunken wirkte wie ein missglücktes Soufflé. Selbst diese kleine Anstrengung brachte ihn zum Keuchen. »Im Garten.«

Als wir neben dem zugeschütteten Brunnen auf dem Baumstumpf saßen, hatte ich das seltsame Gefühl, als könnte mein Bruder sich jeden Augenblick die Maske des dicken Mannes vom Gesicht reißen und als der furchtlose, wilde Cassis von früher wieder zum Vorschein kommen.

»Warum tust du das, Boise?«, fragte er. »Ist es meinetwegen?«

Ich schüttelte langsam den Kopf. »Das hat mit dir nichts zu tun, und es hat auch nichts mit Yannick zu tun.« Ich machte eine Kopfbewegung in Richtung Haus. »Wie du siehst, hab ich den alten Hof wieder in Schuss gebracht.«

Er zuckte die Achseln. »Ich hab nie begriffen, warum du das tust. Mich würden keine zehn Pferde hierher kriegen. Allein bei dem Gedanken, dass du hier wohnst, läuft's mir kalt über den Rücken.« Dann sah er mich mit einem seltsam wissenden Blick an. »Aber es passt zu dir, dass du hergekommen bist.« Er lächelte. »Du warst immer ihr Liebling, Boise. Neuerdings siehst du sogar aus wie sie.«

»Du kannst mich nicht überreden«, erwiderte ich trocken.

»Jetzt sprichst du auch schon wie sie.« In seiner Stimme schwangen Liebe, Schuldgefühle, Hass mit. »Boise –«

Ich sah ihn an. »Irgendjemand *musste* ihr Andenken wahren. Und ich wusste, dass du nicht derjenige sein würdest.«

Er machte eine hilflose Geste. »Aber ausgerechnet hier, in Les Laveuses –«

»Niemand weiß, wer ich bin«, sagte ich. »Niemand ahnt etwas.« Plötzlich musste ich grinsen. »Weißt du, Cassis, für die meisten Menschen sehen alte Leute sowieso alle gleich aus.«

Er nickte. »Und du glaubst, Mamie Framboise würde daran etwas ändern.«

»Ich weiß es.«

Schweigen.

»Du bist schon immer eine gute Lügnerin gewesen«, bemerkte er beiläufig. »Das hast du auch von ihr geerbt. Die Fähigkeit, dich zu verstellen. Ich dagegen bin vollkommen offen.« Er breitete seine Arme aus, wie um es mir zu demonstrieren.

»Schön für dich«, erwiderte ich gleichgültig. Er glaubte es tatsächlich selbst.

»Du bist eine gute Köchin, das muss ich dir lassen.« Er schaute über meine Schulter hinweg in den Obstgarten, betrachtete die Bäume voller reifender Früchte. »Das hätte ihr gefallen. Zu wissen, dass du das alles weiterführst. Du bist ihr so ähnlich«, wiederholte er gedehnt. Es war kein Kompliment, eher eine Feststellung, in der Widerwille und Ehrfurcht mitklangen.

»Sie hat mir ihre Kladde hinterlassen«, sagte ich. »Die mit den Rezepten.«

Seine Augen weiteten sich. »Wirklich? Naja, du warst schließlich ihr Liebling.«

»Ich weiß nicht, warum du dauernd darauf herumreitest«, antwortete ich gereizt. »Wenn Mutter je einen Liebling hatte, dann war es Reinette, nicht ich. Erinnerst du dich –«

»Sie hat es mir selbst gesagt«, erklärte er. »Sie sagte, wenn einer von uns dreien auch nur einen Funken Verstand hätte und einen Hauch von Mut, dann seist du das. ›Dieses kleine, schlaue Biest hat mehr von mir geerbt als ihr beide zusammen.‹ Genau das hat sie gesagt.«

Das hörte sich sehr nach meiner Mutter an. Ich konnte regelrecht ihre Stimme hören, klar und schneidend wie Glas. Sie musste sich über ihn geärgert haben, wahrscheinlich war es ihr bei einem ihrer Wutanfälle herausgerutscht. Es kam nur selten vor, dass sie einen von uns schlug, aber vor ihrer scharfen Zunge mussten wir uns hüten!

Cassis verzog das Gesicht. »Und die Art, wie sie es gesagt hat«, fügte er leise hinzu. »Eiskalt und ungerührt. Und dann dieser Blick, als wollte sie mich auf die Probe stellen. Als wollte sie sehen, wie ich reagiere.«

»Und wie hast du reagiert?«

Er zuckte mit den Schultern. »Ich hab natürlich geheult. Ich war erst neun.«

Klar hatte er geheult, dachte ich. Das war typisch für ihn. Zu empfindsam unter der rauen Schale. Als Kind lief er regelmäßig von zu Hause fort und schlief draußen im Wald oder im Baumhaus, wohl wissend, dass Mutter ihn dafür nicht bestrafen würde. Insgeheim ermunterte sie ihn sogar dazu, weil es den Anschein von Widerspruchsgeist weckte, von Stärke. Ich – ich hätte ihr ins Gesicht gespuckt.

»Sag mal, Cassis« – der Gedanke war mir ganz unvermittelt gekommen, und ich war plötzlich atemlos vor Aufregung – »hat Mutter … erinnerst du dich, ob sie Italienisch sprach? Oder Portugiesisch? Irgendeine Fremdsprache?«

Cassis sah mich verblüfft an und schüttelte den Kopf.

»Bist du sicher? In ihrer Kladde …« Und ich erzählte ihm von den Seiten mit den fremdsprachigen Passagen, von den geheimen Sätzen, die ich nicht entschlüsseln konnte.

»Lass mal sehen.«

Wir gingen die Kladde gemeinsam durch, Cassis befingerte die steifen, gelben Seiten mit widerstrebender Faszination. Mir fiel auf, dass er es vermied, die Schrift zu berühren, während er die Fotos, die gepressten Blumen, die Schmetterlingsflügel und die aufgeklebten Stofffetzen vorsichtig betastete.

»Mein Gott«, murmelte er. »Ich hatte keine Ahnung, dass sie so was gemacht hat.« Er schaute mich an. »Und du behauptest, du seist nicht ihr Liebling gewesen.«

Anfangs schien er in erster Linie an den Rezepten interessiert zu sein. Während er in der Kladde blätterte, schienen seine Finger etwas von ihrer alten Kraft wiederzugewinnen.

»*Tarte mirabelle aux amandes*«, flüsterte er. »*Tourteau fromage. Clafoutis aux cerises rouges.* Ah, daran erinnere ich mich!« In seiner Begeisterung wirkte er plötzlich wieder jung, wie der Cassis von früher. »Es steht alles hier drin«, sagte er leise. »Alles.«

Ich zeigte ihm eine der rätselhaften Passagen.

Cassis betrachtete sie einen Moment lang, dann begann er zu lachen. »Das ist kein Italienisch. Erinnerst du dich nicht daran?« Er schien das alles furchtbar lustig zu finden, sein ganzer Körper bebte vor Lachen. »Das ist die Geheimsprache, die Papa erfunden hat. Er nannte sie Bilini-enverlini. Weißt du das nicht mehr? Er hat doch dauernd so gesprochen.«

Ich versuchte, mich zu erinnern. Ich war sieben, als er starb. Es musste irgendetwas in meinem Gedächtnis haften geblieben sein, sagte ich mir. Aber es war so wenig. Das meiste war in einem großen, schwarzen Loch versunken. Ich erinnere mich an meinen Vater, aber nur in Bruchstücken. An den Geruch nach Mottenpulver und Tabak, der seinem Mantel anhaftete. Die Topinambur, die er als Einziger von uns mochte und die wir alle einmal pro

Woche essen mussten. Daran, wie er mich in seinen großen Armen hielt und mich tröstete, wenn ich mir wehgetan hatte. Ich erinnere mich an sein Gesicht nur von Fotos her. Und irgendwo in meinem Hinterkopf etwas Verschwommenes, ausgespieen aus der Dunkelheit. Vater plappert grinsend dieses unverständliche Zeug, Cassis lacht, und ich lache auch, ohne den Witz zu verstehen, während Mutter ausnahmsweise weit weg ist, außer Hörweite, vielleicht mit Kopfschmerzen im Bett oder auf einem seltenen Ausflug.

»Ich erinnere mich dunkel«, sagte ich schließlich.

Cassis erklärte es mir geduldig. Eine Sprache mit rückwärts gesprochenen Silben und Wörtern, mit unsinnigen Vor- und Nachsilben. *Chini lliwni nerälkni erni* – Ich will erklären. *Chini ssiewni tchinili mewili* – Ich weiß nicht, wem.

Seltsamerweise interessierte Cassis sich nicht für die geheimen Aufzeichnungen meiner Mutter. Sein Blick blieb an den Rezepten hängen. Der Rest sagte ihm nichts. Die Rezepte waren etwas, das er verstehen konnte, berühren, schmecken. Ich spürte, wie unangenehm es ihm war, so nah neben mir zu stehen, als könnte meine Ähnlichkeit mit ihr sich auch auf ihn übertragen.

»Wenn mein Sohn bloß all diese Rezepte sehen könnte«, sagte er leise.

»Erzähl ihm nichts davon«, raunzte ich. Allmählich durchschaute ich Yannick. Je weniger er über uns erfuhr, desto besser.

Cassis zuckte die Achseln. »Natürlich nicht. Versprochen.«

Ich glaubte ihm. Das zeigt, dass ich meiner Mutter nicht ganz so ähnlich bin, wie er meinte. Ich vertraute ihm wahrhaftig, und eine Zeit lang sah es so aus, als hätte er sein Versprechen gehalten. Yannick und Laure hielten sich zurück, Mamie Framboise verschwand von der Bildfläche, und langsam näherte sich der Herbst mit einer Schleppe aus totem Laub.

6

»Yannick sagt, er hat die Alte Mutter heute gesehen«, schreibt sie.

Er kam völlig aufgelöst vom Fluss zurück und hörte gar nicht mehr auf zu erzählen. Vor lauter Eile hatte er seinen Fisch vergessen, und ich schalt ihn für die vergeudete Zeit. Da sah er mich mit seinen traurigen Augen hilflos an, und ich dachte, er wollte etwas sagen, aber er sagte nichts. Ich nehme an, er schämt sich. Ich fühle mich innerlich verhärtet, eiskalt. Ich möchte etwas sagen, weiß aber nicht was. Die Leute behaupten, es bringt Unglück, die Alte Mutter zu sehen. Aber Unglück haben wir schon genug. Vielleicht bin ich deshalb, wie ich bin.

Ich ließ mir Zeit mit der Kladde meiner Mutter. Teilweise aus Angst vor dem, was ich vielleicht erfahren würde, vor den Erinnerungen, die dadurch in mir geweckt würden. Andererseits war das Geschriebene aber auch sehr verworren, die Reihenfolge der Geschehnisse absichtlich durcheinander gebracht. Ich konnte mich kaum an den Tag erinnern, über den sie schrieb, später jedoch träumte ich davon. Die Handschrift war zwar sauber, aber extrem klein, und ich bekam schreckliche Kopfschmerzen, wenn ich zu lange in der Kladde las. Auch darin bin ich ihr ähnlich. Ich erinnere mich gut an ihre Kopfschmerzen, denen häufig vorausging, was Cassis und ich ihre »Anfälle« nannten. Sie waren nach meiner Geburt schlimmer geworden, erzählte mir Cassis, der alt genug war, sich an die Zeit davor zu erinnern, wie sie vorher gewesen war.

Unter einem Rezept für Glühwein schreibt sie:

Ich weiß noch, wie es war, im Licht zu sein. Ganz zu sein. Eine Zeit lang war es so, bevor C. geboren wurde. Ich versuche, mich zu erinnern, wie es war, jung zu sein. Wenn wir nur nicht hergekommen wären, sage ich mir immer wieder. Wenn wir nie nach Les Laveuses zurückgekehrt wären. Y. bemüht sich, mir zu helfen. Aber er tut es nicht mehr aus Liebe. Mittlerweile fürchtet er sich vor mir, vor dem, was ich ihm antun könnte. Oder den Kindern. Im Leid liegt nichts Tröstliches, egal, was die Leute sagen. Am Ende frisst es alles auf. Y. bleibt nur den Kindern zuliebe. Ich müsste ihm dankbar sein. Er könnte einfach gehen, und niemand würde es ihm verübeln. Schließlich wurde er hier geboren.

Zäh wie sie war, ertrug meine Mutter die Schmerzen so lange sie konnte, bevor sie sich in ihr verdunkeltes Zimmer zurückzog, und dann schlichen wir wie wachsame Katzen leise aus dem Haus. Alle sechs Monate erlitt sie einen besonders schlimmen Migräneanfall, der sie tagelang ans Bett fesselte. Einmal, als ich noch klein war, brach sie auf dem Rückweg vom Brunnen zusammen, fiel über ihren Eimer, dessen Inhalt sich auf den Weg ergoss. Ich war allein im Küchengarten und sammelte Kräuter. Zuerst dachte ich, sie sei tot. Sie lag so still da, ihr offener Mund ein schwarzes Loch in ihrem gelblichen Gesicht, ihre Augen ausdruckslos. Ich stellte ganz langsam meinen Korb ab und ging auf sie zu.

Die Welt um mich herum kam mir seltsam verschwommen vor, so als trüge ich die Brille von jemand anderem, und ich stolperte. Meine Mutter lag auf der Seite. Ein Bein war abgespreizt, ihr dunkler Rock ein bisschen hochgerutscht, sodass ihre Stiefel und ihre Strümpfe zu sehen waren. Ich fühlte mich ganz ruhig.

Sie ist tot, sagte ich mir. Die Gefühle, die auf diesen Gedanken folgten, waren so intensiv, dass ich sie zunächst nicht deuten konnte. Ich empfand ein merkwürdiges Prickeln am ganzen Körper. Angst, Trauer, Verwirrung – vergeblich suchte ich danach in meinem Innern. Stattdessen war da ein leuchtendes Feuerwerk der Bosheit. Ich betrachtete die Leiche meiner Mutter und verspürte Erleichterung, Hoffnung und eine hässliche, primitive Freude.

Diese Süße ...
Ich fühle mich innerlich verhärtet, eiskalt.

Ich weiß, ich weiß. Ich kann nicht erwarten, dass Sie verstehen, was in mir vorging. Auch mir erscheint es im Nachhinein grotesk, und ich frage mich, ob meine Erinnerung mich vielleicht trügt. Natürlich kann es einfach eine Schockreaktion gewesen sein. Menschen erleben die seltsamsten Dinge, wenn sie unter Schock stehen. Sogar Kinder. *Vor allem* Kinder, diese primitiven Wilden, die wir waren. Eingeschlossen in unserer verrückten Welt zwischen dem Ausguck und dem Fluss mit den Piratenfelsen, die über unsere geheimen Rituale wachten. Dennoch, was ich empfand, war Freude.

Ich stand neben ihr. Die toten Augen starrten mich unverwandt an. Ich überlegte, ob ich sie schließen sollte. Ihr glasiger Blick hatte etwas Irritierendes, etwas, was später in den Augen der Alten Mutter lag, an dem Tag, als ich sie endlich an den Pfahl nagelte. Ich trat noch näher an sie heran.

Plötzlich packte ihre Hand mich am Knöchel. Sie war nicht tot, nein, sie lag auf der Lauer, den Blick voll hinterhältiger Schläue. Ich schloss die Augen, um nicht zu schreien.

»Hör zu. Hol meinen Stock.« Ihre Lippen bewegten sich langsam, ihre Stimme klang heiser, metallisch. »Hol ihn. Küche. Schnell.«

Ich starrte sie an, während ihre Hand immer noch meinen nackten Knöchel umklammert hielt.

»Hab's schon heute Morgen gespürt«, sagte sie tonlos. »Wusste, dass es schlimm werden würde. Hab nur die halbe Uhr gesehen. Orangen gerochen. Hol den Stock. Hilf mir.«

»Ich dachte, du würdest sterben.« Meine Stimme klang auf unheimliche Weise wie ihre, klar und hart. »Ich dachte, du wärst tot.«

Einer ihrer Mundwinkel zuckte, und sie gab ein kurzes, bellendes Geräusch von sich, das ich schließlich als Lachen erkannte. Ich rannte in die Küche, das Geräusch immer noch in den Ohren, holte den Stock – ein schwerer, knorriger Weißdornast, den sie benutzte, um hoch hängendes Obst zu erreichen – und brachte ihn ihr. Sie kniete bereits, stützte sich mit den Händen auf dem Boden ab. Hin und wieder schüttelte sie heftig den Kopf, wie um lästige Wespen zu verscheuchen.

»Gut.« Ihre Stimme klang belegt, als hätte sie den Mund voll Dreck. »Jetzt geh. Sag deinem Vater Bescheid. Ich gehe … in … mein Zimmer.« Dann zog sie sich mit Hilfe des Stocks hoch, schwankte, zwang sich, aufrecht stehen zu bleiben. »Ich hab gesagt, *verschwinde!*«

Sie schlug unbeholfen mit einer Hand nach mir, verlor beinahe das Gleichgewicht, hielt sich mit der anderen an ihrem Stock fest. Ich lief weg und drehte mich erst um, als ich außer Reichweite war, duckte mich hinter einen Johannisbeerstrauch und sah zu, wie sie sich mühsam zum Haus schleppte.

Es war das erste Mal, dass ich das Leiden meiner Mutter so unmittelbar miterlebte. Mein Vater erklärte uns später, als sie in ihrem verdunkelten Zimmer lag, die Sache mit der Uhr und den Orangen. Wir begriffen kaum etwas von dem, was er uns erzählte. Unsere Mutter bekomme hin und wieder diese Anfälle, sagte er geduldig, schreckliche Kopfschmerzen, die manchmal so schlimm seien, dass sie nicht mehr wisse, was sie tue. Ob wir je einen Sonnenstich gehabt hätten? Ob wir uns an dieses benebelte, unheimliche Gefühl erinnerten, wenn es einem so vorkomme, als wären die Dinge größer als sie in Wirklichkeit sind, die Geräusche lauter als normalerweise? Wir sahen ihn verständnislos an. Nur Cassis, der damals schon neun war, schien zu verstehen.

»Sie tut Dinge«, sagte mein Vater, »an die sie sich später nicht mehr erinnert. Es ist wie ein böser Fluch.«

Wir starrten ihn mit ernsten Gesichtern an. *Böser Fluch.* Mein kindlicher Verstand brachte seine Worte mit Hexenmärchen in Verbindung. Mit dem Lebkuchenhaus. Den Sieben Schwänen. Ich stellte mir vor, wie meine Mutter im Dunkeln in ihrem Bett lag, die Augen weit geöffnet, während seltsame Worte aus ihrem Mund glitten wie Aale. Ich glaubte, sie könnte durch die Wände hindurch in mich hineinsehen und dieses grässliche, bellende Lachen ausstoßen. Manchmal schlief mein Vater in der Küche, wenn meine Mutter unter ihrem bösen Fluch litt. Eines Morgens, als wir in die Küche gekommen waren, hatte er vor der Spüle gestanden und sich die Stirn gewaschen. Das Wasser war vom Blut rot gefärbt. Ein Unfall, erklärte er uns. Ein dummer Unfall. Aber ich erinnere mich, auf den Bodenfliesen Blut gesehen zu haben. Ein Stück Ofenholz lag auf dem Tisch. Auch daran klebte Blut.

»Sie würde uns doch nichts tun, nicht wahr, Papa?«

Er sah mich an. Zögerte eine Sekunde, vielleicht zwei.

Und in seinen Augen ein Blick, als überlegte er, wie viel er mir sagen konnte.

Dann lächelte er. »Natürlich nicht, Liebes.« Was für eine dumme Frage, sagte sein Lächeln. »*Dir* würde sie nie wehtun.« Er nahm mich in die Arme, und ich roch Tabak und Mottenpulver und den süßlichen Geruch von Schweiß. Aber dieses Zögern habe ich nie vergessen, diesen Blick.

Später an jenem Abend hörte ich Geräusche aus dem Zimmer meiner Eltern: laute Stimmen und splitterndes Glas. Als ich am nächsten Morgen aufstand, sah ich, dass mein Vater in der Küche geschlafen hatte. Meine Mutter stand spät auf, war aber gut gelaunt – so gut gelaunt wie selten. Während sie in den grünen Tomaten rührte, die in dem kupfernen Marmeladentopf kochten, sang sie leise vor sich hin und steckte mir ein paar Reineclauden aus ihrer Schürzentasche zu. Schüchtern fragte ich sie, ob es ihr besser gehe. Sie sah mich nur verständnislos an, das Gesicht kreidebleich. Als ich mich später in ihr Zimmer schlich, war mein Vater gerade dabei, eine zerbrochene Fensterscheibe mit Wachspapier abzudichten. Auf dem Boden lagen Glasscherben und das Zifferblatt der Kaminuhr. Direkt über dem Kopfteil des Betts war ein schmieriger rotbrauner Fleck auf der Tapete, den ich fasziniert anstarrte. Ich konnte die fünf Kommas sehen, die ihre Fingerspitzen auf der Wand hinterlassen hatten, und den runden Fleck, wo ihre Handfläche die Tapete berührt hatte. Als ich mich einige Stunden später noch einmal in das Zimmer schlich, war die Wand sauber geschrubbt und alles aufgeräumt. Meine Eltern erwähnten den Vorfall mit keinem Wort, beide taten so, als wäre nichts Außergewöhnliches geschehen. Doch von dem Tag an verriegelte mein Vater nachts die Türen und Fenster unserer Zimmer, so als fürchtete er, irgendetwas könne ins Haus eindringen.

7

ALS MEIN VATER STARB, EMPFAND ICH KAUM ECHTE TRAUER. Mein Herz war so hart wie der Stein einer Frucht. Ich versuchte mir zu sagen, dass ich sein Gesicht nie wieder sehen würde, aber schon damals erinnerte ich mich kaum noch daran. Mein Vater war für mich zu einer Art Ikone geworden, mit brechenden Augen wie auf Heiligenbildchen und mit schimmernden Uniformknöpfen. Ich versuchte mir auszumalen, wie er tot auf einem Schlachtfeld lag, in irgendeinem Massengrab, zerrissen von einer Mine, die unter ihm explodiert war. Ich malte mir die Schrecken des Krieges aus, aber sie waren für mich so unwirklich wie ein Alptraum. Cassis nahm es am schwersten. Er lief von zu Hause fort, nachdem wir die Nachricht erhalten hatten, und kehrte zwei Tage später erschöpft, hungrig und mit Mückenstichen übersät zurück. Er hatte jenseits der Loire übernachtet, wo der Wald in Sumpfland übergeht. Ich glaube, er hatte sich irgendwie in den Kopf gesetzt, in die Armee einzutreten, hatte sich jedoch verlaufen und war stundenlang im Kreis herumgeirrt, bis er endlich wieder auf die Loire stieß. Er versuchte, es zu überspielen, behauptete, er hätte alle möglichen Abenteuer erlebt, aber diesmal glaubte ich ihm nicht.

Von da an prügelte er sich häufig mit anderen Jungs, kam mit zerrissenen Hemden und Blut unter den Fingernägeln nach Hause. Stundenlang trieb er sich allein im Wald herum. Er weinte nie um unseren Vater, was ihn mit Stolz erfüllte, und er beschimpfte Philippe Hourias, als dieser einmal versuchte, uns zu trösten. Reinette dagegen schien die Aufmerksamkeit zu genießen, die Vaters Tod ihr bescherte. Leute kamen mit Geschenken oder tätschelten ihren Kopf, wenn sie ihr im Dorf begegneten. Im Café wurde mit leisen, ernsten Stimmen über unsere Zukunft – und die unserer Mutter – diskutiert. Meine Schwester lernte, auf Kommando Tränen zu vergießen, und übte sich darin, wie ein tapferes Waisenkind zu lächeln, was ihr immer wieder kleine Geschenke einbrachte und den Ruf, die Gefühlvolle in der Familie zu sein.

Meine Mutter sprach nie wieder über meinen Vater. Es war, als hätte er nie mit uns zusammengelebt. Das Leben auf dem Hof ging ohne ihn ganz normal weiter, und wenn sich etwas änderte, dann allenfalls zum Besseren. Wir gruben die Topinambur aus, die er als Einziger gemocht hatte, und pflanzten stattdessen Spargel und Brokkoli an. Ich hatte Alpträume, in denen ich unter der Erde lag und verfaulte, überwältigt vom Gestank meiner eigenen Verwesung. Ich ertrank in der Loire und spürte, wie der Schlamm des Flussbetts über meinen toten Körper kroch, und wenn ich meine Arme Hilfe suchend ausstreckte, fühlte ich Hunderte von Leichen um mich herum, die von der Unterströmung hin und her gewiegt wurden. Dicht an dicht lagen sie nebeneinander, manche unversehrt, manche zerstückelt, gesichtslos, schief grinsend mit ausgerenkten Kiefern und mit verdrehten, toten Augen, die mich auf gespenstische Weise willkommen hießen. Ich wachte verschwitzt und schreiend aus diesen Träumen auf, aber meine Mutter kam nie an mein Bett. Stattdessen kamen Cassis und Reinette, mal genervt, mal geduldig.

Manchmal kniffen sie mich und drohten mir mit leiser, verzweifelter Stimme. Manchmal nahmen sie mich in ihre Arme und wiegten mich wieder in den Schlaf. Manchmal erzählte Cassis Geschichten, und Reine-Claude und ich hörten ihm im fahlen Mondlicht mit großen Augen zu. Geschichten von Riesen und Hexen und Fleisch fressenden Rosen und von Bergen und Drachen, die sich als Menschen verkleideten. Cassis war damals ein begnadeter Märchenerzähler, und obwohl er nicht immer nett zu mir war und mich wegen meiner Alpträume auslachte, erinnere ich mich heute vor allem an die Geschichten, die er mit leuchtenden Augen zum Besten gab.

8

Nach Vaters Tod lernten wir fast genauso gut mit Mutters Anfällen umzugehen, wie er es gekonnt hatte. Zuerst begann sie, undeutlich zu sprechen und bekam an den Schläfen leichte Spannungsschmerzen, die sich durch nervöses Kopfzucken verrieten. Manchmal langte sie nach etwas – einem Messer oder einem Löffel, griff jedoch daneben. Manchmal fragte sie: »Wie spät ist es?«, obwohl die große, runde Küchenuhr direkt vor ihrer Nase hing. Und wenn sie in diesen Zustand geriet, stellte sie immer wieder dieselbe argwöhnische Frage: »Hat einer von euch Orangen ins Haus gebracht?«

Wir schüttelten stumm den Kopf. Apfelsinen waren Mangelware, wir hatten nur ganz selten einmal eine zu essen bekommen. Auf dem Markt in Angers sahen wir manchmal welche – große, spanische Orangen mit einer dicken, mit Grübchen übersäten Schale; Blutorangen mit glatterer Schale aus dem Süden Frankreichs, in Hälften geschnitten, sodass ihr rotes Fruchtfleisch zu sehen war. Unsere Mutter hielt sich stets von diesen Ständen fern, als ob allein der Anblick von Orangen ihr Übelkeit verursachte. Einmal, als eine freundliche Marktfrau uns Kindern eine Orange geschenkt hatte, die wir gemeinsam aßen, ließ unsere Mutter uns erst wieder ins Haus, nachdem wir uns gewaschen, die Fingernägel geschrubbt und die Hände mit Zitronenbalsam und Lavendelöl eingerieben hatten. Selbst dann behauptete sie noch, das Orangenöl an uns riechen zu können, und ließ zwei Tage lang alle Fenster offen stehen, bis der Geruch verschwunden war. Die Orangen, die sie während ihrer Anfälle roch, waren natürlich nur eingebildet. Der Duft kündigte ihre Migräneanfälle an, und Stunden später lag sie in ihrem verdunkelten Zimmer, ein mit Lavendelöl getränktes Taschentuch auf der Stirn und ihre Pillen in Reichweite auf dem Nachttisch. Bei den Pillen handelte es sich, wie ich später herausfand, um Morphium.

Sie gab uns nie eine Erklärung. Alles, was wir wussten, hatten wir durch Beobachtung in Erfahrung gebracht. Wenn sie spürte, dass ein Migräneanfall nahte, zog sie sich einfach ohne ein Wort in ihr verdunkeltes Zimmer zurück und überließ uns uns selbst. So kam es, dass wir ihre mehrere Stunden oder auch ein, zwei Tage dauernden Anfälle wie Ferien empfanden, die wir nutzten, um uns auszutoben. Das waren wunderbare Tage, von mir aus hätten sie ewig andauern können. Wir schwammen in der Loire oder fingen Flusskrebse im flachen Wasser, wir streiften durch den Wald, aßen Kirschen und Pflaumen und grüne Stachelbeeren, bis uns übel wurde, zankten uns, schossen mit Erbsenpistolen aufeinander und schmückten die Piratenfelsen mit den Trophäen unserer Abenteuer.

Die Piratenfelsen waren die Überreste eines alten Anlegestegs, den die Fluten der Loire längst weggerissen hatten: Fünf Betonpfeiler, einer kürzer als die Übrigen, ragten aus dem Wasser. Von den eisernen Halterungen an den Seiten der Pfeiler, auf denen einst die Planken des Stegs gelegen hatten, liefen rostige Tränen den bröckelnden Beton hinunter. An diese eisernen Halterungen hängten wir unsere Trophäen: barbarische Girlanden aus Fischköpfen und Blumen, Täfelchen mit geheimen Inschriften,

Zaubersteine und aus Treibholz geschnitzte Figuren. Der letzte Pfeiler stand im tiefen Wasser, an einer Stelle, wo die Strömung ziemlich gefährlich war, und dort versteckten wir unsere Schatztruhe, eine in Wachstuch gewickelte und mit einer Eisenkette beschwerte Blechdose. Die Kette war mit einem Seil gesichert, das wiederum an dem Pfeiler befestigt war, den wir den Schatzfelsen nannten. Um den Schatz zu bergen, musste man bis zu diesem letzten Pfeiler schwimmen – keine leichte Aufgabe –, dann, während man sich mit einem Arm an dem Pfeiler festhielt, die Kiste aus dem Wasser ziehen, sie losbinden und zum Ufer zurückschwimmen. Wir waren uns alle einig, dass nur Cassis das schaffen konnte. Der »Schatz« bestand hauptsächlich aus Dingen, die einem Erwachsenen wertlos erscheinen würden. Erbsenpistolen, Kaugummi, der in Wachspapier eingewickelt war, damit er nicht austrocknete, eine Zuckerstange, drei Zigaretten, ein paar Münzen in einem abgegriffenen Portemonnaie, Fotos von Schauspielerinnen – die, ebenso wie die Zigaretten, Cassis gehörten –, und einige Ausgaben einer Zeitschrift, die sich auf gruselige Geschichten spezialisiert hatte.

Manchmal begleitete uns Paul Hourias auf unseren »Jagdausflügen«, wie Cassis unsere Streifzüge nannte, doch wir weihten ihn nicht in alle unsere Geheimnisse ein. Ich mochte Paul. Sein Vater verkaufte Angelköder an der Straße nach Angers, und seine Mutter arbeitete als Änderungsschneiderin, damit die Familie über die Runden kam. Er war das einzige Kind seiner Eltern, die so alt waren, dass sie seine Großeltern hätten sein können, und er bemühte sich stets, möglichst viel Zeit weit weg von zu Hause zu verbringen. Paul führte ein Leben, wie ich es mir wünschte. Im Sommer verbrachte er ganze Nächte allein im Wald, ohne dass seine Eltern sich Sorgen machten. Er wusste, wo man die besten Pilze fand und wie man aus Weidenruten kleine Flöten herstellte. Seine Hände waren kräftig und geschickt, aber er wirkte oft unbeholfen und hatte Schwierigkeiten sich auszudrücken; im Beisein von Erwachsenen stotterte er sogar. Obwohl er fast genauso alt war wie Cassis, ging er nicht zur Schule, sondern arbeitete auf dem Hof seines Onkels, melkte die Kühe und trieb sie auf die Weide und wieder zurück in den Stall. Im Umgang mit mir war er sehr geduldig, mehr noch als Cassis; er lachte mich nie aus, wenn ich etwas nicht wusste, und verspottete mich nicht, weil ich so klein war. Jetzt ist er natürlich alt. Aber manchmal kommt es mir so vor, als sei er derjenige von uns vieren, der am wenigsten gealtert ist.

ZWEITER TEIL

Verbotene Früchte

I

Bereits Anfang Juni deutete alles darauf hin, dass es ein heißer Sommer werden würde, und die Loire, die einen niedrigen Wasserstand hatte, floss träge dahin. Es gab auch Giftschlangen, mehr als gewöhnlich, braune mit flachen Köpfen, die im kühlen Uferschlamm lauerten. Jeannette Gaudin wurde von einer gebissen, als sie eines Nachmittags im Wasser plantschte, und eine Woche später wurde sie auf dem Friedhof von Saint Bénédict begraben. »Geliebte Tochter ... 1934–1942«, stand auf dem Stein. Ich war drei Monate älter als sie.

Plötzlich fühlte ich mich, als hätte sich ein Abgrund unter mir aufgetan, ein heißer, finsterer Schlund. Wenn Jeannette sterben konnte, dann konnte ich es auch. Dann konnte jeder sterben. Cassis verhöhnte mich mit dem Hochmut seiner dreizehn Jahre. »Du glaubst wohl, man kann nur im Krieg sterben, du Dummkopf. Kinder sterben auch. Menschen sterben immer und überall.«

Vergeblich versuchte ich, eine Erklärung zu finden. Dass Soldaten starben – selbst mein eigener Vater –, war eine Sache. Auch dass Zivilisten bei Bombenangriffen ums Leben kamen, obwohl wir davon in Les Laveuses weitgehend verschont geblieben waren. Aber Jeannettes Tod war etwas anderes. Meine Alpträume verschlimmerten sich. Ich verbrachte viele Stunden mit meinem Fischernetz am

Fluss, fing die bösen, braunen Schlangen im flachen Wasser, zerschmetterte ihre Köpfe mit einem Stein und nagelte sie anschließend an die Baumwurzeln am Ufer. Nach einer Woche hingen mehr als zwanzig tote Schlangen dort, und der Gestank – fischig und eigenartig süßlich wie etwas Verdorbenes, das anfing zu gären – war überwältigend. Cassis und Reinette gingen zur Schule – sie besuchten beide das *collège* in Angers –, und Paul entdeckte mich, wie ich mit einer Wäscheklammer auf der Nase unverdrossen mit meinem Netz in der braunen Brühe herumstocherte.

Er trug eine kurze Hose und Sandalen und hielt seinen Hund Malabar an einer aus Schnur gedrehten Leine.

Ich warf ihm einen gleichgültigen Blick zu und beugte mich wieder über das Wasser. Paul setzte sich neben mich, Malabar legte sich hechelnd auf den Boden. Ich schenkte den beiden keine Beachtung. Schließlich fragte Paul: »W-was ist los?«

Ich zuckte die Achseln. »Nichts. Ich versuch, was zu fangen. Das ist alles.«

Er schwieg einen Augenblick, dann sagte er mit betont unbeteiligter Stimme: »Schlangen, stimmt's?«

Ich nickte trotzig. »Na und?«

»Nichts und.« Er tätschelte Malabars Kopf. »Du kannst machen, was du willst.« Wir starrten wortlos ins Wasser.

»Ob es wehtut?«, fragte ich schließlich.

Er überlegte, anscheinend wusste er gleich, was ich meinte. Nach einer Weile schüttelte er den Kopf. »Keine Ahnung.«

»Die Leute sagen, das Gift geht ins Blut und macht, dass man nichts mehr fühlt. Wie einschlafen.«

Er sah mich ausdruckslos an. »C-Cassis sagt, Jeannette Gaudin hat bestimmt die Alte Mutter gesehen«, meinte er. »Deswegen hat die Schlange sie gebissen. Der Fluch der Alten Mutter.«

Ich schüttelte den Kopf. Cassis, der Märchenerzähler, der gruselige Abenteuergeschichten in Zeitschriften las, mit Titeln wie *Der Fluch der Mumie* oder *Blutrünstige Barbaren*. Der sagte dauernd solche Sachen.

»Die Alte Mutter gibt's doch gar nicht«, erwiderte ich trotzig. »Ich hab sie jedenfalls noch nie gesehen. Außerdem gibt's keinen Fluch. Das weiß doch jeder.«

Paul sah mich mit traurigen, empörten Augen an. »Natürlich gibt's den«, sagte er. »Und die Alte Mutter ist auch da unten. M-mein Vater hat sie mal gesehen, ganz früher, als ich noch nicht geboren war. D-der größte Hecht aller Zeiten. Eine Woche später ist er mit dem Fahrrad hingefallen und hat sich das Bein gebrochen. Sogar *dein* Vater hat –« Er brach ab und schaute verwirrt zu Boden.

»Gar nicht wahr«, sagte ich aufgebracht. »Mein Vater ist im Krieg gefallen.« Plötzlich hatte ich ein Bild von ihm vor Augen, wie er marschierte, ein einzelnes Glied in einer endlos langen Kette, die sich unaufhaltsam auf den Horizont zu bewegte.

Paul schüttelte den Kopf. »Es gibt sie wohl«, beharrte er. »Da, wo die Loire am tiefsten ist. Sie ist bestimmt schon vierzig, fünfzig Jahre alt, so schwarz wie der Schlamm, in dem sie lebt, und so schlau wie eine Hexe. Sie kann einen Vogel, der am Ufer sitzt, genauso leicht verschlucken wie ein Stück Brot. Mein Vater sagt, sie ist überhaupt kein Hecht, sondern ein Geist, eine Mörderin, dazu verdammt, die Lebenden auf ewig zu beobachten. Darum hasst sie uns.«

Das war für Pauls Verhältnisse eine ziemlich lange Rede, und beinahe gegen meinen Willen hörte ich ihm aufmerksam zu. Zahllose Geschichten und Ammenmärchen rankten sich um den Fluss, aber die Geschichte von der Alten Mutter war diejenige, die sich am hartnäckigsten hielt. Ein riesiger Hecht, dessen Lippen durchbohrt und ausgefranst waren von den Haken der Angler, die vergeblich versucht hatten, ihn zu fangen. In seinen Augen lag ein Ausdruck boshafter Schläue. In seinem Bauch befand sich ein Schatz von unbekannter Herkunft und unschätzbarem Wert.

»Mein Vater sagt, wenn einer die Alte Mutter fängt, muss sie ihm einen Wunsch erfüllen«, meinte Paul. »Er sagt, er würde sich eine Million Francs wünschen und dass er Greta Garbo mal in Unterwäsche zu sehen kriegt.« Er grinste verlegen.

Ich dachte über seine Worte nach. Eigentlich glaubte ich nicht an Flüche, Wünsche und dergleichen, aber das Bild des alten Hechts ließ mich nicht los.

»Wenn dieser Hecht wirklich da ist, dann könnten wir ihn auch fangen«, sagte ich abrupt. »Das ist unser Fluss. Wir könnten es tun.«

Plötzlich wusste ich, dass es nicht nur eine Möglichkeit war, sondern dass ich es tun *musste*. Ich dachte an die Träume, die mich quälten, seit mein Vater gestorben war; Träume, in denen ich im schlammigen Wasser der Loire trieb, umgeben von lauter Leichen, Träume, in denen ich vergeblich zu schreien versuchte und in mir selbst ertrank. Irgendwie war der Hecht die Verkörperung all dessen. Natürlich konnte ich das damals nicht so analytisch sehen, aber ich war mir auf einmal ganz sicher, dass etwas geschehen würde, wenn es mir gelang, die Alte Mutter zu fangen. Was das war, wusste ich nicht. Aber irgendetwas würde geschehen, dachte ich mit wachsender Aufregung. *Irgendetwas.*

Paul sah mich verwirrt an. »Ihn fangen?«, fragte er. »Wozu denn?«

»Das ist unser Fluss«, sagte ich trotzig. »Er soll nicht in unserem Fluss schwimmen.«

»Du traust dich doch sowieso nicht«, meinte er. »Das haben schon viele versucht. Erwachsene. Mit Angeln und

Netzen und allem Möglichen. Er beißt die Netze kaputt. Und die Angelschnüre reißt er einfach durch. Er ist stark, dieser Hecht. Stärker als wir beide zusammen.«

»Nicht unbedingt«, beharrte ich. »Wir könnten ihm eine Falle stellen.«

»Um die Alte Mutter in eine Falle zu locken, muss man aber verdammt schlau sein«, erwiderte er.

»Na und?« Allmählich ging er mir auf die Nerven, und ich sah ihn mit vor Wut geballten Fäusten an. »Dann sind wir eben schlau. Cassis und ich und Reinette und du. Wir machen es zusammen. Oder hast du etwa Angst?«

»Ich h-hab keine Angst, aber das klappt n-niemals.« Er fing an zu stottern, wie immer, wenn er sich unter Druck gesetzt fühlte.

»Dann mach ich's eben allein, wenn du mir nicht helfen willst. Ich fang den alten Hecht, wart's nur ab.« Aus irgendeinem Grund brannten mir die Augen, und ich rieb sie mir verstohlen. Paul beobachtete mich neugierig, sagte jedoch nichts. Wütend stocherte ich mit dem Netz im flachen Wasser herum. »Er ist nichts weiter als ein alter *Fisch*«, fauchte ich. »Ich fange ihn und hänge ihn an den Piratenfelsen auf. Und zwar an dem da.« Ich zeigte auf den Schatzfelsen und spuckte aus, um meine Worte zu bekräftigen.

2

Diesen ganzen heissen Monat über roch meine Mutter immer wieder Orangen, doch der Duft löste nicht jedes Mal einen Anfall aus. Während Cassis und Reinette in der Schule waren, lief ich zum Fluss hinunter, manchmal allein, manchmal mit Paul, wenn der nicht gerade auf dem Hof helfen musste.

Ich befand mich mittlerweile in einem schwierigen Alter, wurde zunehmend frech und aufsässig. Wenn meine Mutter mir Arbeiten auftrug, lief ich davon, ich erschien nicht zu den Mahlzeiten und kam abends völlig verdreckt und verschwitzt nach Hause. Meine Mutter und ich belauerten einander wie zwei Katzen, die ihr Revier verteidigen. Bei jeder Berührung war es, als würden Funken sprühen. Jedes Wort war eine potentielle Beleidigung und jedes Gespräch ein Minenfeld. Bei den Mahlzeiten saßen wir uns schweigend gegenüber und starrten missmutig in unsere Suppe oder auf unsere Pfannkuchen. Cassis und Reine hockten schweigend und mit großen Augen daneben wie verängstigte Höflinge.

Ich weiß nicht, was uns dazu trieb, fortwährend unsere Kräfte zu messen; vielleicht lag es einfach daran, dass ich älter wurde. Die Frau, die mir früher Angst und Schrecken eingejagt hatte, erschien mir jetzt in einem anderen Licht. Plötzlich fielen mir ihre ersten grauen Haare auf, die Falten um ihren Mund. Mit einem Anflug von Verachtung erkannte ich, dass sie nur eine alternde Frau war, die von Migräneanfällen immer wieder dazu verdammt wurde, hilflos in ihrem verdunkelten Zimmer zu liegen.

Und sie provozierte mich mit Absicht, zumindest kam es mir damals so vor. Heute glaube ich eher, dass sie nicht anders konnte, dass es ebenso in ihrer Natur lag, mich zu reizen, wie es in meiner Natur lag, mich ihr zu widersetzen. In jenem Sommer schien sie jedes Mal, wenn sie den Mund aufmachte, an mir herumzunörgeln. An meinen Manieren, meiner Kleidung, meinem Aussehen, meinen Ansichten. Nichts konnte ich ihr recht machen. Warum war ich nicht wie Reine-Claude? Mit ihren zwölf Jahren hatte meine Schwester bereits eine frauliche Figur. Sie war sanft und süß wie dunkler Honig, und mit ihren bernsteinfarbenen Augen und dem kastanienbraunen Haar entsprach sie meinem Bild einer Märchenprinzessin. Als wir kleiner waren und sie mich noch ihre Haare kämmen ließ, flocht ich Blumen und Beeren in ihre dicken Zöpfe und legte sie um ihren Kopf, sodass sie aussah wie eine Waldfee. Jetzt kam sie mir beinahe erwachsen vor in ihrer passiven Sanftheit. Neben ihr wirkte ich mit meinem breiten, mürrischen Mund und meinen großen Händen und Füßen wie ein Frosch, meinte meine Mutter, wie ein hässlicher, magerer Frosch.

An einen Streit beim Abendessen erinnere ich mich besonders deutlich. Es gab *paupiettes*, kleine, mit Hackfleisch gefüllte und mit Zwirn umwickelte Kalbfleischröllchen, dazu in Weißwein geschmorte Möhren, Schalotten und Tomaten. Ich starrte gelangweilt auf meinen Teller. Reinette und Cassis gaben sich betont unbeteiligt.

Meine Mutter, erbost über mein Schweigen, ballte die Fäuste. Seit dem Tod meines Vaters war niemand mehr da, der sie in Schach hielt, und es war stets zu spüren, wie ihre Wut unter der Oberfläche brodelte.

»Halt dich *grade*, Herrgott nochmal. Wenn du so weitermachst, kriegst du nochmal einen Buckel.«

Ich warf ihr einen kurzen, aufsässigen Blick zu und stützte die Ellbogen auf den Tisch.

»Ellbogen vom Tisch«, raunzte sie. »Sieh dir deine Schwester an, sieh sie dir an. Hält sie sich so krumm? Benimmt sie sich wie ein Bauerntrampel?«

Ich hegte keinen Groll gegen Reinette. Mein Groll galt meiner Mutter, und ich zeigte es ihr bei jeder Gelegenheit. Sie wollte, dass die Wäsche mit dem Saum nach oben an die Leine gehängt wurde – ich hängte sie am Kragen auf. Die Etiketten auf den Einmachgläsern in der Vorratskammer sollten nach vorne zeigen – ich drehte sie nach hinten. Vor dem Essen vergaß ich, mir die Hände zu waschen. Die Pfannen über der Küchenanrichte hängte ich in verkehrter Reihenfolge auf. Ich ließ das Küchenfenster offen stehen, sodass es zuschlug, sobald meine Mutter die Küchentür öffnete. Ich verstieß gegen jede Regel, die sie aufstellte, und sie reagierte auf jeden Verstoß mit derselben fassungslosen Wut. Für sie hatten diese belanglosen Dinge große Bedeutung, denn sie dienten dazu, Ordnung in unsere Welt zu bringen. Ohne sie wäre meine Mutter wie wir gewesen, verwaist und orientierungslos.

Das wusste ich natürlich damals nicht.

»Du bist ein stures kleines Biest«, sagte sie schließlich und schob ihren Teller von sich. In ihrer Stimme lag weder Feindseligkeit noch Zuneigung, eher Gleichgültigkeit. »So war ich auch in deinem Alter.« Es war das erste Mal, dass ich sie von ihrer eigenen Kindheit sprechen hörte. »In deinem Alter.« Ihr Lächeln wirkte gequält und freudlos. Unmöglich, sich vorzustellen, dass sie jemals jung gewesen war. Trotzig stach ich mit der Gabel in meine *paupiette*.

»Ich habe mich auch immer mit jedem angelegt«, sagte

meine Mutter. »Ich war bereit, alles zu riskieren, jeden zu verletzen, um zu beweisen, dass ich Recht hatte. Um zu gewinnen.« Sie sah mich durchdringend an mit ihren kleinen, schwarzen Augen. »Widerspenstig, das bist du. In dem Augenblick, als du geboren wurdest, wusste ich schon, dass du so werden würdest. Mit dir hat alles wieder angefangen, schlimmer denn je. Wie du nachts geschrien hast und nicht trinken wolltest, und dann lag ich wach im Bett hinter geschlossenen Türen, und in meinem Kopf hämmerte es wie verrückt.«

Ich sagte nichts. Nach einer Weile stieß meine Mutter ein höhnisches Lachen aus und begann, den Tisch abzuräumen. Es war das letzte Mal, dass sie ein Wort über den Krieg zwischen uns verlor, obwohl der alles andere als beendet war.

3

UNSER AUSGUCK WAR EINE GROSSE ULME AM UFER DER Loire, mit ausladenden Ästen und dicken Wurzeln, die weit ins Wasser reichten. Cassis und Paul hatten ziemlich weit oben ein primitives Baumhaus gebaut – eine einfache Plattform, darüber ein paar Zweige, die als Dach dienten –, aber ich war diejenige, die die meiste Zeit in dem Versteck verbrachte. Reinette traute sich nicht, so hoch hinaufzuklettern, obwohl ein dickes, mit Knoten versehenes Seil den Aufstieg erleichterte, und da auch Cassis nur noch selten dort oben war, hatte ich das Baumhaus meistens für mich allein. Ich zog mich dahin zurück, um nachzudenken und um die Straße zu beobachten, auf der manchmal die Deutschen mit ihren Militärfahrzeugen – oder noch häufiger mit ihren Motorrädern – vorbeifuhren.

Natürlich hatte Les Laveuses kaum etwas zu bieten, was die Deutschen interessierte. Es gab keine Kaserne, keine Schule, keine öffentlichen Gebäude, in denen sie sich hätten einquartieren können. Stattdessen ließen sie sich in Angers nieder und patrouillierten gelegentlich durch die umliegenden Dörfer. Ich bekam nicht mehr von ihnen zu sehen als ihre Fahrzeuge auf der Straße und die kleinen Trupps von Soldaten, die jede Woche auf dem Hof der Hourias auftauchten, um Lebensmittel zu requirieren.

Bei uns auf dem Hof ließen sie sich nur selten blicken, da wir keine Kühe besaßen, nur ein paar Schweine und Ziegen. Unsere Haupteinnahmequelle war das Obst, und die Erntezeit hatte gerade erst begonnen. Einmal im Monat kamen sie jedoch zu uns, um halbherzig ein paar Kisten Obst abzuholen, doch unsere besten Vorräte waren gut versteckt, und meine Mutter schickte mich jedes Mal hinaus in den Obstgarten, wenn die Soldaten erschienen. Aber ihre grauen Uniformen weckten meine Neugier, und manchmal hockte ich in meinem Ausguck und beschoss die vorüberfahrenden Militärfahrzeuge mit imaginären Raketen. Ich war den Deutschen nicht unbedingt feindselig gesinnt, das waren wir Kinder alle nicht; eher gedankenlos wiederholten wir die Schimpfwörter, die wir von unseren Eltern kannten – dreckige Boches, Nazischweine. Ich hatte keine Ahnung, was sich im besetzten Frankreich abspielte, und keine Vorstellung davon, wo Berlin lag.

Einmal kamen sie zu Denis Gaudin, Jeannettes Großvater, um seine Geige zu holen. Jeannette erzählte mir am nächsten Tag davon. Es dämmerte schon, und die Fensterläden waren bereits geschlossen, als sie hörte, wie es an der Tür klopfte. Sie öffnete, und ein deutscher Offizier stand vor ihr. In gebrochenem Französisch sagte er höflich zu ihrem Großvater: »Monsieur, ich ... habe gehört ... Sie haben ... eine Geige. Ich ... brauche sie.«

Einige Offiziere hatten offenbar beschlossen, ein kleines Orchester zusammenzustellen. Ich nehme an, sie brauchten etwas zum Zeitvertreib.

Der alte Denis Gaudin sah den Offizier an und erklärte freundlich: »Eine Geige, mein Herr, ist wie eine Frau. Man verleiht sie nicht.« Dann schloss er leise die Tür. Jeannette sah ihren Großvater mit großen Augen an. Von draußen war kein Laut zu hören. Dann plötzlich fing der

Offizier laut zu lachen an und immer wieder auszurufen: »Wie eine Frau! Wie eine Frau!«

Er kam nie wieder, und Denis behielt seine Geige noch lange Zeit, fast bis zum Ende des Krieges.

4

Zum ersten Mal in jenem Sommer galt mein Interesse nicht hauptsächlich den Deutschen. Tag und Nacht war ich damit beschäftigt, einen Plan auszuhecken, um die Alte Mutter in die Falle zu locken. Ich lernte alles über die unterschiedlichen Fangtechniken. Angelleinen für Aale, Reusen für Flusskrebse, Schleppnetze, Käscher, lebende Köder und Blinker. Ich ging zu dem alten Hourias und nervte ihn so lange, bis er mir alles erzählte, was er über Köder wusste. Ich grub Regenwürmer aus dem Uferschlamm und lernte, sie in meinem Mund warm zu halten. Ich fing Schmeißfliegen und fädelte sie auf Schnüre, die mit Angelhaken gespickt waren. Aus Weidenruten und Schnüren bastelte ich Fallen, die ich mit Ködern aus Küchenabfällen bestückte. Bei der leisesten Berührung würde die Falle zuschnappen, ein darunter gespannter Ast würde freikommen und die ganze Vorrichtung aus dem Wasser schleudern. In den schmalen Rinnen zwischen den Sandbänken spannte ich Netze. Am Ufer stellte ich Angeln auf, von denen Schnüre mit Klößchen aus verdorbenem Fleisch ins Wasser hingen. Auf diese Weise fing ich jede Menge Hechtbarsche, kleine Alwen, Gründlinge, Elritzen und Aale. Manche nahm ich mit nach Hause und sah meiner Mutter dabei zu, wie sie sie ausnahm. Die Küche war mittlerweile der einzige neutrale Ort im Haus, ein Ort des

Waffenstillstands in unserem Privatkrieg. Ich stand neben ihr, lauschte ihrer monotonen Stimme und half ihr bei der Zubereitung ihrer *bouillabaisse angevine* – einer Fischsuppe mit roten Zwiebeln und Thymian – und von im Ofen gebackenem Hechtbarsch mit Estragon und Pilzen. Einige der Fische, die ich fing, hängte ich an die Piratenfelsen – bunte, stinkende Girlanden, Warnung und Herausforderung zugleich.

Die Alte Mutter ließ sich jedoch nicht blicken. Sonntags, wenn Reine und Cassis schulfrei hatten, versuchte ich, sie mit meinem Jagdfieber anzustecken. Aber seit Reine-Claude Anfang des Jahres ins *collège* aufgenommen worden war, lebten die beiden in einer anderen Welt. Cassis war fünf Jahre älter als ich, Reine nur drei. Dennoch kamen mir die beiden gleich alt vor, beinahe erwachsen; mit ihrer dunklen Haut und den hohen Wangenknochen sahen sie sich so ähnlich, dass man sie für Zwillinge hätte halten können. Sie flüsterten häufig miteinander, sprachen über Freunde, die ich nicht kannte, lachten über Witze, die ich nicht verstand. In ihren Gesprächen fielen immer wieder Namen, die mir fremd waren. Monsieur Toupet, Madame Froussine, Mademoiselle Culourd. Cassis hatte sich für alle seine Lehrer Spitznamen ausgedacht und brachte Reine zum Lachen, indem er deren Stimmen und Angewohnheiten nachahmte. Andere Namen flüsterten sie im Schutz der Dunkelheit, wenn sie glaubten, ich schliefe. Heinemann. Leibniz. Schwartz. Wenn ich sie auf diese fremdländischen Namen ansprach, fingen sie an zu kichern und liefen Arm in Arm in den Obstgarten.

Diese Heimlichtuerei irritierte mich zutiefst. Die beiden waren eine verschworene Gemeinschaft, und ich blieb außen vor. Plötzlich kam ihnen alles, was wir früher zusammen unternommen hatten, wie Kindereien vor. Der Ausguck und die Piratenfelsen gehörten jetzt mir allein.

Reine-Claude behauptete, sie wolle nicht angeln gehen, weil sie sich vor Schlangen fürchte. Lieber blieb sie in ihrem Zimmer, bürstete ihr Haar und betrachtete seufzend Fotos von Filmschauspielerinnen. Cassis hörte gelangweilt zu, wenn ich ihm aufgeregt von meinen Plänen berichtete, und fand immer neue Vorwände, um sich zurückzuziehen, er müsse einen Aufsatz schreiben, für Monsieur Toubon Lateinvokabeln lernen. Nichts ließen sie unversucht, um mich von ihnen fern zu halten. Sie trafen Verabredungen mit mir, die sie nicht einhielten, schickten mich mit unsinnigen Aufträgen quer durch Les Laveuses, versprachen, sich mit mir am Flussufer zu treffen, nur um dann allein in den Wald zu gehen, während ich mit Tränen in den Augen auf sie wartete. Wenn ich mich beschwerte, taten sie so, als wüssten sie von nichts, schlugen sich in gespielter Unschuld die Hand vor den Mund – »Hatten wir uns wirklich an der großen Ulme verabredet? Ich dachte, bei der zweiten Eiche.« – und kicherten, wenn ich traurig davonstapfte.

Nur manchmal kamen sie zum Schwimmen an den Fluss. Dann ging Reine-Claude ganz vorsichtig ins Wasser, und nur an den tiefen Stellen, wo man nicht mit Schlangen rechnen musste. Ich versuchte, ihre Aufmerksamkeit zu erregen, machte waghalsige Kopfsprünge und tauchte so lange, bis Reine-Claude anfing zu schreien, weil sie dachte, ich wäre ertrunken. Bei alldem spürte ich, wie sie sich immer weiter von mir entfernten. Ich fühlte mich schrecklich einsam.

Paul war der Einzige, der mir die Treue hielt. Obwohl er älter war als Reine-Claude und fast genauso alt wie Cassis, wirkte er jünger, unreifer. In ihrem Beisein brachte er kaum ein Wort heraus; wenn sie über die Schule redeten, lächelte er verlegen. Paul konnte nur unter Mühen lesen, und seine Handschrift wirkte so unbeholfen wie die eines kleinen Kindes. Aber er liebte Geschichten, und wenn er in den Ausguck kam, las ich ihm aus Cassis' Heften vor. Dann saßen wir zusammen im Baumhaus, zwischen uns einen Laib Brot, von dem wir uns hin und wieder eine Scheibe abschnitten, und während ich ihm Geschichten wie *Das Grab der Mumie* oder *Die Invasion vom Mars* vorlas, schnitzte Paul mit einem kleinen Messer an einem Stück Holz herum. Manchmal brachte er einen halben Camembert mit oder in Wachspapier gewickelte *rillettes*. Zu diesen kleinen Festmahlen steuerte ich dann eine Hand voll Erdbeeren bei oder einen kleinen, in Asche gewälzten Ziegenkäse, den meine Mutter *petit cendré* nannte. Vom Ausguck aus hatte ich alle meine Netze und Fallen im Blick, ich überprüfte sie stündlich, bestückte sie wenn nötig mit frischen Ködern oder entfernte kleine Fische daraus.

»Was willst du dir wünschen, wenn du sie gefangen hast?« Inzwischen war Paul davon überzeugt, dass ich die Alte Mutter erwischen würde, und wenn er von ihr sprach, war er voller Ehrfurcht.

»Weiß nicht.« Nachdenklich biss ich in meine mit *rillettes* bestrichene Brotscheibe. »Das überleg ich mir, wenn ich sie gefangen hab. Und das kann noch dauern.«

Ich konnte warten. Es waren schon drei Wochen vergangen, aber das hatte mein Jagdfieber nicht gedämpft. Im Gegenteil. Selbst die Gleichgültigkeit, mit der Cassis und Reine-Claude mir begegneten, feuerte meine Entschlossenheit noch an. Für mich war die Alte Mutter ein Talisman, der alles wieder ins Lot bringen würde, wenn ich ihn erst einmal in den Händen hielt.

Ich würde es ihnen schon zeigen. An dem Tag, an dem ich die Alte Mutter fing, würden sie mir alle mit ehrfürchtigem Staunen begegnen. Cassis, Reine. Ich konnte es kaum erwarten, das Gesicht meiner Mutter zu sehen, wie sie mich anschauen, vielleicht vor Wut die Fäuste ballen ... oder mich anlächeln und in die Arme schließen würde.

Doch weiter gingen meine Phantasien nicht, weiter wagte ich nicht zu träumen.

»Außerdem«, sagte ich betont lässig, »glaub ich nicht an Wünsche. Das hab ich dir schon mal gesagt.«

Paul sah mich verächtlich an. »Wenn du nicht an Wünsche glaubst«, fragte er, »warum machst du das alles dann überhaupt?«

Ich schüttelte den Kopf. »Weiß nicht«, erwiderte ich schließlich. »Hab nichts Besseres zu tun, nehm ich an.«

Er prustete los. »Das ist ja mal wieder typisch für dich. Absolut typisch Boise: Will die Alte Mutter fangen, weil sie nichts Besseres zu tun hat!« Und dann wälzte er sich lachend herum, rollte gefährlich nahe an den Rand der Plattform, bis Malabar, der unten am Baumstamm festgebunden war, laut anfing zu bellen und wir verstummten, um unser Versteck nicht zu verraten.

5

Wenig später fand ich den Lippenstift unter Reine-Claudes Matratze. Ein dämliches Versteck – jeder hätte ihn finden können, selbst Mutter –, aber Reinette war noch nie besonders phantasievoll gewesen. Ich war dran mit Bettenmachen, und der Lippenstift musste irgendwie unter das Betttuch geraten sein, denn dort fand ich ihn, zwischen dem Rand der Matratze und dem Bettrahmen. Zuerst wusste ich gar nicht, was es war. Unsere Mutter schminkte sich nie. Ein kleiner, goldfarbener Zylinder, wie ein kurzer, dicker Kuli. Ich drehte die Kappe ab, und als ich gerade anfing, auf meinem Arm damit herumzumalen, hörte ich Reinette hinter mir aufschreien. Sie packte mich an der Schulter und riss mich herum. Ihr Gesicht war bleich und wutverzerrt.

»Gib das her!«, fauchte sie. »Das gehört mir!« Sie versuchte, mir den Lippenstift abzunehmen, doch er fiel zu Boden und rollte unters Bett. Mit hochrotem Gesicht angelte sie ihn darunter hervor.

»Wo hast du das her?«, fragte ich neugierig. »Weiß Mama davon?«

»Das geht dich nichts an«, raunzte Reinette, als sie wieder aufstand. »Du hast kein Recht, in meinen Sachen rumzuschnüffeln. Und wehe, du erzählst irgendjemand davon.«

Ich grinste. »Vielleicht sag ich's, vielleicht nicht. Kommt drauf an.« Sie machte einen Schritt auf mich zu, aber ich war fast so groß wie sie, und obwohl sie vor Wut zitterte, wagte sie es nicht, sich mit mir anzulegen.

»Sag keinem was davon«, flehte sie. »Ich geh auch heute Nachmittag mit dir angeln, wenn du willst. Oder wir klettern in den Ausguck und lesen Zeitschriften.«

Ich zuckte die Achseln. »Mal sehen. Wo hast du das Ding her?«

Reinette sah mich an. »Versprich mir, dass du es keinem erzählst.«

»Ich versprech's.« Ich spuckte in meine Hand. Nach kurzem Zögern tat sie es mir nach. Wir besiegelten unseren Schwur mit einem feuchten Handschlag.

»Also gut.« Sie setzte sich auf die Bettkante. »Es war in der Schule, im Frühling. Wir hatten diesen Lateinlehrer, Monsieur Toubon. Cassis nennt ihn immer Monsieur Toupet, weil er aussieht, als würde er eine Perücke tragen. Er hat uns dauernd für alles Mögliche bestraft. Einmal hat er die ganze Klasse nachsitzen lassen. Wir konnten ihn alle nicht ausstehen.«

»Ein *Lehrer* hat dir den Lippenstift gegeben?«, fragte ich ungläubig.

»Nein, du Dummkopf. Hör zu. Die Deutschen haben doch die Klassenräume im Erdgeschoss und in der ersten Etage und die, die zum Hof hin liegen, beschlagnahmt. Du weißt schon, als Unterkünfte. Und den Hof brauchen sie zum Exerzieren.«

Ich hatte davon gehört. Das alte, im Zentrum von Angers gelegene Schulgebäude mit seinen geräumigen Klassenzimmern und dem großen Innenhof war ideal für die Zwecke der Deutschen. Cassis hatte uns erzählt, wie sie mit ihren grauen, an Kuhköpfe erinnernden Gasmasken exerzierten, dass es streng verboten war zuzusehen und dass die Fensterläden zum Hof jedes Mal fest geschlossen sein mussten.

»Ein paar von uns haben sich reingeschlichen und die Deutschen durch einen Spalt unter einem der Fensterläden beobachtet«, erklärte Reinette. »Eigentlich war es ziemlich langweilig. Sie marschierten einfach hin und her und schrien irgendwas auf Deutsch. Ich weiß gar nicht, was daran so geheim sein soll.« Sie verzog verächtlich den Mund.

»Jedenfalls, einmal hat der alte Toupet uns erwischt«, fuhr sie fort. »Er hat uns eine Riesenstandpauke gehalten – Cassis und mir und, ach, die Namen sagen dir sowieso nichts. Wir mussten alle den ganzen Nachmittag nachsitzen. Ich wüsste mal gern, was der sich einbildet. Der wollte doch bloß selbst die Deutschen beobachten.« Reinette zuckte die Achseln. »Jedenfalls haben wir ihm das irgendwann heimgezahlt. Der alte Toupet wohnt in der Schule – neben dem Schlafraum der Jungen –, und einmal, als er gerade nicht da war, hat Cassis sich in sein Zimmer geschlichen. Und was glaubst du wohl, was er entdeckt hat?«

»Was denn?«

»Toupet hatte ein riesiges Radio unter dem Bett versteckt. So ein Langwellengerät.« Reinette unterbrach sich, ihr schien plötzlich unbehaglich zumute zu sein.

»Na und?« Ich betrachtete den goldfarbenen Lippenstift in ihrer Hand und versuchte zu verstehen, wo der Zusammenhang war.

Sie verzog ihr Gesicht zu einem unangenehmen Erwachsenenlächeln. »Ich weiß, dass wir uns von den *boches* fern halten sollen, aber man kann ihnen nicht die ganze Zeit aus dem Weg gehen«, sagte sie herablassend. »Ich meine, wir laufen ihnen doch dauernd über den Weg, am Schultor oder im Kino.« Das war etwas, worum ich Reine-Claude und Cassis beneidete: Donnerstags durften sie mit dem Fahrrad in die Innenstadt von Angers fahren und ins Kino oder in ein Café gehen. Ich machte ein beleidigtes Gesicht.

»Erzähl weiter«, forderte ich sie auf.

»Mach ich ja«, stöhnte Reinette. »Gott, Boise, du bist immer so *ungeduldig*.« Sie strich sich die Haare aus dem Gesicht. »Wie gesagt, man kann den Deutschen nicht immer aus dem Weg gehen. Und außerdem sind sie nicht alle schlecht.« Schon wieder dieses Lächeln. »Manche sind sogar richtig nett. Jedenfalls netter als der alte Toupet.«

Ich zuckte gelangweilt die Achseln. »Also hat einer von denen dir den Lippenstift gegeben«, sagte ich verächtlich. So ein Theater wegen so einer Kleinigkeit, dachte ich. Typisch Reinette, sich dermaßen aufzuspielen.

»Wir haben ihnen gesagt – naja, einem von ihnen –, dass Toupet ein Radio hat.« Aus irgendeinem Grund errötete sie. »Er hat uns den Lippenstift gegeben, ein paar Zigaretten für Cassis und, naja, alles Mögliche.« Sie sprach jetzt ganz schnell, es sprudelte nur so aus ihr heraus, und ihre Augen leuchteten.

»Nachher hat Yvonne Cressonnet erzählt, sie hätte gesehen, wie sie an Toupets Tür geklopft haben. Sie haben das Radio abgeholt und Toupet mitgenommen, und anstatt Latein haben wir jetzt eine zusätzliche Erdkundestunde bei Madame Lambert, und keiner weiß, was mit Toupet passiert ist.«

Sie sah mir in die Augen. Ich erinnere mich, dass ihre beinahe golden schimmerten, so wie geschmolzener Zucker, kurz bevor er braun wird.

»Wahrscheinlich ist ihm überhaupt nichts passiert«, sagte ich. »Die würden einen alten Mann doch nicht an die Front schicken, bloß weil er ein Radio hat.«

»Nein, natürlich nicht.« Ihre Antwort kam zu hastig. »Außerdem hätte er es sowieso nicht haben dürfen.«

»Genau«, pflichtete ich ihr bei. Das war gegen die Regeln. Ein Lehrer hätte das wissen müssen. Reine betrachtete ihren Lippenstift, drehte ihn liebevoll hin und her.

»Du erzählst also nichts?« Sie streichelte zärtlich meinen Arm. »Du behältst es für dich, oder?«

Ich rückte von ihr weg und rieb mir unwillkürlich die Stelle, an der sie mich berührt hatte. Ich konnte es noch nie ausstehen, getätschelt zu werden. »Seht ihr die Deutschen oft, du und Cassis?«, fragte ich.

Sie hob die Schultern. »Manchmal.«

»Habt ihr denen noch mehr erzählt?«

»Nein«, erwiderte sie eilig. »Wir reden nur ein bisschen mit denen. Hör zu, Boise, du sagst keinem was davon, ja?«

Ich lächelte. »Naja, *vielleicht* sag ich nichts. Nicht, wenn du mir einen Gefallen tust.«

Sie sah mich mit zusammengekniffenen Augen an. »Was willst du von mir?«

»Ich will ab und zu mit dir und Cassis nach Angers fahren. Ins Kino und ins Café und so.« Ich schwieg einen Moment, um meine Worte wirken zu lassen, und sie warf mir einen vernichtenden Blick zu. »Sonst«, fuhr ich in gespielt unschuldigem Ton fort, »erzähle ich Mama, dass ihr mit den Leuten redet, die Papa getötet haben. Dass ihr mit ihnen redet und für sie spioniert. Für die Feinde Frankreichs. Mal sehen, was sie dazu sagt.«

Reinette starrte mich entgeistert an. »Boise, du hast es *versprochen*!«

Ich schüttelte ernst den Kopf. »Das zählt nicht. Es ist meine patriotische Pflicht.«

Ich muss ziemlich überzeugend geklungen haben. Reinette erbleichte. Dabei war es mir gar nicht so ernst damit. Ich empfand den Deutschen gegenüber ja keine Feindseligkeit. Selbst dann nicht, wenn ich mir sagte, dass sie meinen Vater getötet hatten, dass der Mann, der für seinen Tod verantwortlich war, sich womöglich in Angers aufhielt, nur eine Stunde mit dem Fahrrad entfernt, dass er in einem Café saß, Gros-Plant trank und eine Gauloise rauchte. Ich hatte das Bild deutlich vor Augen, doch es zeigte wenig Wirkung. Vielleicht, weil ich das Gesicht meines Vaters nur noch verschwommen in Erinnerung hatte. Vielleicht auch, weil Kinder Streitereien zwischen Erwachsenen am liebsten aus dem Weg gehen, genauso wie Erwachsene kein Verständnis für die Feindseligkeiten haben, die plötzlich zwischen Kindern ausbrechen. Ich hatte einen ziemlich vorwurfsvollen Ton an den Tag gelegt, aber was ich wirklich wollte, hatte weder mit unserem Vater noch mit Frankreich oder dem Krieg etwas zu tun. Ich wollte wieder *dazugehören*, wie eine Erwachsene behandelt, in Geheimnisse eingeweiht werden. Und ich wollte ins Kino gehen, Stan Laurel und Oliver Hardy sehen oder Bela Lugosi oder Humphrey Bogart, wollte zwischen Cassis und Reine-Claude im flackernden Halbdunkel sitzen, vielleicht eine Tüte Pommes frites in der Hand oder eine Lakritzschnecke.

Reinette schüttelte den Kopf. »Du bist ja verrückt. Du weißt genau, dass Mama dich niemals allein in die Stadt fahren lassen würde. Du bist viel zu jung. Außerdem –«

»Ich wäre ja nicht allein. Ich würde bei dir oder Cassis auf dem Fahrrad mitfahren«, beharrte ich. Reine benutzte das Fahrrad unserer Mutter, Cassis fuhr mit dem Rad unseres Vaters zur Schule, einem schwerfälligen, schwarzen Drahtesel. »Es sind doch bald Ferien. Wir könnten alle zusammen nach Angers fahren, ins Kino gehen, uns ein bisschen umsehen.«

Meine Schwester blickte mich finster an. »Sie will bestimmt, dass wir zu Hause bleiben und auf dem Hof helfen. Du wirst schon sehen. Sie gönnt einem keinen Spaß.«

»So oft, wie sie in letzter Zeit Orangen riecht, spielt das doch keine Rolle«, erwiderte ich. »Wir schleichen uns einfach fort. Wenn sie erst mal in ihrem verdunkelten Zimmer liegt, kriegt sie sowieso nichts mehr mit.«

Reine sah mich an und machte einen letzten, schwachen Versuch, sich zur Wehr zu setzen.

»Du bist verrückt!« Damals war in Reines Augen alles verrückt, was ich tat. Es war verrückt, im Fluss zu tauchen, es war verrückt, auf einem Bein im Baumhaus herumzuhüpfen, Widerworte zu geben, grüne Feigen oder saure Äpfel zu essen.

Ich schüttelte den Kopf. »Es ist bestimmt ganz leicht. Du kannst dich auf mich verlassen.«

Sie sehen, wie unschuldig alles anfing. Keiner von uns wollte irgendjemandem Schaden zufügen, dennoch ist die Erinnerung daran wie ein Stachel in mir. Meine Mutter erkannte die Gefahr als Erste. Ich war unruhig und angespannt. Sie spürte es und versuchte, mich zu schützen, indem sie mich in ihrer Nähe hielt, obwohl sie sich allein viel wohler fühlte. Sie begriff mehr, als ich ahnte.

Nicht dass es mich interessiert hätte. Ich hatte einen Plan, und der war so sorgfältig ausgeklügelt wie meine Hechtfallen im Fluss. Einmal dachte ich, Paul hätte mich durchschaut, aber er sagte nie ein Wort darüber. Harmlose Anfänge, die zu Lügen, Täuschung und Schlimmerem führten.

Es begann mit einem Obststand, eines Samstags auf dem Wochenmarkt. Es war der fünfte Juli, zwei Tage nach meinem neunten Geburtstag.

Es begann mit einer Orange.

6

Bisher hatte es immer geheissen, ich sei zu klein, um am Markttag mit in die Stadt zu kommen. Meine Mutter fuhr am frühen Morgen nach Angers und baute ihren kleinen Stand neben der Kirche auf. Häufig nahm sie Cassis oder Reinette mit. Ich blieb auf dem Hof zurück und sollte alle möglichen Arbeiten erledigen, doch meistens verbrachte ich die Zeit mit Angeln oder im Wald mit Paul.

Doch nun erklärte meine Mutter mir in ihrer schroffen Art, ich sei jetzt alt genug, um mich nützlich zu machen. Ich könne nicht ewig ein kleines Mädchen bleiben. Sie musterte mich mit einem durchdringenden Blick. Außerdem könne es ja sein, fügte sie hinzu – in beiläufigem Ton, ohne anzudeuten, dass es sich um eine Vergünstigung handelte –, dass ich im Laufe des Sommers einmal mit meinem Bruder und meiner Schwester ins Kino gehen wolle ...

Offenbar hatte Reinette bereits Vorarbeit geleistet. Niemand anders hätte unsere Mutter zu solch einem Zugeständnis überreden können. Sie mochte hartherzig sein, doch wenn sie mit Reinette sprach, schien ihr Blick sanfter zu werden, kam unter ihrer rauen Schale ein weicher Kern zum Vorschein. Ich murmelte irgendetwas Unverschämtes als Antwort.

»Im Übrigen schadet es nicht«, fuhr meine Mutter fort,

»wenn du lernst, Verantwortung zu übernehmen. Du kannst dich nicht immer nur rumtreiben. Es wird Zeit, dass du begreifst, worauf es im Leben ankommt.«

Ich nickte, versuchte, mich so gefügig zu geben wie Reinette.

Ich glaube nicht, dass meine Mutter sich täuschen ließ. Sie hob eine Braue und sagte spöttisch: »Du kannst mir am Stand helfen.«

Und so begleitete ich sie zum ersten Mal in die Stadt. Wir fuhren zusammen mit dem Pferdewagen, unsere Ware in Kisten verstaut und mit einer Plane bedeckt. In einer Kiste waren Kuchen und Kekse, in einer anderen Käse und Eier, und die restlichen waren mit Obst gefüllt. Die eigentliche Erntezeit hatte noch nicht begonnen, und außer den Erdbeeren, von denen es in jenem Jahr reichlich gab, war kaum etwas reif. Wir besserten unser Einkommen auf, indem wir Marmelade verkauften, gesüßt mit dem Rübenzucker vom vergangenen Herbst.

In Angers herrschte reges Treiben. Auf der Hauptstraße drängten sich Karren dicht an dicht, mit Weidenkörben beladene Fahrräder wurden durch das Gedränge geschoben, dazwischen ein kleiner, offener Wagen mit lauter Milchkannen, eine Frau trug ein Brett mit Broten auf dem Kopf. Auf bereits aufgebauten Ständen türmten sich Tomaten, Auberginen, Zucchini, Zwiebeln und Kartoffeln. Woanders wurden Wolle und Tonkrüge feilgeboten, Wein und Milch, Eingemachtes, Besteck, Obst, gebrauchte Bücher, Brot, Fisch, Blumen. Wir waren frühzeitig an unserem Platz. Neben der Kirche befand sich ein Brunnen, aus dem die Pferde trinken konnten, und außerdem war es dort schattig. Meine Aufgabe bestand darin, die Ware einzupacken und den Kunden zu reichen, während meine Mutter das Geld entgegennahm. Ihre Fähigkeiten im Kopfrechnen waren phänomenal. Sie zählte die einzelnen Beträge blitzschnell zusammen, ohne sie je aufzuschreiben, und sie brauchte nie lange zu überlegen, wie viel Wechselgeld sie herausgeben musste. Das Geld steckte sie in ihre Kitteltaschen, die Scheine rechts, die Münzen links, und der Überschuss kam in eine alte Keksdose unter der Plane. Ich weiß noch genau, wie die Dose aussah: Sie war rosa und hatte ein Rosenmuster am oberen Rand. Ich erinnere mich noch an den Klang, den die Münzen machten, wenn sie in der Blechdose landeten. Meine Mutter misstraute Banken; sie bewahrte unsere Ersparnisse in einer Kiste unter dem Kellerboden auf, zusammen mit ihren besonders wertvollen Weinflaschen.

An jenem Markttag verkauften wir innerhalb der ersten Stunde alle unsere Eier und all unseren Käse. An der Kreuzung standen Soldaten, die Gewehre lässig in der Armbeuge, die Gesichter gelangweilt. Meine Mutter bemerkte, wie ich zu den Männern in den grauen Uniformen hinüberschaute.

»Starr nicht so!«, fauchte sie mich an.

Selbst wenn sie über den Markt gingen, durften wir sie nicht beachten. Meine Mutter legte eine Hand auf meinen Arm, und ich spürte, wie sie erschauerte, als ein Deutscher an unserem Stand stehen blieb, doch ihre Miene verriet nichts. Ein stämmiger Mann mit einem runden Gesicht. Seine blauen Augen leuchteten.

»Ach, was für schöne Erdbeeren.« Seine Stimme klang gutmütig, entspannt. Mit seinen dicken Fingern nahm er eine Erdbeere und steckte sie in den Mund. »Schmeckt gut!« Er tat übertrieben verzückt, verdrehte die Augen und lachte mich an. »Wun-der-bar.« Unwillkürlich musste ich lächeln.

Meine Mutter drückte meinen Arm fester, um mich zur Ordnung zu rufen. Ich spürte die Nervosität in ihren Fingern. Erneut schaute ich den Deutschen an, versuchte zu ergründen, warum sie so angespannt war. Mit seiner Schirmmütze und der Pistole im Halfter sah er nicht gefährlicher aus als die Männer, die manchmal in unser Dorf kamen. Ich lächelte wieder, mehr aus Trotz meiner Mutter gegenüber als aus irgendeinem anderen Grund.

»Gut, ja«, wiederholte ich und nickte. Der Deutsche lachte, nahm sich noch eine Erdbeere und mischte sich wieder unter die Leute; seine schwarze Uniform in dem bunten Gewimmel auf dem Markt erinnerte an Trauerkleidung.

Später versuchte meine Mutter, mir ihr Verhalten zu erklären. Alle Männer in Uniform seien gefährlich, sagte sie, vor allem die in den schwarzen, denn sie seien keine gewöhnlichen Soldaten, sondern gehörten der Militärpolizei an. Selbst die anderen Deutschen fürchteten sich vor ihnen. Sie seien zu allem fähig. Es spiele keine Rolle, dass ich erst neun Jahre alt sei. Eine falsche Bewegung, und ich würde womöglich erschossen. *Erschossen*, ob ich das verstanden hätte. Ihr Gesicht war ausdruckslos, aber ihre Stimme zitterte, und sie fasste sich immer wieder hilflos an die Schläfe, so wie sie es tat, wenn sie Kopfschmerzen bekam. Ich hörte ihr kaum zu. Zum ersten Mal hatte ich dem Feind von Angesicht zu Angesicht gegenübergestanden. Als ich später im Ausguck darüber nachdachte, erschien mir der Mann ziemlich harmlos, regelrecht enttäuschend. Ich hatte etwas Eindrucksvolleres erwartet.

Der Markt ging bis zwölf Uhr. Wir hatten schon vorher alles verkauft, blieben aber noch, um selbst ein paar Einkäufe zu erledigen und um die übrig gebliebenen Waren einzusammeln, die wir manchmal von anderen Händlern bekamen: überreifes Obst, Fleischreste, Gemüse, das sich nicht mehr bis zum nächsten Tag halten würde. Meine Mutter schickte mich zum Stand des Lebensmittelhändlers, während sie an Madame Petits Stoffstand ein

Stück Fallschirmseide erstand, die dort unter dem Ladentisch verkauft wurde. Jede Art von Stoff war schwer zu bekommen, und wir trugen alle gebrauchte Kleider. Meins hatte meine Mutter aus zwei alten Kleidern genäht, es hatte ein graues Oberteil und einen Rock aus blauem Leinen. Der Fallschirm, erklärte meine Mutter mir, sei auf einem Feld in der Nähe von Courlé gefunden worden, und das Stück, das sie gekauft habe, reiche für eine neue Bluse für Reinette.

»Hat mich ein Vermögen gekostet«, murmelte sie. »Leute wie Madame Petit kommen immer durch, selbst im Krieg.«

Ich fragte sie, was sie damit meinte.

»Juden. Die machen alles zu Geld. Verkauft die Seide zu Wucherpreisen, obwohl sie selbst keinen Sou dafür bezahlt hat.« Es lag kein Zorn in der Stimme meiner Mutter, eher ein Hauch von Bewunderung. Als ich sie fragte, was Juden denn täten, zuckte sie die Achseln. Wahrscheinlich wusste sie es selbst nicht genau.

»Dasselbe wie wir, nehme ich an. Sie schlagen sich durch.« Sie befühlte die Seide in ihrer Kitteltasche. »Trotzdem ist es nicht recht«, murmelte sie. »Das ist Wucher.«

Mir war das alles zu kompliziert. So ein Theater um ein Stück Stoff. Aber was Reinette haben wollte, das bekam sie auch. Ein Stück Samtband, für das man Schlange stehen und um dessen Preis man feilschen musste, die besten von Mutters alten Kleidern, weiße Söckchen, die sie jeden Tag zur Schule trug, und selbst als wir anderen nur noch in Holzschuhen herumliefen, besaß Reinette ein Paar schwarze Lederschuhe mit Schnallen. Mir machte das nichts aus. Ich war an Mutters seltsame Widersprüchlichkeiten gewöhnt.

Ich lief mit meinem Korb zwischen den Ständen herum. Die Leute, die die Situation unserer Familie kannten, gaben mir, was sie nicht mehr verkaufen konnten: ein paar Melonen und Auberginen, Endiviensalat, Spinat, etwas Brokkoli, eine Hand voll Aprikosen mit Druckstellen. Als ich am Stand des Bäckers Brot kaufte, schenkte er mir noch einige Croissants und zauste mir mit seiner großen Hand freundlich das Haar. Dem Fischhändler erzählte ich von meinen Angelabenteuern, und er gab mir ein paar gute Fischreste, sorgfältig in Zeitungspapier gewickelt. An einem Obst- und Gemüsestand blieb ich eine Weile stehen, bemüht, mich nicht durch meinen gierigen Blick zu verraten. Der Händler beugte sich gerade über eine Kiste mit roten Zwiebeln, und da entdeckte ich sie, auf dem Boden neben dem Stand: In einer Kiste im Schatten lagen, in violettes Seidenpapier gewickelt, fünf Orangen. Ich hatte kaum zu hoffen gewagt, bei meinem ersten Besuch in Angers welche zu Gesicht zu bekommen, aber da waren sie, glatt und geheimnisvoll in ihrer Verpackung. Plötzlich wollte ich unbedingt eine haben, mein Verlangen war so stark, dass ich keinen anderen Gedanken mehr fassen konnte.

Eine der Orangen war an den Rand der Kiste gerollt, sie lag fast direkt vor meinen Füßen. Der Händler wandte mir immer noch den Rücken zu. Sein Gehilfe, ein Junge etwa in Cassis' Alter, war damit beschäftigt, leere Kisten in den Lieferwagen zu stapeln. Der Händler musste ein reicher Mann sein, wenn er so ein Fahrzeug besaß, sagte ich mir. Das schien mein Vorhaben zusätzlich zu rechtfertigen.

Während ich so tat, als betrachtete ich ein paar Kartoffelsäcke, schlüpfte ich aus einem meiner Holzschuhe. Dann streckte ich vorsichtig den nackten Fuß vor und schob mit meinen vom vielen Klettern geübten Zehen die Orange aus der flachen Kiste. Wie erwartet, rollte sie ein Stück zur Seite, blieb dann aber liegen, halb verdeckt von dem grünen Tuch, das einen Nachbarstand bedeckte.

Sofort stellte ich meinen Korb auf die Orange und bückte mich, als wollte ich einen Stein aus meinem Schuh entfernen. Zwischen meinen Beinen hindurch beobachtete ich den Händler, der gerade die restlichen Kisten in seinen Lieferwagen lud. Er bemerkte nicht, wie ich die gestohlene Orange in meinen Korb schmuggelte.

Es war ganz einfach, verblüffend einfach. Mein Herz klopfte so wild, und mein Gesicht brannte so heiß, dass ich fürchtete, mich zu verraten. Die Orange in dem Korb kam mir vor wie eine Handgranate. Ich richtete mich auf und ging zurück zum Standplatz meiner Mutter.

Plötzlich erstarrte ich. Von der anderen Seite des Platzes aus beobachtete mich ein deutscher Soldat. Er lehnte lässig am Brunnen, eine Zigarette in der Hand. Die Marktbesucher machten einen Bogen um ihn, und er stand reglos da, den Blick auf mich geheftet. Er musste meinen Diebstahl beobachtet haben. Es war kaum möglich, dass er nichts davon mitbekommen hatte.

Einen Augenblick lang starrte ich ihn an, vor Schreck wie gelähmt. Er starrte zurück, und ich fragte mich, was die Deutschen mit Dieben wohl machten. Dann zwinkerte er mir zu.

Nach kurzem Zögern wandte ich den Blick abrupt ab; meine Wangen brannten, die Orange in meinem Korb hatte ich schon beinahe vergessen. Ich wagte nicht, noch einmal zu ihm hinüberzusehen, obwohl sich unser Stand ganz in seiner Nähe befand. Ich zitterte so heftig, dass ich überzeugt war, meine Mutter würde es bemerken, aber sie war zu sehr mit anderen Dingen beschäftigt. Ich spürte den Blick des Deutschen in meinem Rücken und wartete eine Ewigkeit, wie es mir schien, auf einen Knall, aber nichts geschah.

Wir bauten den Stand ab und luden Böcke und Plane auf unseren Wagen. Während ich unsere Stute behutsam davor spannte, spürte ich die ganze Zeit den Blick des Deutschen. Die Orange, die ich in ein Stück Zeitungspapier vom Fischhändler gewickelt hatte, damit meine Mutter den Duft nicht bemerkte, hatte ich in meiner Schürzentasche versteckt. Ich stopfte die Hände in die Taschen, damit keine verräterische Beule die Aufmerksamkeit meiner Mutter erregte, und sagte auf der ganzen Heimfahrt kein Wort.

7

Paul war der Einzige, dem ich von der Orange erzählte, und das auch nur, weil er unerwartet im Ausguck auftauchte und mich dabei erwischte, wie ich meine Beute stolz bewunderte. Er hatte noch nie eine Orange gesehen. Zuerst dachte er, es wäre ein Ball. Als ich sie ihm reichte, nahm er sie beinahe ehrfürchtig in beide Hände, als könnte sie plötzlich Flügel bekommen und davonfliegen.

Wir halbierten die Frucht und hielten die beiden Hälften über große Blätter, damit kein Tropfen des kostbaren Safts verloren ging. Es war eine gute Orange, mit dünner Schale und wunderbar süß. Ich erinnere mich noch, wie gierig wir den Saft aussaugten, wie wir das Fruchtfleisch mit den Zähnen von der Schale rissen und solange darauf herumkauten, bis wir einen bitteren Geschmack im Mund hatten. Paul wollte die Schalen schon im hohen Bogen aus dem Baumhaus werfen, doch ich hielt ihn zurück.

»Gib sie mir«, sagte ich.

»Warum?«

»Ich brauch sie noch.«

Als er weg war, machte ich mich daran, den letzten Teil meines Plans auszuführen. Mit dem Taschenmesser schnitt ich die Orangenschale in winzige Stücke. Der verführerische, süßsaure Duft stieg mir in die Nase. Auch die Blätter, die wir als Teller benutzt hatten, hackte ich klein; sie dufteten fast nicht, aber sie würden die Schalenstücke eine Zeit lang feucht halten. Dann wickelte ich das Gemisch in ein Stück Musselin, das ich aus einer Kiste mit Einweckutensilien meiner Mutter gestohlen hatte, und band es fest zu. Anschließend legte ich den Musselinbeutel mit seinem duftenden Inhalt in eine Tabaksdose, die ich in meine Tasche steckte.

Ich hätte eine gute Mörderin abgegeben. Alles war sorgfältig geplant, die Spuren des Verbrechens innerhalb weniger Minuten beseitigt. Ich wusch mich in der Loire, um den Orangenduft von meinem Gesicht und meinen Händen zu entfernen, schrubbte meine Handflächen mit Sand, bis sie wund waren, reinigte mir die Fingernägel mit einem kleinen Stöckchen. Auf dem Heimweg durch die Felder pflückte ich wilde Minze und rieb damit meine Achselhöhlen, Hände, Knie und meinen Hals ein, um womöglich verbliebene Duftspuren zu überdecken. Meine Mutter bemerkte jedenfalls nichts, als ich nach Hause kam. Sie war gerade dabei, aus den Fischresten vom Markt eine Suppe zuzubereiten, und die ganze Küche war erfüllt vom Duft nach Rosmarin, Knoblauch und Tomaten.

Gut. Ich berührte die Tabaksdose in meiner Tasche. Sehr gut.

Natürlich wäre mir ein Donnerstag lieber gewesen. Donnerstags fuhren Cassis und Reinette gewöhnlich nach Angers, denn an dem Tag bekamen sie ihr Taschengeld. Andererseits war ja noch gar nicht sicher, dass mein Plan funktionierte. Das musste ich erst ausprobieren.

Ich versteckte die Tabaksdose – nachdem ich sie geöffnet hatte – unter dem Ofenrohr im Wohnzimmer. Der Ofen war natürlich kalt, aber die Rohre, die ihn mit dem heißen Küchenherd verbanden, waren warm genug für meine Zwecke. Innerhalb weniger Minuten verbreitete der Inhalt des Musselinbeutels einen unverkennbaren Duft.

Wir setzten uns zum Essen an den Tisch.

Die Fischsuppe schmeckte köstlich, und ich aß mit großem Appetit. Frisches Fleisch gab es damals äußerst selten, aber das Gemüse bauten wir selbst an, und meine Mutter bewahrte drei Dutzend Flaschen Olivenöl in ihrem Versteck im Keller auf.

»Boise, nimm die Ellbogen vom Tisch!«, sagte sie schroff, und ich sah, wie sie sich unwillkürlich an die Schläfen fasste. Ich musste lächeln. Es funktionierte.

Meine Mutter saß dem Ofenrohr am nächsten. Wir aßen schweigend, doch immer wieder rieb sie sich die Schläfen, die Wangen und die Augen. Cassis und Reine beugten sich stumm über ihre Teller. Die Hitze war drückend, und beinahe hätte ich vor Mitgefühl selbst Kopfschmerzen bekommen.

Plötzlich fauchte sie: »Ich rieche Orangen. Hat einer von euch Orangen ins Haus gebracht?« Ihre Stimme klang schrill, vorwurfsvoll. »Nun? *Nun?*«

Wir schüttelten den Kopf.

Wieder griff sie sich an die Schläfen, massierte sie vorsichtig.

»Ich weiß genau, dass ich Orangen rieche. Habt ihr wirklich keine Orangen mitgebracht?«

Cassis und Reine saßen am weitesten von der Tabaksdose entfernt, und vor ihnen stand der Topf mit Suppe, die nach Wein, Fisch und Olivenöl duftete. Außerdem kannten wir die Migräneanfälle unserer Mutter; die beiden wären nie auf die Idee gekommen, dass der Orangenduft, von dem sie sprach, auf etwas anderem beruhen könnte, als auf ihrer Einbildung. Ich hielt mir die Hand vors Gesicht, um mein Lächeln zu verbergen.

»Boise, das Brot bitte.«

Ich reichte ihr den Brotkorb. Sie nahm ein Stück, aß jedoch keinen Bissen davon, sondern schob es gedankenversunken auf der roten Plastiktischdecke hin und her, drückte ihre Finger in die weiche Mitte, sodass sich lauter Krümel um ihren Teller herum verteilten. Wenn ich das getan hätte, hätte sie mich sofort zurechtgewiesen.

»Boise, geh bitte den Nachtisch holen.«

Mit kaum verhohlener Erleichterung stand ich auf. Vor Aufregung und Angst war mir beinahe übel, und als ich mein Spiegelbild in den blank geputzten Töpfen sah, schnitt ich mir boshafte Grimassen. Der Nachtisch bestand aus Obst und selbst gebackenen Keksen – aus zerbrochenen, natürlich; die Guten verkaufte sie. Ich beobachtete, wie meine Mutter die Aprikosen, die wir vom Markt mitgebracht hatten, misstrauisch untersuchte. Sie drehte jede Einzelne mehrmals um, roch sogar daran, als könnte eine davon eine verkleidete Orange sein. Dabei hatte sie eine Hand die ganze Zeit an der Schläfe, wie um ihre Augen vor grellem Sonnenlicht zu schützen. Sie nahm einen halben Keks, zerkrümelte ihn jedoch nur über ihrem Teller.

»Reine, spül das Geschirr ab. Ich gehe in mein Zimmer und lege mich hin. Ich glaube, ich kriege Kopfschmerzen.« Die Stimme meiner Mutter klang normal, nur ihre Finger, die immer wieder über ihr Gesicht und ihre Schläfen fuhren, verrieten ihre Qual. »Reine, vergiss nicht, die Vorhänge zuzuziehen und die Fensterläden zu schließen. Boise, räum die Teller ordentlich weg, wenn Reine mit dem Spülen fertig ist.« Selbst in diesem Zustand war es ihr wichtig, ihre strenge Ordnung aufrechtzuerhalten. Die Teller, sorgfältig mit einem sauberen Tuch abgetrocknet, mussten nach Größe und Farbe sortiert werden. Das Geschirr einfach abtropfen zu lassen, kam nicht in Frage. Die Geschirrtücher mussten draußen ordentlich zum Trocknen aufgehängt werden. »Macht das Spülwasser heiß genug, habt ihr gehört?«, sagte sie gereizt. »Und denkt dran, die guten Teller auf beiden Seiten abzutrocknen. Dass ihr mir nichts halbnass in den Schrank stellt, verstanden?«

Ich nickte. Sie verzog das Gesicht. »Reine, gib Acht, dass Boise alles richtig macht.« Ihre Augen wirkten beinahe fiebrig. Mit einer seltsam ruckartigen Bewegung drehte sie den Kopf und warf einen Blick auf die Uhr. »Und verriegelt die Türen. Die Fensterläden auch.« Endlich machte sie sich auf den Weg, drehte sich jedoch noch einmal um, zögerte, sträubte sich, uns unbeaufsichtigt zu lassen. In dem scharfen Ton, mit dem sie ihre Ängstlichkeit überspielte, sagte sie zu mir: »Sei vorsichtig mit den guten Tellern, Boise.«

Dann war sie weg. Ich hörte, wie sie im Badezimmer Wasser laufen ließ. Ich zog die Vorhänge im Wohnzimmer zu, holte die Tabaksdose aus ihrem Versteck hervor, ging in den Flur und sagte so laut, dass meine Mutter es hören konnte: »Ich mach die Fensterläden in den Schlafzimmern zu.«

Zuerst nahm ich mir das Zimmer meiner Mutter vor. Ich schloss die Fensterläden, zog den Vorhang vor, dann sah ich mich hastig um. Im Badezimmer lief immer noch Wasser. Schnell entfernte ich den gestreiften Bezug vom Kopfkissen, schnitt mit meinem Taschenmesser einen winzigen Schlitz in den Saum und drückte den Musselinbeutel hinein. Mit der Klinge schob ich ihn so tief wie möglich in die Federn, damit keine verräterische Beule zu sehen war. Anschließend steckte ich das Kissen zurück in die Hülle und zog mit wild klopfendem Herzen die Bettdecke wieder glatt.

Gerade rechtzeitig schlüpfte ich aus dem Zimmer. Meine Mutter kam mir auf dem Flur entgegen, warf mir einen misstrauischen Blick zu, sagte aber nichts. Sie wirkte abwesend, ihre Augenlider waren schwer, und ihr Haar hing offen über ihre Schultern. Sie duftete nach Seife, und im Halbdunkel des Flurs sah sie aus wie Lady Macbeth – über die ich kürzlich in einem von Cassis' Heftchen gelesen hatte –, wie sie sich das Gesicht rieb, als wäre es Blut und kein Orangensaft, den sie vergeblich wegzuwischen versuchte.

Einen Augenblick lang zögerte ich. Sie sah so alt aus, so erschöpft. In meinem Kopf begann es zu pochen, und ich fragte mich, was sie tun würde, wenn ich zu ihr gehen und mich an sie schmiegen würde. Tränen stiegen mir in die Augen. Warum tat ich ihr das an? Dann dachte ich an die Alte Mutter, die am Grund der Loire lauerte, an ihren wahnsinnigen, boshaften Blick und an den Schatz in ihrem Bauch.

»Was gibt's da zu glotzen?«, fuhr meine Mutter mich an.

»Nichts.« Meine Augen waren wieder trocken. Sogar das Pochen in meinem Kopf verschwand so schnell, wie es gekommen war. »Gar nichts.«

Ich hörte, wie sie die Tür hinter sich schloss, und ging zurück ins Wohnzimmer, wo mein Bruder und meine Schwester auf mich warteten. Innerlich musste ich grinsen.

8

»Du bist ja verrückt!« Reinette waren mal wieder die Argumente ausgegangen, aber das dauerte ja nie besonders lange.

»Ob wir es morgen machen oder ein andermal, ist doch egal«, erklärte ich ihr. »Sie schläft bestimmt den ganzen Vormittag, und wenn wir unsere Arbeit im Haus erledigt haben, können wir einfach verschwinden.« Ich sah sie durchdringend an. Da ist immer noch die Sache mit dem Lippenstift, sagte ihr mein Blick. Es war erst zwei Wochen her. Ich hatte es nicht vergessen. Cassis beäugte uns neugierig; anscheinend hatte sie ihm nichts davon erzählt.

»Sie wird bestimmt wütend, wenn sie es rauskriegt«, sagte er langsam.

Ich zuckte die Achseln. »Wie soll sie es denn rauskriegen? Wir sagen einfach, wir waren im Wald Pilze sammeln. Wahrscheinlich liegt sie sowieso noch im Bett, wenn wir zurückkommen.«

Cassis überlegte. Reinette sah ihn zugleich flehend und ängstlich an.

»Sag doch was, Cassis«, bettelte sie. Dann, mit leiser, zerknirschter Stimme: »Sie weiß Bescheid. Sie hat's rausgefunden. Fast alles hat sie aus mir rausgequetscht.«

»Oh.« Er schaute mich an, und ich spürte, dass sich zwischen uns etwas änderte; in seinem Blick lag fast so etwas wie Bewunderung. Er zuckte die Achseln – *wen interessiert das schon?* –, musterte mich jedoch immer noch aufmerksam und prüfend.

»Es war nicht meine Schuld«, jammerte Reinette.

»Sie ist eben ein schlaues, kleines Biest«, sagte Cassis leichthin. »Früher oder später hätte sie es sowieso rausgefunden.« Das war ein großes Lob, und einige Monate zuvor wäre ich vor Stolz schwach geworden, doch nun starrte ich ihn nur unverwandt an. »Außerdem«, fuhr er in demselben beiläufigen Ton fort, »ob wir sie mitnehmen oder nicht, sie kann sowieso nicht bei Mama petzen gehen.« Ich war erst neun, ziemlich frühreif für mein Alter, aber immer noch kindlich genug, um mich durch seine verächtliche Bemerkung verletzt zu fühlen.

»Ich *petze* nicht!«

»Meinetwegen kannst du mitkommen, Hauptsache, du bezahlst für dich selbst«, erwiderte er ungerührt. »Ich sehe nicht ein, warum wir für dich bezahlen sollen. Ich nehme dich auf meinem Fahrrad mit, mehr nicht. Um alles andere musst du dich selbst kümmern. Abgemacht?«

Es war ein Test. Ich sah es an seinem spöttischen Lächeln, dem Lächeln des großen Bruders, der manchmal sein letztes Stück Schokolade mit mir teilte, manchmal aber auch mit meinen Armen Brennnessel spielte, bis sich blaue Flecken unter meiner Haut bildeten.

»Aber sie kriegt doch noch gar kein Taschengeld«, sagte Reinette. »Was hat sie davon, wenn wir sie mitnehmen und –«

Cassis zuckte die Achseln. Es war eine typische abschließende Geste, eine männliche Geste – *Ich habe gesprochen*. Die Arme vor der Brust verschränkt, wartete er lächelnd auf meine Reaktion.

»In Ordnung«, sagte ich, bemüht, gelassen zu wirken. »Von mir aus.«
»Also gut«, entschied er. »Morgen fahren wir.«

9

Morgens mussten wir immer als Erstes das Wasser, das zum Kochen und Waschen benötigt wurde, mit Eimern in die Küche schleppen. Wir hatten kein fließendes Wasser, nur die Handpumpe am Brunnen hinter dem Haus. Auch Elektrizität gab es noch nicht in Les Laveuses, und als die Gasflaschen knapp wurden, kochten wir auf dem mit Holz befeuerten Herd in der Küche. Der Ofen befand sich draußen, es war ein altmodischer Holzkohleofen, der aussah wie ein riesiger Zuckerhut. Neben dem Ofen stand der Brunnen. Alles Wasser, das wir brauchten, holten wir von dort; einer von uns hielt den Eimer, und der andere bediente die Pumpe. Die Brunnenöffnung war mit einem Holzdeckel samt Vorhängeschloss gesichert, um Unfälle zu verhindern. Wenn meine Mutter uns nicht sehen konnte, wuschen wir uns unter der Handpumpe, stellten uns einfach unter den kalten Wasserstrahl. Wenn sie dabei war, mussten wir kleine Zinkwannen mit auf dem Herd angewärmtem Wasser benutzen und uns mit rauer Teerseife schrubben, die unsere Haut wie Bimsstein aufscheuerte und auf dem Wasser hässlichen, grauen Schaum hinterließ.

An jenem Sonntag wussten wir, dass unsere Mutter vorerst nicht aufstehen würde. Wir hatten gehört, wie sie in der Nacht gestöhnt und sich in dem großen Bett, das sie früher mit unserem Vater geteilt hatte, hin und her gewälzt hatte, wie sie im Zimmer auf und ab gegangen war und die Fenster geöffnet hatte, um frische Luft hereinzulassen. Mit lautem Knall waren die Fensterläden gegen die Hauswand geschlagen. Ich hatte lange wach gelegen und den Geräuschen aus ihrem Zimmer gelauscht. Gegen Mitternacht war ich eingeschlafen; als ich etwa eine Stunde später wieder aufwachte, rumorte sie immer noch in ihrem Zimmer herum.

Heute mag es herzlos klingen, aber alles, was ich damals empfand, war Genugtuung. Ich bereute nicht, was ich getan hatte, verspürte nicht einmal Mitleid mit ihr. Damals hatte ich keine Vorstellung davon, wie sehr sie litt, wie qualvoll Schlaflosigkeit sein kann. Dass der kleine, mit Orangenschalen gefüllte Beutel in ihrem Kopfkissen eine solche Wirkung zeigte, war beinahe unfassbar für mich. Je mehr sie sich auf dem Kissen wälzte, desto intensiver musste der Duft geworden sein, verstärkt durch ihre Körperwärme. Und je intensiver der Duft wurde, desto größer wurde ihre Angst, dass es nicht mehr lange dauern konnte, bis der Migräneanfall kam. Ihre Nase sagte ihr, dass sie Orangen roch, aber ihr Verstand widersprach – *Wo sollen Orangen herkommen, Herrgott nochmal?* –, dennoch war das ganze Zimmer erfüllt von ihrem Duft.

Um drei Uhr stand sie auf, zündete eine Lampe an und begann, in ihre Kladde zu schreiben. Ich könnte nicht beweisen, dass sie die Zeilen zu dem Zeitpunkt geschrieben hat – sie hat ihre Aufzeichnungen nie datiert –, dennoch bin ich mir ganz sicher.

»Es ist schlimmer denn je«, schreibt sie. Ihre Handschrift ist winzig, wie eine Ameisenkolonne, die in violetter Tinte über die Seite krabbelt. »Ich liege im Bett und frage mich, ob ich je wieder Schlaf finden werde. Was auch geschieht, schlimmer kann es nicht mehr werden. Selbst verrückt zu werden, wäre eine Gnade.« Und später, unter einem Rezept für einen Kartoffel-Vanille-Auflauf, notiert sie: »Wie die Uhr bin ich halbiert. Um drei Uhr morgens scheint alles möglich.«

Danach nahm sie ihre Morphiumtabletten. Sie bewahrte sie im Badezimmerschrank auf, neben dem Rasierzeug meines toten Vaters. Ich hörte, wie sie die Tür öffnete und mit ihren nackten, schweißfeuchten Füßen über die Holzdielen tappste. Das Tablettenfläschchen wurde gerüttelt, dann goss sie aus einer Karaffe Wasser in eine Tasse. Als ich einige Zeit später aufstand, schlief sie tief und fest.

Reinette und Cassis schliefen auch noch, und das Licht, das unter den dichten Vorhängen hereindrang, war fahl. Es musste etwa fünf Uhr sein. Ich tastete im Dunkeln nach meinen Kleidern, zog mich hastig an und schlich lautlos aus unserem kleinen Zimmer. Es gab noch viel zu tun, bevor ich meine Geschwister wecken konnte.

Zuerst horchte ich an der Schlafzimmertür meiner Mutter. Stille. Ganz vorsichtig drückte ich die Türklinke hinunter. Eine Diele unter meinen Füßen knarrte – ein Geräusch wie von einem Knallfrosch. Ich erstarrte mitten in der Bewegung und lauschte angestrengt, ob sich ihr Atemrhythmus änderte. Als er gleichmäßig blieb, schob ich die Tür auf. Ein Fensterladen war nicht ganz geschlossen, und Licht drang ins Zimmer. Meine Mutter lag quer auf dem Bett. Sie hatte im Schlaf die Decke weggestrampelt, ein Kopfkissen war auf den Boden gefallen, das andere lag unter ihrem ausgestreckten Arm. Ihr Kopf hing halb aus dem Bett, und ihre Haare berührten den Boden. Es verwunderte mich nicht festzustellen, dass das Kissen, auf dem ihr Arm ruhte, dasjenige war, in dem ich den Musselinbeutel versteckt hatte. Ich kniete mich neben ihr auf den Boden. Sie atmete tief und regelmäßig. Unter ihren bläulich verfärbten Lidern bewegten ihre Augäpfel sich hin und her. Vorsichtig schob ich meine Hand in den Kissenbezug.

Es war ganz leicht. Meine Finger arbeiteten sich zu dem Säckchen vor, ich bekam es zu fassen und zog es langsam aus seinem Versteck, bis es sicher in meiner Handfläche lag. Meine Mutter rührte sich nicht. Ich hielt ihr das Säckchen unter die Nase, presste es zusammen, damit der Duft sich noch einmal entfalten konnte. Meine Mutter wimmerte im Schlaf und wandte den Kopf ab. Schließlich stopfte ich das Beutelchen in meine Tasche.

Nachdem ich noch einmal einen Blick auf meine Mutter geworfen hatte, als wäre sie ein gefährliches Ungeheuer, das sich schlafend stellt, schlich ich zum Kamin hinüber. Obenauf stand eine schwere, vergoldete Uhr mit einer gläsernen Kuppel. Sie wirkte seltsam unpassend über dem leeren, schwarzen Kamin, zu prachtvoll für das Zimmer meiner Mutter. Sie war ein Erbstück ihrer Mutter und eins ihrer wertvollsten Besitztümer. Ich hob die Glaskuppel hoch und drehte die Zeiger vorsichtig rückwärts, fünf Stunden, sechs, dann stülpte ich das Glas wieder über die Uhr.

Anschließend kramte ich die anderen Gegenstände auf dem Kaminsims um – ein gerahmtes Foto meiner Eltern, ein Foto meiner Großmutter, eine Vase mit einem Strauß getrockneter Blumen, eine Schale, in der drei Haarnadeln und eine gebrannte Mandel von Cassis' Tauffeier lagen. Die Fotos drehte ich zur Wand, die Vase stellte ich auf den Boden, die Haarnadeln klaubte ich aus der Schale und steckte sie in die Schürzentasche meiner Mutter. Dann hob ich die Kleidungsstücke, die sie am Abend ausgezogen hatte, vom Boden auf und verteilte sie im ganzen Zimmer. Einen Holzschuh legte ich auf den Lampenschirm, den anderen auf die Fensterbank. Das Kleid hängte ich ordentlich auf einen Bügel hinter der Tür, aber die Schürze breitete ich auf dem Boden aus wie eine Picknickdecke. Zum Schluss öffnete ich den Kleiderschrank und stellte die Tür so, dass meine Mutter sich vom Bett aus in dem auf der Innenseite befindlichen Spiegel sehen musste. Es würde das Erste sein, was sie erblickte, wenn sie aufwachte.

All das tat ich nicht aus Boshaftigkeit. Ich wollte ihr nicht wehtun, ich wollte sie nur verwirren, sie glauben lassen, sie hätte wirklich einen Anfall gehabt und ohne es zu wissen die Gegenstände auf dem Kaminsims umgekramt, ihre Kleidung im Zimmer verteilt und an der Uhr gedreht. Von meinem Vater wusste ich, dass sie manchmal Dinge tat, an die sie sich später nicht erinnerte, dass die Schmerzen sie in tiefste Verwirrung stürzen konnten. Die Wanduhr in der Küche zum Beispiel kam ihr plötzlich halbiert vor; sie sah nur noch die eine Hälfte und dort, wo die andere Hälfte sich befinden musste, die blanke Wand. Oder ein Weinglas schien sich aus eigener Kraft zu bewegen, stand erst rechts vom Teller, dann links. Oder ein Gesicht – meins, das meines Vaters, das von Raphaël im Café – bestand auf einmal nur noch aus einer Hälfte, als wäre die andere abgeschnitten worden, oder die Buchstaben in ihrem Kochbuch begannen, über die Seite zu tanzen.

All diese Einzelheiten kannte ich damals natürlich nicht. Das meiste erfuhr ich aus ihrer Kladde, aus ihren Aufzeichnungen, die manchmal regelrecht verzweifelt wirkten – »Um drei Uhr morgens scheint alles möglich« –, manchmal fast klinisch in der distanzierten Sachlichkeit, mit der sie die Symptome beschrieb.

»Wie die Uhr bin ich halbiert.«

10

Reine und Cassis schliefen immer noch, als ich mich auf den Weg machte. Ich schätzte, dass mir noch etwa eine halbe Stunde blieb, um meinen Plan zu vollenden, bevor sie von allein aufwachten. Ich schaute in den Himmel. Er war klar und hatte eine grünliche Farbe, mit einem blassgelben Streifen am Horizont. Noch zehn Minuten vielleicht, dann würde die Sonne aufgehen. Ich musste mich beeilen.

Ich holte einen Eimer aus der Küche, schlüpfte in meine Holzschuhe und lief so schnell ich konnte zum Fluss hinunter. Ich nahm die Abkürzung durch das Feld der Familie Hourias, auf dem Sonnenblumen ihre haarigen, noch grünen Köpfe in den bleichen Himmel reckten. In geduckter Haltung eilte ich zwischen den großen Blättern hindurch, die mich vor Blicken schützten, und der Eimer schlug mir bei jedem Schritt gegen das Bein. In weniger als fünf Minuten erreichte ich die Piratenfelsen.

Um fünf Uhr morgens liegt ein feiner Nebel über der ruhig dahinfließenden Loire. Das Wasser ist wunderbar zu dieser frühen Stunde, kühl und geheimnisvoll bleich, die Sandbänke erheben sich wie einsame Kontinente. Der Fluss duftet nach Nacht, und hier und da glitzert das erste Morgenlicht auf der Oberfläche. Ich zog meine Schuhe und mein Kleid aus und musterte das Wasser. Es wirkte trügerisch ruhig.

Der Letzte der Piratenfelsen, der Schatzfelsen, war etwa zehn Meter vom Ufer entfernt, und das Wasser um ihn herum sah seltsam samten aus, ein Anzeichen für eine starke Strömung. Ich könnte ertrinken, schoss es mir plötzlich durch den Kopf, und die Leute würden noch nicht einmal wissen, wo sie mich suchen sollten.

Aber ich hatte keine Wahl. Cassis hatte mich herausgefordert. Ich musste für alles selbst bezahlen. Wie sollte ich das tun ohne eigenes Taschengeld, wenn nicht mit dem Geldbeutel aus der Schatzkiste? Natürlich konnte es sein, dass er ihn längst herausgenommen hatte. Wenn ja, würde ich versuchen, etwas aus dem Portemonnaie meiner Mutter zu stehlen. Aber das widerstrebte mir. Nicht weil ich Diebstahl für besonders verwerflich gehalten hätte, sondern weil meine Mutter ein unglaublich gutes Gedächtnis hatte. Sie wusste immer ganz genau, wie viel Geld sich in ihrer Börse befand, bis auf den letzten *centime*. Sie würde mich sofort durchschauen.

Nein. Es musste die Schatzkiste sein.

Seit Cassis und Reinette Ferien hatten, waren sie kaum am Fluss gewesen. Sie hatten jetzt ihre eigenen Schätze – *Erwachsenen*schätze –, an denen sie sich erfreuten. Die wenigen Münzen in dem Geldbeutel beliefen sich auf ein paar Francs, mehr nicht. Ich verließ mich auf Cassis' Faulheit, auf seine Überzeugung, nur er sei in der Lage, die Schatzkiste heraufzuholen. Ich war mir sicher, dass das Geld noch dort war.

Vorsichtig stieg ich ins Wasser. Es war kalt, und der Flussschlamm kroch mir zwischen die Zehen. Ich watete weiter, bis das Wasser mir bis zur Taille reichte. Jetzt konnte ich die Strömung spüren, sie zerrte an mir wie ein ungeduldiger Hund an der Leine. Gott, wie stark sie hier schon war! Ich legte eine Hand an den ersten Pfeiler, drückte mich ab und ging einen Schritt weiter. Ein kleines Stück vor mir war die Stelle, wo der Grund steil abfiel und ich nicht mehr stehen konnte. Wenn er diese Stelle erreichte, tat Cassis immer so, als würde er ertrinken, ließ sich rücklings in die trüben Fluten fallen, schlug mit den Armen um sich und schrie und spuckte braunes Flusswasser. Reine fiel jedes Mal darauf herein, und sie kreischte vor Angst, wenn er untertauchte.

Ich hatte keine Zeit für solche Scherze. Mit den Zehen tastete ich nach der Kante. Da. Ich stieß mich ab, um mit dem ersten Schwimmzug so weit wie möglich zu gelangen, dabei hielt ich mich links von den Piratenfelsen. An der Oberfläche war das Wasser wärmer und die Strömung weniger stark. In einem leichten Bogen schwamm ich vom ersten Piratenfelsen zum nächsten. Die Pfeiler standen in Abständen von ungefähr vier Metern hintereinander. Wenn ich mich von einem der Pfeiler kräftig abstieß, schaffte ich mit einem Schwimmzug gut anderthalb Meter; dabei hielt ich mich stromaufwärts, um mit der Strömung zum nächsten Pfeiler zu gelangen. Wie ein kleines Boot, das gegen starken Wind ankämpft, arbeitete ich mich auf den Schatzfelsen zu, während ich die Strömung immer deutlicher spürte. Schließlich erreichte ich den vierten Pfeiler und stieß mich ab, um an mein Ziel zu gelangen. Doch die Strömung war so stark, dass ich am Schatzfelsen vorbeitrieb. Panik erfasste mich, als ich, wild mit Armen und Beinen rudernd, immer weiter in die Flussmitte geriet. Außer Atem und den Tränen nahe, gelang es mir schließlich, mich in die Nähe des letzten Pfeilers vorzukämpfen und die Kette zu ergreifen, an der die Schatzkiste befestigt war. Sie war mit grünem Schleim überzogen und fühlte sich eklig und glitschig an, doch ich hangelte mich an ihr entlang, um auf die andere Seite des Pfeilers zu gelangen.

Einen Moment lang verharrte ich dort und wartete, bis

mein wild pochendes Herz sich wieder beruhigt hatte. Dann, mit dem Rücken gegen den Pfeiler gedrückt, zog ich die Schatzkiste aus ihrem schlammigen Versteck. Das war gar nicht so einfach. Die Kiste selbst wog nicht besonders viel, aber mitsamt der Kette und der wasserdichten Plane, mit der sie umwickelt war, kam sie mir bleischwer vor. Zitternd vor Kälte, mit klappernden Zähnen, zerrte ich an der Kette, bis ich endlich spürte, dass etwas nachgab. Während ich wie verrückt mit den Beinen strampelte, um meine sichere Position an dem Pfeiler nicht zu verlieren, zog ich die Kiste herauf. Beinahe wäre ich erneut in Panik geraten, als sich meine Füße in der schlammverschmierten Plane verhedderten, doch dann spürte ich das Seil in meinen Händen, mit dem die Kiste an der Kette befestigt war. Zuerst dachte ich, mit meinen klammen Fingern würde ich es nicht schaffen, die Kiste zu öffnen, doch im nächsten Augenblick ging der Verschluss auf, und Wasser schoss in die Kiste. Ich fluchte. Aber dann sah ich, dass der Geldbeutel noch da war, ein altes, braunes Portemonnaie, das meine Mutter weggeworfen hatte, weil es sich nicht mehr richtig schließen ließ. Ich klemmte es mir zwischen die Zähne, verschloss die Kiste und ließ sie wieder in die Tiefe sinken. Die Plane war natürlich weg, und der restliche Inhalt der Kiste vom Wasser aufgeweicht, aber daran ließ sich nichts ändern. Cassis würde sich ein trockeneres Versteck für seine Zigaretten suchen müssen. Ich hatte das Geld, und das war das Einzige, was zählte.

Ich schwamm zurück zum Ufer, schaffte es jedoch nicht, die beiden letzten Pfeiler zu erwischen, sodass ich fast zweihundert Meter in Richtung der Straße nach Angers getrieben wurde, bis es mir endlich gelang, der Strömung zu entkommen und das rettende Ufer zu erreichen. Die ganze Aktion hatte wahrscheinlich nicht länger als zehn Minuten in Anspruch genommen.

Ich zwang mich, eine Verschnaufpause einzulegen. Auf meinem Gesicht spürte ich die sanfte Wärme der ersten Sonnenstrahlen, die den Schlamm auf meiner Haut trockneten. Noch immer zitterte ich vor Kälte und Erschöpfung. Ich zählte das Geld in dem Portemonnaie; es würde sicherlich für eine Kinokarte und ein Glas Limonade reichen. Gut. Dann ging ich zu der Stelle zurück, an der ich mein Kleid und meine Schuhe liegen gelassen hatte. Nachdem ich mich angezogen hatte, überprüfte ich noch rasch meine Reusen, warf einige kleine Fische zurück ins Wasser und ließ andere als Köder in den Fangkörben zurück. In einem Korb in der Nähe des Ausgucks fand ich tatsächlich einen kleinen Hecht – natürlich nicht die Alte Mutter –, und tat ihn in den Eimer, den ich mitgebracht hatte. Der restliche Fang, ein paar Aale aus dem flachen Wasser am Rand der großen Sandbank, eine ziemlich große Alwe aus einem meiner Netze wanderte ebenfalls in den Eimer – mein Alibi für den Fall, dass Cassis und Reine schon wach waren, wenn ich zurückkehrte. Anschließend schlich ich quer über die Felder nach Hause.

Ich tat gut daran, die Fische mitzubringen. Cassis war gerade dabei, sich unter der Pumpe zu waschen, als ich eintraf. Reine hatte sich Wasser warm gemacht und betupfte mit einem Waschlappen vorsichtig das Gesicht. Einen Augenblick lang musterten sie mich neugierig, dann grinste Cassis mich mit spöttischer Miene an.

»Du gibst wohl nie auf, was?«, sagte er und deutete mit seinem nassen Kopf auf den Fischeimer. »Was hast du da überhaupt?«

Ich zuckte die Achseln. »Ein paar Fische«, erwiderte ich leichthin. Der Geldbeutel befand sich in meiner Tasche, voller Befriedigung spürte ich sein Gewicht. »Einen Hecht, aber nur einen kleinen.«

Cassis lachte. »Die Kleinen fängst du vielleicht, aber die

Alte Mutter kriegst du nie. Und selbst wenn, was würdest du mit dem Vieh anfangen? So einen alten Hecht kann man sowieso nicht essen. Der schmeckt so bitter wie Wermut und ist voller Gräten.«

»Ich krieg sie«, sagte ich trotzig.

»Ach ja? Und dann? Willst du dir vielleicht was wünschen? Eine Million Francs und eine Wohnung in Paris?«

Ich schüttelte den Kopf.

»Ich würde mir wünschen, dass ich ein Filmstar werde«, sagte Reine und trocknete sich das Gesicht ab. »Hollywood sehen, all die Lichter und den Sunset Boulevard, und in einer Limousine fahren und jede Menge schöne Kleider haben.«

Cassis warf ihr einen verächtlichen Blick zu, der mich ungemein freute. Dann wandte er sich wieder an mich. »Also, was würdest du dir wünschen, Boise?« Er grinste herausfordernd. »Na, sag schon. Pelze? Autos? Eine Villa in Juan-les-Pins?«

Wieder schüttelte ich den Kopf. »Wenn ich sie erst gefangen hab, werd ich's schon wissen«, sagte ich trocken. »Und ich krieg sie, wart's nur ab.«

Cassis musterte mich einen Moment lang. Das Grinsen war aus seinem Gesicht verschwunden. Schließlich schnaubte er verächtlich und fuhr fort, sich zu waschen. »Du bist schon 'ne Marke, Boise, weißt du das?«

Dann beeilten wir uns, unsere Aufgaben zu erledigen, bevor unsere Mutter aufwachte.

11

Auf einem Bauernhof gibt es immer viel zu tun. Wir mussten Wasser aus dem Brunnen pumpen und in Blecheimern in den Keller stellen, damit es nicht von der Sonne aufgewärmt wurde, die Ziegen mussten gemolken werden, der Milcheimer mit einem Musselintuch zugedeckt und in die Kühlkammer gebracht werden, anschließend mussten die Ziegen aufs Feld getrieben werden, damit sie nicht das ganze Gemüse im Garten fraßen. Die Hühner und die Enten mussten gefüttert, die reifen Erdbeeren gepflückt werden. Der Backofen musste befeuert werden, obwohl nicht zu erwarten war, dass unsere Mutter an dem Tag backen würde. Unser Pferd, Bécassine, musste auf die Koppel geführt und der Wassertrog gefüllt werden. Obwohl wir mit größter Eile arbeiteten, brauchten wir fast zwei Stunden, um alles zu erledigen. Als wir endlich fertig waren, wurde es schon heiß, die Feuchtigkeit der Nacht stieg dampfend von den ausgedörrten Wegen auf, und der Tau auf dem Gras begann zu trocknen. Es war Zeit aufzubrechen.

Weder Reinette noch Cassis erwähnten das Thema Geld. Das war auch nicht nötig. Ich würde für mich selbst bezahlen, das hatte Cassis in der Annahme gefordert, dass es mir unmöglich sein würde. Reine warf mir einen seltsamen Blick zu, während wir die letzten Erdbeeren ernteten. Wahrscheinlich wunderte sie sich über meine Selbstsicherheit, und als sie Cassis' Blick begegnete, kicherte sie. Mir fiel auf, dass sie sich an dem Morgen besonders hübsch gemacht hatte. Sie trug ihre übliche Schuluniform, einen Faltenrock, einen kurzärmeligen, roten Pullover und weiße Söckchen, und ihr Haar hatte sie mit Haarnadeln im Nacken zu einer dicken Rolle hochgesteckt. Sie verströmte einen mir unbekannten Duft, eine Mischung aus Hibiskus und Veilchen, und hatte den leuchtend roten Lippenstift aufgetragen. Ich fragte mich, ob sie mit jemandem verabredet war. Vielleicht mit einem Jungen, den sie aus der Schule kannte. Auf jeden Fall wirkte sie nervöser als sonst, pflückte die Erdbeeren mit der Hast eines Kaninchens, das unter den Augen eines Wiesels am Salat knabbert. Während ich zwischen den Erdbeerreihen entlangging, hörte ich sie mit Cassis flüstern und immer wieder aufgeregt kichern.

Ich zuckte die Achseln. Wahrscheinlich hatten sie vor, sich von mir abzusetzen. Ich hatte Reine dazu überredet, mich mitzunehmen, und das Versprechen würden sie halten. Aber da sie davon überzeugt waren, dass ich kein Geld hatte, dachten sie wohl, sie könnten ohne mich ins Kino gehen, mich vielleicht am Brunnen auf dem Marktplatz warten lassen oder zum Schein mit irgendeinem Auftrag fortschicken, damit sie sich mit ihren Freunden treffen konnten. Ich schnaubte verächtlich. Sie waren sich ihrer Sache so sicher, dass ihnen die nächstliegende Lösung gar nicht eingefallen war. Reine hätte sich nie getraut, zu den Piratenfelsen zu schwimmen. Und Cassis betrachtete mich immer noch als kleine Schwester, die ihren großen Bruder so sehr verehrte, dass sie nichts ohne seine Zustimmung riskieren würde. Hin und wieder schaute er zu mir herüber und grinste mich mit vor Schadenfreude leuchtenden Augen an.

Um acht Uhr brachen wir in Richtung Angers auf. Ich saß auf dem Gepäckträger von Cassis' riesigem, schweren Fahrrad, die Füße gefährlich nah an den Speichen. Reines Fahrrad war kleiner und wendiger, mit einem hohen Lenker und einem Ledersattel. An der Lenkstange war ein Korb befestigt, in dem sie eine Thermosflasche mit Zichorienkaffee und drei Butterbrotpakete verstaut hatte. Um ihre Frisur zu schützen, hatte sie sich ein weißes Tuch um den Kopf gebunden, dessen Zipfel in ihrem Nacken flatterten. Drei- oder viermal hielten wir unterwegs an, um einen Schluck aus der Flasche in Reines Korb zu trinken, die Luft in einem Reifen zu überprüfen oder eins von unseren Broten zu essen. Schließlich erreichten wir den Stadtrand von Angers, fuhren an der Schule – die wegen der Ferien geschlossen war und von deutschen Soldaten bewacht wurde – und an stuckverzierten Häusern vorbei ins Stadtzentrum.

Das Kino, das Palais-Doré, lag an dem großen Platz, auf dem der Wochenmarkt abgehalten wurde. Um den Platz herum befanden sich lauter kleine Geschäfte, die gerade öffneten, und ein Mann war dabei, das Pflaster zu fegen. Reine und Cassis schoben ihre Räder in eine schmale Gasse zwischen einem Frisörladen und einer Fleischerei, deren Fensterläden noch geschlossen waren. Die Gasse war so eng, dass man kaum hindurchgehen konnte, der Boden mit Schutt und Müll bedeckt; es schien ein sicherer Ort zu sein, um die Fahrräder abzustellen. Eine Frau, die an einem Tisch vor einem Café saß, grüßte uns lächelnd, als wir vorübergingen; auch an den anderen Tischen saßen bereits Leute, die Zichorienkaffee tranken und Croissants oder hart gekochte Eier aßen. Ein Botenjunge fuhr auf seinem Fahrrad die Straße entlang und ließ wichtigtuerisch seine Klingel ertönen. An einem Kiosk vor der Kirche wurden Nachrichtenblätter verkauft. Cassis blickte sich um, dann ging er zu dem Kiosk. Ich sah, wie er dem Zeitungsmann etwas gab, woraufhin der ihm ein Bündel reichte, das sofort in Cassis' Hosenbund verschwand.

»Was war das denn?«, erkundigte ich mich neugierig.

Cassis zuckte die Achseln. Aber offensichtlich war er so zufrieden mit sich selbst, dass er nicht widerstehen konnte, mir eine Antwort zu geben, und wenn auch nur, um mich zu ärgern. Er warf mir einen verschwörerischen Blick zu und zeigte mir kurz ein paar Hefte, die er gleich darauf wieder in seinem Hosenbund verschwinden ließ.

»Heftchen mit Fortsetzungsgeschichten«, flüsterte er. Er zwinkerte Reine angeberisch zu. »Eine amerikanische Film-Zeitschrift.«

Reine quiekte vor Vergnügen und packte ihn am Arm. »Zeig her! Los, zeig her!«

Cassis schüttelte ärgerlich den Kopf. »Schsch! Herrgott nochmal, Reine!« Dann flüsterte er: »Er war mir einen Gefallen schuldig. Hat sie unterm Ladentisch für mich aufbewahrt.«

Reinette sah ihn voller Bewunderung an. Ich war weniger beeindruckt. Vielleicht, weil ich keine Ahnung hatte, wie schwierig es war, solche Sachen zu beschaffen; vielleicht weil mich meine wachsende Widerspenstigkeit alles verachten ließ, was meinen Bruder mit Stolz erfüllte. Ich zuckte mit den Schultern, um mein Desinteresse zu bekunden. Zwar hätte ich allzu gern gewusst, was für einen Gefallen Cassis dem Zeitungsmann getan haben mochte, kam jedoch zu dem Schluss, dass er bloß prahlte.

»Wenn ich Kontakte zum Schwarzmarkt hätte«, erklärte ich großspurig, »dann würde ich dafür sorgen, dass was Besseres für mich dabei rausspringt als ein paar dämliche Heftchen.«

Das schien Cassis zu treffen. »Ich kann alles kriegen, was ich will«, sagte er hastig. »Hefte, Zigaretten, Bücher, echten Kaffee, *Schokolade* –« Er lachte höhnisch auf. »Du kriegst ja noch nicht mal das Geld für eine Kinokarte zusammen.«

»Ach nein?« Lächelnd holte ich das Portemonnaie aus meiner Tasche und schüttelte es kurz, damit er die Münzen klimpern hören konnte. Seine Augen weiteten sich, als er den Geldbeutel erkannte.

»Du Diebin!«, entfuhr es ihm schließlich. »Du gemeine Diebin!«

Ich sah ihn wortlos an.

»Wo hast du das her?«

»Ich bin rausgeschwommen und hab's mir geholt«, antwortete ich trotzig. »Und gestohlen hab ich's auch nicht. Der Schatz gehört uns allen.«

Aber Cassis hörte mir kaum zu. »Du hast mich beklaut, du kleines Aas«, murmelte er. Offenbar irritierte es ihn zutiefst, dass nicht nur er sich etwas durch Betrug aneignen konnte.

»Das ist nichts anderes als das, was du hier auf dem schwarzen Markt treibst«, sagte ich ruhig. »Stimmt doch, oder?« Ich ließ ihm Zeit, meine Worte zu verdauen, dann fügte ich hinzu: »Du bist ja bloß sauer, weil ich schlauer bin als du.«

Seine Augen verengten sich zu Schlitzen. »Das ist ganz und gar nicht dasselbe«, fauchte er.

Ich sah ihn weiterhin unschuldig an. Es war so leicht, Cassis dazu zu bringen, dass er sich verriet. Genauso leicht wie bei seinem Sohn, all die Jahre später. Keiner der beiden verstand sich wirklich auf Betrug. Cassis' Gesicht war rot angelaufen, und er schrie jetzt fast. »Ich könnte dir alles besorgen, was du willst. Richtiges Angelzeug für deinen bescheuerten Hecht, Kaugummi, Schuhe, Seidenstrümpfe, sogar *seidene Unterwäsche*.« Darüber musste ich laut lachen. Was sollte ich mit seidener Unterwäsche anfangen? Wutentbrannt packte er mich an den Schultern und schüttelte mich.

»*Hör auf zu lachen!*«, schrie er. »Ich habe *Freunde*! Ich kenne Leute! Ich kann dir alles besorgen, was du *willst*!«

Sehen Sie, wie leicht es war, ihn aus der Fassung zu bringen? Cassis war zu sehr daran gewöhnt, der tolle große Bruder zu sein, der Mann im Haus, der Erste, der in die Schule kam, der Größte, der Stärkste, der Schlaueste. Seine gelegentlichen Heldentaten – die Abenteuer im Wald, die verwegenen Kunststücke in der Loire, die kleinen Diebstähle auf dem Markt oder in den Läden von Angers – waren ungeplant, sie entsprangen seiner Launenhaftigkeit, bereiteten ihm kein Vergnügen. Es war eher, als müsste er seinen beiden Schwestern oder sich selbst etwas beweisen.

Es war nicht zu übersehen, dass ich ihn verblüfft hatte. Seine Daumen bohrten sich schmerzhaft in meine Arme, aber ich verzog keine Miene. Ich sah ihn nur an und hielt seinem Blick stand.

»Wir haben Freunde, Reine und ich«, sagte er mit leiser Stimme, beinahe ruhig, während seine Daumen sich immer noch in mein Fleisch gruben. »Einflussreiche Freunde. Was glaubst du wohl, wo sie diesen albernen Lippenstift her hat? Oder das Parfüm? Oder dieses Zeug, das sie sich abends ins Gesicht schmiert? Was glaubst du, wo sie das alles her hat? Und was glaubst du, womit wir uns das alles *verdient* haben?«

Er ließ mich los, in seinem Gesicht eine Mischung aus Stolz und Bestürzung, und ich begriff, dass er sich vor Angst fast in die Hose machte.

12

AN DEN FILM KANN ICH MICH NUR SCHWACH ERINNERN. *Circonstances Atténuantes* mit Arletty und Michel Simon, ein alter Film, den Cassis und Reine schon einmal gesehen hatten. Reine zumindest schien das nichts auszumachen; sie starrte die ganze Zeit wie gebannt auf die Leinwand. Mir kam die Geschichte unwahrscheinlich vor, zu weit entfernt von meiner Wirklichkeit. Außerdem war ich mit anderen Dingen beschäftigt. Zweimal riss der Film. Beim zweiten Mal ging das Licht an, und die Zuschauer protestierten mit lauten Buh-Rufen. Ein nervös wirkender Mann in einer Smoking-Jacke bat um Ruhe. Ein paar Deutsche, die Füße auf die Sitzlehnen vor ihnen gelegt, begannen, langsam rhythmisch zu klatschen. Reine, die aus ihrer Trance erwacht war und angefangen hatte, sich über die Störung zu beschweren, quiekte plötzlich aufgeregt.

»Cassis!« Sie beugte sich über mich hinweg, sodass ich ihr Haarspray riechen konnte. »Cassis, er ist *hier!*«

»*Schsch!*«, zischte Cassis ärgerlich. »Dreh dich nicht um.« Einen Moment lang saßen Reine und Cassis mit ausdruckslosen Gesichtern da. Dann raunte Cassis aus dem Mundwinkel, wie jemand, der in der Kirche flüstert: »Wer?«

Reinette warf einen verstohlenen Blick dorthin, wo die Deutschen saßen.

»Da hinten«, raunte sie ebenso leise. »Zusammen mit ein paar anderen, die ich nicht kenne.« Die Leute um uns herum stampften mit den Füßen und beschwerten sich lautstark. Cassis riskierte einen Blick.

»Ich warte, bis das Licht ausgeht«, sagte er.

Zehn Minuten später wurde es dunkel, und der Film lief weiter. Cassis stand auf und ging nach hinten. Ich folgte ihm, während Arletty in einem engen, tief ausgeschnittenen Kleid über die Leinwand tänzelte und kokett mit den Augen klimperte. Wir huschten in gebückter Haltung den Gang entlang, und das flackernde Licht verlieh Cassis' Gesicht einen gespenstischen Ausdruck.

»Geh zurück, du dumme Gans«, zischte er. »Ich will dich nicht dabeihaben, du störst bloß.«

Ich schüttelte den Kopf. »Ich stör dich schon nicht. Jedenfalls nicht, solange du mich nicht fortschickst.«

Cassis machte eine ungeduldige Geste. Er wusste, dass ich es ernst meinte. In der Dunkelheit spürte ich, wie er vor Aufregung zitterte. »Okay«, flüsterte er schließlich. »Aber das Reden überlass gefälligst mir.«

Kurz darauf hockten wir ganz hinten im Kinosaal, in der Nähe der Deutschen, die in einer Gruppe beieinander saßen. Mehrere von ihnen rauchten; immer wieder leuchtete die rote Zigarettenglut vor ihren Gesichtern auf.

»Siehst du den da?«, flüsterte Cassis. »Das ist Hauer. Ich will mit ihm reden. Du bleibst einfach in meiner Nähe und hältst die Klappe, alles klar?«

Ich gab ihm keine Antwort. Ich hatte nicht vor, irgendwelche Versprechungen zu machen.

Cassis schlüpfte in die Reihe direkt hinter dem Soldaten namens Hauer. Als ich mich neugierig umsah, bemerkte ich, dass uns niemand Beachtung schenkte, bis auf einen Deutschen, der ein Stück entfernt von uns stand, ein schmaler junger Mann mit kantigen Gesichtszügen. Seine

Uniformmütze hatte er kess nach hinten geschoben, und er hielt eine Zigarette in der Hand. Neben mir hörte ich Cassis aufgeregt mit Hauer flüstern, dann das Rascheln von Papier. Der junge Deutsche grinste mich an und winkte mich mit seiner Zigarette zu sich.

Plötzlich durchzuckte es mich, und ich erkannte ihn. Es war der Soldat vom Markt, der gesehen hatte, wie ich die Orange stahl. Ich starrte ihn wie gelähmt an.

Wieder machte der Deutsche ein Zeichen, ich solle zu ihm kommen. Der Widerschein von der Filmleinwand erhellte sein Gesicht und bildete gespenstische Schatten unter seinen Augen und Wangenknochen.

Ich sah mich nach Cassis um, aber mein Bruder war viel zu sehr in sein Gespräch mit Hauer vertieft, um Notiz von mir zu nehmen. Der Deutsche schaute immer noch erwartungsvoll zu mir herüber. Ein Lächeln huschte über sein Gesicht. Er hielt die Zigarette in der hohlen Hand, und ich sah die Glut zwischen seinen Fingern hindurchschimmern. Er trug Uniform, aber seine Jacke war aufgeknöpft. Aus irgendeinem unerfindlichen Grund beruhigte mich das.

»Komm her«, sagte der Deutsche leise.

Ich brachte kein Wort heraus. Mein Mund fühlte sich an, als wäre er voller Stroh. Am liebsten wäre ich weggelaufen, aber ich fürchtete, meine Beine würden mir nicht gehorchen. Stattdessen reckte ich mein Kinn vor und ging langsam auf den Soldaten zu.

Er grinste und zog erneut an seiner Zigarette.

»Du bist das kleine Orangenmädchen, stimmt's?«, sagte er, als ich näher kam.

Ich antwortete nicht.

»Du bist geschickt. So geschickt wie ich, als ich ein Junge war.« Er langte in seine Tasche und brachte etwas zum Vorschein, das in Silberpapier eingewickelt war. »Hier. Für dich. Das ist Schokolade.«

Ich musterte ihn misstrauisch. »Ich will sie nicht.«

Der Deutsche grinste wieder. »Du magst wohl lieber Orangen, was?«

Ich sagte nichts.

»Ich erinnere mich an einen Obstgarten am Fluss«, erzählte der Deutsche leise. »In der Nähe des Dorfes, in dem ich aufgewachsen bin. Dort wuchsen die dicksten Pflaumen, die man sich vorstellen kann. Der Garten war von einer hohen Mauer umgeben und wurde von bissigen Hunden bewacht. Den ganzen Sommer über hab ich versucht, an diese Pflaumen zu kommen. Ich hab alles probiert. Am Ende konnte ich kaum noch an was anderes denken.«

Seine Stimme klang angenehm, er sprach mit leichtem Akzent, und seine Augen leuchteten hinter einer Wolke von Zigarettenqualm. Ich beäugte ihn aufmerksam, unfähig, mich zu rühren, unsicher, ob er mich auf den Arm nehmen wollte oder nicht.

»Außerdem schmecken geklaute Sachen sowieso viel besser als gekaufte, stimmt's?«

Jetzt war ich mir sicher, dass er sich über mich lustig machte, und riss empört die Augen auf.

Der Soldat lachte und hielt mir die Schokolade hin. »Na los, nimm schon. Stell dir einfach vor, du hättest sie den Boches geklaut.«

Die Schokolade war halb geschmolzen, und ich biss auf der Stelle hinein. Es war echte Schokolade, nicht das weißliche, knirschende Zeug, das wir manchmal in Angers kauften. Der Deutsche beobachtete mich belustigt, während ich aß.

»Und, hast du sie am Ende bekommen?«, fragte ich schließlich mit vollem Mund. »Die Pflaumen, meine ich?«

Er nickte. »Klar. Ich kann mich noch gut erinnern, wie sie schmeckten.«

»Und bist du erwischt worden?«

»Das auch. Ich hab so viele Pflaumen gegessen, dass mir schlecht geworden ist, und so ist es dann rausgekommen. Da hab ich natürlich ordentlich Prügel bezogen. Aber ich hatte gekriegt, was ich wollte, und das ist doch das Einzige, was zählt, oder?«

»Genau«, bestätigte ich. »Das find ich auch. Hast du deswegen keinem was davon gesagt, dass ich die Orange geklaut hab?«

Der Deutsche zuckte die Achseln. »Warum hätte ich was sagen sollen? Das ging mich doch überhaupt nichts an. Außerdem hatte der Händler noch jede Menge Orangen, da konnte er eine erübrigen.«

»Außerdem hat er einen Lieferwagen«, sagte ich und begann, das Silberpapier abzulecken, damit nichts von der Schokolade verloren ging.

Der Deutsche nickte. »Manche Leute wollen alles, was sie besitzen, für sich selbst behalten. Das ist nicht gerecht, oder?«

Ich schüttelte den Kopf. »Wie Madame Petit mit ihrem Nähladen. Verlangt ein Heidengeld für ein Stück Fallschirmseide, für das sie keinen Sou bezahlt hat.«

»Ganz genau.«

In dem Augenblick kam mir in den Sinn, dass ich Madame Petit vielleicht nicht hätte erwähnen dürfen, und ich sah den Deutschen ängstlich an, doch er schien mir gar nicht mehr zuzuhören. Stattdessen beobachtete er Cassis, der noch immer mit Hauer flüsterte. Es kränkte mich, dass Cassis ihn mehr interessierte als ich.

»Das ist mein Bruder«, erklärte ich.

»Ach ja?« Der Deutsche sah mich wieder an und lächelte. »Ihr seid ja eine richtig große Familie. Gibt es noch mehr von euch?«

Ich schüttelte den Kopf. »Ich bin die Jüngste. Framboise.«

»Freut mich, dich kennen zu lernen, Françoise.«
Ich grinste. »Fram*boise*.«
»Leibniz. Tomas.« Er streckte mir seine Hand entgegen. Nach kurzem Zögern ergriff ich sie.

13

So also habe ich Tomas Leibniz kennen gelernt. Aus irgendeinem Grund war Reinette wütend darüber, dass ich mit ihm gesprochen hatte, und schmollte bis zum Ende des Films. Hauer hatte Cassis eine Schachtel Gauloises zugesteckt, und wir hockten auf unseren Plätzen, Cassis eine Zigarette rauchend, ich in Gedanken versunken. Erst als der Film vorbei war, begann ich, Fragen zu stellen.

»Diese Zigaretten«, sagte ich, »meintest du die, als du gesagt hast, du könntest Sachen besorgen?«

»Na klar.« Cassis wirkte zufrieden mit sich, doch ich spürte, dass er immer noch nervös war. Er hielt eine Zigarette in der hohlen Hand, so wie er es bei den Deutschen gesehen hatte, aber bei ihm wirkte es eher unbeholfen.

»Erzählst du ihnen eigentlich irgendwas?«

»Manchmal ... erzählen wir ihnen was«, gab Cassis grinsend zu.

»Was denn zum Beispiel?«

Cassis zuckte die Achseln. »Angefangen hat es mit diesem alten Idioten und seinem Radio«, sagte er leise. »Das geschah dem nur recht. Der hätte sowieso kein Radio haben dürfen, und außerdem hätte er sich nicht so aufregen sollen, als wir den Deutschen beim Exerzieren zugesehen haben. Manchmal übergeben wir einem Boten Zettel oder hinterlassen was im Café. Manchmal gibt der Mann vom Zeitungskiosk uns Sachen, die sie für uns dort abgegeben haben. Manchmal geben sie sie uns auch selber.« Er bemühte sich, lässig zu wirken, doch es gelang ihm nicht, seine Nervosität zu überspielen.

»Es ist nichts Weltbewegendes«, fuhr er fort. »Die meisten Boches nutzen den Schwarzmarkt sowieso, um Sachen nach Hause zu schicken. Du weißt schon, Zeug, das sie requiriert haben. Also macht es eigentlich nichts.«

Ich dachte darüber nach. »Aber die Gestapo –«

»Himmel, Boise.« Plötzlich war er sauer, wie immer, wenn er sich von mir in die Enge getrieben fühlte. »Was weißt du denn schon über die Gestapo?« Er blickte sich ängstlich um, dann flüsterte er: »Mit *denen* machen wir natürlich *keine* Geschäfte. Das ist was ganz anderes. Ich hab dir doch gesagt, es ist alles rein geschäftlich. Und außerdem geht dich das überhaupt nichts an.«

Ich widersprach ihm beleidigt. »Und wieso nicht? Ich weiß auch alles Mögliche.« Jetzt wünschte ich, ich hätte die Sache mit Madame Petit etwas mehr ausgeschlachtet, hätte dem Deutschen erzählt, dass sie Jüdin ist.

Cassis schüttelte verächtlich den Kopf. »Davon verstehst du nichts.«

Während der Heimfahrt herrschte beklommenes Schweigen, vielleicht weil wir fürchteten, unsere Mutter könnte sich ihren Reim auf unseren unerlaubten Ausflug gemacht haben. Aber als wir zu Hause ankamen, war sie ungewöhnlich gut gelaunt. Sie erwähnte nichts von dem Orangenduft, von ihrer schlaflosen Nacht oder den Veränderungen, die ich in ihrem Zimmer vorgenommen hatte, und das Essen, das sie uns vorsetzte, war ein regelrechter Festtagsschmaus: Karotten-Chicorée-Suppe, *boudin noir* mit Äpfeln und Kartoffeln, Buchweizenpfannkuchen und zum Nachtisch *clafoutis*, saftig gefüllt mit den Äpfeln vom Vorjahr und bestreut mit Zimt und braunem Zucker. Wie immer aßen wir schweigend. Unsere Mutter wirkte abwesend, vergaß sogar, mich zu ermahnen, ich solle die Ellbogen vom Tisch nehmen, und mich wegen meines ungekämmten Haars und meines schmutzigen Gesichts zu tadeln.

Vielleicht hatte die Orange sie besänftigt, dachte ich.

Am nächsten Tag jedoch war sie wieder ganz die Alte, sie wirkte sogar noch mürrischer als zuvor. Wir gingen ihr so oft wie möglich aus dem Weg, zogen uns, wenn wir unsere Aufgaben erledigt hatten, an den Fluss zurück, wo wir halbherzig spielten. Manchmal kam Paul mit, doch er spürte, dass er nicht mehr dazugehörte. Er tat mir Leid, und ich hatte sogar ein schlechtes Gewissen, denn ich wusste nur zu gut, wie es sich anfühlte, ausgeschlossen zu sein, aber ich konnte ihm nicht helfen. Paul würde sich seine Rechte selbst erstreiten müssen, genauso wie ich es getan hatte.

Außerdem konnte unsere Mutter Paul nicht leiden, wie sie die gesamte Familie Hourias nicht leiden konnte. In ihren Augen war Paul ein Tagedieb, zu faul, um in die Schule zu gehen, zu dumm, um im Dorf zusammen mit den anderen Kindern lesen zu lernen. Seine Eltern waren auch nicht besser – ein Mann, der am Straßenrand Regenwürmer verkaufte, und eine Frau, die die Kleider anderer Leute flickte. Über Pauls Onkel redete meine Mutter besonders schlecht. Anfangs dachte ich, es sei der übliche Neid unter Nachbarn. Philippe Hourias besaß den größten Hof in Les Laveuses, mehrere Hektar Felder mit Sonnenblumen, Kartoffeln, Kohl und Rüben, zwanzig Kühe, dazu Schweine, Ziegen, sogar eine Melkmaschine und einen Traktor, und das zu einer Zeit, als die meisten Bauern in der Gegend ihre Pflüge noch von Pferden ziehen ließen. Es musste Neid sein, sagte ich mir, der Groll der armen Witwe auf den reichen Witwer. Dennoch war es merkwürdig, wenn man bedachte, dass Philippe Hourias der beste Freund meines Vaters gewesen war. Sie hatten sich schon als Kinder gekannt, waren zusammen im Fluss geschwommen, hatten gemeinsam Fische gefangen und Geheimnisse gehütet. Philippe hatte eigenhändig den Namen meines Vaters ins Kriegerdenkmal geschnitzt, und jeden Sonntag legte er Blumen dort nieder. Aber meine Mutter grüßte ihn höchstens mit einem Nicken. Sie war noch nie leutselig gewesen, doch seit dem Vorfall mit der Orange verhielt sie sich besonders ihm gegenüber feindseliger denn je.

Erst viel später begann ich, die Wahrheit zu erahnen, und zwar mehr als vierzig Jahre später, als ich die Aufzeichnungen in ihrer Kladde las. Ihre winzige, kaum leserliche Schrift, die über die vergilbten Seiten kroch.

»Hourias weiß bereits Bescheid«, schrieb sie. »Wie er mich manchmal ansieht. Voller Mitleid und Neugier, als wäre ich ein Tier, das er auf der Straße überfahren hat. Gestern Abend hat er mich aus dem *La Rép* kommen sehen, mit den Sachen, die ich dort kaufen muss. Er hat nichts gesagt, aber ich wusste gleich, dass er etwas ahnt. Er ist natürlich der Meinung, wir sollten heiraten. In seinen Augen wäre es das Vernünftigste, eine Witwe und ein Witwer, die ihr Land zusammenlegen. Yannick hatte keinen Bruder, der den Hof nach seinem Tod hätte übernehmen können, und einer Frau traut man nicht zu, dass sie es alleine schafft.«

Wenn sie eine liebenswürdige Frau gewesen wäre, hätte ich vielleicht früher Verdacht geschöpft. Aber Mirabelle Dartigen war nicht liebenswürdig; sie war hart wie Stein, und ihre Wutanfälle brachen so plötzlich und so heftig über uns herein wie Sommergewitter. Ich habe mich nie bemüht, die Ursache zu ergründen, habe nur versucht, mich so gut es ging vor den Auswirkungen zu schützen.

14

In jener Woche unternahmen wir keinen weiteren Ausflug nach Angers, und weder Cassis noch Reinette schienen Lust zu haben, über unsere Begegnung mit den Deutschen zu reden. Ich für meinen Teil zog es vor, nichts über mein Gespräch mit Leibniz verlauten zu lassen, doch vergessen konnte ich es nicht.

Cassis war rastlos, Reinette verschlossen und mürrisch, und zu allem Überfluss regnete es eine Woche lang, sodass die Loire gefährlich anstieg und die Sonnenblumenfelder unter Wasser standen. Sieben Tage waren vergangen seit unserem Ausflug nach Angers. Der Markttag kam, und diesmal begleitete Reinette unsere Mutter in die Stadt, während Cassis und ich schlecht gelaunt im vom Regen triefenden Obstgarten herumstapften. Die grünen Pflaumen an den Bäumen erinnerten mich an Leibniz, und der Gedanke an ihn erfüllte mich mit einer seltsamen Mischung aus Unruhe und Neugier. Ich fragte mich, ob ich ihn je wieder sehen würde.

Dann begegnete ich ihm ganz unerwartet.

Es war erneut Markttag und noch früh am Morgen, und Cassis war mit dem Verpacken der Waren beschäftigt. Reine war gerade in den Keller gegangen, um in Weinblätter gewickelten Käse zu holen, und Mutter sammelte im Hühnerstall Eier. Ich war gerade mit meinem Fang vom Fluss zurückgekommen: ein paar kleine Barsche und Alwen, die ich zu Ködern klein geschnitten und in einem Eimer ans Fenster gestellt hatte. Normalerweise kamen die Deutschen nicht am Markttag, und so ergab es sich, dass ich die Haustür öffnete, als sie klopften.

Sie waren zu dritt, zwei, die ich nicht kannte, und Leibniz, diesmal in korrekter Uniform und mit einem Gewehr in der Armbeuge. Erstaunt sah er mich an, doch dann lächelte er.

Wenn Leibniz nicht dabei gewesen wäre, hätte ich den Deutschen vielleicht die Tür vor der Nase zugeschlagen, so wie Denis Gaudin es getan hatte, als sie seine Geige haben wollten. Auf jeden Fall hätte ich meine Mutter gerufen. Aber nun war ich verunsichert, trat von einem Bein aufs andere und überlegte, was ich tun sollte.

Leibniz wandte sich an seine beiden Kameraden und sagte etwas auf Deutsch zu ihnen. An seinen Gesten meinte ich abzulesen, dass er ihnen erklärte, er werde den Hof allein durchsuchen; sie sollten schon zu den Ramondins und den Hourias vorausgehen. Einer der Männer sah mich an und machte eine Bemerkung. Die drei lachten, dann nickte Leibniz und trat, immer noch lächelnd, an mir vorbei in die Küche.

Ich wusste, ich müsste eigentlich meine Mutter rufen. Wenn die Soldaten kamen, war sie stets noch mürrischer als gewöhnlich, beobachtete mit versteinertem Gesicht, wie sie sich einfach alles nahmen, was sie brauchten. Und das ausgerechnet heute. Ihre Laune war sowieso schon auf einem Tiefpunkt angelangt; das hier würde ihr den Rest geben.

Die Vorräte gingen allmählich zur Neige, hatte Cassis erklärt, als ich ihn einmal danach gefragt hatte. Auch die Deutschen mussten essen. »Und die fressen wie Schweine«, hatte er verächtlich hinzugefügt. »Du müsstest mal ihre Kantine sehen – ganze Brote und Marmelade und Pastete und *rillettes* und Käse und Sardellen und Schinken und Sauerkraut und Äpfel –, du würdest es nicht glauben!«

Leibniz schloss die Tür hinter sich und sah sich um. Jetzt wo die anderen Soldaten fort waren, wirkte er entspannter, eher wie ein Zivilist. Er langte in seine Hosentasche und zündete sich eine Zigarette an.

»Was willst du hier?«, fragte ich schließlich. »Wir haben nichts.«

»Befehl, Kleine«, erwiderte Leibniz. »Ist dein Vater da?«

»Ich hab keinen Vater«, erklärte ich trotzig. »Die Deutschen haben ihn getötet.«

»Oh, das tut mir Leid.« Er wirkte verlegen, wie ich mit Befriedigung feststellte. »Und deine Mutter, ist sie zu Hause?«

»Draußen.« Ich sah ihn wütend an. »Heute ist Markttag. Wenn ihr uns unsere Marktsachen wegnehmt, haben wir überhaupt nichts mehr.«

Leibniz schaute sich um, ein wenig beschämt, wie mir schien. Ich sah, wie er die sauber geschrubbten Bodenfliesen betrachtete, die geflickten Vorhänge, den alten, mit Kerben übersäten Küchentisch. Er zögerte.

»Ich muss das tun«, sagte er leise. »Ich werde bestraft, wenn ich den Befehl nicht ausführe.«

»Sag doch einfach, du hast nichts gefunden. Es war nichts mehr da, als du gekommen bist.«

»Vielleicht.« Er entdeckte den Eimer mit den Fischstückchen am Fenster. »Ihr habt wohl einen Angler in der Familie, was? Wer ist es denn? Dein Bruder?«

»Nein, ich.«

Leibniz war überrascht. »Du angelst? Du siehst gar nicht so aus, als wärst du dafür schon alt genug.«

»Ich bin neun«, sagte ich gekränkt.

»Neun?« Seine Augen funkelten, aber sein Gesicht blieb

ernst. »Ich bin auch Angler«, flüsterte er. »Was angelt man denn hier? Forellen? Karpfen? Barsche?«

Ich schüttelte den Kopf.

»Was denn?«

»Hechte.«

Hechte sind die schlauesten Süßwasserfische, listig und vorsichtig trotz ihrer gefährlichen Zähne, und es bedarf ganz besonderer Köder, um sie an die Wasseroberfläche zu locken. Selbst die kleinste Kleinigkeit macht sie misstrauisch: eine leichte Veränderung der Temperatur, eine kaum merkliche Bewegung. Deshalb braucht man, abgesehen von Glücksfällen, Zeit und Geduld, um einen Hecht zu erwischen.

»Tja, das ist natürlich etwas anderes«, meinte Leibniz nachdenklich. »Eine Anglerin möchte ich auf keinen Fall enttäuschen.« Er grinste mich an. »Also Hechte, was?«

Ich nickte.

»Was benutzt du denn als Köder? Regenwürmer oder Klöße?«

»Beides.«

»Aha.« Diesmal lächelte er nicht; es handelte sich um eine ernste Angelegenheit. Ich musterte ihn schweigend. Das war ein Trick, mit dem ich Cassis unweigerlich nervös machte.

»Nimm uns nicht unsere Marktsachen weg«, sagte ich noch einmal.

Schweigen.

Dann nickte Leibniz. »Ich schätze, ich könnte mir irgendeine Geschichte ausdenken. Aber du darfst niemandem was davon erzählen. Sonst bringst du mich in ernste Schwierigkeiten. Verstehst du das?«

Ich nickte. Das war nur fair. Immerhin hatte er auch nichts über meine Orange gesagt. Ich spuckte in die Hand, um die Sache zu besiegeln. Er lächelte nicht, sondern schlug ganz ernst ein, als wäre es eine Abmachung unter Erwachsenen. Ich rechnete fast damit, dass er mich um eine Gegenleistung bitten würde, doch das tat er nicht. Leibniz war anders als die anderen, sagte ich mir.

Ich sah ihm nach, als er ging. Er wandte sich nicht um. Ich beobachtete, wie er zum Hof der Familie Hourias hinüberschlenderte und seine Zigarettenkippe gegen die Wand eines Nebengebäudes schnippte. Rote Funken sprangen über die dunkle Steinmauer.

15

Ich erzählte Cassis und Reinette nichts von dem, was sich zwischen Leibniz und mir abgespielt hatte. Über den Vorfall zu sprechen, hätte ihn seiner Bedeutung beraubt. Stattdessen behielt ich mein Geheimnis für mich, hütete es wie einen gestohlenen Schatz. Es gab mir das Gefühl, erwachsen zu sein, Macht zu besitzen.

Inzwischen hatte ich für Cassis' Heftchen und Reines Lippenstift nur noch Verachtung übrig. Sie hielten sich für schlau. Aber was hatten sie denn schon getan? Sie hatten sich benommen wie Kinder, die in der Schule petzen. Die Deutschen behandelten sie auch wie Kinder, bestachen sie mit wertlosem Zeug. Leibniz hatte nicht versucht, mich zu bestechen. Er hatte mich mit Respekt behandelt, wie jemanden, der ihm ebenbürtig war.

Den Hof der Familie Hourias hatte es schlimm getroffen. Die Eier einer ganzen Woche waren beschlagnahmt worden, die Hälfte der Milch, zwei Speckseiten, sieben Pfund Butter, ein Fass Öl, vierundzwanzig Flaschen Wein, die hinter einer Trennwand im Keller schlecht versteckt gewesen waren, und eine große Anzahl Gläser mit Eingemachtem. Paul berichtete mir davon. Er tat mir Leid – sein Onkel versorgte die ganze Familie mit Lebensmitteln –, und ich versprach, mein Essen mit ihm zu teilen, so oft es ging. Außerdem hatte die Erntesaison gerade erst begonnen. Philippe Hourias würde seine Verluste bald wieder wettmachen. Und ich war mit anderen Dingen beschäftigt.

Der Beutel mit den Orangenschalen befand sich immer noch dort, wo ich ihn versteckt hatte. Ich hielt ihn nicht unter meiner Matratze verborgen wie Reinette, die nach wie vor glaubte, ihre Schminksachen wären dort sicher aufgehoben. Mein Versteck war wesentlich origineller. Ich hatte das Säckchen in ein kleines Glas mit Schraubdeckel gesteckt und dieses tief in ein Fass mit Sardellen versenkt, das meine Mutter im Keller aufbewahrte. Ein Stück Schnur, das ich um das Glas gebunden hatte, half mir, es jederzeit wieder zu finden. Dass es entdeckt wurde, war unwahrscheinlich, da meine Mutter den durchdringenden Geruch der Sardellen nicht ausstehen konnte und gewöhnlich mich in den Keller schickte, wenn sie eine Portion davon brauchte.

Ich wusste, es würde wieder funktionieren.

Ich wartete bis zum Mittwochabend. Diesmal versteckte ich das Säckchen im Aschekasten unter dem Herd, wo die Wärme den Duft am schnellsten verbreiten würde. Wie erwartet, begann meine Mutter schon bald, sich die Schläfen zu massieren, während sie am Herd hantierte, schalt mich, wenn ich ihr das Brennholz oder das Mehl nicht schnell genug brachte, fuhr mich an: »Pass auf mit meinen guten Tellern!«, und schnupperte wie ein Tier, das eine irritierende Witterung aufnimmt. Um die Wirkung zu erhöhen, schloss ich die Tür, und es dauerte nicht lange, bis die ganze Küche nach Orangen duftete. Wie zuvor versteckte ich das Säckchen in ihrem Kopfkissen – die Schalenstücke waren mittlerweile trocken und von der Hitze des Ofens geschwärzt, und ich war mir sicher, dass ich sie nicht noch einmal würde benutzen können.

Das Abendessen war angebrannt.

Keiner von uns wagte jedoch, eine Bemerkung dazu zu machen, und meine Mutter betastete abwechselnd den schwarzen Rand ihrer Pfannkuchen und ihre Schläfen, bis ich hätte schreien können. Diesmal fragte sie uns nicht, ob wir Orangen ins Haus gebracht hatten, aber ich spürte, dass sie es am liebsten getan hätte. Sie saß einfach da, zerkrümelte ihr Brot, rutschte nervös auf ihrem Stuhl herum und brach hin und wieder das Schweigen, um uns zornig zurechtzuweisen.

»Reine-Claude! Leg das Brot auf den Teller! Ich will keine Krümel auf dem sauberen Boden!«

Ihre Stimme klang heiser, verzweifelt. Ich schnitt eine Scheibe Brot ab, wobei ich absichtlich den Brotlaib so auf das Schneidebrett legte, dass die flache Unterseite nach oben zeigte. Aus irgendeinem Grund regte sich meine Mutter jedes Mal fürchterlich darüber auf, ebenso wie über meine Angewohnheit, die beiden Enden des Brots als Erstes abzuschneiden.

»Framboise, dreh das Brot um!« Sie fasste sich flüchtig an den Kopf, als wollte sie sich vergewissern, dass er noch da war. »Wie oft muss ich dir noch sagen –« Mitten im Satz brach sie ab, den Mund offen, den Kopf zur Seite gelegt.

Eine ganze Weile verharrte sie so, mit einem Gesichtsausdruck wie ein begriffsstutziger Schüler, der versucht, sich an den Satz des Pythagoras oder die Regel des Ablativus absolutus zu erinnern. Wir sahen einander wortlos an. Dann schüttelte sie sich auf einmal, stand abrupt auf und begann, den Tisch abzuräumen, obwohl wir erst halb aufgegessen hatten. Auch dazu sagte niemand etwas.

Wie ich vorausgesehen hatte, blieb sie am nächsten Tag im Bett, und wir machten uns auf den Weg nach Angers. Diesmal gingen wir nicht ins Kino, sondern schlenderten durch die Straßen, Cassis großspurig mit einer Zigarette im Mundwinkel, und setzten uns im Le Chat Rouget, einem Café mitten in der Stadt, an einen Tisch auf der Terrasse. Reinette und ich bestellten einen *diabolo-menthe*, und Cassis verlangte einen Pastis, entschied sich jedoch, als er den verächtlichen Blick des Kellners bemerkte, für einen *panaché*.

Reine nippte vorsichtig an ihrem Glas, sorgsam darauf bedacht, ihren Lippenstift nicht zu verschmieren. Sie wirkte nervös, schaute sich dauernd in alle Richtungen um, als erwarte sie jemanden.

»Auf wen warten wir?«, fragte ich neugierig. »Auf eure Deutschen?«

Cassis sah mich wütend an. »Kannst du nicht noch ein bisschen lauter reden, du blöde Kuh?«, raunzte er. »Wir treffen uns manchmal hier«, flüsterte er dann. »Hier kann man Informationen austauschen, ohne dass jemand was mitbekommt.«

»Was für Informationen?«

»Alles Mögliche«, erwiderte Cassis ungehalten. »Leute mit Radios. Schwarzmarkthändler. Schieber. *Résistance*.« Das letzte Wort sprach er kaum hörbar, aber mit besonderer Betonung aus.

»Résistance«, wiederholte ich.

Versuchen Sie, sich vorzustellen, was wir darunter verstanden. Wir waren Kinder. Wir hatten unsere eigenen Regeln. Die Welt der Erwachsenen kam uns wie ein ferner Planet vor, von Außerirdischen bevölkert. Wir begriffen so wenig davon. Am allerwenigsten die Résistance. Bücher und Fernsehberichte ließen das alles in späteren Jahren so gebündelt und zielgerichtet erscheinen, aber ich habe es ganz anders erlebt. Was ich in Erinnerung habe, ist ein Riesenchaos, ein Gerücht jagte das andere, in den Cafés schimpften Betrunkene lauthals auf das neue *régime*, Städter flohen zu Verwandten aufs Land, um sich vor der Besatzungsarmee in Sicherheit zu bringen. Die Résistance als Quasi-Organisation – die geheime Untergrundbewegung – war ein Mythos. Es gab viele Gruppen, Kommunisten und Humanisten und Sozialisten, Leute, die den Märtyrer spielen wollten, Angeber und Betrunkene und Opportunisten und Heilige, die später allesamt heilig gesprochen wurden, aber es gab damals keine organisierte Truppe, und von geheim konnte kaum die Rede sein. Meine Mutter hatte nur Verachtung für diese Leute übrig. Ihrer Meinung nach wäre es uns allen besser gegangen, wenn jeder sich um seinen Kram kümmerte.

Dennoch war ich beeindruckt, als Cassis mir das Wort *Résistance* zuflüsterte. Es sprach meine Abenteuerlust an, meinen Sinn fürs Dramatische. Ich stellte mir rivalisierende Banden vor, nächtliche Überfälle, Schießereien, geheime Zusammenkünfte, Schätze und heldenhaft gemeisterte Gefahren. Es erinnerte mich an die Spiele, die wir in den vergangenen Jahren gespielt hatten, Reine, Cassis, Paul und ich – die Erbsenpistolen, die Losungsworte, die Rituale. Das Spiel war nur ein bisschen ernster geworden, mehr nicht. Die Einsätze waren höher.

»Ihr wisst doch gar nichts über die Résistance«, sagte ich herablassend, bemüht, unbeeindruckt zu erscheinen.

»Noch nicht«, sagte Cassis. »Aber das wird sich bald ändern. Wir haben bereits alles Mögliche rausgefunden.«

»Das ist schon in Ordnung«, meinte Reinette. »Wir reden über keinen aus Les Laveuses. Unsere Nachbarn würden wir nie verraten.«

Ich nickte. Das wäre nicht recht.

»Außerdem ist das in Angers was ganz anderes. Hier macht das jeder.«

Ich überlegte. »Ich könnte doch auch Sachen rausfinden.«

»Was weißt du denn schon?«, fragte Cassis verächtlich.

Ich war drauf und dran ihm zu sagen, was ich Leibniz über Madame Petit und die Fallschirmseide erzählt hatte, doch dann überlegte ich es mir anders. Stattdessen stellte ich ihm eine Frage, die mich beschäftigte, seit ich von den Geschäften meiner Geschwister mit den Deutschen erfahren hatte.

»Was machen die eigentlich, wenn ihr ihnen was erzählt? Erschießen sie dann die Leute? Oder schicken sie sie an die Front?«

»Natürlich nicht. Sei nicht albern.«

»Was dann?«

Aber Cassis hörte mir gar nicht mehr zu. Er starrte zu dem Zeitungskiosk neben der Kirche hinüber. Dort stand ein schwarzhaariger Junge etwa in Cassis' Alter und winkte uns ungeduldig zu sich.

Mein Bruder bezahlte und stand auf. »Los, kommt«, sagte er.

Reinette und ich folgten ihm in einigem Abstand. Cassis schien mit dem anderen Jungen befreundet zu sein – wahrscheinlich kannte er ihn aus der Schule. Ich schnappte ein paar Worte über Ferienarbeit auf und hörte sie nervös lachen. Dann sah ich, wie der Junge Cassis ein zusammengefaltetes Blatt Papier in die Hand drückte.

»Bis später«, sagte Cassis und kam lässig zu uns herüber.

Der Zettel war von Hauer.

Nur Hauer und Leibniz sprachen fließend Französisch, erklärte Cassis, während wir nacheinander die Nachricht lasen. Die anderen – Heinemann und Schwartz – sprachen nur ein paar Brocken, aber Leibniz hätte fast Franzose sein können, aus dem Elsass vielleicht; er hatte den typischen Akzent dieser Gegend. Aus irgendeinem Grund schien Cassis darüber erfreut zu sein, als sei es weniger verwerflich, einem Beinahe-Franzosen Informationen zu liefern.

»Wir treffen uns um zwölf am Schultor«, stand auf dem Zettel. »Ich habe etwas für euch.«

Reinette berührte das Papier mit den Fingerspitzen. Ihre Wangen waren vor Aufregung gerötet. »Wie viel Uhr ist es jetzt?«, fragte sie. »Kommen wir auch nicht zu spät?«

Cassis schüttelte den Kopf. »Nicht mit den Fahrrädern«, sagte er, bemüht, einen lässigen Tonfall anzuschlagen. »Mal sehen, was er für uns hat.«

Als wir die Fahrräder aus der Gasse holten, bemerkte ich, wie Reinette einen kleinen Spiegel aus ihrer Tasche nahm und sich kurz darin betrachtete. Sie runzelte die Stirn, dann holte sie den Lippenstift hervor, zog ihre Lippen nach und lächelte. Anschließend klappte sie den Taschenspiegel wieder zu. Ich war nicht besonders überrascht. Seit unserem ersten Ausflug nach Angers war mir klar, dass sie nicht nur wegen des Kinos in die Stadt fuhr. So sorgfältig, wie sie sich kleidete und frisierte, der Lippenstift und das Parfüm – es musste irgendjemanden geben, für den sie diesen Aufwand betrieb. Um ehrlich zu sein, interessierte mich das aber nicht sonderlich. Ich war an Reines Marotten gewöhnt. Mit ihren zwölf Jahren sah sie aus wie sechzehn, vor allem mit den lockigen Haaren und dem roten Lippenstift. Mir war schon oft aufgefallen, wie die Männer im Dorf sie ansahen. Paul Hourias fing vor Verlegenheit an zu stottern, wenn sie in der Nähe war – selbst Jean-Benet Darius, ein Mann von fast vierzig Jahren, und Auguste Ramondin oder Raphaël vom Café benahmen sich ihr gegenüber ganz komisch. Die Jungs schauten ihr nach, das wusste ich. Und sie wusste es auch. Vom ersten Tag an in der neuen Schule erzählte sie von den Jungs, denen sie dort begegnete. Einmal war es Justin, der wunderschöne Augen hatte, ein andermal Raymond, der die ganze Klasse zum Lachen brachte, Pierre-André, der Schach spielen konnte, oder Guillaume, der mit seinen Eltern letztes Jahr von Paris hergezogen war. Ich weiß sogar noch, wann sie aufhörte, von den Jungs zu erzählen. Es war etwa um die Zeit, als die deutschen Soldaten in das Schulgebäude einzogen. Wahrscheinlich gab es irgendeine heimliche Liebe, sagte ich mir, aber Reinettes Geheimnisse hatten mich selten beeindruckt.

Hauer stand am Schultor Wache. Ich sah ihn zum ersten Mal bei Tageslicht – ein stämmiger Deutscher mit einem beinahe ausdruckslosen Gesicht. Leise raunte er uns zu: »Am Fluss, in etwa zehn Minuten.« Dann tat er so, als verscheuchte er uns von der Schule. Ohne uns noch einmal nach ihm umzudrehen, stiegen wir wieder auf die Räder. Selbst Reinette schaute sich nicht mehr um, woraus ich schloss, dass Hauer nicht derjenige sein konnte, in den sie verknallt war.

Weniger als zehn Minuten später entdeckten wir Leibniz. Erst dachte ich, er trüge keine Uniform, doch dann sah ich, dass er sich nur seine Jacke und seine Stiefel ausgezogen hatte. Schon von weitem winkte er uns und gab uns Zeichen, zu ihm zu kommen. Wir schoben die Fahrräder ein Stück die Böschung hinunter, sodass sie von der Straße aus nicht zu sehen waren, und setzten uns neben ihn ans Ufer. Er wirkte jünger als ich ihn in Erinnerung hatte, fast so jung wie Cassis, doch er bewegte sich mit einer Sicherheit und Unbekümmertheit, die mein Bruder nie besitzen würde, so sehr er sich auch darum bemühte.

Cassis und Reinette sahen ihn schweigend an, wie Kinder im Zoo, die ein gefährliches Tier betrachten. Reinette war hochrot angelaufen. Leibniz schien unbeeindruckt von den prüfenden Blicken und zündete sich eine Zigarette an.

»Die Witwe Petit«, sagte er schließlich. »Sehr gut.« Er kicherte in sich hinein. »Fallschirmseide und jede Menge andere Sachen. Sie war eine echte Schwarzmarktspezialistin.« Er zwinkerte mir zu. »Gut gemacht, Kleine.«

Meine Geschwister sahen mich verwundert an, sagten jedoch nichts. Ich schwieg, von seinen anerkennenden Worten hin und her gerissen zwischen Stolz und Furcht.

»Ich hab Glück gehabt diese Woche«, fuhr Leibniz fort. »Kaugummi, Schokolade und –« Er langte in seine Hosentasche und brachte ein Päckchen zum Vorschein. »Und das hier.«

Das hier entpuppte sich als ein Spitzentaschentuch, das er Reinette überreichte. Meine Schwester errötete erneut.

Dann wandte er sich an mich. »Und was ist mit dir, Kleine? Was wünschst *du* dir?« Er grinste. »Lippenstift? Gesichtscreme? Seidenstrümpfe? Nein, das ist eher was für deine Schwester. Eine Puppe? Einen Teddybär?« Er zog mich auf, doch seine Augen funkelten freundlich.

Jetzt hätte ich eingestehen müssen, dass mir das mit Madame Petit nur so herausgerutscht war. Aber Cassis starrte mich immer noch so verwundert an, und Leibniz lächelte, und plötzlich hatte ich einen Einfall.

Ohne zu zögern sagte ich: »Angelzeug. Richtiges, gutes Angelzeug.« Ich schwieg einen Moment und sah ihm dabei fest in die Augen. »Und eine Orange.«

16

EINE WOCHE SPÄTER TRAFEN WIR IHN AN DERSELBEN STELLE wieder. Cassis erzählte ihm von einem Gerücht, dem zufolge im Le Chat Rouget spätabends Glücksspiel betrieben wurde, und dass er gehört hatte, wie *Curé* Traquet vor dem Friedhof mit jemandem über einen geheimen Ort sprach, an dem das Kirchensilber versteckt war.

Aber Leibniz wirkte abwesend.

»Ich musste das hier vor den anderen verbergen«, sagte er zu mir. »Es hätte ihnen vielleicht nicht gefallen, dass ich es dir gebe.« Unter seiner Jacke, die er neben sich gelegt hatte, zog er einen langen, grünen Stoffbeutel hervor, in dem es leise klapperte, als er ihn zu mir herüberschob. »Das ist für dich«, sagte er. »Los, pack's aus.«

Der Beutel enthielt eine Angelrute. Sie war nicht neu, aber selbst ich konnte erkennen, dass es ein gutes Gerät war, aus Bambus, der mit der Zeit fast schwarz geworden war, und mit einer glänzenden Rolle, die sich drehen ließ, als hätte sie Kugellager. Vor Staunen stieß ich einen tiefen Seufzer aus.

»Ist die ... für mich?«, fragte ich ungläubig.

Leibniz lachte. »Na klar. Wir Angler müssen zusammenhalten, stimmt's?«

Vorsichtig betastete ich die Angel. Die Rolle fühlte sich kühl und ein bisschen ölig an.

»Aber du darfst niemandem etwas davon erzählen«, sagte er. »Deinen Eltern nicht und auch nicht deinen Freunden. Du kannst doch ein Geheimnis für dich behalten, nicht wahr?«

Ich nickte. »Klar.«

Er lächelte. Seine Augen sahen dunkelgrau aus. »Jetzt kannst du den Hecht fangen, von dem du mir erzählt hast.«

Ich nickte wieder, und er lachte. »Glaub mir, mit *der* Angel könntest du ein U-Boot fangen.«

Einen Moment lang musterte ich ihn misstrauisch; ich fragte mich, ob er sich über mich lustig machen wollte. Aber selbst wenn, lag nichts Gehässiges darin, und schließlich hatte er sein Versprechen gehalten. Nur eins beunruhigte mich.

»Madame Petit«, begann ich zögernd. »Ihr wird doch nichts Schlimmes passieren, oder?«

Leibniz zog an seiner Zigarette, dann schnippte er die Kippe ins Wasser.

»Ich glaub nicht«, erwiderte er leichthin. »Nicht, wenn sie den Mund hält.« Plötzlich sah er uns alle durchdringend an. »Und ihr drei, ihr behaltet das für euch, verstanden?«

Wir nickten.

»Ach ja, ich hab noch was für dich.« Er langte in seine Tasche. »Aber ich fürchte, du wirst sie mit den anderen teilen müssen. Ich konnte nur eine bekommen.« Und dann hielt er mir eine Orange hin.

Er war charmant, wissen Sie. Wir waren alle von ihm hingerissen, Cassis sicherlich weniger als Reine und ich, weil er älter war und deutlicher die Gefahr erkannte, in die wir uns begaben – Reinette, rotwangig und schüchtern, und ich ... nun, vielleicht ließ ich mich am meisten beeindrucken. Es begann mit der Angel, aber es gab so viele andere Dinge an ihm, die mich faszinierten, sein

Akzent, seine lässige Art, seine Unbefangenheit und sein Lachen. Er besaß echten Charme, anders als Cassis' Sohn Yannick, der sich auf seine plumpe Art und mit seinen Wieselaugen so sehr darum bemühte. Nein, Tomas Leibniz hatte eine natürliche Ausstrahlung, der jeder erlag, auch ein einsames Kind mit einem Kopf voller Unsinn.

Reine hätte vielleicht gesagt, es war die Art, wie er einen wortlos ansah, oder wie seine Augen die Farbe wechselten – mal graugrün, mal braungrau wie der Fluss – oder wie er die Straße entlangschlenderte, die Mütze in den Nacken geschoben, die Hände in den Hosentaschen, wie ein Junge, der die Schule schwänzt. Cassis hätte vielleicht gesagt, es war Tomas' Verwegenheit – wie er die Loire an der breitesten Stelle durchschwamm oder kopfüber am Ausguck baumelte wie ein vierzehnjähriger Junge, der keine Gefahr kennt. Er wusste alles über Les Laveuses, noch bevor er dort angekommen war. Er stammte aus einem kleinen Dorf im Schwarzwald und erzählte die lustigsten Geschichten über seine Familie, seine Geschwister, seine Pläne. Unaufhörlich war er dabei, Pläne zu schmieden. Es gab Tage, an denen alles, jeder seiner Sätze mit Worten anzufangen schien wie: »Wenn ich erst mal reich bin und der Krieg vorbei ist ...« Gott, was er alles vorhatte. Er war der einzige Erwachsene in unserem Umfeld, der immer noch dachte wie ein Junge, Pläne schmiedete wie ein Junge, und vielleicht war es das, was uns zu ihm hinzog. Er war einer von uns. Für ihn galten die gleichen Spielregeln wie für uns.

Bisher hatte er im Verlauf des Krieges einen Engländer und zwei Franzosen getötet. Er machte kein Geheimnis daraus, aber so wie er davon berichtete, war uns klar, dass er keine Wahl gehabt hatte. Einer der Franzosen hätte unser Vater sein können, dachte ich später. Ich hätte ihm dennoch verziehen. Ich hätte ihm alles verziehen.

Natürlich war ich anfangs auf der Hut. Wir trafen ihn noch dreimal, zweimal allein am Fluss, einmal im Kino mit den anderen – mit Hauer, dem untersetzten, rothaarigen Heinemann und dem dicken, schwerfälligen Schwartz. Zweimal ließen wir ihm durch den Jungen am Zeitungskiosk Nachrichten zukommen, zweimal bekamen wir Zigaretten, Zeitschriften, Bücher, Schokolade und ein Paar Seidenstrümpfe für Reinette. In der Regel sind Erwachsene Kindern gegenüber weniger vorsichtig, weniger darauf bedacht, ihre Zunge im Zaum zu halten. Auf diese Weise erhielten wir mehr Informationen, als wir uns hätten träumen lassen, und wir gaben sie alle an Leibniz und die drei anderen Soldaten weiter. Hauer, Heinemann und Schwartz wechselten kaum ein Wort mit uns. Schwartz, der nur wenig Französisch sprach, warf Reinette manchmal begehrliche Blicke zu und sagte etwas zu ihr in seinem kehligen Deutsch. Hauer wirkte steif und unbeholfen, und Heinemann war immer nervös; unaufhörlich kratzte er sich an seinen roten Bartstoppeln. Die drei verunsicherten mich.

Aber nicht Tomas. Tomas hatte einen Draht zu uns wie niemand sonst. Er muss gespürt haben, wie sehr wir ihn brauchten, aber nicht wegen der Sachen, die er uns mitbrachte, der Schokolade, den Kaugummis, den Schminksachen und den Heften, sondern weil er jemand war, der uns zuhörte, dem wir vertrauen konnten. Natürlich geschah das alles nicht über Nacht. Wir waren wilde Tiere, wie unsere Mutter sagte, und es war nicht so leicht, uns zu zähmen. Doch er ging unglaublich geschickt vor, um uns einen nach dem anderen für sich zu gewinnen und jedem von uns das Gefühl zu geben, etwas ganz Besonderes zu sein. Selbst heute noch glaube ich, dass das echt war. Selbst heute noch.

Zur Sicherheit versteckte ich die Angel in der Schatzkiste. Ich musste mich vorsehen, wenn ich sie benutzte, denn in Les Laveuses war es üblich, sich in die Angelegenheiten anderer Leute einzumischen, und es hätte nur einer zufälligen Bemerkung bedurft, um den Argwohn meiner Mutter zu wecken. Paul zeigte ich die Angel natürlich, aber ich erzählte ihm, sie hätte meinem Vater gehört, und so wie er stotterte, neigte er nicht dazu, Klatsch zu verbreiten. Jedenfalls schöpfte er nie Verdacht, oder falls doch, behielt er es für sich, wofür ich ihm dankbar bin.

Der Juli war heiß und schwül, jeden zweiten Tag gab es ein Gewitter, und der aufgewühlte Himmel über dem Fluss färbte sich grau-violett. Am Ende des Monats trat die Loire über die Ufer, riss alle meine Fangkörbe und Netze mit sich fort und überflutete Hourias' Maisfelder drei Wochen vor der Erntezeit. Es regnete fast jede Nacht, und wenn grelle Blitze über den Himmel zuckten, schrie Reinette vor Angst und verkroch sich unter ihrem Bett, während Cassis und ich mit aufgerissenem Mund am offenen Fenster standen und probierten, ob wir mit unseren Zähnen Funksignale empfangen konnten. Meine Mutter wurde häufiger denn je von Kopfschmerzen heimgesucht, obwohl ich das Orangensäckchen – aufgefrischt mit der Schale der Orange, die Tomas uns gegeben hatte – während dieser Zeit nur zweimal benutzte. Der Rest war ihr Problem. Sie schlief oft schlecht, und wenn sie morgens aufwachte, war sie übel gelaunt und gereizt und hatte kein freundliches Wort für uns. An solchen Tagen dachte ich an Tomas, wie ein Verhungernder ans Essen denkt. Ich glaube, den beiden anderen ging es genauso.

Auch unserem Obst setzte der Regen schwer zu. Die Äpfel, Birnen und Pflaumen schwollen zu grotesker Größe an, bis sie platzten und an den Bäumen verfaulten. Wespen krochen in die klebrigen Ritzen, ganze Schwärme umkreisten die Bäume, und die Luft war von einem dumpfen Summen erfüllt. Meine Mutter tat, was sie konnte. Einige ihrer Lieblingsbäume bedeckte sie mit Planen, um sie vor dem Regen zu schützen, aber das half wenig. Der Boden, von der Junisonne ausgetrocknet, verwandelte sich in Morast, und die Bäume standen in Pfützen, in denen ihre freiliegenden Wurzeln verfaulten. Zum Schutz gegen die Fäulnis kippte meine Mutter Sägemehl und Erde unter die Bäume, doch es war zwecklos. Das Obst fiel hinunter und verrottete. Was von dem Fallobst noch brauchbar war, sammelten wir auf und kochten Marmelade daraus, aber wir wussten alle, dass die Ernte verdorben war, noch bevor sie richtig begonnen hatte. Unsere Mutter redete inzwischen überhaupt nicht mehr mit uns. Während jener Wochen waren ihre Lippen ständig zu einer dünnen Linie zusammengepresst, ihre Augen lagen tief in ihren Höhlen. Das Zucken, das ihre Kopfschmerzen ankündigte, hörte gar nicht mehr auf, und der Tablettenvorrat im Badezimmer schmolz dahin.

Die Markttage empfand ich als besonders bedrückend. Wir verkauften, was wir konnten, aber da selbst die Bohnen, Kartoffeln, Möhren und Tomaten Schaden genommen hatten, war das herzlich wenig. In unserer Not boten wir unsere Wintervorräte zum Verkauf an, eingemachtes Obst und getrocknetes Fleisch und Pasteten, die meine Mutter zubereitet hatte, als wir das letzte Mal ein Schwein geschlachtet hatten. Sie war verzweifelt, und an manchen Tagen schaute sie so grimmig drein, dass die Kunden die Flucht ergriffen, anstatt ihr etwas abzukaufen. Ich schämte mich jedes Mal zu Tode, während sie mit versteinertem Gesicht und leeren Augen dastand, einen Finger an der Schläfe wie den Lauf einer Pistole.

Eines Tages, als wir auf dem Marktplatz eintrafen, sahen wir, dass die Fenster an Madame Petits Laden mit Brettern zugenagelt waren. Monsieur Loup, der Fischhändler, erzählte mir, sie habe einfach ihre Sachen gepackt und sei ohne Angabe von Gründen und ohne eine Adresse zu hinterlassen, weggezogen.

»Haben die Deutschen sie geholt?«, fragte ich ängstlich. »Ich meine, wo sie doch Jüdin ist und so?«

Monsieur Loup warf mir einen seltsamen Blick zu. »Davon weiß ich nichts. Ich kann dir nur sagen, dass sie bei Nacht und Nebel verschwunden ist. Mehr weiß ich nicht, und wenn du klug bist, hältst du schön den Mund und sprichst niemanden darauf an.« Sein Blick war so kühl und abweisend, dass ich mich verlegen entschuldigte und vor lauter Eile, von seinem Stand wegzukommen, beinahe meine Fischabfälle liegen gelassen hätte.

Meine Erleichterung darüber, dass Madame Petit nicht verhaftet worden war, wurde getrübt durch ein seltsames Gefühl der Enttäuschung. Eine Zeit lang grübelte ich still vor mich hin, dann begann ich, mich im Dorf und in Angers diskret nach den Leuten zu erkundigen, über die wir Informationen weitergegeben hatten. Madame Petit, Monsieur Toupet oder Toubon, der Lateinlehrer, der Frisör aus dem Laden gegenüber dem Le Chat Rouget, der so viele Päckchen erhielt, die beiden Männer, deren Gespräch wir im Anschluss an einen Film vor dem Palais-Doré belauscht hatten. Seltsamerweise beunruhigte mich die Vorstellung, dass wir womöglich nutzlose Informationen weitergegeben – und uns lächerlich gemacht hatten –, mehr als der Gedanke, dass wir den Betroffenen Böses zugefügt haben könnten.

Ich glaube, Cassis und Reinette kannten bereits die Wahrheit. Aber es ist auch ein Riesenunterschied, ob man neun, zwölf oder dreizehn Jahre alt ist. Nach und nach fand ich heraus, dass kein Einziger derjenigen, die wir denunziert hatten, verhaftet oder auch nur verhört worden war, kein einziges der Häuser, von denen wir den Deutschen berichtet hatten, durchsucht. Selbst das mysteriöse Verschwinden von Monsieur Toubon ließ sich leicht erklären.

»Ach der, der ist zu seiner Tochter nach Rennes gezogen«, erklärte Monsieux Doux leichthin. »Da gibt's überhaupt nichts Mysteriöses, meine Kleine.«

Fast einen Monat lang nagte die Sache an mir, bis ich so verunsichert war, dass ich mich fühlte, als hätte ich den Kopf voll summender Wespen. Ich grübelte darüber nach, wenn ich am Fluss angelte oder Fangkörbe auslegte, wenn ich mit Paul Räuber und Gendarm spielte oder im Wald Höhlen grub. Ich wurde immer dünner. Meine Mutter musterte mich besorgt und meinte, ich würde so schnell wachsen, dass meine Gesundheit darunter leide. Sie ging mit mir zu Doktor Lemaître, der mir ein Glas Rotwein pro Tag verordnete, aber es half nichts. Ich begann mir einzubilden, dass ich verfolgt wurde, dass die Leute über mich redeten. Ich fragte mich, ob Tomas und die anderen vielleicht insgeheim der Résistance angehörten und vorhatten, mich aus dem Weg zu räumen. Schließlich sprach ich mit Cassis über meine Sorgen.

Wir waren allein im Ausguck. Es hatte mal wieder geregnet, und Reinette lag mit einer Erkältung im Bett. Ich hatte gar nicht vorgehabt, ihm alles zu erzählen, aber nachdem ich einmal angefangen hatte, sprudelten die Worte nur so aus mir heraus. Ich konnte gar nicht mehr aufhören. Ich hielt den grünen Beutel mit der Angel in der Hand, und in einem Anfall von Zorn warf ich ihn in die Brombeerbüsche unter dem Baum.

»Wir sind doch keine *Babys*!«, rief ich wütend aus. »Glauben sie uns etwa nicht, was wir ihnen erzählen? Warum hat Tomas mir die Angel gegeben, wenn ich sie nicht verdient hab?«

Cassis sah mich irritiert an. »Man sollte meinen, du hättest es gern, wenn jemand erschossen würde.«

»Natürlich hätte ich das nicht gern«, erwiderte ich trotzig. »Ich hab nur gedacht –«

»Glaubst du wirklich, wir würden dabei helfen, dass Leute eingesperrt oder erschossen werden? Glaubst du das im Ernst?« Er wirkte schockiert, aber ich spürte, dass er sich geschmeichelt fühlte.

Genau das glaube ich, ging es mir durch den Kopf. Und wenn es dir in den Kram passte, würdest du genau das tun, Cassis. Ich zuckte die Achseln.

»Gott, bist du naiv, Framboise«, sagte mein Bruder herablassend. »Du bist wirklich noch zu jung, um bei sowas mitzumachen.«

In diesem Augenblick begriff ich, dass selbst er es nicht gleich durchschaut hatte. Er war schneller als ich, aber auch er hatte es nicht von Anfang an gewusst. An jenem ersten Abend im Kino hatte er wirklich vor Furcht und Aufregung geschwitzt. Und später, bei den Gesprächen mit Tomas, hatte ich Angst in seinen Augen gesehen. Später, viel später erst, hatte er die Wahrheit erkannt.

Cassis machte eine unwirsche Handbewegung und schaute aufs Wasser hinunter. »*Erpressung!*«, spie er mir regelrecht ins Gesicht. »Kapierst du das nicht? Mehr ist es nicht! Glaubst du vielleicht, in Deutschland hätten sie's leichter? Glaubst du, *denen* geht es besser als uns? Denkst du, *ihre* Kinder hätten Schuhe und Schokolade und all so'n Zeug? Meinst du nicht, die wünschen sich das auch alles?«

Ich starrte ihn wortlos an.

»Du hast nie richtig drüber nachgedacht.« Ich wusste, dass er weniger über meine Ignoranz als über seine eigene wütend war. »Drüben in Deutschland geht's den Leuten nicht besser als hier bei uns!«, schrie er. »Die Soldaten beschaffen sich Sachen, um sie nach Hause zu schicken. Sie finden alles Mögliche über Leute raus, und dann lassen sie sich dafür bezahlen, dass sie den Mund halten. Du hast doch gehört, was er über Madame Petit gesagt hat: ›Eine echte Schwarzmarktspezialistin.‹ Meinst du vielleicht, die hätten sie laufen lassen, wenn er sie angeschwärzt hätte?« Cassis war außer Atem, musste beinahe lachen. »Das glaubst du doch selbst nicht! Hast du noch nie gehört, was sie in Paris mit den Juden machen? Hast du noch nie von den Todeslagern gehört?«

Ich kam mir ziemlich dumm vor und zuckte die Achseln. Natürlich hatte ich davon *gehört*. Es war nur so, dass in Les Laveuses alles anders war. Wir alle kannten die Gerüchte, aber in meiner Vorstellung hatten sich diese Dinge irgendwie mit den Todesstrahlen aus *Der Krieg der Welten* vermischt, Hitler sah für mich aus wie Charlie Chaplin in Reinettes Filmzeitschriften. Wirklichkeit, Hörensagen, Phantasiewelt und Wochenschauberichte hatten sich verdichtet zu einer Fortsetzungsgeschichte mit Kampffliegern vom Mars und Nachtflügen über den Rhein, mit Revolverhelden und Exekutionskommandos, mit U-Booten und der *Nautilus* zwanzigtausend Meilen unter dem Meer.

»Erpressung?«, wiederholte ich verständnislos.

»*Geschäfte*«, korrigierte mich Cassis gereizt. »Findest du es denn gerecht, dass manche Leute Schokolade und Kaffee und anständige Schuhe und Zeitschriften und Bücher haben und andere überhaupt nichts? Findest du nicht, dass sie für dieses Vorrecht bezahlen sollten? Ein bisschen abgeben von dem, was sie haben? Und was ist mit Heuchlern und Lügnern wie Monsieur Toubon? Findest du nicht auch, dass die für ihre Hinterhältigkeit bezahlen sollten? Es ist ja nicht, als ob sie es sich nicht leisten könnten. Es wird ja schließlich keinem Schaden zugefügt.«

Er redete schon wie Tomas, deswegen fiel es mir schwer, seine Worte zu übergehen, und ich nickte bedächtig.

Cassis machte einen erleichterten Eindruck. »Es ist noch

nicht mal Diebstahl«, fuhr er eifrig fort. »Dieses Schwarzmarktzeug gehört allen. Ich sorge einfach nur dafür, dass jeder seinen Anteil kriegt.«
»Wie Robin Hood.«
»Genau.«
Ich nickte wieder. Was er sagte, klang vollkommen vernünftig.
Zufrieden mit der Erklärung stieg ich vom Ausguck und holte meine Angel aus dem Brombeergestrüpp, überzeugt, dass ich sie offenbar doch verdient hatte.

DRITTER TEIL

Der Imbisswagen

I

Etwa fünf Monate nach Cassis' Tod – drei Jahre nach der Geschichte mit Mamie Framboise – kamen Yannick und Laure noch einmal nach Les Laveuses. Meine Tochter Pistache war gerade mit ihren beiden Kindern Prune und Ricot zu Besuch, und bis dahin hatten wir einen schönen Sommer verlebt. Die Kinder waren so groß geworden, so reizend, sie ähnelten immer mehr ihrer Mutter – Prune mit ihren schokoladenbraunen Augen und dem Lockenkopf, Ricot mit rosigen Wangen, groß gewachsen und beide so fröhlich und abenteuerlustig, dass es mir fast das Herz brach, sie zu sehen, so sehr erinnerten sie mich an meine eigene Kindheit. Ich schwöre, ich fühle mich jedes Mal vierzig Jahre jünger, wenn sie da sind, und in jenem Sommer brachte ich ihnen bei, wie man angelt, wie man Reusen mit Ködern bestückt, wie man Makronen backt und Feigenmarmelade kocht; und Ricot und ich lasen *Robinson Crusoe* und *Zwanzigtausend Meilen unter dem Meer* zusammen, und Prune erzählte ich lauter Lügenmärchen über den Fisch, den ich als kleines Mädchen gefangen hatte, und bei den Geschichten über die unheimliche Macht der Alten Mutter liefen uns wohlige Schauer über den Rücken.

»Die Leute sagten, wenn man sie finge und freiließe, würde sie einem einen Herzenswunsch erfüllen, aber wenn man sie sähe – und sei es nur aus den Augenwinkeln – und sie *nicht* finge, dann würde einem etwas ganz Schreckliches widerfahren.«

Prune sah mich mit weit aufgerissenen Augen an, den Daumen zur Beruhigung in den Mund geschoben. »Was denn Schreckliches?«, flüsterte sie ehrfürchtig.

»Man würde *sterben*, mein Schatz«, sagte ich ganz leise und mit einem drohenden Unterton in der Stimme. »Oder jemand anders würde sterben. Jemand, den man liebte. Oder etwas noch Schlimmeres würde geschehen. Und selbst wenn man überlebte, würde einen der Fluch der Alten Mutter bis ins Grab verfolgen.«

Pistache warf mir einen vernichtenden Blick zu. »*Maman*, ich wüsste mal gern, warum du ihr all das Zeug erzählst. Möchtest du vielleicht, dass sie Alpträume bekommt und ins Bett macht?«

»Ich *mach* nicht ins Bett«, protestierte Prune. Sie sah mich erwartungsvoll an und zupfte an meinem Ärmel. »*Mémée*, hast *du* die Alte Mutter denn mal gesehen?«

Plötzlich war mir ganz unwohl zumute, und ich wünschte, ich hätte ihr eine andere Geschichte erzählt. Pistache sah mich drohend an und machte Anstalten, Prune von meinem Schoß zu nehmen.

»Prunette, lass *Mémée* jetzt in Ruhe. Es ist schon fast Schlafenszeit, und du hast dir noch nicht die Zähne geputzt und –«

»Bitte, sag's mir, *Mémée*, hast du sie mal gesehen? Ja?«

Ich umarmte meine Enkelin und entspannte mich ein wenig. »Ich habe einen ganzen Sommer lang versucht, sie zu fangen, Kleines. Mit Netzen und Angeln und Fangkörben. Ich habe jeden Tag frische Köder ausgelegt und bin mindestens zweimal am Tag zum Fluss gegangen, um nachzusehen.«

Prune sah mich mit ernster Miene an. »Bestimmt wolltest du dir unbedingt was wünschen, nicht wahr?«

Ich nickte. »Das wird es wohl gewesen sein.«

»Und hast du sie gefangen?«

Ihr Gesicht glühte. Sie roch nach Keksen und frischem Gras, der wunderbar süße Duft von Kindern.

Ich lächelte. »Ja, ich habe sie gefangen.«

Ihre Augen weiteten sich vor Aufregung. »Und was hast du dir gewünscht?«, flüsterte sie.

»Ich habe mir nichts gewünscht, mein Schatz«, erwiderte ich.

»Ist sie dir entwischt?«

Ich schüttelte den Kopf. »Nein, ich habe sie wirklich gefangen.«

Pistache beobachtete mich aus dem Hintergrund. Und Prune legte ihre kleinen Hände an mein Gesicht und fragte begierig: »Und was dann?«

Ich sah sie an. »Ich habe sie nicht zurück ins Wasser geworfen«, sagte ich. »Ich habe sie schließlich gefangen, aber ich habe sie nicht wieder freigelassen.«

Das stimmte eigentlich nicht, sagte ich mir. Nicht ganz. Und dann gab ich meiner Enkelin einen Kuss und versprach, ihr den Rest später zu erzählen. Trotz ihrer Proteste gelang es uns schließlich, sie ins Bett zu bringen. In jener Nacht dachte ich noch lange über die Geschichte nach. Ich habe nie Probleme mit dem Einschlafen gehabt, aber diesmal schien es Stunden zu dauern, bis ich endlich zur Ruhe kam, und auch dann noch träumte ich von der Alten Mutter tief unten im dunklen Wasser. Ich hatte sie an der Angel und zog und zog, und es sah so aus, als wäre keiner von uns jemals bereit loszulassen.

Jedenfalls, kurz danach tauchten Yannick und Laure in Les Laveuses auf. Erst kamen sie in die Crêperie, ganz bescheiden, wie normale Gäste. Sie bestellten *brochet angevin* und *tourteau fromage*. Ich beobachtete sie heimlich von der Küche aus, aber sie benahmen sich anständig und machten keinen Ärger. Sie unterhielten sich leise, stellten keine übertriebenen Ansprüche an den Weinkeller und verkniffen es sich ausnahmsweise, mich Mamie zu nennen. Erleichtert stellte ich fest, dass sie sich in der Öffentlichkeit nicht mehr dauernd berührten und küssten, und ich taute sogar so weit auf, dass ich mich eine Weile zu ihnen setzte und mich bei Kaffee und Petits Fours mit ihnen unterhielt.

Laure war in den drei Jahren, die wir uns nicht gesehen hatten, sichtlich gealtert. Sie war schlanker geworden – das mag vielleicht schick sein, aber es stand ihr überhaupt nicht –, und sie trug ihr kupferfarbenes Haar kurz geschnitten. Sie wirkte nervös, rieb sich ständig den Bauch, als hätte sie Schmerzen. Soweit ich das beurteilen konnte, hatte Yannick sich kein bisschen geändert.

Ihr Restaurant gehe gut, verkündete er heiter. Sie hätten eine Menge Geld auf der Bank. Für das Frühjahr planten sie eine Reise auf die Bahamas; seit Jahren hätten sie keinen Urlaub mehr zusammen gemacht. Sie sprachen liebevoll von Cassis, und ich hatte den Eindruck, sie waren sehr traurig über seinen Tod.

Ich sagte mir, dass ich sie wohl zu streng beurteilt hatte.

Ich irrte mich.

Ein paar Tage später besuchten sie uns auf dem Hof, als Pistache gerade dabei war, die Kinder ins Bett zu bringen. Sie brachten für uns alle Geschenke mit – Süßigkeiten für Prune und Ricot, Blumen für Pistache. Meine Tochter musterte die beiden mit dem distanziert freundlichen Blick, mit dem sie gewöhnlich ihr Missfallen ausdrückt, den die beiden jedoch zweifellos für ein Zeichen von Beschränktheit hielten. Laure beobachtete die Kinder mit einer aufdringlichen Neugier, die mir auf die Nerven ging. Yannick machte es sich in einem Sessel am Kamin bequem.

Pistache saß schweigend in der Ecke, und ich konnte nur hoffen, dass meine ungebetenen Gäste bald wieder verschwinden würden. Aber keiner von beiden machte irgendwelche Anstalten, sich zu verabschieden.

»Das Essen hat einfach phantastisch geschmeckt«, sagte Yannick matt. »Der Hecht war wirklich köstlich; ich weiß nicht, was du mit ihm gemacht hast, aber er war ein Gedicht.«

»Abwässer«, erwiderte ich trocken. »Neuerdings wird so viel davon in die Flüsse geleitet, dass die Fische sich praktisch von nichts anderem ernähren. Wir nennen es Loire-Kaviar. Sehr mineralhaltig.«

Laure sah mich verblüfft an. Dann begann Yannick zu kichern, und sie fiel ein.

»Mamie ist nie um einen Scherz verlegen. Loire-Kaviar, ha, ha.«

Danach haben sie nie wieder Hecht bestellt.

Nach einer Weile fingen sie an, über Cassis zu sprechen. Anfangs nur harmloses Zeug – wie er sich gefreut hätte, seine Nichte und deren Kinder kennen zu lernen.

»Er hätte so gern Enkelkinder gehabt«, sagte Yannick. »Aber Laure stand ja noch ganz am Anfang ihrer Karriere –«

»Uns bleibt noch genug Zeit«, fiel Laure ihm beinahe ungehalten ins Wort. »So alt bin ich schließlich noch nicht, oder?«

Ich schüttelte den Kopf. »Natürlich nicht.«

»Und damals hatten wir ja noch die zusätzlichen Kosten für Papas Pflege. Er besaß kaum noch Geld, Mamie.« Yannick biss in einen meiner *sablés*. »Alles, was er besaß, haben wir bezahlt. Selbst das Haus.«

Das konnte ich mir vorstellen. Cassis hatte es nie verstanden, sein Geld zusammenzuhalten. Es zerrann ihm zwischen den Fingern oder verschwand in seinem Bauch.

Als er noch in Paris lebte, war Cassis selbst immer sein bester Kunde gewesen.

»Das tragen wir ihm natürlich nicht nach«, meinte Laure leise. »Wir haben sehr an Papa gehangen, nicht wahr, *chéri*?«

Yannick nickte übertrieben beifällig. »Ja, sehr. Und er war so großzügig, hat nie ein Wort über diesen Hof verloren, über sein Erbe. Er hatte wirklich Charakter.«

»Was soll das denn heißen?« Ich sprang auf und hätte beinahe meinen Kaffee verschüttet. Pistache saß immer noch schweigend da und hörte zu. Ich hatte meinen Töchtern nie von Cassis und Reinette erzählt, für sie war ich ein Einzelkind. Auch über meine Mutter hatte ich nie ein Wort verloren.

Yannick sah mich verlegen an. »Nun, du weißt doch, Mamie, dass eigentlich er den Hof erben sollte –«

»Nicht dass wir dir Vorwürfe machen würden –«

»Aber er war schließlich der Älteste, und im Testament deiner Mutter ...«

»Moment mal!« Ich versuchte, nicht zu schrill zu klingen, doch in dem Augenblick hörte ich mich an wie meine Mutter, und ich sah, wie Pistache zusammenzuckte. »Ich habe Cassis einen guten Preis für den Hof gezahlt«, fuhr ich in ruhigerem Ton fort. »Nach dem Feuer war sowieso nur noch Gemäuer übrig, alles ausgebrannt, das Dach ruiniert. Er hätte nie in dem Haus wohnen können, und er hat es auch nie gewollt. Ich habe ihm einen guten Preis gezahlt, mehr als ich mir leisten konnte, und –«

»Schsch. Ist ja gut.« Laure warf ihrem Mann einen wütenden Blick zu. »Niemand behauptet, an eurem Vertrag sei irgendetwas unkorrekt gewesen.«

Unkorrekt.

Ein typisches Laure-Wort: affektiert, selbstgefällig und

mit dem richtigen Maß an Skepsis ausgesprochen. Ich hielt meine Kaffeetasse so fest umklammert, dass meine Knöchel sich weiß abzeichneten.

»Aber du musst die Sache mal von unserem Standpunkt aus betrachten«, sagte Yannick mit einem Grinsen. »Das Erbe unserer Großmutter …«

Die Richtung, die das Gespräch nahm, gefiel mir nicht. Vor allem Pistaches Anwesenheit war mir unangenehm, ihre runden Augen, die alles genau beobachteten.

»Ihr beiden habt meine Mutter ja noch nicht mal gekannt«, fauchte ich.

»Darum geht es nicht, Mamie«, sagte Yannick hastig. »Es geht darum, dass ihr *drei* Geschwister wart. Und das Erbe wurde in drei Teile geteilt. Das ist doch richtig, oder?«

Ich nickte vorsichtig.

»Aber jetzt, wo der arme Papa verschieden ist, fragen wir uns, ob die informelle Abmachung, die ihr beiden getroffen habt, dem Rest der Familie gegenüber gerecht ist.« Er sagte das ganz gelassen, aber ich sah den gierigen Blick in seinen Augen, und mich packte die Wut.

»Welche informelle Abmachung?«, schrie ich. »Ich habe euch gesagt, dass ich einen guten Preis gezahlt habe. Es gibt Verträge –«

Laure legte eine Hand auf meinen Arm. »Yannick wollte dich nicht beunruhigen, Mamie.«

»Ich bin nicht beunruhigt«, erwiderte ich kühl.

Yannick fuhr unbeirrt fort: »Es ist nur so, dass manche Leute denken könnten, so eine Abmachung, wie du sie mit dem armen Papa getroffen hast – einem kranken Mann, der in Geldnot war –« Ich sah, wie Laure Pistache beobachtete, und fluchte innerlich. »Dann bleibt ja noch das Drittel, das Tante Reine zugestanden hätte –« Der Schatz unter dem Kellerboden. Zehn Kisten Bordeaux-Wein, abgefüllt in dem Jahr, als sie geboren wurde, eingemauert, um sie vor dem Zugriff der Deutschen zu schützen. Heute wären sie mindestens tausend Francs pro Flasche wert. Verdammt, Cassis konnte noch nie den Mund halten, wenn es drauf ankam.

»Ich habe alles für sie aufbewahrt. Ich habe nichts davon angerührt«, unterbrach ich Yannick ungehalten.

»Selbstverständlich nicht, Mamie. Trotzdem –« Yannick grinste bedauernd, und in dem Moment sah er meinem Bruder so ähnlich, dass es schmerzte. Ich schaute kurz zu Pistache hinüber, die kerzengerade und mit ausdruckslosem Gesicht in ihrem Sessel saß. »Trotzdem musst du zugeben, dass Tante Reine nicht mehr in der Lage ist, ihren Anteil zu beanspruchen. Und meinst du nicht, es wäre allen Beteiligten gegenüber fair –«

»Es gehört alles Reine«, sagte ich trocken. »Ich werde es nicht anrühren. Und selbst wenn ich könnte, würde ich es euch nicht geben. Beantwortet das deine Frage?«

Laure schaute mich an. In ihrem schwarzen Kleid sah sie ziemlich krank aus.

»Tut mir Leid«, meinte sie und warf Yannick einen bedeutungsvollen Blick zu. »Es geht uns nicht um Geld. Natürlich wollen wir dir nicht dein Haus streitig machen oder Tante Reines Erbe. Wenn einer von uns diesen Eindruck erweckt haben sollte ...«

Ich schüttelte verwirrt den Kopf. »Was zum Teufel wollt ihr dann?«

»Es gab ein *Buch*«, erklärte Laure mit boshaft funkelnden Augen.

»Ein Buch?«, wiederholte ich.

Yannick nickte. »Papa hat uns davon erzählt. Du hast es ihm gezeigt.«

»Ein *Rezept*buch«, fügte Laure seltsam ruhig hinzu. »Du kennst inzwischen sicher sämtliche Rezepte auswendig. Wenn wir es uns wenigstens ansehen dürften – es ausleihen.«

»Wir würden natürlich für alles bezahlen, was wir verwenden«, warf Yannick hastig ein. »Betrachte es doch einfach als eine Möglichkeit, die Erinnerung an den Namen Dartigen lebendig zu halten.«

Es muss der Name gewesen sein, der mir den Rest gab. Während des Gesprächs war ich hin und her gerissen zwischen Verwirrung, Angst und Fassungslosigkeit, aber als der Name fiel, wurde ich von Panik erfasst, und ich fegte die Kaffeetassen vom Tisch, sodass sie auf den Terrakottafliesen in tausend Stücke zersprangen. Pistaches blickte mich entsetzt an, doch ich war meiner Wut hilflos ausgeliefert.

»Nein! Niemals!«, schrie ich, und einen Augenblick lang war es, als hätte ich meinen Körper verlassen und schwebte über dem Geschehen. Emotionslos betrachtete ich mich, eine unscheinbare, hagere Frau in einem grauen Kleid, das Haar zu einem strengen Nackenknoten zusammengefasst. Meine Tochter sah aus, als würde sie plötzlich alles begreifen, und in den Gesichtern meines Neffen und seiner Frau spiegelte sich verhohlene Feindseligkeit. Dann kehrte die Wut auf einen Schlag wieder zurück.

»Ich weiß genau, was ihr wollt!«, fauchte ich völlig außer mir. »Wenn ihr Mamie Framboise nicht haben könnt, dann nehmt ihr halt Mamie Mirabelle, ja? Also, ich weiß nicht, was Cassis euch erzählt hat, aber das alles ging ihn einen feuchten Kehricht an, und euch geht es erst recht nichts an. Diese alte Geschichte ist tot. *Sie* ist tot, und ihr werdet nichts von mir bekommen, da könnt ihr warten, bis ihr schwarz werdet!« Außer Atem nahm ich ihr Geschenk – eine Schachtel mit Batisttaschentüchern, die noch verpackt auf dem Tisch lag – und schob es Laure unsanft zu.

»Nehmt eure Bestechungsgeschenke«, schrie ich heiser, »und steckt sie euch zusammen mit euren schicken Pariser Rezepten, eurem ungenießbaren Aprikosen-*coulis* und eurem alten Papa in den Hintern!«

Unsere Blicke begegneten sich, und endlich zeigte Laure ihr wahres, hasserfülltes Gesicht.

»Ich könnte meinen Anwalt einschalten«, sagte sie.

Plötzlich musste ich lachen. »Ganz genau. Deinen Anwalt. Darauf läuft es doch immer hinaus, nicht wahr?« Ich lachte immer lauter. »Deinen Anwalt!«

Yannick versuchte, sie mit vor Schreck geweiteten Augen zu beruhigen. »Ich bitte dich, *chérie*, du weißt doch, dass wir –«

Laure fuhr wütend zu ihm herum. »Ach, lass mich doch in Ruhe!«

Ich brüllte vor Lachen. Laure warf mir einen vernichtenden Blick zu, dann hatte sie sich auf einmal wieder im Griff.

»Tut mir Leid«, sagte sie kühl. »Du kannst dir nicht vorstellen, wie wichtig das für mich ist. Meine Karriere –«

Yannick bugsierte sie in Richtung Tür, wobei er mich die ganze Zeit im Auge behielt. »Wir wollten dich nicht in Bedrängnis bringen, Mamie«, beeilte er sich zu sagen. »Wir kommen wieder, wenn du dich beruhigt hast. Es ist ja nicht so, dass wir das Buch *behalten* wollen.«

Die Worte purzelten ihm nur so aus dem Mund. Ich lachte und lachte. Meine Panik wuchs, aber ich kam nicht gegen das Lachen an, und selbst nachdem sie mit quietschenden Reifen davongefahren waren, hörte es nicht auf, ging jedoch allmählich in Weinen über, als die Anspannung von mir wich. Ich fühlte mich erschöpft und alt.

Schrecklich alt.

Pistache sah mich mit undurchdringlicher Miene an. Prune steckte den Kopf zur Tür herein.

»*Mémée*? Was ist passiert?«

»Geh wieder ins Bett, Liebes«, sagte Pistache. »Es ist alles in Ordnung. Du brauchst dir keine Sorgen zu machen.«

Prune schien nicht überzeugt. »Warum hat *Mémée* so geschrien?«

»Es ist nichts!«, erwiderte Pistache streng. »Geh jetzt ins Bett!«

Widerwillig zog Prune sich zurück. Pistache schloss die Tür.

Wir saßen schweigend da.

Ich wusste, sie würde mit mir reden, wenn sie so weit war; ich kannte sie gut genug, um sie nicht zu drängen. Sie wirkt zwar sanft, aber sie kann auch sehr stur sein. Diese Seite an ihr kenne ich gut; ich bin genauso. Ich spülte das Geschirr, trocknete es ab und räumte es in den Schrank. Anschließend nahm ich ein Buch und tat so, als würde ich lesen.

Nach einer Weile begann Pistache zu sprechen. »Was meinten sie mit dem Erbe?«

Ich zuckte die Achseln.

»Nichts. Cassis hat sie wohl glauben lassen, er sei reich, damit sie sich um ihn kümmerten, wenn er alt war. Sie hätten es besser wissen müssen. Das ist alles.« Ich hoffte, Pistache würde es dabei belassen, aber die Art, wie sie die Augenbrauen zusammenzog, kündigte Ärger an.

»Ich wusste nicht mal, dass ich einen Onkel hatte«, sagte sie tonlos.

»Wir haben uns nicht nahe gestanden.«

Schweigen. Ich spürte, wie es in ihr arbeitete, und ich wünschte, ich hätte ihren Gedankengang aufhalten können, doch mir war klar, dass ich das nicht konnte.

»Yannick ist ihm sehr ähnlich«, sagte ich, bemüht, beiläufig zu klingen. »Gut aussehend und charakterlos. Und seine Frau führt ihn an der Nase herum wie einen Tanzbär.« Ich hatte gehofft, ihr ein Lächeln zu entlocken, doch sie wurde nur noch nachdenklicher.

»Sie schienen der Meinung zu sein, du hättest sie um irgendetwas betrogen. Du hättest deinen Bruder ausgezahlt, als er krank war.«

Ich zwang mich, nicht aufbrausend zu reagieren. Mit einem Wutausbruch hätte ich alles nur noch schlimmer gemacht.

»Pistache«, sagte ich geduldig. »Glaub nicht alles, was die beiden erzählen. Cassis war nicht krank. Jedenfalls nicht so, wie du denkst. Er hat sich in den Ruin getrunken, seine Frau und seinen Sohn sitzen lassen und den Hof verkauft, um seine Schulden zu bezahlen.«

Sie sah mich durchdringend an, und ich hatte Mühe, nicht laut zu werden. »Hör zu, das ist alles lange her. Es ist vorbei. Mein Bruder ist tot.«

»Laure hat gesagt, es gab noch eine Schwester.«

Ich nickte. »Reine-Claude.«

»Warum hast du mir nichts davon gesagt?«

Ich zuckte die Achseln. »Wir haben uns nicht –«

»Nahe gestanden. Natürlich.« Ihre Stimme klang müde.

Wieder packte mich die Angst, und ich sagte lauter als beabsichtigt: »Du verstehst das doch, oder? Noisette und du, ihr habt euch doch auch nie –« Ich verschluckte den Rest des Satzes, aber es war zu spät. Ich sah, wie sie zusammenzuckte, und verfluchte mich innerlich.

»Nein. Aber ich habe es zumindest versucht. Dir zuliebe.«

Verdammt. Ich hatte vergessen, wie sensibel sie war. All die Jahre über hatte ich sie schlicht für die Ruhigere gehalten, während meine andere Tochter von Tag zu Tag aufsässiger und eigenwilliger wurde. Ja, Noisette war immer mein Lieblingskind gewesen, aber ich hatte bis jetzt geglaubt, es besser verborgen zu haben. Wenn es Prune gewesen wäre, hätte ich sie einfach in die Arme genommen, doch als ich nun diese gefasste, verschlossene, dreißigjährige Frau vor mir sah, mit ihrem traurigen Lächeln und den halb geschlossenen Augen ... dachte ich an Noisette und daran, wie ich es aus lauter Stolz oder auch aus Sturheit fertig gebracht hatte, sie mir zu entfremden.

»Wir haben uns vor langer Zeit aus den Augen verloren«, sagte ich. »Nach dem Krieg. Meine Mutter war ... krank ... und wir wohnten bei verschiedenen Verwandten. Wir hatten keinen Kontakt untereinander.« Es entsprach fast der Wahrheit, kam der Wahrheit jedenfalls so nah, wie ich es ertragen konnte. »Reine ging ... nach Paris ... um zu arbeiten. Sie ... wurde auch krank. Sie lebt in einem Pflegeheim in der Nähe von Paris. Ich habe sie einmal dort besucht, aber ...« Wie sollte ich es ihr erklären? Der Gestank in dieser Anstalt – nach Kohl und Wäsche und Krankheit –, laut dröhnende Fernseher in den Zimmern voll hilfloser Menschen, die weinten, wenn ihnen das Essen nicht schmeckte, und die manchmal aus heiterem Himmel Tobsuchtsanfälle bekamen und mit erhobenen Fäusten aufeinander losgingen. Ein Mann im Rollstuhl – ein relativ junger Mann mit einem vernarbten Gesicht und weit aufgerissenen, hoffnungslosen Augen – hatte die ganze Zeit geschrien: »Ich will hier raus! Ich will hier raus!«, bis er nur noch ein heiseres Krächzen herausbrachte und selbst ich ihn mit seinem Leid nicht mehr wahrnahm. Eine Frau stand in einer Ecke, das Gesicht zur Wand, und weinte still vor sich hin. Und dann die Frau auf dem Bett, die lächelnd vor sich hin murmelte, diese aufgedunsene Gestalt mit den gefärbten Haaren, mit fetten, weißen Schenkeln und Armen so kühl und weich wie frischer Teig. Nur die Stimme, an der allein ich sie erkannte, war immer noch dieselbe – die Stimme eines kleinen Mädchens, das unverständliches Zeug brabbelt. Ihre Augen waren so rund und ausdruckslos wie die einer Eule. Ich zwang mich, die Frau zu berühren.

»Reine. Reinette.«

Wieder dieses stumpfsinnige Lächeln, ein angedeutetes Nicken, als träumte sie, sie sei eine Königin und ich ihr Untertan. Sie habe ihren Namen vergessen, erklärte mir die Schwester ruhig, aber es gehe ihr gut; sie habe ihre »guten Tage« und sie liebe es fernzusehen, vor allem Zeichentrickfilme, und sie genieße es, wenn man ihr das Haar bürste, während das Radio laufe.

»Natürlich haben wir auch unsere schlechten Zeiten«, sagte die Schwester. Bei dem Wort »wir« zuckte ich zusammen, ich spürte, wie sich mir regelrecht der Magen umdrehte. »Wir wachen nachts auf –« Seltsam, dieses Pronomen, als könnte sie, indem sie einen Teil der Identität dieser Frau übernahm, irgendwie an der Erfahrung teilhaben, alt und verrückt zu sein. »Und hin und wieder haben wir unsere kleinen Wutanfälle, nicht wahr?« Sie lächelte mich an, eine junge Blondine um die Zwanzig, und in dem Augenblick hasste ich sie so sehr wegen ihrer Jugend und ihrer Ahnungslosigkeit, dass ich beinahe zurückgelächelt hätte.

Ich spürte, wie genau so ein Lächeln sich auf meinem Gesicht ausbreitete, als ich meine Tochter ansah, und verabscheute mich dafür.

»Du weißt doch, wie das ist«, versuchte ich mich zu entschuldigen. »Alte Leute und Krankenhäuser kann ich einfach nicht ertragen. Ich habe ihr Geld geschickt.«

Ich hatte genau das Falsche gesagt. Manchmal ist einfach alles falsch, was man sagt. Meine Mutter wusste das.

»*Geld*«, sagte Pistache verächtlich. »Ist das alles, wofür die Leute sich interessieren?«

Bald darauf ging sie zu Bett, und für den Rest des Sommers war unser Verhältnis gestört. Kurze Zeit später kündigte sie an, sie werde in zwei Wochen abreisen, früher als geplant. Sie gab vor, sie sei erschöpft und müsse sich auf die Schule vorbereiten, doch ich spürte, dass irgendetwas nicht stimmte. Ein- oder zweimal versuchte ich, mit ihr darüber zu sprechen, aber es hatte keinen Zweck. Sie blieb distanziert, ihr Blick argwöhnisch. Mir fiel auf, dass sie eine Menge Post erhielt, jedoch zunächst dachte ich mir nichts dabei. Ich war mit anderen Dingen beschäftigt.

2

Wenige Tage nach dem Besuch von Yannick und Laure kam der Imbisswagen. Er wurde von einem großen Lastwagen hergeschleppt und auf der Rasenfläche gegenüber dem Crêpe Framboise abgestellt. Ein junger Mann mit einer rotgelb-gemusterten Papiermütze stieg aus. Ich war gerade mit Gästen beschäftigt und achtete nicht besonders auf das Geschehen, sodass ich später, als ich wieder aus dem Fenster schaute, ziemlich überrascht war, den Lastwagen nicht mehr zu sehen. Zurückgeblieben war nur der kleine Anhänger, auf dem in großen, roten Buchstaben die Worte »Super Snack« prangten. Ich trat auf die Straße, um ihn genauer in Augenschein zu nehmen. Die Läden waren mit schweren Ketten und Vorhängeschlössern gesichert. Ich klopfte an die Tür, doch niemand reagierte.

Am nächsten Tag wurde der Imbissstand, den jetzt eine rotgelb-gestreifte Markise schmückte, eröffnet. Es fiel mir gegen halb zwölf auf, als wie gewöhnlich meine ersten Gäste eintrafen. Über dem hohen Tresen war eine Schnur mit lauter kleinen Wimpeln gespannt, auf denen jeweils ein Gericht und der dazugehörige Preis vermerkt waren: *Steak-frites* 17F, *Saucisse-frites* 14F. Außerdem hingen auf beiden Seiten des Wagens große, bunte Poster, die für »Super Snacks« oder »Riesenhamburger« und verschiedene Getränke warben.

»Sieht so aus, als hätten Sie Konkurrenz bekommen«, meinte Paul Hourias, als er pünktlich um viertel nach zwölf in die Crêperie kam. Ich fragte ihn erst gar nicht, was er essen und trinken wollte, denn er bestellte immer das Tagesgericht und ein kleines Bier – nach Paul konnte man die Uhr stellen. Er redete nie viel, saß einfach an seinem Stammplatz am Fenster, aß und beobachtete die Straße. Ich betrachtete die Bemerkung als einen seiner seltenen Scherze.

»Konkurrenz!«, schnaubte ich verächtlich. »Monsieur Hourias, an dem Tag, an dem Crêpe Framboise mit einem Frittenverkäufer in einem Imbisswagen konkurrieren muss, packe ich meine Töpfe und Pfannen ein und mache den Laden dicht.«

Paul schmunzelte. Das Tagesgericht bestand aus gegrillten Sardinen, die er besonders gern aß, und einem Korb selbst gebackenem Walnussbrot. Er aß schweigend und schaute wie immer gedankenverloren auf die Straße hinaus. Die Anwesenheit des Imbisswagens schien keinen Einfluss auf die Anzahl der Gäste in der Crêperie zu haben. Die nächsten zwei Stunden war ich in der Küche beschäftigt, während Lise, meine Kellnerin, die Gäste bediente. Als ich wieder aus dem Fenster sah, standen zwei Leute an dem Imbisswagen und aßen Pommes frites aus spitzen Tüten, aber das waren junge Leute, keine von meinen Stammkunden. Ich zuckte die Achseln. Damit konnte ich leben.

Am nächsten Tag waren es schon fast ein Dutzend, alles Jugendliche, und aus einem Radio dröhnte laute Musik. Trotz der Hitze schloss ich die Tür der Crêperie, doch der scheppernde Klang von Gitarren und Schlagzeug drang unvermindert von draußen herein, und Marie Fenouil und Charlotte Dupré, beide Stammgäste, beschwerten sich über die Hitze und den Lärm.

Am darauf folgenden Tag war die Gruppe der Jugendlichen noch größer, die Musik noch lauter. Ich beschloss, mich zu beschweren. Um zwanzig vor zwölf ging ich zu dem Imbisswagen hinüber und war sofort von Jugendlichen umringt. Einige von ihnen erkannte ich, aber es waren auch welche dabei, die von auswärts kamen – Mädchen in rückenfreien T-Shirts und Sommerröcken oder Jeans, junge Burschen mit hochgeschlagenen Kragen und Motorradstiefeln. Mehrere Motorräder standen neben dem Imbissstand, Benzingestank mischte sich mit dem Geruch von Bratfett und Bier. Ein junges Mädchen mit gepiercter Nase und kurz geschnittenem Haar musterte mich frech, als ich auf den Tresen zuging, dann versperrte sie mir ruppig den Weg.

»He, warte bis du dran bist, Oma«, sagte sie Kaugummi kauend. »Siehst du nicht, dass hier Leute anstehen?«

»Ach, da wäre ich nie drauf gekommen«, fauchte ich. »Ich dachte, du würdest hier anschaffen, Schätzchen.«

Das Mädchen starrte mich mit offenem Mund an, und ich schob mich an ihr vorbei, ohne sie eines weiteren Blickes zu würdigen. Was auch immer man über Mirabelle Dartigen denken mag, sie hat ihren Kindern jedenfalls nicht beigebracht, ein Blatt vor den Mund zu nehmen.

Der Tresen war sehr hoch, und ich musste zu dem jungen Mann, der dahinter stand, aufschauen. Er war etwa fünfundzwanzig und sah auf eine modisch ungepflegte Art gut aus. Sein dunkelblondes Haar reichte bis über den Kragen, und an einem Ohr baumelte ein einzelner Ohrring, ein goldenes Kreuz, glaube ich. Seine Augen hätten mir vielleicht vor vierzig Jahren gefallen, aber heute bin ich zu alt und zu wählerisch. Für so etwas habe ich mich zuletzt interessiert, als Männer noch Hüte trugen. Im Nachhinein kam er mir irgendwie bekannt vor, doch in dem Augenblick dachte ich nicht darüber nach.

Natürlich kannte er mich.

»Guten Morgen, Madame Simon«, sagte er höflich, mit einem ironischen Unterton. »Was kann ich für Sie tun? Möchten Sie vielleicht unseren köstlichen *burger américain* probieren?«

Ich war wütend, bemühte mich aber, es mir nicht anmerken zu lassen. Sein Lächeln verriet, dass er mit Ärger rechnete, sich seiner Sache andererseits ziemlich sicher war.

»Heute nicht, vielen Dank«, erwiderte ich freundlich lächelnd. »Aber ich wäre Ihnen sehr dankbar, wenn Sie Ihr Radio ein bisschen leiser stellen könnten. Meine Gäste –«

»Aber selbstverständlich.« Seine Stimme klang weich und kultiviert, seine blauen Augen leuchteten. »Ich hatte ja keine Ahnung, dass ich hier jemanden belästige.«

Das Mädchen mit der gepiercten Nase, das immer noch neben mir stand, schnaubte ungläubig und raunte einem anderen Mädchen in einem engen, bauchfreien T-Shirt und viel zu kurzen Shorts zu: »Hast du gehört, was sie zu mir gesagt hat? Hast du das gehört?«

Der junge Mann lächelte, und widerwillig nahm ich seinen Charme und seine Intelligenz zur Kenntnis und etwas Ach-so-Vertrautes, das mich irgendwie seltsam berührte. Er beugte sich hinunter, um die Musik leiser zu drehen. Goldkettchen um den Hals, Schweißränder unter den Achseln, Hände, die zu weich und zu zart waren für einen Koch.

»Ist es Ihnen so recht, Madame Simon?«, fragte er in beflissenem Ton.

Ich nickte.

»Ich möchte wirklich kein lästiger Nachbar sein.«

An seinen Worten war nichts auszusetzen, aber ich wurde das Gefühl nicht los, dass irgendetwas an ihm, an der ganzen Sache nicht stimmte. In seinem kühlen, höflichen

Ton lag etwas Spöttisches, und auf einmal empfand ich keinen Zorn mehr, sondern Angst. Obwohl ich erreicht hatte, was ich wollte, ergriff ich die Flucht, verstauchte mir beinahe den Knöchel, als ich mir meinen Weg durch die dicht gedrängt stehenden Jugendlichen bahnte – mittlerweile waren es mindestens vierzig – und ihre Stimmen in meinen Ohren dröhnten. Ich beeilte mich, von ihnen fortzukommen – ich habe es noch nie gemocht, berührt zu werden –, und als ich die Crêperie erreichte, ertönte lautes Gelächter, als hätte der junge Mann, sobald ich außer Hörweite war, einen Witz gemacht. Ich fuhr herum, doch er stand mit dem Rücken zu mir und war gerade dabei, mit geübten Bewegungen ein paar Würstchen auf dem Rost zu wenden.

Das komische Gefühl ließ mich nicht mehr los. Ich schaute häufiger als gewöhnlich aus dem Fenster, und als Marie Fenouil und Charlotte Dupré, die beiden Gäste, die sich am Tag zuvor über den Lärm beschwert hatten, nicht auftauchten, wurde ich nervös. Vielleicht hatte es ja gar nichts zu bedeuten, versuchte ich mir einzureden. Schließlich war in der Crêperie nur ein einziger Tisch nicht besetzt. Die meisten meiner Stammkunden waren wie üblich erschienen. Dennoch beobachtete ich den Imbisswagen voll widerwilliger Faszination, sah *ihn* bei der Arbeit, die jungen Leute, die sich vor dem Stand versammelten, aus Papiertüten und Styroporbehältern aßen, während er Hof hielt. Er schien mit allen befreundet zu sein. Sechs oder sieben Mädchen – darunter die mit der gepiercten Nase – lehnten am Tresen, einige mit Cola-Dosen in der Hand. Andere standen lässig herum, bemüht, ihre vorgereckten Brüste und ihren Hüftschwung zur Geltung zu bringen. Die blauen Augen des Kochs hatten anscheinend zartere Herzen berührt als das meine.

Um halb eins hörte ich von der Küche aus das Geräusch

von Motorrädern. Es war ein schrecklicher Krach, wie von einem Dutzend Presslufthämmern. Ich ließ die Pfanne stehen, in der ich gerade eine Portion *bolets farcis* garte, und rannte nach draußen. Der Lärm war unerträglich. Ich hielt mir die Ohren zu, trotzdem schmerzten meine Trommelfelle, die vom vielen Schwimmen damals in der kalten Loire überempfindlich sind. Fünf Motorräder standen auf der gegenüberliegenden Straßenseite, und die Fahrer – drei mit Beifahrerinnen, die sich dekorativ an sie schmiegten – ließen die Motoren aufheulen, als wollten sie sich gegenseitig übertrumpfen. Ich schrie sie an, doch meine Stimme ging im Dröhnen der schweren Maschinen unter. Einige der jungen Leute am Imbissstand lachten und klatschten Beifall. Unfähig, mir Gehör zu verschaffen, gestikulierte ich wütend mit den Armen. Die Fahrer grüßten mich spöttisch, und einer von ihnen gab so viel Gas, dass sein Motorrad sich aufbäumte wie ein scheuendes Pferd.

Die ganze Vorstellung dauerte nicht länger als fünf Minuten, aber inzwischen waren meine Steinpilze verbrannt, und ich kochte vor Wut. Mir blieb keine Zeit, mich erneut beim Besitzer der Imbissbude zu beschweren; ich nahm mir vor, das nachzuholen, sobald meine Gäste gegangen waren. Zu dem Zeitpunkt hatte die Bude jedoch bereits geschlossen, und obwohl ich mit den Fäusten gegen die Tür hämmerte, öffnete niemand.

Am nächsten Tag plärrte die Musik wieder in voller Lautstärke. Ich ignorierte den Lärm so lange wie möglich, dann ging ich hinüber, um mich zu beschweren. Es waren noch mehr Leute da als zuvor, und diejenigen, die mich erkannten, machten unverschämte Bemerkungen, als ich mich zwischen ihnen hindurchschob. Zu wütend, um höflich zu sein, fauchte ich den Mann hinter dem Tresen an: »Ich dachte, wir hätten eine Abmachung!«

Er grinste breit. »Madame?«

Ich war nicht in der Stimmung für solche Spielchen. »Tun Sie bloß nicht so, als wüssten Sie nicht, wovon ich rede. Schalten Sie gefälligst die Musik ab, und zwar jetzt gleich!«

Höflich wie immer, mit einem gespielt gekränkten Gesichtsausdruck, schaltete er das Radio aus.

»Aber selbstverständlich, Madame. Es war nicht meine Absicht, Sie zu ärgern. Wenn wir schon Nachbarn sind, sollten wir um ein gutes Einvernehmen bemüht sein.«

Im ersten Moment war ich zu aufgebracht, um die Alarmglocken läuten zu hören.

»Was soll das heißen, Nachbarn?«, brachte ich schließlich heraus. »Wie lange haben Sie denn vor, hier zu bleiben?«

Er zuckte die Achseln. »Mal sehen.« Seine Stimme war aalglatt. »Sie wissen ja, wie das mit der Gastronomie ist. Man kann nie sagen, wie sich ein Geschäft entwickelt. Mal rennen einem die Gäste die Tür ein, dann bleiben sie plötzlich alle weg. Wer weiß, wie es sich entwickelt?«

Die Alarmglocken schrillten jetzt unüberhörbar, und mir lief ein kalter Schauer über den Rücken. »Ihr Wagen steht an einer öffentlichen Straße«, sagte ich trocken. »Ich schätze, die Polizei wird Sie fortschicken, sobald sie Sie entdeckt.«

Er schüttelte den Kopf. »Ich habe die Erlaubnis, hier zu stehen«, erklärte er mir freundlich. »Alle meine Papiere sind in Ordnung.« Dann sah er mich mit dieser für ihn typischen unverschämten Höflichkeit an. »Ich frage mich, wie es mit Ihren Papieren steht?«

Ich verzog keine Miene, doch mein Herz raste. Er wusste irgendetwas. Bei dem Gedanken wurde mir ganz schwindlig. O Gott, er wusste etwas. Ich ignorierte seine Frage.

»Noch was.« Ich war froh, dass meine Stimme ruhig und bestimmt klang. Die Stimme einer Frau, die keine Angst hat. Mein Herz raste. »Gestern gab es Ärger mit den Motorradfahrern. Wenn Sie noch einmal zulassen, dass Ihre Freunde meine Gäste vergraulen, werde ich Sie wegen Erregung öffentlichen Ärgernisses anzeigen. Ich bin sicher, dass die Polizei –«

»Die Polizei wird Ihnen sagen, dass die Motorradfahrer für den Lärm verantwortlich sind, nicht ich.« Er schien sich zu amüsieren. »Wirklich, Madame, ich bemühe mich, vernünftig mit Ihnen zu reden. Drohungen und Anschuldigungen bringen uns doch nicht weiter.«

Als ich ging, hatte ich seltsamerweise ein schlechtes Gewissen, so als hätte ich Drohungen ausgestoßen, nicht er. In jener Nacht schlief ich schlecht, und am nächsten Morgen schimpfte ich mit Prune, weil sie ihre Milch verschüttet hatte, und mit Ricot, weil er zu nah am Küchengarten Fußball spielte. Pistache warf mir einen erstaunten Blick zu – wir hatten seit Yannicks Besuch kaum ein Wort gewechselt – und fragte mich, ob ich mich nicht wohl fühlte.

»Es ist alles in Ordnung«, erwiderte ich knapp und kehrte schweigend in die Küche zurück.

3

Im Laufe der folgenden Tage verschlimmerte sich die Situation zusehends. Kurze Zeit schwieg das Radio, doch dann dröhnte die Musik wieder los, lauter denn je. Mehrmals kamen die Motorradfahrer, ließen ihre Motoren aufheulen und lieferten sich Wettrennen in den engen Straßen, wobei sie laute Freudenschreie ausstießen. Die Anzahl der Stammgäste an der Imbissbude nahm nicht ab, und jeden Tag brauchte ich länger, um die leeren Getränkedosen und Papierservietten vom Gehweg aufzusammeln. Schlimmer noch, der Stand hatte jetzt auch abends geöffnet – zufällig genau zu meinen Öffnungszeiten. Allmählich begann ich, mich vor dem Augenblick zu fürchten, in dem der Generator des Imbisswagens angeschaltet wurde.

Einige meiner Gäste beschwerten sich, andere blieben einfach fort. Nach einer Woche sah es so aus, als hätte ich bereits sieben Stammgäste verloren; an Wochentagen war die Crêperie halb leer. Am Sonntag kam eine neunköpfige Gruppe aus Angers, aber an jenem Abend war die Musik besonders laut. Die Leute schauten immer wieder zu dem von Jugendlichen umlagerten Imbissstand auf der anderen Straßenseite hinüber, wo sie ihre Wagen geparkt hatten. Am Ende brachen sie auf, ohne ein Dessert oder Kaffee bestellt zu haben und ohne ein Trinkgeld zu hinterlassen.

So konnte es nicht weitergehen.

Les Laveuses besitzt kein eigenes Polizeirevier, aber es gibt einen *gendarme*, Louis Ramondin – François' Enkel –, mit dem ich allerdings nie viel zu tun gehabt hatte. Er war Ende dreißig, vor kurzem geschieden und sah seinem Onkel Guilherm, dem mit dem Holzbein, sehr ähnlich. Ich hatte keine Lust, mich an ihn zu wenden, aber ich brauchte nun einmal Hilfe.

Ich erklärte ihm die Sache mit dem Imbissstand, berichtete ihm von dem Lärm, dem Müll, den Beschwerden meiner Gäste. Er hörte mir mit der Geduld eines jungen Mannes zu, der das Gezeter einer spießbürgerlichen Alten über sich ergehen lassen muss, lächelte und nickte, bis ich ihn am liebsten geohrfeigt hätte. Dann erklärte er mir in dem übertrieben höflichen Ton, den junge Menschen gegenüber Schwerhörigen und Greisen anschlagen, bis jetzt sei noch kein Gesetz übertreten worden. Die Dinge hätten sich geändert, seit ich nach Les Laveuses gezogen sei. Er sei gern bereit, ein Wort mit Luc, dem Besitzer der Imbissbude, zu wechseln, aber ich müsse versuchen zu verstehen.

Oh, ich verstand sehr gut. Später am Abend sah ich ihn in Zivilkleidung vor dem Imbisswagen stehen und mit einem hübschen jungen Mädchen in Jeans und T-Shirt plaudern. Er hielt eine Dose Bier in der einen Hand und in der anderen eine Waffel. Luc schenkte mir ein spöttisches Lächeln, als ich mit meinem Einkaufskorb vorbeikam. Ich ignorierte sie alle beide. Ich verstand sehr gut.

In den folgenden Tagen ging die Zahl der Gäste in meiner Crêperie weiter zurück. Selbst am Samstagabend war nur die Hälfte der Tische besetzt, und die Woche über um die Mittagszeit war es noch schlimmer. Paul blieb mir jedoch treu, er kam jeden Tag und bestellte das Tagesgericht und ein Bier. Vor lauter Dankbarkeit begann ich, ihm das Bier zu spendieren.

Lise, meine Kellnerin, erzählte mir, Luc wohne im Hotel La Mauvaise Réputation.

»Ich weiß nicht, woher er kommt«, sagte sie. »Ich nehme an, aus Angers. Er hat sein Zimmer für drei Monate im Voraus bezahlt, es sieht also so aus, als hätte er vor zu bleiben.«

Drei Monate. Bis Ende November. Ich fragte mich, ob seine Kundschaft genauso zahlreich erscheinen würde, wenn der erste Frost kam. Um die Jahreszeit hatte ich immer wenig zu tun, im Sommer dagegen herrschte bei mir Hochbetrieb, und so konnte ich meistens genug Geld für den Winter zurücklegen. Aber in diesem Sommer … So wie es im Moment aussah, würde ich wahrscheinlich Verluste machen. Zwar hatte ich Ersparnisse, aber ich musste Lise bezahlen, das Geld für Reine regelmäßig überweisen, Futter für die Tiere kaufen und die Leasing-Raten für die Maschinen aufbringen. Im Herbst kam der Lohn für die Feldarbeiter, die Apfelpflücker und für Michel Hourias mit seinem Mähdrescher hinzu. Natürlich konnte ich auf dem Markt in Angers Getreide und Apfelsaft verkaufen, um über die Runden zu kommen.

Dennoch würde es nicht einfach werden. Eine ganze Weile brütete ich über Zahlen, Ausgaben und voraussichtlichen Einnahmen. Ich vergaß, mit meinen Enkelkindern zu spielen, und zum ersten Mal wünschte ich, Pistache wäre in diesem Sommer nicht gekommen. Als sie eine Woche später mit Ricot und Prune abreiste, sah ich ihrem Blick an, dass sie mich für unvernünftig hielt, aber ich fühlte mich ihr nicht nahe genug, um ihr zu erzählen, was in mir vorging. Mein Herz, das voller Liebe für sie hätte sein müssen, war so hart und trocken wie der Stein einer Frucht. Ich nahm sie zum Abschied kurz in den Arm, dann wandte ich mich ab, ohne eine Träne zu vergießen. Als Prune mir einen Strauß Blumen überreichte, die sie auf der Wiese gepflückt hatte, fuhr mir der Schreck in die Glieder. Ich merkte, dass ich mich genauso benahm wie meine Mutter, mich hart und gefühllos gab, während mich insgeheim Unsicherheit und Ängste quälten. Am liebsten hätte ich mich meiner Tochter anvertraut, ihr gesagt, dass das alles nichts mit ihr zu tun hatte. Aber ich brachte es nicht fertig. Wir sind dazu erzogen worden, unsere Probleme für uns zu behalten. Ein solches Verhalten lässt sich nicht so leicht ablegen.

4

So vergingen die Wochen. Ich sprach noch mehrmals mit Luc, er begegnete mir jedoch immer mit derselben spöttischen Höflichkeit. Ich wurde das Gefühl nicht los, ihn irgendwoher zu kennen, und in der Hoffnung, dass mir das auf die Sprünge helfen könnte, versuchte ich, seinen Nachnamen herauszufinden, doch er hatte sein Zimmer in bar bezahlt. Als ich im Hotel La Mauvaise Réputation ankam, war das dazugehörige Café überfüllt mit jungen Leuten von auswärts, die auch regelmäßig an der Imbissbude auftauchten. Ein paar Jugendliche aus dem Dorf waren ebenfalls dort – Murielle Dupré, die beiden Lelac-Jungs und Julien Lecoz –, aber die meisten stammten aus anderen Orten, kesse Mädchen in Jeans und schulterfreien Tops und junge Burschen in Motorradhosen oder Shorts. Mir fiel auf, dass der junge Brassaud zusätzlich zu den Spielautomaten noch eine Jukebox und einen Billardtisch angeschafft hatte; anscheinend gingen nicht überall in Les Laveuses die Geschäfte schlecht.

Vielleicht war das der Grund, warum ich mit meinen Beschwerden auf taube Ohren stieß. Mein Hof und das Crêpe Framboise liegen am Rand des Dorfes, an der Straße nach Angers, etwa einen halben Kilometer entfernt von den nächsten Häusern. Nur die Kirche und die Post befinden sich in Hörweite, und Luc achtete stets darauf, dass seine Kunden keinen Radau machten, wenn gerade die Messe gelesen wurde. Selbst Lise, die wusste, wie es um unser Geschäft stand, nahm ihn zeitweilig in Schutz. Ich suchte Louis Ramondin noch zweimal auf, aber ich hätte genauso gut einer Katze mein Leid klagen können.

Dann fingen die Schikanen an. Anfangs waren es Kleinigkeiten. Eines Nachts wurden irgendwo auf der Straße Feuerwerkskörper gezündet, dann ließen ein paar Rowdys um zwei Uhr nachts vor meiner Tür ihre Motorräder auf vollen Touren laufen. In einer anderen Nacht wurde Müll vor mein Haus gekippt und eine Scheibe in der Eingangstür eingeschlagen. Ein andermal fuhr ein Motorradfahrer kreuz und quer durch mein Weizenfeld. Kleine Gemeinheiten. Nichts, was man *ihm* oder seinen Stammgästen hätte anhängen können. Doch dann öffnete jemand die Tür des Hühnerstalls; ein Fuchs drang ein und tötete alle meine Hühner. Zehn Tiere, lauter gute Legehennen, in einer Nacht dahin. Ich berichtete Louis davon – schließlich ist er für solche Dinge zuständig –, aber er meinte nur, ich hätte wahrscheinlich vergessen, die Tür des Hühnerstalls zu schließen.

»Sie könnte doch in der Nacht einfach aufgegangen sein, oder?« Er lächelte mich an, als könnte er meine armen Hennen damit wieder zum Leben erwecken. Ich ließ nicht locker.

»Verriegelte Türen gehen nicht einfach auf«, erwiderte ich. »Und es muss schon ein verdammt schlauer Fuchs sein, der es schafft, ein Vorhängeschloss aufzusägen. Jemand, der mir Schaden zufügen will, hat das getan, Louis Ramondin, und Sie werden dafür bezahlt, dass Sie rausfinden, wer es war.«

Louis reagierte ausweichend und murmelte etwas Unverständliches vor sich hin.

»Was haben Sie gesagt?«, fauchte ich. »Ich habe gute Ohren, Louis, lassen Sie sich das gesagt sein. Ich weiß schließlich noch –« Ich biss mir auf die Lippen. Beinahe hätte ich ihm erzählt, dass ich mich daran erinnerte, wie sein Großvater einmal sturzbetrunken und mit voll gepinkelter Hose während der Ostermesse im Beichtstuhl gelegen und laut geschnarcht hatte, aber davon konnte die Witwe Simon unmöglich etwas wissen. Ein kalter Schauer lief mir über den Rücken bei dem Gedanken, dass ich mich wegen einer alten Klatschgeschichte um ein Haar selbst verraten hätte.

Jedenfalls erklärte Louis sich schließlich bereit, sich einmal auf dem Hof umzusehen, doch er konnte nichts entdecken, und ich machte weiter, so gut es ging. Der Verlust der Hühner war ein schwerer Schlag. Ich konnte mir nicht leisten, neue zu kaufen, und wer garantierte mir, dass so etwas nicht wieder passierte? Also musste ich die Eier jetzt auf dem ehemaligen Hof der Familie Hourias kaufen, der mittlerweile einem Ehepaar namens Pommeau gehörte.

Ich wusste, dass Luc hinter alldem steckte. Ich wusste es, aber ich konnte es nicht beweisen, und das machte mich ganz verrückt. Schlimmer noch, ich konnte mir nicht vorstellen, *warum* er es tat. Meine Wut steigerte sich, bis sie meinen Kopf wie eine Apfelpresse zu zerquetschen drohte. Seitdem der Fuchs in den Hühnerstall eingedrungen war, hielt ich jede Nacht mit dem Gewehr auf dem Schoß an meinem verdunkelten Schlafzimmerfenster Wache. Im Nachthemd, einen leichten Mantel über den Schultern, muss ich einen seltsamen Anblick geboten haben. Ich kaufte neue Vorhängeschlösser für die Stalltür und das Gatter. Nacht für Nacht hielt ich Ausschau nach einem Übeltäter, aber niemand ließ sich blicken. Der Schuft muss geahnt haben, dass ich auf ihn wartete, auch wenn es mir ein Rätsel war, woher er es hätte wissen sollen. Ich hatte allmählich das Gefühl, er konnte meine Gedanken lesen.

5

Es dauerte nicht lange, bis der Schlafmangel sich bemerkbar machte. Tagsüber war ich unkonzentriert. Ich vergaß meine Rezepte. Ich konnte mich nicht erinnern, ob ich ein Omelette bereits gesalzen hatte oder nicht. Beim Zwiebelhacken schnitt ich mir in den Finger. Erst als mir das Blut über die ganze Hand lief und auf die Zwiebelwürfel tropfte, merkte ich, dass ich im Stehen geschlafen hatte. Meine verbliebene Gästen behandelte ich schroff. Obwohl die Musik am Imbisswagen leiser geworden war und die Motorradfahrer sich zivilisierter benahmen, kamen die Stammgäste, die ich verloren hatte, nicht zurück. Ich war zwar nicht ganz allein, es gab einige, die auf meiner Seite standen, aber die Unnahbarkeit und das tiefe Misstrauen, die Mirabelle Dartigen zu einer Fremden im Dorf hatten werden lassen, müssen auch mir im Blut liegen. Ich lehnte jedes Mitgefühl ab. Meine Wut vergraulte meine Freunde und verschreckte meine Gäste. Ich lebte nur noch von Zorn und Adrenalin.

Seltsamerweise war es ausgerechnet Paul, der dem schließlich ein Ende bereitete. An manchen Wochentagen war er mittags mein einziger Gast. Er blieb genau eine Stunde und beobachtete beim Essen schweigend die Straße, während sein Hund still unter dem Tisch lag. So wenig, wie Paul den Imbissstand zur Kenntnis nahm, hätte man meinen können, er sei taub, und außer »Hallo« und »Bis morgen« sagte er kaum etwas zu mir.

Als er sich eines Tages nicht gleich an seinen Stammplatz setzte, wusste ich, dass etwas nicht stimmte. Es war eine Woche, nachdem der Fuchs meine Hühner geholt hatte, und ich war hundemüde. An der linken Hand trug ich wegen der Schnittverletzung einen dicken Verband, und ich hatte Lise gebeten, das Gemüse für die Suppe zu putzen. Das Gebäck bereitete ich jedoch selbst zu, was ziemlich harte Arbeit war – stellen Sie sich vor, Sie müssten mit einer Plastiktüte über einer Hand einen Teig kneten. Als Paul kam, stand ich in der Küchentür. Er sah mich von der Seite an, nahm die Baskenmütze ab und trat seine Zigarettenkippe auf der Türschwelle aus.

»*Bonjour*, Madame Simon.«

Ich nickte und versuchte zu lächeln. Die Müdigkeit hatte sich wie eine graue Decke über alles gelegt. Seine Worte klangen, als kämen sie aus einem tiefen Brunnen. Der Hund nahm sofort seinen Platz unter dem Tisch am Fenster ein, aber Paul blieb stehen, die Mütze in der Hand.

»Sie sehen gar nicht gut aus«, bemerkte er.

»Es geht mir gut«, erwiderte ich knapp. »Ich habe letzte Nacht schlecht geschlafen, das ist alles.«

»Und auch in den vergangenen Nächten, wie ich vermute. Leiden Sie an Schlaflosigkeit?«

Ich warf ihm einen missbilligenden Blick zu. »Ihr Essen steht auf dem Tisch. Hühnerfrikassee mit Erbsen. Wenn Sie's kalt werden lassen, wärme ich's nicht wieder auf.«

Er lächelte sanft. »Sie reden schon mit mir wie eine Ehefrau, Madame Simon. Was werden die Leute dazu sagen?«

Ich überhörte seinen Scherz.

»Vielleicht kann ich Ihnen helfen«, beharrte Paul. »Es ist nicht recht, dass man Sie so behandelt. Irgendjemand muss etwas unternehmen.«

»Bitte, machen Sie sich keine Mühe, Monsieur.« Vor lauter Übermüdung war ich ständig den Tränen nahe, und seine freundlichen Worte brachten mich fast zum Weinen. Ich bemühte mich um einen abweisenden Ton und vermied es, ihn anzusehen. »Ich komme schon allein zurecht.«

Paul ließ sich nicht beirren. »Sie können mir vertrauen«, sagte er leise. »Das müssten Sie doch inzwischen wissen. Die ganze Zeit ...« Ich schaute ihn an, und plötzlich war mir alles klar.

»Bitte, Boise.«

Ich zuckte zusammen.

»Keine Sorge. Ich hab's niemandem erzählt.«

Schweigen.

»Oder?«

Ich schüttelte den Kopf.

»Na dann.« Er trat einen Schritt auf mich zu. »Du hast noch nie Hilfe angenommen, wenn du sie brauchtest, selbst damals nicht.« Pause. »Du hast dich wirklich nicht sehr verändert, Boise.«

Komisch. Ich dachte, ich hätte mich geändert. »Seit wann weißt du es?«, fragte ich schließlich.

Er zuckte die Achseln. »Hat nicht lange gedauert. Wahrscheinlich, als ich zum ersten Mal das *kouign amann* nach dem Rezept deiner Mutter gegessen hab. Vielleicht war es auch der Hecht. Ein gutes Gericht vergisst man nicht, stimmt's?« Und dann lächelte er wieder, ein Lächeln, das gleichzeitig liebevoll und abgrundtief traurig war.

»Es muss schwer gewesen sein«, meinte er.

Das Brennen in meinen Augen wurde unerträglich. »Ich will nicht darüber reden.«

Er nickte nachdenklich, dann ging er zu seinem Tisch hinüber, um sein Frikassee zu essen. Hin und wieder hob er den Kopf und lächelte mich an. Schließlich setzte ich mich zu ihm – er war der einzige Gast – und schenkte mir ein Glas *Gros-Plant* ein. Eine ganze Weile saßen wir schweigend da. Ich legte den Kopf auf den Tisch und weinte still. Die einzigen Geräusche im Raum waren meine leisen Schluchzer und das Klappern von Pauls Besteck. Er sagte nichts und schaute mich nicht an. Aber ich wusste, dass sein Schweigen mitfühlend war.

Nachdem ich mich ausgeweint hatte, wischte ich mir mit der Schürze die Tränen weg und sagte: »Ich würde jetzt doch gern reden.«

6

Paul ist ein guter Zuhörer. Ich vertraute ihm Dinge an, von denen ich nie geglaubt hätte, dass ich sie einmal preisgeben würde, und er hörte mir schweigend zu. Hin und wieder nickte er. Ich erzählte ihm von Yannick und Laure, von Pistache und davon, wie ich sie ohne ein Wort hatte gehen lassen, von den Hühnern und von meinen schlaflosen Nächten und dass das Geräusch des Generators mir das Gefühl gab, Ameisen krabbelten in meinem Kopf herum. Ich erzählte ihm von der Angst um meine Crêperie, um mich selbst, um mein schönes Zuhause und um die Nische, die ich mir inmitten dieser Leute eingerichtet hatte. Ich erzählte ihm von der Angst, alt zu werden, von den Jugendlichen, die mir viel eigenartiger und härter vorkamen, als wir es je gewesen waren, obwohl wir den Krieg erlebt hatten. Ich erzählte ihm von meinen Träumen, von der Alten Mutter mit dem Maul voller Orangen, von Jeannette Gaudin und den Schlangen, und ganz allmählich spürte ich, wie das Gift aus meinem Herzen schwand.

Als ich geendet hatte, schwiegen wir noch eine ganze Weile.

»Du kannst nicht jede Nacht Wache halten«, sagte Paul schließlich. »Damit bringst du dich um.«

»Es bleibt mir nichts anderes übrig. Diese Leute könnten jederzeit wiederkommen.«

»Dann wechseln wir uns ab«, erklärte Paul schlicht, und damit war die Sache entschieden.

Ich überließ ihm das Gästezimmer, in dem Pistache und die Kinder bis vor kurzem gewohnt hatten. Er war mir keine Last, sorgte für sich selbst, machte sein Bett und hielt das Zimmer in Ordnung. Meistens nahm ich ihn gar nicht wahr, und dennoch war er da, still und unaufdringlich. Ich schämte mich dafür, ihn je für begriffsstutzig gehalten zu haben. In Wirklichkeit war er in manchen Dingen schlauer als ich, und vor allem war er es, der schließlich die Verbindung zwischen dem Imbisswagen und Cassis' Sohn herstellte.

Nachdem wir zwei Nächte lang Wache gehalten hatten – ich von zehn bis zwei und Paul von zwei bis sechs –, fühlte ich mich bereits wesentlich ausgeruhter und war wieder in der Lage, meinen Alltag zu meistern. Mir tat es gut, mit meinem Problem nicht mehr allein zu sein, zu wissen, dass jemand da war, der mir zur Seite stand. Natürlich ging sofort das Gerede los. In einem Dorf wie Les Laveuses kann man nichts geheim halten, und die Nachricht, dass der alte Paul Hourias aus seiner Hütte am Fluss ausgezogen war und jetzt mit der Witwe Simon zusammenwohnte, verbreitete sich schnell. Der Briefträger zwinkerte mir zu, wenn er die Post brachte. Ab und zu bemerkte ich tadelnde Blicke, vor allem vom *curé* und den Damen vom Gebetskreis, aber die meisten Leute lächelten nur mitleidig. Louis Ramondin ließ verlauten, die Witwe habe sich in letzter Zeit ziemlich seltsam aufgeführt, und jetzt wisse er auch, warum. Erstaunlicherweise kamen einige meiner Stammgäste wieder in die Crêperie, und sei es nur, um sich davon zu überzeugen, dass das Gerücht der Wahrheit entsprach.

Ich schenkte ihnen keinerlei Beachtung.

Die Imbissbude stand natürlich nach wie vor an ihrem Platz, und die Lärmbelästigung durch das Radio und die vielen Jugendlichen hörte nicht auf. Ich hatte es aufgegeben, mit Luc zu streiten. Die staatlichen Behörden, soweit sie denn im Dorf vertreten waren, interessierten sich nicht für mein Problem, und so blieb uns – Paul und mir – nur eine Möglichkeit. Wir begannen, Nachforschungen anzustellen.

Paul gewöhnte sich an, sein mittägliches Bier im Café de la Mauvaise Réputation zu trinken, wo die Motorradfahrer und die jungen Mädchen sich die Zeit vertrieben. Er befragte den Briefträger. Auch Lise, meine Kellnerin, half uns, obwohl ich sie über den Winter nicht beschäftigen konnte. Sie setzte sogar ihren kleinen Bruder Viannet auf den Fall an, sodass Luc schließlich der am meisten beobachtete Mann in ganz Les Laveuses war. Wir brachten einiges in Erfahrung.

Er stammte aus Paris. Vor einem halben Jahr war er nach Angers gezogen. Er schien eine ganze Menge Geld zu haben und gab es mit beiden Händen aus. Niemand kannte seinen Familiennamen, er trug jedoch einen Siegelring mit den Initialen L.D. Er hatte eine Schwäche für Mädchen und fuhr einen weißen Porsche, den er hinter dem Hotel parkte. Er hatte den Ruf, in Ordnung zu sein, was wahrscheinlich bedeutete, dass er seine Freunde großzügig frei hielt.

Das alles half uns allerdings nicht weiter.

Dann kam Paul auf die Idee, sich den Imbisswagen genauer anzusehen. Das hatte ich natürlich auch schon getan, aber Paul wartete, bis der Stand geschlossen war und Luc mit seinen Freunden an der Bar des Cafés saß. Der Wagen war mit Vorhängeschlössern gesichert, doch auf der Rückseite entdeckte Paul eine kleine Metallplakette mit einer Registriernummer und einer Telefonnummer. Wir wählten die Telefonnummer ... und stellten fest, dass sie zum Restaurant Aux Délices Dessanges, Rue des Romarins, Angers, gehörte.

Ich hätte es von Anfang an wissen müssen.

Yannick und Laure hätten eine potentielle Einnahmequelle nicht so leicht abgeschrieben. Und nach allem, was ich mittlerweile in Erfahrung gebracht hatte, verstand ich nun auch, warum Luc mir so bekannt vorkam. Er hatte die gleiche gebogene Nase, die gleichen klugen, hellen Augen und die gleichen ausgeprägten Wangenknochen – Luc Dessanges, Laures Bruder.

Anfangs wollte ich schnurstracks zur Polizei gehen – nicht zu unserem Louis, sondern zur Polizei in Angers –, um ihn wegen Belästigung anzuzeigen. Paul redete es mir aus.

Wir hätten keine Beweise, erklärte er mir ruhig. Ohne Beweise könnten wir nichts erreichen. Luc habe nichts Illegales getan. Wenn wir ihn auf frischer Tat ertappt hätten, nun, das wäre etwas anderes gewesen, aber dazu sei er zu schlau, zu vorsichtig. Wahrscheinlich warteten sie darauf, dass ich kapitulierte, warteten auf den rechten Augenblick, um auf den Plan zu treten und ihre Forderungen zu stellen – »Wenn wir dir nur helfen könnten, Mamie. Lass es uns doch versuchen. Nichts für ungut.«

Am liebsten hätte ich den nächsten Bus nach Angers genommen, um in ihren Laden zu stürmen und sie vor ihren Freunden und Gästen bloßzustellen, allen Leuten zu erzählen, wie sie mich verfolgten und erpressten, aber Paul meinte, wir sollten noch abwarten. Ungeduld und Zorn hätten mich bereits um die Hälfte meiner Gäste gebracht. Zum ersten Mal in meinem Leben übte ich mich also in Geduld.

7

Eine Woche später statteten sie mir einen Besuch ab.
Es war Sonntagnachmittag, und seit drei Wochen war die Crêperie sonntags geschlossen. Auch der Imbissstand hatte geschlossen – Luc hielt sich fast auf die Minute an meine Öffnungszeiten –, und Paul und ich saßen im Garten und genossen die letzten Sonnenstrahlen dieses Herbsttages. Ich las ein Buch, doch Paul genügte es, einfach dazusitzen und mich hin und wieder auf seine sanfte, anspruchslose Art anzusehen und an einem Stöckchen herumzuschnitzen.

Ich hörte es klopfen und ging ins Haus, um die Tür zu öffnen. Vor mir stand Laure, geschäftsmäßig in einem dunkelblauen Kostüm, dahinter Yannick in einem anthrazitfarbenen Anzug. Sie lächelte breit. Laure hatte einen Blumentopf mit einer großen Pflanze im Arm. Ich bat sie nicht herein.

»Wer ist gestorben?«, fragte ich kühl. »Ich jedenfalls nicht, noch nicht, auch wenn ihr beiden Gauner nichts unversucht lasst, um es so weit kommen zu lassen.«

»Aber Mamie«, stieß Laure gequält hervor.

»Komm mir nicht mit ›Aber Mamie‹«, fauchte ich. »Ich weiß alles über eure schmutzigen Tricks. Doch damit werdet ihr keinen Erfolg haben. Eher sterbe ich, als zuzulassen, dass ihr auch nur einen Sou an mir verdient. Du kannst also deinem Bruder sagen, er soll seine Frittenbude zumachen und verschwinden. Ich weiß nämlich genau, was er vorhat, und wenn damit nicht bald Schluss ist, gehe ich zur Polizei, das schwöre ich dir, und dann erzähle ich denen haarklein, was ihr hier die ganze Zeit getrieben habt.«

Yannick wirkte erschrocken und räusperte sich nervös, aber Laure war aus anderem Holz geschnitzt. Ihre Verblüffung hielt höchstens zehn Sekunden lang an, dann verzog sie ihr Gesicht zu einem kühlen Lächeln.

»Ich hab doch gewusst, dass es besser gewesen wäre, von Anfang an mit offenen Karten zu spielen«, sagte sie mit einem verächtlichen Blick in Richtung ihres Mannes. »Dieser ganze Blödsinn bringt keinen von uns weiter, und ich bin mir sicher, wenn ich dir erst mal alles erklärt habe, wirst du einsehen, dass es besser für dich ist, uns ein bisschen entgegenzukommen.«

Ich verschränkte die Arme. »Du kannst mir erklären, was du willst. Das Erbe meiner Mutter gehört mir und Reine-Claude, egal, was mein Bruder dir erzählt hat. Mehr gibt es dazu nicht zu sagen.«

Laure grinste mich hasserfüllt an. »Glaubst du im Ernst, dass wir das wollten, Mamie? Dein Geld? Also *wirklich*! Du musst uns ja für sehr niederträchtig halten.« Plötzlich sah ich mich mit ihren Augen, eine alte Frau in einer fleckigen Schürze und mit Haaren, die so stramm zu einem Knoten zusammengefasst waren, dass die Gesichtshaut spannte. Ich knurrte wie ein verwirrter Hund und musste mich am Türrahmen festhalten, weil mir plötzlich schwindlig wurde.

»Nicht dass wir das Geld nicht gebrauchen könnten«, meinte Yannick mit ernster Miene. »Das Restaurant geht im Moment nicht besonders gut. Dieser Artikel in *Hôte & Cuisine* hat auch nichts genützt. Und in letzter Zeit haben wir ziemlichen Ärger mit –«

Laure brachte ihn mit einem Blick zum Schweigen. »Ich will dein Geld nicht«, wiederholte sie.

»Ich weiß, was du willst«, sagte ich heiser, bemüht, mir meine Verwirrung nicht anmerken zu lassen. »Die Rezepte meiner Mutter. Aber ich werde sie dir nicht geben.«

Laure sah mich immer noch lächelnd an. Ich begriff, dass es ihr nicht nur um die Rezepte ging, und spürte, wie eine kalte Hand nach meinem Herzen griff.

»Nein«, flüsterte ich.

»Mirabelle Dartigens Kladde«, sagte Laure leise. »Ihre privaten Aufzeichnungen. Ihre Gedanken, ihre Rezepte, ihre Geheimnisse. Das Erbe unserer Großmutter gehört uns allen. So etwas für immer geheim zu halten, ist ein Verbrechen.«

»*Nein!*«, stieß ich hervor.

Laure zuckte zusammen, Yannick trat einen Schritt zurück. Ich atmete schwer, und bei jedem Atemzug brannte meine Lunge wie Feuer.

»Du kannst es nicht ewig geheim halten, Framboise«, erklärte Laure in nüchternem Ton. »Es ist schon unglaublich genug, dass bisher niemand etwas herausgefunden hat. Mirabelle Dartigen« – ihre Wangen waren gerötet, in ihrer Erregung war sie fast schön – »eine der geheimnisvollsten Kriminellen des zwanzigsten Jahrhunderts. Aus heiterem Himmel ermordet sie einen jungen Soldaten und sieht ungerührt zu, wie als Vergeltungsmaßnahme das halbe Dorf erschossen wird, und dann verschwindet sie, ohne ein Wort der Erklärung.«

»So ist es überhaupt nicht gewesen«, entfuhr es mir unwillkürlich.

»Dann sag mir doch, wie es gewesen ist«, entgegnete Laure und machte einen Schritt auf mich zu. »Ich würde mich in allen Punkten von dir beraten lassen. Wir haben die einmalige Möglichkeit, Informationen aus erster Hand zu erhalten, und ich bin überzeugt, dass es ein großartiges Buch wird.«

»Was für ein Buch?«, fragte ich verblüfft.

Laure sah mich entnervt an. »Was soll das heißen, *was für ein Buch*? Ich dachte, du hättest es längst erraten. Du hast doch gesagt ...«

Mein Mund war so trocken, dass mir die Zunge am Gaumen zu kleben schien. Mühsam brachte ich heraus: »Ich dachte, ihr wärt hinter den Rezepten her. Nach allem, was ihr mir gesagt habt –«

Sie schüttelte ungeduldig den Kopf. »Nein, ich brauche die Kladde für die Recherchen zu meinem Buch. Du hast doch meine Broschüre gelesen, oder? Du musst doch gewusst haben, dass ich an dem Fall interessiert bin. Und als Cassis uns erzählt hat, dass sie sogar mit uns *verwandt* ist. Yannicks Großmutter.« Sie ergriff meine Hand. Ihre langen Finger waren kühl, die Nägel leuchtend rosa lackiert, passend zu ihrem Lippenstift. »Mamie, du bist ihr letztes Kind. Cassis ist tot, Reine-Claude zu nichts zu gebrauchen.«

»Du hast sie besucht?«

Laure nickte. »Sie erinnert sich an nichts. Vegetiert nur noch dahin. Und in Les Laveuses scheint sich auch niemand an irgendwas Brauchbares zu erinnern, zumindest ist keiner bereit, darüber zu reden.«

»Woher weißt du das?« Meine Wut hatte sich in kalte Angst verwandelt, denn dies war schlimmer als alles, was ich mir je ausgemalt hatte.

Sie zuckte die Achseln. »Von Luc natürlich. Ich habe ihn gebeten, herzukommen und ein paar Fragen zu stellen, im alten Anglerclub ein paar Runden auszugeben, du weißt schon, was ich meine.« Sie sah mich fragend an. »Du hast doch gesagt, du wüsstest das alles.«

Ich nickte, zu benommen, um etwas zu erwidern.

»Ich muss gestehen, es ist dir gelungen, die ganze Geschichte länger geheim zu halten, als ich es für möglich gehalten hätte«, fuhr Laure voller Bewunderung fort. »Kein Mensch ahnt etwas von deinem Doppelspiel, jeder hält dich für eine nette alte Dame aus der Bretagne, die Witwe Simon. Die Leute schätzen dich. Du hast dir hier einen Namen gemacht. Niemand hegt auch nur den geringsten Verdacht. Selbst deiner Tochter hast du nichts erzählt.«

»Pistache?« Ich starrte sie mit offenem Mund an. »Du hast doch nicht etwa auch mit ihr geredet?«

»Ich habe ihr ein paar Briefe geschrieben. Ich dachte, sie interessiert sich vielleicht für ihre Großmutter Mirabelle. Du hast ihr doch nie etwas erzählt, oder?«

O Gott. Pistache. Es war wie ein Erdrutsch, bei dem jede meiner Bewegungen eine Lawine auslöste und meine Welt, die ich für sicher gehalten hatte, zum Einsturz brachte.

»Und was ist mit deiner anderen Tochter? Wann hast du zuletzt von ihr gehört? Wie viel weiß sie?«

»Dazu hast du kein Recht, absolut *kein Recht*. Du begreifst nicht, was dieser Ort mir bedeutet. Wenn die Leute erfahren –«

»Immer mit der Ruhe, Mamie.« Sie legte ihren Arm um mich, und ich war zu schwach, um mich dagegen zur Wehr zu setzen. »Wir würden deinen Namen natürlich nicht erwähnen. Und wenn es doch irgendwann herauskäme – du musst dich damit abfinden, dass das eines Tages passieren kann –, dann würden wir ein anderes Haus für dich auftreiben, ein besseres. In deinem Alter solltest du sowieso nicht in so einer Bruchbude hausen; es gibt ja noch nicht mal fließend Wasser auf deinem Hof. Wir könnten dir eine schöne Wohnung in Angers besorgen. Wir würden dir die Presse vom Hals halten. Wir lieben dich, Mamie, egal, was du denkst. Wir sind keine Ungeheuer. Wir wollen doch nur dein Bestes.«

Mit letzter Kraft schubste ich sie von mir weg.

»*Nein!*«

Plötzlich merkte ich, dass Paul hinter mir stand, und meine Angst verwandelte sich in eine Mischung aus Zorn und Hochgefühl. Ich war nicht allein. Paul, mein treuer Freund, war bei mir.

»Überleg mal, was es für die Familie bedeuten würde, Mamie.«

»*Nein!*« Ich wollte die Tür zuschlagen, aber Laure schob schnell einen Fuß dazwischen.

»Du kannst dich nicht ewig verstecken!«

Dann trat Paul hinter mir hervor und stellte sich in den Türrahmen. Er sprach ruhig und langsam, mit der gelassenen Stimme eines Mannes, der entweder tief im Frieden mit sich und der Welt oder ein bisschen begriffsstutzig ist.

»Vielleicht haben Sie nicht gehört, was Framboise gesagt hat.« Sein Lächeln kam mir beinahe schläfrig vor, doch dann zwinkerte er mir zu, und in dem Augenblick liebte ich ihn so sehr, dass mein Zorn mit einem Mal verflogen war. »Wenn ich es richtig verstanden habe, möchte sie mit Ihnen keine Geschäfte machen. Ist doch so, oder?«

»Wer ist das?«, wollte Laure wissen. »Was macht der hier?«

Paul lächelte sie liebenswürdig an. »Ich bin ein Freund. Von ganz früher.«

»Framboise«, rief Laure über Pauls Schulter hinweg. »Denk über das nach, was ich gesagt habe. Denk darüber nach, was es *bedeutet*. Wir würden dich nicht darum bitten, wenn es nicht sehr wichtig wäre. Denk drüber nach.«

»Das wird sie bestimmt tun«, meinte Paul freundlich und schloss die Tür. Laure begann, mit den Fäusten dagegen zu trommeln, während Paul den Riegel vorschob und die Sicherheitskette vorlegte. Durch die schwere Holztür klang ihre Stimme gedämpft.

»Framboise! Sei doch vernünftig! Ich sage Luc, er soll verschwinden! Es kann alles wieder so werden, wie es war! *Framboise!*«

»Kaffee?«, fragte Paul und ging in die Küche. »Der wird dir bestimmt jetzt gut tun.«

Ich schaute auf die geschlossene Tür. »Was für eine Frau«, sagte ich mit zitternder Stimme. »Was für ein gehässiges Weibsbild.«

Paul zuckte die Achseln. »Komm, wir nehmen den Kaffee mit in den Garten. Da hören wir sie nicht mehr.«

So einfach war das für ihn. Ich folgte ihm erschöpft nach draußen, und dann brachte er mir heißen Kaffee mit Zimtsahne und Zucker und ein Stück Blaubeertorte aus der Küche. Eine Weile saß ich schweigend da, aß von dem Kuchen und trank meinen Kaffee, bis ich spürte, wie mein Mut allmählich zurückkehrte.

»Sie wird nicht aufgeben«, erklärte ich Paul. »Sie wird nicht ruhen, bis ich gezwungen bin, den Hof zu verlassen. Dann gibt es keinen Grund mehr, warum ich mein Geheimnis für mich behalten sollte, und das weiß sie.« Ich betastete meinen schmerzenden Kopf. »Sie weiß auch, dass ich nicht ewig durchhalten kann. Sie braucht also nur abzuwarten. Allzu lange wird es nicht mehr dauern.«

»Hast du vor, klein beizugeben?«, erkundigte sich Paul ruhig.

»Nein«, erwiderte ich schroff.

»Dann solltest du auch nicht so reden, als hättest du es vor. Du bist klüger als sie.« Aus irgendeinem Grund errötete er. »Und du weißt, dass du gewinnen kannst, wenn du es nur versuchst.«

»Wie denn?« Mir fiel auf, dass ich schon wieder wie meine Mutter klang, aber ich konnte nichts dagegen machen.

»Wie soll ich mich denn gegen Luc Dessanges und seine Kumpane behaupten? Und gegen Laure und Yannick? Das geht jetzt gerade mal zwei Monate so, und sie haben mir das Geschäft schon fast ruiniert. Wenn sie so weitermachen, kann ich im Frühjahr ...« Ich hob hilflos die Hände. »Und was ist, wenn sie anfangen zu reden? Sie brauchen doch nur zu verbreiten –« Die Worte blieben mir im Hals stecken. »Sie brauchen nur den Namen meiner Mutter zu erwähnen.«

Paul schüttelte den Kopf. »Ich glaube nicht, dass sie das tun werden. Jedenfalls vorerst nicht. Sie brauchen etwas, womit sie dich unter Druck setzen können.«

»Cassis hat es ihnen erzählt«, sagte ich tonlos.

Er zuckte die Achseln. »Das spielt keine Rolle. Sie werden dich eine Zeit lang in Ruhe lassen, in der Hoffnung, dass du Vernunft annimmst. Sie spekulieren darauf, dass du irgendwann von allein zu ihnen kommst.«

»Ach ja?« Auf einmal richtete sich mein Zorn gegen Paul. »Und wie viel Zeit habe ich? Einen Monat? Zwei? Was kann ich in zwei Monaten schon erreichen? Ich könnte mir ein ganzes Jahr lang den Kopf darüber zerbrechen, und es würde zu nichts –«

»Das stimmt nicht«, sagte er ohne Groll, nahm eine Gauloise aus seiner Brusttasche und zündete sie mit einem Streichholz an. »Du schaffst alles, wenn du es nur willst. Das war schon immer so.« Er sah mich über das glühende Ende seiner Zigarette hinweg an und lächelte wehmütig. »Ich kann mich noch gut erinnern. Du hast sogar die Alte Mutter gefangen.«

Ich schüttelte den Kopf. »Das ist nicht dasselbe.«

»Aber fast.« Paul zog an seiner Zigarette. »Das weißt du selbst am besten. Beim Fischen kann man eine Menge über das Leben lernen.«

Ich sah ihn verwirrt an.

»Nimm zum Beispiel die Alte Mutter«, fuhr er fort. »Wie hast du es geschafft, sie zu fangen, wo es doch niemandem sonst gelungen ist?«

Eine Weile dachte ich darüber nach, versetzte mich in das Mädchen, das ich damals gewesen war. »Ich habe den Fluss beobachtet«, erklärte ich schließlich. »Die Gewohnheiten des alten Hechts studiert, rausgefunden, wo und was er fraß. Und ich habe gewartet. Und dann hatte ich Glück, mehr nicht.«

»Hmm.« Paul blies Rauch durch die Nase. »Und wenn dieser Dessanges ein Fisch wäre? Was dann?« Plötzlich grinste er. »Finde heraus, wo er frisst, benutze den richtigen Köder, dann hast du ihn am Haken. Habe ich Recht?«

Ich sah ihn wortlos an.

»Habe ich Recht?«

Vielleicht. Hoffnung keimte in mir auf. Vielleicht.

»Ich bin zu alt, um mich mit ihnen anzulegen«, sagte ich. »Zu alt und zu müde.«

Paul legte seine raue, gebräunte Hand auf meine und lächelte. »Für mich nicht.«

8

Natürlich hatte Paul Recht. Beim Angeln kann man eine Menge über das Leben lernen. Das gehört zu den Dingen, die Tomas mir beigebracht hat. Wir redeten viel miteinander, in dem Jahr, in dem wir Freunde waren. Oft waren auch Cassis und Reine dabei, und dann redeten wir und tauschten Informationen gegen Naturalien: ein Päckchen Kaugummi oder eine Tafel Schokolade oder Gesichtscreme für Reinette oder eine Orange. Tomas schien einen unerschöpflichen Vorrat an diesen Dingen zu besitzen und verteilte sie wie selbstverständlich an uns. Er kam fast immer allein.

Seit meinem Gespräch mit Cassis im Baumhaus hatte ich das Gefühl, dass das Verhältnis zwischen Tomas und mir geklärt war. Wir hielten uns an die Regeln – nicht die verrückten Regeln unserer Mutter, sondern einfache Regeln, die selbst ein neunjähriges Kind verstehen konnte: *Halt die Augen offen; pass auf dich auf; teile brüderlich.* Wir drei waren so lange auf uns selbst gestellt gewesen, dass wir es als große Erleichterung empfanden, wieder jemanden zu haben, der das Kommando übernahm, einen Erwachsenen, der Ordnung in unser Leben brachte.

Ich erinnere mich an einen Tag, an dem wir drei mit ihm verabredet waren. Tomas verspätete sich. Cassis nannte ihn immer noch Leibniz, obwohl Reine und ich ihn schon lange mit seinem Vornamen anredeten. Cassis wirkte nervös und missmutig, saß ein Stück von uns beiden entfernt am Flussufer und ließ Steine über das Wasser hüpfen. Er hatte wegen irgendeiner Lappalie einen fürchterlichen Streit mit unserer Mutter gehabt.

»Wenn dein Vater noch am Leben wäre, würdest du es nicht wagen, so mit mir zu reden!«

»Wenn dein Vater noch am Leben wäre, würde er tun, was man von ihm verlangt, genau wie du das jetzt tun wirst!«

Wie immer in solchen Situationen ergriff Cassis die Flucht. Er hatte Vaters alten Jagdrock an, den er im Baumhaus aufbewahrte, und wie er so dahockte, sah er aus wie ein alter Indianer, der sich in eine Decke gehüllt hat. Es war immer ein schlechtes Zeichen, wenn Cassis Vaters Jagdrock trug, also ließen Reine und ich ihn in Ruhe.

Als Tomas kam, saß er noch immer am Ufer.

Tomas merkte sofort, was los war, und setzte sich wortlos in einiger Entfernung neben ihn.

»Ich hab genug von dem Kinderkram«, sagte Cassis schließlich, ohne Tomas anzusehen. »Ich bin fast vierzehn. Ich hab den Kram satt.«

Tomas zog seine Uniformjacke aus und warf sie Reinette zu, damit sie die Geschenke aus den Taschen nehmen konnte. Ich lag auf dem Bauch und schaute zu.

»Heftchen, Schokolade, alles Kinderkram«, knurrte Cassis. »Das hat nichts mit Krieg zu tun.« Er stand auf und starrte Tomas wütend an. »Du nimmst uns nicht ernst. Für dich ist das bloß ein Spiel. Meinen Vater haben sie erschossen, aber für dich ist das nur ein verdammtes Spiel, stimmt's?«

»Glaubst du das wirklich?«, fragte Tomas.

»Ich glaube, dass du ein verdammter Boche bist«, fauchte Cassis.

»Komm mit.« Tomas stand auf. »Ihr beiden bleibt hier, verstanden?«

Reine hatte nichts dagegen und machte sich daran, die Taschen der Uniformjacke nach Heften und Schokolade zu durchsuchen. Ich überließ sie ihren Schätzen und schlich den beiden durch das Unterholz nach. Ihre Stimmen klangen gedämpft, ich konnte nicht alles verstehen.

Ich kauerte mich hinter einen umgestürzten Baum und wagte kaum zu atmen. Tomas nahm seine Pistole aus dem Halfter und reichte sie Cassis.

»Nimm sie ruhig in die Hand. Probier mal, wie sie sich anfühlt.«

Sie muss ein ziemliches Gewicht gehabt haben. Cassis hob die Pistole und richtete sie auf Tomas. Der schien es gar nicht zu bemerken.

»Mein Bruder wurde als Deserteur erschossen«, sagte Tomas. »Er hatte gerade erst seine Grundausbildung abgeschlossen. Er war neunzehn, und er hatte Angst. Der Geschützlärm hat ihn anscheinend verrückt gemacht. Er ist in einem französischen Dorf gestorben, ganz zu Anfang des Krieges. Ich dachte, wenn er mit mir zusammen gewesen wäre, hätte ich ihm vielleicht helfen, ihn irgendwie beruhigen oder vor Schwierigkeiten bewahren können. Ich war noch nicht mal in seiner Nähe.«

Cassis sah ihn feindselig an. »Und?«

Tomas ignorierte die Frage. »Er war das Lieblingskind meiner Eltern. Ernst durfte immer die Schüssel auslecken, wenn meine Mutter Kuchen backte, Ernst bekam immer die leichtesten Arbeiten zugeteilt. Auf ihn waren sie stolz. Und ich? Ich war der Bauer, gerade gut genug, um den Schweinestall auszumisten.«

Jetzt hörte Cassis ihm zu. Ich spürte die Spannung zwischen den beiden.

»Als die Nachricht von seinem Tod eintraf, war ich gerade auf Fronturlaub zu Hause. Ein Brief kam. Eigentlich sollte es ein Geheimnis bleiben, aber innerhalb einer halben Stunde wusste das ganze Dorf, dass Ernst Leibniz ein Deserteur war. Meine Eltern begriffen überhaupt nicht, was geschah, sie führten sich auf, als wären sie vom Blitz getroffen worden.«

Im Schutz des Baumstamms kroch ich ein bisschen näher, während Tomas weiterredete. »Komischerweise hatte ich immer angenommen, ich sei der Feigling in der Familie. Ich hatte mich stets unauffällig verhalten, war nie irgendein Risiko eingegangen. Aber von dem Tag an sahen meine Eltern in mir einen Helden. Plötzlich hatte ich Ernsts Platz eingenommen. Es war, als hätte er nie existiert. Mit einem Mal war ich ihr einziger Sohn, ihr Ein und Alles.«

»War das nicht ... furchtbar?«, fragte Cassis fast unhörbar.

Tomas nickte.

Ich hörte Cassis einen tiefen Seufzer ausstoßen.

»Er hätte nicht *sterben* dürfen«, sagte mein Bruder. Ich nahm an, dass er von unserem Vater sprach.

Tomas wartete geduldig, scheinbar teilnahmslos.

»Er war doch immer so klug. Er konnte alles. *Er* war kein Feigling –« Cassis verstummte und starrte Tomas wütend an. Seine Hände zitterten. Dann begann er, mit schriller Stimme zu schreien; die Worte sprudelten nur so aus ihm heraus.

»*Er hätte nicht sterben dürfen!* Er sollte doch machen, dass alles in Ordnung kommt, dass es uns besser geht, stattdessen hat der Blödmann sich erschießen lassen. Und jetzt trage ich die Verantwortung, und ich weiß nicht mehr was ich tun soll, ich hab s-solche –«

Tomas wartete, bis Cassis fertig war. Es dauerte eine ganze Weile. Dann streckte er die Hand aus und nahm seine Pistole wieder an sich.

»Das ist das Problem mit Helden«, sagte er. »Sie erfüllen einfach nicht die Erwartungen, die man in sie setzt, stimmt's?«

»Ich hätte dich erschießen können«, knurrte Cassis.

»Es gibt verschiedene Möglichkeiten, zurückzuschlagen«, entgegnete Tomas.

Ich spürte, dass das Gespräch sich dem Ende näherte, und schlich zurück durch das Unterholz, denn ich wollte nicht, dass sie mich entdeckten, wenn sie sich auf den Rückweg machten. Reinette hockte immer noch am Flussufer und war in eine neue Ausgabe von *Ciné-Mag* vertieft. Fünf Minuten später kamen Cassis und Tomas zurück, Arm in Arm wie zwei Brüder, und Cassis trug die Uniformmütze des Deutschen.

»Du kannst sie behalten«, sagte Tomas. »Ich besorge mir eine neue.«

Der Trick funktionierte. Von dem Tag an war Cassis sein ergebener Sklave.

9

Von nun an legten wir uns doppelt ins Zeug für Tomas. Jede noch so banale Information konnte er gebrauchen. Madame Henriot von der Post öffnete heimlich Briefe, der Metzger Gilles Petit verkaufte als Kaninchenfleisch deklariertes Katzenfleisch, Martin Dupré hatte im Café La Mauvaise Réputation mit Henri Drouot schlecht über die Deutschen gesprochen, jeder wusste, dass die Truriands unter einer Falltür in ihrem Garten ein Radio versteckt hatten und dass Martin Francin Kommunist war. Tag für Tag suchte Tomas diese Leute auf unter dem Vorwand, Lebensmittel für die Kaserne zu requirieren, und jedes Mal bekam er etwas zugesteckt – ein Bündel Geldscheine, ein Stück Stoff vom Schwarzmarkt oder eine Flasche Wein. Manchmal bezahlten seine Opfer mit weiteren Informationen – über einen Vetter aus Paris, der sich in einem Keller in Angers versteckte, über eine Messerstecherei hinter dem Café Le Chat Rouget. Als der Sommer zu Ende ging, kannte Tomas Leibniz fast alle Geheimnisse in Angers und Les Laveuses, und in seiner Matratze in der Kaserne hatte er ein kleines Vermögen gehortet. Zurückschlagen nannte er das. Wogegen der Schlag sich richtete, brauchte er uns nicht zu erklären.

Er schickte Geld nach Deutschland, ich fand jedoch nie heraus, wie er das machte. Es gab natürlich Möglichkeiten. Diplomatenkoffer und Kuriertaschen, Lebensmittelzüge und Lazarettwagen. Viele Möglichkeiten für einen findigen jungen Mann mit den richtigen Kontakten. Er tauschte seine Dienstzeiten mit Freunden, um an ihrer Stelle die Bauernhöfe aufsuchen zu können. Er lauschte an der Tür zur Offizierskantine. Die Leute mochten Tomas, sie vertrauten ihm, redeten mit ihm. Und er vergaß nie etwas.

Es war riskant. Das erzählte er mir, als wir einmal zusammen am Flussufer saßen. Wenn er einen Fehler machte, lief er Gefahr, erschossen zu werden. Aber nur ein Dummkopf lässt sich erwischen, erklärte er grinsend. Ein Dummkopf wird träge und unvorsichtig, vielleicht auch gierig. Heinemann und die anderen waren Dummköpfe. Er hatte sie anfangs gebraucht, aber jetzt war es sicherer, auf eigene Faust vorzugehen. Die anderen hatten zu viele Schwächen – der dicke Schwartz war immer hinter den Mädchen her, Hauer trank zu viel, und Heinemann mit seinem dauernden Gekratze und den nervösen Zuckungen war ein Fall für die Psychiatrie. Nein, meinte Tomas schläfrig. Er lag auf dem Rücken und kaute auf einem Grashalm. Es war besser, allein zu arbeiten, zu beobachten und abzuwarten und die anderen sich in Gefahr begeben zu lassen.

»Dein Hecht zum Beispiel«, sagte er gedankenversunken. »Der hat nicht so lange im Fluss überlebt, weil er dauernd Risiken eingeht. Der Hecht ist ein Standfisch, er lauert seiner Beute auf und mit seinen spitzen Zähnen kann er fast jeden Fisch im Fluss fangen.« Tomas warf den Grashalm fort, setzte sich aufrecht hin und schaute aufs Wasser. »Er weiß, wenn er gejagt wird. Dann versteckt er sich am Grund, frisst verfaultes Grünzeug und Abfälle und Schlamm. Da unten ist er in Sicherheit. Er beobachtet die anderen Fische, die kleineren, die dichter an der Oberfläche schwimmen, sieht sie im Sonnenlicht schimmern, und wenn er einen entdeckt, der sich von den anderen Fischen entfernt oder krank ist – *zack*!« Tomas demonstrierte den Vorgang mit den Händen, indem er sie wie Kiefer zuschnappen ließ.

Ich sah ihn mit großen Augen an.

»Er hält sich von Fangkörben und Netzen fern, denn er erkennt sie sofort. Andere Fische werden gierig, aber der alte Hecht lässt sich Zeit. Er kann warten. Und Köder erkennt er auch. Damit kann man einen alten Hecht nicht fangen. Man kann es mit lebenden Ködern versuchen, aber auch das klappt nur manchmal. Man muss ganz schön clever sein, um einen Hecht zu fangen.« Er lächelte. »Von so einem alten Hecht könnten wir beide eine Menge lernen.«

Ich nahm ihn beim Wort. Wir sahen uns alle zwei Wochen, manchmal auch jede Woche, ein- oder zweimal traf ich ihn allein, aber meistens erwarteten wir ihn zu dritt, gewöhnlich donnerstags. Wir trafen uns am Ausguck und gingen in den Wald oder am Fluss entlang, fort vom Dorf, damit niemand uns sah. Meistens versteckte Tomas seine Uniform im Baumhaus und zog Zivilkleidung an, weil das unauffälliger war. Wenn unsere Mutter schlechte Laune hatte, benutzte ich das Orangensäckchen, um sicherzugehen, dass sie im Haus blieb, während wir mit Tomas zusammen waren. An allen anderen Tagen stand ich morgens um halb fünf auf und ging zum Fischen an den Fluss, bevor ich meine tägliche Arbeit verrichten musste. Ich suchte mir die stillsten und dunkelsten Stellen der Loire aus. In meinen Reusen fing ich lebende Köder, mit denen ich meine neue Angel bestückte. Ich hielt die Angel so, dass der bleiche Bauch des zappelnden Köderfischs die Wasseroberfläche berührte. Auf diese Weise fing ich mehrere Hechte, aber es waren lauter Jungfische, keiner von ihnen länger als eine Hand oder ein Fuß. Trotzdem hängte ich sie an die Piratenfelsen, neben die stinkende Wasserschlange, die schon den ganzen Sommer über dort hing.

Wie der Hecht wartete ich ab.

10

Es war Anfang September, und der Sommer neigte sich langsam seinem Ende zu. Zwar war es immer noch heiß, aber es lag ein anderer Geruch in der Luft, ein Duft nach Reife und süßlichem Verfall. Der viele Regen im August hatte einen Großteil der Obsternte verdorben, und auf den Früchten, die noch brauchbar waren, wimmelte es von Wespen. Wir pflückten sie trotzdem, denn wir konnten es uns nicht leisten, das Obst verrotten zu lassen, es ließ sich immer noch zu Marmelade oder Likör für den Winter verarbeiten. Meine Mutter überwachte die Arbeit. Sie gab uns dicke Handschuhe und hölzerne Zangen – die früher dazu gedient hatten, Wäschestücke aus der heißen Lauge zu fischen –, um das Fallobst aufzulesen. Die Wespen waren besonders aggressiv in jenem Jahr, sie stachen uns trotz der Handschuhe, wenn wir das halbverfaulte Obst in die Töpfe warfen, in denen die Marmelade gekocht wurde.

Anfangs bestand die Marmelade zur Hälfte aus Wespen, und Reine, die Insekten verabscheute, wurde fast hysterisch, wenn sie die halb toten Biester mit einem Schaumlöffel aus der klebrigen Brühe schöpfen und auf den Gartenweg schleudern musste. Mutter hatte kein Verständnis für solche Empfindlichkeiten, und als Reine anfing zu weinen und zu kreischen, weil sie mit Wespen übersäte Pflaumen vom Boden klauben sollte, platzte ihr der Kragen.

»Stell dich nicht dümmer an, als Gott dich geschaffen hat!«, fauchte sie. »Glaubst du etwa, die Pflaumen springen von selbst in den Topf? Oder sollen deine Geschwister vielleicht die Arbeit für dich machen?«

Reine wimmerte vor sich hin, das Gesicht angstverzerrt.

»Mach dich an die Arbeit«, schimpfte meine Mutter, »sonst hast du gleich einen Grund zu heulen.« Dann schubste sie Reine auf einen Haufen Pflaumen zu, die wir eingesammelt hatten, halbverfaulte Früchte voller Wespen. Reinette stand in einer Wolke von Insekten, sie schrie und kniff die Augen zusammen, sodass sie die blinde Wut im Gesicht unserer Mutter nicht sah. Einen Augenblick lang war deren Blick beinahe ausdruckslos, dann packte sie Reinette am Arm und führte sie wortlos ins Haus. Cassis und ich sahen einander an, machten jedoch keine Anstalten, den beiden zu folgen. Aus gutem Grund. Als Reinette begann, laute Schreie auszustoßen, zuckten wir nur die Achseln und machten uns wieder daran, die halbverfaulten Pflaumen aufzulesen.

Schließlich hörte das Geschrei auf, und kurze Zeit später kamen Reinette und meine Mutter aus dem Haus. Schweigend nahmen die beiden ihre Arbeit auf, Mutter immer noch mit dem Stück Wäscheleine in der Hand, das sie zum Peitschen benutzt hatte, Reinette schniefend und mit geröteten Augen. Nach einer Weile fing meine Mutter wieder an, ihre Schläfen zu befingern. Sie befahl uns, den Rest des Fallobstes einzusammeln und es zum Kochen auf den Herd zu stellen, dann zog sie sich in ihr Zimmer zurück. Sie verlor nie wieder ein Wort über den Vorfall, schien sich nicht einmal mehr daran zu erinnern, aber ich sah die roten Striemen an Reinettes Beinen, als sie sich das Nachthemd anzog, und hörte, wie sie während der Nacht wimmerte und sich im Bett hin und her wälzte.

So ungewöhnlich wie das Verhalten meiner Mutter auch gewesen sein mag, es war nicht das letzte Mal in jenem Jahr, dass sie sich ungewöhnlich verhielt.

11

In jenem Sommer sah ich Paul nur selten. Während Cassis und Reinette Ferien hatten, ließ er sich kaum blicken, aber im September, kurz bevor die Schule anfing, tauchte er wieder öfter auf. Obwohl ich Paul mochte, behagte mir die Vorstellung nicht, dass er Tomas begegnen könnte, und so versteckte ich mich im Gebüsch am Flussufer und wartete, bis er wieder gegangen war, reagierte nicht auf seine Rufe oder tat so, als sähe ich ihn nicht, wenn er mir zuwinkte. Nach einer Weile hatte er es offenbar kapiert, denn er kam überhaupt nicht mehr.

Um diese Zeit wurde unsere Mutter immer merkwürdiger. Seit dem Vorfall mit Reine begegneten wir ihr mit Argwohn und Vorsicht. Für uns war sie eine Art Göttin, die willkürlich strafte oder belohnte, und ihr Gesichtsausdruck war wie eine Wetterfahne, die unser emotionales Klima bestimmte. Ende September, kurz bevor ihre beiden Ältesten wieder in die Schule mussten, nahm ihre Gereiztheit geradezu groteske Formen an. Der geringste Anlass genügte, um sie aus der Fassung zu bringen – ein Geschirrtuch, das neben der Spüle liegen gelassen worden war, ein Teller auf dem Abtropfgestell, ein Staubkörnchen auf einem Bilderrahmen. Fast täglich wurde sie von Kopfschmerzen geplagt. Beinahe beneidete ich Cassis und Reinette darum, dass sie bald wieder den ganzen Tag in der

Schule verbringen durften, aber unsere Grundschule war geschlossen, und die Schule in Angers durfte ich erst im nächsten Jahr besuchen.

Ich benutzte das Orangensäckchen häufig. Obwohl ich panische Angst davor hatte, dass meine Mutter mir auf die Schliche kam, konnte ich nicht widerstehen. Nur wenn sie ihre Tabletten nahm, ließ sie mich in Ruhe, und sie nahm sie nur, wenn sie Orangenduft roch. Es war riskant, aber der Trick brachte mir jedes Mal fünf oder sechs Stunden Frieden, den ich dringend brauchte.

Zwischen diesen kurzen Zeiten des Waffenstillstands ging der Krieg zwischen uns weiter. Ich wuchs schnell – mittlerweile war ich so groß wie Cassis und größer als Reinette. Ich hatte das kantige Gesicht meiner Mutter, ihre dunklen, misstrauischen Augen, ihr glattes, schwarzes Haar. Die Ähnlichkeit mit ihr belastete mich mehr als ihr seltsames Verhalten, und als der Sommer in den Herbst überging, steigerte sich mein Widerwille, bis ich das Gefühl hatte, daran zu ersticken. In unserem Zimmer gab es einen Spiegel, in dem ich mich immer wieder heimlich betrachtete, erst neugierig, dann zunehmend kritisch. Ich zählte meine Unzulänglichkeiten, entsetzt, dass es so viele waren. Ich hätte gern Locken gehabt, wie Reinette, und volle, rote Lippen. Heimlich holte ich die Filmpostkarten unter Reines Matratze hervor und lernte die Namen der Stars auswendig. Nicht sehnsüchtig seufzend, sondern zähneknirschend vor Verzweiflung. Ich drehte Stofffetzen in meine Haare, um sie zu kräuseln. Ich kniff in meine knospenden Brüste, um sie zum Wachsen anzuregen. Nichts half. Ich blieb das Abbild meiner Mutter, mürrisch, einsilbig, schwerfällig. Auch andere Dinge, die ich an mir beobachtete, befremdeten mich. Nachts hatte ich oft Alpträume, aus denen ich schweißgebadet aufwachte. Mein Geruchssinn hatte sich so verschärft, dass ich einen brennenden Heuhaufen auf Hourias' Feld riechen konnte, obwohl der Wind in die entgegengesetzte Richtung blies. Ich wusste, wann Paul geräucherten Schinken gegessen hatte, und roch, was meine Mutter in der Küche zubereitete, noch bevor ich den Obstgarten erreicht hatte. Zum ersten Mal nahm ich meinen eigenen Körpergeruch wahr, meinen salzigen, fischigen, warmen Geruch, der auch dann noch an mir haftete, wenn ich meine Haut mit Zitronenöl und Minze einrieb, und den intensiven, öligen Geruch meiner Haare. Ich bekam heftige Magenkrämpfe – ich, die ich nie krank war – und Kopfschmerzen. Allmählich fragte ich mich, ob ich die seltsamen Eigenheiten meiner Mutter geerbt hatte, wie ein schreckliches Geheimnis, dem ich mich nicht entziehen konnte.

Dann wachte ich eines Morgens auf und entdeckte Blut auf dem Laken. Cassis und Reine machten sich gerade bereit, in die Schule zu fahren, und beachteten mich nicht. Instinktiv zog ich die Decke über das besudelte Laken und streifte einen alten Rock und einen Pullover über, bevor ich ans Flussufer eilte, um herauszufinden, was mit mir los war. Blut lief mir an den Schenkeln hinunter, und ich wusch es mit Flusswasser ab. Ich versuchte, mir aus ein paar alten Taschentüchern einen Verband zu machen, aber die Wunde war zu tief, zu schlimm. Ich hatte das Gefühl, innerlich in Stücke gerissen zu werden.

Mit meiner Mutter darüber zu sprechen, kam mir nicht in den Sinn. Von Menstruation hatte ich noch nie etwas gehört – was Körperfunktionen anging, war meine Mutter extrem prüde –, und ich nahm an, ich hätte mir eine schreckliche, womöglich tödliche Verletzung zugezogen. Vielleicht durch einen Sturz im Wald oder durch einen giftigen Pilz, der schuld war, dass ich jetzt innerlich verblutete, oder auch nur durch einen bösen Gedanken. Wir gingen nicht in die Kirche – meine Mutter verabscheute, was sie *la curaille* nannte, und verachtete die Leute, die jeden Sonntag die Messe besuchten –, doch sie hatte uns ein ausgeprägtes Bewusstsein dafür vermittelt, was eine Sünde ist. »Das Böse kommt immer ans Licht«, pflegte sie zu sagen, und in ihren Augen waren wir durch und durch böse; ihren wachsamen Augen und Ohren entging nichts, und in jedem unserer Blicke, in jedem gemurmelten Wort sah sie einen weiteren Beweis für das Böse, das wir in uns verbargen.

Ich war die Schlimmste. Das begriff ich jetzt. Man kann den Tod mit einem einzigen schlechten Gedanken herbeirufen, behauptete meine Mutter, und den ganzen Sommer über hatte ich nur schlechte Gedanken gehabt. Ich versteckte mich wie ein vergiftetes Tier, kletterte in den Ausguck, rollte mich auf dem Boden zusammen und wartete auf den Tod. Mein Bauch schmerzte wie ein fauler Zahn. Als der Tod nicht kam, blätterte ich eine Zeit lang in einem von Cassis' Heften, dann legte ich mich auf den Rücken und schaute in das grüne Blätterdach hinauf, bis ich schießlich einschlief.

12

Später, als sie mir ein sauberes Laken brachte, erklärte sie es mir. Ihr blasses Gesicht blieb ausdruckslos, bis auf den kritischen Blick, mit dem sie mich immer musterte.

»Es ist der Fluch, er trifft dich ziemlich früh. Hier, die brauchst du jetzt.« Sie reichte mir einen Stapel Musselintücher, die fast aussahen wie Windeln, erklärte mir aber nicht, was ich damit tun sollte.

»Fluch?« Ich hatte den ganzen Tag im Baumhaus verbracht und geglaubt, ich müsste sterben. Ihre scheinbare Gleichgültigkeit machte mich wütend und verwirrte mich. Ich hatte mir ausgemalt, wie ich tot zu ihren Füßen lag, hatte mir Berge von Blumen vorgestellt und einen Grabstein aus Marmor mit der Inschrift: »Geliebte Tochter.« Ich glaubte, die Alte Mutter gesehen zu haben, ohne es zu bemerken. Ich war verflucht.

»Der Fluch der Mutter«, sagte sie, wie zur Bestätigung meiner Gedanken. »Von jetzt an bist du wie ich.«

Mehr sagte sie nicht. Ein oder zwei Tage lang hatte ich Angst, doch ich sprach nicht mit ihr darüber. Die Musselintücher wusch ich in der Loire. Dann endete der Fluch für eine Weile, und ich dachte nicht mehr daran.

Nur der Groll blieb. Er war stärker geworden, verschärft durch meine Angst und durch die Weigerung meiner Mutter, mich zu trösten. Ihre Worte verfolgten mich – »Von jetzt an bist du wie ich« –, und ich malte mir aus, wie ich mich allmählich, fast unmerklich veränderte, wie ich auf heimtückische Weise immer mehr wie sie wurde. Ich kniff in meine dünnen Arme und Beine, weil sie wie ihre waren. Ich schlug mir auf die Wangen, um ihnen mehr Farbe zu verleihen. Eines Tages schnitt ich mir die Haare ab – so kurz, dass ich mir an mehreren Stellen die Kopfhaut verletzte –, weil sie sich nicht kräuseln wollten. Ich zupfte mir die Augenbrauen, stellte mich jedoch so ungeschickt an, dass sie fast alle ausgerupft waren, als ich, den Spiegel in der Hand, das Gesicht wutverzerrt, von Reinette überrascht wurde.

Meine Mutter nahm kaum Notiz von alldem. Meine Erklärung, ich hätte mir die Brauen und Haare versengt, als ich Feuer im Küchenherd machen wollte, schien sie zufrieden zu stellen. Nur einmal – es muss an einem ihrer guten Tage gewesen sein –, als wir gerade in der Küche *terrines de lapin* zubereiteten, sah sie mich seltsam eindringlich an.

»Hast du Lust, heute ins Kino zu gehen, Boise?«, fragte sie unvermittelt. »Wir könnten zusammen gehen, du und ich.«

Der Vorschlag war so untypisch für meine Mutter, dass ich sie zunächst nur verblüfft ansah. Sie verließ den Hof nie, außer um geschäftliche Dinge zu erledigen. Nie verschwendete sie Geld für Vergnügungen. Plötzlich fiel mir auf, dass sie ein neues Kleid trug – jedenfalls so neu, wie es in jenen entbehrungsreichen Zeiten möglich war –, mit einem gewagten roten Oberteil. Sie musste es in ihren schlaflosen Nächten aus Resten genäht haben, denn ich hatte es noch nie gesehen. Ihre Wangen waren beinahe mädchenhaft gerötet, und an ihren ausgestreckten Händen klebte Kaninchenblut.

Ich wich vor ihr zurück. Es war eine versöhnliche Geste, das wusste ich. Ihr Angebot abzulehnen war undenkbar, aber in letzter Zeit hatten sich zu viele unausgesprochene Dinge angesammelt, als dass ich es hätte annehmen können. Einen Augenblick lang war ich versucht, mich in ihre Arme zu werfen und ihr alles zu erzählen ...

Der Gedanke daran ernüchterte mich auf der Stelle.

Ihr was zu erzählen?, fragte ich mich. Es gab zu viel zu sagen. Es gab nichts zu sagen. Überhaupt nichts. Sie sah mich fragend an.

»Na, Boise? Wie wär's?« Ihre Stimme klang ungewöhnlich weich, beinahe zärtlich. Plötzlich hatte ich ein Bild von ihr vor Augen, ein abstoßendes Bild, meine Mutter mit meinem Vater im Bett, die Arme genauso verführerisch ausgestreckt. »Wir tun nie etwas anderes als arbeiten«, sagte sie ruhig. »Nie haben wir Zeit für uns. Ich bin so erschöpft.«

Zum ersten Mal erlebte ich, dass sie sich über etwas beklagte. Erneut empfand ich den Wunsch, zu ihr zu gehen, ihre Wärme zu spüren, aber es war unmöglich. Solche Dinge taten wir nicht. Wir berührten einander fast nie. Die Vorstellung erschien mir beinahe unanständig.

Ich murmelte eine Ausrede vor mich hin, erklärte, ich hätte den Film schon gesehen.

Einen Augenblick lang blieben ihre blutbefleckten Hände ausgestreckt. Dann verfinsterte sich ihr Gesicht, und ein Triumphgefühl durchströmte mich. Endlich hatte ich in unserem lang andauernden Krieg eine Schlacht gewonnen.

»Natürlich«, sagte sie tonlos. Sie sprach das Thema nicht wieder an. Und als ich am darauf folgenden Donnerstag mit Cassis und Reine nach Angers fuhr, um mir den Film anzusehen, von dem ich behauptet hatte, ihn schon zu kennen, machte sie keine Bemerkung dazu. Vielleicht hatte sie es schon vergessen.

13

Während der folgenden Wochen war unsere sprunghafte, unberechenbare Mutter besonders launenhaft. An einem Tag sang sie bei der Arbeit im Obstgarten fröhlich vor sich hin, nur um uns am nächsten Tag den Kopf abzureißen, wenn wir uns in ihre Nähe wagten. Ein andermal gab es unerwartete Geschenke: Zuckerwürfel, eine Tafel Schokolade, eine Bluse für Reinette, gefertigt aus Madame Petits berühmt-berüchtigter Fallschirmseide und mit winzigen Perlmuttknöpfen besetzt. Auch die Bluse musste sie heimlich genäht haben, denn ich hatte nie gesehen, wie sie den Stoff zugeschnitten oder wie Reine sie anprobiert hatte, aber sie war wunderschön. Wie üblich wurde das Geschenk stumm überreicht, und dieses unbeholfene Schweigen ließ jedes Wort des Dankes oder des Lobes unangebracht erscheinen.

»Sie sieht so hübsch aus«, schrieb sie in ihre Kladde. »Sie ist jetzt fast schon eine Frau und hat die Augen ihres Vaters. Wenn er nicht tot wäre, könnte ich beinahe eifersüchtig werden. Vielleicht spürt Boise das, Boise mit ihrem komischen kleinen Froschgesicht, das meinem so ähnlich sieht. Ich will versuchen, auch ihr eine Freude zu machen. Noch ist es nicht zu spät.«

Wenn sie nur etwas gesagt hätte, anstatt es in ihrer winzigen, kaum leserlichen Schrift festzuhalten. Aber so verstärkten ihre kleinen Gesten der Großzügigkeit – falls sie das waren – nur meinen Zorn, und ich lauerte auf eine Gelegenheit, es ihr noch einmal heimzuzahlen, wie an jenem Tag in der Küche.

Ich will nichts beschönigen. Ich wollte sie verletzen. Das alte Klischee entspricht der Wahrheit: Kinder sind grausam. Wenn sie zuschlagen, treffen sie ihr Opfer mit größerer Sicherheit als jeder Erwachsene. Wir waren verwilderte Kreaturen, gnadenlos, wenn wir eine Schwäche witterten. Dieser Versöhnungsversuch in der Küche war ein tödlicher Fehler gewesen, und vielleicht wusste sie das, aber es war zu spät. Ich hatte ihre Schwäche erkannt, und von dem Augenblick an war ich unerbittlich. Meine Einsamkeit klaffte in mir wie ein Abgrund, öffnete die finstersten Verliese in meinem Herzen, und wenn es doch einmal vorkam, dass ich sie auch liebte, sie mit schmerzlicher Verzweiflung liebte, dann tötete ich mein Gefühl ab, indem ich mich an die vielen Momente erinnerte, in denen sie nicht für mich da gewesen war, an ihre Kälte und ihren Zorn. Meine Logik war wunderbar verrückt: Ich werde dafür sorgen, dass ihr das alles Leid tut, sagte ich mir. Ich werde sie dazu bringen, dass sie mich hasst.

Ich träumte oft von Jeannette Gaudin, von dem weißen Grabstein mit dem Engel, von den weißen Lilien. »Geliebte Tochter.« Manchmal erwachte ich mit tränennassem Gesicht und mit schmerzendem Kiefer, als hätte ich stundenlang mit den Zähnen geknirscht. Manchmal wachte ich völlig verwirrt auf, fest davon überzeugt, dass ich bald sterben würde. Die Wasserschlange hatte mich schließlich doch gebissen, sagte ich mir schläfrig, obwohl ich so gut aufgepasst hatte. Sie hatte mich gebissen, aber anstatt mich schnell sterben zu lassen – weiße Blumen, Marmor, Tränen –, verwandelte ihr Gift mich in meine Mutter. Im

Halbschlaf wimmerte ich vor mich hin und hielt mir mit beiden Händen den geschorenen Kopf.

Manchmal benutzte ich das Orangensäckchen aus purer Bosheit, aus Rache für meine Alpträume. Dann hörte ich, wie sie in ihrem Zimmer auf und ab ging und Selbstgespräche führte. Das Glas mit den Morphiumtabletten war fast leer. Einmal warf sie etwas Schweres gegen die Wand; später fanden wir die Überreste ihrer Kaminuhr im Müll, das Glas in Scherben, das Zifferblatt in zwei Teile gebrochen. Ich empfand kein Mitleid. Ich hätte die Uhr selbst an die Wand geworfen, wenn ich den Mut gehabt hätte.

Zwei Dinge sorgten dafür, dass ich nicht durchdrehte. Erstens meine Jagd auf den Hecht. Seitdem ich auf Tomas' Rat hin lebende Köder verwandte, fing ich mehrere Hechte – die Piratenfelsen waren umgeben vom Gestank der verrottenden Fische, und Wolken von Fliegen schwirrten um sie herum. Die Alte Mutter hatte ich immer noch nicht zu Gesicht bekommen, aber ich war mir sicher, ihr auf den Fersen zu sein. Ich stellte mir vor, wie ihre Wut wuchs mit jedem Hecht, den ich fing, und wie sie vor lauter Zorn immer unvorsichtiger wurde. Am Ende würde sie ihrer eigenen Rachsucht zum Opfer fallen, sagte ich mir. Diesem Angriff auf ihr Volk konnte sie nicht ewig tatenlos zusehen. Wie geduldig und stoisch sie auch sein mochte, es würde der Tag kommen, an dem sie die Beherrschung verlor. Sie würde ihr Versteck verlassen und kämpfen, und dann würde ich sie erwischen. Unverdrossen verfolgte ich mein Ziel, und auf immer phantasievollere Weise ließ ich meine Wut an meinen Opfern aus, deren Überreste ich manchmal als Köder für meine Fangkörbe benutzte.

Die zweite Quelle, aus der ich Trost schöpfte, war Tomas. Wenn es irgendwie ging, trafen wir ihn einmal in der Woche, meistens donnerstags, denn das war sein freier Tag. Er kam mit dem Motorrad, das er zusammen mit seiner Uniform im Gebüsch hinter dem Ausguck versteckte, und häufig brachte er ein Paket mit Sachen vom Schwarzmarkt mit, die er an uns verteilte. Seltsamerweise hatten wir uns so an ihn gewöhnt, dass seine bloße Anwesenheit uns genügt hätte, doch das behielt jeder von uns für sich. In Tomas' Gegenwart veränderten wir uns: Cassis gab sich betont lässig und markierte den Draufgänger – »Passt auf, wie ich an den Stromschnellen durch die Loire schwimme!«, »Passt auf, wie ich den wilden Bienen ihren Honig klaue!« – Reine benahm sich wie ein scheues Kätzchen, warf Tomas verführerische Blicke zu und schürzte ihren rot geschminkten Mund. Das Gehabe meiner Schwester ging mir auf die Nerven. Da ich wusste, dass ich bei diesem Spiel nicht mit ihr konkurrieren konnte, setzte ich alles daran, Cassis zu übertreffen. Ich durchschwamm die Loire an tieferen und breiteren Stellen. Ich tauchte länger als er. Ich schaukelte an den höchsten Ästen des Ausguckbaums, und als Cassis es mir trotz seiner Höhenangst nachtat, hängte ich mich kopfüber in die Äste, lachte übermütig und kreischte wie ein Affe. Mit meinen kurz geschorenen Haaren sah ich jungenhafter aus als mancher Junge, und bei Cassis zeigten sich bereits die ersten Spuren der Weichheit, die ihn in späteren Jahren prägen sollten. Ich war zäher und mutiger als er. Frohgemut setzte ich mein Leben aufs Spiel, um meinem großen Bruder eins auszuwischen. Ich war diejenige, die das Wurzelspiel erfand, das zu unserem Lieblingsspiel wurde, und ich übte stundenlang, sodass ich fast immer gewann.

Das Prinzip war einfach. An den Ufern der Loire, die weniger Wasser führte, seit die starken Regenfälle aufgehört hatten, befand sich ein Gewirr von Baumwurzeln. Teilweise so dick wie die Taille eines Mädchens, teils nicht dicker als ein Finger, ragten die Wurzeln in den Fluss hinein; einige gruben sich etwa einen Meter unter der Wasseroberfläche wieder in den gelben Grund, sodass sie in den trüben Fluten glitschige Schlaufen bildeten. Das Spiel bestand darin, durch diese – zum Teil sehr engen – Schlaufen zu tauchen, unter Wasser eine Kehrtwende zu machen und durch dieselbe Schlaufe zurückzuschwimmen. Wer die Schlaufe in dem trüben Wasser beim ersten Mal verpasste oder wieder auftauchte, ohne hindurchgeschwommen zu sein, oder wer eine Herausforderung ablehnte, schied aus. Wer die meisten Schlaufen durchtauchen konnte, hatte gewonnen.

Es war ein gefährliches Spiel. Die Wurzelschlaufen bildeten sich vor allem dort, wo der Fluss besonders reißend und die Uferböschung am tiefsten ausgewaschen war. In den Mulden unter den Wurzeln gab es Schlangen, und wenn das Ufer einbrach, lief man Gefahr, von den abrutschenden Schlammmassen begraben zu werden. Unter Wasser konnte man fast nichts sehen, man musste sich durch das Wurzelgewirr tasten, um wieder hinauszufinden. Stets bestand das Risiko, dass man stecken blieb oder von der starken Strömung unter Wasser gehalten wurde, bis man ertrank, aber das machte natürlich den Reiz des Spiels aus.

Ich war sehr geschickt im Wurzeltauchen. Reine spielte selten mit und geriet oft in Panik, wenn Cassis und ich versuchten, uns gegenseitig zu übertrumpfen, aber Cassis konnte keiner Herausforderung widerstehen. Er war immer noch stärker als ich, aber ich hatte den Vorteil, schmaler und beweglicher zu sein. Soweit ich mich erinnere, habe ich das Spiel kaum je verloren.

Nur wenn Cassis und Reine sich in der Schule danebenbenommen hatten, traf ich Tomas allein, denn dann mussten sie nachsitzen. Den ganzen Nachmittag hockten sie an ihren kleinen Pulten, konjugierten Verben und schrieben Texte ab. Das kam nicht häufig vor, aber es waren schwierige Zeiten für alle. Die Schule war immer noch besetzt, es gab nur wenige Lehrer, die Klassen bestanden aus fünfzig bis sechzig Schülern. Die Nerven aller lagen blank, jede Kleinigkeit konnte das Fass zum Überlaufen bringen – ein unbedachtes Wort, eine schlechte Note in einer Klassenarbeit, ein Streit auf dem Schulhof, eine vergessene Hausaufgabe. Ich betete täglich darum, dass es passierte.

Einer dieser Tage, an denen es endlich wieder einmal geschah, ist mir so deutlich in Erinnerung wie manche Träume, klar und konturenreich hebt er sich gegen die verschwommenen Ereignisse jenes Sommers ab. Einen ganzen Tag lang war alles perfekt, und zum ersten Mal in meinem Leben empfand ich eine tiefe innere Ruhe, ich war im Einklang mit mir selbst und der Welt – dieser wunderbare Tag hätte ewig dauern mögen. Es war ein Gefühl, das ich nie wieder genau so erlebt habe. Nur an den Tagen, an denen meine Töchter geboren wurden, und ein- oder zweimal mit Hervé, oder wenn ein Gericht mir besonders gut gelang, empfand ich etwas Ähnliches. Aber jener Tag war und blieb das Höchste, ihn werde ich nie vergessen.

Meine Mutter war am Abend zuvor krank gewesen. Diesmal hatte ich nichts damit zu tun; das Orangensäckchen war mittlerweile unbrauchbar geworden, denn ich hatte es so oft erhitzt, dass die Schalenstücke schwarz und vertrocknet waren und fast keinen Duft mehr verströmten. Nein, es war ein ganz normaler Migräneanfall. Nach einer Weile nahm sie ihre Tabletten, legte sich ins Bett und überließ mich mir selbst. Am Morgen wachte ich früh auf und ging an den Fluss, bevor Cassis und Reine aufstanden. Es war ein rotgoldener Oktobertag, die Luft war frisch und herb und so berauschend wie Apfelschnaps. Schon um fünf Uhr früh war der Himmel so klar und blau, wie er nur an schönen Herbsttagen sein kann. Es gibt vielleicht drei solche Tage im Jahr, und dies war einer davon.

Während ich meine Fangkörbe aus dem Wasser zog, sang ich vor mich hin, und meine Stimme hallte herausfordernd von den nebligen Ufern der Loire wider. Nachdem ich meinen Fang ins Haus gebracht und ausgenommen hatte, steckte ich etwas Brot und Käse ein und machte mich auf den Weg in den Wald, um Pilze zu suchen. Mit Pilzen kannte ich mich aus. Auch heute bin ich nicht schlecht darin, aber damals hatte ich eine Nase wie ein Trüffelschwein. Ich konnte die Pilze riechen, den grauen *chanterelle* und den orangefarbenen mit seinem Aprikosenduft, den *bolet* und den *petit rose* und den Kartoffelbovist und die Braunkappe und den Birkenpilz. Meine Mutter ermahnte uns stets, wir sollten unsere Pilze dem Apotheker zeigen, um uns zu vergewissern, dass wir keinen giftigen erwischt hatten. Aber ich machte nie einen Fehler. Ich kannte den fleischigen Duft des Steinpilzes und den trockenen, erdigen Duft der Marone. Ich kannte die Stellen, an denen sie wuchsen. Ich war eine geduldige Sammlerin.

Als ich nach Hause kam, war es fast Mittag, Cassis und Reinette hätten bereits aus der Schule zurück sein müssen, doch ich konnte die beiden nirgends entdecken. Ich putzte die Pilze und legte sie zusammen mit ein paar Zweigen Thymian und Rosmarin in Olivenöl ein. Hinter der Schlafzimmertür hörte ich meine Mutter tief und regelmäßig atmen.

Es wurde halb eins. Immer noch keine Spur von meinen Geschwistern. Tomas kam gewöhnlich spätestens um zwei Uhr. Freudige Erregung begann sich in mir auszubreiten. Ich ging in unser Zimmer und betrachtete mich in Reinettes Spiegel. Meine Haare waren ein Stück gewachsen, aber immer noch so kurz wie die eines Jungen. Ich setzte meinen Strohhut auf, obwohl der Sommer längst vorbei war. So gefiel ich mir schon besser.

Ein Uhr. Sie waren seit einer Stunde überfällig. Ich malte mir aus, wie sie im Licht der Sonne, die durch die hohen Fenster fiel, an ihren Pulten saßen, wie sie den Geruch von Bohnerwachs und alten Büchern einatmeten. Cassis war sicherlich schlecht gelaunt; Reinette würde hin und wieder schniefen. Ich lächelte. Ich klaubte Reinettes kostbaren Lippenstift unter ihrer Matratze hervor und malte mir die Lippen rot. Nach einem kritischen Blick in den Spiegel schminkte ich mir auch noch die Augenlider mit dem Lippenstift. Ich sah ganz anders aus, dachte ich beeindruckt, beinahe hübsch. Nicht so hübsch wie Reinette oder die Schauspielerinnen auf ihren Postkarten, aber das spielte heute keine Rolle. Heute war Reinette nicht da.

Um halb zwei machte ich mich auf den Weg zum Fluss. Vom Baumhaus aus hielt ich Ausschau nach ihm, fürchtete beinahe, er würde nicht kommen – so viel Glück auf einmal konnte ich ja kaum haben –, und genoss den kräftigen Duft des roten Herbstlaubs. Von November an würde der Ausguck ein halbes Jahr lang nicht zu gebrauchen sein, das Baumhaus so leer wie ein einsames Haus auf einem Hügel, aber noch waren die Äste dicht genug belaubt, um mich vor Blicken zu schützen. Wohlige Schauer durchliefen mich, und mein Kopf war erfüllt von einer unbeschreiblichen Leichtigkeit. Heute war alles möglich, sagte ich mir wie im Rausch. Einfach alles.

Zwanzig Minuten später hörte ich ein Motorrad auf der Straße. So schnell ich konnte, kletterte ich vom Baumhaus hinunter und lief ans Ufer. Mir war regelrecht schwindelig, ich verlor beinahe die Orientierung und es kam mir vor, als berührte ich den Boden unter meinen Füßen kaum. Ein Gefühl von Macht durchströmte mich, das beinahe so intensiv war wie meine Freude. Für heute war Tomas *mein* Geheimnis, heute gehörte er mir allein. Was wir einander sagten, würde nur uns gehören. Was ich ihm sagte ...

Er hielt am Straßenrand, schaute sich um, ob jemand in der Nähe war, dann schob er sein Motorrad ins Gebüsch. Ich beobachtete ihn, doch nun, da der ersehnte Augenblick endlich gekommen war, wagte ich seltsamerweise nicht so recht, mich zu zeigen. Eine nie gekannte Schüchternheit ergriff von mir Besitz. Ich wartete, bis er seine Uniformjacke ausgezogen und versteckt hatte. Er trug ein mit Kordel verschnürtes Paket unter dem Arm, und in seinem Mundwinkel wippte eine Zigarette.

»Die anderen sind nicht da.« Ich bemühte mich, meine Stimme möglichst erwachsen klingen zu lassen, seinem Blick standzuhalten, als er den Lippenstift auf meinen Lippen und Lidern entdeckte. Ob er eine Bemerkung dazu machen würde? Wenn er lachte, dachte ich ängstlich, wenn er jetzt lachte ... Aber Tomas lächelte nur. »Gut«, sagte er. »Dann sind wir beide heute allein.«

14

Wie gesagt, es war ein perfekter Tag. Mit der Lebenserfahrung von fünfundsechzig Jahren ist es schwierig, die überschwängliche Freude jener Stunden zu erklären. Mit neun ist man so unerfahren, dass ein einziges Wort einen bis ins Mark treffen kann, und ich war noch sensibler als die meisten Kinder, *erwartete* fast, dass er alles verdarb. Ich habe nie darüber nachgedacht, ob ich ihn liebte. Es war in dem Augenblick unwichtig, und meine Gefühle – dieses herzzerreißende Glück – in der Sprache von Reinettes Lieblingsfilmen zu beschreiben, war unmöglich. Dennoch war es Liebe. Meine Verwirrung, meine Einsamkeit, das seltsame Verhalten meiner Mutter und die Trennung von meinen Geschwistern hatten in mir eine große Sehnsucht geweckt, eine Gier nach Zuwendung, und sei es von einem Deutschen, einem gut gelaunten Erpresser, der einzig daran interessiert war, seine Informationskanäle offen zu halten.

Heute sage ich mir, dass das alles war, was er wollte. Doch etwas in mir sträubt sich dagegen. Es war nicht alles. Es war mehr als das. Er freute sich, mich zu sehen, genoss es, mit mir zu reden. Warum wäre er sonst so lange geblieben? Ich erinnere mich an jedes Wort, an jede Geste. Er erzählte mir von seiner Heimat, von Bierwurst und Schnitzel, vom Schwarzwald und den Straßen von Hamburg, vom Rheinland, von Feuerzangenbowle, in der eine mit Nelken gespickte Orange schwamm, von Keksen und Strudel und Bratäpfeln und Frikadellen mit Senf, von den Äpfeln, die vor dem Krieg im Garten seines Großvaters wuchsen. Und ich erzählte ihm von meiner Mutter, von ihren Tabletten und ihrem seltsamen Verhalten, von dem Orangensäckchen und den Fischreusen und der zerbrochenen Kaminuhr und dass ich, wenn ich einen Wunsch frei hätte, wünschen würde, dass dieser Tag nie zu Ende ginge.

Er sah mich an, und dann schauten wir uns auf eine seltsam erwachsene Art in die Augen, so ähnlich wie in dem Spiel, bei dem es darum geht, wer zuerst wegschaut. Diesmal wandte ich als Erste den Blick ab.

»Tut mir Leid«, murmelte ich.

»Ist schon in Ordnung«, sagte er, und irgendwie war es das auch. Wir sammelten Pilze und wilden Thymian – den, mit den winzigen violetten Blüten, der so viel intensiver duftet als der gezüchtete –, und neben einem Baumstumpf fanden wir ein paar späte Waldbeeren. Als er über eine umgestürzte Birke stieg, tat ich so, als müsste ich mich festhalten, und berührte kurz seinen Rücken. Noch Stunden später spürte ich die Wärme seiner Haut in meiner Handfläche wie ein Brandmal. Später saßen wir am Ufer und schauten zu, wie die Sonne hinter den Bäumen verschwand. Plötzlich meinte ich etwas zu sehen, etwas Schwarzes im dunklen Wasser, mitten in einem von Kielwellen gebildeten V – ein Maul, ein Auge, eine ölig glänzende Flanke, zwei Reihen spitzer Zähne, gespickt mit uralten Angelhaken –, etwas von Furcht einflößender, unglaublicher Größe, das im selben Augenblick wieder verschwand und nichts zurückließ als eine gekräuselte Wasseroberfläche.

Ich sprang auf, mein Herz klopfte wild. »Tomas! Hast du das gesehen?«

Er sah mich träge an, eine Zigarette zwischen den Lippen. »Treibholz«, sagte er lakonisch. »Nichts Besonderes.«

»Nein, das war kein Treibholz!« Meine Stimme bebte vor Erregung. »Ich hab sie gesehen, Tomas! Das war sie, das war sie! Die Alte Mutter, die Alte –« Ich rannte zum Baumhaus, um mein Angelzeug zu holen. Tomas lachte vor sich hin.

»Das schaffst du nie«, sagte er, als ich zurückkam. »Selbst wenn das wirklich der alte Hecht war. Und glaub mir, kein Hecht wird jemals so groß.«

»Das *war* die Alte Mutter«, beharrte ich störrisch. »Das war sie. Vier Meter lang, hat Paul gesagt, und pechschwarz. Das kann gar nichts anderes gewesen sein. Das *war* sie.«

Tomas lächelte.

Ein, zwei Sekunden lang hielt ich seinem herausfordernden Blick stand, dann schaute ich beschämt zu Boden.

»Das war sie«, murmelte ich. »Das weiß ich ganz genau.«

Nun, ich habe noch oft darüber nachgedacht. Vielleicht war es wirklich ein Stück Treibholz, wie Tomas meinte. Jedenfalls war die Alte Mutter, als ich sie schließlich fing, nicht annähernd vier Meter lang, auch wenn sie der größte Hecht war, den wir je gesehen hatten. Hechte werden nicht so groß, sage ich mir, und was ich an jenem Tag im Fluss gesehen hatte – oder glaubte, gesehen zu haben –, war mindestens so groß wie die Krokodile, mit denen Johnny Weissmuller sonntagsmorgens auf der Kinoleinwand kämpfte.

Aber das sind die Überlegungen einer Erwachsenen. Damals waren meiner Überzeugung keinerlei Grenzen durch Logik und Vernunft gesetzt. Wir sahen, was wir sahen, auch wenn die Erwachsenen manchmal darüber lachten. In meinem Herzen weiß ich, dass ich an jenem Tag ein Ungeheuer gesehen habe, etwas, das so alt und so schlau war wie der Fluss selbst, etwas, das niemand jemals fangen würde. Sie hat Jeannette Gaudin geholt. Sie hat Tomas Leibniz geholt. Beinahe hätte sie auch mich geholt.

VIERTER TEIL

La Mauvaise Réputation

I

»Die Sardellen säubern und ausnehmen und von innen und außen mit Salz einreiben. Die Fische anschließend mit grobkörnigem Salz und *salicorne* füllen, *mit dem Kopf nach oben* ins Fass legen und schichtweise mit Salz bedecken.«

Noch so eine Marotte. Wenn man das Fass öffnete, starrten sie einen alle stumm mit ihren glänzenden Fischaugen an. Man nahm so viele heraus, wie man brauchte, und bedeckte den Rest wieder mit einer Schicht Salz. In der Dunkelheit des Kellers sahen sie aus wie ertrinkende Kinder in einem Brunnen.

Den Gedanken schnell abbrechen, wie den Kopf einer Blume.

Meine Mutter schreibt fein säuberlich mit blauer Tinte, die Buchstaben ein wenig nach rechts geneigt. Darunter hat sie etwas hingekritzelt, mit rotem Wachsstift, das aussieht wie mit Lippenstift geschrieben. Es ist auf *bilini enverlini*: »Eni iekli netti elli bati rhemini.« – Keine Tabletten mehr.

Sie hatte sie seit Kriegsbeginn genommen. Anfangs war sie sehr sparsam damit umgegangen, hatte nur einmal im Monat oder noch seltener eine geschluckt, doch im Verlauf des Sommers, in dem sie dauernd den Orangenduft roch, machte sie immer häufiger davon Gebrauch.

»Y. hilft so gut er kann«, schreibt sie zittrig. »Es verschafft uns beiden Erleichterung. Er bekommt die Tabletten im La Rép, von einem Mann, den Hourias kennt. Wahrscheinlich nicht die einzige Art Tröstung, die er dort bekommt. Ich frage lieber nicht nach. Er ist schließlich nicht aus Stein. Nicht wie ich. Ich versuche, mich nicht daran zu stören. Es hat keinen Zweck. Er ist diskret. Ich sollte ihm dankbar sein. Er sorgt auf seine Weise für mich, aber es hilft nicht. Wir können nicht zusammenkommen. Er lebt im Licht. Zu sehen, wie ich leide, bekümmert ihn. Das weiß ich, dennoch hasse ich ihn für das, was er ist.«

Dann, später, nach dem Tod meines Vaters:

»Keine Tabletten mehr. Der Deutsche sagt, er kann mir welche besorgen, aber er kommt einfach nicht. Es ist zum Wahnsinnigwerden. Ich würde meine Kinder verkaufen, um eine Nacht schlafen zu können.«

Dieser letzte Eintrag ist erstaunlicherweise mit einem Datum versehen. Daher kann ich ihn zuordnen. Sie hütete ihre Tabletten wie einen Schatz, bewahrte sie nicht mehr im Bad auf, sondern versteckte die Flasche in der untersten Schublade in ihrer Schlafzimmerkommode. Manchmal nahm sie sie heraus und betrachtete sie. Sie befanden sich in einem braunen Glasfläschchen, auf dem Etikett ein paar kaum leserliche Worte auf Deutsch.

Keine Tabletten mehr.

Das war der Abend, an dem der Tanz stattfand, der Abend der letzten Orange.

2

»He, Kleine, beinah hätte ich's vergessen.« Er drehte sich um und warf sie mir lässig zu, wie ein Junge, der einen Ball wirft. So war er immer, tat so, als hätte er etwas vergessen, um mich zu necken, riskierte, dass die Orange im schlammigen Wasser der Loire landete. »Dein Nachtisch.«

Ich fing sie problemlos mit der linken Hand und grinste.

»Sag den anderen, sie sollen heute Abend ins La Mauvaise Réputation kommen.« Er zwinkerte mir schelmisch zu. »Da ist heute Abend was los.«

Unsere Mutter hätte uns natürlich niemals erlaubt, abends auszugehen. Die Sperrstunde ließ sich zwar in abgelegenen Dörfern wie dem unseren nicht durchsetzen, aber es gab andere Gefahren. Nachts geschahen mehr verbotene Dinge, als wir uns vorstellen konnten, und inzwischen kam es immer wieder vor, dass Deutsche ihren freien Abend in dem Café verbrachten. Hier waren sie fern von Angers und den wachsamen Augen der SS. Tomas hatte uns schon davon erzählt, und manchmal hörte ich spätabends in der Ferne das Dröhnen von Motorrädern und stellte mir vor, wie er gerade nach Hause fuhr. Vor meinem geistigen Auge sah ich seine im Wind fliegenden Haare, das Mondlicht auf seinem Gesicht, das silbrig glitzernde Wasser der Loire.

Aber heute war es anders. Nach den Stunden, die ich mit Tomas verbracht hatte, fühlte ich mich so beschwingt, dass mir alles möglich erschien. Die Uniformjacke lässig über die Schulter geworfen, winkte er mir zum Abschied zu. Dann fuhr er, eine gelbe Staubwolke aufwirbelnd, davon. Mein Herz schien schier zu zerspringen. Plötzlich fühlte ich mich unendlich verloren, und ich rannte hinter ihm her, winkte ihm noch nach, als das Motorrad längst nicht mehr zu sehen war, spürte, wie Tränen über meine vom Staub verschmutzten Wangen krochen.

Es reichte mir nicht.

Ich hatte meinen Tag gehabt, meinen perfekten Tag, doch schon schnürten mir Wut und Unzufriedenheit das Herz zusammen. Ich schaute nach der Sonne, um die Zeit abzuschätzen. Vier Stunden. Eine unglaublich lange Zeit, ein ganzer Nachmittag, und dennoch reichte es mir nicht. Ich wollte mehr. Mehr. Überwältigt von dieser neuen, unbekannten Gier biss ich mir verzweifelt auf die Lippen; die Erinnerung an die kurze Berührung brannte noch immer in meiner Hand. Mehrmals führte ich die Handfläche an die Lippen und küsste die Stelle, die ihn berührt hatte. Im Stillen wiederholte ich seine Worte, als wären sie Verse eines Gedichts. Mit wachsender Ungläubigkeit, so wie man im Winter versucht, sich an einen Sommertag zu erinnern, durchlebte ich noch einmal jeden kostbaren Augenblick, den wir gemeinsam verbracht hatten. Aber diese Art von Gier ist unstillbar. Ich wollte ihn wieder sehen, noch am selben Abend, auf der Stelle. Ich stellte mir vor, wie ich mit ihm durchbrannte, wie wir uns tief im Wald ein einsames Plätzchen suchten, wie ich ihm ein Baumhaus baute, mit ihm Pilze und Walderdbeeren und Kastanien aß, bis der Krieg vorbei war.

Sie fanden mich im Ausguck. Ich lag auf dem Rücken,

die Orange in der Hand, und starrte in das herbstlich bunte Blätterdach hinauf.

»W-wusste ich d-doch, dass sie h-hier ist«, sagte Paul, der immer besonders schlimm stotterte, wenn Reine in der Nähe war. »H-hab sie in den W-wald gehen sehen, a‑als ich a-angeln war.« Er wirkte schüchtern und unbeholfen neben Cassis und schien sich seiner schäbigen Latzhose und seiner nackten Füße in den groben Holzschuhen zu schämen. Er hatte seinen alten Hund Malabar dabei, den er mit einem Stück grüner Kordel angebunden hatte. Cassis und Reine trugen noch ihre Schuluniform; Reinette hatte ihr Haar mit einer gelben Seidenschleife zusammengebunden. Ich habe nie verstanden, warum Paul immer so zerlumpt herumlief, wo seine Mutter doch Näherin war.

»Alles in Ordnung?«, fragte Cassis mit vor Angst gereizter Stimme. »Als du nicht nach Hause gekommen bist, dachte ich –« Er schaute kurz zu Paul hinüber, dann warf er mir einen warnenden Blick zu. »Du weißt schon, wer nicht hier gewesen ist, oder war er hier?«, flüsterte er. Offenbar wäre es ihm am liebsten gewesen, wenn Paul sich verzogen hätte.

Ich nickte. Cassis verdrehte die Augen. »Was hab ich dir gesagt?«, flüsterte er wütend. »Was hab ich gesagt? Triff dich nie allein mit –« Wieder ein Blick in Pauls Richtung. »Also, wir müssen jetzt nach Hause«, sagte er laut. »Mutter wartet auf uns. Beeil dich und –«

Aber Paul betrachtete die Orange in meiner Hand.

»D-du h-hast ja sch-schon wieder eine«, sagte er in seinem seltsam schleppenden Tonfall.

Cassis warf mir einen missbilligenden Blick zu. *Warum hast du sie nicht versteckt, du blöde Kuh? Jetzt müssen wir sie mit ihm teilen.*

Ich zögerte. Ich hatte nicht vorgehabt, die Orange zu

teilen. Ich brauchte sie für den Abend. Doch ich sah, dass Paul neugierig geworden war.

»Ich geb dir was ab, wenn du die Klappe hältst«, sagte ich schnell.

»W-wo hast du d-die her?«

»Auf dem Markt getauscht«, erwiderte ich schnippisch. »Gegen ein bisschen Zucker und Fallschirmseide. Meine Mutter weiß nichts davon.«

Paul nickte, dann schaute er schüchtern zu Reine hinüber. »W-wir könnten sie uns j-jetzt teilen. Ich h-hab ein Messer.«

»Gib her«, sagte ich.

»Ich mach das«, erklärte Cassis.

»Nein, sie gehört mir. Das mach ich.«

Ich musste schnell eine Entscheidung treffen. Natürlich konnte ich die Schale aufheben, aber ich wollte nicht, dass Cassis Verdacht schöpfte.

Ich kehrte ihnen den Rücken zu und begann, die Orange vorsichtig in Stücke zu schneiden. Sie zu vierteln, wäre leicht gewesen, aber diesmal brauchte ich ein fünftes Stück, eins, das groß genug war für meinen Zweck, aber klein genug, um es unbemerkt in meiner Tasche verschwinden zu lassen. Als ich die Orange aufschnitt, sah ich, dass es sich um eine Blutorange handelte. Wie gebannt starrte ich auf den roten Saft, der von meinen Fingern tropfte.

»Beeil dich«, rief Cassis ungeduldig. »Wie lange brauchst du eigentlich, um eine Orange in vier Stücke zu schneiden?«

»Ich versuch's ja«, fauchte ich. »Die Schale ist so zäh.«

»L-lass m-m-m ...« Paul näherte sich mir, und ich dachte schon, er hätte das fünfte Stück gesehen – eigentlich nur ein dünner Schnitz –, bevor ich es mir in die Tasche schieben konnte.

»Schon gut«, sagte ich. »Ich hab's geschafft.«

Die Stücke waren ungleich groß. Ich hatte mir zwar alle Mühe gegeben, aber ein Stück war deutlich größer als die anderen, und eins ziemlich klein. Ich nahm das kleine Stück. Paul reichte Reine das große.

Cassis bedachte mich mit einem vernichtenden Blick. »Ich hab dir ja gleich gesagt, du sollst mich das machen lassen. Ich hab kein ganzes Viertel abbekommen. So blöd kannst nur du dich anstellen, Boise.«

Schweigend saugte ich an meinem Orangenstück. Nach einer Weile hörte Cassis auf zu meckern und aß seins. Paul beobachtete mich mit einem seltsamen Gesichtsausdruck, sagte jedoch nichts.

Die Schalen warfen wir in den Fluss, es gelang mir jedoch, ein Stück im Mund zu behalten. Cassis' wachsamer Blick machte mich ganz nervös, und erleichtert bemerkte ich, dass er sich etwas entspannte, als ich meine Schale ins Wasser warf. Ich fragte mich, ob er wohl Verdacht geschöpft hatte. Zufrieden schob ich die abgebissene Schale zu dem Orangenstück in meine Tasche. Ich hoffte bloß, dass das reichen würde.

Anschließend zeigte ich den anderen, wie man mit Minze und Fenchel den Geruch von Mund und Händen entfernte und sich Schmutz unter die Fingernägel rieb, damit keine Saftspuren mehr zu sehen waren. Dann gingen wir durch die Felder nach Hause. Unsere Mutter stand in der Küche, sang tonlos vor sich hin und bereitete das Abendessen zu.

Die Zwiebel und die Schalotten zusammen mit frischem Rosmarin, Pilzen und etwas Lauch in Olivenöl anschwitzen. Wenn die Zwiebeln glasig sind, eine Hand voll getrocknete Tomaten sowie frisches Basilikum und Thymian hinzufügen. Vier Sardellen längs aufschneiden und in die Pfanne geben. Fünf Minuten ziehen lassen.

»Boise, hol mir vier große Sardellen aus dem Fass.«

Ich nahm eine hölzerne Zange mit in den Keller, um mir an der Salzlake nicht die Haut zu verätzen. Nachdem ich die Sardellen aus dem Fass genommen und in eine Schüssel gelegt hatte, fischte ich das Glas mit dem Orangensäckchen heraus. Ich drückte den Saft des neuen Orangenstücks über den alten Schalenstücken aus, um den Duft aufzufrischen, hackte die frischen Schalenreste mit meinem Taschenmesser klein und stopfte alles zurück in das Säckchen. Es verströmte einen durchdringenden Duft. Dann legte ich das Säckchen zurück in den schützenden Behälter, säuberte das Glas von der Salzlake und steckte es in meine Schürzentasche. Zum Schluss fasste ich kurz die Fische an, damit kein verräterischer Orangenduft an meinen Händen haften blieb.

Jetzt eine Tasse Weißwein und die vorgekochten Kartoffeln sowie Reste vom Vortag – ein Stück Speckschwarte, Fleisch- oder Fischreste – und einen Esslöffel Öl hinzufügen. Zehn Minuten bei schwacher Hitze köcheln lassen.

In der Küche hörte ich ihren monotonen, ziemlich rauen Singsang.

»Die Hirse unterrühren« – hm, hmm – »und den Topf vom Feuer nehmen, dann« – hm, hmm – »zehn Minuten ziehen lassen, ohne umzurühren, oder« – hm, hmm – »bis die Hirse die Flüssigkeit aufgenommen hat. Alles in eine flache Auflaufform geben« – hm, hmm, hmmm – »mit Öl bepinseln und goldbraun überbacken.«

Ohne meine Mutter aus den Augen zu lassen, versteckte ich das Orangensäckchen zum letzten Mal unter dem Ofenrohr.

Und wartete.

Eine Zeit lang hatte ich das Gefühl, dass es diesmal nicht

funktionierte. Meine Mutter summte weiter vor sich hin. Zusätzlich zu dem Auflauf hatte sie einen Blaubeerkuchen gebacken, und auf dem Tisch standen Schälchen mit grünem Salat und Tomaten. Es war fast ein Festessen, wenn ich mir auch nicht erklären konnte, was es zu feiern gab. So war meine Mutter; an guten Tagen tischte sie ein opulentes Mahl auf, an schlechten mussten wir uns mit kalten Pfannkuchen und *rillettes* begnügen. Heute wirkte sie beinahe entrückt; statt ihres strengen Nackenknotens trug sie ihr Haar offen, ihr Gesicht war feucht und von der Hitze des Herdfeuers gerötet. Es lag etwas Fiebriges in der Art, wie sie mit uns sprach, wie sie Reine zur Begrüßung flüchtig und atemlos umarmte – eine Seltenheit, beinahe so ungewöhnlich wie ihre kurzen Gewaltausbrüche –, in der nervösen Hast, mit der ihre Hände sich beim Kräuterhacken bewegten.

Keine Tabletten mehr.

Eine senkrechte Falte zwischen ihren Augen, Fältchen um ihren Mund, ein gequältes Lächeln. Als ich ihr die Sardellen reichte, schenkte sie mir ein seltsam liebevolles Lächeln, ein Lächeln, das noch vor einem Monat, vor wenigen Tagen, mein Herz hätte erweichen können.

»Boise.«

Ich dachte an Tomas, wie er mit mir am Flussufer gesessen hatte. Ich dachte an das Ding, das ich gesehen hatte, an die monströse Schönheit seines glänzenden Körpers im Wasser. *Ich wünsche mir, ich wünsche mir ...* Er kommt bestimmt heute Abend ins La Mauvaise Réputation, dachte ich, die Jacke lässig über dem Arm. Plötzlich kam ich mir vor wie eine Filmschönheit, malte mir aus, wie ich das Café in einem seidenen Kleid betrat und sich alle Augen auf mich richteten. *Ich wünsche mir, ich wünsche mir.* Wenn ich nur meine Angel zur Hand gehabt hätte ...

Meine Mutter starrte mich mit diesem eigenartigen, beinahe beschämend verletzlichen Blick an.

»Boise?«, wiederholte sie. »Alles in Ordnung? Hast du irgendwas?«

Wortlos schüttelte ich den Kopf. Eine Welle des Selbsthasses schlug über mir zusammen, es war wie eine Offenbarung. *Ich wünsche mir, ich wünsche mir*. Ich machte ein mürrisches Gesicht. *Tomas. Nur du. Für immer und ewig.*

»Ich muss nach meinen Reusen sehen«, erklärte ich tonlos. »Bin gleich wieder zurück.«

»Boise!«, rief sie mir nach, doch ich reagierte nicht. Ich rannte zum Fluss, überprüfte jeden Fangkorb zweimal, überzeugt, dass *dieses* Mal, dieses *eine* Mal, da ich meinen Wunsch so dringend brauchte ...

Alle waren leer, bis auf ein paar kleine Fische, die ich wütend zurück in den Fluss warf.

»*Wo bist du?*«, schrie ich auf das stille Wasser hinaus. »*Wo bist du, du alte Hexe?*«

Wie zum Hohn floss die träge, braune Loire ungerührt dahin. *Ich wünsche mir, ich wünsche mir*. Ich hob einen Stein vom Ufer auf und schleuderte ihn mit solcher Wucht ins Wasser, dass ich mir fast die Schulter verrenkte.

»*Wo bist du? Wo versteckst du dich?*« Meine Stimme klang heiser und schrill, wie die meiner Mutter. »*Komm raus und zeig dich! Du Feigling! Du FEIGLING!*«

Nichts. Nichts als der braune, stumme Fluss und die Sandbänke, die halb von Wasser bedeckt im schwindenden Tageslicht schimmerten. Meine Kehle schmerzte. Tränen brannten mir in den Augenwinkeln wie Wespenstiche.

»Ich weiß, dass du mich hören kannst«, murmelte ich. »Ich weiß, dass du da bist.« Der Fluss schien mir zuzustimmen. Ich hörte das sanfte Plätschern des Wassers zu meinen Füßen.

»Ich weiß, dass du da bist«, sagte ich noch einmal, beinahe zärtlich. Alles schien jetzt meiner Stimme zu lauschen, die Bäume mit ihren bunten Blättern, der Fluss, das braune Herbstgras.

»Du weißt genau, was ich will, stimmt's?« Wieder diese Stimme, die klang, als gehörte sie jemand anderem. Diese erwachsene, verführerische Stimme. »Du weißt es ganz genau.«

Ich dachte an Jeannette Gaudin und die Wasserschlange, an die langen, braunen Schlangenkadaver, die an den Piratenfelsen hingen, und an das Gefühl, das ich in diesem Millionen Jahre zurückliegenden Sommer gehabt hatte, diese *Überzeugung*. Die Alte Mutter war ein Scheusal, ein Ungeheuer. Niemand konnte einen Pakt mit einem Ungeheuer schließen.

Ich wünsche mir, ich wünsche mir.

Ich fragte mich, ob Jeannette an derselben Stelle gestanden hatte, an der ich jetzt stand, barfuß. Was hatte sie sich gewünscht? Ein neues Kleid? Eine neue Puppe? Etwas anderes?

Ein weißer Grabstein. »Geliebte Tochter.« Plötzlich kam es mir gar nicht mehr so schrecklich vor, tot und geliebt zu sein, unter einem steinernen Engel zu liegen und Frieden zu haben.

Ich wünsche mir. Ich wünsche mir.

»Ich würde dich wieder freilassen«, flüsterte ich hinterhältig. »Das weißt du doch.«

Einen Augenblick lang glaubte ich, etwas zu sehen, etwas Schwarzes, metallisch Glänzendes, das lautlos im Wasser trieb wie eine Mine. Aber es war nur Einbildung.

»Ganz bestimmt«, sagte ich. »Ich würde dich wieder zurück ins Wasser werfen.«

Aber falls sie die ganze Zeit da gewesen war, jetzt war sie fort. Neben mir quakte plötzlich ein Frosch. Es wurde kalt. Ich wandte mich ab und machte mich auf den Weg durch die Felder, pflückte unterwegs ein paar Maiskolben, um einen Vorwand für mein langes Ausbleiben zu haben.

Nach einer Weile roch ich die Essensdüfte aus unserer Küche und beschleunigte meine Schritte.

3

»Ich habe sie verloren. Ich verliere sie alle.«

Das steht in der Kladde meiner Mutter, neben einem Rezept für Heidelbeerkuchen. Winzige Migränebuchstaben in schwarzer Tinte, kreuz und quer über die Linien geschrieben, als reichte selbst die Geheimsprache, die sie benutzte, nicht aus, um die Angst zu verbergen, die sie vor uns und vor sich selbst verheimlichte.

Heute hat sie mich angesehen, als wäre ich gar nicht da. Ich hätte sie so gern in die Arme genommen, aber sie ist so groß geworden, und ich fürchte mich vor ihrem Blick. Nur R.-C. ist noch zugänglich, B. kommt mir vor, als wäre sie nicht mein Kind. Mein Fehler war, dass ich glaubte, Kinder seien wie Bäume. Wenn man sie beschneidet, entwickeln sie sich umso besser. Das stimmt nicht. Ganz und gar nicht. Nach Y.s Tod habe ich sie zu sehr gedrängt, schnell erwachsen zu werden. Ich habe ihnen nicht gestattet, Kinder zu sein. Jetzt sind sie noch gefühlloser als ich. Wie Tiere. Meine Schuld. Ich habe sie zu dem gemacht, was sie sind. Heute Abend waren wieder Orangen im Haus, aber außer mir riecht sie niemand. Mein Kopf schmerzt. Wenn sie nur ihre Hand auf meine Stirn legen könnte. Keine Tabletten mehr. Der Deutsche sagt, er kann mir welche besorgen, aber er ist nicht gekommen. Boise.

Kam heute Abend erst spät nach Hause. Sie ist wie ich, zerrissen.

Es klingt wie unzusammenhängendes Zeug, aber in meiner Erinnerung höre ich ihre Stimme plötzlich klar und deutlich. Sie klingt schwermütig wie die Stimme einer Frau, die mit aller Kraft versucht, nicht verrückt zu werden.

»Der Deutsche sagt, er kann mir welche besorgen, aber er ist nicht gekommen.«

Oh, Mutter, wenn ich das nur gewusst hätte.

4

AN JENEN LANGEN ABENDEN ARBEITETEN PAUL UND ICH uns Seite für Seite durch die Kladde. Ich entschlüsselte die Geheimsprache, während er alles aufschrieb, kleine Karteikarten mit Querverweisen anlegte und versuchte, die Eintragungen in eine chronologische Reihenfolge zu bringen. Nie kommentierte er irgendetwas, nicht einmal, wenn ich Passagen übersprang, ohne ihm einen Grund dafür zu nennen. Im Durchschnitt schafften wir zwei oder drei Seiten pro Abend, das ist zwar nicht viel, aber bis Anfang Oktober hatten wir die halbe Kladde durch. Es war weit weniger mühsam als vorher, als ich mich noch allein damit herumgeplagt hatte, und häufig saßen wir bis spät in die Nacht zusammen und schwelgten in Erinnerungen an die alten Zeiten, an den Ausguck und die Piratenfelsen, an die schöne Zeit, bevor Tomas auftauchte. Ein- oder zweimal war ich drauf und dran, ihm die Wahrheit zu erzählen, doch jedes Mal gelang es mir rechtzeitig, mich zu beherrschen.

Nein, Paul durfte es nicht erfahren.

Die Kladde meiner Mutter enthielt nur die eine Version der Geschichte, die ihm bereits zum Teil vertraut war. Aber die Geschichte *jenseits* der Kladde ... Ich sah ihn an, als wir dort beisammensaßen, zwischen uns die Flasche Cointreau und hinter uns auf dem Ofen die Kupferkanne mit Kaffee. Das Licht des Kaminfeuers warf einen roten Schimmer auf sein Gesicht und ließ seinen alten, gelblichen Schnurrbart leuchten. Er erwischte mich dabei, wie ich ihn anstarrte – in letzter Zeit schien ihm das immer häufiger zu gelingen – und lächelte.

Aber es war nicht so sehr das Lächeln, sondern etwas in seinem Blick, etwas Forschendes, das mein Herz schneller schlagen ließ und mir die Röte ins Gesicht trieb. Wenn ich es ihm sagte, schoss es mir plötzlich durch den Kopf, würde dieser Ausdruck aus seinen Augen verschwinden. Nein, ich konnte es ihm nicht sagen. Niemals.

5

Als ich ins Haus kam, sassen die anderen schon am Tisch. Meine Mutter begrüßte mich mit ihrer seltsamen, gequälten Fröhlichkeit, aber ich spürte, dass sie am Ende ihrer Kräfte war. Der Duft nach Orangen stieg in meine sensibilisierte Nase. Ich behielt sie aufmerksam im Auge. Wir aßen schweigend.

Das Festessen war pappig wie Lehm, und mein Magen rebellierte. Ich stocherte darin herum, bis ich sicher war, dass meine Mutter mich nicht beobachtete. Dann ließ ich das Ganze heimlich in meine Schürzentasche rutschen, um es später wegzuwerfen. Ich hätte mir keine Sorgen zu machen brauchen. In ihrem Zustand hätte sie es wahrscheinlich noch nicht einmal bemerkt, wenn ich mein Essen an die Wand geworfen hätte.

»Ich rieche Orangen.« Verzweiflung lag in ihrer Stimme. »Hat einer von euch Orangen ins Haus gebracht?«

Schweigen. Wir sahen sie ausdruckslos und zugleich erwartungsvoll an.

»Nun? Habt ihr? Orangen mitgebracht?«, fragte sie vorwurfsvoll.

Plötzlich warf Reine mir einen betroffenen Blick zu.

»Natürlich nicht«, sagte ich mürrisch. »Wo sollten wir die denn her haben?«

»Ich weiß es nicht.« Sie kniff argwöhnisch die Augen

zusammen. »Vielleicht von den Deutschen. Woher soll ich wissen, was ihr den ganzen Tag treibt?«

Damit kam sie der Wahrheit so nahe, dass ich Mühe hatte, mir meinen Schrecken nicht anmerken zu lassen. Ich zuckte die Achseln, spürte jedoch, dass Reine mich beobachtete. Ich warf ihr einen warnenden Blick zu – *Willst du etwa alles verderben?*

Reinette wandte sich wieder ihrem Kuchen zu. Ich hielt dem Blick meiner Mutter stand. Sie beherrschte dieses Spiel besser als Cassis, mit ihren Augen, die so ausdruckslos waren wie Schlehen. Dann stand sie abrupt auf, warf beinahe ihren Teller hinunter und hielt sich an der Tischdecke fest.

»Was starrst du mich so an?«, schrie sie und deutete mit dem Finger auf mich. »Was starrst du mich so an, Herrgott nochmal? Was gibt's da zu sehen?«

Ich hob die Schultern. »Nichts.«

»Du lügst.« Ihre Stimme nahm einen schneidenden Ton an. »Dauernd starrst du mich an. Warum? Was geht in dir vor, du kleine Hexe?«

Ich konnte ihre Verzweiflung und ihre Angst regelrecht riechen, und ich genoss den Sieg. Dann senkte sie den Blick. Ich hab's geschafft, dachte ich. Ich habe sie besiegt.

Und sie wusste es auch. Sie schaute mich wieder an, aber die Schlacht war verloren. Ich lächelte kaum merklich, sodass nur sie es sah. Hilflos wanderte ihre Hand an ihre Schläfe. »Ich habe Kopfschmerzen«, sagte sie gequält. »Ich gehe ins Bett.«

»Gute Idee«, erwiderte ich tonlos.

»Vergesst nicht, das Geschirr zu spülen«, fügte sie hinzu, doch wir hörten ihr nicht mehr zu. Sie wusste, dass sie verloren hatte. »Und dass ihr mir alles abtrocknet und ordentlich wegräumt und keine Teller –« Sie verstummte, blickte ins Leere.

»– über Nacht zum Abtropfen stehen lasst«, beendete sie den Satz nach einer ganzen Weile und wankte in Richtung Schlafzimmer, wo es keine Tabletten mehr gab.

Cassis, Reinette und ich sahen einander an.

»Wir sollen Tomas heute Abend im La Mauvaise Réputation treffen«, sagte ich. »Er meinte, da ist heute was los.«

Cassis durchbohrte mich mit seinem Blick. »Wie hast du das gemacht?«

»Was gemacht?«

»Du weißt schon.« Er sprach leise und eindringlich, seine Stimme klang beinahe ängstlich. Es war, als hätte er in diesem Augenblick seine Autorität verloren. Ab jetzt war ich die Anführerin, diejenige, auf deren Wort die anderen hörten. Seltsamerweise empfand ich keine Genugtuung. Ich hatte andere Dinge im Kopf.

»Wir warten, bis sie schläft«, erklärte ich, ohne auf seine Frage einzugehen, »eine, höchstens zwei Stunden, dann machen wir uns auf den Weg über die Felder ins Dorf. Niemand wird uns sehen. Wir können uns in der Gasse verstecken und nach ihm Ausschau halten.«

Reinettes Augen leuchteten auf, aber Cassis blieb skeptisch. »Und dann?«, fragte er. »Was tun wir, wenn wir da sind? Wir haben keine Informationen für ihn, und die Zeitschriften hat er uns schon –«

Ich sah ihn wütend an. »Zeitschriften! Ist das alles, was dich interessiert?«

Cassis starrte stumm vor sich hin.

»Er hat gemeint, es könnte interessant werden«, sagte ich. »Bist du denn nicht neugierig?«

»Eigentlich nicht. Vielleicht ist es gefährlich. Du weißt doch, was Mutter –«

»Du hast ja bloß Schiss«, zischte ich.

»Hab ich nicht!« Aber er hatte Angst. Das war nicht zu übersehen.

»Feigling.«

Schweigen. Cassis warf Reinette einen flehenden Blick zu. Ich sah ihn unverwandt an. Eine oder zwei Sekunden lang hielt er meinem Blick stand, dann wandte er sich ab.

»Kinderkram«, sagte er mit gespielter Gleichgültigkeit.

»Feigling.«

Cassis gab sich widerwillig geschlagen. »Also gut. Aber ich sage dir, es ist die reinste Zeitverschwendung.«

Ich lachte triumphierend.

6

Das Café de la Mauvaise Réputation – von den Stammgästen La Rép genannt. Holzboden, blank polierter Tresen, ein altes Klavier – heute fehlt die Hälfte der Tasten, und aus dem Gehäuse ranken Geranien –, eine Reihe, Gläser, die über dem Tresen hängen. Das alte Namensschild ist mittlerweile durch eine blaue Leuchtreklame ersetzt worden, und in einer Ecke stehen Spielautomaten und eine Musikbox. Damals gab es jedoch nichts außer dem Klavier und ein paar Tischen, die an die Wand geschoben wurden, wenn die Leute tanzen wollten.

Raphaël klimperte auf dem Klavier, wenn er Lust hatte, und hin und wieder kam es vor, dass jemand dazu sang – Colette Gaudin oder Agnès Petit zum Beispiel. In jenen Tagen besaß niemand einen Plattenspieler, und Radios waren verboten, aber im Café herrschte abends gute Stimmung, und manchmal, wenn der Wind aus der richtigen Richtung wehte, hörten wir von dort Musik. Das Café war die zweite Heimat der örtlichen Trinker, die sich Abend für Abend auf der Terrasse einfanden, rauchten und *pétanque* spielten. Pauls Vater hielt sich oft dort auf, sehr zum Missfallen unserer Mutter, und obwohl ich ihn nie betrunken erlebt habe, schien er auch nie ganz nüchtern zu sein.

La Mauvaise Réputation.

Wir Kinder hatten uns bisher von dem Café fern gehalten, denn unsere Mutter hatte uns verboten, dorthin zu gehen. Sie hegte eine tiefe Abscheu gegen Trunksucht, Schmutz und Verkommenheit, und in ihren Augen war das Café der Inbegriff all dessen. Obwohl sie nicht in die Kirche ging, hielt sie an einer beinahe puritanischen Lebenseinstellung fest, der zufolge harte Arbeit, Ordnung und Sauberkeit sowie höfliche, sittsame Kinder die höchsten Werte darstellten. Wenn sie an dem Café vorbeiging, senkte sie den Kopf und kniff die Lippen zusammen, als könnte sie sich auf diese Weise gegen die Geräusche schützen, die von dort nach draußen drangen. Seltsam, dass eine solche Frau, so eine beherrschte, ordnungsliebende Frau ausgerechnet ein Opfer der Tablettensucht wurde.

»Wie die Uhr«, notiert sie in ihrer Kladde, »bin ich halbiert. Sobald der Mond aufgeht, bin ich nicht mehr ich selbst.« Sie zog sich in ihr Zimmer zurück, damit wir die Veränderung nicht bemerkten.

Es war ein Schock für mich, als ich die geheimen Passagen in ihrer Kladde las und mir klar wurde, dass meine Mutter regelmäßig ins La Mauvaise Réputation gegangen war. Mindestens einmal pro Woche ging sie dorthin, heimlich, im Dunkeln, voller Abscheu vor sich selbst, weil sie ihrer Sucht ausgeliefert war. Sie ging nicht ins Café, um zu trinken. Nein. Warum sollte sie, wo sie doch Dutzende Flaschen Cidre und Schlehenlikör und sogar Calvados im Keller hatte? Trunksucht, erklärte sie uns einmal in einem seltenen Moment der Vertrautheit, sei eine Sünde gegen die Frucht, den Baum, den Wein selbst. Es sei eine Schande, ja Missbrauch, so wie Vergewaltigung ein Missbrauch des Liebesakts sei. Kaum hatte sie das ausgesprochen, war sie errötet und hatte sich barsch abgewandt – »Reine-Claude, reich mir das Öl und hol eine Hand voll Basilikum aus dem Garten!« –, aber ihre Worte blieben mir im Gedächtnis haften. Wein, der gehegt und gepflegt werden muss von der Knospe bis zur Reife, dann gekeltert und destilliert, bis er endlich zu einem edlen Getränk geworden ist, hat etwas Besseres verdient, als von einem Säufer ohne Verstand hinuntergestürzt zu werden. Er verdient Ehrfurcht, Freude, bewussten Genuss.

Von Wein verstand meine Mutter eine Menge. Sie kannte sich aus mit dem Reifeprozess, der Fermentierung, der Entstehung des Lebens in der Flasche, der allmählichen Verwandlung, mit der wundersamen Weise, in der sich das Aroma entwickelt. Wenn sie nur genauso viel Zeit und Geduld für uns aufgebracht hätte. Ein Kind ist kein Obstbaum. Das hatte sie zu spät begriffen.

Natürlich wird im Café de la Mauvaise Réputation immer noch mit Drogen gehandelt. Selbst ich weiß das; ich bin nicht so alt, dass ich den süßlichen Geruch von Haschisch nicht erkennen könnte. Er ist weiß Gott oft genug von der Imbissbude zu mir herüber geweht. Ich habe eine gute Nase, was man von Ramondin, diesem Idioten, nicht behaupten kann. An manchen Abenden, wenn die Motorradfahrer da waren, hing eine richtige Wolke über dem Wagen. Entspannungsdroge nennt man so etwas heutzutage. Damals jedoch gab es nichts Dergleichen in Les Laveuses. Die Jazz-Clubs in St. Germain-des-Prés entstanden erst zehn Jahre später, und in den Dörfern gab es überhaupt keine solchen Clubs, noch nicht einmal in den sechziger Jahren. Nein, meine Mutter ging nicht ins La Rép, um sich zu amüsieren, es war ihre Sucht, pure Not, die sie dorthin trieb, denn dort wurden die meisten Geschäfte gemacht. Dort bekam man Stoff und Schuhe und weniger harmlose Dinge wie Messer, Schusswaffen und Munition. Im La Rép wurde mit allem gehandelt, mit Zigaretten und Branntwein, mit Postkarten, auf denen nackte Frauen abgebildet waren, mit Nylonstrümpfen und Spitzenunterwäsche für Colette und Agnès, die ihre Haare offen trugen und ihre Wangen mit altmodischem Rouge puderten, sodass sie aussahen wie holländische Puppen, und die ihre Lippen so grellrot schminkten wie Lillian Gish.

Im Hinterzimmer trafen sich die Geheimbündler, die Kommunisten, die Unzufriedenen, die Helden und die Möchtegernhelden und schmiedeten Pläne. Im Schankraum saßen die Wortführer und hielten Hof, schoben einander kleine Päckchen zu oder flüsterten miteinander und tranken auf zukünftige Geschäfte. Einige trieben sich mit rußgeschwärzten Gesichtern im Wald herum, hielten sich nicht an die Sperrstunde und fuhren mit dem Fahrrad heimlich zu Versammlungen nach Angers. Hin und wieder hörte man Schüsse auf der anderen Seite des Flusses.

Meiner Mutter muss das alles zutiefst zuwider gewesen sein.

Aber nur dort bekam sie ihre Tabletten. In ihrer Kladde hat sie genau Buch geführt – Tabletten gegen Migräne, Morphium aus dem Krankenhaus, anfangs jedes Mal drei Stück, dann sechs, zehn, zwölf, schließlich zwanzig. Ihre Lieferanten wechselten. Zunächst war es Philippe Hourias. Julien Lecoz kannte jemanden, einen freiwilligen Sanitätshelfer. Agnès Petit hatte einen Vetter und Kontakt zum Freund eines Freundes in Paris. Guilherm Ramondin, der mit dem Holzbein, ließ sich überreden, einen Teil seiner eigenen Medikamente gegen Wein oder Geld herauszurücken. Kleine Päckchen – ein paar in Papier eingewickelte Tabletten, eine Ampulle mitsamt Spritze, ein Fläschchen mit Pulver –, ihr war alles recht, was Morphium enthielt. Natürlich war es unmöglich, Morphium von einem Arzt zu bekommen, denn es wurde alles für die Soldaten in den Lazaretten gebraucht. Meine Mutter schnorrte, tauschte, zahlte, um an ihr Morphium zu kommen.

2. März 1942. Guilherm Ramondin, 4 Morphiumtabletten gegen 12 Eier.
16. März 1942. Françoise Petit, 3 Morphiumtabletten gegen 1 Flasche Calvados.

Ihren Schmuck verkaufte sie in Angers – die Perlenkette, die sie auf dem Hochzeitsfoto trägt, ihre Ringe, die Ohrringe mit den Brillanten, die sie von ihrer Mutter geerbt hatte. Sie war sehr geschickt, fast so geschickt wie Tomas, allerdings versuchte sie nie, jemanden zu übervorteilen. So schlug sie sich durch.

Dann kamen die Deutschen, anfangs allein oder zu zweit. Manche in Uniform, andere in Zivilkleidung. Die Gäste des Cafés verstummten, wenn sie eintraten, doch das machten sie schnell wett mit ihrer Ausgelassenheit, ihrem Gelächter. Sie tranken Runde um Runde, und wenn sie sich schließlich leicht wankend erhoben, zwinkerten sie Colette und Agnès zum Abschied zu und warfen lässig eine Hand voll Münzen auf den Tresen. Manchmal brachten sie Frauen mit, Fremde, Städterinnen mit Pelzkragen. Frauen in Nylonstrümpfen und Kleidern aus hauchdünnem Stoff, mit Frisuren, wie wir sie von Filmstars kannten, mit sorgfältig gezupften Augenbrauen, blutrot geschminkten Lippen und weißen Zähnen und zarten, blassen Händen. Sie kamen nur spätabends, als Beifahrerinnen auf den Motorrädern der Deutschen, vor Vergnügen kreischend, wenn ihre Haare im Wind flogen. Vier Frauen, vier Soldaten. Die Frauen wechselten hin und wieder, aber die Deutschen waren immer dieselben.

Sie erwähnt sie in ihrer Kladde, beschreibt ihren ersten Eindruck von ihnen.

Diese dreckigen Boches mit ihren Huren. Starren mich schamlos an, kichern hinter vorgehaltener Hand. Ich hät-

te ihnen den Hals umdrehen können. Kam mir so alt vor, so hässlich. Nur einer hat freundliche Augen. Die Frau neben ihm langweilte ihn, das war nicht zu übersehen. Billiges, dummes Flittchen mit aufgemalten Strumpfnähten. Beinahe tat sie mir Leid. Aber er hat mich angelächelt. Musste mir auf die Zunge beißen, um sein Lächeln nicht zu erwidern.

Natürlich kann ich nicht beweisen, dass es sich dabei um Tomas gehandelt hat. Es gibt keinerlei Beschreibung, nichts, das die Vermutung nahe legt, er könnte es gewesen sein, und dennoch bin ich mir sicher, dass er es war. Nur Tomas hätte diese Gefühle in ihr auslösen können. Nur Tomas konnte diese Gefühle in mir auslösen.

Es steht alles in der Kladde. Man kann es nachlesen, wenn man weiß, wo es steht. Die Eintragungen haben keine chronologische Reihenfolge. Bis auf die Einzelheiten über ihre heimlichen Tauschgeschäfte ist kaum etwas datiert. Und doch war sie auf ihre Weise sehr genau. Die Beschreibung des Cafés ist so treffend, dass es mir die Kehle zuschnürte, als ich die Zeilen las. Der Lärm, die Musik, der Rauch, der Biergestank, das Gelächter und die Zoten. Kein Wunder, dass sie uns verbot, dorthin zu gehen. Sie schämte sich zu sehr für ihre eigene Verstrickung, fürchtete zu sehr, wir könnten durch einen der Stammgäste davon erfahren.

An dem Abend, an dem wir uns dorthin schlichen, wurden wir enttäuscht. Wir hatten uns eine gruselige Lasterhöhle vorgestellt. Ich hatte nackte Tänzerinnen erwartet, Frauen mit Rubinen im Nabel und mit Haaren, die ihnen bis zur Taille reichten. Cassis, der sich immer noch betont desinteressiert gab, hatte Résistance-Kämpfer erwartet, schwarz gekleidete Partisanen mit stählernem Blick. Reinette hatte sich im Geiste schon selbst dort sitzen sehen, mit Rouge auf den Wangen, eine Pelzstola um die Schultern und einen Martini in der Hand. Aber als wir an jenem Abend durch die Fenster spähten, war nichts Interessantes zu sehen. Nur ein paar alte Männer, die Backgammon oder Karten spielten, ein Klavier, neben dem Agnès in einer Bluse aus Fallschirmseide stand und sang. Es war noch früh. Tomas war noch nicht da.

9. Mai. Ein deutscher Soldat (Bayer). 12 hoch dosierte Morphiumtabletten gegen ein Huhn, einen Sack Zucker und eine Speckseite.
25. Mai. Deutscher Soldat (Stiernacken). 16 hoch dosierte Morphiumtabletten gegen 1 Flasche Calvados, 1 Sack Mehl, 1 Paket Kaffee, 6 Gläser Eingemachtes.

Dann, der letzte Eintrag, ungenau datiert:

September. T/L. Flasche mit 30 hoch dosierten Morphiumtabletten.

Zum ersten Mal erwähnt sie nicht, was sie zum Tausch für die Tabletten gegeben hat. Vielleicht ist es Nachlässigkeit; die Worte sind kaum zu entziffern, offenbar in Hast geschrieben. Vielleicht war der Preis diesmal so hoch, dass sie sich nicht daran erinnern wollte. Was hat sie dafür gegeben? Dreißig Tabletten müssen eine fast unvorstellbar große Menge gewesen sein. Eine ganze Weile würde sie das Café nicht betreten, nicht mit betrunkenen Männern wie Julien Lecoz verhandeln müssen. Wahrscheinlich hat sie für den Seelenfrieden, den diese dreißig Tabletten ihr bescherten, einen hohen Preis gezahlt. Was genau hat sie als Gegenleistung geboten? Informationen? Etwas anderes?

Wir warteten dort, wo heute der Parkplatz ist. Damals wurde an der Stelle der Müll gesammelt, Tonnen standen herum, leere Bierfässer warteten darauf, abgeholt zu werden. Hinter dem Haus verlief eine Mauer, die in einem Gestrüpp aus Holundersträuchern und Brombeerranken endete. Die Hintertür des Cafés stand offen – selbst im Oktober war es noch drückend heiß – und aus dem Schankraum fiel gelbes Licht. Wir saßen auf der Mauer und warteten, bereit, auf der anderen Seite hinunterzuspringen, falls jemand auftauchte.

7

Wie gesagt, es hat sich nicht viel geändert. Eine Leuchtreklame, ein paar Spielautomaten, mehr Gäste, aber es ist immer noch dasselbe Café, die gleichen Leute mit anderen Frisuren, die gleichen Gesichter. Man fühlt sich regelrecht in frühere Zeiten versetzt, wenn man die alten Säufer sieht und die jungen Kerle mit ihren Mädchen, und wenn einem die Mischung aus Biergestank, Parfümduft und Zigarettenrauch in die Nase steigt.

Ich bin mit Paul hingegangen, als uns die Sache mit dem Imbissstand zu bunt wurde. Wir versteckten uns hinter dem Haus, wie ich es damals mit Cassis und Reine gemacht hatte. Es war kalt, und es regnete. Die Holundersträucher und Brombeerranken sind verschwunden, der Platz ist jetzt geteert, und es gibt eine neue Mauer, hinter der sich die Liebespärchen verstecken. Wir hielten Ausschau nach Dessanges, dem guten Luc mit seinem schönen Gesicht, aber während wir warteten, fühlte ich mich auf einmal wieder wie damals als Neunjährige, meinte Tomas dort drinnen im Hinterzimmer zu sehen, in jedem Arm ein Mädchen. Komisch, was für Streiche einem die Zeit spielen kann. Auf dem Parkplatz standen Autos und zwei Reihen glänzender Motorräder.

Es war elf Uhr. Ich kam mir plötzlich albern vor, dort an der neuen Betonmauer zu lehnen, wie ein kleines Mädchen, das die Erwachsenen ausspioniert, die älteste Neunjährige der Welt, neben mir Paul mit seinem alten Hund an der unvermeidlichen Leine aus einem Stück Schnur. Zwei alte Leute, die im Dunkeln das Treiben in einem Café beobachteten. Und zu welchem Zweck? Musik dröhnte aus der Jukebox – nichts, was ich kannte, von elektronischen Geräten künstlich erzeugte Töne. Das Lachen eines Mädchens, schrill und unangenehm. Einen Augenblick lang stand die Tür offen, und wir sahen ihn deutlich, in jedem Arm ein Mädchen. Er trug eine Lederjacke, die mindestens 2000 Francs gekostet haben musste. Die Mädchen mit ihren roten Lippen und den kurzen Kleidchen waren geschmeidig und schlank und sehr jung. Ich fühlte mich elend.

»Sieh uns bloß an.« Meine Haare waren nass, meine Finger steif gefroren. »James Bond und Mata Hari. Lass uns nach Hause gehen.«

Paul schaute mich auf seine typische nachdenkliche Weise an. Niemandem sonst wäre das intelligente Funkeln in seinen Augen aufgefallen, aber ich sah es ganz deutlich. Schweigend nahm er meine Hand. Seine Hände waren angenehm warm, und ich fühlte die Schwielen in seinen Handflächen.

»Gib noch nicht auf«, sagte er.

Ich zuckte die Achseln. »Wir erreichen hier nichts. Wir machen uns nur lächerlich. Diesem Dessanges werden wir nie beikommen, Paul. Am besten, wir finden uns endlich damit ab. Ich meine –«

»Blödsinn«, sagte er in einem Ton, als amüsiere er sich. »Du gibst nicht auf, Framboise. Das hast du noch nie getan.«

»Das war damals«, sagte ich, ohne ihn anzusehen.

»Du hast dich nicht sehr verändert seit damals, Framboise.«

Vielleicht hatte er Recht. Ich hatte immer noch etwas in mir, etwas Hartes, das nicht unbedingt gut war. Ich spüre es gelegentlich, etwas Kaltes, wie ein Stein in einer geballten Faust. Ich hatte es immer schon, auch als Kind, etwas Boshaftes und Zähes, das mir die Kraft gab, so lange durchzuhalten, bis ich gewonnen hatte. Als wäre die Alte Mutter an jenem Tag irgendwie in mich hineingeschlüpft. Ein versteinerter Fisch in einer steinernen Faust, der sich vor lauter Bosheit selbst verzehrt.

»Vielleicht sollte ich mich ändern«, sagte ich leise. »Vielleicht ist es an der Zeit.«

Einen Moment lang glaubte ich das wirklich. Ich war erschöpft, verstehen Sie. Furchtbar erschöpft. Zwei Monate lang hatten wir alles versucht. Wir hatten Luc beobachtet, wir hatten mit ihm geredet, wir hatten uns die abwegigsten Lösungen für unser Problem ausgedacht: eine Bombe unter seinem Wagen zu zünden, einen professionellen Killer aus Paris zu bestellen, ihn vom Ausguck aus mit einem Gewehr abzuknallen. O ja, ich hätte ihn töten können. Meine Wut zermürbte mich, aber Angst raubte mir den Schlaf. Meine Nerven lagen blank, und ich hatte ständig Kopfschmerzen. Es war mehr als die Angst, bloßgestellt zu werden – nicht umsonst bin ich Mirabelle Dartigens Tochter. Ich besitze ihren Kampfgeist. Ich hänge an meiner Crêperie, aber selbst wenn Dessanges mich ruinierte, selbst wenn niemand in Les Laveuses jemals wieder mit mir reden würde, das könnte ich alles überstehen. Meine eigentliche Angst – die ich vor Paul verbarg und mir selbst kaum eingestand – war viel düsterer. Sie lauerte in den Tiefen meiner Seele wie die Alte Mutter in ihrem schlammigen Fluss, und ich betete, dass kein Köder sie jemals hervorlocken würde.

Ich erhielt zwei weitere Briefe, einen von Yannick und einen, der in Laures Handschrift an mich adressiert war.

Den meines Neffen las ich mit wachsendem Unbehagen. Yannick schrieb in wehleidigem, klagenden Ton, er habe schwere Zeiten durchgemacht. Laure verstehe ihn nicht. Sie setze seine finanzielle Abhängigkeit als Waffe gegen ihn ein. Seit drei Jahren versuchten sie vergeblich, ein Kind zu bekommen, und auch für diesen Misserfolg mache sie ihn verantwortlich. Sie habe von Scheidung gesprochen.

Yannick war der Meinung, all das würde sich ändern, wenn ich ihnen die Kladde meiner Mutter auslieh. Laure brauche etwas, womit sie sich beschäftigen könne. Ein neues Projekt. Ich könne doch gewiss nicht so herzlos sein, ihnen meine Unterstützung zu verweigern.

Den zweiten Brief verbrannte ich ungeöffnet. Vielleicht war es der Gedanke an Noisettes knappe, sachliche Briefe aus Kanada, die mir die Vertraulichkeiten meines Neffen so erbärmlich und peinlich erscheinen ließen. Mehr davon konnte ich nicht verkraften. Unbeirrt bereiteten Paul und ich uns auf eine letzte Belagerungsaktion vor.

Ich bin mir nicht sicher, was wir erwarteten; es war die reine Sturheit, die uns dazu brachte weiterzumachen. Vielleicht wollte ich einfach den Sieg davontragen, so wie in jenem letzten Sommer in Les Laveuses. Vielleicht war es der Kampfgeist meiner Mutter in mir, der sich weigerte, sich unterkriegen zu lassen. Wenn ich jetzt aufgab, sagte ich mir, wäre ihr Opfer sinnlos gewesen. Ich kämpfte für uns beide, überzeugt, dass selbst meine Mutter stolz auf mich gewesen wäre.

Nie hätte ich mir träumen lassen, dass Paul mir einmal eine solch unschätzbare Stütze sein würde. Das Café zu beobachten war seine Idee gewesen, und er war es auch, der die Telefonnummer auf der Rückseite des Imbisswagens entdeckte. Während jener Monate verließ ich mich voll und ganz auf ihn und seinen Rat. Auf seine Art machte er sich unentbehrlich. Er putzte Gemüse für das Abendessen, holte Brennholz und nahm Fische aus. Obwohl nur noch wenige Gäste die Crêperie aufsuchten – an Wochentagen machte ich gar nicht mehr auf, und auch an den Wochenenden ließen sich nur die treuesten Stammkunden nicht durch die Anwesenheit der Imbissbude vergraulen –, harrte er dort regelmäßig aus, spülte das Geschirr und schrubbte den Boden. Und meistens tat er all das schweigend; es war das angenehme Schweigen großer Vertrautheit, das einfache Schweigen der Freundschaft.

»Du sollst dich nicht verändern«, sagte er schließlich.

Ich wollte gehen, aber er hielt meine Hand und ließ sie nicht mehr los. Auf seiner Baskenmütze und in seinem Schnurrbart glitzerten Regentropfen.

»Ich glaube, ich hab was«, erklärte Paul.

»Was?« Vor lauter Erschöpfung war ich ganz heiser. Ich wollte nur noch schlafen. »Wovon redest du?«

»Vielleicht ist es ja gar nichts«, sagte er bedächtig und so langsam, dass ich hätte schreien können. »Warte hier. Ich möchte nur was nachsehen.«

»Hier?« Ich kreischte schon fast. »Paul, warte –«

Doch er war schon unterwegs, schlich mit der Behändigkeit eines Wilddiebs auf die Tür des Schankraums zu. Dann war er verschwunden.

»Paul!«, zischte ich wütend. »Paul, glaub ja nicht, dass ich hier draußen auf dich warte! Verdammt, Paul!«

Aber ich wartete. Während der Regen allmählich durch meinen guten Wintermantel drang, mir von den Haaren in den Kragen tropfte und kalt zwischen meinen Brüsten hinunterlief, hatte ich reichlich Zeit nachzudenken. Nein, ich hatte mich in all den Jahren wirklich nicht sehr geändert.

8

Cassis, Reinette und ich hatten schon über eine Stunde gewartet, als sie endlich auftauchten. Seit wir am Hintereingang des La Rép angekommen waren, bemühte Cassis sich nicht mehr, den Gleichgültigen zu spielen, sondern spähte gespannt durch den Türspalt und schob uns jedes Mal zur Seite, wenn wir versuchten, auch einen Blick zu erhaschen. Meine Neugier hielt sich in Grenzen. Solange Tomas nicht da war, gab es für mich sowieso nichts Interessantes zu sehen. Aber Reinette ließ nicht locker.

»Ich will auch mal gucken«, quengelte sie. »Cassis, du gemeiner Kerl, lass mich *auch* mal gucken!«

»Da ist doch nichts los«, sagte ich ungehalten. »Bloß alte Männer an Tischen und diese beiden Flittchen mit ihren roten Lippen.« Ich hatte nur kurz hineingeschaut, aber noch heute erinnere ich mich an jede Einzelheit. Agnès am Klavier und Colette in einer engen, grünen Wickeljacke, unter der sich ihre prallen Brüste wie Kanonenkugeln abzeichneten. Ich weiß noch genau, wo sich jeder Einzelne befand: Martin und Jean-Marie Dupré spielten mit Philippe Hourias Karten, und es sah ganz so aus, als würden sie ihn wieder mal ausnehmen. Henri Lemaître saß mit einem Bier am Tresen und starrte die Frauen an. François Ramondin und Arthur Lecoz, Juliens Vetter, saßen in einer Ecke und plauderten mit Julien Lanicen und Auguste Truriand, und der alte Gustave Beauchamp hockte allein am Fenster, die Baskenmütze über seine behaarten Ohren gezogen, im Mund eine kurze Pfeife. Ich erinnere mich an jeden Einzelnen von ihnen. Wenn ich mich konzentriere, kann ich Philippes Mütze neben ihm auf dem Tresen liegen sehen, den Tabakrauch – damals wurde der kostbare Tabak mit Löwenzahnblättern gestreckt, sodass er stank wie ein Feuer aus feuchtem Holz – und den Zichorienkaffee riechen. Es ist eine Szene wie in einem Stillleben, der goldene Glanz der Nostalgie überstrahlt von dunkelrot züngelnden Flammen. Oh, ich erinnere mich sehr gut, aber ich wünschte, ich könnte das alles vergessen.

Als sie endlich kamen, waren wir vom langen Stehen ganz steif und hatten schlechte Laune, Reinette war den Tränen nahe. Cassis hatte die ganze Zeit durch den Türspalt gespäht, und wir beide hatten eine Stelle an einem der schmutzigen Fenster gefunden. Ich hörte sie als Erste, das Geräusch von Motorrädern, die sich aus Richtung Angers näherten. Vier Motorräder. Wir hätten damit rechnen müssen, dass sie Frauen dabei hatten. Wenn wir damals in Mutters Kladde hätten lesen können, hätten wir es gewusst, aber wir waren ahnungslos, und die Wahrheit versetzte uns einen leichten Schock. Vielleicht weil wir, als sie das Café betraten, merkten, dass es sich um ganz normale Frauen handelte, nicht besonders hübsch und noch nicht mal besonders jung. Sie trugen enge Twinsets und falsche Perlen, eine hielt ihre hochhackigen Schuhe in der Hand, eine andere kramte in ihrer Handtasche herum. Ich hatte Glamour erwartet. Aber das waren ganz normale Frauen, Frauen wie meine Mutter, mit hageren Gesichtern, die Haare mit Spangen aufgesteckt, den Rücken wegen der hohen Absätze unnatürlich gebogen. Drei normale Frauen.

Reinette bekam vor Staunen den Mund nicht mehr zu. »Seht euch bloß diese Schuhe an!« Ihr Gesicht, das sie gegen die schmutzige Fensterscheibe drückte, glühte vor Entzücken und Bewunderung. Offenbar nahm meine Schwester andere Dinge wahr als ich; sie sah immer noch Filmstarglamour in den Nylonstrümpfen, den Kroko-Handtaschen, den Straußenfedern, den Strass-Ohrringen und den kunstvollen Frisuren. Hingerissen murmelte sie vor sich hin: »Seht euch diesen Hut an! Ohhh! Dieses Kleid! *Ohh!*«

Cassis und ich schenkten ihr keine Beachtung. Mein Bruder musterte die Kästen, die auf einem der Motorräder transportiert worden waren. Ich beobachtete Tomas.

Er stand abseits von den anderen, einen Ellbogen auf den Tresen gestützt. Ich sah ihn etwas zu Raphaël sagen, der daraufhin begann, mehrere Gläser Bier zu zapfen. Heinemann, Schwartz und Hauer setzten sich mit den Frauen an einen freien Tisch am Fenster. Ich bemerkte, wie der alte Gustave sein Glas nahm und sich mit einem angewiderten Gesichtsausdruck in die hinterste Ecke des Raums zurückzog. Die anderen Gäste benahmen sich, als wären sie solche Besucher gewöhnt, manche nickten den Deutschen sogar zum Gruß zu. Henri konnte kein Auge von den drei Frauen lassen. Plötzlich erfüllte es mich mit Genugtuung, dass Tomas nicht in Begleitung einer Frau war. Er blieb noch eine Weile am Tresen stehen und unterhielt sich mit Raphaël, was mir Gelegenheit bot, seinen Gesichtsausdruck zu beobachten, seine Gesten, die lässige Art, wie er dastand, die Mütze in den Nacken geschoben, die Uniformjacke offen. Raphaël sagte wenig, sein Blick wirkte höflich distanziert. Tomas schien seine Abneigung zu spüren, amüsierte sich jedoch eher darüber, als dass er sich ärgerte. Er hob sein Glas und prostete Raphaël mit leicht spöttischer Miene zu. Agnès begann, auf dem Klavier zu spielen, eine Walzermelodie mit einem hölzernen Plink-Plink bei den hohen Tönen, wo eine Taste beschädigt war.

Cassis fing an sich zu langweilen.

»Hier passiert ja überhaupt nichts«, knurrte er. »Los, gehen wir.«

Aber Reinette und ich waren fasziniert, sie von den Lichtern, dem Schmuck, den Gläsern, den rot lackierten Fingernägeln, einer eleganten Zigarettenspitze, und ich ... von Tomas natürlich. Es spielte keine Rolle, ob sich irgendetwas ereignete. Es hätte mir ebenso viel Vergnügen bereitet, ihm beim Schlafen zuzusehen. Die anderen Deutschen tranken ein Bier nach dem anderen, der dicke Schwartz hatte eine Frau auf dem Schoß. Mit einer Hand schob er ihren Rock immer höher, sodass ich die rosafarbenen Strapse sehen konnte, die ihre braunen Nylonstrümpfe hielten. Henri hatte sich mittlerweile etwas näher an die Deutschen herangepirscht und beglotzte die Frauen, die über jeden Scherz kreischten wie Pfauen. Die Kartenspieler hatten ihr Spiel unterbrochen, um das Treiben zu beobachten. Jean-Marie, der das meiste Geld gewonnen zu haben schien, schlenderte auf Tomas zu, schob ein paar Geldscheine über den Tresen. Raphaël brachte weitere Getränke an den Tisch. Einmal schaute Tomas sich kurz zu den Trinkern um und lächelte. Ich nehme an, ich war die Einzige, die etwas von der Transaktion zwischen Tomas und Jean-Marie mitbekam – ein Lächeln, kurzes Gemurmel, ein Zettel über den Tresen geschoben, den Tomas schnell in seiner Tasche verschwinden ließ. Ich wunderte mich nicht. Tomas machte mit jedem Geschäfte. Darauf verstand er sich. Wir sahen eine Stunde lang dem Treiben zu und warteten. Ich glaube, Cassis war im Stehen eingeschlafen. Eine Zeit lang spielte Tomas auf dem Klavier, und Agnès sang dazu, aber ich stellte mit Befriedigung fest, dass er wenig Interesse an den Frauen zeigte, die um ihn herumscharwenzelten. Ich war stolz auf ihn. Tomas hatte einen besseren Geschmack.

Mittlerweile waren alle ziemlich betrunken. Raphaël stellte eine Flasche Cognac auf den Tresen, und sie tranken ihn aus Kaffeetassen, aber ohne Kaffee. Hauer und die Dupré-Brüder begannen ein Kartenspiel, Philippe und Colette schauten zu. Es wurde um die Getränke gespielt. Ich hörte sie lachen, als Hauer schon wieder verlor, doch er machte sich nichts draus, da die Getränke bereits bezahlt waren. Eine der Frauen aus der Stadt stolperte über ihre eigenen Füße und blieb kichernd auf dem Boden sitzen. Die Haare fielen ihr ins Gesicht. Nur Gustave Beauchamp hielt sich von dem Trubel fern, er lehnte sogar die Tasse Cognac ab, die Philippe ihm anbot. Einmal begegnete er Hauers Blick und murmelte etwas vor sich hin, doch Hauer verstand ihn nicht. Er musterte ihn nur einen Moment lang kühl, dann wandte er sich wieder dem Spiel zu. Wenige Minuten später jedoch geschah das Gleiche noch einmal, und diesmal stand Hauer auf und griff nach der Pistole, die in seinem Gürtel steckte. Der alte Mann starrte ihn grimmig an, die Pfeife zwischen seinen gelben Zähnen wie das Geschützrohr eines alten Panzers.

Einen Augenblick lang herrschte lähmende Stille. Ich sah, wie Raphaël einen Schritt auf Tomas zu machte, der das Geschehen mit einem amüsierten Lächeln beobachtete. Ich dachte schon, er wollte nichts unternehmen, bloß um zu sehen, was als Nächstes passieren würde. Der alte Mann und der Deutsche standen einander gegenüber, Hauer fast zwei Köpfe größer als Gustave, seine Augen blutunterlaufen, und die Venen auf seiner Stirn wie Regenwürmer, die sich über seine gebräunte Haut schlängelten. Tomas grinste Raphaël an. *Was meinst du?*, schien das

Grinsen zu sagen. *Es wär doch schade, jetzt einzugreifen, wo's gerade spannend wird. Oder?* Dann ging er fast lässig auf seinen Freund zu, während Raphaël den alten Mann aus der Gefahrenzone brachte. Ich weiß nicht, was Tomas gesagt hat, aber ich glaube, er hat dem alten Gustave das Leben gerettet, als er einen Arm um Hauers Schultern legte und mit der anderen Hand auf die Kästen deutete, die sie auf dem vierten Motorrad mitgebracht hatten, die schwarzen Kästen, die Cassis so neugierig gemacht hatten und die jetzt neben dem Klavier standen und darauf warteten, geöffnet zu werden.

Hauer warf Tomas einen wütenden Blick zu, die Augen in seinem fetten Gesicht verengten sich zu Schlitzen. Dann sagte Tomas etwas, und Hauer entspannte sich, brach in lautes Gelächter aus, das das plötzlich entstehende Stimmengewirr im Schankraum übertönte. Gustave schlurfte zurück in seine Ecke, während alle anderen sich um das Klavier versammelten.

Eine ganze Weile sah ich nichts als die Rücken der Leute, die sich um die Kisten drängten. Dann hörte ich ein Geräusch, einen klaren, hellen Ton, und als Hauer sich umdrehte, hielt er eine Trompete in der Hand. Schwartz hatte eine Trommel und Heinemann eine Klarinette. Die Frauen machten Platz, damit Agnès sich ans Klavier setzen konnte, und dann sah ich Tomas mit einem Saxophon, das er wie eine exotische Waffe an einem Riemen über der Schulter trug. Zuerst hielt ich es tatsächlich für eine Waffe. Neben mir hörte ich Reinette einen Seufzer der Bewunderung ausstoßen. Cassis, plötzlich wieder hellwach, schob mich zur Seite, um besser sehen zu können. Er war es auch, der uns erklärte, was das alles für Instrumente waren. Wir hatten keinen Plattenspieler zu Hause, aber Cassis erinnerte sich noch an die Musik, die wir im Radio gehört hatten, als das noch nicht verboten war, und er hatte in seinen geliebten Zeitschriften Fotos von Glenn Miller und seiner Band gesehen.

»Das da ist eine Klarinette.« Er klang plötzlich wie ein kleiner Junge, wie Reinette, die über die Schuhe der Frauen in Verzückung geriet. »Und Tomas hat ein Saxophon. Wo haben sie die bloß her? Sie müssen sie beschlagnahmt haben. Tomas treibt doch wirklich alles auf ... Hoffentlich spielen sie ein bisschen, hoffentlich –«

Ich weiß nicht, wie gut sie spielten. Ich hatte keine Vergleichsmöglichkeit, und wir waren so aufgeregt und begeistert, dass uns alles beeindruckt hätte. Ich weiß, heute klingt das lächerlich, aber damals hörten wir so selten Musik – das Klavier im Café, die Orgel in der Kirche, falls man hinging, Denis Gaudins Geige am 14. Juli oder beim Mardi Gras, wenn wir auf den Straßen tanzten. Nachdem der Krieg angefangen hatte, wurden die Gelegenheiten seltener, aber eine Zeit lang gab es noch Musik, bis auch Denis Gaudins Geige beschlagnahmt wurde wie alles andere. Aber jetzt ertönte Musik aus dem Schankraum – exotische, fremde Klänge, die mit dem Klaviergeklimpere im Café so viel gemein hatten wie Opernmusik mit Hundegebell –, und wir drückten uns näher ans Fenster, um keinen Ton zu verpassen. Anfangs waren es kaum mehr als leise, klagende Töne – wahrscheinlich stimmten sie die Instrumente, aber das wussten wir nicht –, dann begannen sie, eine helle, klare Melodie zu spielen, vielleicht irgendein Jazzstück. Zum leichten Rhythmus der Trommel und dem kehligen Gurgeln der Klarinette blies Tomas auf dem Saxophon eine Folge von Tönen so hell wie Christbaumkerzen. Sanft klagend, heiser flüsternd schwebten sie über dem schräg klingenden Ganzen auf und ab wie eine auf wundersame Weise verzauberte menschliche Stimme, die Zartheit, Dreistigkeit, Schmeichelei und Trauer zugleich zum Ausdruck brachte.

Die Erinnerung ist natürlich sehr subjektiv. Vielleicht kommen mir deshalb die Tränen, wenn ich an die Musik denke, Musik vom anderen Ende der Welt. Wahrscheinlich war sie nicht halb so schön, wie ich sie in Erinnerung habe – ein Haufen betrunkener Deutscher, die ein paar Takte Jazz auf gestohlenen Instrumenten spielten –, aber für mich war es Zauberei. Auf die anderen Zuhörer muss die Musik eine ähnliche Wirkung gehabt haben, denn nach wenigen Minuten begannen sie zu tanzen, allein und in Paaren, die Stadtfrauen in den Armen der Dupré-Brüder, Philippe und Colette Wange an Wange. Es war eine Art zu tanzen, wie wir sie noch nie gesehen hatten, bei der die Tänzer herumwirbelten und das Becken kreisen ließen, die Füße verdrehten und mit dem Hintern gegen Tische stießen. Schrilles Gelächter mischte sich mit der Musik; selbst Raphaël schlug den Takt mit dem Fuß und vergaß, unbewegt dreinzuschauen. Ich weiß nicht, wie lange es ging, vielleicht eine Stunde, vielleicht nur ein paar Minuten. Wir tanzten draußen vor dem Fenster mit, hüpften und drehten uns wie kleine Dämone. Die Musik war *heiß*, und wir entflammten wie Alkohol auf einem Flambee, wir kreischten wie Indianer, denn bei dem Spektakel und dem Gejohle da drinnen konnten wir so viel Lärm machen, wie wir wollten, ohne dass uns jemand hörte. Zum Glück behielt ich das Fenster die ganze Zeit im Auge, denn auf einmal sah ich, wie der alte Gustave den Schankraum verließ. Ich warnte die anderen, und wir schafften es gerade rechtzeitig, hinter die Mauer zu springen, bevor der alte Mann mit seiner Pfeife in die Dunkelheit hinaustrat. Er war betrunken, aber noch bei Kräften. Ich glaube, er hatte uns gehört, denn er blieb an der Mauer stehen und spähte in die Büsche, wobei er sich mit einer Hand abstützte, um nicht vornüberzufallen.

»Wer ist da?«, fragte er. »Ist da jemand?«

Wir kauerten am Boden und hielten die Luft an, um nicht zu kichern.

»Ist da jemand?«, fragte Gustave noch einmal. Dann, anscheinend beruhigt, murmelte er etwas Unverständliches vor sich hin, klopfte seine Pfeife an der Mauer aus. Ein Funkenregen rieselte auf uns herab. Schnell hielt ich Reinette den Mund zu, um sie am Schreien zu hindern. Stille. Wir warteten mit angehaltenem Atem. Dann hörten wir ihn gegen die Mauer pissen und zufrieden grunzen. Ich grinste. Kein Wunder, dass er so besorgt gewesen war, es könnte jemand da sein. Cassis stieß mir einen Ellbogen in die Rippen. Reine verzog angewidert das Gesicht. Schließlich hörten wir, wie er seinen Gürtel zuschnallte und in Richtung Café schlurfte. Wir warteten noch einige Minuten ab.

»Wo ist er?«, flüsterte Cassis. »Er ist noch nicht drin. Das hätten wir gehört.«

Ich zuckte die Achseln. Im schwachen Mondlicht konnte ich sehen, wie Cassis vor Angst schwitzte. Ich deutete auf die Mauer. »Geh doch nachsehen«, flüsterte ich. »Vielleicht ist er ja in Ohnmacht gefallen.«

Cassis schüttelte den Kopf. »Vielleicht hat er uns entdeckt«, knurrte er, »und wartet nur darauf, dass einer von uns sich zeigt.«

Wieder zuckte ich mit den Schultern, dann erhob ich mich und spähte vorsichtig über die Mauer. Der alte Gustave war nicht in Ohnmacht gefallen, sondern saß mit dem Rücken zu uns auf seinem Stock und beobachtete das Café. Er rührte sich nicht.

»Und?«, fragte Cassis, als ich mich wieder hinter die Mauer duckte.

Ich erzählte ihm, was ich gesehen hatte.

»Was *macht* er denn?«, fragte Cassis ungehalten.

Ich schüttelte den Kopf.

»Der verdammte Idiot! Seinetwegen müssen wir noch die ganze Nacht hier bleiben!«

Ich legte einen Finger an die Lippen. »*Schsch*. Da kommt einer.«

Der alte Gustave musste es auch gemerkt haben, denn als wir uns tiefer in die Brombeerranken drückten, hörten wir ihn über die Mauer kommen. Er bewegte sich nicht so leise wie wir, und wenn er ein paar Meter weiter links gesprungen wäre, wäre er direkt auf unseren Köpfen gelandet. So fiel er mitten in die Sträucher. Er fluchte und schlug mit seinem Stock um sich, während wir noch tiefer in die Büsche krochen. Wir befanden uns in einer Art engem Tunnel aus Brombeerranken und Klebkraut, und es sah so aus, als könnte es uns gelingen, auf diesem Weg bis zur Straße zu gelangen. Dann bräuchten wir nicht zurück über die Mauer zu klettern und könnten ungesehen in die Dunkelheit entkommen.

Ich war schon fast entschlossen, es zu versuchen, als ich jenseits der Mauer Stimmen hörte. Eine davon gehörte einer der Frauen, die andere war eine Männerstimme und sprach Deutsch. Ich kannte sie: Es war die von Schwartz. Aus dem Café drang noch immer Musik, und ich nahm an, dass der Soldat und seine Freundin unbemerkt nach draußen geschlüpft waren. Von meinem Versteck zwischen den Brombeeren aus konnte ich sie als dunkle Schemen erkennen. Ich bedeutete Cassis und Reinette, sich nicht von der Stelle zu rühren. Ein Stück weiter kauerte Gustave an der Mauer und lugte durch einen Spalt zwischen den Steinen. Er hatte uns immer noch nicht bemerkt. Ich hörte das Lachen der Frau, schrill und nervös, dann Schwartz' belegte Stimme. Klein und dick wie er war, wirkte er neben der schlanken Frau wie ein Troll, und so wie er sich über sie beugte, konnte man meinen, er wollte seine Zähne in ihren Hals schlagen. Im Mondlicht sah ich, wie Schwartz' große Hände an ihrer Bluse herumfummelten – »Liebchen, Liebling« –, und ihr Lachen wurde noch schriller, als sie ihm ihre Brüste präsentierte. Sie waren nicht mehr allein. Eine dritte Gestalt tauchte auf, doch der Deutsche schien sich nicht darüber zu wundern, denn er nickte dem Hinzugekommenen kurz zu, um sich dann wieder über die Frau herzumachen. Der andere Mann schaute zu, seine lüsternen Augen funkelten im Halbdunkel wie die eines Tiers. Es war Jean-Marie Dupré.

Damals kam ich nicht auf die Idee, dass Tomas das alles arrangiert haben könnte. Die Frau als Tauschware, vielleicht für einen kleinen Gefallen oder für ein Pfund Kaffee. Ich sah keinen Zusammenhang zwischen dem, was sich im Café zwischen den beiden Männern abgespielt hatte, und dem, was hier draußen geschah. Im Grunde begriff ich gar nicht, was die drei dort im Dunkeln trieben. Cassis hätte es mir natürlich erklären können, aber er hockte immer noch mit Reinette hinter der Mauer. Ich winkte ihm zu, denn dies schien mir eine günstige Gelegenheit für uns zu sein, die Flucht zu ergreifen. Er nickte und schlich durch das Gebüsch zu mir herüber, während Reinette im Schatten der Mauer hocken blieb. Wir konnten nur noch ihre weiße Bluse erkennen.

»Verdammt. Warum kommt sie nicht?«, zischte Cassis. Der deutsche Soldat und die Frau standen jetzt so dicht an der Mauer, dass wir kaum noch sehen konnten, was vor sich ging. Jean-Marie hielt sich in ihrer Nähe auf – nah genug, um zusehen zu können, dachte ich, und auf einmal kam ich mir selbst ganz schlecht vor, mir wurde regelrecht übel –, und ich konnte sie atmen hören, den schweren, keuchenden Atem des Deutschen, den heiseren, erregten Atem des Zuschauers und dazwischen die spitzen, halb unterdrückten Schreie der Frau. Plötzlich war ich froh, dass ich nicht sehen konnte, was die drei Erwachsenen trieben, froh, dass ich zu jung war, um zu begreifen, denn es kam mir alles so hässlich vor, so schmutzig, dennoch schienen sie es zu genießen, den Blick glasig und den Mund weit geöffnet wie Fische. Jetzt schubste der Deutsche die Frau mit kurzen, heftigen Stößen gegen die Mauer, sie quiekte »*Ah! Ah! Ah!*«, und er knurrte »*Liebchen, ja, Liebling, ah ja.*« Am liebsten wäre ich aufgesprungen und davongelaufen, mein ganzer Mut hatte mich verlassen, ich empfand nur noch Panik. Doch dann urplötzlich verstummten die Geräusche und eine Männerstimme sagte laut in die Dunkelheit: »*Wer ist da?*«

In dem Augenblick geriet Reinette, die sich langsam auf uns zu bewegt hatte, ebenfalls in Panik. Offenbar glaubte sie, entdeckt worden zu sein, und anstatt sich mucksmäuschenstill zu verhalten, wie wir es getan hatten, als Gustave aus dem Café gekommen war, sprang sie auf, um loszurennen, erschrak jedoch, als ihre weiße Bluse im Mondlicht aufleuchtete, und fiel mit einem Aufschrei in die Brombeerranken. Offenbar knickte sie dabei mit dem Fuß um, denn sie blieb heulend am Boden sitzen, umklammerte ihren Knöchel und schaute hilflos zu uns herüber.

Cassis reagierte schnell. Leise fluchend rannte er durch die Büsche, die Zweige der Holundersträucher schlugen ihm ins Gesicht, und ohne sich noch einmal zu uns umzudrehen, sprang er über die Mauer und verschwand in Richtung Straße.

»*Verdammt!*« Es war Schwartz. Ich sah sein bleiches Mondgesicht über der Mauer auftauchen und machte mich so klein wie möglich. »*Wer war das?*«

Hauer, der nach draußen gekommen war, schüttelte den Kopf. »*Weiß nicht. Da drüben!*« Drei Gesichter erschienen über der Mauer. Ich konnte nichts tun, als mich im Schutz der Büsche still zu verhalten und zu hoffen, dass Reinette sich möglichst bald in Sicherheit bringen konnte. Auf jeden Fall war ich nicht einfach weggelaufen, dachte ich verächtlich, so wie Cassis. Verschwommen nahm ich wahr, dass die Musik im Café aufgehört hatte.

»Wartet, da ist immer noch jemand«, sagte Jean-Marie und spähte über die Mauer. Die Frau trat neben ihn, ihr Gesicht schimmerte blass im Mondlicht.

»Seht euch diese kleine Schlampe an!«, kreischte sie. »Du da! Steh auf! Ja, *du*, hinter der Mauer. Du bildest dir wohl ein, du könntest uns *ausspionieren*!« Ihre Stimme klang schrill und empört und vielleicht ein bisschen schuldbewusst. Reine stand langsam auf. So ein braves Mädchen, meine Schwester. Stets gehorsam, wenn die Stimme der Autorität ertönte. Das hatte sie nun davon. Ich hörte ihren schnellen, ängstlichen Atem. Die Bluse war ihr bei dem Sturz aus dem Rock gerutscht, und die Haare hingen ihr ins Gesicht.

Hauer sagte leise etwas auf Deutsch zu Schwartz. Der langte über die Mauer, um Reinette auf die andere Seite zu ziehen.

Im ersten Moment widersetzte sie sich nicht. Sie hatte noch nie besonders schnell geschaltet, und ganz ohne Zweifel war sie die Unterwürfigste von uns dreien. Ein Befehl von einem Erwachsenen, und sie gehorchte.

Dann schien sie zu begreifen. Vielleicht lag es an Schwartz' Händen, die sie packten, vielleicht hatte sie auch verstanden, was Hauer gemurmelt hatte, jedenfalls begann sie sich zu wehren. Zu spät. Während Hauer sie festhielt, zog Schwartz ihr die Bluse aus. Ich sah sie wie ein weißes Banner über die Mauer segeln. Dann rief eine andere Stimme – ich glaube, es war die von Heinemann – etwas auf Deutsch, und gleich darauf begann meine Schwester vor Angst laut zu schreien. Für einen kurzen Moment sah ich ihr Gesicht, sah, wie ihre Haare flogen, wie sie verzweifelt um sich schlug und wie Schwartz bierselig grinste.

Dann verschwand sie aus meinem Blickfeld. Hinter der Mauer hörte ich das lüsterne Grunzen der Männer und die schrille Stimme der Frau, die triumphierend rief: »Das geschieht ihr ganz recht, der kleinen Schlampe, das geschieht ihr recht!«

Und im Hintergrund das Gelächter, das Hihihi, das mich heute noch manchmal im Schlaf verfolgt, und das Spiel des Saxophons, die Töne, die wie eine menschliche Stimme klangen, wie seine Stimme.

Ich zögerte ungefähr dreißig Sekunden lang. Länger nicht, obwohl es mir wie eine Ewigkeit vorkam. Ich biss mir auf die Knöchel, um mich zu konzentrieren. Cassis hatte die Flucht ergriffen. Ich war erst neun. Was konnte ich tun?, fragte ich mich. Aber auch wenn ich kaum begriff, was vor sich ging, wusste ich, dass ich meine Schwester nicht im Stich lassen durfte. Ich richtete mich auf und öffnete den Mund, um zu schreien – schließlich war Tomas in der Nähe und würde sofort eingreifen –, doch jemand kletterte bereits schwerfällig über die Mauer und fing an, mit einem Stock wütend auf die Zuschauer einzuschlagen. Jemand, der heiser brüllte: »Dreckiger Boche! Dreckige Boche!«

Es war Gustave Beauchamp.

Ich duckte mich wieder ins Gebüsch. Jetzt konnte ich nicht mehr viel erkennen, aber ich sah, wie Reinette sich ihre Bluse schnappte und wimmernd auf die Straße zu lief. Ich hätte ihr folgen können, doch die Neugier und das Hochgefühl, das mich erfüllte, als ich die vertraute Stimme hörte, hielten mich zurück. »Schluss jetzt! Schluss jetzt!«

Mir blieb fast das Herz stehen.

Tomas bahnte sich seinen Weg durch die kleine Menschenansammlung und redete auf Französisch und Deutsch beschwichtigend auf die Männer ein.

»Schluss jetzt, beruhigt euch. *Verdammt nochmal.* Hör auf, Franz, es reicht für heute.« Dann ertönten Hauers ärgerliche Stimme und verdatterte Proteste von Schwartz.

Mit vor Wut zitternder Stimme schrie Hauer Gustave an: »Das ist das zweite Mal heute Abend, dass du dich mit mir anlegst, du altes Arschloch!«

Tomas brüllte etwas Unverständliches, es folgte ein lauter Schrei von Gustave, der ganz plötzlich abbrach, gleich darauf ein Geräusch wie von einem Mehlsack, der auf einen Steinfußboden fällt, dann ein lautes Krachen, dann Stille, so schockierend wie eine eisige Dusche.

Die Stille hielt fast eine Minute an. Niemand sagte ein Wort. Niemand rührte sich.

Schließlich erklärte Tomas lässig: »Alles in Ordnung. Geht wieder rein, trinkt euer Bier aus. Der Wein ist ihm wohl nicht bekommen.«

Ich hörte Gemurmel, Geflüster, aufgeregtes Getuschel. Eine Frau, ich glaube, es war Colette, sagte: »Seine Augen ...«

»Das ist der Alkohol«, meinte Tomas leichthin. »Ein alter Trottel. Merkt nicht, wenn er genug getrunken hat.« Sein Lachen klang absolut überzeugend, doch ich wusste, dass er log. »Franz, du bleibst hier und hilfst mir, ihn nach Hause zu schaffen. Uli, bring die anderen rein.«

Kurz darauf ertönte wieder Klaviermusik aus dem Café, begleitet von einer Frauenstimme, die ein bekanntes Lied sang. Sobald sie allein waren, begannen Tomas und Hauer, aufgeregt miteinander zu flüstern.

»Leibniz, wir müssen –«

»Halt's Maul!«, fiel Tomas Hauer rüde ins Wort. Er ging zu der Stelle hinüber, wo der alte Mann gestürzt war, und kniete sich hin. Ich hörte, wie er leise auf Gustave einredete. »Los, Alter, wach auf«, sagte er auf Französisch.

Hauer zischte ihm etwas auf Deutsch zu, was ich nicht

verstand. Dann sagte Tomas etwas, langsam und deutlich, und in einem Tonfall, dass ich die Bedeutung erfasste, ohne die Worte zu verstehen. Voller Verachtung sagte er: »Gut gemacht, Franz. Er ist tot.«

9

»Keine Tabletten mehr.« Sie muss vollkommen verzweifelt gewesen sein. In jener schrecklichen Nacht, überall um sie herum Orangengeruch und nichts, was ihr Erleichterung verschaffen konnte.

»Ich würde meine Kinder verkaufen, um eine Nacht schlafen zu können.«

Dann, unter einem aus einer Zeitschrift ausgeschnittenen Rezept, in so winziger Schrift, dass ich ein Vergrößerungsglas brauchte, um es zu entziffern:

TL war nochmal da. Sagt, es hat Probleme im La Rép gegeben. Ein paar Soldaten, die außer Kontrolle geraten sind. Meinte, R.-C. könnte etwas gesehen haben. Hat Tabletten gebracht.

Konnte es sich dabei um 30 hoch dosierte Morphiumtabletten gehandelt haben? Für ihr Schweigen. Oder waren die Tabletten für etwas ganz anderes?

10

Nach einer halben Stunde kam Paul aus dem Café zurück. Er machte ein schuldbewusstes Gesicht, wie ein Mann, der damit rechnet, gerügt zu werden, und er roch nach Bier.

»Ich musste was trinken«, erklärte er verlegen. »Es wäre aufgefallen, wenn ich nur dagesessen und sie angestarrt hätte.«

Inzwischen war ich völlig durchnässt und ziemlich gereizt. »Und? Was hast du Großartiges rausgefunden?«

Paul zuckte die Achseln. »Vielleicht ist es gar nichts«, sagte er nachdenklich. »Ich würde lieber ... äh ... noch ein paar Dinge überprüfen, bevor ich dir Hoffnung mache.«

Ich sah ihm in die Augen. »Paul Désiré Hourias. Ich habe eine Ewigkeit im Regen auf dich gewartet. Ich habe hinter diesem stinkigen Café gestanden und auf Dessanges gewartet, weil du meintest, wir könnten etwas in Erfahrung bringen. Ich habe mich nicht ein *einziges* Mal beschwert –« Er warf mir einen spöttischen Blick zu, den ich jedoch ignorierte. »Das macht mich regelrecht zu einer *Heiligen*«, erklärte ich streng. »Aber wenn du dich unterstehst, mich im Unklaren zu lassen, wenn du auch nur in *Erwägung* ziehst, mich –«

Paul winkte schläfrig ab. »Woher weißt du eigentlich, dass ich mit zweitem Namen Désiré heiße?«
»Ich weiß alles«, erwiderte ich ohne zu lächeln.

11

Ich weiss nicht, was sie getan haben, nachdem wir weggelaufen waren. Ein paar Tage später wurde Gustaves Leiche bei Courlé von einem Angler aus der Loire gezogen. Die Fische hatten sich schon über ihn hergemacht. Niemand im Dorf verlor ein Wort über das, was hinter dem Café de la Mauvaise Réputation geschehen war, doch die Brüder Dupré wirkten verschlossener denn je, und im Café war es neuerdings ungewöhnlich still. Reinette erwähnte nichts von dem Vorfall, und ich gab vor, gleich nach Cassis weggelaufen zu sein, sie ahnte also nicht, dass ich alles gesehen hatte. Aber sie hatte sich verändert, wirkte kühl, beinahe aggressiv. Wenn sie sich unbeobachtet fühlte, betastete sie immer wieder ihr Haar und ihr Gesicht, wie um zu überprüfen, ob noch alles da war. Mehrere Tage lang ging sie, wegen Bauchschmerzen, wie sie sagte, nicht in die Schule.

Überraschenderweise gab sich Mutter sehr fürsorglich. Sie saß stundenlang an Reines Bett, brachte ihr heiße Milch mit Honig und redete leise und eindringlich auf sie ein. Sie hatte das Bett meiner Schwester in ihr Zimmer gestellt, etwas, was sie noch nie bei einem von uns getan hatte. Einmal sah ich, wie sie ihr zwei Tabletten gab, die Reinette widerwillig schluckte. Von meinem Lauschposten hinter der Tür schnappte ich ein paar Fetzen ihres Gesprächs auf, meinte, das Wort »Fluch« zu hören. Nachdem sie die Pillen genommen hatte, war Reinette ein paar Tage lang ziemlich krank, erholte sich jedoch wieder, und fortan wurde nicht mehr über den Vorfall gesprochen.

In der Kladde steht kaum etwas darüber. Auf einer Seite notiert meine Mutter unter einer gepressten Ringelblume und einem Rezept für Wermuttee: »R.-C. wieder gesund.« Aber die ganze Geschichte kommt mir nach wie vor verdächtig vor. Könnte es sich bei den Tabletten um eine Art Abführmittel gehandelt haben? Um ein Mittel gegen eine ungewollte Schwangerschaft? Waren das die Tabletten, die meine Mutter in der Kladde erwähnt? Und ist mit TL Tomas Leibniz gemeint?

Ich nehme an, Cassis hat etwas geahnt, aber er war viel zu sehr mit sich selbst beschäftigt, um Reinette besondere Aufmerksamkeit zu schenken. Er machte Hausaufgaben, las in seinen Heften, spielte mit Paul im Wald und tat so, als wäre nichts geschehen. Für ihn traf das vielleicht auch zu.

Einmal versuchte ich, mit ihm zu reden.

»Etwas passiert? Was meinst du damit? Was soll denn schon passiert sein?« Wir saßen im Ausguck, aßen Butterbrote und lasen *Die Zeitmaschine*. Das war in jenem Sommer meine Lieblingsgeschichte, ich konnte nie genug davon bekommen. Cassis blickte zu mir herüber, vermied es jedoch, mir direkt in die Augen zu sehen.

»Ich weiß nicht.« Ich überlegte mir gut, was ich sagte, während ich ihn über das Buch hinweg beobachtete. »Ich meine, ich bin ja nur ein paar Minuten länger geblieben, aber –« Es fiel mir schwer, Worte zu finden, mit denen ich so etwas treffend hätte beschreiben können. »Sie hätten Reinette beinahe erwischt«, sagte ich lahm. »Jean-Marie und die anderen. Sie ... sie haben sie gegen die Mauer gedrückt, ihr die Bluse vom Leib gerissen.«

Aber es war noch mehr passiert, wenn ich nur gewusst hätte, wie ich es ausdrücken sollte. Ich versuchte, mich an das Entsetzen zu erinnern, an die Schuldgefühle, die mich plötzlich überkommen hatten, an das Gefühl, Zeugin eines geheimnisvollen, abscheulichen Geschehens zu werden. Aber es war alles so verschwommen, wie Bilder aus einem Traum.

»Gustave war auch da«, fuhr ich verzweifelt fort.

»Na und?«, raunzte Cassis gereizt. »Er war doch immer da, der alte Trottel. Das ist doch nichts Neues.« Er wich meinem Blick immer noch aus.

»Sie haben sich gestritten, sogar gekämpft.« Ich musste es sagen. Ich wusste, dass er es nicht hören wollte, sah, wie er krampfhaft in das Buch starrte und wünschte, ich würde endlich die Klappe halten.

Schweigen. Schweigend versuchte jeder, sich gegen den anderen durchzusetzen, er mit seinem Alter und seiner Erfahrung, ich mit dem Gewicht meines Wissensvorsprungs.

»Glaubst du vielleicht –«

In dem Augenblick ging er auf mich los, seine Augen funkelten vor Wut und Angst. »Was soll ich glauben, verdammt nochmal? *Was*? Hast du nicht schon genug angerichtet mit deinen *Geschäften* und deinen Plänen und deinen schlauen *Einfällen*?« Er keuchte vor Wut und Verzweiflung, sein Gesicht war dicht vor meinem. »Meinst du nicht, es reicht allmählich?«

»Ich weiß nicht, was –« Plötzlich war ich den Tränen nahe.

»Dann denk gefälligst *nach*, verdammt«, schrie Cassis. »Angenommen, du hast einen Verdacht. Angenommen, du weißt, wie der alte Gustave ums Leben gekommen ist.« Er hielt inne, um zu sehen, wie ich reagierte, dann fuhr er im Flüsterton fort: »Angenommen, du verdächtigst eine bestimmte Person. Wem willst du es denn erzählen? Hä? Der Polizei? Mutter? Der verdammten Fremdenlegion?«

Ich fühlte mich elend, aber ich zeigte es nicht, sondern hielt seinem Blick hochmütig stand.

»Wir können es keinem sagen«, erklärte Cassis ruhig. »Sie würden uns fragen, woher wir es wissen. Und wenn wir –« Er wandte den Blick ab. »Wenn wir *irgend*jemandem auch nur *ein* Wort sagen würden –« Plötzlich verstummte er und starrte wieder in das Buch.

»Gut, dass wir nur Kinder sind, nicht wahr?«, bemerkte er tonlos. »Kinder stellen alles Mögliche an, spielen Detektiv, was weiß ich. Jeder weiß, dass es nur ein Spiel ist, dass wir uns das alles nur ausdenken.«

Ich starrte ihn an. »Aber Gustave«, sagte ich.

»Ein alter Mann.« Cassis wiederholte, ohne es zu wissen, Tomas' Worte. »Er ist in den Fluss gefallen, oder? Er hatte zu viel getrunken. So was passiert alle Tage.« Mir lief ein kalter Schauer über den Rücken.

»Wir haben nichts gesehen«, sagte Cassis unbeirrt. »Du nicht, ich nicht und Reinette auch nicht. Es ist überhaupt nichts passiert, klar?«

Ich schüttelte den Kopf. »Ich hab aber was gesehen.«

Doch Cassis wandte sich ab und versteckte sich wieder hinter seinem Buch, wo Morlocks und Eloi einander auf dem sicheren Terrain des Romans bekriegten. Und jedes Mal, wenn ich ihn später auf das Thema ansprach, tat er so, als wüsste er nicht, wovon ich redete, oder als würde ich phantasieren. Mit der Zeit glaubte er das womöglich selbst.

Die Tage vergingen. Ich entfernte das Orangensäckchen aus dem Kopfkissen meiner Mutter, fischte das Glas mit den Orangenschalen aus dem Sardellenfass und vergrub es im Garten. Ich hatte das Gefühl, dass ich das alles nicht mehr brauchen würde.

»Zum ersten Mal seit Monaten«, schreibt sie, »um sechs Uhr früh aufgewacht. Seltsam, wie anders alles aussieht. Wenn man nicht schläft, kommt es einem so vor, als würde einem die Welt Stück für Stück entgleiten. Der Boden schwankt unter den Füßen. Die Luft ist voller winziger, glitzernder Körnchen. Ich habe das Gefühl, einen Teil von mir verloren zu haben, aber ich weiß nicht, welchen. Sie sehen mich mit so ernsten Augen an. Ich glaube, sie fürchten sich vor mir. Nur Boise nicht. Sie fürchtet sich vor nichts. Ich würde ihr gern sagen, dass das nicht ewig so bleiben wird.«

Wie Recht sie hatte. Ich wusste es in dem Augenblick, als Noisette geboren wurde – meine Noisette, so klug, so zäh, mir so ähnlich. Sie hat jetzt selbst ein Kind, eine Tochter, die ich nur von Fotos kenne. Sie heißt Pêche. Ich frage mich oft, wie sie zurechtkommen, allein und so weit weg von zu Hause. Noisette hat mich immer auf diese ganz bestimmte Weise angesehen, mit ihren strengen, dunklen Augen. Wenn ich's mir recht überlege, sieht sie meiner Mutter ähnlicher als mir.

Wenige Tage nach dem Tanzabend im La Rép kam Raphaël zu Besuch. Er erschien unter dem Vorwand, Wein kaufen zu wollen, aber wir wussten genau, was ihn herführte. Cassis hat es natürlich nicht zugegeben, doch Reine verriet sich durch ihren Blick. Raphaël wollte herausfinden, was wir wussten. Ich nehme an, er machte sich Sorgen, mehr noch als die anderen, denn es war schließlich sein Café, und er fühlte sich verantwortlich. Vielleicht vermutete er nur etwas. Oder vielleicht hatte jemand geplaudert. Jedenfalls war er fürchterlich nervös, als meine Mutter die Tür öffnete, und versuchte, einen Blick ins Haus zu erhaschen, bevor er sie ansah. Seit dem Tanzabend liefen die Geschäfte schlecht. In der Post hatte ich jemanden sagen hören – ich glaube, es war Lisbeth Genêt –, der Laden sei auf den Hund gekommen, da seien jetzt dauernd die Deutschen mit ihren Huren, und kein anständiger Mensch könne sich mehr dort blicken lassen. Obwohl bisher noch niemand den Tod des alten Gustave mit dem La Rép in Verbindung gebracht hatte, war es wahrscheinlich nur eine Frage der Zeit, bis das Gerede losging. Schließlich lebten wir in einem Dorf, und in einem Dorf bleibt kein Geheimnis lange unentdeckt.

Nun, meine Mutter empfing ihn nicht gerade mit offenen Armen. Vielleicht fühlte sie sich von uns beobachtet, vielleicht auch verunsichert wegen der Dinge, die wir über sie wussten. Vielleicht war sie wegen ihrer häufigen Kopfschmerzen gereizt, oder vielleicht war es einfach nur ihre natürliche Griesgrämigkeit. Wie dem auch sei, er kam jedenfalls nicht wieder. Allerdings waren kurze Zeit später alle, die beim Tanzabend im La Rép gewesen waren, tot, es ist also gut möglich, dass er einfach keine Gelegenheit mehr dazu hatte.

Meine Mutter schreibt über seinen Besuch: »Raphaël war hier, dieser Trottel. Wie immer zu spät. Meinte, er könnte mir neue Tabletten besorgen. Habe ihm gesagt, das ist vorbei.«

Das ist vorbei. Einfach so. Wenn es sich um eine andere Frau handelte, würde ich es nicht glauben. Aber Mirabelle Dartigen war keine gewöhnliche Frau. Das ist vorbei, sagte sie. Und es war ihr letztes Wort. Soweit ich weiß, hat sie nie wieder Morphium genommen, aber auch das kann eine Folge der Ereignisse gewesen sein, weniger eine freie Willensentscheidung. Natürlich gab es nie wieder Orangen im Haus. Ich glaube, selbst mir war der Appetit darauf vergangen.

FÜNFTER TEIL

Erntezeit

I

Ich habe Ihnen ja schon gesagt, dass vieles von dem, was sie schreibt, erfunden ist. Ganze Absätze voller Lügen ranken sich um die Wahrheit wie Ackerwinden in eine Hecke. Noch verworrener wird das Ganze durch ihre bizarre Ausdrucksweise, dadurch, dass sie Geheimsprache benutzt, Zeilen durchstreicht und die Streichungen wieder rückgängig macht, Wörter zerlegt und verdreht. Bei fast jedem Wort muss ich einen Kampf mit ihr ausfechten, um den Code zu entziffern.

»War heute am Fluss spazieren. Eine Frau ließ einen aus Sperrholz und Ölfässern gebauten Drachen steigen. Hätte nie gedacht, dass so was fliegen kann. Groß wie ein Panzer, aber bunt angemalt und mit Bändern, die im Wind flatterten. Ich dachte« – die nächsten Worte sind durch einen Olivenölfleck, der die Tinte verschmiert hat, unleserlich geworden – »aber sie sprang auf die Querstrebe und erhob sich in die Luft. Habe sie nicht erkannt, es könnte Minette gewesen sein, aber« – wieder ein großer Fleck, der den Rest des Absatzes, bis auf einzelne Worte, unleserlich macht. »Schön« ist eins davon. Über den Absatz hat sie in normaler Schrift »Wippe« geschrieben. Darunter eine krakelige Zeichnung, die aussieht wie ein Strichmännchen, das auf einem Hakenkreuz balanciert, aber auch alle möglichen anderen Dinge darstellen könnte.

Doch das spielt keine Rolle. Die Frau mit dem Drachen hat es nie gegeben. Selbst der Hinweis auf Minette ergibt keinen Sinn; die einzige Minette, die wir kannten, war eine ältere, entfernte Kusine meines Vaters, die als »exzentrisch« galt, weil sie ihre Katzen »meine Kinder« nannte und es fertig brachte, junge Kätzchen in aller Öffentlichkeit an ihren schlaffen Brüsten saugen zu lassen.

Ich erzähle das nur, damit Sie die Zusammenhänge besser verstehen. In der Kladde meiner Mutter finden sich alle möglichen phantastischen Geschichten, Berichte von Begegnungen mit Leuten, die längst tot waren, Träume, die als tatsächliche Erlebnisse ausgegeben werden. Sie nimmt sich jede dichterische Freiheit – regnerische Tage, die plötzlich strahlend schön sind, ein Wachhund, den es nicht gegeben hat, Gespräche, die nie stattgefunden haben, einige davon richtig langweilig, ein Kuss von einem Freund, der vor langer Zeit verschwunden war. Manchmal vermischt sie Wahrheit und Lügengeschichten so geschickt, dass selbst ich nicht mehr weiß, was stimmt und was sie erfunden hat. Dabei scheint sie noch nicht einmal einen bestimmten Zweck damit zu verfolgen. Vielleicht haben ihre Kopfschmerzen sie dazu getrieben oder es waren durch ihre Sucht ausgelöste Halluzinationen. Ich weiß nicht, ob die Kladde je für fremde Augen bestimmt war. Auch um Memoiren scheint es sich nicht zu handeln. An manchen Stellen wirkt es fast wie ein Tagebuch, aber es ist keins. Da die Aufzeichnungen keinerlei Chronologie folgen, fehlt ihnen jede Logik, jeder Sinn. Vielleicht habe ich deswegen so lange gebraucht, bevor ich das Offensichtliche sehen, die Beweggründe für ihr Handeln begreifen und die schrecklichen Auswirkungen meiner eigenen Taten erkennen konnte. Manche Sätze sind besonders gut versteckt, in winziger, kaum leserlicher Schrift zwischen die Zeilen von Rezepten gequetscht.

Vielleicht hat sie es so gewollt. Es sollte nur uns beide etwas angehen. Wir mussten uns unsere Liebe erarbeiten.

Marmelade aus grünen Tomaten. Grüne Tomaten wie Äpfel in Stücke schneiden und wiegen. Je 1 kg Tomatenstücke mit 1 kg Zucker in einen Topf geben. Heute Nacht um drei Uhr aufgewacht und meine Tabletten gesucht. Hatte wieder vergessen, dass keine mehr da sind. *Wenn der Zucker sich aufgelöst hat (falls nötig, 2 Gläser Wasser hinzufügen, um Anbrennen zu vermeiden), mit einem Holzlöffel umrühren.* Ich könnte zu Raphaël gehen, vielleicht kennt er jemanden, der mir welche besorgen kann. Ich wage nicht mehr, mich an die Deutschen zu wenden, nach allem, was geschehen ist. Lieber würde ich sterben. *Weitere Tomaten zugeben und unter häufigem Umrühren auf kleiner Flamme köcheln lassen. Hin und wieder den Schaum mit einem Schaumlöffel abschöpfen.* Manchmal wäre ich am liebsten tot. Dann bräuchte ich keine Angst mehr vor dem nächtlichen Aufwachen zu haben, haha. Ich muss immer an die Kinder denken. Ich fürchte, Belle Yolande hat einen Pilz. Muss die befallenen Wurzeln ausgraben, sonst breitet der Pilz sich aus. *Zwei Stunden lang leise köcheln lassen. Wenn die Marmelade an einem kleinen Teller haften bleibt, ist sie fertig.* Ich bin so wütend – auf mich selbst, auf ihn, auf die anderen. Vor allem auf mich selbst. Als Raphaël, dieser Idiot, mir alles erzählt hat, habe ich mir die Lippen blutig gebissen, um mich nicht zu verraten. Ich glaube nicht, dass er etwas bemerkt hat. Ich habe ihm gesagt, ich wisse bereits, dass die Mädchen nur Dummheiten im Kopf haben, bisher sei es aber ohne Folgen geblieben. Er wirkte erleichtert, und als er weg war, habe ich mir die große Axt genommen und Holz gehackt, bis ich *kaum noch stehen konnte, und die ganze Zeit habe ich mir gewünscht, es wäre sein Gesicht, auf das ich einschlug.*

Sie sehen, ihre Art zu schreiben, ist ziemlich verwirrend. Nur im Rückblick ergibt es allmählich einen Sinn. Und natürlich hat sie uns nie etwas von dem Gespräch mit Raphaël erzählt. Ich kann nur ahnen, was sich abgespielt hat – seine Angst, ihr eisiges Schweigen, seine Schuldgefühle. Schließlich war es sein Café. Aber meine Mutter hätte nie etwas verraten. Zu sagen, sie wisse Bescheid, war eine Schutzbehauptung, damit wehrte sie sich gegen seine unerbetene Anteilnahme. Reine könne auf sich selbst aufpassen, wird sie gesagt haben. Außerdem sei eigentlich nichts geschehen. Reine werde in Zukunft vorsichtiger sein müssen. Wir könnten alle froh sein, dass nichts Schlimmeres passiert sei.

T. sagt, ihn treffe keine Schuld, aber Raphaël meint, er habe daneben gestanden und nichts getan. Die Deutschen waren immerhin seine Freunde. Vielleicht haben sie für Reine bezahlt, so wie sie für diese Stadtfrauen bezahlen, die T. immer mitbringt.

Wir verdrängten unseren Verdacht, weil sie nie mit uns über den Vorfall sprach. Vielleicht wusste sie einfach nicht, wie sie es anfangen sollte, vielleicht hielt sie es aber auch für besser, die ganze Sache totzuschweigen. In ihrer Kladde kommen ihre wachsende Wut, ihre Gewaltphantasien, ihre Racheträume jedoch zum Ausdruck. »Am liebsten hätte ich ihn mit der Axt bearbeitet, bis nichts mehr von ihm übrig war«, schreibt sie. Als ich die Zeilen zum ersten Mal las, dachte ich, sie meinte Raphaël, aber jetzt bin ich mir nicht mehr so sicher. Ihr abgrundtiefer Hass deutet auf etwas Geheimnisvolleres, Schmerzlicheres. Verrat vielleicht, oder verschmähte Liebe.

»Seine Hände waren sanfter, als ich erwartet hatte«, notiert sie unter einem Rezept für Apfelmuskuchen. »Er wirkt sehr jung, und seine Augen haben die gleiche Farbe wie das Meer an einem stürmischen Tag. Ich hatte geglaubt, ich würde es grässlich finden, würde ihn hassen, aber seine Liebenswürdigkeit rührt mich. Obwohl er ein Deutscher ist. Vielleicht ist es verrückt, seinen Versprechungen zu glauben. Ich bin so viel älter als er. Andererseits bin ich noch nicht alt. Vielleicht bleibt mir noch Zeit.«

Mehr schreibt sie an dieser Stelle nicht, als hätte sie sich plötzlich über ihre eigenen deutlichen Worte erschrocken. Aber jetzt, da ich weiß, wo ich suchen muss, entdecke ich überall in der Kladde kleine Hinweise. Einzelne Worte oder halbe Sätze zwischen den Zeilen eines Rezepts, als hätte sie sie vor sich selbst verschlüsseln wollen. Und das Gedicht.

Diese Süße
gelöffelt
wie eine reife Frucht

Jahrelang nahm ich an, auch das sei reine Erfindung, wie so vieles, was sie niederschrieb. Die Vorstellung, dass meine Mutter einen Liebhaber gehabt haben könnte, erschien mir absurd. Zärtlichkeit war ihr fremd. Sie war viel zu beherrscht, ihre Sinnlichkeit lebte sie in der Küche aus, indem sie die vollendetsten *lentilles cuisinées* und die köstlichste *crème brûlée* zubereitete. Es kam mir nie in den Sinn, in diesen Schilderungen auch nur ein Körnchen Wahrheit zu vermuten. Wenn ich mir ihr Gesicht in Erinnerung rief, ihren säuerlich verkniffenen Mund, ihre harten Züge, ihr Haar, das sie fast immer zu einem strengen Nackenknoten zusammengefasst trug, kam mir selbst die Geschichte von der Frau mit dem Drachen realistischer vor.

Und dennoch begann ich allmählich, ihren Ausführungen Glauben zu schenken. Vielleicht hat Paul das ausgelöst. Vielleicht begann es an dem Tag, an dem ich mich im Spiegel betrachtete; ich hatte mir ein rotes Tuch um den Kopf geschlungen und meine schönsten Ohrringe angehängt – ein Geburtstagsgeschenk von Pistache, noch nie getragen. Ich bin fünfundsechzig Jahre alt, Herrgott nochmal. Ich müsste es besser wissen. Aber etwas an der Art, wie er mich ansieht, lässt mein altes Herz stottern wie den Motor einen Traktors. Es ist nicht wie die atemlose, verzweifelte Liebe, die ich für Tomas empfand. Auch nicht wie das Gefühl eines Strafaufschubs, das Hervé mir gab. Nein, es ist noch etwas anderes, ein Gefühl inneren Friedens. Das Gefühl, das man hat, wenn ein Rezept perfekt gelingt – ein Soufflé, das wunderbar aufgeht, eine makellose Sauce hollandaise. Dieses Gefühl sagt mir, dass *jede* Frau in den Augen des Mannes, der sie liebt, schön sein kann.

Ich habe mir angewöhnt, mein Gesicht und meine Hände einzukremen, bevor ich abends ins Bett gehe, und vor ein paar Tagen habe ich einen alten Lippenstift hervorgekramt, der schon fast aufgebraucht war, und mir vorsichtig die Lippen geschminkt – nur um die Farbe gleich darauf schuldbewusst wieder abzuwischen. Was ist bloß in mich gefahren? Man sollte meinen, mit fünfundsechzig hätte ich das Alter überschritten, in dem man sich Gedanken um solche Dinge macht. Aber die strenge innere Stimme, die mich zur Vernunft mahnt, überzeugt mich nicht. Ich bürste mein Haar sorgfältiger als gewöhnlich und stecke es mit einem Schildpattkamm hoch. Alter schützt vor Torheit nicht, sage ich mir.

Und meine Mutter war fast dreißig Jahre jünger.

Heute kann ich ihr Foto mit einem gewissen Wohlwollen betrachten. Die gemischten Gefühle, die ich so viele Jahre empfunden habe, die Bitterkeit und die Schuldgefühle, sind abgeklungen, sodass ich jetzt ihr Gesicht sehen, wirklich sehen kann. Wovor fürchtete sie sich, diese einsame Frau auf dem Foto? Die Frau, die aus der Kladde spricht, ist so anders, die wehmütige Frau aus dem Gedicht, die hinter ihrer Maske lacht und tobt, die mal kokett ist und manchmal mörderisch in ihrer Phantasie. Ich sehe sie deutlich vor mir, noch keine vierzig, mit schwarzem Haar und dunklen Augen, die immer noch leuchten. Sie ist noch nicht verbraucht von der harten Arbeit, die sie ihr Leben lang verrichtete, ihre Oberarme sind fest und muskulös. Auch ihre Brüste unter der grauen Schürze sind immer noch straff. Manchmal betrachtet sie sich nackt im Spiegel und sieht ihr langes Leben als Witwe vor sich, malt sich aus, wie die Jugend verfliegt und ihr Körper altert, wie ihr Bauch schlaff wird und die dünnen Oberschenkel ihre Knie hervortreten lassen. Mir bleibt so wenig Zeit, sagt die Frau sich. So wenig Zeit.

Und wer würde kommen, selbst wenn sie hundert Jahre wartete? Der alte Lecoz mit seinen wässrigen Augen? Alphonse Fenouil oder Jean-Pierre Truriand? Insgeheim träumt sie von einem Fremden mit einer verführerischen Stimme. Sie stellt ihn sich vor, einen Mann, der über das, was aus ihr geworden ist, hinwegsieht und erkennt, wer sie hätte sein können.

Natürlich ist das alles Spekulation. Ich kann unmöglich wissen, was in ihr vorgegangen ist, aber ich fühle mich ihr heute näher denn je, fast nahe genug, um ihre

Stimme aus den brüchigen Seiten der Kladde zu hören, die Stimme einer Frau, die sich verzweifelt bemüht, ihren wahren Charakter zu verbergen, die leidenschaftliche, verzweifelte Frau hinter der kalten Fassade.

2

Erst knapp vierzehn Tage nach dem Tanzabend im Café de la Mauvaise Réputation sah ich Tomas wieder. Das lag zum Teil an unserer Mutter – die immer noch unter Migräne und Schlaflosigkeit litt –, andererseits spürten wir aber auch, dass sich etwas verändert hatte. Wir spürten es alle: sowohl Cassis, der sich hinter seinen Heften verkroch, Reine, die sich neuerdings in dumpfes Schweigen hüllte, und sogar ich. Oh, wir sehnten uns nach ihm. Alle drei. Liebe kann man nicht abdrehen wie einen Wasserhahn, und jeder von uns versuchte im Stillen zu rechtfertigen, was Tomas getan hatte, nicht zu sehen, wozu er Beihilfe geleistet hatte.

Aber der Geist des alten Gustave Beauchamp verfolgte uns wie der Schatten eines Ungeheuers. Er war immer zugegen. Wir spielten mit Paul, fast so, wie wir es vor Tomas getan hatten, doch nur mit halbem Herzen, waren krampfhaft ausgelassen, um uns darüber hinwegzutäuschen, dass unsere Spiele ihre Leichtigkeit verloren hatten. Wir schwammen im Fluss, tollten durch den Wald, kletterten auf Bäume, doch in Wirklichkeit warteten wir nur sehnsüchtig auf den Tag, an dem er wieder zu uns kommen würde. Selbst jetzt glaubten wir immer noch, er könnte alles wieder ins Lot bringen.

Auf jeden Fall glaubte ich es. Er wirkte immer so gelassen, so ungeheuer selbstsicher. Ich sah ihn vor mir mit einer Zigarette im Mundwinkel, die Mütze in den Nacken geschoben, die Sonne im Gesicht und ein Lächeln auf den Lippen. Das Lächeln, das die ganze Welt erstrahlen ließ.

Aber der Donnerstag kam und ging, und Tomas ließ sich nicht blicken. Cassis hielt in der Nähe der Schule nach ihm Ausschau, konnte ihn jedoch nirgends entdecken. Hauer, Schwartz und Heinemann tauchten ebenfalls nicht mehr auf; es war, als gingen sie uns absichtlich aus dem Weg. Auch der nächste Donnerstag verstrich ohne ein Zeichen von Tomas. Untereinander taten wir so, als wäre nichts, erwähnten nicht einmal seinen Namen, auch wenn wir ihn vielleicht im Traum flüsterten. Wir lebten unser Leben, als wäre es uns egal, ob er kam oder nicht. Ich war inzwischen regelrecht besessen von meiner Jagd auf die Alte Mutter. Zehn- oder zwanzigmal am Tag überprüfte ich meine Fangkörbe, ständig legte ich neue aus. Ich stiebitzte Lebensmittel aus dem Keller, um die Alte Mutter mit immer verlockenderen Ködern in Versuchung zu führen. Ich schwamm zum Schatzfelsen hinaus oder saß stundenlang mit meiner Angel am Ufer, starrte auf die Leine, die reglos im Wasser hing, und lauschte auf das Plätschern der Wellen zu meinen Füßen.

An dem Tag, an dem Raphaël bei uns aufgetaucht war, hatte unsere Mutter extrem schlechte Laune. Selbst Paul bekam ihre scharfe Zunge zu spüren, als er Cassis zum Spielen abholte. Sie fuhr ihn so feindselig an, noch dazu grundlos, dass er sie mit großen Augen anstarrte und vor Entsetzen kaum ein Wort herausbrachte. »T-t-t-tut m-m-m-mir L-l-l-l...«

»Sprich vernünftig, du Schwachkopf!«, schrie meine Mutter. Einen Augenblick lang glaubte ich, in Pauls sanften Augen etwas wie Zorn aufflackern zu sehen, doch dann drehte er sich um und flüchtete, seltsame, verzweifelte Laute ausstoßend, in Richtung Fluss.

»Mach, dass du wegkommst!«, rief meine Mutter ihm nach und knallte die Tür zu.

»Du hättest nicht so gemein zu ihm sein dürfen«, sagte ich. »Paul kann doch nichts dafür, dass er stottert.«

Meine Mutter fuhr herum und sah mich mit eisigen Augen an. »Typisch, dass du für ihn Partei ergreifst. Wenn du zwischen mir und einem Nazi wählen müsstest, würdest du dich auf die Seite des Nazis schlagen.«

3

Kurze Zeit später kam der erste Brief. Auf dünnem, blau liniertem Papier geschrieben und unter der Tür hindurchgeschoben. Ich überraschte sie zufällig, als sie ihn vom Boden aufhob. Sie stopfte ihn in ihre Schürzentasche und schrie mich an, ich solle in die Küche verschwinden, ich sei ja völlig verdreckt, ich solle mir die Seife nehmen und mich schrubben, schrubben, schrubben. Ihre Stimme hatte einen schrillen Ton, der mich an das Orangensäckchen erinnerte, und ich verzog mich schleunigst. Doch den Brief habe ich nie vergessen, und als ich ihn all die Jahre später in der Kladde entdeckte, eingeklebt zwischen einem Rezept für *boudin noir* und einem Zeitungsausschnitt, in dem steht, wie man schwarze Schuhkremflecken aus Stoff entfernt, erkannte ich ihn sofort wieder.

»Wir wisen jezt was du treipst«, stand da in kleinen, unregelmäßigen Buchstaben. »Wir haben dich beobachtet und wir wisen was man mit Kolaboratören macht.« Darunter hat sie in leuchtend roter Tinte geschrieben: »Lernt erst mal, richtig zu schreiben, haha!«, aber ihre Schrift wirkt übertrieben groß, als versuche sie krampfhaft, sich unbeeindruckt zu geben. Mit uns hat sie nie über den Inhalt der Briefe gesprochen. Aus dem zweiten Brief geht hervor, dass der Schreiber etwas über unsere heimlichen Treffen mit Tomas wusste.

Wir haben deine Kinder mit im zusamen gesehn also fersuch nich es abzustreiten. Du hälst dich für was beseres als wir andern aber du bist eine bilige Deutschenhuhre und deine kinder machen Geschäffte mit den Deutschen. Na was sags du dazu?

Meine Mutter wurde noch unberechenbarer als bisher, verkroch sich fast den ganzen Tag im Haus und beobachtete jeden Vorbeigehenden mit an Hysterie grenzendem Argwohn.

Der dritte Brief ist der Schlimmste. Wahrscheinlich gab es insgesamt nur diese drei, jedenfalls hat sie nicht mehr aufbewahrt.

Ihr habt es nicht verdint zu leben du Nazihuhre und deine grosmeulige Brut. Du hast bestimt nich gewust das sie uns an die Deutschen verhöhkern. Frag sie doch mal woher das ganse zeug stamt das sie im Wald ferstecken. Sie haben es fon einem Mann namens Laipnitz. Du kennst ihn. Und wir kenen dich.

In derselben Nacht malte jemand ein rotes »KOLABORATÖR« an unsere Haustür und »NAZIHUHRE« an den Hühnerstall. Wir wuschen die Schmierereien ab, bevor irgendjemand sie lesen konnte. Und der Oktober zog sich dahin.

4

An jenem Abend kehrten Paul und ich erst spät von unserem Ausflug zum Café de la Mauvaise Réputation zurück. Es hatte aufgehört zu regnen, aber es war immer noch kalt – entweder werden die Nächte immer kälter, oder die Kälte setzt mir mehr zu als früher –, und ich war gereizt und schlecht gelaunt. Aber je gereizter ich wurde, desto stiller wurde Paul, bis wir mit finsterer Miene schweigend nebeneinander herstapften. Unser Atem bildete weiße Dampfwölkchen in der kalten Nachtluft.

»Dieses Mädchen«, sagte Paul schließlich. Seine Stimme klang ruhig und nachdenklich, fast so, als spräche er mit sich selbst. »Sie wirkte ziemlich jung, nicht wahr?«

Es ärgerte mich, dass er sich an solchen Nebensächlichkeiten aufhielt. »Welches Mädchen, Herrgott nochmal?«, fauchte ich. »Ich dachte, wir wären zum Café gegangen, um rauszufinden, wie wir diesen Dessanges und seine Fettschleuder loswerden, und nicht, damit du kleine Mädchen anglotzen kannst.«

Paul überhörte meine Bemerkung. »Sie saß direkt neben ihm. Du hast sie wahrscheinlich reingehen sehen. Rotes Kleid, hochhackige Schuhe. Die ist auch oft am Imbissstand.«

Ich erinnerte mich tatsächlich an sie. Rot geschminkte

Lippen und schwarzes Haar. Eine von Lucs Stammgästen aus der Stadt. »Und?«

»Das ist die Tochter von Louis Ramondin. Sie ist vor ein paar Jahren zusammen mit ihrer Mutter nach Angers gezogen, nach der Scheidung. Du erinnerst dich doch an Simone, ihre Mutter?« Er nickte, als hätte ich ihm eine höfliche Antwort gegeben, anstatt lediglich zu grunzen. »Simone hat ihren Mädchennamen wieder angenommen, Truriand. Die Tochter ist jetzt vielleicht vierzehn, fünfzehn Jahre alt.«

»Na und?« Ich begriff immer noch nicht, warum ihn das alles interessierte. Ich nahm meinen Hausschlüssel aus der Tasche und schob ihn ins Schloss.

»Auf keinen Fall älter als fünfzehn«, sinnierte er in aller Ruhe.

»Also gut«, sagte ich schnippisch. »Schön für dich, dass du einen vergnüglichen Abend hattest. Schade nur, dass du dich nicht auch noch nach ihrer Schuhgröße erkundigt hast, dann hättest du *wirklich* was, wovon du träumen könntest.«

Paul grinste mich an. »Du bist ja tatsächlich eifersüchtig.«

»Kein bisschen«, erwiderte ich würdevoll. »Ich wünschte bloß, du würdest mir meinen Teppich nicht vollsabbern, du alter Lüstling.«

»Ich hab bloß nachgedacht«, meinte Paul.

»Na prima.«

»Ich dachte, das würde Louis vielleicht zu weit gehen – schließlich ist er *Polizist* –, vielleicht würde er eingreifen, wenn er wüsste, dass seine Tochter – die erst vierzehn oder fünfzehn ist – sich mit einem Mann einlässt – einem *verheirateten* Mann – wie Luc Dessanges.« Er sah mich triumphierend und zugleich amüsiert an. »Ich meine, ich weiß, dass die Zeiten sich geändert haben, seit wir beide jung waren, aber Väter und Töchter ... vor allem, wenn der Vater Polizist ist ...«

Ich schrie auf. »*Paul!*«

»Und außerdem raucht sie dieses süße Zeug«, fügte er in demselben nachdenklichen Ton hinzu. »Das Zeug, das sie damals in den Jazzclubs geraucht haben.«

Ich sah ihn voller Bewunderung an. »Paul, das ist ja beinahe *intelligent*.«

Er hob bescheiden die Schultern. »Ich hab mich halt überall erkundigt. Ich dachte, früher oder später würde sich schon was ergeben.« Er überlegte. »Deswegen hab ich mir da drinnen ein bisschen Zeit gelassen. Ich war mir nicht sicher, ob ich Louis dazu würde überreden können, sich das mal persönlich anzusehen.«

Ich starrte ihn ungläubig an. »Du hast Louis *geholt*? Während ich draußen gewartet habe?«

Er nickte.

»Ich hab behauptet, mir wär im La Rép die Brieftasche geklaut worden. Hab dafür gesorgt, dass er was zu sehen kriegte.« Pause. »Seine Tochter hat mit Dessanges rumgeknutscht. Das hat geholfen.«

»Paul«, rief ich aus. »Du kannst hier auf dem Teppich rumsabbern, so viel du willst. Du hast meine volle Erlaubnis.«

»Ich würde viel lieber auf *dir* rumsabbern«, erklärte Paul mit einem breiten Grinsen.

»Du alter Lüstling.«

5

Als Luc am nächsten Tag zu seinem Imbissstand kam, erwartete Louis ihn bereits. Der Gendarme war in Uniform, und sein normalerweise freundliches Gesicht hatte einen Ausdruck militärischer Strenge angenommen. Neben dem Imbisswagen lag etwas im Gras, das aussah wie ein kleiner Handwagen.

»Sieh dir das an«, raunte mir Paul zu. Wir standen nebeneinander in der Küche am Fenster. Es war einen Spalt breit offen, und ich roch den feuchten Nebel, der von der Loire her über die Felder kroch. Der Geruch machte mich so wehmütig wie der Duft von Laubfeuer.

»Hallo!« Lucs Stimme war gut zu hören, und er bewegte sich mit der Lässigkeit eines Mannes, der weiß, dass er unwiderstehlich ist. Louis Ramondin sah ihn ausdruckslos an.

»Was hat er denn da mitgebracht?«, fragte ich Paul leise und deutete auf das Ding im Gras. Paul grinste.

»Wart's ab.«

»He, wie geht's?« Luc kramte in seiner Tasche nach dem Schlüssel. »Sie haben wohl Frühstückshunger, was? Warten Sie schon lange?«

Louis sagte kein Wort.

»Na, was halten Sie davon?«, sagte Luc mit einer ausladenden Geste. »Pfannkuchen, Würstchen, Speck und

Rührei *à l'anglaise*. Frühstück *à la Dessanges*. Dazu gibt's eine große Tasse extra starken *café noirissime*, denn ich sehe Ihnen an, dass Sie eine harte Nacht hinter sich haben.« Er lachte. »Was haben Sie denn so getrieben? Mussten Sie den Kirchenbasar bewachen? Hat jemand die Schafe auf den Feldern belästigt? Oder umgekehrt?«

Louis sagte immer noch nichts. Er stand reglos da wie ein Spielzeugpolizist, neben sich den Handwagen, oder was es war.

Luc zuckte mit den Schultern und öffnete die Tür des Imbisswagens.

»Wenn Sie erst mal mein Frühstück *à la Dessanges* intus haben, werden Sie bestimmt ein bisschen gesprächiger.«

Wir sahen zu, wie Luc die Markise ausfuhr und die Reklametafeln aufstellte. Louis blieb unbeirrt neben dem Imbisswagen stehen und schien von alldem keine Notiz zu nehmen. Hin und wieder rief Luc dem wartenden Polizisten etwas zu. Nach einer Weile begann das Radio zu dudeln.

»Worauf wartet er noch?«, fragte ich ungeduldig. »Warum sagt er denn nichts?«

Paul grinste. »Lass ihm Zeit. Die Ramondins sind zwar ein bisschen schwer von Begriff, aber wenn sie erst mal in Fahrt kommen ...«

Louis wartete geschlagene zehn Minuten. Mittlerweile war Luc zwar immer noch gut gelaunt, aber auch irritiert, und er hatte den Versuch aufgegeben, mit dem Polizisten ins Gespräch zu kommen. Seine Papiermütze keck in die Stirn geschoben, begann er, die Platten für die Pfannkuchen anzuwärmen. Dann endlich trat Louis in Aktion. Er ging mit seinem Handwagen hinter den Imbissstand, sodass wir ihn nicht mehr sehen konnten.

»Was ist das bloß für ein Ding?«, fragte ich.

»Ein hydraulischer Wagenheber«, erwiderte Paul,

immer noch grinsend. »Wie sie in Autowerkstätten benutzt werden. Und jetzt pass gut auf.«

Ich sah, wie der Imbissstand sich ganz langsam nach vorne neigte. Anfangs kippte er kaum merklich, dann gab es einen Ruck, und Dessanges kam flink wie ein Frettchen aus seiner Küche geflitzt. Er schaute sich wütend, aber auch erschrocken um; zum ersten Mal seit Beginn seines gemeinen Spiels geriet er aus der Fassung, und das gefiel mir gut.

»Was zum Teufel soll das?«, schrie er Ramondin an. »Was machen Sie da?«

Schweigen. Ich beobachtete, wie der Wagen sich noch ein Stückchen weiter nach vorne neigte. Die Markise hing mittlerweile schief; der ganze Imbissstand hatte Schlagseite wie eine auf Sand gebaute Hütte. Luc bekam wieder diesen berechnenden Gesichtsausdruck, den wachsamen, durchdringenden Blick eines Mannes, der nicht nur ein paar Asse im Ärmel hat, sondern glaubt, dass ihm das ganze Kartenspiel gehört.

»Da haben Sie mir aber einen gehörigen Schrecken eingejagt«, sagte er in gewohnt lässiger Manier. »Einen Moment lang haben Sie mich sozusagen aus dem Gleichgewicht gebracht.«

Wir hörten keinen Ton von Louis, hatten aber den Eindruck, dass der Wagen sich immer weiter nach vorne neigte. Paul meinte, vom Schlafzimmerfenster aus könnten wir hinter den Imbisswagen blicken, also gingen wir hinauf. Die Stimmen der beiden Männer waren in der kühlen Morgenluft gut zu hören.

»Okay«, sagte Luc mit einem Anflug von Nervosität in der Stimme. »Spaß beiseite. Lassen Sie den Wagen wieder runter, dann spendiere ich Ihnen ein ganz besonders leckeres Frühstück.«

»Selbstverständlich, Monsieur«, meinte Louis freundlich, aber der Wagen kippte weiter. Luc warf die Arme nach vorne, als wollte er ihn festhalten.

»An Ihrer Stelle würde ich da weggehen, Monsieur«, sagte Louis ruhig, während er den Wagenheber noch weiter hochpumpte. »Das sieht mir ziemlich gefährlich aus.«

»Was soll der Blödsinn?«, fragte Luc aufgebracht.

Louis lächelte. »Es war ziemlich stürmisch letzte Nacht. Unten am Fluss sind eine Menge Bäume entwurzelt worden.«

Ich sah, wie Luc ganz steif wurde. Er machte einen Schritt nach vorn und sagte mit leiser, drohender Stimme: »Nehmen Sie sofort den Wagenheber da weg.«

Louis lächelte immer noch. »Selbstverständlich, Monsieur. Wie Sie wünschen.«

Wir sahen das Ganze wie in Zeitlupe. Der Imbisswagen, der jeden Moment vornüber zu kippen drohte, plumpste in seine Ausgangsposition zurück, als die Stütze weggezogen wurde. Unter lautem Scheppern flog der Inhalt der Küche – Teller, Gläser, Besteck, Töpfe und Pfannen – durcheinander und polterte auf den Boden. Der Wagen schaukelte eine Weile gemächlich hin und her, und dann, als es gerade so aussah, als käme er wieder zum Stehen, stürzte er mit einem ohrenbetäubendem Krachen um.

Einige Sekunden lang starrten die beiden Männer einander an, Louis mit einem besorgten, mitfühlenden Gesichtsausdruck, Luc fassungslos. Der Imbisswagen lag auf der Seite im Gras und aus seinem Innern ertönte noch immer vereinzeltes Klimpern und Klirren.

»Huch«, sagte Louis.

Da stürzte sich Luc wutentbrannt auf ihn. Einen Moment lang sah ich nur herumwirbelnde Fäuste und Arme, dann saß Luc auf einmal im Gras, die Hände vorm Gesicht. Louis half ihm freundlich lächelnd auf die Füße.

»Meine Güte, Monsieur, was ist denn mit Ihnen passiert? Ein plötzlicher Schwächeanfall? Das ist der Schock, das ist ganz normal. Das wird schon wieder.«

Luc war außer sich. »Haben Sie auch nur die leiseste Ahnung, was Sie da angerichtet haben, Sie Hornochse? Mein Anwalt wird Sie fertig machen! Wollen doch mal sehen, wie Sie dann aus der Wäsche gucken. Scheiße, meine Nase! Ich blute ja wie'n Schwein.« Komisch, plötzlich konnte ich die Familienähnlichkeit hören, deutlicher als je zuvor. Etwas an der Art, wie er die Wörter betonte; das Geschrei eines verwöhnten Jungen aus der Stadt, dem nie ein Wunsch abgeschlagen wurde. Einen Augenblick lang hörte er sich genauso an wie seine Schwester.

Paul und ich gingen hinunter auf die Straße, um uns den Spaß aus der Nähe anzuschauen. Luc stand jetzt etwas abseits, mit der blutenden Nase und den tränenden Augen sah er gar nicht mehr so hübsch aus. An einem seiner teuren Markenstiefel klebte frischer Hundekot. Ich reichte ihm ein Taschentuch. Argwöhnisch nahm er es entgegen und betupfte seine Nase. Ich sah ihm an, dass er noch nicht begriffen hatte; er war blass, aber er hatte einen trotzigen, kämpferischen Gesichtsausdruck, wie ein Mann, der über Anwälte und Berater verfügt und über Freunde in hohen Positionen, an die er sich um Hilfe wenden kann.

»Sie haben das gesehen, stimmt's?«, keuchte er. »Sie haben doch gesehen, was dieser Scheißkerl mit mir gemacht hat?« Ungläubig betrachtete er das blutige Taschentuch. Seine Nase war bereits ordentlich angeschwollen. »Sie haben beide gesehen, wie er mich geschlagen hat, nicht wahr? Am helllichten Tag.«

Paul zuckte die Achseln. »Ich hab nicht viel gesehen«, sagte er in seinem bedächtigen Tonfall. »Wir sind alte Leute, wissen Sie, wir sehen nicht mehr so gut. Und unsere Ohren sind auch nicht mehr die Besten.«

»Aber Sie *müssen* es gesehen haben!« Dann sah Luc mich grinsen, und seine Augen verengten sich zu Schlitzen. »Ach, ich verstehe«, sagte er schneidend. »So ist das also. Sie glauben, ich würde mich von ihrem *Dorfpolizisten* einschüchtern lassen, was?« Er warf Louis einen finsteren Blick zu.

»Wenn das wirklich alles ist, was ihr miteinander zustande bringt –« Er hielt sich die Nase zu, die wieder angefangen hatte zu bluten.

»Ich glaube, das ist nicht der richtige Augenblick, um Verleumdungen auszusprechen«, bemerkte Louis ungerührt.

»Ach nein?«, raunzte Luc. »Sobald mein Anwalt –«

Louis fiel ihm ins Wort. »Es ist ganz natürlich, dass Sie ein bisschen aufgeregt sind. Das ist aber auch ein Ding, wie der Sturm Ihren Wagen einfach so umgepustet hat. Ich kann verstehen, dass Sie sich für einen Moment vergessen haben.«

Luc starrte ihn ungläubig an.

»Schrecklicher Sturm letzte Nacht«, sagte Paul freundlich. »Der erste Herbststurm. Ganz bestimmt wird Ihre Versicherung für den Schaden aufkommen.«

»Natürlich war damit zu rechnen«, fügte ich leise hinzu. »So ein hoher Wagen am Straßenrand bietet dem Wind eine große Angriffsfläche. Ein Wunder, dass es nicht schon früher passiert ist.«

Luc nickte. »Verstehe«, sagte er leise. »Nicht schlecht, Framboise. Wirklich nicht schlecht. Wie ich sehe, haben Sie gute Arbeit geleistet.« Seine Stimme klang beinahe schmeichelnd. »Aber auch ohne den Wagen bleiben mir noch genügend Möglichkeiten. Bleiben *uns* noch genügend Möglichkeiten.« Er versuchte zu grinsen, zuckte jedoch zusammen und betupfte sich wieder die Nase. »Geben Sie ihnen doch einfach, was sie haben wollen«, fuhr er in demselben zuckersüßen Ton fort. »Na, *Mamie*, was meinen Sie?«

Ich weiß nicht, was ich ihm geantwortet hätte. Plötzlich kam ich mir so alt vor. Ich hatte damit gerechnet, dass er aufgeben würde, aber als er mich so erwartungsvoll ansah, wirkte er siegessicherer denn je. Ich hatte mein Bestes getan – *wir* hatten unser Bestes getan, Paul und ich –, doch Luc schien unbesiegbar zu sein. Wie Kinder, die versuchen, einen Bach zu stauen, hatten wir unseren Triumph gehabt – allein dieser Blick in seinen Augen war den ganzen Aufwand wert gewesen –, aber egal wie tapfer der Einsatz ist, am Ende bleibt der Bach immer der Sieger. Auch Louis war am Ufer der Loire aufgewachsen, sagte ich mir. Er hätte es wissen müssen. Alles, was er erreicht hatte, war, sich selbst in Schwierigkeiten zu bringen. Ich malte mir eine Armee von Anwälten, Beratern, Polizisten aus – unsere Namen in den Zeitungen, unser Geheimnis ans Licht gezerrt. Ich fühlte mich erschöpft. So erschöpft.

Dann bemerkte ich Pauls Gesicht, sein schläfriges Lächeln, das ihn beinahe schwachsinnig aussehen ließ, wäre da nicht das spitzbübische Funkeln in seinen Augen gewesen. Mit einem Ruck zog er sich die Baskenmütze in die Stirn, eine Geste, die komisch und zugleich heldenhaft wirkte, als wäre er der älteste Ritter der Welt, der sein Visier herunterklappt, um sich zum letzten Mal dem Feind zu stellen. Plötzlich musste ich laut lachen.

»Ich denke, wir, äh, kriegen das schon geregelt«, begann er. »Vielleicht ist Louis ein bisschen zu weit gegangen. Die Ramondins waren schon immer leicht reizbar. Das liegt denen im Blut.« Er lächelte entschuldigend, dann wandte er sich an Louis. »Da war doch diese Sache mit Guilherm. Wer war das noch? Der Bruder deiner Großmutter?« Dessanges hörte irritiert zu.

»Der Bruder meines Großvaters«, korrigierte Louis.

Paul nickte. »Ja, ja, Heißsporne, die Ramondins. Alle wie sie da sind. Ich weiß noch, wie sie damals die ganze Meute beim Überfall auf den Hof angeführt haben, der alte Guilherm mit seinem Holzbein vorneweg, und alles bloß wegen dieser Geschichte im La Mauvaise Réputation. Den schlechten Ruf hat das Café heute noch.«

Luc schüttelte ungeduldig den Kopf. »Hören Sie, ich würde mir ja gern die heutige Folge der Geschichten von Anno dazumal anhören. Aber eigentlich –«

»Es fing alles mit einem jungen Mann an«, fuhr Paul unbeirrt fort. »Der war Ihnen gar nicht unähnlich, würde ich sagen. Einer aus der Stadt, ein Fremder, der glaubte, er könnte die dummen Dörfler um den Finger wickeln.«

Paul warf mir einen Blick zu. »Aber es hat ein schlimmes Ende mit ihm genommen, stimmt's?«

»Das Schlimmste«, bestätigte ich mit belegter Stimme. »Das Allerschlimmste.«

Luc beobachtete uns argwöhnisch. »Ach ja?«

Ich nickte. »Auch er fand Geschmack an sehr jungen Mädchen.« Ich hörte meine eigene Stimme wie aus weiter Ferne. »Er hat ihnen den Hof gemacht, sie umworben. Heutzutage nennt man so was Verführung Minderjähriger.«

»Damals hatten die meisten jungen Mädchen natürlich keinen Vater«, ergänzte Paul trocken. »Damals war ja Krieg.«

Ich sah, dass Luc ein Licht aufging. Er nickte kaum merklich, wie um anzudeuten, dass dieser Punkt an uns ging. »Es geht um gestern Abend, richtig?«

Ich ignorierte seine Frage. »Sie sind doch verheiratet, nicht wahr?«

Er nickte erneut.

»Es wäre eine Schande, wenn Ihre Frau auch noch in die Sache hineingezogen würde«, fuhr ich fort. »Verführung Minderjähriger – ein schlimmer Vorwurf. Aber ich frage mich, wie man sie heraushalten könnte.«

»Damit kommen Sie niemals durch«, warf Luc hastig ein. »Das Mädchen würde auf keinen Fall –«

»Das Mädchen ist meine Tochter«, unterbrach Louis ihn. »Sie würde tun – oder sagen –, was sie für richtig hält.«

Wieder ein Nicken. Er war ziemlich abgebrüht, das muss ich ihm lassen.

»Also gut«, meinte er schließlich. Er rang sich sogar ein schwaches Lächeln ab. »Gut. Ich hab's kapiert.« Er dachte nach, dann sah er mir in die Augen, ein spöttisches Zucken um die Mundwinkel, und sagte: »Ich hoffe, der Sieg war den Einsatz wert, *Mamie*, denn morgen werden Sie jeden Beistand brauchen, den Sie kriegen können. Morgen steht Ihr trauriges kleines Geheimnis in sämtlichen Zeitungen. Ich muss nur ein paar Telefongespräche führen, bevor ich mich auf den Weg mache. Im Grunde genommen hab ich mich in diesem Kaff sowieso nur gelangweilt, und wenn Ihr Freund hier glaubt, seine kleine Schlampe von Tochter hätte mich auch nur im Geringsten interessiert –« Er grinste Louis boshaft an, doch seine Freude währte nicht lange, denn in dem Augenblick legte der Polizist ihm die Handschellen an.

»Was soll das?« Luc war so fassungslos, dass er beinahe lachen musste. »Was zum Teufel haben Sie vor? Wollen Sie mich entführen? Was glauben Sie eigentlich, wo wir hier sind? Im Wilden Westen?«

Louis sah ihn mit unbewegter Miene an.

»Es ist meine Pflicht, Sie darüber in Kenntnis zu setzen, Monsieur, dass Gewalt gegen Personen strafbar ist. Es ist meine Pflicht –«

»*Was?*«, schrie Luc. »Welche Gewalt? *Sie* haben *mich* geschlagen! Sie können mich nicht –«

Louis ließ sich nicht beirren. »Aufgrund Ihres unberechenbaren Verhaltens habe ich Grund zu der Annahme, Monsieur, dass Sie unter dem Einfluss von Alkohol oder eines anderen Rauschmittels stehen. Ich betrachte es als meine Pflicht, Sie in Gewahrsam zu nehmen, bis Sie wieder nüchtern sind.«

»Sie wollen mich verhaften?«, fragte Luc ungläubig. »Sie wollen mich *anzeigen*?«

»Nur wenn es sein muss, Monsieur«, erwiderte Louis vorwurfsvoll. »Aber ich bin mir sicher, diese beiden Zeugen hier werden aussagen, dass Sie Gewalt ausgeübt, Drohungen sowie Beleidigungen ausgesprochen und öffentliches Ärgernis erregt haben. Ich muss Sie bitten, mich aufs Revier zu begleiten, Monsieur.«

»*Hier gibt es überhaupt kein verdammtes Revier!*«, brüllte Luc.

»Louis benutzt seinen Keller als Ausnüchterungszelle«, erklärte Paul ruhig. »Natürlich hat er ihn lange nicht mehr gebraucht.«

»Ich habe einen Kartoffelkeller, den ich Ihnen gern zur Verfügung stelle, Louis, falls Sie befürchten, er könnte Ihnen auf dem Weg ins Dorf umkippen«, meldete ich mich zu Wort. »Die Tür ist mit einem dicken Vorhängeschloss gesichert, und es besteht keine Gefahr, dass er sich dort unten etwas antut.«

Louis dachte einen Moment lang nach. »Vielen Dank, *veuve* Simon«, sagte er schließlich. »Ich glaube, das wäre tatsächlich das Beste. Zumindest, bis ich weitere Schritte eingeleitet habe.«

»Ihr seid doch alle drei vollkommen übergeschnappt«, sagte Dessanges leise.

»Zuerst muss ich Sie natürlich durchsuchen«, erklärte Louis. »Ich kann nicht riskieren, dass Sie am Ende noch das Haus in Brand stecken. Würden Sie bitte Ihre Taschen leeren?«

Luc schüttelte den Kopf. »Ich fasse es einfach nicht.«

»Tut mir Leid, Monsieur«, beharrte Louis. »Aber ich muss Sie bitten, Ihre Taschen zu leeren.«

»Tun Sie sich keinen Zwang an«, erwiderte Luc säuerlich. »Ich weiß nicht, was Sie mit dem ganzen Theater bezwecken, aber wenn mein Anwalt –«

»Ich übernehme das«, erbot sich Paul. »Mit den Handschellen kommt er sowieso nicht in die Hosentaschen.«

Und dann machte er sich an die Arbeit. Mit seinen großen Händen klopfte er Lucs Kleider ab und förderte den Inhalt von dessen Taschen zutage: ein Feuerzeug, ein paar zusammengerollte Papiere, Autoschlüssel, eine Brieftasche, ein Handy, eine Schachtel Zigaretten. Fluchend versuchte Luc, sich dagegen zu wehren, doch es gelang ihm nicht.

Louis überprüfte den Inhalt der Brieftasche, anschließend öffnete er die Zigarettenschachtel und schüttelte die Zigaretten in seine Hand. Plötzlich entdeckte ich etwas in Louis' Handfläche, einen schwarzbraunen Klumpen, der aussah wie ein altes Karamellbonbon.

»Was mag das sein?«, fragte Louis trocken.

»Verdammt!«, fauchte Luc. »Das gehört mir nicht. Das haben Sie mir untergeschoben, Sie Mistkerl!«, schrie er Paul an, der ihn mit unschuldigen Augen ansah. »Damit kommt ihr niemals durch –«

»Vielleicht nicht«, meinte Louis gleichgültig. »Aber wir können's versuchen, nicht wahr?«

6

Wie abgesprochen sperrte Louis Dessanges in den Kartoffelkeller. Ohne richterlichen Beschluss könne er ihn vierundzwanzig Stunden lang festhalten, erklärte er uns und fügte mit betont unbeteiligter Stimme hinzu, genauso viel Zeit hätten wir, um unsere Angelegenheiten zu regeln. Ein anständiger Kerl, dieser Louis Ramondin, auch wenn er ein bisschen langsam ist. Ich hoffte nur, dass er keinen Grund haben würde, sein Verhalten eines Tages zu bedauern.

Anfangs schrie und tobte Luc im Kartoffelkeller. Verlangte seinen Anwalt, ein Telefon, seine Schwester Laure, seine Zigaretten. Behauptete, seine Nase sei gebrochen, und wahrscheinlich würden bereits Knochensplitter in sein Gehirn wandern. Er schlug mit den Fäusten gegen die Tür, bettelte, drohte, fluchte. Wir ignorierten ihn, und irgendwann gab er Ruhe. Um halb eins brachte ich ihm eine Tasse Kaffee und ein paar belegte Brote. Er war mürrisch, aber ruhig, schaute mich schon wieder mit diesem berechnenden Blick an.

»Sie gewinnen nur einen Aufschub, *Mamie*«, sagte er. »Ihnen bleiben nicht mehr als vierundzwanzig Stunden. Und wenn ich erst mal anfange zu telefonieren –«

»Wollen Sie nun was essen oder nicht?«, fuhr ich ihn an. »Es würde Ihnen auch nicht schaden, eine Zeit lang zu fasten, und dann bräuchte ich mir außerdem nicht länger Ihr Geschwätz anzuhören.«

Er warf mir einen vernichtenden Blick zu, sparte sich jedoch jede weitere Bemerkung zu dem Thema.

»Na also«, sagte ich.

7

Den ganzen Nachmittag über taten Paul und ich so, als arbeiteten wir. Es war Sonntag, und die Crêperie hatte geschlossen, aber im Garten gab es genug zu tun. Ich harkte den Boden, beschnitt die Bäume und jätete Unkraut, bis meine Nieren brannten und sich unter meinen Achseln Schweißringe bildeten.

Eigentlich hätte ich etwas *unternehmen* müssen, aber was konnte ich in vierundzwanzig Stunden schon ausrichten? Wir hatten einen Dessanges außer Gefecht gesetzt, zumindest vorübergehend, doch die anderen waren immer noch frei und voller böser Absichten. Und die Zeit war knapp. Mehrmals schaffte ich es unter einem Vorwand bis zur Telefonzelle, und einmal ging ich sogar so weit, die Nummer zu wählen, legte jedoch auf, bevor jemand den Hörer abnahm. Ich hatte nicht die geringste Ahnung, was ich sagen sollte. Wie ich es auch drehte und wendete, immer starrte mir dieselbe schreckliche Wahrheit ins Gesicht, es waren immer dieselben Alternativen. Die Alte Mutter, das offene Maul gespickt mit Angelhaken, die Augen glasig vor Wut, und ich, die ich mich gegen diesen fürchterlichen Druck aufbäumte, als wäre die Alte Mutter ein Teil meiner selbst, den ich freizukämpfen versuchte, ein dunkler Teil meines Herzens, der an der Leine zappelte, ein grausiger, geheimnisvoller Fang.

Ich konnte zwar in Gedanken allerlei Möglichkeiten durchspielen – zum Beispiel, dass Laure Dessanges mich als Gegenleistung für die Freilassung ihres Bruders in Ruhe lassen würde –, aber im Grunde wusste ich, dass keine davon realistisch war. Bisher hatten wir mit unserer Aktion nur eins erreicht, wir hatten Zeit gewonnen, und die zerrann uns zwischen den Fingern. Wenn wir nicht bald eine zündende Idee hatten, würde Luc am nächsten Tag seine Drohung wahr machen – »Morgen steht Ihr trauriges kleines Geheimnis in sämtlichen Zeitungen« –, und dann würde ich alles verlieren: den Hof, die Crêperie, meinen Platz in Les Laveuses ... Mir blieb nichts anderes übrig, als die Wahrheit als Waffe einzusetzen. Andererseits, wer konnte mir sagen, welche Auswirkungen das auf Pistache und Noisette und Paul haben würde?

Ich biss erbittert die Zähne zusammen und harkte so energisch an einer Reihe Schalotten entlang, dass ich die Pflanzen aus der Erde riss und die glänzenden kleinen Zwiebeln zusammen mit dem Unkraut durch die Gegend flogen. Ich wischte mir den Schweiß von der Stirn und brach in Tränen aus.

Niemand dürfte vor die Wahl gestellt sein, sich zwischen einem anständigen Leben und einer Lüge zu entscheiden, dachte ich verzweifelt. Und doch hatte *sie* vor dieser Wahl gestanden, Mirabelle Dartigen, die Frau auf dem Foto mit dem schüchternen Lächeln, die Frau mit den hohen Wangenknochen und dem strengen Nackenknoten. Sie hatte alles aufgegeben – den Hof, den Obstgarten, die kleine Nische, die sie sich geschaffen hatte –, sie hatte alles begraben, ohne noch einen Blick zurückzuwerfen, und war fortgegangen. Nur ein Detail fehlt in ihrer so sorgfältig angelegten Kladde, ein Detail, das sie nicht festhalten konnte, weil sie es nicht kannte. Ein Detail, das noch fehlt, um unsere Geschichte zu vervollständigen.

Wenn meine Töchter und Paul nicht wären, sagte ich mir, würde ich einfach alles erzählen. Und wenn es nur dazu diente, Laure eins auszuwischen, um sie um ihren Triumph zu bringen. Aber da war Paul, so still und bescheiden, so schweigsam, dass es ihm gelungen war, sich unbemerkt in mein Herz zu stehlen. Paul, fast eine Witzfigur mit seinem Stottern und seinen zerschlissenen, alten Latzhosen, mit seinen riesigen Händen und dem offenen Lächeln. Wer hätte gedacht, dass es einmal Paul sein würde, nach all den Jahren? Wer hätte gedacht, dass ich nach so vielen Jahren zurück nach Hause finden würde?

Mehrmals war ich kurz davor anzurufen. Ich hatte die Nummer in einer meiner alten Zeitschriften gefunden. Mirabelle Dartigen war längst tot. Ich hatte keinen Grund, sie aus dem trüben Wasser meines Herzens zu zerren wie die Alte Mutter an der Angel. Eine zweite Lüge würde nichts für sie ändern, sagte ich mir. Noch würde ich, wenn ich die Wahrheit aufdeckte, irgendetwas wieder gutmachen. Aber Mirabelle ist eine starrköpfige Frau, selbst im Tod. Selbst in diesem Augenblick kann ich sie spüren, kann sie *hören* wie das Heulen der Stromleitungen an einem stürmischen Tag – diese schrille, verwirrte Sopranstimme, das Einzige, was mir von ihr geblieben ist. Es spielt keine Rolle, dass ich nie begriffen habe, wie sehr ich sie eigentlich liebte. Ihre Liebe, dieses unvollkommene, kalte Geheimnis, zieht mich mit sich ins Ungewisse.

Und dennoch. Es wäre nicht *recht*. Pauls Stimme in mir, unerbittlich wie der Fluss. Es wäre nicht recht, mit einer Lüge zu leben. Ich wünschte, ich müsste die Entscheidung nicht treffen.

8

Es war kurz vor Sonnenuntergang, als er zu mir in den Garten kam. Ich hatte so lange gearbeitet, dass meine Knochen schmerzten. Mein Hals war trocken, und mir dröhnte der Kopf. Er sagte kein Wort, stand einfach hinter mir und wartete.

»Was willst du?«, fauchte ich schließlich. »Hör auf, mich anzustarren, Herrgott nochmal. Tu irgendwas Nützliches.«

Paul sagte immer noch nichts. Ich hatte das Gefühl, als brannte sein Blick in meinen Nacken. Schließlich fuhr ich herum, schleuderte die Harke ins Beet und schrie ihn mit der Stimme meiner Mutter an.

»Kannst du mich nicht einfach in Ruhe lassen, du alter Trottel?« Ich glaube, ich wollte ihm wirklich wehtun. Es wäre leichter für mich gewesen, wenn ich ihn hätte verletzen können, wenn ich ihn so weit hätte bringen können, dass er sich aus lauter Zorn oder Enttäuschung oder Abscheu von mir abgewandt hätte. Aber er hielt meinem Blick stand – komisch, ich hatte immer geglaubt, bei diesem Spiel unschlagbar zu sein –, der gute Paul, er rührte sich nicht, sprach kein Wort, wartete einfach ab, bis ich fertig war, damit er sagen konnte, was er zu sagen hatte. Ich drehte mich wütend weg, fürchtete mich vor seinen Worten, vor seiner grässlichen Geduld.

»Ich habe unserem Gast sein Abendessen gebracht«, begann er. »Vielleicht solltest du auch was essen.«

Ich schüttelte den Kopf. »Ich will bloß in Ruhe gelassen werden.«

Hinter mir hörte ich Paul seufzen. »Sie war ganz genauso. Mirabelle Dartigen. Wollte von niemand Hilfe annehmen. Nicht mal von sich selbst.« Seine Stimme klang ruhig und nachdenklich. »Du bist ihr sehr ähnlich, weißt du. Ähnlicher, als gut für dich ist. Oder für sonst irgend jemand.«

Ich verkniff mir eine bissige Bemerkung und weigerte mich weiterhin, ihn anzusehen.

»Hat sich mit ihrem Starrsinn alle zu Feinden gemacht«, fuhr Paul fort. »Und nicht geahnt, dass sie ihr geholfen hätten, wenn sie darum gebeten hätte. Aber sie hat sich nie jemand anvertraut, nicht wahr? Hat mit keiner Menschenseele gesprochen.«

»Ich nehme an, dazu war sie nicht in der Lage«, erklärte ich benommen. »Manche Dinge kann man nicht. Man ... kann es einfach nicht.«

»Sieh mich an«, sagte Paul.

Sein Gesicht schimmerte rosig im letzten Sonnenlicht, rosig und jung trotz der tiefen Falten und dem vom Nikotin verfärbten Schnurrbart. Der Himmel hinter ihm war tiefrot und mit Wolken verhangen.

»Einer muss es irgendwann erzählen«, sagte er. »Ich hab mich nicht umsonst durch die Kladde deiner Mutter gearbeitet, und außerdem bin ich nicht so dumm, wie du denkst.«

»Tut mir Leid«, murmelte ich. »Das habe ich nicht gemeint.«

Paul schüttelte den Kopf. »Ich weiß. Ich bin nicht so intelligent wie du oder Cassis, aber manchmal hab ich den Eindruck, dass die Intelligenten viel schneller mit ihrer

Weisheit am Ende sind.« Er lächelte und tippte sich an die Stirn. »Da drin passiert zu viel. Viel zu viel.«

Ich sah ihn an.

»Es ist nicht die Wahrheit, die wehtut«, fuhr er fort. »Wenn sie das begriffen hätte, wäre all das nie passiert. Wenn sie einfach um Hilfe gebeten hätte, anstatt sich allein rumzuplagen, so wie sie es immer getan hat –«

»Nein«, erwiderte ich bestimmt. »Das verstehst du nicht. Sie hat die Wahrheit nicht gekannt. Und wenn doch, dann hat sie es verheimlicht, sogar vor sich selbst. Um *unseret*willen. Um *meinet*willen.« Ich musste schlucken. »Es war nicht an ihr, die Wahrheit zu sagen. Das hätten *wir* tun müssen. *Ich* hätte es tun müssen.« Ich hatte Mühe weiterzusprechen. »Nur ich hätte es tun können. Nur ich kannte die ganze Wahrheit. Wenn ich doch nur den *Mut* gehabt hätte –«

Ich verstummte und sah ihn an – sein liebenswertes, trauriges Lächeln, seine gebeugten Schultern, die mich an ein Maultier erinnerten, das ein Leben lang geduldig seine schweren Lasten getragen hat. Wie ich ihn beneidete. Und wie ich ihn brauchte.

»Du hast den Mut«, sagte Paul schließlich. »Den hast du immer gehabt.«

Wir schauten einander an. Die Stille war beinahe mit den Händen greifbar.

Schließlich brach ich das Schweigen. »Also gut. Lass ihn gehen.«

»Bist du dir auch ganz sicher? Die Drogen, die Louis in seiner Tasche gefunden hat –«

Plötzlich musste ich lachen, ein seltsam sorgloses Lachen, das aus meinem trockenen Mund ertönte. »Meinst du, ich hätte nicht gemerkt, wie du ihm das Zeug untergeschoben hast? Hältst du mich wirklich für so naiv?«

Paul schüttelte den Kopf. »Und was wirst du nun tun?«,

fragte er nach einer Weile. »Sobald er Yannick und Laure davon erzählt ...«

»Soll er ihnen doch erzählen, was er will«, sagte ich. Ich fühlte mich so leicht wie noch nie, wie eine Feder auf dem Wasser. Ich spürte ein Lachen in mir aufsteigen, das verrückte Lachen eines Menschen, der im Begriff ist, alles was er besitzt, wegzuwerfen. Ich langte in meine Schürzentasche und nahm den Zettel mit der Telefonnummer heraus.

Dann überlegte ich es mir anders und holte mein kleines Adressbuch aus dem Haus. Ich musste nicht lange suchen, um die richtige Seite zu finden.

»Ich glaube, ich weiß jetzt, was ich tun werde«, verkündete ich.

9

Apfelkuchen mit getrockneten Aprikosen. Eier mit Zucker und weicher Butter schaumig schlagen. Milch und Mehl abwechselnd unterrühren, bis ein zähflüssiger Teig entsteht. Eine Kuchenform einfetten. Ofen vorheizen. Das klein geschnittene Obst in den Teig geben, mit Zimt und Piment würzen. Bei mittlerer Temperatur backen. Wenn der Kuchen aufzugehen beginnt, mit braunem Zucker bestreuen und Butterflöckchen darauf setzen. Weiterbacken, bis die Oberfläche knusprig ist und sich fest anfühlt.

Die Ernte war mager gewesen, dafür hatten die Trockenheit und die darauf folgenden schweren Regenfälle gesorgt. Und doch fing meine Mutter wie jedes Jahr an, ihre besonderen Kuchen zu backen, als das Erntedankfest nahte. Sie stellte Schüsseln mit Obst und Gemüse auf den Fensterbänken bereit und backte kunstvolle Brote in allen erdenklichen Formen – als Weizengarbe, als Fisch, als mit Äpfeln gefüllter Korb.

Am Erntedanktag zogen die Kinder aus der Sonntagsschule jedes Jahr in ihren Festtagskleidern und mit brennenden Kerzen in der Hand singend in einer feierlichen Prozession um den Brunnen, der wie zu einem heidnischen Fest mit Blumen, Früchten, Maiskränzen und ausgehöhlten, kunstvoll zu Laternen geschnitzten Kürbissen geschmückt war. Anschließend fand in der Kirche ein Gottesdienst statt. Die Kirchenlieder, die über den Marktplatz schallten, kündeten von verlockenden und verbotenen Dingen, von der Auferstehung der Auserwählten und dem Höllenfeuer für die Verdammten. Auf den abgeernteten Feldern brannten die Herbstfeuer, deren süßlicher Rauch in den Himmel aufstieg.

Dann begann der Jahrmarkt. Der Herbstjahrmarkt mit Ringkämpfen und allen möglichen Wettspielen – Tanzen, Apfelfangen, Pfannkuchenessen, Gänserennen –, mit warmem Ingwerbrot und Cidre für Gewinner wie Verlierer, mit Körben voll hausgemachter Lebensmittel, die rund um den Brunnen verkauft wurden, während die Erntekönigin lächelnd auf ihrem gelben Thron saß und den Passanten Blumen zuwarf.

Normalerweise warteten wir auf das Erntedankfest mit größerer Ungeduld als auf das Weihnachtsfest, denn damals gab es selten Geschenke, und der Dezember ist eine schlechte Jahreszeit zum Feiern. Der Oktober, süß und schwer mit seinem rotgoldenen Licht, dem Raureif und dem bunten Herbstlaub ist etwas ganz anderes, eine Zeit voller Zauber, ein letztes freudiges Aufbegehren vor dem Frost. Normalerweise sammelten wir lange im Voraus Holz und Laub, um es an einem geschützten Ort aufzubewahren, machten Halsketten aus Holzäpfeln, stellten Säcke mit Nüssen bereit, bügelten unsere besten Kleider und polierten die guten Schuhe für den Tanz. Meistens veranstalteten wir eine eigene kleine Feier im Ausguck, schmückten den Schatzfelsen mit Blumenkränzen und streuten rote Blüten in das träge Wasser der Loire. Wir trockneten Birnen- und Apfelscheiben im Ofen, flochten Kränze und bastelten Puppen aus Maisstroh, die wir als Glücksbringer überall im Haus aufhängten. Und während der ganzen Zeit knurrten unsere Mägen in hungriger Erwartung der Festlichkeiten.

Aber in diesem Jahr war von alldem kaum etwas zu spüren gewesen. Seit dem Tanzabend im Café de la Mauvaise Réputation, seit den Briefen, den Gerüchten, den Schmierereien an unseren Wänden, dem Flüstern hinter unserem Rücken und dem höflichen Schweigen um uns herum ging es stetig mit uns bergab. Die Anschuldigungen – »NAZI-HUHRE« in roten Buchstaben auf der Wand des Hühnerstalls, immer wieder neu gemalt, egal wie oft wir sie abwuschen – und die Weigerung meiner Mutter, sich zu den Gerüchten zu äußern, die im Dorf kursierten über ihre Beziehungen zum La Rép, sorgten dafür, dass der Herbst in jenem Jahr für die Familie Dartigen eine bedrückende Zeit war.

Die anderen bereiteten ihre Freudenfeuer vor und banden ihren Weizen zu Garben. Die Kinder suchten die Ackerfurchen nach Körnern ab, damit nichts verloren ging. Wir sammelten die letzten, nicht verdorbenen Äpfel ein und legten sie im Keller behutsam mit etwas Abstand nebeneinander in flache Obstkisten, damit die Fäule sich nicht ausbreiten konnte. Das Gemüse lagerten wir im Kartoffelkeller in Kisten, bedeckt mit einer Schicht trockener Erde. Meine Mutter backte ihre besonderen Kuchen und Brote, die sie lustlos in Angers verkaufte, weil in Les Laveuses niemand Interesse daran zeigte. Ich erinnere mich, wie wir einmal mit einem Karren voller Gebäck zum Markt gingen und die Krusten der Brote – Eicheln, Igel, kleine grinsende Gesichter – in der Sonne glänzten wie poliertes Eichenholz. Einige der Dorfkinder weigerten sich, mit uns zu reden. Einmal wurden Reinette und Cassis auf dem Weg zur Schule von Kindern, die sich im Gebüsch am Flussufer versteckt hatten, mit Erdklumpen beworfen. Während der Tag des Erntedankfestes näherrückte, begannen die Mädchen, einander zu beäugen, bürsteten sich das Haar mit besonderer Sorgfalt und wuschen sich das Gesicht mit Haferkleie, denn am Festtag sollte eine von ihnen zur Erntekönigin gekrönt werden. Mich interessierte das alles überhaupt nicht. Mit meinen kurzen Haaren und dem Froschgesicht hatte ich sowieso keine Aussicht, zur Erntekönigin gewählt zu werden. Außerdem spielte für mich nichts eine Rolle, solange Tomas nicht da war. Ich fragte mich, ob ich ihn wohl je wieder sehen würde. Ich saß mit meinen Fangkörben und meiner Angel am Ufer der Loire und wartete. Irgendwie war ich davon überzeugt, dass Tomas zurückkehren würde, wenn es mir gelänge, den Hecht zu fangen.

10

DER MORGEN DES ERNTEDANKTAGES WAR KALT UND KLAR mit einem für den Oktober typischen glutroten Himmel. Meine Mutter hatte am Abend zuvor, wohl mehr aus Sturheit als aus Liebe zur Tradition, Ingwerbrot und Buchweizenpfannkuchen gebacken und Brombeermarmelade gekocht. Sie hatte die Sachen in Körbe gefüllt, die wir mit auf den Jahrmarkt nehmen sollten. Ich hatte nicht vor hinzugehen. Stattdessen melkte ich die Ziege, erledigte meine häuslichen Arbeiten und machte mich auf den Weg zum Fluss. Ich hatte gerade erst eine ganz besondere Falle am Ufer ausgelegt, einen aus zwei, durch Hühnerdraht miteinander verbundene Obstkisten bestehenden Fangkorb, den ich mit Ködern bestückt hatte, und ich war begierig darauf, ihn auszuprobieren. Der Wind wehte den Duft von frischem Heu und den Geruch der ersten Herbstfeuer zu mir herüber, Erinnerungen an glücklichere Zeiten. Ich kam mir ganz alt vor, als ich durch die Maisfelder auf die Loire zu stapfte, so als hätte ich schon unendlich lange gelebt.

Paul erwartete mich bei den Piratenfelsen. Er saß mit seiner Angel am Ufer und blickte nur kurz auf, als er mich hörte.

»Gehst du nicht zum Jahrmarkt?«, fragte er.

Ich schüttelte den Kopf. Mir fiel ein, dass ich Paul nicht

mehr gesehen hatte, seit meine Mutter ihn fortgejagt hatte, und ich bekam plötzlich ein ganz schlechtes Gewissen. Deshalb setzte ich mich neben ihn, obwohl ich eigentlich das überwältigende Bedürfnis hatte, allein zu sein.

»Ich auch nicht.« Er wirkte lustlos, beinahe griesgrämig an jenem Morgen, hatte die Augenbrauen nachdenklich zusammengezogen in einer Weise, die ihn beunruhigend erwachsen erscheinen ließ. »All diese Idioten, die sich besaufen und rumtanzen. Wer hat schon Lust zu so was?«

»Ich nicht.« Die kleinen Strudel in dem braunen Wasser zu meinen Füßen hatten eine hypnotisierende Wirkung. »Ich will nach meinen Fangkörben sehen, und dann probier ich's drüben auf der Sandbank. Cassis sagt, da sind manchmal Hechte.«

Paul sah mich mitleidig an. »Die kriegst du nie«, sagte er knapp.

»Und wieso nicht?«

Er zuckte die Achseln. »Du kriegst sie einfach nicht, das ist alles.«

Eine Weile saßen wir nebeneinander und angelten. Die Sonne wärmte unsere Rücken, und bunte Blätter trudelten einzeln ins Wasser. Aus der Ferne hörten wir die Kirchenglocken läuten. Die Messe war zu Ende, und in ein paar Minuten würde der Jahrmarkt beginnen.

»Gehen die anderen hin?« Paul klaubte einen Regenwurm aus seinem Mund, wo er ihn aufgewärmt hatte, und befestigte ihn geschickt am Angelhaken.

Ich hob die Schultern. »Mir egal.«

Pauls Magen knurrte laut.

»Hast du Hunger?«

»Nö.«

In dem Augenblick hörte ich das Geräusch auf der Straße nach Angers. Anfangs war es ganz leise, aber es wurde immer lauter, wie das Summen einer Wespe. Lauter als das

Pulsieren des Bluts in den Schläfen nach einem Wettlauf über die Felder. Das Geräusch eines einzelnen Motorrads.

Panik ergriff mich. Paul durfte ihn nicht sehen. Wenn es Tomas war, musste ich allein sein, und mein Herzklopfen sagte mir, dass es Tomas war.

Tomas.

»Wir könnten ja mal gucken gehen«, schlug ich betont beiläufig vor.

Paul gab einen undefinierbaren Laut von sich.

»Es gibt Ingwerbrot«, sagte ich vorsichtig. »Und gebackene Tomaten und geröstete Maiskolben und Pasteten und Würstchen.«

Sein Magen knurrte noch lauter als zuvor.

»Wir könnten hinschleichen und uns was holen.«

Schweigen.

»Cassis und Reine sind bestimmt auch da.«

Das hoffte ich zumindest, denn dann könnte ich schnell wieder verschwinden und mich mit Tomas treffen. Der Gedanke an seine Nähe, die unerträgliche, wilde Freude, ihn zu sehen, brannte in meiner Seele wie heiße Steine unter den Füßen.

»Ist sie auch da?«, flüsterte er. Seine Stimme hasserfüllt. Ich hatte Paul gar nicht zugetraut, dass er einen Groll gegen jemanden hegen konnte. »Ich meine deine M-m-m-«, stieß er mühsam hervor. »D-d-deine M-m-mutter.«

Ich schüttelte den Kopf. »Kann ich mir nicht vorstellen«, sagte ich ungehaltener als beabsichtigt. »Mann, Paul, du machst mich ganz verrückt damit.«

Paul zuckte gleichgültig die Achseln. Jetzt hörte ich das Motorrad ganz deutlich, es konnte höchstens noch einen Kilometer entfernt sein. Ich ballte die Fäuste so fest, dass meine Fingernägel sich in meine Handflächen gruben.

»Ich meine, es ist doch auch egal. Sie kapiert einfach nichts, das ist alles«, sagte ich etwas freundlicher.

»Ist sie auch da?«, beharrte Paul.

»Nein«, log ich. »Sie hat gesagt, sie muss heute den Ziegenstall ausmisten.«

Paul nickte. »Also gut.«

11

Tomas würde vielleicht eine Stunde lang am Ausguck warten. Die Luft war warm; er würde sein Motorrad im Gebüsch verstecken und eine Zigarette rauchen. Falls niemand in der Nähe war, würde er vielleicht ein bisschen im Fluss schwimmen. Wenn nach einer Stunde keiner käme, würde er eine Nachricht auf einen Zettel schreiben und sie, womöglich zusammen mit ein paar Zeitschriften oder in Zeitungspapier eingewickelten Süßigkeiten, für uns in einer Astgabel oder im Ausguck verstecken. Das hatte er schon mal so gemacht. Ich hatte also genug Zeit, um mit Paul ins Dorf zu gehen und, sobald er abgelenkt war, ohne ihn zurückzurennen. Weder Cassis noch Reinette würde ich etwas davon sagen, dass Tomas aufgetaucht war. Ich war völlig aus dem Häuschen vor lauter Vorfreude und stellte mir sein Lächeln vor, das mir ganz allein gehören würde. Von diesem Gedanken getrieben, zerrte ich Paul regelrecht auf den Jahrmarkt, seine kühle Hand mit meiner warmen Hand fest umklammert.

Auf dem Platz um den Brunnen herrschte bereits reges Treiben. Immer mehr Leute kamen aus der Kirche – Kinder mit Kerzen in der Hand, junge Mädchen mit Laubkränzen auf dem Haar, eine Gruppe junger Männer, unter ihnen Guilherm Ramondin, die die Mädchen anglotzten. Ich sah Cassis und Reinette etwas abseits stehen. Reine trug ein rotes Flanellkleid und eine Halskette aus getrockneten Beeren, Cassis knabberte an irgendeinem klebrigen Gebäck. Niemand redete mit ihnen, und es war offensichtlich, dass die Leute einen Bogen um sie machten. Reinette lachte, ein hohes, schrilles Lachen wie der Schrei einer Möwe. In einiger Entfernung von ihnen, einen Korb mit Obst und Gebäck in den Händen, stand meine Mutter und sah dem Treiben auf dem Platz zu. Sie wirkte sehr farblos in der festlich gekleideten Menge, mit ihrem schwarzen Kleid und dem schwarzen Kopftuch. Ich spürte, wie Paul neben mir zusammenzuckte.

Ein paar Leute am Brunnen stimmten ein fröhliches Lied an. Raphaël war dabei, glaube ich, und Colette Gaudin und Pauls Onkel Philippe Hourias, einen gelben Schal locker um den Hals gebunden, und Agnès Petit in ihrem Sonntagskleid und mit Lederschuhen, auf dem Kopf einen Beerenkranz. Ich erinnere mich, wie ihre Stimme die anderen plötzlich übertönte – keine ausgebildete Stimme, aber sehr hell und klar –, und mir lief ein Schauer über den Rücken. Ich erinnere mich sogar noch an den Text des Liedes, das sie sang:

*A la claire fontaine j'allais me promener
J'ai trouvé l'eau si belle que je m'y suis baignée
Il y a longtemps que je t'aime
Jamais je ne t'oublierai.*

Tomas, wenn er es denn gewesen war, musste inzwischen am Ausguck angekommen sein. Aber Paul machte keine Anstalten, sich unter die Leute zu mischen. Er starrte meine Mutter an und biss sich auf die Lippen.

»Du hast doch g-gesagt, s-sie wollte n-nicht kommen«, stammelte er.

»Ich wusste es nicht«, erwiderte ich.

Eine Weile sahen wir zu, wie die Leute umhergingen und sich Erfrischungen besorgten. Auf dem Brunnenrand standen Krüge mit Apfelsaft und Wein, und viele Frauen hatten, ebenso wie meine Mutter, Brote und Kuchen und Obst mitgebracht. Aber meine Mutter hielt sich abseits, und kaum jemand ging zu ihr hin, um sich etwas von dem zu nehmen, was sie so liebevoll zubereitet hatte. Sie verzog keine Miene, wirkte beinahe gleichgültig. Nur ihre Hände verrieten sie, ihre weißen, nervösen Hände, mit denen sie den Korb umklammert hielt.

Ich wurde immer unruhiger. Paul wich mir nicht von der Seite. Eine Frau – ich glaube, es war Francine Crespin, Raphaëls Schwester – hielt Paul einen Korb mit Äpfeln hin, doch als sie mich erblickte, erstarrte ihr Lächeln. Fast alle hatten die Schmierereien an unserem Hühnerstall gesehen.

Der Priester, Père Froment, trat aus der Kirche. Seine gütigen Augen strahlten in dem Wissen, dass heute in seiner Gemeinde Eintracht herrschte, und er hielt das goldene Kreuz, das an einem hölzernen Stab befestigt war, wie einen Siegerpokal in die Höhe. Zwei Messdiener, die ihm folgten, trugen die Heilige Jungfrau auf ihrem goldgelben Sockel, der mit Beeren und Herbstlaub geschmückt war. Die Sonntagsschüler schlossen sich mit ihren brennenden Kerzen der kleinen Prozession an und stimmten ein Erntedanklied an. Die Mädchen in der Menge zupften ihre Kleider zurecht und setzten ihr schönstes Lächeln auf. Ich sah, wie auch Reinette sich dem Geschehen zuwandte. Dann wurde der gelbe Thron der Erntekönigin von zwei jungen Männern aus der Kirche getragen. Er war nur aus Stroh gemacht, mit Rücken- und Armlehnen aus Maisgarben und einem Kissen aus Herbstlaub, aber im warmen Sonnenlicht hatte es einen Moment lang den Anschein, als wäre er aus Gold.

Am Brunnen standen etwa ein Dutzend Mädchen im richtigen Alter. Ich erinnere mich an sie alle: Jeanette Crespin in ihrem zu eng gewordenen Kommunionskleid, die rothaarige Francine Hourias mit den Sommersprossen, die sich auch durch noch so gründliches Schrubben mit Kleie nicht entfernen ließen, Michèle Petit mit ihren strengen Zöpfen und der Brille. Keine von ihnen konnte Reinette das Wasser reichen. Und das wussten sie. Ich sah es daran, wie sie meine Schwester in ihrem roten Kleid und mit den mit Beeren geschmückten wunderbaren Locken voller Neid und Argwohn beobachteten. Aber auch Genugtuung lag in ihrem Blick: In diesem Jahr würde niemand Reine Dartigen als Erntekönigin vorschlagen. Nicht in diesem Jahr, wo uns die Gerüchte um die Ohren flogen wie Herbstlaub im Wind.

Der Priester hielt eine Ansprache. Ich hörte mit wachsender Ungeduld zu. Bestimmt wartete Tomas schon. Wenn ich ihn nicht verpassen wollte, musste ich mich bald auf den Weg machen. Paul stand immer noch neben mir und starrte mit seinem typischen dämlichen Ausdruck auf den bekränzten Brunnen.

»Es war ein Jahr der harten Prüfungen.« Die Stimme des Priesters hallte wie ein beruhigendes Summen über den Platz, wie fernes Schafblöken. »Aber euer Glaube und eure Durchhaltekraft haben uns das Jahr überstehen lassen.« In der Menge machte sich allmählich ebenfalls Unruhe breit. Die Leute hatten sich in der Kirche eine lange Predigt angehört. Jetzt war es an der Zeit, die Erntekönigin zu krönen, zu tanzen und zu feiern. Ich sah, wie ein Kind sich ein Stück Kuchen aus dem Korb seiner Mutter stibitzte und es hinter vorgehaltener Hand verschlang.

»Heute ist ein Festtag.« Das war schon besser. Ein erleichtertes Aufatmen ging durch die Menge. Auch Père Froment bemerkte es.

»Ich bitte euch nur, euch in allem zu mäßigen«, blökte er. »Euch daran zu erinnern, was ihr heute feiert, und den nicht zu vergessen, ohne den es keine Ernte und keine Freude gäbe.«

»Komm zu Potte, Père!«, rief eine raue, ausgelassene Stimme.

»Immer mit der Ruhe, *mon fils*«, mahnte Père Froment. »Wie ich schon sagte, heute ist ein Festtag, den wir beginnen wollen, indem wir die Erntekönigin ernennen – ein Mädchen zwischen dreizehn und siebzehn Jahren –, die die Gerstenkrone tragen und über unser Fest wachen soll.«

Sofort begannen die Leute, alle möglichen Namen zu rufen, einige davon ganz und gar unpassend. Dann brüllte Raphaël: »Agnès Petit!« Agnes, die mindestens fünfunddreißig war, errötete geschmeichelt und sah einen Moment lang richtig hübsch aus.

»Murielle Dupré!«

»Colette Gaudin!« Frauen küssten ihre Männer und quiekten in gespielter Empörung über die Komplimente.

»Michèle Petit!« Das war Michèles Mutter, ihrer Tochter treu ergeben.

»Georgette Lemaître!« Henri schlug seine neunzigjährige Großmutter vor, die laut über den Scherz lachte.

Mehrere junge Männer sprachen sich für Jeannette Crespin aus, die tief errötete und sich die Hände vors Gesicht schlug. Dann trat Paul vor, der die ganze Zeit schweigend neben mir gestanden hatte.

»Reine-Claude Dartigen!«, rief er laut, ohne zu stottern, mit einer Stimme, die kräftig und fast erwachsen klang, ganz anders, als sein übliches schüchternes Gemurmel. »Reine-Claude Dartigen!«, rief er noch einmal. Die Leute wandten sich nach ihm um, und ein Raunen ging durch die Menge. »Reine-Claude Dartigen!«, wiederholte er und marschierte quer über den Platz auf die verblüfft dreinblickende Reinette zu, eine Halskette aus Holzäpfeln in der Hand.

»Hier, die ist für dich«, sagte er, immer noch ohne zu stottern, und hängte ihr die Kette um. Die kleinen, rotgelben Früchte glänzten im goldenen Oktoberlicht.

»Reine-Claude Dartigen«, sagte Paul erneut, nahm Reine an die Hand und führte sie auf den Thron aus Stroh zu. Père Froment lächelte verlegen, ließ es jedoch zu, dass Paul Reine die Gerstenkrone auf den Kopf setzte.

»Sehr gut«, sagte der Priester leise. »Sehr gut.« Dann, etwas lauter: »Hiermit erkläre ich Reine-Claude Dartigen zur Erntekönigin!«

Vielleicht lag es daran, dass alle so ungeduldig darauf warteten, endlich feiern zu können. Vielleicht war es die Verblüffung darüber, dass der arme, kleine Paul Hourias zum ersten Mal in seinem Leben etwas gesagt hatte, ohne zu stottern. Vielleicht war es der Anblick von Reinette auf dem Thron mit ihren kirschroten Lippen und dem wunderschönen Haar, das im Sonnenlicht glänzte wie von einem Heiligenschein umgeben. Jedenfalls begannen die Leute zu klatschen. Einige brachen sogar in Hochrufe aus und riefen ihren Namen – allesamt Männer, wie mir auffiel, selbst Raphaël und Julien Lanicen, die an jenem Abend im Café de la Mauvaise Réputation dabei gewesen waren. Aber einige der Frauen applaudierten nicht. Michèles Mutter, zum Beispiel, und boshafte Klatschweiber wie Marthe Gaudin und Isabelle Ramondin. Es waren aber nur wenige. Als ich mich gerade davonschleichen wollte, erhaschte ich einen kurzen Blick auf meine Mutter und war verblüfft über ihren weichen, liebevollen Gesichtsausdruck – ihre Wangen waren gerötet, und ihre Augen strahlten fast so wie auf dem vergessenen Hochzeitsfoto. Als sie auf Reinette zueilte, löste sich ihr Kopftuch von ihrem Haar. Ich glaube, ich war die Einzige, die es bemerkte. Alle anderen schauten meine Schwester an, auch Paul, der wieder neben dem Brunnen stand, als wäre nichts geschehen. Etwas in meinem Innern verkrampfte sich. Meine Augen brannten so heftig, dass ich einen Augenblick lang fürchtete, ein Insekt – vielleicht eine Wespe – hätte mich ins Augenlid gestochen.

Ich ließ das Gebäck fallen, das ich gerade aß, drehte mich um und ging. Tomas wartete auf mich. Plötzlich war es ungeheuer wichtig für mich, daran zu glauben, dass Tomas auf mich wartete. Tomas, der mich liebte. Tomas, mein einziger Tomas, für immer und ewig. Ich drehte mich noch einmal kurz um und nahm den Anblick in mich auf. Meine Schwester, die Erntekönigin, die schönste Erntekönigin, die je gekrönt wurde, in einer Hand die Maisgarbe, in der anderen eine runde, leuchtende Frucht, die Père Froment ihr überreicht hatte. Ich sah, wie das Lächeln im Gesicht meiner Mutter plötzlich erstarb und sie zurückwich. Inmitten des allgemeinen Stimmengewirrs hörte ich sie sagen: »Was ist das? Um Gottes willen, was ist das? Wer hat dir das gegeben?«

Niemand beachtete mich, und ich lief los. Nah dran, laut zu lachen, während der vermeintliche Wespenstich immer noch in meinen Augen brannte, rannte ich so schnell ich konnte zum Fluss. Ich war völlig verwirrt. Ab und zu musste ich stehen bleiben wegen der Krämpfe in meinem Bauch – Krämpfe wie von heftigem Lachen, die mir jedoch die Tränen in die Augen trieben. Eine Orange! Aufbewahrt für diese besondere Gelegenheit, liebevoll in Seidenpapier eingewickelt für die Erntekönigin. Wie sie in ihrer Hand geglänzt hatte, als meine Mutter ... als meine Mutter ... Das Lachen brannte in meinen Eingeweiden wie Säure. Der Schmerz wurde unerträglich, warf mich zu Boden und zerrte an mir wie Angelhaken. Der Gedanke an den Blick meiner Mutter löste jedes Mal neue Krämpfe aus, die stolze Freude in ihrem Gesicht, die sich in Furcht – nein, *Entsetzen* – verwandelte beim bloßen Anblick einer kleinen Orange. Als die Krämpfe endlich nachließen, rannte ich weiter, atemlos vor Angst, Tomas könnte schon gegangen sein.

Diesmal würde ich es tun. Diesmal würde ich ihn bitten, mich mitzunehmen, egal, wohin er ging, nach Deutschland oder in den Wald, für immer auf der Flucht. Was immer er wollte, Hauptsache er und ich ... er und ich. Ich betete zur Alten Mutter, während ich weiterlief und Brombeerranken mir die Beine zerkratzten. Bitte, Tomas, bitte. Nur du. Für immer. Ich begegnete niemandem auf dem Weg durch die Felder. Alle Leute aus dem Dorf waren beim Erntedankfest. Als ich endlich bei den Piratenfelsen ankam, rief ich laut seinen Namen, meine schrille Stimme hallte über den Fluss.

Konnte es sein, dass er schon fort war?

»Tomas! Tomas!« Ich war heiser vom Lachen, heiser vor Angst. »*Tomas! Tomas!*«

Auf einmal kam er blitzschnell zwischen den Büschen hervor, packte mich mit einer Hand um die Taille und legte mir die andere auf den Mund. Zuerst erkannte ich ihn kaum – sein Gesicht war so dunkel –, und ich wehrte mich heftig, versuchte vergeblich, ihm in die Hand zu beißen, dabei gab ich dünne Laute von mir, die klangen wie Vogelgepiepse.

»Schsch. Was zum Teufel ist denn bloß in dich gefahren?« Als ich die vertraute Stimme hörte, beruhigte ich mich.

»Tomas. Tomas.« Ich konnte gar nicht mehr aufhören, seinen Namen zu sagen. Ich atmete den vertrauten Geruch nach Tabak und Schweiß ein, der an seinen Kleidern haftete, während ich mich an ihn klammerte, wie ich es vor zwei Monaten niemals gewagt hätte. »Ich wusste, dass du zurückkommen würdest, ich wusste es.«

Er sah mich an. »Bist du allein?« Seine Augen wirkten schmaler als sonst, wachsamer. Ich nickte.

»Gut. Dann hör mir zu.« Er sprach sehr langsam und eindringlich, betonte jedes Wort. In seinem Mundwinkel hing keine Zigarette, in seinen Augen war kein Funkeln. Er schien dünner geworden zu sein, sein Gesicht hagerer, sein Ausdruck strenger.

»Ich möchte, dass du mir gut zuhörst.«

Ich nickte gehorsam. Alles, was du willst, Tomas. Ich sah ihn erwartungsvoll an. Nur du, Tomas. Nur du. Am liebsten hätte ich ihm von meiner Mutter und von Reine und von der Orange erzählt, aber ich spürte, dass dies nicht der richtige Zeitpunkt war. Ich hörte ihm zu.

»Vielleicht kommen demnächst Männer ins Dorf«, erklärte er. »In schwarzer Uniform. Du weißt, was das bedeutet, nicht wahr?«

Ich nickte. »Deutsche Polizei. SS.«

»Genau.« Er sprach in einem beinahe schneidenden Ton, ganz anders als sonst. »Es könnte sein, dass sie Fragen stellen.«

Ich sah ihn verständnislos an.

»Fragen, die mich betreffen«, fügte er hinzu.

»Warum denn?«

»Das spielt keine Rolle.« Er hielt mein Handgelenk immer noch so fest umklammert, dass es fast wehtat. »Vielleicht werden sie dich ausfragen. Vielleicht werden sie von dir wissen wollen, was wir miteinander zu tun haben.«

»Du meinst die Zeitschriften und all das?«

»Ganz genau. Und sie werden nach dem alten Mann im Café fragen. Nach Gustave. Dem Mann, der ertrunken ist.« Sein Gesicht wirkte angespannt. Er sah mir direkt in die Augen. »Hör zu, Boise. Das ist sehr wichtig. Du darfst ihnen nichts sagen. Ihr habt mich nie gesehen. Ihr seid an dem Abend nicht beim Café gewesen. Ihr kennt nicht einmal meinen Namen. In Ordnung?«

Ich nickte.

»Vergiss das nicht«, beharrte Tomas. »Ihr wisst überhaupt nichts. Ihr habt nie mit mir gesprochen. Sag das auch den anderen.«

Ich nickte wieder, und er schien sich etwas zu entspannen.

»Und noch etwas.« Seine Stimme nahm einen weicheren, beinahe zärtlichen Ton an. Ich schmolz dahin wie ein Karamellbonbon und schaute ihn mit großen Augen an.

»Ich kann nicht mehr herkommen«, sagte er leise. »Jedenfalls vorerst nicht. Es wird zu gefährlich. Dieses Mal habe ich es nur mit großer Mühe geschafft, mich wegzuschleichen.«

»Wir könnten uns doch stattdessen im Kino treffen«, schlug ich schüchtern vor. »Wie früher. Oder im Wald.«

Tomas schüttelte ungeduldig den Kopf. »Hörst du denn nicht zu? Wir können uns überhaupt nicht mehr sehen. Nirgendwo.«

Kälte legte sich auf meine Haut wie Schneeflocken. In meinem Kopf drehte sich alles.

»Und wie lange nicht?«, flüsterte ich schließlich.

»Sehr lange.« Ich spürte, dass er allmählich ungehalten wurde. »Vielleicht nie mehr.«

Ich erschrak und begann zu zittern. Meine Haut brannte, als hätte ich mich in Brennnesseln gewälzt. Er nahm mein Gesicht in beide Hände.

»Hör zu, Framboise«, sagte er langsam. »Es tut mir Leid. Ich weiß, dass du –« Er brach ab. »Ich weiß, dass es schwer ist.« Er grinste, ein breites und zugleich reumütiges Grinsen, wie ein wildes Tier, das versucht, ein freundliches Gesicht zu machen.

»Ich habe euch ein paar Sachen mitgebracht«, erklärte

er dann. »Zeitschriften, Kaffee.« Wieder das verkrampft fröhliche Grinsen. »Kaugummi, Schokolade, Bücher.«

Ich sah ihn schweigend an. Mein Herz fühlte sich an wie ein kalter Lehmklumpen.

»Ihr müsst das Zeug aber gut verstecken, abgemacht?« Seine Augen leuchteten wie die eines Kindes, das jemandem ein Geheimnis anvertraut. »Und erzählt keinem etwas von uns. Wirklich niemandem.«

Er ging zu dem Gebüsch, in dem er gehockt hatte, und zog ein mit Kordel verschnürtes Päckchen heraus.

»Mach's auf«, drängte er.

Ich starrte ihn ausdruckslos an.

»Na mach schon.« Seine Stimme klang gepresst. »Das ist für dich.«

»Ich will es nicht.«

»Ach, komm schon.« Er legte einen Arm um meine Schultern, aber ich schob ihn weg.

»*Ich hab gesagt, ich will's nicht!*« Meine Stimme klang wie die meiner Mutter, scharf und schrill, und plötzlich hasste ich ihn dafür, dass er das in mir auslöste. »*Ich will's nicht! Ich will's nicht!*«

Er grinste mich hilflos an. »Ach, komm schon. Sei doch nicht so. Ich –«

»Wir könnten zusammen weglaufen«, stieß ich hervor. »Ich kenne ganz viele Stellen im Wald. Wir könnten weglaufen, und keiner würde uns finden. Wir könnten Kaninchen essen und Pilze und Beeren.« Meine Wangen glühten. Mein Hals fühlte sich rau und trocken an. »Wir wären in Sicherheit. Keiner würde uns finden.« Aber ich sah ihm an, dass es zwecklos war.

»Es geht nicht«, erwiderte er bestimmt.

Auf einmal spürte ich, wie mir Tränen in die Augen stiegen.

»Kannst du nicht wenigstens noch ein b-bisschen bleiben?« Ich hörte mich an wie Paul manchmal, unterwürfig und dumm, aber ich konnte nichts dagegen machen. Am liebsten hätte ich ihn stolz und ohne ein Wort gehen lassen, doch die Worte purzelten ungewollt aus meinem Mund.

»Bitte. Du könntest eine Zigarette rauchen, oder wir könnten ein bisschen zusammen schwimmen o-oder a-angeln.«

Tomas schüttelte den Kopf.

Ich fühlte, wie etwas in mir ganz langsam, unaufhaltsam zerbrach. Dann hörte ich plötzlich ein Scheppern.

»Nur ein paar Minuten. *Bitte.*« Wie ich den Klang meiner Stimme verabscheute, dieses dumme, gekränkte Betteln. »Ich zeig dir meine neuen Schnüre, meine neue Hechtfalle.«

Sein Schweigen war vernichtend, tonlos wie ein Grab. Ich spürte, wie unsere gemeinsame Zeit mir unaufhaltsam entglitt. Wieder hörte ich das Scheppern von Metall auf Metall, als hätte jemand einem Hund Blechdosen an den Schwanz gebunden, und plötzlich wusste ich, was das für ein Geräusch war. Unbändige Freude überkam mich.

»*Bitte! Es ist sehr wichtig!*« Meine Stimme klang jetzt hoch und kindlich, die Hoffnung auf Rettung brachte mich den Tränen näher denn je und schnürte mir die Kehle zu. »Ich verrate alles, wenn du nicht bleibst. Ich verrate alles, ich verrate all –«

Ein kurzes, ungehaltenes Nicken.

»Fünf Minuten. Keine Minute länger. Abgemacht?«

Meine Tränen versiegten. »Abgemacht.«

12

FÜNF MINUTEN. ICH WUSSTE, WAS ICH ZU TUN HATTE. Es war unsere letzte Chance – *meine* letzte Chance –, aber mein wild pochendes Herz und meine Verzweiflung versetzten mich in einen Rauschzustand. Er hatte mir fünf Minuten gegeben. Ich packte ihn an der Hand und zog ihn zu der Stelle am Ufer, wo ich meine neueste Falle ausgelegt hatte. Wie ein Stoßgebet wiederholte ich im Stillen immer wieder die Worte: Nur du, nur du, Tomas, bitte, bitte, bitte, und mein Herz klopfte so heftig, dass ich das Gefühl hatte, es müsste zerspringen.

»Wo gehen wir hin?«, fragte er ruhig, beinahe gleichgültig.

»Ich will dir was zeigen«, sagte ich außer Atem. »Was Wichtiges. Los, komm.«

Ich hörte die Blechdosen an dem Ölfass klappern, das ich als Schwimmer für den großen Fangkorb benutzte. Da war etwas drin, sagte ich mir aufgeregt. Etwas *Großes*. Die Dosen tanzten auf dem Wasser und schlugen gegen das Fass. Unter der Wasseroberfläche wurden die beiden Obstkisten, die ich mit Hühnerdraht aneinander gebunden hatte, wild hin- und hergeworfen.

Das war sie. Das *musste* sie sein.

Ich holte die lange Stange aus dem Versteck, mit der ich schwere Fangkörbe aus dem Wasser zog. Meine Hände zitterten so sehr, dass sie mir beim ersten Versuch beinahe ins Wasser fiel. Mit dem Haken, der sich am Ende der Stange befand, löste ich die Obstkisten von dem Schwimmer und stieß das Fass weg. Die Kisten schaukelten und buckelten.

»Es ist zu *schwer*!«, schrie ich.

Tomas sah mir verwirrt zu.

»Was zum Teufel ist das?«, fragte er.

»Oh, bitte! Bitte!« Verzweifelt versuchte ich, die schweren Kisten ans Ufer zu zerren. Aus den seitlichen Schlitzen strömte Wasser. Etwas Großes, Kraftvolles warf sich in der Kiste herum.

Neben mir hörte ich Tomas leise lachen.

»Ich werd verrückt, Kleine«, sagte er. »Du scheinst ihn tatsächlich erwischt zu haben, den alten Hecht. Lieber Gott, der muss ja riesig sein!«

Ich hörte ihm kaum zu. Mein Atem brannte mir in der Kehle. Meine Fersen gruben sich in den Uferschlamm, und ich rutschte hilflos auf das Wasser zu. Der Fangkorb zog mich Stück für Stück weiter.

»Die lass ich nicht mehr los!«, keuchte ich. »Die entkommt mir nicht!« Ich machte einen Schritt die Böschung hinauf, zerrte die triefenden Kisten hinter mir her, dann noch einen Schritt. Jeden Moment konnte ich auf dem schlüpfrigen Untergrund ausrutschen. Die Stange grub sich schmerzhaft in meine Schultern, während ich mich bemühte, das Gleichgewicht zu halten. Die ganze Zeit war mir bewusst, dass *er* mich beobachtete, und ich sagte mir verzweifelt, wenn es mir gelänge, die Alte Mutter aus dem Wasser zu ziehen, dann hätte ich einen Wunsch frei ... einen Wunsch ...

Ein Schritt, noch einer. Ich krallte mich mit den Zehen in den Schlamm und kämpfte mich vorwärts. Allmählich wurde meine Last etwas leichter, weil mehr und mehr Wasser aus den Kisten floss. Ich spürte, wie der Fisch sich in der Falle wütend hin und her warf. Noch ein Schritt.

Dann ging es nicht mehr weiter.

Ich zog und zerrte, aber der Fangkorb rührte sich nicht. Mit einem zornigen Aufschrei warf ich mich so weit ich konnte die Böschung hinauf, doch die Kisten hingen fest. Vielleicht hatten sie sich an einer Wurzel verfangen, die ins Wasser ragte, oder ein Stück Treibholz war im Hühnerdraht hängen geblieben. »Sie hängt *fest*!«, schrie ich. »Das verdammte Ding hat sich irgendwo verhakt!«

Tomas sah mich amüsiert an. »Es ist doch bloß ein alter Hecht«, meinte er leicht ungehalten.

»Bitte, Tomas«, keuchte ich. »Wenn ich jetzt loslasse, ist sie weg. Versuch, den Korb loszumachen, bitte.«

Tomas zuckte die Achseln, zog sich Jacke und Hemd aus und hängte beides über einen Strauch.

»Ich will mir meine Uniform nicht schmutzig machen«, erklärte er.

Mit vor Anstrengung zitternden Armen hielt ich die Stange, während Tomas das Hindernis untersuchte.

»Er hat sich in einem Wurzelgeflecht verfangen«, rief er mir zu. »Sieht so aus, als hätte sich eine Latte gelöst und zwischen den Wurzeln verkeilt.«

»Kommst du dran?«, fragte ich.

Er zuckte die Achseln. »Ich versuch's mal.« Dann zog er seine Hose aus, hängte sie zu den anderen Sachen, entledigte sich seiner Stiefel und stieg ins Wasser. Es war tief an der Stelle. Er schüttelte sich, und ich hörte ihn leise fluchen.

»Ich muss verrückt sein. Das Wasser ist eiskalt.« Er stand fast bis zu den Schultern in der braunen Brühe.

»Kommst du dran?«, rief ich noch einmal. Meine Arme schmerzten, in meinem Kopf pochte es wie verrückt. Ich spürte den Hecht, der immer noch halb im Wasser war, spürte, wie er sich mit aller Kraft im Fangkorb hin und her warf.

»Da unten«, hörte ich Tomas sagen. »Direkt unter der Oberfläche. Ich glaube« – ein Plätschern, als er kurz untertauchte und wie ein Otter gleich darauf wieder auftauchte – »ein bisschen tiefer.« Ich stemmte mich mit aller Kraft gegen das Gewicht. Meine Schläfen brannten, und ich hätte vor Schmerz und Wut schreien können. Fünf Sekunden, zehn – ich war der Ohnmacht nahe, rotschwarze Blumen schimmerten vor meinen Augen, dann das Stoßgebet: *Bitte, bitte, ich lass dich frei, ich schwöre es, bitte, Tomas, nur du, Tomas, nur du, für immer und ewig.*

Ganz plötzlich löste sich der Korb. Ich stürzte die Böschung hinauf und verlor beinahe die Stange aus den Händen. Mit verschwommenem Blick, einen metallischen Geschmack im Mund, hievte ich den Fangkorb ans Ufer, wobei ich mir Splitter unter die Fingernägel und in meine mit Blasen übersäten Handflächen rammte. Hastig zerrte ich an dem Hühnerdraht, überzeugt, dass der Hecht bereits entkommen war. Etwas schlug gegen die Seite der Kiste – flap-flap-flap. Es hörte sich an, als würde ein nasses Tuch gegen eine Emailleschüssel geschlagen – »Sieh dir dein Gesicht an, Boise, eine Schande ist das! Komm her und lass dich waschen!« –, und ich musste an meine Mutter denken, wie sie uns gnadenlos schrubbte, wenn wir uns nicht ordentlich gewaschen hatten.

Flap-flap-flap. Das Geräusch wurde leiser, schwächer, aber ich wusste, dass ein Fisch noch minutenlang leben, noch eine halbe Stunde lang zappeln konnte, nachdem man ihn aus dem Wasser gezogen hatte. Durch die Schlitze der Obstkiste konnte ich eine große Gestalt erkennen, die wie schwarzes Öl schimmerte, und hin und wieder blitzte ein einzelnes Auge auf. Ein Gefühl des Triumphs durchzuckte mich, so überwältigend, dass ich dachte, ich müsse sterben.

»Alte Mutter«, flüsterte ich heiser. »Alte Mutter. Ich wünsche mir ... ich wünsche mir, dass er bleibt. Mach, dass Tomas bleibt.« Ich flüsterte meinen Wunsch hastig, damit Tomas nicht hörte, was ich sagte, und als er nicht sofort die Böschung hinauf kam, wiederholte ich meinen Wunsch noch einmal, für den Fall, dass der alte Hecht mich beim ersten Mal nicht verstanden hatte. »Mach, dass Tomas hier bleibt. Mach, dass er für immer bei mir bleibt.«

Der Hecht in der Falle zappelte immer noch. Jetzt konnte ich sein Maul erkennen, eine missmutig nach unten gebogene Linie, gespickt mit Angelhaken von früheren Fangversuchen. Seine Größe ließ mich erschaudern, mein Sieg erfüllte mich mit Stolz, und ich war halb verrückt vor Freude und Erleichterung. Es war vorbei. Der Alptraum, der mit Jeannette und der Wasserschlange angefangen hatte, die Orangen, die meine Mutter in den Wahnsinn getrieben hatten, alles hatte hier am Flussufer ein Ende gefunden. Ein Mädchen mit einem verdreckten Rock, barfuß, das kurze Haar schlammverklebt, die Wangen rot vor Aufregung, ein Fangkorb, ein Fisch, ein Mann, der ohne Uniform und mit klatschnassem Haar beinahe aussah wie ein Junge. Ich schaute mich ungeduldig um.

»Tomas! Komm her und sieh dir das an!«

Stille. Nur das Plätschern des Wassers am Ufer. Ich stand auf und schaute zum Fluss hinunter.

»Tomas!«

Aber es war keine Spur von Tomas zu sehen. Wo er getaucht war, schimmerte das Wasser der Loire wie Milchkaffee glatt und unbeweglich. Nur ein paar kleine Bläschen stiegen an die Oberfläche.

»*Tomas!*«

Vielleicht hätte ich in Panik geraten müssen. Wenn ich

auf der Stelle reagiert hätte, hätte ich ihn womöglich retten können, das Unvermeidliche irgendwie verhindern. Das sage ich mir heute. Aber damals, immer noch berauscht von meinem Sieg, mit vor Erschöpfung zitternden Beinen, fiel mir nur das Spiel ein, das Cassis und er so oft gespielt hatten, wie sie tief getaucht waren und so getan hatten, als wären sie ertrunken; dabei hatten sie sich im Wurzelgewirr am Ufer versteckt und kicherten, während Reinette schrie und schrie. Ich ging näher ans Wasser.

»*Tomas?*«

Stille. Ich hatte das Gefühl, eine Ewigkeit dort zu stehen. Schließlich flüsterte ich: »Tomas?«

Die Loire zischte leise zu meinen Füßen. Die Alte Mutter in der Kiste wurde immer schwächer. Die Wurzeln am Ufer hingen ins Wasser wie die Finger einer Hexe. Und da begriff ich es.

Mein Wunsch war erfüllt worden.

Als Cassis und Reine mich zwei Stunden später fanden, lag ich mit starrem Blick am Ufer, eine Hand auf Tomas' Stiefeln, die andere auf einer kaputten Obstkiste, die die Überreste eines großen Fisches enthielt.

13

Wir waren Kinder. Wir wussten nicht, was wir tun sollten. Wir hatten Angst. Cassis vielleicht noch mehr als Reine und ich, denn er war älter und begriff besser als wir, was passieren würde, wenn man uns mit Tomas' Tod in Verbindung brächte. Cassis befreite Tomas' Fuß von der Wurzel, an der er hängen geblieben war, und zog ihn aus dem Wasser. Er sammelte die Kleider des Deutschen ein und schnürte sie mit dem Gürtel zusammen. Er weinte, aber gleichzeitig strahlte er eine Entschlossenheit aus, die ich noch nie an ihm erlebt hatte. Vielleicht hat er an jenem Tag seinen Lebensvorrat an Mut aufgebraucht, dachte ich später. Vielleicht hat er sich deswegen in späteren Jahren in die sanfte Umnachtung des Alkohols geflüchtet. Reine war zu nichts zu gebrauchen. Sie hockte die ganze Zeit über am Ufer und heulte; mit dem von roten Flecken übersäten Gesicht sah sie fast hässlich aus. Erst als Cassis sie schüttelte und anschrie, sie müsse versprechen, nein, *schwören*, keiner Menschenseele etwas zu erzählen, zeigte sie eine Reaktion. Sie nickte benommen und schluchzte unter Tränen: »*Tomas, oh, Tomas!*« Vielleicht war das der Grund, warum ich Cassis trotz allem nie hassen konnte. An jenem Tag hatte er zu mir gestanden, und das war mehr, als je ein Mensch für mich getan hatte.

»Habt ihr das kapiert?« Seine Jungenstimme, vor Angst

leicht zittrig, klang wie ein seltsames Echo von Tomas' Stimme. »Wenn sie das mit uns rauskriegen, dann denken sie, wir hätten ihn umgebracht. Dann erschießen sie uns.« Reine sah ihn mit weit aufgerissenen, entsetzten Augen an. Ich starrte teilnahmslos und unbeeindruckt auf den Fluss. Niemand würde mich erschießen. Ich hatte die Alte Mutter gefangen. Cassis schlug mir auf den Arm.

»Boise, hörst du überhaupt zu?«

Ich nickte.

»Wir müssen es so aussehen lassen, als hätte es jemand anders getan«, sagte Cassis. »Die Résistance oder so. Wenn sie denken, er ist ertrunken –« Mein Bruder verstummte und schaute argwöhnisch aufs Wasser. »Wenn sie rausfinden, dass er mit uns *schwimmen* gegangen ist, dann quetschen sie womöglich Hauer und die andern aus und dann –« Cassis schluckte. Mehr brauchte er nicht zu sagen.

»Wir müssen es aussehen lassen ...« Er sah mich beinahe flehend an, »wie ... wie eine Hinrichtung.«

Ich nickte. »Ich mach das.«

Wir brauchten eine Weile, bis wir raushatten, wie man eine Pistole abfeuert. Zuerst mussten wir sie entsichern. Die Pistole war schwer und roch nach Schmieröl. Dann ging es um die Frage, wohin wir schießen sollten. Ich sagte, ins Herz, Cassis meinte, in den Kopf. »Ein Schuss müsste reichen«, sagte er, »direkt in die Schläfe, damit es aussieht wie das Werk der Résistance.« Um das Ganze echter wirken zu lassen, fesselten wir ihm die Hände mit einem Stück Schnur. Wir dämpften den Knall mit seiner Jacke, aber er war trotzdem so laut, dass wir das Gefühl hatten, die ganze Welt müsste ihn hören.

Meine Trauer war tief, so tief, dass ich mich völlig benommen fühlte, wie ein träger Fluss, glatt und ruhig an der Oberfläche und darunter eiskalt. Wir schleiften Tomas ans Wasser und warfen ihn hinein. Ohne seine Kleider und seine Erkennungsmarke war es praktisch unmöglich, ihn zu identifizieren, sagten wir uns. Innerhalb eines Tages würde die Strömung ihn schon bis nach Angers getragen haben.

»Aber was machen wir mit seinen Sachen?« Cassis' Lippen waren bläulich verfärbt, doch seine Stimme klang immer noch kräftig. »Wir können sie nicht einfach ins Wasser werfen. Wenn jemand sie findet, kommt alles raus.«

»Wir könnten sie verbrennen«, schlug ich vor.

Cassis schüttelte den Kopf. »Das gibt zu viel Rauch. Außerdem kann man die Pistole, den Gürtel und die Marke nicht verbrennen.« Ich zuckte gleichgültig die Achseln. Im Geiste sah ich Tomas sanft ins Wasser gleiten, immer wieder, wie ein müdes Kind, das in sein Bett sinkt. Dann hatte ich eine Idee.

»Die Morlock-Höhle«, sagte ich.

Cassis nickte.

14

DER BRUNNEN SIEHT IMMER NOCH ZIEMLICH GENAUSO AUS wie damals, nur dass er mit einem Betondeckel versehen wurde, um zu verhindern, dass Kinder hineinfallen. Natürlich haben wir heute fließend Wasser. In meiner Kindheit war der Brunnen neben dem Regenfass unsere einzige Wasserquelle, und das Regenwasser benutzten wir nur zum Gießen.

Auf dem gemauerten Rand befand sich damals ein mit einem Vorhängeschloss gesicherter hölzerner Deckel, um Unfälle und Verunreinigung des Wassers zu vermeiden. Manchmal, wenn große Trockenheit herrschte, wurde das Wasser gelblich und brackig, aber meistens war es klar und süß. Nachdem wir *Die Zeitmaschine* gelesen hatten, spielten Cassis und ich eine Zeit lang Morlocks und Eloi, vor allem um den runden Brunnen herum, dessen düsterer Schacht uns an die Höhlen erinnerte, in denen die Morlocks nachts verschwanden.

Erst als es dämmerte, kehrten wir an jenem Tag nach Hause zurück. Tomas' Sachen versteckten wir im Garten hinter einem Lavendelstrauch. Auch das ungeöffnete Päckchen mit den Geschenken nahmen wir mit – nach allem, was geschehen war, wollte noch nicht einmal Cassis wissen, was sich darin befand. Einer von uns würde, wenn es ganz dunkel war, unter einem Vorwand nach draußen gehen müssen, erklärte Cassis – womit er natürlich meinte, dass ich das übernehmen musste –, das Bündel aus dem Versteck holen und in den Brunnen werfen. Der Schlüssel zu dem Vorhängeschloss hing hinter der Tür zusammen mit allen anderen Schlüsseln – ordentlich, wie meine Mutter war, hatte sie ihn mit einem Schildchen mit der Aufschrift »Brunnen« versehen –, und es würde ganz leicht sein, ihn zu nehmen und anschließend wieder an seinen Platz zu hängen, ohne dass Mutter etwas bemerkte. Danach, fuhr Cassis mit einem ungewohnt scharfen Unterton fort, liege alles nur noch an uns. Wir hatten Tomas Leibniz nicht gekannt, wir hatten ihn nie gesehen. Nie hatten wir mit irgendwelchen deutschen Soldaten gesprochen. Hauer und die anderen würden schon nichts verraten, wenn sie ihre Haut retten wollten. Wir brauchten nur dumm dreinzuschauen und die Klappe zu halten.

15

Es war leichter, als wir erwartet hatten. Unsere Mutter hatte Kopfschmerzen und war viel zu sehr mit sich selbst beschäftigt, um unsere blassen Gesichter und geröteten Augen zu bemerken. Sie behauptete, Reinette rieche immer noch nach Orange, und führte sie auf der Stelle ins Badezimmer, wo sie ihre Hände mit Kampfer und Bimsstein schrubbte, bis Reinette schrie. Zwanzig Minuten später kamen sie zurück, Reine mit einem Handtuch um den Kopf und meine Mutter übellaunig vor unterdrückter Wut. Es gab kein Abendessen.

»Macht euch selber was zu essen«, beschied sie uns. »Wie die Zigeuner treibt ihr euch im Wald rum. Stellt euch auf dem Marktplatz zur Schau –« Sie stöhnte auf und fasste sich an die Schläfe. Einen Augenblick lang sah sie uns an wie Fremde, dann setzte sie sich in den Schaukelstuhl neben dem Kamin, griff mit einer unwirschen Bewegung nach ihrem Strickzeug und starrte grimmig in die Flammen.

»Orangen«, murmelte sie. »Warum bringst du Orangen ins Haus? Hasst du mich so sehr?« Aber mit wem sie redete, war nicht klar, und keiner von uns wagte es, ihr zu antworten. Was hätten wir auch sagen sollen?

Um zehn Uhr ging sie in ihr Zimmer. Es war schon längst Schlafenszeit für uns, doch Mutter verlor häufig jedes Zeitgefühl, wenn sie Kopfschmerzen hatte. Wir hockten in der Küche und lauschten auf die Geräusche aus ihrem Zimmer. Cassis ging in den Keller, um etwas zu essen zu holen. Er kam mit *rillettes* und einem halben Laib Brot zurück. Obwohl keiner von uns großen Hunger hatte, begannen wir zu essen. Ich glaube, wir wollten einfach nicht miteinander reden.

Das schreckliche Ereignis, das wir mitverschuldet hatten, lastete schwer auf uns. Sein toter Körper, seine blasse Haut, die im Schatten der Bäume fast bläulich gewirkt hatte, wie wir mit den Füßen Laub über die zerfetzte Stelle an seinem Kopf geschoben hatten – komisch, wie klein und sauber das Einschussloch war –, sein abgewandtes Gesicht, die Art, wie er beinahe schläfrig ins Wasser geglitten war. Blanke Wut überdeckte meine Trauer. Du hast mich betrogen, schrie es in mir. Du hast mich betrogen. Betrogen hast du mich.

Es war Cassis, der schließlich das Schweigen brach. »Am besten du gehst jetzt raus und tust es.«

Ich warf ihm einen hasserfüllten Blick zu.

»Du musst es tun«, beharrte er. »Bevor es zu spät ist.«

Reine sah uns mit ihren dämlichen Kuhaugen flehend an.

»Also gut«, sagte ich. »Ich mach's.«

Später ging ich noch einmal zum Fluss. Ich weiß nicht, was ich vorzufinden gehofft hatte – vielleicht Tomas Leibniz' Geist, der an einen Baum gelehnt stand und eine Zigarette rauchte –, aber alles wirkte seltsam normal, es herrschte nicht einmal die unheimliche Stille, die ich nach diesem furchtbaren Ereignis erwartet hatte. Frösche quakten, und das Wasser plätscherte leise gegen das Ufer. Im silbrigen Mondlicht starrte der tote Hecht mich mit seinen glasigen Augen an. Ich kam nicht gegen das Gefühl an, dass er noch lebte, dass er jedes Wort verstehen konnte, dass er mir zuhörte.

»Ich hasse dich«, sagte ich zu der Alten Mutter.

Sie glotzte mich voller Verachtung an. Ihr ganzes Maul war mit Angelhaken gespickt. Sie sahen aus wie merkwürdige Reißzähne.

»Ich hätte dich freigelassen«, sagte ich. »Das wusstest du ganz genau.« Ich legte mich neben sie ins Gras, sodass unsere Gesichter sich fast berührten. Der Gestank des toten Fischs vermischte sich mit dem modrigen Geruch des Erdreichs. »Du hast mich betrogen.«

Im fahlen Licht wirkten die Augen des alten Hechts beinahe wissend. Beinahe triumphierend.

Ich weiß nicht, wie lange ich in jener Nacht dort blieb. Ich glaube, ich schlief ein bisschen, denn als ich wieder in den Himmel schaute, stand der Mond weiter flussabwärts und spiegelte sich im milchigen Wasser. Es war sehr kalt. Ich rieb mir die Taubheit aus den Händen und Füßen und hob den toten Hecht vorsichtig auf. Er war schwer und fühlte sich glitschig an, und in seinen glänzenden Flanken steckten verbogene Angelhaken wie Überreste eines Rückenpanzers. Schweigend trug ich ihn zu den Piratenfelsen hinüber, wo ich den ganzen Sommer über tote Wasserschlangen angenagelt hatte. Ich spießte den Hecht mit dem Unterkiefer auf einen der Nägel. Das Fleisch war zäh und so elastisch, dass ich schon fürchtete, es würde nicht klappen, doch mit einiger Anstrengung gelang es mir schließlich. Die Alte Mutter hing mit offenem Maul über dem Fluss, in einer Hülle wie aus Schlangenhaut, die im Wind zitterte.

»Gekriegt habe ich dich jedenfalls«, flüsterte ich.
Gekriegt habe ich dich jedenfalls.

16

BEINAHE HÄTTE ICH ZU SPÄT ANGERUFEN.

Die Frau, die sich meldete, machte Überstunden – es war schon zehn nach fünf – und hatte vergessen, den Anrufbeantworter einzuschalten. Sie klang sehr jung und sehr gelangweilt, und mir sank der Mut, als ich ihre Stimme hörte. Mit seltsam tauben Lippen brachte ich mein Anliegen vor. Lieber wäre mir eine ältere Frau gewesen, eine, die den Krieg erlebt hatte, eine, die sich vielleicht an den Namen meiner Mutter erinnerte, und einen Augenblick lang rechnete ich damit, dass sie mir erklärte, diese alten Geschichten interessierten niemanden mehr.

Ich war mir so sicher, dass sie gleich auflegen würde, dass ich es beinahe selbst getan hätte.

»*Madame? Madame?*«, sagte sie eindringlich. »Sind Sie noch dran?«

»Ja«, brachte ich mühsam hervor.

»Sagten Sie *Mirabelle Dartigen*?«

»Ja. Ich bin ihre Tochter. Framboise.«

»Warten Sie. Bitte warten Sie einen Augenblick.« Die Stimme klang beinahe atemlos trotz der professionellen Höflichkeit, keine Spur mehr von Langeweile. »Bitte, legen Sie nicht auf.«

17

Ich hatte mit einem Artikel gerechnet, höchstens einem Feature mit ein oder zwei Fotos. Stattdessen diskutierten sie mit mir über Filmrechte, Übersetzungsrechte, über ein Buch. Aber ich kann kein Buch schreiben, erklärte ich ihnen entgeistert. Natürlich kann ich *lesen*, aber *schreiben* ... Noch dazu in meinem Alter? Das spielt keine Rolle, beruhigten sie mich. Sie bekommen einen Ghostwriter.

Ghostwriter. Bei dem Wort läuft es mir kalt über den Rücken.

Anfangs glaubte ich, ich täte es, um mich an Laure und Yannick zu rächen. Um sie um ihren Triumph zu bringen. Aber darum geht es jetzt nicht mehr. Wie Tomas einst sagte, es gibt mehr als eine Möglichkeit, sich zur Wehr zu setzen. Außerdem tun sie mir mittlerweile nur noch Leid. Yannick hat mir sogar mehrmals geschrieben, ein Brief eindringlicher als der Nächste. Er lebt zurzeit in Paris. Laure hat die Scheidung eingereicht. Sie hat nicht versucht, mit mir Kontakt aufzunehmen. Wider besseres Wissen habe ich Mitleid mit den beiden. Schließlich haben sie keine Kinder. Sie haben keine Ahnung, wie sehr uns das voneinander unterscheidet.

Als Nächstes rief ich Pistache an. Meine Tochter nahm sofort ab, als hätte sie auf meinen Anruf gewartet. Sie klang ruhig und distanziert. Im Hintergrund hörte ich einen Hund bellen und Prune und Ricot herumtollen.

»Natürlich komme ich«, sagte sie verständnisvoll. »Jean-Marc kann sich ein paar Tage um die Kinder kümmern.« Meine liebe Pistache, geduldig und anspruchslos. Woher sollte sie wissen, wie man sich fühlt, wenn man innerlich so verhärtet ist? Ihr ist das fremd. Sie mag mich lieben, mir vielleicht vergeben, aber sie wird mich nie wirklich verstehen. Vielleicht ist es besser so für sie.

Der letzte Anruf war ein Ferngespräch. Ich hinterließ eine Nachricht, hatte Schwierigkeiten mit dem fremden Akzent, rang um Worte. Meine Stimme klang alt und zittrig, und ich musste meine Nachricht mehrmals wiederholen, um mich gegen den Lärm von Geschirrklappern, lauten Gesprächen und dem Gedudel der Musikbox verständlich zu machen. Ich konnte nur hoffen, dass es mir gelang.

18

Was danach passierte, ist allgemein bekannt. Man fand Tomas sehr bald, keine vierundzwanzig Stunden nach dem, was sich am Fluss ereignet hatte, und weit entfernt von Angers. Seine Leiche war nicht von der Strömung fortgetragen, sondern auf einer Sandbank in der Nähe des Dorfes angespült worden und wurde von denselben Deutschen gefunden, die sein Motorrad im Gebüsch in der Nähe der Piratenfelsen entdeckt hatten. Von Paul erfuhren wir, was man sich im Dorf erzählte: Eine Résistance-Gruppe habe einen deutschen Soldaten erschossen, der sie nach der Sperrstunde erwischt hatte; ein kommunistischer Scharfschütze habe ihn erschossen, um an seine Papiere zu gelangen; er sei von seinen eigenen Leuten hingerichtet worden, nachdem sie entdeckt hatten, dass er deutsches Heereseigentum auf dem schwarzen Markt verkaufte. Plötzlich wimmelte es in Les Laveuses von Deutschen, in schwarzen Uniformen und in grauen, die überall Hausdurchsuchungen machten.

Unser Haus wurde nur der Form halber durchsucht. Schließlich wohnte hier kein Mann, nur ein paar Gören mit ihrer kränkelnden Mutter.

Ich machte die Tür auf, als sie anklopften, und führte sie durchs Haus, doch sie schienen mehr an dem interessiert, was wir über Raphaël Crespin wussten. Paul erzählte uns später, Raphaël sei an jenem Tag frühmorgens, oder vielleicht schon während der Nacht, verschwunden. Er hatte sich regelrecht in Luft aufgelöst, hatte sein Geld und seine Papiere mitgenommen. Im Café de la Mauvaise Réputation hatten die Deutschen im Keller Waffen und genug Sprengstoff gefunden, um ganz Les Laveuses in die Luft zu jagen.

Zweimal kamen die Deutschen zu uns und durchsuchten das Haus vom Keller bis zum Dach, doch dann schienen sie das Interesse an uns zu verlieren. Ohne große Verwunderung nahm ich zur Kenntnis, dass der SS-Offizier, der die Durchsuchung leitete, derselbe rotgesichtige Mann war, der im Sommer unsere Erdbeeren gelobt hatte. Trotz seines ernsten Auftrags verhielt er sich genauso wohlwollend wie damals, tätschelte mir im Vorbeigehen den Kopf und achtete darauf, dass die Soldaten alles ordentlich hinterließen. An der Kirchentür wurde ein Plakat angebracht, das auf Deutsch und Französisch jeden, der etwas zur Klärung des Falles beitragen konnte, dazu aufforderte, sich zu melden. Meine Mutter lag mit Kopfschmerzen im Bett, schlief den ganzen Tag und führte nachts Selbstgespräche.

Wir schliefen schlecht, von Alpträumen geplagt.

Als es schließlich geschah, war es beinahe unspektakulär. Es passierte um sechs Uhr morgens, an der Westmauer der Kirche Saint-Bénédict, in der Nähe des Brunnens, wo Reinette wenige Tage zuvor mit der Gerstenkrone auf ihrem Thron gesessen und Blumen in die Menge geworfen hatte.

Paul kam, um uns davon zu berichten. Sein Gesicht war bleich und fleckig, und auf seiner Stirn trat eine Vene hervor, als er uns stotternd erzählte, was vorgefallen war. Wir hörten entsetzt zu, fragten uns benommen, wie es dazu hatte kommen können, wie es möglich war, dass aus so einem winzigen Samen wie dem unseren so eine blutige Blume hatte sprießen können. Ihre Namen trafen mich wie Pfeile. Zehn Namen, die ich nie vergessen werde: Martin Dupré, Jean-Marie Dupré, Colette Gaudin, Philippe Hourias, Henri Lemaître, Julien Lanicen, Arthur Lecoz, Agnès Petit, François Ramondin, Auguste Truriand. Sie geistern durch meine Erinnerung wie der Refrain eines Liedes, das einen nicht loslässt, überraschen mich im Schlaf, verfolgen mich in meinen Träumen. Zehn Namen. Alle zehn, die an jenem Abend im La Rép gewesen waren.

Später erfuhren wir, dass Raphaëls Verschwinden der Auslöser gewesen war. Das Waffenlager im Keller ließ darauf schließen, dass der Besitzer des Cafés Verbindungen zu Widerstandsgruppen unterhielt. Niemand wusste etwas Genaues. Die einen mutmaßten, das ganze Café sei nur eine geschickte Tarnung für sorgfältig organisierte Résistance-Aktivitäten gewesen, die anderen, Tomas' Tod sei ein Racheakt für das, was dem alten Gustave wenige Wochen zuvor zugestoßen war. Auf jeden Fall zahlte Les Laveuses einen hohen Preis für seinen vermeintlichen Aufstand. Wie Spätsommerwespen spürten die Deutschen das Ende nahen und schlugen instinktiv mit besonderer Brutalität zu.

Martin Dupré, Jean-Marie Dupré, Colette Gaudin, Philippe Hourias, Henri Lemaître, Julien Lanicen, Arthur Lecoz, Agnès Petit, François Ramondin, Auguste Truriand. Ich fragte mich, ob sie still gefallen waren, wie Figuren in einem Traum, oder ob sie geweint und um Gnade gefleht oder zu fliehen versucht hatten. Später stellte ich mir vor, wie die Soldaten die Leichen kontrollierten, einem, der noch zuckte und blinzelte, eine weitere Kugel verpassten, einen blutigen Rock hochschoben, um bleiche Schenkel zu betrachten. Paul erzählte, es habe nur eine Sekunde gedauert. Keiner durfte zusehen, die Fensterläden der benachbarten Häuser blieben geschlossen, Soldaten standen davor Wache. Noch heute male ich mir aus, wie die Leute hinter den Fenstern hockten und mit vor Entsetzen offenem Mund durch die Ritzen lugten. Und dann das Flüstern, mit angehaltenem Atem ausgestoßene Worte, als könnten Worte helfen, das Unfassbare zu verstehen.

Sie kommen! Da sind die Brüder Dupré. Und Colette, Colette Gaudin. Philippe Hourias. Henri Lemaître – warum er, er würde doch keiner Fliege etwas zuleide tun. Der alte Julien Lanicen – er ist doch kaum zehn Minuten am Tag nüchtern. Arthur Lecoz. Und Agnès, Agnès Petit. François Ramondin. Und Auguste Truriand.

Aus der Kirche, wo die Frühmesse schon begonnen hat, ertönen laute Stimmen. Ein Erntedanklied. Vor der verschlossenen Tür stehen zwei Soldaten mit gelangweilten Gesichtern Wache. Père Froment betet mit blökender Stimme vor, und die Gemeinde antwortet im Chor. Nur ein paar Dutzend Gläubige haben sich heute in der Kirche eingefunden, denn es geht das Gerücht, der Priester habe den Deutschen seine Kooperation zugesichert. Die Orgel dröhnt mit voller Lautstärke, dennoch sind die Schüsse drinnen zu hören, der gedämpfte Aufschlag der Kugeln auf dem alten Gemäuer gräbt sich ein in das Gedächtnis jedes einzelnen Gemeindemitglieds. Hinten in der Kirche fängt jemand an, die Marseillaise zu singen, aber die Stimme klingt betrunken und übertrieben laut in der plötzlichen Stille, und der Sänger verstummt verlegen.

In meinen Träumen sehe ich alles ganz deutlich, als wäre ich dort gewesen. Ich sehe ihre Gesichter. Ich höre ihre Stimmen. Ich sehe den plötzlichen, schockierenden Übergang vom Leben zum Tod. Aber meine Trauer hat sich so tief in meinem Herzen vergraben, dass ich sie nicht mehr spüre, und wenn ich mit tränenüberströmtem Gesicht aufwache, empfinde ich Verwunderung, beinahe Gleichgültigkeit. Tomas ist fort. Alles andere ist bedeutungslos.

Ich nehme an, wir befanden uns in einem Schockzustand. Wir sprachen nicht darüber, gingen einander aus dem Weg. Reinette verzog sich in ihr Zimmer, lag stundenlang auf dem Bett und betrachtete ihre Filmstars, Cassis verschanzte sich hinter seinen Büchern, und ich flüchtete in den Wald und an den Fluss. Um unsere Mutter kümmerten wir uns kaum, obwohl sie schrecklich unter ihrer Migräne litt. Wir hatten keine Angst mehr vor ihr. Selbst Reinette zuckte nicht mehr zusammen, wenn Mutter sie anschrie. Wir hatten getötet. Was gab es da noch zu fürchten?

Mein Hass hatte noch nichts gefunden, worauf er sich richten konnte – die Alte Mutter hing an einem der Piratenfelsen, also konnte ich ihr nicht länger die Schuld an Tomas' Tod geben –, aber ich spürte, wie er in mir rumorte, wie er auf der Lauer lag und ein Opfer suchte. Als ich meine Mutter nach einer weiteren schlaflosen Nacht bleich und erschöpft und verzweifelt aus ihrem Zimmer kommen sah, bündelte mein Hass sich auf einmal, schrumpfte auf einen einzigen Punkt wie auf einen kleinen, schwarzen Diamanten.

Du bist schuld du bist schuld du bist schuld.

Sie sah mich an, als hätte sie meine Gedanken gelesen. »Boise?« Ihre Stimme zitterte.

Ich wandte mich ab, spürte den Hass in meinem Herzen wie einen Eisklumpen.

Hinter mir hörte ich, wie ihr vor Entsetzen der Atem stockte.

19

In der folgenden Woche bekamen wir Probleme mit dem Wasser. Das Brunnenwasser, das normalerweise klar und süß war, färbte sich braun wie Torf und schmeckte seltsam, als hätten wir Laub hineingeworfen. Ein oder zwei Tage lang beachteten wir es nicht, aber es wurde immer schlimmer. Selbst unsere Mutter, der es endlich wieder besser ging, bemerkte die Veränderung.

»Vielleicht ist etwas in den Brunnen gefallen«, meinte sie.

Wir blickten sie wie üblich ausdruckslos an.

»Ich werde mal nachsehen.«

Wir warteten nur darauf, dass sie die Ursache entdeckte.

»Sie kann nichts beweisen«, sagte Cassis verzweifelt. »Sie *weiß* nichts.«

Reine begann zu wimmern. »Aber sie wird es rausfinden. Sie findet alles raus, wenn sie will.«

Cassis biss sich in die Faust. »Warum hast du uns nicht gesagt, dass Kaffee in dem Päckchen war?«, stöhnte er. »Hast du denn keinen Funken Verstand?«

Ich zuckte die Achseln. Als Einzige blieb ich gelassen.

Wir wurden nie entlarvt. Unsere Mutter kam mit einem Eimer voll Laub zurück und erklärte, der Brunnen sei jetzt wieder sauber.

»Es ist bestimmt bloß Flussschlamm«, sagte sie beinahe frohgemut. »Wenn der Wasserspiegel sinkt, wird unser Wasser wieder klar. Ihr werdet sehen.«

Sie sicherte den Holzdeckel mit dem Vorhängeschloss und trug den Schlüssel fortan an ihrem Gürtel. Wir hatten keine Gelegenheit, noch einmal nachzusehen.

»Das Päckchen ist wahrscheinlich auf den Grund gesunken«, meinte Cassis. »Immerhin war es ziemlich schwer. Sie findet es höchstens, wenn der Brunnen austrocknet.« Wir wussten alle, dass das ziemlich unwahrscheinlich war. Und bis zum nächsten Sommer würde der Inhalt des Päckchens sich aufgelöst haben.

»Es kann uns nichts passieren«, verkündete Cassis.

20

Rezept für *Himbeerlikör.*

Ich habe sie sofort erkannt. Erst dachte ich, es wäre nur altes Laub. Die Himbeeren säubern und die Härchen entfernen. Eine halbe Stunde in warmem Wasser einweichen. Als ich das Bündel mit einer Stange aus dem Wasser zog, sah ich, dass es Kleider waren, mit einem Gürtel zusammengeschnürt. Ich brauchte nicht erst die Taschen zu durchsuchen, um Bescheid zu wissen. Die Früchte abgießen und so viele in ein großes Gefäß geben, dass der Boden bedeckt ist. Mit einer dicken Schicht Zucker bestreuen. Dann wieder eine Schicht Himbeeren, und so weiter, bis das Gefäß halb voll ist. Anfangs war ich wie benommen. Ich habe den Kindern gesagt, der Brunnen sei wieder sauber, bin in mein Zimmer gegangen und habe mich hingelegt. Den Brunnen habe ich mit einem Vorhängeschloss gesichert. Konnte keinen klaren Gedanken fassen. Vorsichtig mit Cognac übergießen, dabei darauf achten, dass die Schichten erhalten bleiben, anschließend das Gefäß ganz mit Cognac füllen. Mindestens achtzehn Monate ruhen lassen.

Es ist alles winzig klein und in diesen seltsamen Hieroglyphen geschrieben, die sie benutzt, wenn etwas geheim bleiben soll. Fast kann ich ihre Stimme hören, die leicht nasale Aussprache, den sachlichen Ton, mit dem sie die schreckliche Schlussfolgerung zieht.

Ich muss es getan haben. Ich habe so häufig Gewaltphantasien, und diesmal habe ich es anscheinend wirklich getan. Seine Kleider im Brunnen, seine Erkennungsmarke in seiner Tasche. Er muss wieder hergekommen sein, und da habe ich es getan: Ich habe ihn erschossen, ausgezogen und in den Fluss geworfen. Ich kann mich jetzt fast daran erinnern, aber nur undeutlich, wie an einen Traum. So viele Dinge kommen mir jetzt wie Träume vor. Kann nicht sagen, dass es mir Leid tut. Nach allem, was er mir angetan hat, was er zugelassen hat, das man Reine antut, mir, den Kindern, mir.

An dieser Stelle wird die Schrift unleserlich, als hätte das Entsetzen die Oberhand gewonnen und den Stift zitternd über das Papier geführt. Doch sie hat sich gleich wieder unter Kontrolle.

Ich muss an die Kinder denken. Sie sind hier nicht mehr sicher. Er hat sie die ganze Zeit benutzt. Ich dachte immer, er wollte mich, aber er wollte die Kinder, damit er sie benutzen konnte. Mich hat er bei Laune gehalten, um sie häufiger treffen zu können. Diese Briefe. Gemeine Worte, doch sie haben mir die Augen geöffnet. Was wollten die Kinder im La Rép? Was hatte er noch mit ihnen vor? Vielleicht war es gut, dass Reine diese Sache passiert ist. Das hat ihm endlich das Handwerk gelegt. Von da an hatte er die Situation nicht mehr im Griff. Jemand ist getötet worden. Das war nicht vorgesehen. Diese anderen Deutschen gehörten eigentlich nie dazu. Die hat er auch benutzt. Um ihnen notfalls die Schuld zuschieben zu können. Und jetzt meine Kinder.

Wieder wird es unleserlich. Dann:

Ich wünschte, ich könnte mich erinnern. Was hat er mir diesmal für mein Schweigen angeboten? Schon wieder Tabletten? Hat er wirklich geglaubt, ich könnte schlafen in dem Wissen, was ich dafür bezahlt habe? Oder hat er mich angelächelt und mein Gesicht auf diese besondere Weise berührt, als hätte sich zwischen uns nichts geändert? Habe ich es deswegen getan?

Die Schrift ist leserlich, aber zittrig, mit einer ungeheuren Willensanstrengung aufs Papier gezwungen.

Es gibt für alles einen Preis. Aber nicht meine Kinder. Die sollen jemand anderen nehmen. Irgendjemanden. Meinetwegen das ganze Dorf. Das sage ich mir, wenn ich ihre Gesichter im Traum sehe – dass ich es für meine Kinder getan habe. Am besten, ich schicke sie für eine Weile zu Juliette. Und nach dem Krieg hole ich sie wieder zu mir. Dort sind sie sicher. Sicher vor mir. Ich muss sie wegschicken, meine kleinen Lieblinge Reine, Cassis und Boise. Vor allem meine kleine Boise. Was bleibt mir anderes übrig? Und wird es je aufhören?

Hier bricht sie ab; es folgt ein mit roter Tinte geschriebenes Rezept für Kaninchenragout, dann geht es in einer anderen Farbe und in einer anderen Schrift weiter.

Es ist alles geregelt. Ich schicke sie zu Juliette. Da sind sie in Sicherheit. Ich werde mir eine Geschichte ausdenken, auf die die Klatschmäuler sich stürzen können. Ich kann den Hof nicht einfach so verlassen; die Bäume brauchen im Winter Pflege. Belle Yolande hat immer noch Pilzbefall, darum muss ich mich kümmern. Außerdem sind sie ohne mich sicherer. Das weiß ich jetzt.

Ich kann nur versuchen, mir vorzustellen, was sie damals empfunden hat. Angst, Reue, Verzweiflung, das Entsetzen darüber, dass sie allmählich wahnsinnig wurde, dass ihre schlimmsten Alpträume einen Weg in die Wirklichkeit gefunden hatten und jetzt alles bedrohten, was sie liebte. Aber ihre Zähigkeit war stärker. Diese Hartnäckigkeit, die ich von ihr geerbt habe, der Instinkt, zu beschützen, was sie liebte, und wenn es sie selbst umbrachte.

Nein, ich habe nicht geahnt, was sie damals durchmachte. Ich hatte meine eigenen Alpträume. Aber auch mir waren die Gerüchte zu Ohren gekommen, die im Dorf kursierten, Gerüchte, die immer lauter und bedrohlicher wurden, und die meine Mutter, wie üblich, weder zur Kenntnis nahm noch bestritt. Mit den Schmierereien am Hühnerstall hatte es begonnen und jetzt, nach den Hinrichtungen, gab es kein Halten mehr. Einmal war es ein Stein, der von der Rückseite eines Melkschuppens nach meiner Mutter geworfen wurde, ein andermal wurden nach der Sperrstunde Erdklumpen gegen unsere Haustür geschleudert. Frauen wandten sich ab, ohne zu grüßen. Dann tauchten neue Schmierereien auf, diesmal an unserer Hauswand.

»NAZIHURE« und »UNSERE BRÜDER UND SCHWESTERN SIND EURETWEGEN GESTORBEN.«

Paul sprach noch hin und wieder mit uns, aber nur, wenn niemand in der Nähe war. Die Erwachsenen schienen keine Notiz von uns Kindern zu nehmen, bis auf die verrückte alte Denise Lelac, die uns manchmal einen

Apfel oder ein Stück Kuchen zusteckte und murmelte: »Nehmt schon, nehmt schon. Eine Schande, dass unschuldige Kinder in so eine schreckliche Sache hineingezogen werden.«

Nach einer Woche waren alle davon überzeugt, dass Mirabelle Dartigen die Hure des Deutschen gewesen war, und ihre Familie deswegen verschont wurde. Als Nächstes fiel den Leuten wieder ein, dass mein Vater irgendwann einmal seine Sympathie für die Deutschen zum Ausdruck gebracht hatte. An einem Mittwoch tauchten ein paar Betrunkene vor unserem Haus auf, schrien Beschimpfungen und warfen Steine gegen unsere Fensterläden. Wir lagen im Dunkeln in unseren Betten, zitternd vor Angst, und lauschten auf die vertrauten Stimmen, bis unsere Mutter hinausging und dem Spuk ein Ende bereitete. In jener Nacht zogen sie friedlich ab. In der folgenden Nacht entfernten sie sich unter lautem Geschrei. Dann kam der Freitag.

Wir hatten gerade zu Abend gegessen, als wir sie kommen hörten. Es war den ganzen Tag grau und regnerisch gewesen, und die Leute waren gereizt und aggressiv. Am Abend legte sich ein weißlicher Dunstschleier über die Felder, sodass unser Hof wirkte wie eine Insel mitten im Nebel. Wie stets in letzter Zeit, aßen wir schweigend und mit wenig Appetit, obwohl meine Mutter unsere Lieblingsspeisen aufgetischt hatte. Frisch gebackenes Mohnbrot mit Butter, *rillettes*, Mettwurstscheiben von einem Schwein, das wir im vergangenen Jahr geschlachtet hatten, gebratene Blutwurst und in der Pfanne aufgebackene Buchweizenpfannkuchen, knusprig und nach Herbstlaub duftend. Unsere Mutter, um gute Stimmung bemüht, schenkte uns aus einem irdenen Krug Apfelmost ein, trank jedoch selbst nicht davon. Ich erinnere mich, wie sie während der ganzen Mahlzeit gequält lächelte und hin und wieder kurz auflachte, obwohl niemand etwas Lustiges gesagt hatte.

»Ich habe nachgedacht.« Ihre Stimme klang metallisch. »Ich finde, wir brauchen einen Tapetenwechsel.« Wir sahen sie gleichgültig an. Die Küche war erfüllt vom Duft nach Bratfett und Apfelmost.

»Ich habe mir überlegt, wir könnten Tante Juliette in Pierre-Buffière einen Besuch abstatten«, fuhr sie fort. »Es wird euch gefallen. Der Ort liegt in den Bergen, im Limousin. Es gibt dort Ziegen und Murmeltiere und –«

»Hier gibt's auch Ziegen«, bemerkte ich trocken.

Meine Mutter lachte. »Ich hätte mir denken können, dass du Einwände vorbringen würdest.«

Unsere Blicke begegneten sich. »Du willst, dass wir weglaufen«, sagte ich.

Zunächst tat sie so, als verstünde sie nicht, was ich meinte.

»Ich weiß, es hört sich nach einer sehr weiten Reise an«, sagte sie mit dieser falschen Heiterkeit. »Aber es ist gar nicht so schrecklich weit, und Tante Juliette wird sich freuen, uns zu sehen.«

»Du willst, dass wir weglaufen, wegen dem, was die Leute sagen«, erwiderte ich. »Dass du eine Nazihure bist.«

Meine Mutter errötete. »Ihr solltet nichts auf das Gerede geben«, ermahnte sie uns. »Das bringt nur Ärger.«

»Ach, es stimmt also nicht?«, fragte ich, nur um sie in Verlegenheit zu bringen. Ich wusste, dass es nicht stimmte, konnte mir nicht *vorstellen*, dass es stimmte. Huren waren rosig und mollig, sanft und hübsch, mit großen, nichts sagenden Augen und rot geschminkten Lippen wie die Filmstars auf Reinettes Postkarten. Huren lachten und quiekten, trugen hochhackige Schuhe und hatten Handtaschen aus Leder. Meine Mutter war alt, hässlich und verbittert. Selbst ihr Lachen war hässlich.

»Natürlich nicht.« Sie wich meinem Blick aus.
»Warum laufen wir dann weg?«, beharrte ich.
Schweigen. Und in der plötzlich eintretenden Stille hörten wir es, das bedrohliche Gemurmel vor unserem Haus, das Klappern von Metall, das Scharren von Füßen. Dann traf der erste Stein die Fensterläden. Als wir aus dem Fenster spähten, sahen wir sie am Tor stehen, zwanzig oder dreißig Leute, hauptsächlich Männer, aber auch ein paar Frauen. Einige trugen Laternen oder Fackeln wie bei einer Herbstprozession, einige hatten die Taschen voller Steine. Aus der Küche fiel ein Lichtstrahl auf den Hof, und auf einmal wandte sich jemand dem Fenster zu und schleuderte einen Stein, der den alten Fensterladen durchbrach. Die Scheiben zersplitterten. Es war Guilherm Ramondin, der Mann mit dem Holzbein. In dem flackernden, rötlichen Licht der Fackeln konnte ich sein Gesicht kaum ausmachen, aber selbst auf die Entfernung spürte ich seinen Hass.

»*Schlampe!*« Seine Stimme war kaum wieder zu erkennen, sie klang nicht nur vom Alkohol heiser und belegt. »Komm raus, du Schlampe, sonst kommen wir rein und holen dich!«

Lautes Gebrüll begleitete seine Worte, die Leute stampften mit den Füßen, und ein Hagel von Kies und Dreck prasselte gegen die halb geschlossenen Läden.

Meine Mutter öffnete das zerbrochene Fenster einen Spaltbreit und rief: »Geh nach Hause, Guilherm, du alter Trottel, bevor du aus den Latschen kippst und dich jemand wegtragen muss!«

Die Leute lachten und johlten. Guilherm fuchtelte mit seiner Krücke in der Luft herum.

»Ganz schön unverschämt für eine Deutschenhure!«, brüllte er. »Wer hat Raphaël an die Deutschen verraten, hä? Wer hat ihnen vom La Rép erzählt? Warst du das,

Mirabelle? Hast du den SS-Leuten gesagt, die Leute aus dem La Rép hätten deinen Liebhaber ermordet?«

Meine Mutter spuckte aus dem Fenster. »Unverschämt?«, rief sie mit schriller Stimme. »Du bist der Einzige, der hier unverschämt ist, Guilherm Ramondin! Unverschämt genug, um betrunken vor dem Haus einer ehrlichen Frau aufzukreuzen und ihre Kinder zu erschrecken! Tapfer genug, um nach einer Woche an der Front nach Hause geschickt zu werden! Während mein Mann gefallen ist!«

Guilherm brach in wütendes Gebrüll aus. Die Leute hinter ihm stimmten heiser ein. Eine neue Salve von Steinen und Dreck traf das Fenster, Lehmklumpen fielen auf den Küchenboden.

»Du Schlampe!« Jetzt stürmten sie durch das Tor, das sie mühelos aus den verrosteten Angeln gehoben hatten.

»Glaub ja nicht, wir wüssten nicht Bescheid! Glaub ja nicht, Raphaël hätte uns nichts erzählt!« Guilherms hasserfüllte Stimme übertönte das Gebrüll der anderen. In der Dunkelheit sah ich seine Augen unter dem Fenster triumphierend funkeln. »Wir wissen, dass du mit ihnen Geschäfte gemacht hast, Mirabelle! Wir wissen, dass Leibniz dein Liebhaber war!« Meine Mutter schnappte sich einen Wasserkrug und schüttete ihn über die Angreifer aus. »Das wird euch abkühlen!«, schrie sie wütend. »Hast du nichts anderes im Kopf? Glaubst du vielleicht, wir wären alle so primitiv wie du?«

Aber Guilherm stand bereits an der Haustür und trommelte mit den Fäusten dagegen. »Komm raus, du Schlampe! Wir wissen Bescheid!« Ich sah, wie die Tür unter seinen Schlägen bebte. Meine Mutter blickte uns mit vor Wut glühenden Augen an.

»Packt eure Sachen. Holt die Geldkassette aus dem Versteck. Holt unsere Papiere.«

»Aber warum –«

»Los, macht schon!«
Wir rannten los.

Als ich das Krachen hörte – ein fürchterlicher Lärm, der den Dielenboden erzittern ließ –, dachte ich, sie hätten die Tür eingetreten. Aber dann kamen wir in die Küche zurück und sahen, dass unsere Mutter, um den Eingang zu verbarrikadieren, den Tisch und die schwere Anrichte vor die Haustür geschoben hatte, wobei viele ihrer wertvollen Teller auf den Boden gefallen und in tausend Stücke zersprungen waren. In einer Hand hielt sie die Schrotflinte meines Vaters.

»Cassis, sieh an der Hintertür nach. Ich glaub nicht, dass sie daran gedacht haben, aber man kann nie wissen. Reine, du bleibst bei mir. Boise ...« Einen Moment lang schaute sie mich seltsam an mit ihren schwarzen, unergründlichen Augen, brachte den Satz jedoch nicht zu Ende, denn im selben Augenblick krachte irgendetwas mit fürchterlicher Wucht gegen die Tür, sodass die obere Hälfte aus dem Rahmen gerissen wurde und ein Streifen Nachthimmel sichtbar wurde. Fackeln und vor Wut gerötete Gesichter erschienen im Türrahmen. Eins davon gehörte Guilherm Ramondin, der verbissen grinste.

»Versuch nur, dich in deinem Haus zu verstecken, du Schlampe«, keuchte er. »Wir kommen dich holen. Und dann wirst du für das bezahlen, was du –«

Selbst in dieser Situation, als das Haus um sie herum zusammenzubrechen schien, reagierte meine Mutter mit einem höhnischen Lachen.

»Was ich deinem Vater angetan habe?«, fragte sie verächtlich. »Deinem Vater, dem Märtyrer? Dem guten François? Dem Helden? Dass ich nicht lache!« Sie hob die Schrotflinte, sodass er sie sehen konnte. »Dein Vater war ein erbärmlicher alter Säufer, der sich auf die eigenen Schuhe gepisst hat. Dein Vater –«

»Mein Vater war ein Widerstandskämpfer!« Guilherms Stimme überschlug sich vor Wut. »Warum hätte er sonst jeden Abend bei Raphaël gesessen? Warum hätten die Deutschen ihn sonst erschossen?«

Meine Mutter lachte wieder. »Oh, ein Widerstandskämpfer, das war er also?«, höhnte sie. »Und der alte Lecoz? Der gehörte wohl auch der Résistance an, was? Und die arme Agnès? Und Colette?« Zum ersten Mal wirkte Guilherm verunsichert. Die Schrotflinte im Anschlag, machte meine Mutter einen Schritt auf die Tür zu.

»Ich will dir mal was sagen, Ramondin«, rief sie. »Wenn dein Vater ein Widerstandskämpfer war, dann bin ich Jeanne d'Arc. Er war ein armer, alter Trottel, mehr nicht, ein Schwätzer, der keinen mehr hochkriegte. Er hatte einfach das Pech, zur falschen Zeit am falschen Ort zu sein, genau wie ihr Idioten da draußen. Und jetzt macht, dass ihr wegkommt!« Sie feuerte einen Schuss in die Luft ab. »*Alle!*«, brüllte sie.

Aber Guilherm ließ sich nicht beirren.

»*Irgendjemand* hat den Deutschen getötet«, sagte er. »Irgendeiner hat ihn hingerichtet. Wer soll das gewesen sein, wenn nicht die Résistance? Und dann hat jemand der SS einen Hinweis gegeben. Irgendjemand aus dem Dorf. Wer soll das getan haben, wenn nicht du, Mirabelle? Wer?«

Meine Mutter brach in lautes Lachen aus. Sie sah beinahe schön aus mit ihrem geröteten, zornigen Gesicht, aber ihr Lachen war Furcht erregend.

»Willst du das wirklich wissen, Guilherm?« Ihre Stimme hatte einen neuen, beinahe freudigen Ton angenommen. »Du gehst also nicht eher nach Hause, als bis du's weißt?« Sie feuerte einen Schuss in die Decke ab, sodass Teile des Putzes herabrieselten, die im rötlichen Licht der Fackeln wie blutige Federn wirkten. »*Du willst es wirklich wissen, du verdammter Hurensohn?*«

Guilherm zuckte zusammen, aber meine Mutter war noch nicht fertig.

»Ich sage dir die Wahrheit, Ramondin, was hältst du davon?«, schrie sie. Ihre Stimme schnappte über vor Lachen, wahrscheinlich war sie vollkommen hysterisch, doch damals dachte ich, sie amüsiere sich köstlich. »Ich sage dir, was wirklich passiert ist, in Ordnung?« Sie nickte aufgeregt. »Ich brauchte *niemanden* an die Deutschen zu verraten, Ramondin. Und weißt du warum? Weil *ich* Tomas Leibniz getötet habe. Ich habe ihn getötet! Glaubst du mir etwa nicht? *Ich habe ihn getötet!*« Sie drückte mehrmals ab, obwohl beide Läufe der Flinte leer waren. Ihr hüpfender Schatten auf dem Dielenboden war rot und schwarz und riesenhaft. »Na, fühlst du dich jetzt besser, Ramondin?«, kreischte sie. »Ich habe ihn getötet! Ich war seine Hure, jawohl, und es tut mir kein bisschen Leid. Ich habe ihn getötet, und ich würde es wieder tun. Ich würde ihn noch tausendmal töten. Na, was sagst du jetzt? Was sagst du jetzt, du verfluchter Trottel?«

Meine Mutter schrie immer noch, als die erste Fackel ins Haus flog. Sie ging gleich aus, aber Reinette fing an zu heulen. Die nächste Fackel setzte die Vorhänge in Brand, und die dritte fiel auf die Anrichte, deren trockenes Holz sofort Feuer fing. Guilherms Gesicht verschwand aus dem Türrahmen, doch ich hörte ihn draußen Befehle brüllen. Dann kam ein brennendes Strohbündel, so eins wie die, aus denen der Thron der Erntekönigin gemacht wurde, über die Anrichte geflogen und landete glimmend mitten in der Diele. Meine Mutter schrie immer noch hysterisch. »Ich habe ihn getötet, ihr Feiglinge! Ich habe ihn getötet, und ich bin froh, dass ich's getan habe, und ich werde jeden von euch töten, der versucht, sich an mir oder meinen Kindern zu vergreifen!« Cassis versuchte, sie am Arm zu fassen, doch sie stieß ihn gegen die Wand.

»Die Hintertür«, rief ich ihm zu. »Wir müssen durch die Hintertür.«

»Und was ist, wenn sie dort auf uns warten?«, wimmerte Reine.

»*Was ist wenn!*«, brüllte ich ungehalten. Von draußen war Geschrei und Gejohle zu hören, wie auf einer Kirmes, die außer Kontrolle geraten ist. Ich packte meine Mutter an einem Arm, Cassis ergriff den anderen. Gemeinsam zerrten wir sie, die immer noch lachte und tobte, zum Hinterausgang. Natürlich warteten sie schon auf uns. Ihre Gesichter glänzten rot im Licht des Feuers. Guilherm versperrte uns den Weg, neben ihm standen Lecoz, der Metzger, und Jean-Marie Hourias, der leicht verlegen wirkte, aber breit grinste. Den Hühnerstall und den Ziegenstall hatten sie bereits angezündet, und der Gestank der brennenden Federn vermischte sich mit dem Geruch des feuchten, kalten Nebels.

»Ihr bleibt hier«, knurrte Guilherm. Hinter uns im Haus knackte und knisterte das Feuer.

Meine Mutter drehte blitzschnell die Schrotflinte um und schlug Guilherm so heftig damit gegen die Brust, dass er zu Boden stürzte. Ich nutzte die Lücke, die entstand, um loszurennen, kämpfte mich unter Ellbogen und zwischen Beinen, Stöcken und Mistgabeln hindurch. Irgendjemand packte mich bei den Haaren, aber ich riss mich los; wendig wie ein Aal schlüpfte ich durch die wütende Menge. Ich biss und kratzte, nahm die Schläge kaum wahr, die auf mich niederprasselten. Schließlich rannte ich über das Feld in die Dunkelheit und versteckte mich hinter ein paar Himbeersträuchern. Von irgendwo her meinte ich die Stimme meiner Mutter zu hören, die immer noch schrie und tobte wie ein Tier, das seine Jungen verteidigt.

Der Rauchgestank wurde immer stärker. Vor dem Haus krachte irgendetwas mit lautem Getöse zusammen, und ich spürte, wie mich eine leichte Hitzewelle traf. Jemand schrie kläglich, ich glaube, es war Reine.

Die Menge war nur noch als undefinierbarer, hasserfüllter Haufen erkennbar. Ich sah, wie die Giebelwand des Hauses in einem Funkenregen einstürzte. Eine rote Flammensäule schoss in den Nachthimmel wie ein Feuer speiender Geysir.

Eine Gestalt löste sich aus der Menge und lief in Richtung Maisfeld. Ich erkannte Cassis und nahm an, er wollte in den Ausguck flüchten. Mehrere Leute rannten hinter ihm her, aber der brennende Hof zog die meisten in seinen Bann. Außerdem hatten sie es auf meine Mutter abgesehen. Jetzt hörte ich ihre Stimme aus dem Geschrei der Menge heraus. Sie rief unsere Namen.

»Cassis! Reine-Claude! Boise!«

Ich stand auf, bereit loszurennen, falls jemand auf mich zu kam, stellte mich auf die Zehenspitzen und reckte den Hals. Da sah ich sie in der Menge, wie ein Ungeheuer aus einer Seemannsgeschichte, ein Tiefseemonster, das, von tausend Händen gehalten, wild um sich schlug, das Gesicht rot und schwarz von Ruß und Blut. Im selben Moment befreite Reinette sich aus dem Gewühl und flüchtete in das Maisfeld. Niemand versuchte, sie aufzuhalten. Inzwischen waren sie alle so im Blutrausch, dass sie sie womöglich gar nicht bemerkten.

Meine Mutter ging zu Boden. Vielleicht habe ich es mir nur eingebildet, aber ich sah eine Hand, die sich zwischen den verzerrten Gesichtern hochreckte. Es war wie eine Szene aus einem von Cassis' Büchern, *Die Nacht der Zombies* oder *Das Tal der Kannibalen*. Das Einzige, was fehlte, waren die Buschtrommeln. Aber am schlimmsten war, dass ich die Gesichter kannte, die ich in der Dunkelheit aufleuchten sah. Da stand Pauls Vater. Dort Jeannette Crespin, die beinahe Erntekönigin geworden wäre, kaum sechzehn Jahre alt, das Gesicht blutverschmiert. Nicht einmal der schafäugige Père Froment fehlte, wenn ich auch nicht erkennen konnte, ob er versuchte, dem Treiben Einhalt zu gebieten, oder ob er selbst beteiligt war. Mit Stöcken und Fäusten schlugen sie auf meine am Boden kauernde Mutter ein, deren Schreie in dem Chaos untergingen.

Dann fiel der Schuss.

Wir hörten ihn alle, trotz des Lärms, es war ein Knall wie aus einer großkalibrigen Waffe, vielleicht auch aus einer doppelläufigen Schrotflinte oder aus einem von diesen antiquierten Schießeisen, die immer noch überall in Frankreich auf Dachböden oder unter Dielenbrettern versteckt lagen. Den Augenblick ausnutzend, als ihre Peiniger vor Schreck erstarrten, kroch meine Mutter auf allen vieren los. Sie blutete am ganzen Körper, ihre Kopfhaut glänzte an den Stellen, wo man ihr das Haar in Büscheln ausgerissen hatte, und ein spitzer Pflock steckte in ihrem Handrücken, sodass ihre Finger hilflos gespreizt waren.

Das Prasseln des Feuers – biblisch, apokalyptisch – war das einzige Geräusch, das zu hören war. Die Leute standen da und rührten sich nicht, erinnerten sich vielleicht an das Krachen aus den Gewehren des Exekutionskommandos hinter der Kirche, erschauerten vielleicht angesichts ihrer eigenen blutrünstigen Absichten. Dann ertönte eine Stimme – aus dem Maisfeld vielleicht oder aus dem brennenden Haus oder sogar vom Himmel herunter –, eine dröhnende, gebieterische Männerstimme, die keinen Widerspruch duldete.

»Lasst sie gehen!«

Meine Mutter kroch weiter. Beklommen machten die Leute ihr Platz.

»Lasst sie in Ruhe! Geht nach Hause!«

Die Stimme habe irgendwie vertraut geklungen, hieß es

später, doch niemand wusste so recht, wo er sie schon einmal gehört hatte. Plötzlich schrie jemand hysterisch: »Das ist Philippe Hourias!« Aber Philippe war tot. Die Leute erschauderten. Meine Mutter erreichte das Feld und rappelte sich trotzig auf. Jemand streckte eine Hand aus, wie um sie aufzuhalten, überlegte es sich jedoch anders. Père Froment blökte irgendetwas halbherzig Beschwichtigendes. Einige wütende Schreie erstarben in dem abergläubischen Schweigen. Hochmütig, ohne den Blicken der Leute auszuweichen, ging ich vorsichtig auf meine Mutter zu. Ich spürte die Hitze des Feuers auf meinen Wangen, in meinen Augen. Ich nahm sie bei ihrer unverletzten Hand.

Das große, dunkle Maisfeld der Familie Hourias lag vor uns. Wortlos gingen wir hinein. Niemand folgte uns.

21

Wir fuhren alle zusammen zu Tante Juliette. Mutter blieb eine Woche, dann zog sie fort, vielleicht aus Angst oder schlechtem Gewissen, angeblich aber aus gesundheitlichen Gründen. Danach sahen wir sie nur noch wenige Male. Sie hatte ihren Geburtsnamen wieder angenommen und war zurück in die Bretagne gezogen. Ich hörte, dass sie in einer Bäckerei arbeitete, wo sie ihre Spezialitäten herstellte. Das Backen war schon immer ihre größte Leidenschaft gewesen. Wir blieben bei Tante Juliette und zogen aus, sobald wir halbwegs flügge waren. Reine versuchte, ihren Traum von einem Leben als Filmstar zu verwirklichen, Cassis flüchtete nach Paris und ich in eine langweilige, aber erträgliche Ehe. Wir hörten, dass unser Hof durch das Feuer nur zum Teil zerstört worden war. Wir hätten also zurückkehren können, aber die Kunde von den Erschießungen in Les Laveuses hatte sich bereits im ganzen Land verbreitet. Das vor etlichen Zeugen ausgesprochene Schuldeingeständnis meiner Mutter – »Ich war seine Hure, ich habe ihn getötet, und es tut mir kein bisschen Leid« – und die Verachtung, die sie gegenüber den Dorfbewohnern zum Ausdruck gebracht hatte, reichten aus, um sie zu verurteilen. Den zehn Märtyrern, den Opfern des Massakers, wurde ein Denkmal errichtet, und auch als nach vielen Jahren Gras über die Sache gewachsen war, als man in Ruhe über die schrecklichen Ereignisse reden konnte und der Schmerz bei den betroffenen Familien nachgelassen hatte, zeigte sich, dass der Hass auf Mirabelle Dartigen und ihre Kinder lebendig bleiben würde. Ich musste der Wahrheit ins Auge sehen; ich würde nie wieder nach Les Laveuses zurückkehren. Nie wieder. Und lange Zeit war mir nicht einmal bewusst, wie sehr ich mich danach sehnte.

22

DER KAFFEE STEHT IMMER NOCH AUF DEM HERD. ER VERSTRÖMT einen bitter-romantischen Duft, einen Duft nach verbranntem Laub. Ich trinke ihn sehr süß, wie jemand, der unter Schock steht. Ich glaube, ich beginne zu begreifen, was in meiner Mutter vorgegangen ist, ihre Raserei, das Gefühl der Freiheit, alles über Bord werfen zu können.

Alle sind gegangen. Die junge Frau mit dem kleinen Aufnahmegerät und dem Berg von Tonbändern, der Fotograf. Selbst Pistache ist auf mein Drängen hin nach Hause gefahren, aber mir ist, als spürte ich noch ihre Umarmung, die Berührung ihrer Lippen an meiner Wange. Meine gute Tochter, die ich so lange vernachlässigt habe. Aber die Menschen verändern sich. Endlich kann ich mit euch reden, meine wilde Noisette, meine süße Pistache. Jetzt kann ich euch in den Armen halten, ohne das Gefühl, im Schlamm zu versinken. Endlich ist die Alte Mutter tot; ihr Fluch hat keine Macht mehr über mich. Es wird nichts Schreckliches passieren, wenn ich es wage, euch zu lieben.

Noisette hat gestern Abend spät zurückgerufen. Ihre Stimme klang gepresst und zurückhaltend, wie meine; ich stellte mir vor, dass sie an den Tresen gelehnt dastand, ihr schmales Gesicht voller Misstrauen. In ihren Worten, die mich über eisige Meilen und vergeudete Jahre hinweg erreichen, liegt wenig Wärme, nur hin und wieder, wenn sie von ihrem Kind spricht, verändert sich ihre Stimme, und eine Spur von Sanftheit ist zu spüren. Darüber bin ich froh.

Ich werde ihr alles erzählen. Stück für Stück werde ich sie einweihen. Ich kann es mir leisten, langsam vorzugehen, geduldig zu sein; damit kenne ich mich schließlich aus. In gewisser Weise braucht sie diese Geschichte mehr als alle anderen – auf jeden Fall mehr als die Öffentlichkeit, die nach alten Skandalen lechzt –, sogar mehr als Pistache. Pistache ist keine, die lange einen Groll hegt. Sie nimmt die Menschen, wie sie sind, sie ist offen und ehrlich. Aber Noisette braucht diese Geschichte, und ihre Tochter Pêche braucht sie auch, wenn das Schreckgespenst der Alten Mutter nicht eines Tages wieder auftauchen soll. Noisette hat ihre eigenen Dämonen. Ich kann nur hoffen, dass ich nicht länger einer davon bin.

Das Haus kommt mir seltsam leer und unbewohnt vor, jetzt wo alle weg sind. Ein Luftzug fegt ein paar tote Blätter über die Fußbodenfliesen. Und dennoch fühle ich mich nicht allein. Absurd, der Gedanke, dass es in diesem alten Haus spukt. Ich wohne schon so lange hier und habe noch nie das geringste Anzeichen für die Anwesenheit eines Geistes gespürt, doch heute ist mir ... als wäre da ein Schatten ... still und beinahe demütig ... abwartend.

Meine Stimme klang schärfer als beabsichtigt. »Wer ist da? *Wer ist da?*« Die Worte hallten von den blanken Wänden und dem gefliesten Boden wider. Er trat ins Licht, und als er so plötzlich vor mir stand, war mir zum Lachen, mehr noch zum Weinen.

»Es duftet nach gutem Kaffee«, sagte er auf seine sanfte Art.

»Himmel, Paul. Wie schaffst du es bloß, dich so leise zu bewegen?«

Er grinste.

»Ich dachte, du ... Ich dachte –«

»Du denkst zu viel.« Paul trat an den Herd. Seine Haut schimmerte golden im schwachen Lampenlicht, der lange Schnurrbart verlieh seinem Gesicht einen traurigen Ausdruck, den das Funkeln in seinen Augen Lügen strafte. Ich fragte mich, wie viel von meiner Geschichte er gehört haben mochte. Er hatte so weit abseits im Schatten gesessen, ich hatte ganz vergessen, dass er da war.

»Und du redest viel«, fügte er nicht unfreundlich hinzu und schenkte sich eine Tasse Kaffee ein. »Ich dachte schon, du hörst überhaupt nicht mehr auf, so wie du in Fahrt warst.« Er grinste mich an.

»Ich wollte ihnen alles begreiflich machen«, erwiderte ich steif. »Und Pistache –«

»Die Leute begreifen mehr, als du glaubst.« Er machte einen Schritt auf mich zu und legte eine Hand an meine Wange. Er duftete nach Kaffee und Tabak. »Warum hast du dich so lange versteckt? Was hast du dir davon versprochen?«

»Es gab Dinge ... über die ich einfach nicht sprechen konnte«, stammelte ich. »Nicht mit dir und auch mit niemandem sonst. Ich hatte Angst, die ganze Welt um mich herum würde zusammenbrechen. Du kannst das nicht verstehen, du hast nie in deinem Leben so etwas Schreckliches ...«

Er lachte, ein liebenswürdiges, einfaches Lachen. »Ach, Framboise. Glaubst du das wirklich? Glaubst du wirklich, ich weiß nicht, wie es ist, mit einem Geheimnis zu leben?« Er umfasste meine schmutzige Hand mit beiden Händen. »Dass ich zu dumm bin, um überhaupt ein Geheimnis zu *haben*?«

»Nein, das habe ich nicht gemeint –«, begann ich. Aber er hatte Recht, Gott steh mir bei, es stimmte.

»Du glaubst, du kannst die ganze Welt auf deinen Schultern tragen«, sagte Paul. »Na, dann will ich dir mal was erzählen. Diese anonymen Briefe. Erinnerst du dich an die Briefe, Boise? Die mit den vielen Rechtschreibfehlern? Und an die Schmierereien am Hühnerstall?«

Ich nickte.

»Das war ich. Ich hab sie geschrieben. Alle. Ich wette, du hast nicht mal gewusst, dass ich schreiben konnte, stimmt's? Ich hab's getan, um mich an deiner Mutter zu rächen. Weil sie mich Schwachkopf genannt hat vor dir und Cassis und Reine-C-c-c…« Er verzog frustriert das Gesicht und lief puterrot an. »Vor Reine-Claude.«

»Verstehe.«

Natürlich. Wie bei Rätseln üblich, ist einem alles sonnenklar, sobald man die Antwort kennt. Plötzlich erinnerte ich mich an den Gesichtsausdruck, den er immer hatte, wenn Reine in der Nähe war, die Art, wie er errötete und stotterte und dann verstummte, obwohl er ganz normal sprechen konnte, wenn er mit mir zusammen war. Ich erinnerte mich an den blanken Hass in seinen Augen, als meine Mutter ihn anschrie: »Sprich vernünftig, du Schwachkopf!«, und an die unheimlichen, Wut und Verzweiflung ausdrückenden Laute, die er beim Weglaufen ausgestoßen hatte. Ich erinnerte mich daran, wie überaus konzentriert er manchmal in Cassis' Hefte gestarrt hatte – Paul, von dem wir alle dachten, er könne nicht lesen. Ich erinnerte mich an seinen misstrauischen Blick, als ich die vier Orangenstücke verteilte, an das seltsame Gefühl, beobachtet zu werden – selbst an jenem letzten Tag mit Tomas – selbst da, Gott, selbst da.

»Ich habe nicht gewollt, was dann geschah. Ich wollte mich nur rächen, aber dass so was Schreckliches passiert, das habe ich nicht gewollt. Es ist mir alles über den Kopf gewachsen. Wie das mit solchen Dingen oft passiert. Wie ein Fisch, der so groß ist, dass man ihn nicht aus dem Wasser kriegt, der einem die Angelleine zerreißt und entkommt. Aber am Ende habe ich versucht, alles wieder gutzumachen. Ich habe es wirklich versucht.«

Ich sah ihn verständnislos an.

»Mein Gott, Paul.« Ich war zu verblüfft, um wütend zu sein. »Das warst du, nicht wahr? Du hast damals in der Nacht mit der Schrotflinte geschossen? *Du* hast dich im Maisfeld versteckt?«

Paul nickte. Ich konnte nicht aufhören, ihn anzustarren, und vielleicht sah ich ihn in diesem Augenblick zum ersten Mal, wie er wirklich war.

»Du wusstest Bescheid? Die ganze Zeit hast du alles gewusst?«

Er zuckte die Achseln. »Ihr habt mich für einen harmlosen Trottel gehalten«, sagte er ohne Bitterkeit. »Ihr habt gedacht, ich bekäme von alldem, was direkt vor meiner Nase passierte, nichts mit.« Er lächelte traurig. »Das war's dann wohl. Mit dir und mir. Ich schätze, jetzt ist es vorbei.«

Ich bemühte mich, einen klaren Gedanken zu fassen, aber in meinem Kopf schwirrte es. So viele Jahre hatte ich geglaubt, Guilherm Ramondin hätte alles ausgelöst, Guilherm, der den Pöbel in jener Nacht angeführt hatte, als unser Haus in Brand gesteckt wurde. Oder vielleicht Raphaël oder jemand von einer der anderen Familien. Und jetzt musste ich erfahren, dass es Paul gewesen war, mein lieber, schwerfälliger Paul, der damals kaum zwölf Jahre alt gewesen war. Er hatte es angefangen, und er hatte es auch zu Ende gebracht. Als ich schließlich meine Sprache wieder fand, sagte ich etwas, was uns beide verblüffte.

»Hast du sie so sehr geliebt?« Meine Schwester Reinette mit ihren hohen Wangenknochen und ihren glänzenden Locken. Meine Schwester, die Erntekönigin, mit den rot geschminkten Lippen und der mit Beeren geschmückten Krone, in einer Hand eine Weizengarbe, in der anderen einen Korb mit Äpfeln. So werde ich sie immer in Erinnerung behalten. Dieses perfekte Bild. Zu meiner eigenen Überraschung war ich plötzlich eifersüchtig.

»Vielleicht so wie du ihn geliebt hast«, erwiderte Paul ruhig. »So wie du Tomas Leibniz geliebt hast.«

Was waren wir als Kinder für Narren gewesen. Unglückliche, hoffnungsvolle Narren. Mein ganzes Leben lang habe ich von Tomas geträumt, während meiner Ehe in der Bretagne, dann als Witwe, immer träumte ich von einem Mann wie Tomas mit seinem unbefangenen Lachen, den scharfen, blauen Augen, dem Tomas, auf den ich alle meine Wünsche gerichtet hatte – nur du, Tomas. Nur du, für immer und ewig – der Fleisch gewordene Fluch der Alten Mutter.

»Es hat eine ganze Weile gedauert, weißt du«, sagte Paul, »aber ich bin drüber weggekommen. Ich habe aufgehört, mich daran zu klammern. Es ist wie Schwimmen gegen den Strom. Es raubt dir nur Kraft. Irgendwann muss man aufhören zu strampeln, und dann trägt der Fluss einen nach Hause.«

»Nach Hause.« Meine Stimme klang fremd in meinen Ohren. Seine Hände fühlten sich rau und warm an. Wir standen da im Halbdunkel wie Hänsel und Gretel, die im Hexenhaus alt und grau geworden sind und endlich die Lebkuchentür hinter sich schließen.

Du musst nur aufhören zu strampeln, dann trägt der Fluss dich nach Hause. Es klang so einfach.

»Wir haben lange gewartet, Boise.«

Ich wandte mein Gesicht ab. »Vielleicht zu lange.«
»Das glaube ich nicht.«
Ich holte tief Luft. Das war der Augenblick. Um ihm zu erklären, dass es vorbei war, dass die Lüge, die zwischen uns gestanden hatte, zu alt war, um ausgelöscht, zu groß, um überwunden werden zu können, dass wir zu *alt* waren, Himmelherrgott, dass es lächerlich war, unmöglich, und außerdem, außerdem ...

Und dann küsste er mich, auf die Lippen. Es war nicht der Kuss eines schüchternen alten Mannes, sondern etwas ganz anderes, das mich erschaudern ließ, das mich empörte und mit Hoffnung erfüllte. Mit leuchtenden Augen zog er etwas aus seiner Tasche, etwas, das rot und gelb schimmerte ... eine Halskette aus Holzäpfeln.

Ich starrte ihn an, während er sie mir vorsichtig um den Hals legte. Die Kette fiel auf meine Brüste, die kleinen Früchte rund und glänzend.

»Erntekönigin«, flüsterte Paul. »Framboise Dartigen. Nur du.«

»Ich bin zu alt«, sagte ich mit zitternder Stimme. »Es ist zu spät.«

Er küsste mich wieder, auf die Schläfe, auf den Mundwinkel. Dann holte er noch etwas hervor, einen Kranz aus gelbem Stroh, den er mir auf den Kopf setzte wie eine Krone.

»Es ist nie zu spät, um nach Hause zu kommen«, sagte er und zog mich sanft an sich. »Du musst nur aufhören wegzulaufen.«

Widerstand ist wie gegen den Strom schwimmen, kraftraubend und zwecklos. Ich schmiegte meinen Kopf an seine Schulter wie in ein Kissen. Die Holzäpfel um meinen Hals verströmten einen durchdringenden, saftigen Geruch, wie die Oktobertage unserer Kindheit.

Wir stießen mit süßem, schwarzem Kaffee auf unsere

Heimkehr an und aßen Croissants mit Marmelade aus grünen Tomaten, hergestellt nach dem Rezept meiner Mutter.

Danksagung

Mein herzlicher Dank gilt allen Mitstreitern in den Gefechten, aus denen dieses Buch hervorgegangen ist: Kevin und Anouchka, die die Kanonen bedient haben, meinen Eltern und meinem Bruder, die für Unterstützung und Nachschub gesorgt haben, Serafina, der Kriegerprinzessin, die mein Lager verteidigt hat, Jennifer Luithlen, die für die Außenpolitik zuständig war, Howard Morhaim, der die Normannen geschlagen hat, meiner Verlegerin Francesca Liversidge, Jo Goldsworthy und der schweren Artillerie von Transworld, meiner Fahnenträgerin Louise Page und Christopher, der mir immer treu zur Seite steht.

»Dieses Buch beweist Cindy Chupacks wundervolle Begabung, Liebeskummer in Gold zu verwandeln.«
Sarah Jessica Parker

Single sein ist nicht leicht, aber aufregend, besonders in New York! Voller Selbstironie und Humor beschreibt *Sex and the City*-Autorin Cindy Chupack die Zeit »zwischen den Jungs« nach einer gescheiterten und vor einer neuen Beziehung: vom Herzschmerz über »Sorbet-Sex«, Secondhand-Männer, Déjà-vu-Dates, saisonbedingte Panikattacken bis hin zum unseligen Valentinstag.

»Carrie Bradshaw weiß alles über guten Sex, Cindy Chupack liefert ihr die coolen Sprüche.«
Entertainment Weekly

ZwischenJungs
ISBN-13: 978-3-548-25840-9
ISBN-10: 3-548-25840-9

»Ein wahrer Schmöker:
gefühl-, humor- und phantasievoll«
B.Z.

In der wildromantischen Landschaft des südlichen Schwarzwalds erfüllt sich auf dramatische Weise das Schicksal zweier ungewöhnlicher Frauen. Die junge Julie erhält von einer entfernten Verwandten einen wunderschönen alten Berghof geschenkt. Doch es gibt eine Bedingung: Julie soll herausfinden, warum das Haus – einstmals das einzige Hotel weit und breit – seinen Zauber verlor und in einen Dornröschenschlaf fiel. Julie, die sich auf den ersten Blick in den Berghof verliebt hat, beginnt in alten Tagebüchern zu stöbern und taucht ein in eine Welt aus Leidenschaft, Eifersucht und tödlicher Liebe.

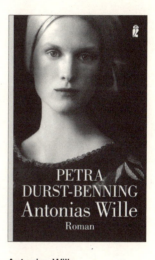

Antonias Wille
Roman
ISBN-13: 978-3-548-25989-5
ISBN-10: 3-548-25989-8

»Petra Durst-Benning, eine von Deutschlands First Ladies des historischen Romans, schickt den Leser in eine Story aus Vergangenheit und Gegenwart.«
Bild am Sonntag

»Ein herrlicher Schmöker«
Westfälische Nachrichten

Die Geschichte der legendären Emma Harte, die Anfang des 20. Jahrhunderts das mächtigste Kaufhausimperium Englands gründete. Und der Kampf um Gerechtigkeit von Evan Hughes, die drei Generationen später als einzige ahnt, daß Emma für ihren Erfolg einen hohen Preis zahlen mußte …

»Barbara Taylor Bradford ist eine der besten Geschichtenerzählerinnen der Welt.«
The Guardian

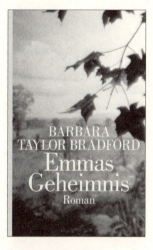

Emmas Geheimnis
Roman
ISBN-13: 978-3-548-26198-0
ISBN-10: 3-548-26198-1

Die mitreißende Geschichte einer außergewöhnlichen Frau

Für Elsa ist klar, daß sie einmal das Kiesgrubenwerk ihres Vaters übernehmen wird. Doch ihre Gewißheiten zerbrechen, als sie von dessen ungeheurem Verrat an ihr erfährt, der nicht nur ihren rasanten gesellschaftlichen Abstieg bedeutet, sondern auch ihre Liebe zerbrechen läßt.

»Einfühlsam und detailreich.«
Bücher

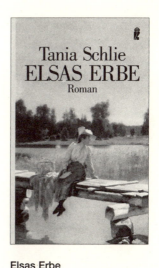

Elsas Erbe
Roman
ISBN-13: 978-3-548-26237-6
ISBN-10: 3-548-26237-6

»Kristin Hannah berührt die tiefsten, zärtlichsten Seiten unseres Herzens.«
Tami Hoag

Die Shores stehen vor den Trümmern ihrer zwanzigjährigen Ehe: Jack möchte wegen eines Traumjobs nach New York ziehen, aber Elizabeth sieht keinen Grund, deswegen ihr geliebtes Zuhause in Echo Beach an der Westküste aufzugeben. Als Elizabeths Vater stirbt, werden alle ihre Entscheidungen in Frage gestellt. Gibt es nicht doch einen Weg zurück zu Jack?

An fernen Küsten
Roman
ISBN-13: 978-3-548-26236-9
ISBN-10: 3-548-26236-8

Der Überraschungsbestseller aus
Frankreich –
»zärtlich, lustig lebensklug«
The New York Times

Das Leben macht wirklich keinen Spaß, findet Doria. Jedenfalls nicht, wenn man 15 ist, in einer tristen Pariser Vorstadt wohnt und sich der Vater gerade in die marokkanische Heimat verdünnisiert hat. Doch neben nervigen Sitzungen bei der Schulpsychologin und dem täglichen Kampf um einen Kredit bei Aziz, dem Lebensmittelhändler, gibt es auch Lichtblicke …

Paradiesische Aussichten
Roman
Deutsche Erstausgabe
ISBN-13: 978-3-548-26349-6
ISBN-10: 3-548-26349-6

»Aufbauend und optimistisch – ein beeindruckendes Debüt«
Newsweek

»Das andere Gesicht der Pariser Vorstadt«
Deutschlandradio Kultur